高红霞 著

福克纳家族叙事与新时期中国家族小说比较研究

人民出版社

目　录

绪　　论

　　福克纳的"约克纳帕塔法"家族小说世系围绕南方的贵族家族、历史意识、地方情结展开深度描写,形成特色鲜明的家族/历史/地域三位一体的小说创作模式,展现生动形象的美国南方社会微缩图。"约克纳帕塔法"世系独特的神话史诗特征、"乡土"文化色彩、人物内心的"深刻探究"、写作技巧的"实验和创新"①使福克纳成为美国"南方文艺复兴"文学的骑手,造就南方文学的繁荣局面。福克纳的叙事内容及其叙事艺术,不仅在英语国家产生巨大反响,而且深刻广泛地影响中国新时期的家族小说创作。同样面临农耕文明向城市文明过渡的社会转型时期,美国南方文学大师福克纳和中国新时期小说作家都选择家族的兴盛衰亡作为浓墨重彩书写的对象,期待在纵向上对家族和历史进行概括、在横向上对个体和生命展开追索。当然,新时期中国作家们对福克纳家族小说的吸纳是创造性借鉴和诗意化熔铸。福克纳家族小说的中国"存在"经过儒家文化的过滤和选择,呈现更多的中国本土特色和作家的个性创作风格。

---

　　①　毛信德等译:《20世纪诺贝尔文学奖颁奖演说词全编》,百花洲文艺出版社2001年版,第376—378页。

一、福克纳与新时期作家之间的"潜对话"关系

中国对福克纳的最早译介出现在 20 世纪 30 年代。1934 年赵家璧翻译的《福尔克奈的美国小说》刊载在《现代》杂志第 5 卷 1 期上,福克纳首次以"福尔克奈"的中文译名出现在中国读者的视野。后来赵家璧在《现代》第 5 卷 6 期撰文《美国小说之成长》,称赞福克纳是"文体家"。在同年,施蛰存主编的《现代》杂志第 5 卷 6 期的特刊《现代美国文学专号》刊发凌昌言评介福克纳意识流创作艺术的文章《福尔克奈——一个新作风的尝试者》和江兼霞翻译的福克纳短篇小说《伊莱》。1936 年,赵家璧在《新传统》一书中再次摘其要点介绍福克纳的 6 部长篇小说《士兵的报酬》、《沙多里斯》、《喧哗与骚动》、《我弥留之际》、《圣殿》和《八月之光》。1958 年,时任《译文》杂志社编辑的李文俊组织翻译福克纳的《拖死狗》和《胜利》两个短篇。改革开放之前,福克纳的作品在中国并没有产生多少轰动性效应,国内对他的译介陷入长达十几年的冷清状态。

第一个真正意义上的福克纳作品译介热潮肇始于新时期。1979 年《外国文艺》刊登分别由杨岂深、杨小石和蔡慧翻译的《纪念艾米丽的一朵玫瑰花》、《干旱的九月》、《烧马棚》。之后,《喧嚣与愤怒》(《喧哗与骚动》)的片段和十几部短篇小说先后在《春风译丛》、《当代外国文学》等期刊上刊载。1982 年,王佐良的《美国短篇小说选》中收录福克纳的名篇《熊》。1984 年李文俊的汉译本《喧哗与骚动》在上海译文出版社发行,得到读者和研究者的热情回应。福克纳作品的汉译本在国内开始热销,标志福克纳在中国的译介进入划时代的高峰期,不仅福克纳的长篇代表作《喧哗与骚动》有了完整的中译本,而且系统翻译福克纳作品的序幕开启。1985 年中国文联出版公司出版由 H.R.斯通贝克选编、陶洁等翻译的《福克纳中短篇小说选》,其中包括《熊》、《老人》两部中篇和 16 个短篇。总体而言,从 20 世纪 70 年代末到 80 年代中期,福克纳作品的译介经历不少波折但取得长足进展,呈现翻译和研究齐头并进、相互

促进的局面,福克纳研究在国内逐渐成为一门显学。

　　自 20 世纪 90 年代开始,福克纳的翻译和研究再现热潮。据统计,当时中国对于福克纳的研究仅次于莎士比亚的研究。此时,国内对福克纳的翻译主要集中在"约克纳帕塔法"世系小说的"心脏之作"。李文俊成为福克纳翻译、介绍和研究方面的代表人物。继 80 年代成功翻译《喧哗与骚动》之后,李文俊在 90 年代连续翻译福克纳的三部主要作品:《我弥留之际》、《去吧,摩西》和《押沙龙,押沙龙!》。1998 年蓝仁哲翻译《八月之光》;1999 年王颖、杨菁翻译《掠夺者》;2000 年陶洁翻译《坟墓的闯入者》;2001 年张月翻译《村子》。2004 年,上海译文出版社重新结集出版一套完整的福克纳小说文集,收入大部分国内已有的中译本。而且,国内自 20 世纪 90 年代以来,多次举办福克纳研讨会或者国际研讨会,推动中国的福克纳作品译介与研究向纵深发展。

　　新时期国内对于福克纳"约克纳帕塔法"家族神话世系小说的译介,为中国的家族小说创作注入新鲜血液,成为新时期家史小说"复兴"的诱因之一。相似的农业社会体制和农耕文化传统、对家乡题材的深入挖掘和对家园的不懈追寻、社会转型造成的伤感怀旧与挽歌情调、对先辈作家的反叛心理,等等,使福克纳与中国新时期家族小说作家之间产生千丝万缕的联系。莫言、陈忠实、余华、苏童、张炜、阿来等新时期著名家族小说或者"拟家族"小说作家,坦言或暗示自己的创作在不同方面、不同程度受到福克纳家族小说的影响,他们有意无意地借鉴、吸纳、改写和重塑福克纳的家族小说。新时期的家族小说文坛似乎呈现一种福克纳家族小说"在"中国的文学景观,两者之间构成某种微妙而复杂的"交流"关系。

　　莫言直言不讳、高调宣称福克纳让自己懂得应该如何创作小说。莫言1984 年初读福克纳的《喧哗与骚动》时就喜欢上这个"穿着西服、扎着领带、叼着烟斗"的美国"老头"。这个"胡言乱语"、"不合时宜"的美国"大叔"让莫言感到无比"亲切",他像自己村里的一位慈祥老大爷,二人似乎建立亲密的"私人"关系,可以天南海北地闲谈,每次交谈总让莫言大受启发和教诲。莫言谈到,每当自己陷入写作困境时,福克纳会在夜深人静的夜晚鼓励他。后来,莫言在参加国际研讨会时结识了两位来自福克纳故乡的教授,他们给他寄来许多福克纳的书籍与生活画册。当莫言凝视一副农民打扮、手扶铁锹、头发蓬乱地站在牛栏前的福克纳的生活照时,他感到自己与这个"美国老头"在精神气质上"息息相通"。

福克纳"大叔"指引莫言的创作。当读到福克纳借助"约克纳帕塔法"对其家乡展开神话史诗般的书写时,莫言大受鼓舞,豁然开朗,他立即"举起高密东北乡这面旗帜,把那里的土地、气候、河流、树木、庄稼、花鸟虫鱼、痴男浪女、地痞流氓、刁民泼妇、英雄好汉"统统写进小说,创建"一个文学的共和国"。① 福克纳徘徊在心造虚化的"约克纳帕塔法"故乡,而莫言辛勤耕耘在"现实版"的"高密东北乡"。但是,无可否认,福克纳的"虚构"故乡的确是莫言"现实"故乡的"创世纪"和"启示录"。与福克纳的"约克纳帕塔法"一样,莫言的文学"共和国""高密东北乡"堂而皇之地步入世界文学的殿堂,为他赢得 2012 年的诺贝尔文学奖。

余华认为自己是一位"有幸让外国文学抚养成人"的中国作家,他对福克纳推崇备至。当他阅读短篇小说《沃许》中福克纳对一个穷白人杀人之后复杂心理淋漓尽致的烘托与描写时,他认为在诸多外国文学作家中,"能成为我师父的只有威廉·福克纳"。② 福克纳对于那个"邮票大小"故乡出神入化的刻画让他惊叹不已,当看到"师父"笔下的奥克斯福时,他看到了一个真正的南方小镇。1999 年余华有一个月的时间在美国参观学习,他专程去福克纳的老家,并把整整三天的时间留给密西西比的奥克斯福小镇,亲身感受"师父"的故乡,瞻仰和拜谒"师父"的墓地。

相似的南方情结和故乡想象把苏童与福克纳密切地联系在一起,二者终身孜孜以求、不遗余力地在文学作品中构建南方世界。苏童在列举影响自己

---

① 莫言:《说说福克纳这个老头儿》,《当代作家评论》1992 年第 5 期,第 63 页。
② 余华:《奥克斯福的威廉·福克纳》,《上海文学》2005 年第 3 期,第 84 页。

创作的 10 部作品时,福克纳的《献给艾米丽的玫瑰》位列其中。苏童认为"大师福克纳一直在用最极致的手段为人类本身树碑立传",①他自己也力争以创作纸上故乡"枫杨树乡村"为江南水乡的家族"树碑立传"。苏童作品中对于暴力、堕落、罪恶、死亡主题的描写,闪现福克纳的影子。与福克纳把创作的精神世界划分为"沙多里斯"和"斯诺普斯"两个世界相似,苏童以"枫杨树乡村"和"香椿树街"代表乡村与城市世界的两极,展现象征农耕传统的乡村和代表现代化的城市之间的对立与冲突。相似的南方情结、故乡建构、颓废气息、挽歌情调,使苏童和福克纳的故乡系列小说之间达成某种精神气质层面的互通与默契。通过对故乡和家族的书写,苏童更加深切地体悟到融入福克纳血液中的家族意识和故乡情怀。

　　阿来认为,新时期作家是中国打开国门之后走向文坛的一代。他们比先辈更加幸运,因为在走向文学创作之初他们就能够接触并选择性地借鉴西方当代最优秀的文学作品。阿来长期生活在地理风貌独特、"异质"文化氛围突出的藏区,对西方呈现地域文化特色或者关注民族文化精神的作家更感兴趣。相对于其他西方作家,阿来更加喜爱福克纳和美国"南方文艺复兴"作家。阿来认为这些作家的地域自觉意识给予自己创作灵感:"我从他们那里,学到很多描绘独特地理中人文特性的方法。"②与汉族作家的作品不同,阿来的小说中弥漫浓郁的藏文化气息和异域风情,其土著身份可以使他更深层次地关注藏族的"家族"、"村落"和"民族"历史。基于此,阿来无论在丰富多彩的乡土文化特色还是别具一格的地理景致描写方面,都与福克纳存在"本能"的亲缘关系,更容易对福克纳的作品产生共鸣。二者之间的"潜对话"关联还表现在创造性地塑造"傻子"或者"圣愚"人物形象方面,借助"非常态"或者超越普通人的叙述视角,直击家族、历史和社会的本质问题。

---

①　苏童选编:《枕边的辉煌:影响我的十部短篇小说》,新世界出版社 1999 年版,第 1 页。

②　阿来:《穿行于多样化的文化之间》,《中国民族》2001 年第 6 期,第 24 页。

诚然,文学作品在另一个国度的流通,是一个包括意识形态过滤、文化霸权争夺、商业利益考量、读者接受程度、文学艺术传播等多种因素在内的现象。福克纳的家族小说在新时期走进中国是当时改革开放、打开国门之后中国的文学艺术主动选择的结果。福克纳的"约克纳帕塔法"神话世系进入中国,对中国家族小说在当代的繁荣产生助推作用。福克纳的家族小说能够引发中国新时期作家共鸣的主要原因有:一、中国与美国南方有着相似的农业主义传统和农耕文明,安土重迁的家园情结和根深蒂固的家族观念孕育两国作家富于乡土特色的家族小说写作母题;二、福克纳虚构的文学世界启发新时期家族小说作家的文学地理空间建构灵感,他们纷纷把写作的笔触伸向"现实"或者"心造"故乡,掀起具有中国地域特色的文学地理空间书写热潮;三、"约克纳帕塔法"家族世系小说怀旧感伤的精神气质以及"向后看"的循环论历史意识,与新时期家族小说作家的"寻根"意识类似;四、福克纳家族小说对于叙事艺术的实验革新,与新时期作家试图对中国现代家族小说推陈出新的反叛写作心理高度契合。

福克纳作品在新时期中国的流行,为中国作家提供超越民族和国家的文学想象空间,为异国文学的被吸收和被改造提供借鉴机会和创新可能。福克纳与中国新时期家族小说作家之间形成了"交流"与"对话"。当然,这种"交流"呈现单向度的"潜对话"关联,主要表现在前者对后者的影响及启示方面。但是,新时期家族小说作家对福克纳家族小说作品的借鉴并非被动接受和原样照搬,他们在吸纳"西方"的福克纳的同时,主动完成对他的"东方"重塑与改造。福克纳的家族小说经过儒教文化和中国作家的选择、过滤和革新之后,彰显中国作家的个性创作风格、本土文化特色、家族文化底蕴和民族精神神韵。因此,福克纳的中国"之在"是吸收与创新"同在"的文学景观。

二、福克纳与新时期家族小说比较研究现状

20 世纪 30 年代到 70 年代,中国对于福克纳的研究凤毛麟角,停留在翻

译或者介绍他的个人生平、小说情节、写作技巧的初级阶段。1980 年李文俊选译的《福克纳评论集》，成为国内研究福克纳的重要参考文献。新时期的中国文坛对福克纳的研究呈现一个特殊现象，对他的翻译、研究与新时期作家在文学创作实践中对他的接受、借鉴并存。福克纳规模宏大的"文学世界"、深厚绵长的故乡情结以及怀旧伤感的挽歌情调，似乎惊醒中国新时期的小说作家，他们纷纷将创作的眼光投向家乡，书写中国广大农村地区一个个家族的兴衰发展史。福克纳作品的现代性及其在创作手法上的大胆革新，在当时的中国文坛掀起"喧哗"与"骚动"，不少当代作家"自觉或不自觉地对他的作品进行模仿、吸收和同化"①。

　　20 世纪 90 年代以来，随着李文俊、陶洁、蓝仁哲等学者对福克纳作品的翻译，"约克纳帕塔法"家族世系小说在同样注重家族观念的中国引发读者和研究者的极大兴趣。研究和评论福克纳家族小说的文章集中出现，呈现福克纳家族小说研究在中国的活跃态势，这与中国当时的家史研究热潮互相映衬。国内对福克纳家族小说的研究与大洋彼岸美国的研究遥相呼应，研究视角多有相似之处。90 年代之前，国内的研究重点在《喧哗与骚动》、《献给艾米丽的玫瑰》以及一些中短篇小说的主题思想和艺术风格方面，这或许与当时其他汉译本尚未问世有关。最近三十年，随着福克纳作品翻译的逐步完善和日渐全面，国内对"约克纳帕塔法"家族世系核心作品的研究视野更加开阔，研究方法和研究视角日趋多元，研究的深度和广度大幅提升。

　　福克纳家族小说与中国现代、新时期同类小说之间对勘比较研究的新动向出现在 20 世纪 90 年代。福克纳与中国现代家族小说比较研究的成果，主要围绕福克纳与沈从文、巴金的家族小说展开，其中具有代表性的成果如下。肖明翰 1994 年出版《大家族的没落——福克纳和巴金家庭小说比较研究》，它是国内第一部系统对比研究福克纳与巴金家族小说的专著，著作从历史文

---

① 　托马斯·英奇、金衡山：《莫言和福克纳：影响和汇合》，《山花》2001 年第 1 期，第 13 页。

化背景及其创作思想出发,重点对两位作家家族小说中的专制家长、青年一代、妇女形象、奴隶与仆婢人物形象的异同展开分析,揭示两位作家对非人道势力的揭露与批判、对美好社会与个人道德完善的追求与赞美,反映他们相似的人道主义精神。① 叶世祥1997年发表的论文《家族·时间·罪感——巴金〈家〉与福克纳〈喧哗与骚动〉的对比阅读》,通过"文本间性"阅读的方法,分析两位作家在写作家族梦魇、过去与现在、罪感意识方面的异同。2002年王昕的论文《福克纳与巴金:对大家族的暴露》比较两位作家在历史文化环境、家庭出身、人道主义思想和对专制大家族罪恶的暴露方面存在的相似性。李荫羽2004年撰写的博士学位论文《全球化视野中的沈从文与福克纳》,运用后现代视野、本土视野和生态视野三个从全球语境中衍生而出的概念,将两位作家作品中的现代文明思想、生态观念、"湘西世界"与"约克纳帕塔法天地"进行比较。

20世纪90年代之后,比较研究福克纳与新时期家族小说的文章和著作相继问世,其中福克纳与莫言家族小说的对比研究高居榜首。美国的福克纳研究专家托马斯·英奇在1992年著文《莫言和福克纳:影响和汇合》,讨论莫言对福克纳的借鉴和改造。英奇认为,福克纳的"约克纳帕塔法"小说激发了莫言非凡的创作灵感,其启示不仅在于"叙事技巧上的革新",更在于福克纳作品中透露的那种"独特而深邃的历史观"。从表面看,福克纳似乎只是对"约克纳帕塔法"这一特定地区形形色色的人物和事件展开书写,但深层次上,作品反映"整个人类的命运史、社会的螺旋发展史"。② 莫言以"高密东北乡"为据点,书写山东高密的地方史,折射了20世纪30年代中华民族的生命史和发展史。这篇文章随后发表在《福克纳学刊》的秋季号上,刊物选用中译本《喧哗与骚动》的封皮作为封面,刊登莫言的短篇小说《干河》以及他与英奇教授的合影。编者似乎有意如此,旨在突出福克纳和莫言作品之间的互动关

---

① 肖明翰:《大家族的没落——福克纳和巴金家庭小说比较研究》,广西师范大学出版社1994年版,第19页。

② 托马斯·英奇、金衡山:《莫言和福克纳:影响和汇合》,《山花》2001年第1期,第13页。

联与"潜对话"关系。

英奇认为,莫言的叙述技巧、对故乡的书写、对历史的记忆和回望闪现福克纳的影子,但是莫言并非一般意义上的东施效颦和机械模仿,而是大胆革新和改写重塑,成功闯出一条属于自己的写作之路。因此,诺贝尔颁奖词给予莫言的评价是,他以"无与伦比的想象力"、"神秘"而富于"寓意"的故事情节、"滑稽犀利"而且"辛辣的"笔触,对充满原始生命野性的高密大地展开书写,用生命谱写这片土地上热烈的爱恨情仇以及人物面对民族大义时感人肺腑的英勇行为。无论福克纳与莫言之间的关系是前者对后者的影响还是两位文学大师的汇合,莫言没有停留在"外来影响"的层面,他力求在作品的"文学特性"、"民族意识"、语言运用、叙事风格方面开展富有成效且凸显个性的探索与创新。

1988年陈春生在《外国文学研究》上发表的《在灼热的高炉里锻造——略论莫言对福克纳和马尔克斯的借鉴吸收》,属于较早比较研究福克纳与莫言乡土观念和故乡神话的文章。文章认为福克纳虚构的故乡神话"约克纳帕塔法",极大启发莫言的创作灵感,"高密东北乡"与"约克纳帕塔法"似乎建立关于中美故乡神话的两种不同寓言。2002年,李迎丰发表在《解放军外国语学院学报》上的《福克纳与莫言:故乡神话的建构与阐释》,进一步详细分析福克纳与莫言在建立各自故乡神话方面的相似性,探讨两者不同的创作风格和中美不同的现代性特征。文章认为莫言的故乡神话从主题、形式乃至精神内涵,都是对福克纳家族神话的创造性重塑。

朱宾忠发表一系列论文对比研究福克纳与莫言,并在2006年推出专著《跨越时空的对话:福克纳与莫言比较研究》。他在论文和专著中对于二者在创作历程、文艺思想、主题内容、人物塑造、创作特色和语言风格方面的异同展开系统研究,对二者进行价值评判,认为两位作家对于社会、文化、政治诸方面的批判各有千秋、难分高下;但在人物塑造方面,莫言略输一筹,他笔下的人物缺乏道德意识和伦理感染力,缺乏福克纳式的普世情怀和人性关怀意识;在创

章《"影响"的焦虑——余华创作历程的"西行记"》,讨论余华在 90 年代受福克纳"温和途径"与"温柔敦厚"叙事方式的影响,开始重新思考传统与现代的关系,改变以冷漠残酷的"极端"方式写作暴力、血腥、死亡、罪恶、苦难的叙述模式,在转型之后创作完成后期佳作。容美霞的硕士学位论文《论外国文学对余华创作的影响》主要分析卡夫卡、博尔赫斯和福克纳对余华小说创作的影响,认为福克纳的"温和途径"对余华的启发尤为重要。同样,方爱武的《创造性的接受主体——论余华的小说创作与外来影响》也指出,余华的作品在福克纳的影响下臻于完美。

　　除了上述对福克纳与新时期某一作家之间进行比较研究的成果之外,国内还有少量针对福克纳与新时期作家群的研究成果。这类研究数量不多却分量不轻,充当二者比较研究的风向标,代表研究的总体走向。2012 年赵树勤、龙其林发表在《外国文学研究》上的《〈喧哗与骚动〉与中国当代家族小说的故乡叙事》,梳理福克纳在故乡叙事、时间意识和原罪思想方面对莫言、余华、苏童、张炜为代表的新时期家族小说作家产生的广泛影响。文章认为新时期小说作家成功地从《喧哗与骚动》中汲取到故乡书写的经验,借助现实故乡寻觅文化和精神家园;福克纳的时间哲学启发新时期家族小说作家从家族叙事层面深入对于民族文化理想以及传统与现代的思考;福克纳的原罪意识使得中国作家对家族暗疾和民族心理进行自我反省。樊星 2007 年的文章《论新时期中国文学对美国文学的接受》,阐述海明威、"黑色幽默"、福克纳、犹太作家辛格、"垮掉的一代"对新时期作家的启迪意义和影响作用。在谈论福克纳时,他重点强调福克纳的乡土气息、怀旧情感和忧郁目光影响了中国作家的民族意识和历史观念。他 2008 年发表的文章《福克纳与中国新时期乡土小说的转型》,论述福克纳在表现人性、历史、文化、血缘、时间的神秘性方面对莫言、苏童、贾平凹、郑万隆、吕新的影响,使新时期乡土小说顺利实现向"现代化"和"民族化"的转型。

　　2013 年郭宇、朱振武的论文《书写的相似:语境、主题与手法——中国创作界对福克纳的接受》,讨论莫言、余华和赵玫对福克纳创作主题和叙事手法的"仿效、借鉴和融合"。朱振武2015年出版专著《福克纳的创作流变及其在中国的接受与影响》,研究内容涵盖福克纳的创作心路历程、研究现状、创作范式、创作思想嬗变、中国福克纳译介的发生、中国福克纳批评的垦拓、中国创作界对福克纳的接受七个方面。作者以历史与文化相结合的全景式研究视角,介绍和评述福克纳从"青涩"少年到"终南隐士"的创作历程以及美国和中国对福克纳的研究状况,继而从美学、心理学、文化学的角度讨论福克纳小说创作的美学理念,对其创作思想和艺术进行评价。专著以莫言、余华和赵玫为案例,揭示福克纳在中国的接受与影响,认为福克纳对中国新时期文学的发生和审美品格、作家审美观念的裂变、艺术手法的创新产生不可忽视的影响,新时期作家的"创伤心理状态"和"自恋性求同作用心理"是中国创作界接受福克纳的深层动因,作家容易对福克纳的历史意识和苦难意识产生强烈认同感。

　　综上所述,20世纪末期以来,国内开始关注福克纳与新时期小说作家之间的比较研究,取得一些富有见地的成果。但是,笔者收集、整理、分析大量的现有资料之后发现,国内对于福克纳的"约克纳帕塔法"家族神话与中国新时期家族小说之间的比较研究成果依然缺乏,而且研究成果多集中在福克纳与莫言在建立故乡神话方面的比较研究,或者聚焦于福克纳与新时期某位家族小说作家或双方单篇作品的比较对勘方面。已有成果为进一步探讨问题奠定了基础,但它们囿于对单部作品主题思想或写作风格的比较,对福克纳与新时期家族小说作家群之间的广泛关联未能进行深入系统的梳理辨析。基于此,本研究试图将创作受到福克纳影响的新时期家族小说作家莫言、陈忠实、苏童、余华、张炜、阿来纳入研究范畴,尝试从比较文学、叙事学和文化诗学的理论视角,对双方家族小说的母题形态、空间诗学、历史意识、血亲伦理观念、叙事视角五个方面开展体系化整合研究,探讨二者从叙事内容、艺术风格到精神气质、文化底蕴之间的复杂关系。

三、研究的主要观点和基本思路

本研究的主要观点和基本思路如下：一、针对国内在福克纳与新时期家族小说比较研究方面的零敲碎打局面，本研究在内容设计和研究方法上强化系统性、全面性、纵深性，力求在研究的深度和广度上有所突破；二、借重平行比较与变异研究相结合、宏观理论指导与微观文本分析相补充、中外跨文化参证与中美家族小说阅读相辅助的研究方法，综合运用叙事学、文化诗学理论，系统梳理二者之间的"潜对话"关系，重点考察中美不同文化背景下福克纳与新时期家族小说的趋同性与差异性，强化其间跨文化比较研究的不同语境与现实需求；三、强调在"母题形态""空间诗学""历史意识""血亲伦理观念""叙事视角"五个方面展开对比研究，探讨各自家族叙事的文化精神和艺术风格，揭示中美家族体制的社会变迁和家族文化的演进发展，总结新时期家族小说作家对福克纳家族叙事的溶受借鉴与再造革新。

基于上述五个方面的研究内容，本研究尝试在深层次上探讨福克纳家族叙事的新时期中国之"在"。新时期作家对福克纳的借鉴和挪用经过中国文化传统的过滤和选择，烙上中国社会现实问题的印记，融入中国作家对家族问题和现代化进程的深刻思考，呈现鲜明的本土特色。本研究期待对福克纳与新时期家族小说作品在母题形态的语际会通与语境化、空间诗学的理论旅行与地方化、历史意识的隐性对话与本土化、血亲伦理观念的参照互鉴与民族化、叙事视角的交融互渗与个性化方面进行提炼总结，挖掘各自的价值诉求和文化底蕴，在横向比较与跨文化沟通中，探索二者的相似性与差异性背后的社会历史与民族文化因素，剖析在跨文化语境中福克纳家族小说在中国新时期被个性化、本土化、民族化的鲜明特征。

本研究的目的在于：以福克纳的家族小说为研究重点，以新时期家族小说作家群的作品为个案材料，归类研究福克纳家族小说叙事的独特内容和叙事革新的具体方面，对它与新时期家族小说之间的关系和异同展开深度阐释；解析福克纳小说叙事所处的美国文化语境与中国新时期家族小说所处的汉文化语境之间的"交往"关系,挖掘以基督教文化为传统的美国家族文化和以儒教为基础的中国家族文化之间的相似与不同;整理中国作家在接受福克纳的过程中主动完成的革新转化和再度创造,分析新时期家族文学的繁荣局面及家族小说的中国特色。唯其如此,中国作家对福克纳家族叙事的文化过滤、对解决家族问题的现实需求以及对家族文化的个性化思考才能得到重视和凸显。

第一章　福克纳家族叙事与新时期 家族小说的母题形态

母题源于民俗学、民间文学的研究领域,表现作为共同体的某个氏族、民族乃至国家或者全人类的集体意识,成为这些社会群体的文化标识。美国著名民俗学家汤普森把母题定义为反复出现在神话、传说、故事和叙事诗歌中"最小的、能够持续在传统中的成分"。① 在不同理论语境中,母题的具体内涵不尽相同。我国学者对母题做过不同侧面的阐释和界定,比如,母题"是文学的永恒主题",是人类"生存方式的体现",具有独特的"结构功能"和"叙事模式";②小说创作的"文化性母题是时代文化主题的艺术体现",任何一个"民族在不同的历史阶段都有不同的文化主题";③还有学者认为母题就是重复出现的意象和原型。无论文学母题与主题、与意象、与原型、与象征之间存在多么错综复杂的关系,具体在文学研究中,学者们逐渐达成共识,认为研究者辨识和把握母题的根据在于,"母题必以类型化的结构或程式化的言说形态,反

---

① [美]斯蒂·汤普森:《世界民间故事分类学》,郑海等译,上海文艺出版社 1991 年版,第 499 页。

② 谭桂林:《论长篇小说研究中的母题分析》,《湖南师范大学社会科学学报》2001 年第 6 期,第 88 页。

③ 吴予敏:《论新时期小说的母题及其文化价值观念》,《小说评论》1988 年第 5 期,第 3 页。

复出现于不同的文本之中,具有某种不变的、可以被人识别的结构形式或语言形式"。① 虽然这种表述略显僵硬,无法避免形式化之嫌,但它总结和提炼出了文学母题的基本特点。

文学母题的特点决定家族小说是最适合母题研究的小说文类。家族小说的阐释对象是作为社会基本单元的家族。家族是一个由血缘、经济、情感和文化组成的共同体,不但决定个体在血缘伦理秩序中的位置,还确立人们最根本的身份属性,家族的兴盛衰亡反映整个地区在某一特定历史环境下的发展变迁历史。围绕家族形成的小说母题在文学上拥有叙事方面的优先权,成为家族小说区别于其他小说类型的重要标志,是人们触及本民族的集体意识和文化心理的主要参照系。研究福克纳与新时期家族小说的母题形态,是探索中美社会转型如何影响家族文化以及这种影响如何在作家的心中沉淀为集体创作无意识的最佳媒介。对福克纳与新时期作家群的家族小说展开母题形态的对勘比较,深入家族神话、迷失乐园、家园追寻、审父、崇父、女性崇拜、厌女母题层面,是在文学与文化范畴方面开展二者比较研究的基本内容。

福克纳的"约克纳帕塔法"世系小说在家族母题谱系的集中叙写中展现旧南方的家庭生活和社会制度,认真反思美国现代化引发的家族文化危机和农耕文明衰落问题。其家族母题全面触及在资本主义现代化和种族思想撞击下南方庄园家族走向解体的诸多问题,深度再现美国南方近 200 年的社会变迁和家族兴衰的历史文化进程。在中国新时期,作家们放弃新中国成立以来长期处于统治地位的革命或者阶级叙事主题,转向家族内在的叙事母题,在与福克纳大致相似的母题形态之下书写中国当代的家族问题和社会现实,思考中国的现代化和城市化进程,开启家园追寻与历史求索相结合的"寻根"之旅。因此,福克纳与新时期家族小说作家在大致相同的母题形态之下,描绘各

---

① 孙文宪:《作为结构形式的母题分析——语言批评方法论之二》,《华中师范大学学报》(人文社会科学版)2001 年第 6 期,第 70 页。

具鲜明地域文化特色的"伊甸园"和"桃花源"。

第一节 "约克纳帕塔法"世系的母题类型

家族文化构成美国南方文化的"核心内容"①。美国南方以种植园经济为基础的农业社会制度和注重血缘关系的家族伦理观念决定家族小说在南方文学中的核心地位,蓄奴制赋予南方家族小说独特的叙事内容。南方文学巨擘福克纳从叙事层面对南方传统的家族小说母题进行重新切分和聚合,围绕家族神话、父权统治、贵族气派、骑士精神、荣誉至上、妇道观念和种族问题展开书写,缘之形成清晰可辨又充满矛盾的母题谱系,即"家族神话与失乐园"母题、"审父与崇父"母题、"圣母与厌女"母题。这些母题类型贯穿在"约克纳帕塔法"世系小说之中,彰显作者对旧南方家族批判与依恋并存的矛盾思想,反思美国的现代化进程对南方的家族文化和农耕文明的影响。因此,对福克纳家族小说展开母题谱系学层面的研究,是考察福克纳家族小说的本质和把握美国南方家族文化精神内涵的重要手段。本章在梳理辨析福克纳家族小说叙事母题类型的基础上,触摸作者"根深蒂固的家园情结和强烈而矛盾的历史意识",②分析福克纳南方家族"罗曼司"的精神诉求和文化底蕴,挖掘美国南方家族传统的独特内涵。

一、"家族神话"与"失乐园"母题

福克纳的"约克纳帕塔法"世系作品中有十五部小说书写美国南方的家族"神话"。《沙多里斯》和《没有被征服的》描写崇尚传统、注重尊严的南方贵族沙多里斯家族;《喧哗与骚动》和《献给艾米丽的玫瑰》书写挣扎在新旧之

① Allen Tate, *Essays of Four Decades*, Chicago: The Swallow Press, 1968, p.588.
② Richard H. King, *A Southern Renaissance*, *The Cultural Awakening of the American South 1930-1955*, New York: Oxford University Press, 1980, p.7.

中竭力捍卫家族荣耀的康普生和格里尔生家族;《押沙龙,押沙龙!》讲述雄心勃勃、致力于建造纯白人家族"王朝"的萨德本家族;《去吧,摩西》和《坟墓的闯入者》叙述种族和血缘伦理撞击下的麦卡斯林家族;《我弥留之际》表现轻视过去、紧抱"现在"、陷入生活和精神困境中的穷白人本特伦家族;"斯诺普斯三部曲"《村子》《小镇》和《大宅》,围绕投机成为南方暴发新贵的斯诺普斯家族展开。福克纳的家族小说以南方庄园贵族家族为聚焦点,暴发户斯诺普斯家族和穷白人家族构成它的对立面。

　　旧南方贵族的家族生活以庄园为中心展开,独立而悠闲的庄园生活模式孕育南方贵族崇尚家族荣耀、注重家族观念、珍视乡情故土、热爱自然风光、关注社区利益、追求个性自由的南方特性,依此衍生出南方的家族神话。"父权制"大家族、家族完整、家族荣誉至上、英雄主义、骑士风范、南方"淑女"、黑人与白人之间错综复杂的关系成为南方家族神话的主要内容。① 旧南方的贵族家族与新南方的暴发户斯诺普斯家族之间的较量代表传统与现代的矛盾。南方的社会转型、传统与现代之间的激烈角逐使南方的贵族家族走向灭亡,斯诺普斯家族逐渐兴起。对贵族家族爱恨交织的矛盾情感、基督教营造的"伊甸园"和"失乐园"文化氛围、家族衰落的亲身经历、南方的战败历史、历史的必然律、惆怅感伤的情愫沉淀出福克纳家族小说的"家族神话"和"失乐园"母题,决定其家族叙事浓厚的悲剧色彩。福克纳正是在"家族神话"的重塑与"失乐园"母题的叙写中,描述美国南方几大家族的盛衰荣辱以及南方传统家族文化的消亡衰落,表达南方人无可奈何、徘徊的矛盾与痛苦。本节主要分析福克纳书写"家族神话"与"失乐园"母题的四个动因及其戏仿的《圣经》的寓意,梳理辨析福克纳"家族神话"和"家园"母题的矛盾性,考察福克纳南方家族"罗曼司"的内涵。

---

① Richard H. King. *A Southern Renaissance: The Cultural Awakening of the American South*. New York: Oxford University Press, 1980, pp.21-37.

（一）"家族神话"与"故乡"书写的动因

新与旧、传统与现代的交替更迭对以种植园经济和农耕文化为基础的美国南方产生巨大影响,彻底摧毁南方人世代相传的家族神话和家园意识,南方顿时笼罩在"一切坚固的东西都烟消云散"的伤感与痛苦中。"文章合为时而著","遥望故乡而不见"的怀旧气息和挽歌情调弥漫在"约克纳帕塔法"世系小说中。面对历史发展的必然律福克纳感到无能为力、无可奈何,对在城市化进程中逐渐灭亡的南方大家族和南方故乡,他在痛定思痛时更加留恋不舍。基于以下四个原因,福克纳对于"家族神话"和"故乡"母题投入极大的创作激情,期待在家族神话和故乡母题的书写中寻绎南方的传统与历史。

首先,深厚的故乡情怀和现实的故乡素材孕育福克纳作品的"家族神话"与"家园"母题。福克纳于 1897 年出生在密西西比州的新奥尔巴尼,后来搬到奥克斯福(牛津镇)并在这个南方小镇终老一生。从小深受密西西比河畔浓厚南方乡土气息的影响,生于斯、长于斯的福克纳对南方民俗民情熟稔于心,对家乡的人民了如指掌,他以自己家族生活和繁衍的那个"邮票般大小"故乡为蓝本建构"约克纳帕塔法"神话世界,并对其中的家族、血缘、种族展开创造性书写,让旧南方的一切社会生活和历史文化围绕这三个方面展开。① 现实故乡的牛津镇和拉法耶特郡化作小说中的杰弗逊镇和"约克纳帕塔法"县,生活在家乡的各色人等成为小说中的人物原型群像。现实与虚构交融汇合,福克纳不但把现实的故乡搬进心造的文学"共和国",更是把南方的乡土意识、家族神话和家园情结推向极致。

福克纳一生在家乡度过,对南方的庄园主贵族家族生活及其衰落感同身受,对南方的农业文明及其陨落体悟深切。南方与以现代工商业为基础的北方不同,长期以来农业是其经济支柱,形成以庄园、家族、社区和小镇为中心的

---

① Thomas Daniel Young, *The Past in the Present：A Thematic Study of Modern Southern Fiction*, Baton Rouge & London：Louisiana State University Press, 1981, p.2.

乡村生活模式。南方人以血缘为纽带、以家族为单位聚族而居的农耕生活习惯,赋予南方与北方大都市或者商业中心完全不同的历史意识、家庭观念、地方情结、宗教信仰、价值准则、文化习俗,甚至在行为规范、礼仪方式、饮食起居、风土人情、生活习惯、思维方式等诸多方面存在明显差异。福克纳是典型的南方土生子,他熟悉故乡的山川地理,深知家乡的精神气质,家乡是他永远无法割舍的感情牵挂和精神寄托,历史使命感和人文知识分子的责任心使他与即将消逝的南方同呼吸共命运。家族神话的书写是他献给南方的一份独特而伟大的赞礼,南方因为"约克纳帕塔法"家族世系小说备受瞩目,"约克纳帕塔法"又因为南方获得灵魂。

福克纳深情"图绘"家乡的山川河流和风土人情,发现"邮票般"大小的故乡蕴含永远写不完的故事。故乡给予福克纳极大的创作自信与自由。福克纳的悲喜爱憎扎根在故乡,故乡不但是"约克纳帕塔法"神话世界的深厚土壤和艺术源泉,更是福克纳的情感支撑和精神摇篮。一想到故乡,福克纳便获得那种踏实、亲切和熟稔的感觉,产生强烈的言说欲望和创作冲动。在福克纳的文学世界中,南方的家族世世代代繁衍生息,家族与家族之间有着千丝万缕的联系。庄园家族内部充满各种鲜为人知的秘密,家族成员之间感情复杂而丰富,奴隶与庄园主家族之间的血缘伦理纠葛不清,南方传统贵族与后起新贵之间尔虞我诈的商业竞争持续上演,穷白人对贵族阶层财产及地位的觊觎与争夺从未停息,传统乡绅的消失和南方淑女的堕落势不可当,少数族裔的传统遗风逐渐失传,形形色色的家族传奇和家族辉煌被代代传颂。福克纳的虚构世界是现实故乡的形象写照和真实翻版。一旦脱离故乡,福克纳变得惶恐不安、无所适从,创作失去精神内核,往往流于浮躁与浅薄。

福克纳对故乡的深情厚谊是他孜孜不倦叙写南方家族神话的主要原因。他把对故乡的满腔热情倾注在对"约克纳帕塔法"神话王国的精心塑造上,为它一笔一画地绘制精确地图。在对"约克纳帕塔法"展开厚描的同时,福克纳有意对所有家族小说进行整体架构,把它们排列布阵在这个虚构的南方神话王国中，使它们在主题上形成统一关联，构成一个叙事母题清晰、故事链条完整的描写南方大家族兴盛衰亡历史的谱系。即使在现代化与高科技化的原子和电子时代，福克纳依然我行我素，深情回望家乡的过去和传统，全神贯注于旧南方的家族文化。这种表面看起来"不合时宜"的对家族故事的痴迷和对家乡故土的执着，成就了福克纳小说创作的伟大与不朽，使其"家族神话"和"家园"母题独具魅力。但是，福克纳对故乡的热爱并非丧失理智的"愚爱"，而是一份带着殷切期望与复杂情感的大爱。他能够深刻体悟故乡的现在与过去，理性分析存在于故乡历史中那些非人道和罪恶的因素。他借小说中的人物昆丁之口，用一连串"我不。我不。我不恨它！我不恨它！"[1]反驳外人对南方的误解，道出自己对家乡"爱之深责之切"的肺腑之言。对于南方，福克纳"一方面是一种爱慕与占有的感情；另一方面，是一种身不由己的恐惧，生怕自己热爱的一切会毁于本地农奴的无知与商人、地主的贪婪"。[2]

南方的现代化和城市化必然打破南方以往静谧封闭的庄园生活和农业经济体制，大片的种植园遭受工业的蚕食与破坏，自然景色和田园风光毁于一旦。福克纳亲眼目睹南方的贵族大家族、历史悠久的农耕文明以及人们赖以生存的家园被现代化血淋淋地碾压，在势不可当滚滚向前的时代巨轮之下，他自知旧南方的"随风飘逝"已成定局。恰如每一个南方人，福克纳无法抑制对南方过去和传统家族文化的依恋与回望。但是，与其他南方人不同，对于家乡的热爱和对于旧南方贵族家族灭亡的痛惜并没有蒙蔽福克纳敏锐的双眼，他清楚地认识到，即便没有现代化和工业化，南方长期以来存在的奴隶制、种族问题、大家族自身的腐朽与罪恶也会摧毁庄园贵族大家族。因此，福克纳情不自禁地在批判揭露与留恋怀旧的矛盾中，执着于南方的"家族神话"书写。

福克纳怀着强烈的地方感、历史感和乡土社会感，构筑"约克纳帕塔法"文学世界，运用具有南方地域特色的语言，书写南方的"家族神话"，反映白

---

① William Faulkner, *Absalom,Absalom*! New York：Random House,Inc.1951,p.378.

② 李文俊：《福克纳评论集》，中国社会科学出版社 1980 年版，第 43 页。

人、黑人、印第安人的生活和生存状态。阅读福克纳的作品，清新的乡土气息和浓郁的南方风情扑面而来。福克纳作品的创作素材大多来自于故乡，但创作视野却远远超越南方那个狭小天地的束缚。他在乡土素材中折射现代文明与人性的本质。通过书写一个特定地区、时代和人群的家族神话和故乡情结，福克纳切入普遍意义上的对人类生存状况的追问与探索，揭示现代人面临家园不再的精神困境与生存本质。福克纳笔下的"故乡的土地不仅是美国南方神话的化身，还是普遍人性的缩影"。① 因此，"约克纳帕塔法"家族神话世系犹如美国南方的"地方志"、"风俗志"和"现代史"。②

美国南方的家族文学传统、农业社会形制和社区观念是福克纳不懈追寻"家族神话"和"家园"母题的第二个原因。众所周知，"田野、教堂和家庭是南方人生活的三个主要组成部分"③。整个南方社会似乎是一个以父权为统治基础、以血缘为纽带、以奴隶制为保障的家庭拓展而成的比喻，个人与地区身份、自我价值与社会特征都通过家庭关系得以确定。种植园家族的经营模式和农业经济的封闭性决定南方人对家庭的依赖，养成崇尚家族荣耀、注重社区意识以及热爱自然、珍视土地、追求个性的南方特性。家族传奇、祖先业绩、地方观念、血缘伦理、家族与社区的复杂关系是南方家族神话的主要内容。记载某一家族或相关几个家族在一段时期内的生活和经历的家族传奇，经过庄园文学的推波助澜，很快演变成南方文学的主要文类，构成南方文学的经典叙事母题，确立家庭在南方文化中的核心地位。

南方的种植园传奇总是把南方塑造成一个与北方完全不同的形象，在极度渲染南方种植园的自然风景、南方特性和儒雅气质的同时，突出种植园所承载的文化价值，为南方奴隶制的存在进行辩护。但是，内战之后，种植园传奇

---

① John Dennis Anderson, *Student Companion to William Faulkner*, Westport: Greenwood Press, 2007, p.1.

② 董衡巽：《美国现代小说家论》，中国社会科学出版社1987年版，第190页。

③ 黄虚峰：《美国南方转型时期社会生活研究》，上海人民出版社2007年版，第157页。

在表面的浮华与兴盛之下,难掩虚情假意的夸张和自欺欺人的谎言。对于南方贵族家族衰亡的恐惧与焦虑使得南方的家族小说作家经常流露出浓厚的怀旧与伤感情愫。在美国其他地区越来越现代化、城市化和文化多样化的大背景下,福克纳意识到南方传统的家族必然走向解体。令他唏嘘不已、扼腕叹息的是,因为外界力量的入侵,南方传统的家族文化、区域特征以及南方人赖以存在的精神家园濒临毁灭的威胁。他频频回首,以忧郁惆怅的目光、哀婉怀旧的情绪,与旧南方蓄意美化种植园家族传奇的"罗曼司"诀别,以矛盾的笔触重构南方的家族神话,把祖先的罪恶、家族的秘史、女性的堕落、男性的退化、血缘的混乱、亲情的缺失、土地的滥用、种族的歧视纳入家族历史的书写。

福克纳重构南方家族神话的第三个原因与南方人集体抵御北方的无意识心理机制相关。庄园经济、家族意识、地方情结是南方区别于北方的主要因素,是南方文化对抗北方文化入侵的有效心理防御机制。庄园制大家庭承载南方人对旧南方的集体记忆,是美好过去的象征,内战的失败以及战后重建摧毁了南方的庄园体制和大家族的存在模式,成为南方人挥之不去的噩梦,南方之所以成为南方的东西都烟消云散。内战之前,旧南方的家族表现出明显的宗族特点和种族等级,稳定坚固且充满活力。建立在血缘关系之上的家族,通过与利益关系、地缘关系和种族等级的联系,渗透到经济体制、社会生活和价值观念的各个方面,在现实中发挥强大的社会经济功能,代表南方白人至上的阶级意识和贵族文化,成为南方历史文化的核心和社会生活秩序的标志。任何文化都存活在拥有这些文化的人们的观念中,家族传奇是南方家族文化的精神诉求,是南方人独特的历史文化梦想。内战的失败、奴隶制的废止、南方的工业化和现代化,极大地动摇南方传统的种植园家族根基,削弱家族的现实社会功能,淡化家族的精神价值诉求。对于南方传统大家族的灭亡及其代表的精神价值的衰落的恐惧蛰伏在南方人内心深处,演变为南方作家创作的集体无意识,家族小说成为南方作家表情达意的主要手段。

南方种植园家族建立在奴隶制之上,非人性、反人道的奴隶制是种植园永远无法根除的致命毒瘤。南方气候温暖,土地肥沃,适合发展种植园经济,种植园经济催生奴隶制。种植园主、自耕农、穷白人和黑奴构成战前南方的四个主要人口阶层。种植园主占人口的极少数但处于金字塔顶部,白人种族优越论和贵族精英思想在南方白人中根深蒂固。种植园主及其治下的黑奴构成南方典型的庄园"大家族",南方贵族集体编织美妙的家庭"罗曼司"。内战的失败惊醒沉浸在梦境中的南方人,给"视尊严高于一切"的他们致命一击。军事上的失利使南方不得不屈辱地接受政治、经济、社会、家庭、文化、宗教、价值观念方面的从属和重建。傲慢的南方人蒙受被占领、被重建的耻辱。但是,理智和道德又使像福克纳一样的南方人意识到奴隶制的罪恶。碍于南方贵族高傲的情感和尊严,"南方文艺复兴"作家拒绝外人干预南方"内务",本能地排斥北方强加于南方的现代化和工业化。在奴隶制解体和北方价值观念的冲击下,南方大家族的灭亡令他们痛心不已,形成强烈的"向后看"的历史意识和对旧南方的集体记忆。对于他们而言,南方的"过去坚如磐石、无法逃避、时时闪现"。①

　　贵族精英意识使福克纳对南方失去家族"乐园"耿耿于怀,但是,人文知识分子的世界情怀和人道主义思想,又使他明确认识到,即使没有南方在内战中的失败和北方工商资本主义的入侵,奴隶制和家族本身的腐败也会把南方的贵族大家族送上灭亡之路。内战之后现代化的洪流势如猛虎、不可阻挡,南方注定要经历深刻的历史文化变革和社会政治改制,南方传统的农业社会逐渐解体,农耕文明随之走向没落,这是历史发展的必然律。这种清醒的认识让福克纳倍感痛苦,他充满悲情、怅然若失地徘徊在传统与现代的犹豫和矛盾之中。在创作"约克纳帕塔法"家族小说之初,他已经意识到南方处于历史的十字路口,不能回到过去也无法面对未来。因此,对南方"旧"家族观念和昔日家园的依恋是南方作家集体抵御北方工商资本主义入侵的主要心理防御

① Urgo J R, Abadie A J. (eds), *Faulkner's Inheritance: Faulkner and Yoknapatawpha*, Jackson: University Press of Mississippi, 2007, p.10.

机制。

福克纳的保守主义和"向后看"的历史意识是他聚焦故乡和"家族神话"的第四个写作动因。对于福克纳而言,"约克纳帕塔法"县虽然充满家族腐败、道德堕落、人性颓靡和无法拯救的悲哀,但是那里生活着故乡的祖祖辈辈,饱含家乡的风土人情,具有深厚的历史和文化传统,是南方人永恒的家园,为漂泊的灵魂提供港湾。因此,"福克纳以悲怆的情怀,'不得已'地遵循历史的必然律叙写家族的衰落"①。他把阴郁忧伤的目光投向旧南方的一个个大家族,描绘一幅幅庄园主大家族的没落史。在家族衰亡史的背后,透着福克纳对美国现代化和城市化历史进程的深刻思考。表面看来令福克纳感到痛心疾首、深切哀悼的是南方庄园主家族的衰亡,深层次上让他无法释怀、痛定思痛的是旧南方家族观念和农耕文明的陨落。南方的工业化和城市化不仅导致大片棉田消失,而且引发农耕文明以及传统家族文化的失落,意味着在内战中遭受失败的南方人从此堕入对家园"寻觅"无力而又"归返"无望的绝望处境。失去现实和精神家园的南方人陷入两种价值体系的夹缝中,在"新"、"旧"南方的激烈角逐中痛苦挣扎。福克纳通过弥漫在作品中的怀旧气息和潜滋暗长的感伤情调,为南方农耕文化的陨落和家族传统的消亡唱响忧伤动人的挽歌,寄托对故乡的深情怀念和对"旧"家族文化的无限哀思。

福克纳徘徊在旧南方与新南方、农业与工业、传统与现代、情感与理智、颂扬与批判的矛盾之中,表现"家族神话"和"家园"母题书写的内在矛盾性,透视历史保守主义倾向和农业主义理想。福克纳通过在"约克纳帕塔法"家族世系小说中对南方贵族"家族神话"进行解构与重构、对家园"寻觅"与难以"归返"展开厚描,体现现代南方人典型的"无根"意识和"漂泊"状态,把人们引入遥远的过去,在回望过去中探知现在和未来。福克纳的"家族神话"与"失乐园"母题突破南方单个家族的悲剧,成为整个南方地区贵族大家族宿命

① 叶世祥:《家族·时间·罪感——巴金〈家〉与福克纳〈喧哗与骚动〉的对比阅读》,《温州师范学院学报》1997年第4期,第19页。

式灭亡的写照,充满无奈感、悲剧感和命定感,从关注家族悲剧到关注家族文化失落、"遥望故乡何处是"的哀伤与悲凉演化成荡气回肠的文化"乡愁"。

（二）"失乐园"母题与《圣经》的互文对照

福克纳的家族小说与基督教神话相互参照、彼此关联,使南方的家族衰落和家园迷失染上厚重的宿命感和悲剧性。南方是美国的"圣经地带",基督教在旧南方具有强大的影响力和生命力。深受家族信仰和南方宗教的熏陶,福克纳从小对《圣经》烂熟于心,"失乐园"与"复乐园"的故事常常不自觉地流露在其家族小说创作中。福克纳要么潜隐套用或者戏仿对照《圣经》故事,要么对它的叙事模式进行"移位转形",旨在营造独特、反讽的家族叙事"对应结构"①。"迷失乐园—苦苦追寻—绝望挣扎—魂归故里"构成福克纳"约克纳帕塔法"家族小说独特的叙事模式。福克纳对"失乐园"神话的影射和对《圣经》叙事模式的化用,一方面暗指和隐喻南方人对家园追寻的无奈和"返乡"无望的现实处境,强化"此情绵绵无绝期"的悲怆与伤感,凸显"家园追寻"与"迷失乐园"的主题思想;另一方面极大拓展小说的叙事空间,为小说营造更大的艺术张力,形成小说在主题思想方面的多元性和复杂性。

在讲述麦卡斯林家族故事时,福克纳直接把小说命名为《去吧,摩西》。据《出埃及记》记载,摩西一家是移居埃及的犹太人,摩西是犹太人的先知和民族领袖。移居埃及之后,犹太人因勤劳吃苦和善于经商,积攒大量财富,引起执政者的反感与憎恨,埃及的执政者下令屠杀所有犹太新生男婴。摩西出生之后,母亲把他放入河边芦苇丛中的一个篮子里,后来被前来洗澡的埃及公主发现并带回宫中抚养成人。当犹太人在埃及遭受的奴役和苦难达到令人无法忍受的地步时,摩西受上帝召唤,听从上帝旨意,率领以色列人逃离埃及。在他去世以后,他的继承者约书亚继续领导以色列人长途跋涉,历经千难万

---

① 叶舒宪:《神话—原型批评》,陕西师范大学出版社1987年版,第362页。

险,渡过约旦河,终于到达"应许之地"迦南,从此在这块土地上建立家园、繁衍后代。

与摩西救民于水火的神话故事对比形成巨大张力,小说《去吧,摩西》中麦卡斯林家族没有一个男性能够勇敢地负起拯救家族或者保护家园的重任。艾克虽然拥有足够的勇气,决心对家族历史剥丝抽茧、溯本求源,但在得知祖上的血亲乱伦、奴隶买卖、土地掠夺、同性恋罪恶之后,他毅然决定放弃家族遗产、拒绝生育子嗣,最终选择隐居山林、遵守自然法则,甘当"自然之子",试图以此为家族赎罪。艾克的身上闪现作者的理想主义光芒,但是这种看似高贵的赎罪骨子里透着独善其身的消极逃避,在需要承担家族责任之时他软弱无能,无法像《圣经》中的摩西一样,敢于挑起保护子民、重建家园的责任。麦卡斯林家族的故事双线展开,在描写家族白人谱系的同时交代因家族祖先乱伦衍生而来的黑人后裔。家族黑人后裔第二代卢卡斯和莫莉大婶的外孙赛缪尔不满南方的种族歧视,像《圣经》中离开埃及的以色列人那样,离开南方的杰弗逊镇去北方寻找自己的"迦南"。但是,在芝加哥他被扣上杀害警察的罪名而遭处死。赛缪尔死后莫莉大婶四处奔走,让他的尸体在体面和尊严中回到家乡。

《我弥留之际》与《出埃及记》的叙事模式平行关联:本特伦带领子女,一路历尽千难万险,抬着妻子艾迪发臭的尸体去她的家乡杰弗逊镇安葬。小说的故事情节与摩西带着约瑟的骸骨、率领以色列人跋山涉水寻找福地迦南的圣经故事形成对比。① 相对忠诚于上帝、救民于水火的摩西,身为父亲的本特伦则显得亲情淡漠、自私自利、卑鄙猥亵。本特伦一家的所作所为与"摩西十戒"形成反讽对照:本特伦踏上送葬之旅的主要目的是为自己安装假牙以便续娶新太太;女儿德尔此行的中心意图是买药堕胎、遮盖未婚先孕的丑行;家人之间互相提防甚至彼此伤害。如此行径与"十戒"中"不可贪恋别人的妻

---

① *The Old Testament*,Tokushima:Shikoku Women's University,1988,p.44.

子"、"你们彼此相爱"、"不可奸淫"的戒律形成明显戏仿,致使两种看似相似的旅途反映截然不同的意义。这部被誉为"神品妙构"的小说,①因为对《圣经》故事的完美戏仿,凸显南方穷白人家族失去"乐园"的必然性。

《喧哗与骚动》借用《圣经》的"受难—复活"模式设计小说的叙事结构,强化康普生家族衰落的宿命轨迹。康普生家族的男性继承人或思想瘫痪或智力低下或唯利是图,父母与子女之间关系生硬疏远,夫妻之间情感淡漠畸形。康普生家族的缺乏亲情和病态自私与基督的仁慈博爱和庄严神圣形成极大反差,与基督要"你们彼此相爱"的基本教义背道而驰。② 神话中为人类受难被钉死在十字架上的耶稣三天后复活,康普生家族在新旧更迭以及家族成员的"无爱"中走向永失"乐园"、"复活"无望的绝境。小说通过与神话的互文关联,深化康普生家族衰亡的寓意:"家园追寻"演变蜕化为伤感绝望的"灵魂归返"。

《押沙龙,押沙龙!》与《撒母耳记》对照关联。萨德本家族的灭亡与《圣经》中大卫王朝的覆灭如出一辙。小说借用大卫王"建立希伯仑-耶路撒冷王国—子女乱伦、兄弟相残—王朝衰微"的故事模式映衬萨德本家族的悲剧。萨德本像大卫王一样终其一生建造"萨德本百里地"庄园,把纯白人血统作为"家族王朝"千秋万代的保障。他遗弃疑似有黑人血统的妻儿,但是命运似乎与他开着玩笑,萨德本家族终究无法从根本上逃避黑人血统的威胁,混血成为家族不可避免的宿命。血缘纠葛导致萨德本家族兄妹"乱伦"、手足相残,家族在血缘伦理和种族矛盾的撞击下摇摇欲坠,最终被一把神秘大火毁于一旦。"萨德本百里地"唯一的男性白人子嗣葬身火海,空留家族混血白痴"子遗"对着化为一片灰烬的废墟长声嚎叫。至此,萨德本家族分崩离析、王朝梦破。

---

① F. L. Gwynn, J. L. Blotner (eds.), *Faulkner in the University*, Charlottesville: The University of Virginia Press, 1959, p. 87.

② *New Testament*: *King James Version*, Lake Wylie: Christian Heritage Publishing Co, 1988, p. 131.

　　"约克纳帕塔法"好像是伊甸园的翻版。矗立在广场上的那棵大树似乎就是伊甸园里那株启迪蒙昧、辨识善恶、维持活力的"生命树",它历经岁月沧桑,随着南方的时代变迁显示不同的生命状态。在旧南方时期,大树枝繁叶茂,荫庇法院大楼,象征井然有序的社会;当南方进入转型期推行城市化和工业化时,大树被连根拔掉,南方处于无序与混乱状态。"约克纳帕塔法"王国中的约克纳帕塔法河和塔拉哈奇河让人联想到从伊甸园流出、灌溉园子的那条河流。在伊甸园中,夏娃无法抵制毒蛇的诱惑,偷食禁果导致人类的始祖被逐出伊甸园;在"约克纳帕塔法"神话王国中,南方淑女在新兴"斯诺普斯"们的围堵利诱之下逐渐堕落。亚当和夏娃被逐出伊甸园之后,他们的儿子该隐和亚伯为了在上帝面前争宠,上演兄弟相残的悲剧;在"约克纳帕塔法"世系小说中,兄弟交恶、手足相残的故事屡见不鲜,例如,《喧哗与骚动》中杰生阉割弟弟班吉,《押沙龙,押沙龙!》中亨利枪杀哥哥邦,《去吧,摩西》中布克追猎混血弟弟图尔。福克纳的文学世界闪现伊甸园的影子,象征南方从农耕文明的"伊甸园"进入到资本主义的"失乐园",南方传统的价值观念和美好品德丧失殆尽。

　　总之,南方的家族传奇和家族文化传统孕育福克纳小说创作的"家族神话"和"家园"母题。在继承庄园文学和家族母题的同时,福克纳实施反叛与革新,毅然放弃庄园文学竭力粉饰南方大家族、美化奴隶制庄园的叙事内容,满怀悲情却毫不隐瞒地暴露南方的家族罪恶,在留恋与批判的矛盾中赋予"家族神话"和"家园"母题全新的叙事内涵,在巨大的艺术张力中使家族衰落与家园追寻表现非凡的文学感染力和诗学效果。福克纳的家园追寻与"伊甸园—失乐园"神话密切关联,以传统、伤感、怀旧、隐遁之类的关键词,在时间向度上指向过去、原始、初民,在地域向度上指向封闭、荒野、庄园、农田、僻地,显示浓厚的家园皈依情结和"文化乡愁"意识。在爱恨交织的矛盾情感中,福克纳以现实故乡为蓝本,通过与神话之间的互文对照和戏仿隐喻,运用臻于完美的叙事技巧和哀怨悲怆的怀旧笔调,把南方人对家园的追寻演绎成一种

"不可言说"的心理情结和"明知不可为而为之"的精神追求。

二、"审父"与"崇父"母题

美国南方的政治文化、经济模式、宗教信仰以及"父权制"家族传统,赋予"父亲"在家族"王国"和庄园经济体制中莫大的权威。"父亲"居于"秩序"的顶端,享有至高无上的特权,是家族"王朝"的主宰者和家庭经济的支配者。南方的宗教和文化把"父亲"提升到与上帝等高的位置,坚决维护男性优越、女性低劣的性别范式,将其演变为决定社会地位和家庭权利分配的原则。福克纳的家族历史和亲身经历使他在情感上认同"父权制",崇拜和敬仰南方的英雄"父亲"。但是,人道主义思想和人文知识分子的理智又使他深刻认识到南方父权和男权思想的不合理与危害。因此,在书写南方家族故事时,福克纳一边追寻父辈的丰功伟绩和英雄传奇,一边又把"父亲们"送上道德审判的法庭。歌功颂德和批判揭露决定福克纳家族叙事的"崇父"与"审父"母题的矛盾性。

(一)精英文化与人道主义思想下的"崇父—审父"母题

南方"父权制"大家族构成"约克纳帕塔法"世系的叙事主旋律。南方长期的庄园经济模式和男权文化传统,形成"父权制"家族社会。福克纳出身南方贵族家族,认同南方的男权社会和白人精英文化立场。身为长子长孙,福克纳继承记载家族"显赫"历史的"家族圣经",家族的辉煌历史和贵族地位在他心中留下难以磨灭的优越感和自豪感,夸张、炫耀家族传奇成为福克纳缅怀祖先和逝去岁月的最佳方式。他"直接取材于老上校的业绩,写作了《坟墓中的旗帜》这部沙多里斯(原名《坟墓中的旗帜》)的小说"。[①]《押沙龙,押沙龙!》中徒手创建庞大庄园的萨德本、《沙多里斯》中崇尚骑士精神的沙多里斯的身

---

① 　[美]达维德·敏特:《圣殿中的情网》,赵扬译,生活·读书·新知三联书店1991年版,第6页。

上闪现福克纳曾祖父和祖父的影子。他们开疆拓土、建功立业,是南方的"阿伽门农"、"恺撒"、"亚伯拉罕"、"浮士德"、"大卫王",代表"英雄父亲"形象。与家族的先辈们相比福克纳的父亲相形见绌,福克纳对他的漠然、无能、酗酒感到痛心与失望,他以酗酒成性、意志消沉、迷恋虚无的康普生先生形象出现在《喧哗与骚动》中。家族盛极一时的过去和破落衰败的现在使福克纳的"崇父"与"审父"演化成内心深处无法调和的矛盾母题,渗透在家族小说叙事中。福克纳经常以现实生活中的人物为原型,在作品中塑造一系列具有人格魅力和英雄气魄的"父亲"或者"祖先"形象、懦弱无能的"子辈"形象。福克纳在追寻英雄"父亲"的同时意识到"父亲"的退场成为历史的必然,"父亲"已经丧失权威统治的时代合理性。

福克纳认为南方的"父亲"代表庄园经济体系和家族伦理秩序,是家族的缔造者以及社会精英和骑士精神的体现者。南方的社会变革导致种植园家族走向衰落,同时,那些或软弱无能、或冷酷无情、或性情暴烈的"父亲"加速家族的败落。但是,"父亲"的缺席和退场必然引发南方传统家族秩序的崩溃与社会的哗变,使南方在诸多方面处于失序与混乱状态。福克纳徘徊摇摆在"寻父"与"审父"的两极中,在声讨和哀叹"父亲"的无能与残暴时又无法抑制对英雄"父亲"的向往与崇拜。转型期的南方被强行拖入现代化和工业化,"旧"秩序的轰然坍塌没有伴随"新"秩序的应运而生,"新"南方重视现代化和城市化,忽视意识形态、价值观念领域的重建,南方的家族文化与农耕文明面临严重的断裂与失衡。

"新"与"旧"的交锋与碰撞使福克纳以冷静的目光审视南方的"父亲",在无情批判和揭露旧家族制度中"父权制"的腐败与罪恶的同时,怅然若失地回望父辈的高大形象和英雄业绩。福克纳以崇敬的曾祖父为原型,塑造代表南方传统贵族父亲形象的沙多里斯群像,他们是"将军"、"巨人"或者"国王",是崇尚传统、注重个性、遵循骑士风范、崇拜英雄主义的南方贵族,敢于承担家族、社区、社会、历史责任。福克纳蔑视的南方新贵和暴发户斯诺普斯们是沙多里斯的对立阵营,他们迫不及待地投入商业主义的浪潮,漠视传统、轻视历史、无视道德、追逐利益,肆无忌惮地败坏南方原有的道德规范和价值准则,大力推行物质文明和消费文化。代表南方贵族传统的沙多里斯们在历史上显赫一时,但在斯诺普斯统治的工业化、机械化的喧嚣世界中,他们注定失去这场注重物质消费、轻视精神生产的战斗。在南方贵族白人精英文化意识的影响下,福克纳在感情上认同旧南方"父亲"、厌恶新南方"父亲",以此展现对旧南方的留恋与失望以及对新南方的期待与批判。

福克纳笔下的父亲形象个性鲜明、矛盾重重。在对南方"父亲们"顶礼膜拜的同时福克纳对他们的缺点及其代表的体制口诛笔伐。在《没有被征服的》和《沙多里斯》中,约翰·沙多里斯在内战时勇敢地承担保护家园的重任,出资招募军队同北方军队英勇作战,战后积极投身本地的经济和政治事务,创建当地第一家银行,自费修建第一条铁路,通过竞选成为州议员。在他死后,他的传奇故事和丰功伟绩被一再传颂,成为南方贵族精英和英雄"父亲"的典型代表。福克纳塑造的沙多里斯上校一方面生性彪悍勇敢、充满英雄气概、注重家族尊严、崇尚骑士精神、敢于开拓冒险,另一方面又顽固守旧、鲁莽冲动、心狠手辣、剥削奴隶、践踏人性,终身信奉白人优越、贵族至上的信条,坚守种族制度,是旧南方强权专制的化身和种族主义的卫道士。

《押沙龙,押沙龙!》中的萨德本因童年时在一富人庄园门口被要求走偏门感觉遭受屈辱,痛下决心,立志建立更加宏伟的庄园"王国"报仇雪耻。他果断地选择攫取土地、跻身贵族阶层、压迫奴隶迅速发家致富。他把奴隶从海地贩运到杰弗逊镇大兴土木,以开天辟地的勇气和坚持不懈的毅力在大片荒无人烟的地方硬生生地筑起一座"比法院大楼还要高大雄伟"的"萨德本百里地"庄园。但是,萨德本庄园的发迹源于海地这片"两百年来受压迫与剥削的黑人的血液浇灌而成的土地",[1]自建立之日起就受到诅咒。萨德本在建立纯

---

① William Faulkner, *Absalom, Absalom*! New York:Random House,Inc.1951,p.251.

白人血统"家族王国"的过程中抛妻弃子,残酷剥削黑奴,肆意践踏人性,导致家族成员手足相残、兄妹乱伦、父子反目。萨德本庄园最终在种族和血缘的双重撞击下被一把神秘大火化为乌有。萨德本为了建立大宅和王朝,"不惜违背体面、荣誉、同情的准则,所以命运对他进行了报复"。①

在妻妹罗莎的眼中萨德本是恶魔,专制冷酷、寡廉鲜耻、缺乏亲情,但乡党康普生先生以欣赏的眼光和赞许的口吻讲述萨德本白手起家的创业史和发家史,赞扬萨德本吃苦耐劳、坚忍不拔、持之以恒、坚强果敢、精明过人、敢做敢当,认为他的身上散发强烈的英雄主义气魄和百折不挠的创业精神,体现南方传统赋予"父亲"的优秀品质。在康普生先生的眼中,萨德本的发家史俨然是一部典型的南方种植园创建传奇。"爱、雄心、执着、能干"和"不知廉耻、自私贪婪"这些矛盾的品质并存于萨德本身上。② 小说借用"鳏居的"阿伽门农王、凯撒大帝、耶路撒冷的大卫王、亚伯拉罕和"绝望的"浮士德指代萨德本,如此称呼不排除调侃讽刺之意,但也不乏对萨德本这位敢于大刀阔斧创建家园的南方"父亲"的赏识之情。

《去吧,摩西》中的老卡洛萨斯·麦卡斯林是一个集各种矛盾于一身的南方"父亲"形象。他勇气超群、富有威望、精明能干,是麦卡斯林庄园的创建者,但他又践踏亲情、卑鄙可耻、灭绝人性。为了庄园的发展,他随意买卖奴隶;为了满足自己的欲望,他无耻地强奸黑奴,诱奸自己的黑奴女儿。他的乱伦罪孽不但逼死黑奴的母亲,还导致家族血缘关系复杂混乱,家族的子孙后代陷入乱伦噩梦。孙子艾克为了替祖先赎罪,彻底放弃继承家族老宅和财产,拒绝为家族生育后代,他选择搬进森林,融入自然,做一个自食其力的自然之子。

---

① Frederick L Gwynn, Joseph L.Blotner, *Faulkner in the University : Class Conferences at the University of Virginia*, 1957-1958. Charlottesville : The University of Virginia Press, 1959, p.35.

② Hugh M.Ruppersburg, *Voice and Eye in Faulkner's Fiction*, Athens : The University of Georgia Press, 1933, p.107.

《喧哗与骚动》中的康普生家族曾经在杰弗逊镇显赫一时，家中广有田产，奴隶成群。家族的祖辈功勋卓著，荣获州长、将军头衔。康普生三世软弱无能、消极低迷、沉湎虚无、嗜酒贪杯、不善治家，导致家道中落，他却仁爱慈祥、疼爱儿女、重视修养和传统价值。在妻子整天端着大家闺秀的架子、生硬冷漠地拒孩子千里之外时，他给孩子父爱和温情。康普生家族的第四代男性蜗居在各自的世界中，处于身心瘫痪状态，无法承担家族大任。大儿子昆丁在思想和情感上极度敏感，在精神和肉体上又极度孱弱，禁锢封闭在家族过去的荣耀和辉煌中不能自拔，试图通过拼命保护妹妹岌岌可危的贞操捍卫家族荣耀。二弟杰生性情暴虐乖戾，轻视传统和道德，漠视亲情和血缘，整日蝇营狗苟，追逐实利，沦为商业资本主义在新南方滥觞时的小商人。家族最小的弟弟班吉，体魄健壮却智力低下，家族的过去与现在在他的意识中纷至沓来、重合堆叠，经常借助哭闹拒绝家族的变故。福克纳通过康普生家族成绩斐然的祖先与身体或者精神残缺的子嗣之间的对比，表现对南方传统英雄"父亲"的追忆和对子辈无能的担忧。

小说对于《圣经》的移位转形和反讽套用也是福克纳凸显"崇父"与"审父"母题矛盾性的叙事策略。《我弥留之际》中的本特伦与《出埃及记》中的摩西都是带领"子民"的"父亲"，前者抬着上帝的"约柜"、后者抬着妻子的棺材，长途跋涉，实践诺言，但二者跋山涉水的目的大相径庭，本特伦此行的目的是安装一副假牙续娶新太太，摩西殚精竭虑为人民寻求一方可以安居乐业的"乐土"。《喧哗与骚动》中33岁的白痴班吉与耶稣形成戏仿，他对康普生家族的毁灭无能为力，却对灾难的来临先觉先知；《押沙龙，押沙龙！》中的萨德本折射《撒母耳记下》中的大卫王，二者终其一生致力于"王朝"建设。大卫王朝在权力争夺、手足相残、血亲乱伦中走向式微，"萨德本百里地"在血缘伦理和种族矛盾的撞击下沦为废墟；《去吧，摩西》中做木工为生的艾克身上闪现耶稣的影子，耶稣牺牲自己、救民于水火，艾克无法拯救麦卡斯林家族，为了赎罪在"精神之父"山姆的引导下归隐山林。白人精英意识使福克纳在潜意识中把南方"父亲"置于与上帝等高的位置,人道主义的理智又使他借助对"圣父"的戏仿与影射,放弃圣化父亲的倾向,宣判南方的"上帝父亲"或"英雄父亲"的死亡,加强"审父"的力度。

福克纳笔下的"父亲们"不乏胆识与勇气,是南方家族和社会的中坚力量,代表传统的贵族精英思想、英雄主义气概和骑士风范,但是,在建造各自的"家族王国"时他们掠夺土地、压迫奴隶、践踏亲情、伤害子孙,他们统治下的家长制家庭死气沉沉、缺乏温情。南方的"父亲"其实也是南方社会制度的受害者和牺牲品,南方的种族制度、父权思想、加尔文教义对人性的压制和摧残是"父亲"成为暴君式人物的根源。因此,福克纳的"审父"同他对各种"违反人性的社会、文化、宗教力量的批判分不开,是他的人道主义思想的反映"。①福克纳在忠实现实的同时更加醉心想象,在遥望和留恋昔日祖先的英雄传奇时倍感时光的无情流逝,在回忆、想象与审判、剖析"父亲"的矛盾中流连忘返于那个他无论如何也无法走出来的时代。对"父亲"批判讨伐与崇敬仰慕的矛盾思想使福克纳的"审父"不由自主地表现些许犹豫,在崇拜建功立业和精明强干的"父亲"的同时又蔑视无法光宗耀祖、平庸无能的"儿子"。所以,英雄的祖先是福克纳的精神动力和创作源泉,祖先的荣耀成为他摆脱令人一筹莫展的社会现实和超越精神困境的强大力量。

批判与怀念、审问与追寻并举的"寻父—审父"母题悖论式地普遍化在福克纳的家族小说叙事中,表现作者认同男性精英文化、依恋"父权制"的思想与人道主义信仰之间的矛盾。内战的失败造成福克纳心灵永久的"痛",他愈加眷恋南方的"过去"和大家族的荣耀。在情感上,福克纳认同倡导贵族精神、维护等级秩序和父亲权威的南方男性精英文化,对于"父亲"退出南方历史舞台表现出诸多的情非所愿,下意识地追寻南方的"英雄父亲"。在理智上,福克纳的人道主义思想促使他崇敬人的尊严,痛恨因为"父权制"导致的

---

① 肖明翰:《威廉·福克纳研究》,外语教学与研究出版社 1999 年版,第 190 页。

家族腐败、道德堕落和亲情冷漠。因此,福克纳一直致力于在继承南方父权神话与反思历史进程之间寻找平衡,从情感与理智对抗的层面对"寻父—审父"母题展开叙写,希望人们进一步审视南方的过去与历史。

(二)"父权制"与自由主义信仰下的"崇父—审父"母题

来自家族的父权思想和自由主义两大人生信仰决定福克纳的"崇父"与"审父"母题的矛盾性。福克纳家族拥有成群的奴隶和偌大的庄园,每个小孩都有一匹属于自己的小马驹。家族的曾祖父威廉·克拉克,喜欢冒险、精明能干、意志坚定,是家族富于传奇色彩的祖先,在家乡被人称为"大名鼎鼎的老上校",他的"石像至今还矗立在里普莱镇上"。① 福克纳的祖父曾是州议员、铁路总裁和本地银行的董事长。但是家族的辉煌延续到父亲穆里时开始衰落,他不停地变换工作,一生未有建树,生活在功勋卓著的祖先的阴影中,守着没落贵族的身份,借酒浇愁,逃避现实,夫妻感情若即若离。福克纳是家中长子,父亲却不太喜欢这个身材瘦削、个子矮小、生性敏感、喜欢文学的儿子,经常说福克纳是他"母亲的儿子",这让敏感、内向的福克纳对父亲产生抱怨与不满,父子关系显得隔膜疏远。

在南方文化中,"父权制"提倡白人"精英"意识,坚持等级分化原则,主张遵循传统的道德规范和稳定的社会秩序,强调白人"精英"阶层在享受特权的同时承担社会责任。自由主义却重视充分发挥个人能力,倚重平等竞争获取个人财富和社会地位。重视"小"家庭利益、逃避"大"社会责任、醉心于追求市场利润是自由主义的实质。福克纳家族并非世袭贵族,曾祖父出身贫寒,依靠非凡的毅力和巨大的野心获取财富和地位。他把自由主义思想作为自己行事的圭臬和跻身贵族上流社会的通行证。他的生活目标是不择手段、不惜代价地谋求社会地位和赚取金钱财富。妻子去世后他把儿子(福克纳的祖父)

---

① 李文俊:《福克纳传》,新世界出版社 2003 年版,第 3—5 页。

送给富家亲戚,自己想方设法迎娶当地庄园主的女儿,通过婚姻和财富成功地从穷白人进入南方的贵族阶层,"他的婚姻变成了他赚取社会和经济地位的手段"。① 但是,福克纳的祖父与父亲不同,他从小被父亲送给贵族家庭抚养,在父权意识形态浓厚的家庭中长大,他更"关注社会的稳定和进步,承担照顾'大'家族的义务和责任"。② 福克纳的父亲坚决维护"父权制"的贵族精英意识,而母亲信奉自由主义的实用人生哲学。

在信奉自由主义的曾祖父、母亲和信奉"父权制"的祖父、父亲两股不同力量的影响下,福克纳挣扎在矛盾思想的撕扯中,在情感上倾向于旧南方的浪漫主义英雄神话,"在社会责任、家庭观念上认同父权主义",但"在事业成就、经济追求上赞成自由资本主义"。③ 而且,经济问题一直困扰福克纳的现实生活,他坦言有些作品(如《圣殿》)的"创作动机纯粹是为了赚钱这样一个庸俗的念头"。④ 福克纳一生都在拼命赚钱满足妻子的奢华生活,维持自己"体面"的贵族尊严,供养依然雇佣黑人保姆的大家庭。或许为了行使"父亲"的权威,或许为了光大祖先的荣耀,或许为了重温贵族大家族的旧梦,或许坚信"比法院大楼高大雄伟"的大宅才是贵族"骄傲的纪念碑与墓志铭",⑤福克纳不惜负债累累买下一幢老宅,取名"罗温橡树别业",带领一家老少入住其中,在大宅后面建造小木屋,供黑人保姆卡洛琳大妈和她的后代居住。"旧"南方"父亲"统治下的种植园建筑和庄园生活在福克纳的现实生活中复活。

---

① Kevin Railey, *Natural Aristocracy：History，Ideology，and the Production of William Faulkner*，Tuscaloosa：The University of Alabama Press，1999，p.33.

② Authur F.Kinney(ed)，*Critical Essays on William Faulkner：The Sutpen Family*，New York：Prentice Hall International，1996，p.34.

③ Authur F.Kinney(ed)，*Critical Essays on William Faulkner：The Sutpen Family*，New York：Prentice Hall International，1996，p.36.

④ ［美］福克纳、J.M.梅里韦瑟编:《福克纳随笔》,李文俊译,上海译文出版社 2008 年版,第180 页。

⑤ William Faulkner，*Absalom，Absalom*！New York：The Modern Library，1951，p.39.

事实上,在《押沙龙,押沙龙!》的主人公萨德本身上,闪现的不只是福克纳曾祖父的影子,也依稀可辨福克纳本人的影子。福克纳计划写作萨德本故事的时间正是他决定购买"罗温橡树别业"旧宅的时间,①而且,青年时期的福克纳与萨德本的经历具有相似之处。福克纳本人曾被富有的奥德汉姆家族以门不当户不对的理由拒于门外,反对女儿埃斯特尔嫁给他。福克纳拼命写作挣钱,用自己的成功反击奥德汉姆家族。事实证明他的努力没有白费,埃斯特尔与丈夫离婚后嫁给福克纳。但是,两人的婚姻生活并不美满。埃斯特尔娇生惯养、花钱大手大脚,经常让福克纳陷入经济困顿。后来福克纳遇见米塔·卡彭特,享受与米塔情投意合和相亲相爱带来的甜蜜与快乐,但他没有打算与妻子离婚。有学者分析福克纳"维系这段婚姻并非因为他爱埃斯特尔,而是通过奥德汉姆家族他能够更加紧密地和南方上流精英阶层联系在一起。这进一步反映他的贵族优越论思想以及对'父权制'的认同和依从"。②

总之,南方人对于"父权制"和奴隶制的罪恶早已知晓,但在面对被占领、被重建的耻辱以及道德的谴责和内疚心理的折磨时,为了维护旧南方的秩序和保卫白人贵族的尊严,他们拒绝外人干预南方的政治和文化。内战"动摇了南方战前稳定的社会基础",毁灭的不仅是南方的奴隶制,还有"南方文化赖以存在的'父权制'、家庭观念和社会稳定"。③"父权制"的解体意味着建立在"父权制"基础上的南方贵族种植园大家族的衰落与消亡,也意味着南方秩序的彻底崩溃与坍塌。福克纳的家庭生活、亲身经历、自由主义思想、"父权制"意识使其"寻父—审父"母题充满矛盾。他一方面认识到在自由主义思想的冲击下,南方传统的"父权制"逐渐走向衰亡,庄园主"父亲"失去强大的

---

① Authur F.Kinney(ed), *Critical Essays on William Faulkner*:*The Sutpen Family*, New York: Prentice Hall International,1996,p.29.

② Authur F.Kinney(ed), *Critical Essays on William Faulkner*:*The Sutpen Family*, New York: Prentice Hall International,1996,p.37.

③ Thomas Daniel Young, *The Past in the Present*:*A Thematic Study of Modern Southern Fiction*, Baton Rouge:Louisiana State University Press,1981,pp.4-9.

现实介入和控制力量,已经无法作为一种有效的统治势力现实地在场。另一方面,福克纳对于"英雄父亲"和"辉煌祖先"退出南方历史舞台心有不甘。因为这些"祖辈"和"父亲"是南方家族秩序、男性权威、骑士传统、精英文化的象征,维系相对封闭但又比较稳定的南方庄园家族,为每一个生活在旧南方社会中的个体提供方向和坐标。"父亲"的退场可能导致南方社会无法预知的秩序崩溃和不可收拾的混乱无序,福克纳对此感到恐惧与担忧,因此,对于"父亲"的审判与追忆纠缠交织在他的家族小说作品中。

三、"女性崇拜"与"厌女"母题

南方的"父权制"庄园经济制度、传统的男尊女卑思想以及宗教文化使女性在政治、经济、家庭、文化中处于被动与附属地位。"约克纳帕塔法"是南方白人贵族男性主宰和统治的王国,女性人物是配角,女性的身份和地位略高于黑奴,小说中南方的妙龄女郎大多是堕落的夏娃,妻子或者母亲经常处于缺席状态,无法胜任为人妻、为人母的角色,属于影子人物。福克纳笔下的女性形象经常以两极化的倾向出现:白人女性要么是"南方淑女"(ladies)或者圣洁的女神,要么是"婊子"(bitches)或者邪恶的女巫;黑人女性要么是忠心耿耿、慈祥善良的奶妈或者厨娘,要么是供白人男性玩乐的情妇或者妓女。福克纳矛盾的女性观源于南方的妇道观念、男权文化、"一滴血"种族观念以及福克纳对于人性的普遍关怀和对女性的极大同情。因此,"女性崇拜"与"厌女"两种相悖的母题并存在"约克纳帕塔法"家族小说作品中。

(一)"南方淑女"与"堕落夏娃"二元女性观成因

女性的贞操在南方被过度放大,"纯洁"被人为地与家族命运和血统纯正联系在一起,恪守妇道像紧缠在拉奥孔父子身上的毒蛇,摧残女性的肉体和精神,将她们变成南方妇道观念的牺牲品和殉葬者。南方女性遭受"父权制"和妇道观的双重奴役,背负沉重的道德锁链,女性的贞洁和道德不但与家族血统纯正和贵族身份紧密关联,而且是南方白人文明未来发展的重要保障。[1] 南方男性规定纯洁、天真、谦虚、虔诚、得体、恪守妇道、肯为家族牺牲是"玉洁冰清"淑女的道德标准与行为规范,要求女性承担"仆从、姐妹、朋友、妻子、母亲、情人"的角色。[2] 淑女观成为南方男性压抑女性自然性欲和维护男性尊严的有力武器。男性可以放纵情欲肆意践踏和玩弄女奴,增加自我炫耀的资本;女性只能在"淑女"和"婊子"的二元对立中挣扎,她们的自然性欲是堕落与毁灭的象征。

出于"一滴黑人血就是奴隶"的种族禁忌和血缘恐惧,南方贵族阶层严禁南方淑女与黑人男性有染,女性的失贞是南方男性最惧怕、最痛恨、最厌恶的行为,压抑性欲、保持贞操的"淑女"被奉为南方女性的典范和家族荣耀的化身。南方上层白人坚守"高贵"的出身,声称只有"圣洁淑女"才配得上贵族头衔。圣洁、美丽、温顺、优雅、善良、可爱的南方"淑女"是男性认为自己比北方佬高人一等的资本,是他们抗衡北方入侵、维持自身体面、守住家族尊严的最后一道屏障。因此,冰清玉洁的南方"淑女"是南方男性一厢情愿地美化、圣化、神化的产物,圣女"崇拜"、"淑女"规范演化成抚慰南方男性失败心理和精神创伤的镇痛药。"淑女"是"阿斯忒拉特的纯洁少女,是布里奥特山的狩猎女神,是上帝慈悲的母亲",[3] 她们被不断地强化和放大,捧上浪漫神话的圣坛。但是,南方男性清楚覆巢之下无完卵,女性的贞操注定岌岌可危,这使他们把女性的贞洁更加牢固地与家族、道德、血缘、身份、地位联系在一起,女人必然成为魔鬼、女妖、祸水、灾难、罪恶的代名词。南方男性在给女性加冕"女神"光环的同时又把她们推入"妖妇"的万丈深渊。

福克纳笔下的女性经常以"淑女"或者妖妇型的白人女性、奶妈或者婊子

---

[1] Arthur F.Kinney, *Critical Essays on William Faulkner:The Sutpen Family*, New York:Prentice Hall International,1996,p.93.

[2] Charles Wilson, William France, *An Encyclopedia of Southern Literature:Women's Life*, Columbia:The University of South Carolina Press,1990,p.1589.

[3] W.J.Cash.*The Mind of the South*, New York:Vintage Books,1941,p.86.

型的黑人女性形象出现,这种二元对立的女性人物塑造主要基于南方庄园主的心理和肉体需求。相夫教子、压抑性欲、恪守妇道的白人淑女是男性心目中的理想女性,是"家中天使",保证家族的血统纯正,维护白人文明的未来传承。男尊女卑是男性权力得以实施以及男性阻止女性进入经济体制或者从事政治生活的完美借口。对于白人贵族男性而言,年轻漂亮的黑人女性是他们玩弄感情和行使奴隶主特权的对象,是生产更多奴隶的工具,她们被随意地谴责是放荡不羁、扰乱血缘的婊子。年老的黑人奶妈或者厨娘是存在于南方文学中的典型人物,往往被塑造成和蔼可亲、任劳任怨、全力以赴地替主人喂养孩子和管理家务的母亲形象。她们没有被妖魔化,因为她们既不会对"父权制"造成威胁也不会挑逗白人男性的情欲。

福克纳的成长经历和感情生活也对其女性观造成影响。男权思想和家长意识在福克纳的家族根深蒂固,他的祖父和曾祖父在当地的军事、政治和经济生活中扮演过重要角色,看似软弱无能、碌碌无为的父亲骨子里继承了南方绅士的理想主义传统,津津乐道祖先的丰功伟绩。与父亲不同,福克纳的母亲是彻头彻尾的现实主义者,意志坚定、争强好胜,对子女要求非常严格。福克纳常常感受到遗传自父母双方的软弱与坚强、理想与现实以及家族曾经的荣耀与现在的落寞之间的分裂与痛苦。年少时他以曾祖父为榜样,决心振兴家业,身材弱小的福克纳尝试诸如驾驶飞机、参加空军、骑马打猎之类充满英雄主义的冒险行为。这些看似荒唐的行为,投射出福克纳潜意识中的自卑焦虑情结,他惧怕辜负家族期望,担心自己懦弱无能,渴望干出一番事业,因为重整家族辉煌的理想一直在福克纳的内心暗潮涌动。在尝试各种英雄行为失败之后,福克纳认为写作可能是实现自己宏伟抱负的最佳选择,书写南方的家族神话成为他责无旁贷的使命。

福克纳在爱情和婚姻方面遭受较大挫折和痛苦,他自小性格孤僻内向,知心朋友寥寥无几。年轻时他和埃斯特尔青梅竹马、感情甚笃,但是,富有的奥德汉姆家族断然拒绝女儿嫁给家道中落的福克纳。他的初恋因为埃斯特尔抛弃他嫁给一个富有的律师宣告失败。脆弱、敏感、好强、自尊的福克纳觉得遭到莫大的打击和羞辱，在忍受失恋痛苦的同时对自己的无能感到愤怒。他决定离开家乡，在文学创作和重新恋爱中宣泄苦闷情绪，试图通过追求海伦以及到纽约、新奥尔良甚至欧洲练习写作寻求解脱。① 此时他狂热地追求年轻漂亮、聪明伶俐但又轻佻肤浅的海伦，②这场恋爱因为海伦的逢场作戏使两人最终分道扬镳。

此后，福克纳专注于书写"邮票般大小"的南方故乡，在事业蒸蒸日上的时候赢得初恋情人埃斯特尔，她离婚后带着孩子嫁给福克纳。但是，二人的婚姻生活并不尽如人意，经年累月的争吵、爱女的不幸夭折、经济上的捉襟见肘、双方越来越严重的酗酒问题，使他们的感情几度濒临破裂。20 世纪 30 年代时，福克纳一度不得不为好莱坞写作电影脚本缓解家庭经济压力。感情和经济陷入低谷的福克纳在好莱坞工作时认识了米塔·卡彭特，情投意合的爱情使福克纳尝到短暂的甜蜜。埃斯特尔很快知道了他俩的恋情，在她的干涉下这段感情很快画上句号。因为这段婚外情，埃斯特尔对福克纳更加怨恨，在随后的日子里变本加厉地报复丈夫。埃斯特尔经常寻求购物刺激，以物质的奢华填补内心的空虚。妻子的挥霍无度使夫妻感情每况愈下，家庭经济雪上加霜。就在福克纳打算买下家族老宅周围的百里林地、试图扩展家族土地时，埃斯特尔的花钱更加没有节制。在妻子欠下大额外债之后福克纳非常恼火，公开刊登声明，说明妻子的债务与自己无关。③

福克纳的二元女性观也是南方传统妇道观念和宗教文化的产物。"南方

---

① Arthur F.Kinney, *Critical Essays on William Faulkner：The Sutpen Family*, New York：Prentice Hall International, 1996, p.29.

② ［美］达维德·敏特：《圣殿中的情网》，赵扬译，生活·读书·新知三联书店 1991 版，第 98 页。

③ Arthur F.Kinney, *Critical Essays on William Faulkner：The Sutpen Family*, New York：Prentice Hall International, 1996, p.29.

人的女性从属思想要追溯到在南方占据权威地位的《圣经》",①南方殖民者初来南方时就带来西方神话的两极女性观。经济发展相对落后、生活方式封闭保守、黑奴和妇女文盲大量存在使宗教在南方滋生蔓延,成为南方人精神世界的麻醉剂,演化成男性歧视和压迫妇女的宗教依据。依据《圣经》,女人来自男人的肋骨,天生就是男人的附属品,理应在社会和家庭中处于附庸地位。"创世纪"宣扬女人要像"教会服从基督"一样服从男人。基督教不但宣扬男尊女卑的思想,还支持女人是祸水的观念。《圣经》记载夏娃因为经受不住蛇的引诱,偷食"智慧树之果",尔后教唆丈夫亚当偷尝禁果,触犯天条,惹怒上帝,双双被逐出伊甸园,导致人类从此失去"乐园",开始经历人间的种种苦难。因此,女人是无法抗拒诱惑、引诱丈夫铸下大错的魔鬼。

福克纳浸染在南方传统的清教文化氛围中,信奉男尊女卑的男权主义思想。在福克纳看来,南方前工业社会处于主导地位的男性至上、女性从属的社会经济运营秩序和家族生活模式,使男女各司其职,社会稳定安康。男性果敢英武,富于骑士精神,承担家族和社会之大任;女人冰清玉洁,忠于丈夫,守护家庭和子女。这好似《圣经》描述的伊甸园,是旧南方井然有序的社会和家庭生活的体现。同时,福克纳意识到这种"伊甸园"是南方男性集体编织的谎言,旨在掩盖清教思想和"父权制"残害妇女的罪恶本质。随着南方贵族大家族的灭亡,南方传统的淑女观念和贞洁观念必然成为过去。把南方家族的解体归咎于女性贞操的失守,其实是对女性扣上莫须有的罪名。但是,福克纳在本质上是保守主义者,对旧南方家族观念的留恋和对传统男权思想的认同,制约福克纳的妇道观,其作品呈现"南方淑女"与"堕落夏娃"二元对立的母题形态。

评论界和福克纳本人对其矛盾女性观也有相关论述。费得勒(Leslie Fie-

---

① Richard Gray, Owen Robison, *A Companion to the Literature and Culture of the American South*, Oxford:Blackwell Publishing Ltd.,2004,p.239.

dler）、古尔拉德（Albert Guerard）和豪（Irvin Howe）称福克纳是患有"厌女症"的作家，他笔下的妇女大多道德败坏，行为不能被当时的社会接纳。古尔拉德认为"福克纳的厌女倾向显而易见"，甚至"不加节制"和"毫不掩饰"。① 但是，布鲁克斯（Cleanth Brooks）、瓦格拉（Linda Wagner）认为福克纳对妇女充满同情、毫无敌意。② 福克纳在谈到女性时毁誉参半、自相矛盾，有时高度赞扬，有时充满贬损，他坦言自己最害怕的事情就是看着天真烂漫的小女孩长大变成具有各种欲望的女人；他同时又说"女人很了不起，令人惊叹"。③ "成功是阴性的，像女人，如果你在她面前卑躬屈膝，她就会藐视你。所以对待她的最好办法就是让她滚开，也许她会跪着来求你"。④ 他不无轻蔑和讽刺地说："女人其实只知道做三件事就够了……说实话、骑马和签支票……而签支票是你最不愿意教会女人的事情。"⑤

（二）"女性崇拜"与"厌女"母题的体现

福克纳对女性同情与贬抑并存的矛盾态度注定其"约克纳帕塔法"家族世系小说中塑造的女性人物形象呈现淑女或者婊子、圣母或者妖妇的二元化倾向，透视作者的情感好恶和矛盾女性观。女性在福克纳的家族王国中看似处于叙事中心却经常以空洞的"影子"形象存在。她们像爱伦·坡《一封失窃的信》中那封被隐藏、被调包、被替换、被争夺的信件，一直处于各种重要势力的游戏之中却完全迷失自身的本来面目。在福克纳的家族小说王国中，绝大

---

① Albert Guerart, *The Triumph of the Novel*, New York: Oxford University Press, 1976, p.109.

② Doreen Fowler, *Faulkner and Women*, Jackson: University Press of Mississippi, 1986, Introduction.

③ Frederick L. Gwynn, Joseph L. Blotner, *Faulkner in the University*, Charlottesville: The University of Virginia Press, 1959, p.45.

④ James B. Meriwether, Michael Millgate, *Lion in the Garden: Interviews with William Faulkner 1926−1962*, Lincoln: University of Nebraska Press, 1968, p.240.

⑤ James B. Meriwether, Michael Millgate, *Lion in the Garden: Interviews with William Faulkner 1926−1962*, Lincoln: University of Nebraska Press, 1968, p.45.

多数白人贵族家族的"母亲"或者"妻子"处于缺席状态,要么早早死去,要么性情古怪、行为变态,要么拖着一副空壳像行尸走肉,既拒绝为人妻也无法为人母。作品中少有的几个漂亮可爱的年轻女性也无法逃脱失贞堕落的命运。倒是那些黑人老妪在苦难生活的磨砺中经受岁月的考验,放射慈祥、智慧、从容和优雅的光芒。

《喧哗与骚动》是关于凯蒂的故事,凯蒂似乎引爆康普生家族所有的"喧哗"与"骚动"。但是,作为中心人物的凯蒂在叙事结构和叙事话语中处于缺席和消音状态。康普生家族的三个男性子嗣各占小说的一章,围绕凯蒂叙述"他们"的家族故事,处于叙说焦点位置的凯蒂反而始终没有诉说自己故事的权力,任由哥哥昆丁和弟弟杰生、班吉肆意言说。凯蒂成为所罗门审婴案中的那个孩子,被剥夺主动性和发言权。对于昆丁和班吉而言,她是"母亲"、"情人"的替代品,是他们精神或者肉体需求的投射物和抚慰剂。在杰生眼中,她是"婊子"、"母狗""下贱货",是赚钱工具和提款银行。凯蒂被康普生家族的男性粗暴地剥夺性爱自由和话语权力,成为被代表、被消音的附庸,被动接受兄弟强行为其划分的社会功能和身份角色。

康普生太太在康普生的家族生活中虽然在场却无关轻重。她忘记自己是四个孩子的母亲的角色,沉浸在浪漫少女和贵妇人的幻想中,时时刻刻不忘炫耀自己的出身,口口声声念叨:"我是个大家闺秀"。① 一旦遇到事情就怨天尤人、牢骚不断、无病呻吟、哼哼唧唧,称病在床逃避责任。在女儿凯蒂未婚先孕需要母亲的关心呵护时,她认为凯蒂辱没家门,对女儿不理不睬、冷言冷语,整日穿起丧服,说自己的小女儿死了。她的卧室昏暗冷清得像"病房":房门和百叶窗总是关着,屋内"灯光灰暗、死气沉沉",弥漫着"一股浓烈的樟脑味",她睡觉的"那张床也隐没在昏暗中",她老穿件"黑缎面的睡袍"懒洋洋地躺在床上,"衣服在下巴底下捏紧",用"有气无力"、没有"抑扬顿挫"的声调呼唤

---

① William Faulkner, *The Sound and the Fury*, New York: Penguin Books, 1985, pp.265, 266.

迪尔西照顾她的饮食起居。孩子们进出她的房间需要轻声细气、蹑手蹑脚。难怪感情细腻、敏感内向的昆丁在内心一次次呼唤母亲。母爱缺失造成康普生家孩子们难以愈合的精神创伤，也是这个家族走向毁灭的原因之一。

本特伦家族的女主人艾迪本应是《我弥留之际》的轴心人物，小说的书名由她而起。但是，在小说59节的叙事中艾迪只占短短一节，其余各节均由她的子女、丈夫、邻居、村民讲述。小说伊始艾迪就处于"弥留之际"，不久便成躺在棺材中被家人抬着去安葬的一具僵尸。艾迪一生处于"弥留之际"，与行尸走肉并无二致。作为五个孩子的母亲，她整天生活在悲观、失望和幻想中，既无法爱丈夫也无法爱子女。艾迪的私生子朱厄尔常常撕心裂肺地叫喊"我无法爱我的母亲，因为我没有母亲"。艾迪认为生活没有任何意义，"活着就是为长久的安眠做好准备"，她在颓废消极、绝望孤独中等待死亡的降临。婚前作为小学教师的她无法与学生建立融洽的师生关系，与丈夫安斯的婚姻只是她试图摆脱厌恶的教师生活的手段，婚后她无法忍受平淡琐碎的家庭生活，在现实生活和精神诉求上与丈夫、孩子离心离德，感情疏远；她与假仁假义、卑鄙猥琐、胆小懦弱的牧师产生婚外情，寻找心理慰藉和精神解脱。

《押沙龙，押沙龙！》中"萨德本百里地"的女主人埃伦是一个没有任何实体的"外壳"，与飞扬跋扈、强势果敢的丈夫萨德本相比，她像一只"被遗忘的蝴蝶"，权且充当"一个形象和一些回忆"。① 萨德本选她为妻是因为庞大的"萨德本百里地"确实需要一个像样点的女主人，埃伦的家庭出身和淑女身份可以帮助萨德本获得"社会地位"，在"结婚证书（或在别的体面的证书）上有埃伦的姓名"能够为萨德本家族增光添彩。② 萨德本看重埃伦是本地乡绅女儿的家庭背景和出身，这可以让穷白人发家的萨德本摇身一变跻身绅士和贵族阶层。埃伦虽然贵为乡绅的长女和大庄园的女主人，在父亲和丈夫眼里她的存在无足轻重、似有似无。在萨德本的社会地位确立和"王国"稳定之后她

① William Faulkner, *Absalom, Absalom*! New York: Random House, Inc.1951, p.126.

② William Faulkner, *Absalom, Absalom*! New York: Random House, Inc.1951, p.16.

失去了存在的价值,在儿女未成年之前她已去世,生前死后似乎是家人记忆中的一个符号。

福克纳描写"影子"女性人物的同时塑造伤风败俗、放纵情欲的堕落女性或者性情古怪的女魔形象。她们"或性格扭曲,或命运多舛,或境遇凄苦,或心智失常,或夭折横死,或晚景悲凉"。① 这群以妖妇、女巫、婊子形象出现的女性经常被作者塑造成具有破坏力和毁灭性的夏娃,是罪恶与"祸水"的代名词:"女人和罪恶天生就有一种亲和力,罪恶缺少什么她们就提供什么,她们本能地把罪恶往自己身上拉,就像人们熟睡时往自己身上拉被子一样"。②

青少年时期的凯蒂是福克纳的最爱。与以南方淑女自居、成天病恹恹地沉浸在少女梦幻中的母亲不同,凯蒂真诚、漂亮、善良、活泼、勇敢,富有爱心和同情心,她疼爱、照顾、保护被家人嫌弃的白痴弟弟,孝敬父母,珍惜血缘亲情,化解哥哥昆丁和弟弟杰生之间的矛盾,是维系家庭成员感情的纽带。《喧哗与骚动》的创作灵感来源于"屁股上沾满泥巴"的小姑娘凯蒂,作者在她身上发现人性中最理想、最美好的品质。成年之后凯蒂因性堕落。她与穷白人出身的达尔顿相爱并未婚先孕,他们的恋爱遭到家人的反对。哥哥昆丁认为南方大家闺秀与穷白人有染是对贵族家族的亵渎,逼迫她和自己一起向父亲撒谎,编造兄妹"乱伦"怀孕的荒唐借口。母亲认为未婚先孕玷污和违反南方的"淑女"行为规范,干脆以凯蒂已死的托词保全颜面。为掩人耳目,凯蒂被迫嫁给贵族子弟赫伯特,但真相很快败露,凯蒂被休回娘家。把荣誉看得比性命还重的康普生家族容不下这个"犯戒"的夏娃,她被逐出家门、永远不许回来。为了养活女儿小昆丁和满足弟弟杰生的勒索,凯蒂出卖身体,沦为纳粹军人的情妇。她的女儿小昆丁因为无法忍受舅舅杰生的暴力管制,最后与巡演艺人私奔。杰生咒骂她们母女"天生是贱坯,永远是贱坯"。家族的衰落、亲情的

---

① 朱振武:《夏娃的毁灭——福克纳小说创作的女性范式》,《外国文学研究》2003 年第 4 期,第 34 页。

② William Faulkner, *The Sound and the Fury*, New York:Penguin Books, 1985, p.90.

冷漠和南方社会的转型造就凯蒂母女的悲剧命运,她们必然成为家族灭亡和淑女观念的殉葬品。作为最后一代南方"淑女"的凯蒂们,她们的沦落是时代注定的产物。小昆丁的私奔只是母亲悲剧命运的重演,在风雨飘摇和冷酷无情的南方末代家族中,她们必然在"淑女"身份的败落中堕入穷白人盲流。

《我弥留之际》中的杜威·德尔自小缺乏父母关爱,在生活贫穷、夫妻感情疏远、亲情淡漠的家庭环境中成长起来,成年后不知如何管理自己的生活和身体,在原始性欲和无知的驱使下,她通过游戏打赌的荒唐方式决定自己是否把身体交给莱夫。他们是乡邻,互相帮忙一起摘棉花,德尔不知道自己是否愿意和莱夫发生关系,这完全由"到树林那儿装棉花的口袋是否装满"来决定:"如果老天爷认为我不该干这事,那么口袋就不会满……不过要是口袋满了,那我也没办法",结果口袋满了,她认为"这事不能怪我"。未婚先孕之后她希望借助护送母亲遗体回家安葬的机会到城里买药堕胎,在无法凑够药钱时她又委身药剂师。

"斯诺普斯"三部曲《村子》中的尤拉是南方新旧更迭时代的典型女性。她出生在南方旧式贵族家族,父亲信奉男尊女卑和"女子无才便是德"的观念,给她提供丰裕的物质生活却剥夺她的人格和受教育的机会,认为她"长到足够和一个男人睡觉就行了"。她的美貌和身体充满令男人们无法抗拒的诱惑,哥哥像对待私有财产一样看守她的贞操,要求她时时穿上紧身内衣,严守妇道,禁止她与男孩交往接触,竭力让她成为"冰清玉洁"的南方"淑女"。但是,尤拉"滚圆的大腿、丰满的乳房和肥实的臀部"挑逗男性的欲望,成为男人观赏追逐的尤物和满足性幻想的对象。青年教师拉巴夫对尤拉"童贞光滑的"身体痴迷不已但无意娶她为妻,他一心只想满足欲望,从对她入魔的迷狂状态中解脱出来。当尤拉未婚先孕时,父亲为了遮掩家丑,以丰厚的嫁妆把她下嫁给穷白人出身、精明狡猾的店伙计弗莱姆·斯诺普斯。弗莱姆利用她扶摇直上,攫取梦寐以求的财富和地位,成为南方新一代暴发户的代表。

《押沙龙,押沙龙!》中的朱迪思敢于挑战传统观念、大胆追求爱情,面对家族灾难时她沉着冷静,勇于承担道德责任。在家族男性参加内战开赴前线时,她顽强地挑起养家糊口的重担,让萨德本庄园完整地保存下来;她强忍痛苦亲自安葬"未婚夫"和父亲这两个家中最重要的男人,即使在"恋人"邦被哥哥亨利枪杀死在家门口的那个夜晚,她也没有像小姨罗莎那样发出排山倒海般的哀号,而是一针一线继续缝制自己的嫁衣。把邦安葬在萨德本家族的墓地之后,她接来邦的黑人情妇和混血私生子,担负起照顾他们的重任,在守护孩子时染病死去。朱迪思并非没有女人的柔情和悲伤,而是一次次近乎毁灭的打击让她在冥冥之中似乎听清了上帝对其家族的审判。但是,朱迪思这样一位近乎完美的"女神"也存在性格的两面性。她任性固执、狂傲不羁、野性十足。在她和母亲、哥哥一起赶马车去教堂时,她执意追求刺激,让马车在大街上飞驰,置路人的性命于不顾;当看到父亲与黑人决斗的血腥场面时,哥哥厌恶呕吐,懦弱地逃离现场,她却津津有味地继续观看。她是恶魔父亲萨德本"无情的意志刻画出的一个凹陷的痕迹"。① 难怪父亲常常说,她比亨利更像自己,更适合成为萨德本家族的继承人。

朱迪思的小姨罗莎具有良好的文学素养和诗人气质,素有"桂冠女诗人"的她也难逃被"妖魔化"的命运。罗莎曾经是一个美丽、活泼的少女,母亲的早逝、父亲的消极避世使她的童年充满"扭曲的斯巴达人的孤独"。而且,南方压抑女性性欲和才情的社会环境、行为规范更是一步步吞噬她的青春、容貌和活力。后来她向命运低下高傲的头颅,决定接受萨德本有失绅士风度的求婚,希望堂堂正正地做个妻子和母亲。但萨德本蔑视爱情和尊严,厚颜无耻地提出要在结婚前与她试婚,如果生下儿子就娶她。这对向往浪漫爱情的罗莎,来说是极大的人格侮辱和感情亵渎,她断然拒绝成为萨德本的生殖试验和传宗接代的工具。罗莎为尊严而战的勇气和叛逆精神令人敬佩,但她难逃男性社会和清教妇道观为她铸就的悲惨命运,南方的男权社会注定会让罗莎这样

---

① 李文俊编选:《福克纳评论集》,中国社会科学出版社 1980 版,第 204 页。

的女人下地狱。小说在描写罗莎年轻时的美好品质的同时又把她塑造成对男人充满愤懑与偏见、乖张暴戾的"女巫"和老处女："43年来(她)一直穿着一身永恒不变的黑衣",身上散发着长期"设防禁欲的老处女的皮肉的酸臭",用"阴郁、沙哑、惊愕"的嗓音诉说萨德本家族的发家史和灭亡史。①

《献给艾米丽的玫瑰》中的艾米丽小姐出身贵族世家格里尔生家族,年轻时"身段苗条,一袭白衣",纯洁漂亮,吸引众多爱慕者和追求者。但父亲为了保住她的"冰清玉洁","叉开双脚"、"手执马鞭"赶走所有追求者。② 美丽、活泼、健康的艾米丽被严厉、强势、固执、威严的父亲挡在背后,正常爱欲被剥夺殆尽,成为旧南方"父权制"和"淑女"观念的牺牲品。父亲死后,已经错过青春年华的艾米丽冲破世俗观念爱上来小镇当临时监工的北方人荷默。她不顾镇上的各种流言和偏见,勇敢大胆地追求幸福,全心全意地投入爱情。荷默却玩弄并背叛她的感情,当艾米丽意识到无法与心爱之人天长地久时,她绝望地购买砒霜,毒死荷默,与他的尸体同眠共枕几十年。③ 艾米丽逐渐从天真烂漫、善良美丽的少女走向神秘狠毒、恐怖可怕的"女魔",身体由原来的美丽苗条变成"像长久泡在死水中的一具肿胀发白的尸体"。艾米丽是旧南方的守护者和受害者,她悲壮而执着地固守过去的精神值得每一个南方人为她献上一支玫瑰,她的死亡象征旧南方最后一座纪念碑的轰然倒塌。

以"女魔"和"堕落夏娃"的对立面出现在福克纳作品中的女性形象是"圣母"和"女神"。《喧哗与骚动》中尽心尽力服侍康普生家族一生的黑人大妈迪尔西虽然生活在南方社会的最底层,但她乐天知命、从容阅世,积极乐观地面对生活。她的厨房常常给人温暖舒适的感觉,是全家人聚集吃饭的空间,更是

---

① William Faulkner, *Absalom, Absalom! * New York : Random House, Inc.1951, pp.7,8.

② [美]威廉·福克纳:《福克纳中短篇小说选》,H.R.斯通贝克选编,中国文联出版公司1985版,第104页。

③ [美]威廉·福克纳:《福克纳中短篇小说选》,H.R.斯通贝克选编,中国文联出版公司1985版,第101页。

康普生家族成员疗伤的地方。迪尔西成天围着围裙在厨房里忙碌,伴随"筛子的来回抖动"、"细细的面粉像雪花似的纷纷扬扬地洒落在案板上","火焰的呢喃声"伴着她质朴的歌声从厨房里飘出来。① 她打理的厨房炉子上经常放着嘶嘶作响的水壶,桌上摆满为主人准备的热气腾腾的饭菜。当康普生家里的孩子们感到饥饿或者需要安慰和爱抚时,他们都去厨房找迪尔西。家里发生任何大事小情,大家都喜欢聚在迪尔西的厨房里讨论。大姆娣去世那天晚上班吉哭闹不止,康普生先生把他领到迪尔西的厨房。迪尔西慈爱地一边安慰班吉,一边张罗着"一勺一勺地给他喂饭吃"。②

　　黑人奶妈迪尔西的厨房与康普生太太的卧室在小说中形成鲜明对比。慈祥温和的迪尔西的厨房温暖明亮,她忙忙碌碌、无微不至地照顾康普生一家人的饮食起居;康普生太太高傲严肃,她的卧室成天拉严百叶窗,昏暗并散发出浓浓的药味,放在床头的《圣经》似乎是个摆设,掉在地上她都懒得捡起来。康普生太太整日紧闭的房门不仅隔绝她与外界的联系,而且斩断她与家人的亲情。迪尔西的温暖与呵护让孩子们享受到在母亲身上无法得到的母爱。迪尔西经常领着被家人嫌弃的智障班吉参加黑人教堂的礼拜,让他的心灵得到安宁。迪尔西勤勤恳恳、任劳任怨地承担康普生家族的保姆职责,照顾全家人的生活,开导迷恋自我、沉浸在少女情怀中的康普生太太。迪尔西是"圣母玛利亚"的化身,无私与爱的光芒在她的身上时时闪现,她的勤劳、善良、勇敢、乐观、豁达、忍耐是人类最美好的品德。

　　《去吧,摩西》中的莫莉大婶是麦卡斯林家族黑人后裔路喀斯的妻子,身为黑人,她没有怨天尤人,而是宽容、豁达、自尊、勤劳地生活。路喀斯有一段时间财迷心窍,整天在地里用探测器寻找被埋藏的金银财宝。莫莉坚决反对丈夫的所作所为,始终坚持一个质朴的信念,那就是不劳而获或者把别人的财产据为己有是上帝不容许的行为。她用自己的乳汁无私地哺育失去母亲的白

---

① William Faulkner, *The Sound and the Fury*, New York:Penguin Books,1985,p.240.

② William Faulkner, *The Sound and the Fury*, New York:Penguin Books,1985,p.29.

人洛斯,无微不至地关心他的成长,言传身教,让他明白堂堂正正做人的品质和美德。她对洛斯给予伟大的母爱,始终如一、毫不吝惜,从未考虑回报。在小说接近尾声时,离开南方去芝加哥寻找自由生活的外孙赛缪尔受人陷害,被判处死刑。莫莉大婶强忍悲伤,不顾年老体弱,四处奔波求助,希望让暴尸在外的外孙带着死者的尊严回归故里。莫莉大婶深厚宽广的爱让无数人为之动容,杰弗逊镇的白人律师加文·斯蒂文斯和沃赛姆设法阻止报纸对赛缪尔的负面报导,募捐款项,用鲜花与庄严的仪式迎回这个南方的"被卖掉的便雅悯"。

总之,艾米丽、罗莎、凯蒂、朱迪思等女性"沦为鬼魂"的过程实际上是南方妇女共同的经历,"在南方社会具有普遍的代表意义"。① 南方"父权制"家庭"罗曼司"的根本是:"主宰是富有绅士风度、高尚可敬、勇敢果断的父亲;母亲则是圣洁、坚忍、没有欲望的完美女性"。② 在书写南方贵族"父权制"家族故事的"约克纳帕塔法"世系中,女性无法避免被"妖魔化(丑化)"或被"圣母化(美化)"的划分类型,南方女性不外乎三种类型,即"淑女、娼妓和女奴(ladies or whores or slaves)"③。"女奴"是南方种族压迫和奴隶制的产物,但"淑女"/圣母、"娼妓"/"婊子"是南方男性话语和社会文化的建构。"淑女"或者圣母是福克纳家族叙事中的"理想"女性,满足南方男性对女性的家庭功能和妻子角色的理想想象;"娼妓"或者女魔折射男性压迫女性的无意识和"力比多"性欲冲动。福克纳的人道主义思想使他对南方妇女的处境深表同情,但他的父权思想和妇道观念又限制他对南方男性集体编造的"淑女"神话的批判力度,作品中的女性形象也体现南方宗教观念和男权文化划定的性别角色。

① 李常磊:《南方女性的悲剧——〈押沙龙,押沙龙!〉中洛莎悲剧性格分析》,《山东师大外国语学院学报》2002年第1期,第45页。
② 李扬:《美国南方文学后现代时期的嬗变》,山东大学出版社2006年版,第81页。
③ William Faulkner, *Absalom, Absalom*! New York:Random House,Inc.1951,p.114.

第二节 新时期家族小说的母题类型

在改革开放和新时期城乡转型的社会大背景下,中国新时期作家逐渐放弃新中国成立以来长期处于权威和优势地位的国家、民族、革命、阶级等文学叙事母题,毅然将创作笔触伸向家族叙事母题中,对家族小说展开继现代之后新一轮的书写,在新时期引发"家族寻根"和"文化寻根"浪潮。寻根文化反过来刺激作家对于家族小说的写作热情,涌现出一大批优秀的家族小说作品。福克纳的家族小说趁着改革开放的东风,对中国新时期家族小说的创作母题产生影响。新时期作家在与福克纳大致相似的"家园追寻"与"皈依"、"父权至上"与"审父"、"母神"与"荡妇"母题类型之下,尽情演绎具有中国特色的家园神话、纲常伦理、父权母性,通过对个体家族、村落族群历史的再现,把"反思民族文化优劣"、"揭示民族文化心理"、"重建现代民族精魂"作为家族小说创作的诉求。①

一、"家园迷失"与"家园追寻"母题

"约克纳帕塔法"世系的故乡情结、家园追寻意识以及对故土爱恨交织的矛盾情感,在中国新时期家族小说作家群中引发深刻共鸣。莫言的"高密东北乡"、张炜的"芦清河"、苏童的"枫杨树乡村"、余华的"海盐"、阿来的"阿坝藏区"、陈忠实的"白鹿原"等,无不闪现"约克纳帕塔法"的影子。中外作家在不同的文化土壤中以故乡为蓝图创建文学共和国,遵循相似的"迷失、背离"到"向往、皈依"的故乡主题创作模式,演绎"望极天涯不见家"的苍凉、悲伤与惆怅。当然,两国作家的家园书写具有相似性的同时也呈现差异性。新时期作家在吸收福克纳的家族神话和家园母题时,基于中国传统的家族文化和社

---

① 赵德利:《民族文化心史的剖视与建构——当代家族小说母题模式论之一》,《青海社会科学》2002 年第 6 期,第 71 页。

会现实,着力凸显具有中国特色的家族母题和家园神话。二者之间的相似性与差异性生动再现具有基督教色彩的美国南方"伊甸园"和充满东方儒教文化特色的中国"桃花源"。

莫言在福克纳的"精神走向和乡土观念"的感染和启发下,①开始专注于故乡题材,在书写"高密东北乡"时找到"上帝般的感觉"。故乡为他"打开了一道记忆的闸门","激活"所有的童年生活,他才思泉涌,"原封不动"地把故乡的一切搬进小说。② 毫无疑问,莫言精湛成熟的艺术成就,得益于他善于吸收借鉴外国文学的养分并锐意革新,形成富有个性特色的叙事内容、叙事形式和创作风格。莫言扎根"高密东北乡"深厚的地域文化土壤,重点描写最神秘、最原始的人性欲望和最朴素、最本真的家园情结,透过这些原始欲望,人们不难发现一种飘散着红高粱浓郁酒香的地域文化、民族精神和人性力量。

莫言的故乡神话"脱胎换骨"于福克纳的"约克纳帕塔法"世系,但他的家族小说从内容到形式、从主题思想到精神气质都是对福克纳家园神话的再度创造和重新"熔铸"。《红高粱家族》突破中国以往家族叙事的伦理约束、道德限制,转而书写离经叛道的"红高粱"家族的民间小微"野史",以汪洋恣肆的语言、奇丽狂放的想象,描绘"我爷爷"余占鳌和"我奶奶"戴凤莲之间野性十足、无视传统、纯粹朴实、感人肺腑的爱情故事以及这个草莽流寇家族的发展历史,歌颂余占鳌和罗汉大叔等民间血性硬汉们疾恶如仇、敢作敢为、诚实敦厚、淳朴本真的人格魅力及其保家卫国、不怕牺牲的大无畏精神和英雄气概,展现"高密东北乡"人民顽强不屈、乐天知命的生存态度,赞美故乡充满野性的蓬勃生命力和瑰丽多彩的风土人情。

小说的中心意象"红高粱"由蓬勃旺盛到萎靡变种的"种的退化"过程隐

---

① 陈春生:《在灼热的高炉里锻造——略论莫言对福克纳和马尔克斯的借鉴吸收》,《外国文学研究》1988 年第 3 期,第 13 页。

② 莫言:《福克纳大叔,你好吗?》,《小说的气味》,春风文艺出版社 2003 年版,第 40 页。

喻家族的衰落。① 与谱写可歌可泣、辉煌壮丽人生的家族祖先"我爷爷"和"我奶奶"相比,"我"这个生活在城市里、经过文明"洗礼"的家族后裔,是"高密东北乡""可怜的、孱弱的、猜忌的、偏执的、被毒酒迷幻了灵魂"的"不肖子孙",逃离家乡十年,满身沾染上城市里"机智的上流社会"的"虚情假意",肉体"被肮脏的都市生活臭水浸泡得每个毛孔都散发着扑鼻恶臭"。② 在经历了精神颓废与城市文明带来的物质满足的巨大矛盾之后,"我"深刻体悟到回归故土成为拯救自我和家族的有效途径。逃离故乡而后归来的"我",开始认真思考故乡。剥去文明的外衣只剩下原始人性的故乡与充满赤裸裸的物质欲望的都市相比,故乡比现代城市要朴实、纯洁、厚重得多。"我"痛苦地认识到,人类历史从农耕文明进入都市文化的进程中,自然纯朴的人性逐渐消失殆尽。

莫言与福克纳在对故乡的感情、对待传统与现代的态度方面具有相似性。莫言将国民人性的萎缩与异化具体化为"高密东北乡"那片黑土地上纯种高粱的日渐消失和杂种高粱的肆虐疯长。这片土地上交织着炽热而自由的人性美与原始而愚昧的风土习俗,或许人们需要现代文明"改良"人性的野蛮与落后。但是,以都市文化为代表的现代文明似乎无法承载文明改良或者人类进步之大任。在小说结尾处,"我"应家族亡灵召唤回到故乡,在家乡的河里"泡了三天三夜"之后,立志寻找仅存的那株象征家族"光荣图腾"和故乡"传统精神"的纯种红高粱。在乡村与城市、传统与现代的二元对立中"返乡"、"回家"似乎成为"我"可望而不可求的自我和家族救赎之诉求。小说的精神求索和文化寻根的深刻意蕴在迷失、追寻和"皈依"家园的叙事母题中得以完美呈现。

张炜是新时期最为执着的"家园"守护者,"芦清河"、"葡萄园"、"野地"/"大地"、"母亲"意象是其家族小说"家园精神"的独特载体。《家族》以

---

① 丁帆、许志英:《中国新时期小说主潮》(下卷),人民文学出版社 2002 年版,第 1109 页。
② 莫言:《红高粱家族》,南海出版公司 2000 年版,第 370—373 页。

宁、曲两府三代人的精神流亡、痛苦追寻、皈依家园的人生轨迹演绎一个时代的历史。家族先辈们背叛家族，在漂泊与寻觅中追求革命理想与人生价值，追忆和再现家族的"光荣与梦想"；家族后代在经历家族从盛到衰的悲剧之后，回归"野地"，定居"葡萄园"。《家族》演绎现在与过去的对话，在追溯与审视家族往昔的"光荣与梦想"中，家族后代的情感和灵魂恒久地留守在故乡。张炜在《九月寓言》的代后记《融入野地》中明确表示转向家园、返回故乡、"融入野地"是拯救失落灵魂的最佳选择。

张炜的家族叙事转向齐鲁文化意蕴丰厚的胶东大地上民族资本家这个最后的"贵族"阶层，书写在社会转型、革命运动、商业浪潮的冲击下，民族资本家家族风雨飘摇的没落历史和农村知识分子的命运遭际。与福克纳的沙多里斯和斯诺普斯两个精神世界相似，张炜表现两种"家族"精神之间的较量：一类是代表"家族"精神的理想主义，其实践者在实现个人理想的艰难历程中持之以恒地追寻家族真谛和个体存在的意义；另一类是表现"家族"利益的现实主义，其践行者只重视功名利禄和家族私利，整日玩弄权术、蝇营狗苟，一心追求财富权力和家族复仇。两种"家族"精神的寓意超越血缘，反映普遍的人性与道德。张炜和福克纳都因为对"精神贵族"的倔强守护成为各自时代最执着的"家园"追寻者。

苏童的"枫杨树"系列小说以自己熟悉的家乡为摹本描绘亦真亦幻的文学世界。"枫杨树乡村"和"香椿树街"是苏童小说中的两个主要家园"地理"坐标，是其"纸上故乡"的别称。苏童的祖先生活在农村，他随父母离开扬中老家移居苏北。身处城市的他，在体验城市生活与现代文明的同时，从未放弃对家乡故里的思念和眷恋。城市与乡村两股血脉在他的身上流淌、冲撞，使他时时陷入逃离城市的冲动和无法返回故乡的无奈中，饱受折磨和煎熬。在小说中，苏童通过回忆与想象，把乡村与城市、历史与当下交织勾连在一起，绘制一幅多姿多彩的"枫杨树"水乡世界。

对老家的回忆、对祖先的崇拜、对家园的追寻，促使苏童开始家族小说创作。1987年发表《一九三四年的逃亡》之后,苏童陆续推出《飞越我的枫杨树故乡》、《枫杨树山歌》、《罂粟之家》、《米》等以"枫杨树乡村"为主题的家族叙事系列。"逃离"与"回归"、"丧失"与"寻找"家园构成苏童"枫杨树"系列小说的主旋律。《米》中的五龙逃离"枫杨树"故乡到城市生活打拼,后来变成一个丧失人性和道德的恶棍,染上脏病,在人生即将走向终结时,完成回到枫杨树老家的愿望。在《飞越我的枫杨树故乡》中,生前疯疯癫癫的幺叔因死后"灵魂没有找到归宿"四处游荡;在《故事:外乡人父子》中,经历颠沛流离之后返乡寻祖的故乡人成为地地道道的"外乡人",在全是本家宗族的老家,他们遭遇"你来到底想干什么?"的怀疑和冷遇。他们像"游魂"一样从这家走到那家,无法找到一席容身之地,更谈不上认祖归宗。在苏童的家族小说中,城市与乡村几乎以对立的状态存在,那些离开家乡去往城市的人们,成为精神上无家可归的流浪者,饱尝在城市无法立足、有故乡无法归返的痛苦。

"枫杨树乡村"与"香椿树街"代表苏童精神世界的两侧。"枫杨树乡村"是漂浮在作者心头无法抹去的家乡的影子,是苏童"虚拟的老家"。他在这里触摸故乡和祖先的脉搏,想象自己灵魂的归处。"枫杨树乡村"的土地上生长水稻与罂粟,孕育生命与欲望;这里有"眼睛天天望得见枫杨树"的"祖父"、喜欢干草清香的"父亲"、痴迷米香的五龙、充满生命原动力的幺叔和日日呼唤馒头的刘家疯少爷演义。祖祖辈辈的"枫杨树"人在这里出生、居住、生活,上演他们的爱恨情仇。无论逃离还是归返,"枫杨树"成为他们永远魂牵梦萦、无法割舍的家园。"香椿树街"是一条"阴郁、悠长而寂寥的"苏州老街,氤氲着南方惯有的潮湿、阴暗和发霉气息,是苏童作品中城镇的代名词。"香椿树街"承载现实与虚构的所有力量,滋生商业社会的种种弊病,照应街巷众生的精神贫乏和悲凉无奈,浸透惆怅、绝望与温情。苏童通过"香椿树街"这个城市的边缘地带,眺望纸上故乡"枫杨树乡村",在追寻与失落、逃离与返乡的矛盾中,完成自己对于江南水乡一个个腐朽堕落家族的想象与描摹,在一次次灵魂洗礼和"精神还乡"中,思考城市化与乡村文明陨落之间的复杂关系。

苏童在逃离与回归家园母题的书写中,"似乎学到了美国南方作家福克纳的精髓,欲将南方的家族史表现为人类堕落与腐败的现代史诗"。① 如同福克纳的"约克纳帕塔法"神话王国,苏童的"枫杨树"小说世界是一个具有文学自足性和美学完整性的艺术世界。生活在城市的他,透过回忆与想象,书写江南水乡颓败没落的家族历史。但是,与终老故乡,对家乡有着热烈情感体验、侧重探究南方人内心精神危机的福克纳不同,生活在城市的苏童,只是远距离地观察家乡人外在的生存状况。苏童远离情感激烈外露的表达方式,借助充满诗意的语言和童年的模糊记忆,不动声色地完成一次又一次伤感但富于诗性的"精神还乡",在想象中追寻那个具有浓厚南方水乡文化气息的"精神家园"。

同样出生于江南水乡的余华把家乡海盐小镇作为小说创作的家园符号。他虽然离开家乡多年,却把心永远留在生活近三十年的家乡,那里的一山一水、一草一木都刻在他的脑海。家乡的故事他信手拈来,家乡的方言他脱口而出。他相信:"我过去的灵感都来自于那里,今后的灵感也会从那里产生。"②在余华看来,无论他生活在北京还是上海,那注定是一座别人的城市,自己总是一个漂泊流浪的异乡过客,只有家乡海盐才是灵魂永久的憩所。福克纳关于人类精神家园重建的虔诚给予余华很深的启迪,他逐渐从创作早期的暴露、解构、颠覆的先锋叙事方式中走出来,开始寻找生命和家园的意义,笔下的人物普遍多善良和温情、少残忍与冷漠。《活着》中的福贵脱离家乡,浪迹城里时是个不折不扣的纨绔子弟,在纸醉金迷和吃喝嫖赌中游戏人生,返乡之后他转变为温情慈爱、勤勉负责的父亲和丈夫,以常人难以想象的顽强与坚韧,经历三番五次失去亲人的巨大痛苦和生活磨难之后,身上依然闪现人性的温情。福贵"离家"之后的"归返"体现他对家园和生命一如既往的坚守。年老体衰

---

① 许志英、丁帆主编:《中国新时期小说主潮》(上卷),人民文学出版社 2002 年版,第370 页。

② 余华:《没有一条道路是重复的》,上海文艺出版社 2004 年版,第 65 页。

的福贵牵着那头老牛,执拗地耕耘在家乡贫瘠的土地上,用活着化解生活的所有不幸与艰难,表现最朴素的生命信念。因此,余华认为,在福克纳的启示下自己的小说创作逐渐"回归家园"、走向温和,关注人间温情与人性光辉,表达建设人类精神家园的愿望。

阿来被福克纳植根于南方泥土的故乡情结和边缘文化意识深深吸引,精心营造一个在汉人看来原始落后,但弥漫藏民族神秘文化气息的康巴土司世界,书写最后一群土司家族的东方寓言和文化挽歌。阿来血液中的藏人气质、感情上对藏文化的亲近,与福克纳的故乡意识和南方情结息息相通,阿坝藏区与"约克纳帕塔法"亦有异曲同工之妙。福克纳的美国南方是现代化和城市化北方的"他者",南方的蓄奴制、种植园在北方人眼中显得落后、野蛮,农耕文明与乡土文化显得时过境迁。身为藏族的阿来意识到,在汉文化冲击下,承载藏族乡情风俗的藏文化必然走向衰亡。阿来关注的不是异国文化和国外势力对藏区的影响,而是转向本国汉藏文化之间的碰撞,在两种文化张力中展现乡土气息浓郁的藏人家园、神秘浪漫的土司制度和绚丽多彩的藏族风情。随着藏区的解放和土司制度的瓦解,最后一群土司家族注定成为历史遗迹。在《尘埃落定》中阿来把土司家族的兴衰放在汉藏文化交汇和民族融合的大背景下,以强烈的怀乡意识思考族群文化和地方风俗与民族国家一体化之间的矛盾与统一。与福克纳一样,阿来选择看似痴傻的"二少爷"作为叙述者,以超越常人的可怕直觉和超越时代的敏锐预感,在康巴藏区土司历史的风云变幻中审视族群文化与主流文化之间的关系。

"怀乡"与"怨乡"主题在《尘埃落定》中并存。阿来从不掩饰自己对于藏族本土文化和雪域高原的眷恋,在小说结尾处阿来借助傻子"二少爷"之口表达对家乡的热爱:"上天啊,如果灵魂真有轮回,叫我下一生再回到这个地方,我爱这个美丽的地方!"。① 小说中的藏族家园到处都是青山绿水和无边无际

---

① 阿来:《尘埃落定》,人民文学出版社 2000 年版,第 407 页。

的麦田。阳光明媚的雪后早晨,天空蓝得醉人,画眉到处飞旋,婉转啼鸣,官寨雄伟高大、富丽堂皇,种满罂粟的田野在罂粟成熟时节散发迷醉的气息。这是一种萦绕在作者脑海中无法抹去的故乡记忆和难以割舍的恋乡情结。但是,《尘埃落定》在赞美家乡、眷恋藏文化的同时,折射对土司文化中原始愚昧、人性异化以及家族腐败、权力争夺的批判。

《白鹿原》浓缩中原地区的家园思想和家族意识,是一部将家族传奇与革命历史完美结合的不朽之作。陈忠实以陕西关中地区一片充满神秘色彩的白鹿原为故事发生地,借助白、鹿两个家族三代人之间的爱恨情仇和恩怨纠葛,在家族与历史的相互衬托下,反映中原地区宗族、家族与社会紧密结合的生活方式以及风起云涌的农村现代史。作者原本打算从批评与警醒的"理性境界"出发,①对封建文化、宗族糟粕、村落家族进行不动神色的旁观式冷静书写。但是,逝去的家园和白鹿精魂萦绕作者心头,作品最终成为寄托作者对传统乡村文化深切缅怀、对美好家园温暖记忆的载体。《白鹿原》的家园追寻扎根在"中国乡村文化"土壤中。② 陈忠实属于"农裔作家",家园是文化之"根"。作者对家乡故土的熟谙与热爱,造就《白鹿原》独特的乡土文化气息。陈忠实淋漓尽致地表现家乡的地域特征、文化遗迹、世态人情、伦理道德、村规民约、节日礼仪、婚丧嫁娶、农事耕作,展现黄土高原地区独具特色的人文景观、自然景观和历史景观,描绘乡土特色和时代气息交融的关中乡村家园图景。白鹿原中鲜活传神、地道朴实的方言俚语以及绘声绘色、丰富多彩的民间传说是作者家园文化和乡土情结的最佳体现。

祠堂是白鹿原上宗族和家园的物质和文化符号。作者以当土匪后回归故里、归宗认祖的黑娃为例,表现家园对个体生命的重要性。生活在社会底层的

---

①　廖哲平:《且放白鹿世纪末　须行即骑寻家园——〈白鹿原〉的文化苦旅》,《厦门教育学院学报》2009 年第 3 期,第 60 页。
②　贺仲明:《中国心像:20 世纪末作家文化心态考察》,中央编译出版社 2002 年版,第 36 页。

黑娃"桀骜不驯",顶撞德高望重的族长白嘉轩,推倒"仁义白鹿村"石碑,砸碎"神圣法典"《乡约》的石刻子,在决绝与反叛中逃离白鹿原,斩断自己与白鹿原的纽带。经过一番抗争与寻觅之后,"混账半生""闯荡半生""糊涂半生"的黑娃拜白鹿原上"最后一位"大儒朱先生为师,"想念书求知活得明白";后来带着"明媒正娶"的妻子返乡,"省亲祭祖",虔诚而卑躬地"皈依"白鹿祠堂。他特意脱了"戎装"和"绫罗绸缎","专门买了家织土布",让妻子亲手缝制衣裳,以"拘谨谦恭"的布衣学子身份来到祠堂,跪拜族里的长者和乡亲,在肃穆的进香叩拜之后,得到宗族"红绸披挂肩头"的认可和接纳。所以,族长白嘉轩坚信,无论白鹿村的人怎样叛逆,只要他"生在白鹿村炕脚地上",无论迟早都要"跪到祠堂里头"认祖归宗,①完成身份定位和生命洗礼的庄严仪式。

与福克纳相似,陈忠实借助家族、故乡、人际网络,通过广泛使用乡间方言、风土人情和神话传说,表现家园追寻主题,运用耕织、议事、祭祖、婚嫁、治丧、迁坟、拜祠堂、认干爹、办满月各种礼俗,反映中国广大农村地区长期存在的宗法家族一体化社会生活和文化形式。陈忠实没有像福克纳一样徘徊在宗族统治的昨日家园而斩断对未来家园的希望,他跟随时代的步伐,认识到从传统走向现代或许就是中华民族从衰败与落后走向复兴与文明的必由之路。

二、"父权至上"与"审父"母题

中国广大农村地区布满聚族而居的村落,宗族以父系亲属关系组成,按照父子相承原则上溯下延,族内有家,族是家庭的联合体。因此,"父,至尊也"、"大宗,尊之统也"的宗族思想在中国传统文化中根深蒂固,族长、父亲成为家庭、社会、政治经济体制的主宰者。"父权制"向性别延伸扩展,派生出更广泛的男权主义,女性成为男性的附庸,遵守从父、从夫、从子的"三从之义"。中国文化对父权的肯定、维护和强化使"父权制"不仅制约家庭伦理而且决定国

---

① 陈忠实:《白鹿原》,长江文艺出版社2014年版,第395—399页。

家的政治伦理。但是,新时期家族小说作家生活在崇尚个性和自由的时代,必然反叛"父亲"的专治和权威,"父亲"形象在文学作品中受到猛烈的挑战和解构。然而,他们一边上演集体"审父"甚至激情洋溢的"弑父狂欢",另一边又流露出"寻父"、"崇父"的情感诉求。尤其是20世纪90年代之后,当年的子辈进入"父"的角色,他们超越历史的迷雾再次审视曾经的父辈,发现"父"仍然背负太多的历史意义和现实功能,他们便在不知不觉中做出妥协并开始向"父"靠拢。因此"审父"与"寻父"的矛盾使新时期的家族小说穿梭在历史和现实中,思考"父"所代表的家族文化与宗法制度。

(一) 一场"审父"盛宴

中国千百年的社会文化生活建立在"君本位"、"父本位"、"夫本位"、"官本位"、"师本位"和"祖先本位"的基础上。"五四"新文化运动对于束缚与限制人的独立、自由、解放的父权专制进行无情抨击,倡导个人本位代替"父本位"的思想,强调个人独立和个性解放。但是,新文化运动者大多出身封建大家庭,成长在深厚儒教传统营造的家族文化氛围中,对"父亲"的批判注定是反叛与怀念、理性思考与情感眷恋并存,以至于"离家出走的决绝与回归家庭的伤感"成为现代作家无法回避的两难处境。① 继现代作家的"离家出走"之后,新时期家族小说作家发起新一轮摧枯拉朽式的"审父"狂欢。他们走出现代家族小说对贵族家庭封建礼教、父权专治扼杀新思想、残害幸福与生命的单向度描写,转而在家族与历史、民族与个人的多向度立体思考中表现"父"作为一个家族和历史符号的退场。

新时期家族小说继承现代家族叙事揭露家长制弊害和批判封建家庭伦理的写作传统,但"审美情感由激进的抨击、感伤式的眷恋走向博大的人性悲悯"。②

---

① 曹书文:《家族文化与中国现代文学》,中国社会科学出版社2002版,第95页。
② 曹书文:《论20世纪80年代的中国家族小说》,《云南社会科学》2005年第2期,第114页。

现代家族小说中描写的封建家长的专制、独裁、冷酷，激起人们无比的愤怒，坚定人们摧毁封建大家庭和推翻宗族旧制度的决心。新时期家族小说中没有巴金、曹禺塑造的那种典型的封建大家族家长形象，而是涌现出要么像《古船》、《白鹿原》中融族长与村长、集体利益与家族意志为一体的"父亲"形象，要么像《罂粟之家》、《妻妾成群》、《一九三四年的逃亡》中的败家子、逃亡者、赌徒、性无能、嫖客、流氓、无赖"父亲"形象，要么像余华作品中那些无耻、暴虐、猥琐、卑微、屈辱的"父亲"形象。新时期小说作品中的"父亲"形象突破现代小说程式化、脸谱化的封建家长形象，呈现多样性、复杂性，融入更多的人性或道德思考。

在《红高粱家族》中，"种的退化"的声音回荡在"高密东北乡"的红高粱土地上。敢作敢为、敢爱敢恨的土匪草莽大丈夫余占鳌和被日本兵"剥皮零割示众"、面无惧色的罗汉大叔都是响当当的硬汉子，用最朴素的保家卫国的英勇行为树立高大伟岸的"父亲"形象，谱写悲壮动人的历史篇章。同时，小说中"父亲"这一象征历史的形象步步溃退，代代萎缩，到"我"这一代时居然"孱弱得如同婴儿"。《丰乳肥臀》中"上官家的老祖宗都是咬铁嚼钢的汉子"，上官福禄和上官寿喜父子却是身体孱弱、胆小怕事、懦弱无能、优柔寡断、阳刚之气丧失殆尽的"窝囊子孙"。[1] 上官父子死于日寇的屠杀之后，坚韧顽强、任劳任怨、独当一面的上官鲁氏接管家族，忍辱负重，独自拉扯九个子女，操持生计。上官家族唯一借种而来的男性继承人上官金童是黄毛混血，患有严重的"恋乳癖"，长大成人之后毫无男人血性，孑然一身、浑浑噩噩。《食草家族》中的祖先们因为血亲乱伦脚生蹼膜，家族男性后代在享受食草和野外拉屎的痛快中消磨人生。四老爷只会勾引别人的媳妇和"到野地里拉屎"，九老爷痴迷于"教猫头鹰说话"。

莫言持一种"退化论"的历史立场，"种的退化"的焦虑一直困扰莫言，[2]

---

① 莫言：《丰乳肥臀》，作家出版社 1996 年版，第 15 页。
② 莫言：《红高粱家族》，南海出版公司 2000 年版，第 2 页。

其家族小说中的男性形象由硬汉子、大丈夫"退化"到小男人、弱丈夫。作者毅然放弃男性或者父亲统治的家族叙事，以更加犀利的笔触，消解和颠覆男性神话，揭示男性自私软弱的本质和男性家长权力的丧失。同时，莫言转向寻找母姓家族谱系，致力于塑造女性人物和建构母系神话，以此挑战男性传家谱、续香火的家族延续观念，在本质上斩断传统的男权家族文化根基。

苏童笔下塑造了新时期最典型的"恶父"群像。"枫杨树"系列小说的写作初衷试图为家族树碑立传，但苏童似乎在对父亲的口诛笔伐中上演一场痛快淋漓的"审父"大宴。《一九三四年的逃亡》中塑造赌博嫖妓、抛妻弃子的陈宝年和阴险毒辣、饮人精血的陈文治。《米》中的五龙带着仇恨与妻子结婚，为了报复诱奸妻妹，最后身患梅毒。《罂粟之家》中"枫杨树"乡村最大的地主老刘家是一个淹没在罂粟的迷醉与粮食的腐烂中的家族，充满邪恶、凶杀、欲望、溃败气息。刘家父子荒淫无度、生活腐化糜烂、同玩一个女人。刘老侠"血脉过旺"无法生育，他勾搭父亲的小妾翠花花，为了接续家族香火，强忍妒恨把翠花花与长工的私生子当作家族传人培养，因为 300 亩土地他可以随便出卖女儿刘素子的婚姻与幸福。《妻妾成群》中的陈佐千残害女性、冷酷残暴，行将就木的他为了满足兽欲、炫耀财富，以妻妾成群为荣耀，把一个个年轻貌美的女子娶进坟墓一样阴森腐朽的府邸，让她们在那里慢慢枯萎凋零，最终成为"父权制"的陪葬品。

在余华早期的作品中，很少见到"父慈子孝"的情节，"父亲"似乎是龌龊、丑陋、无耻的代名词，失去父亲统治的儿子们在"极度的自由中任由本能狂欢，放纵自己的原始生命热力"。①《在细雨中呼喊》中的"父亲"孙广才劣迹斑斑，是个地地道道的泼皮无赖，没有任何"为父"的尊严。他上不孝双亲、下不爱子女，与父亲孙有元旷日持久地进行衣食住行的争夺，对儿女和妻子无情无义，从未给予他们温暖和亲情。他不顾儿子的难堪和妻子的痛苦，无视邻里

---

① 丁帆、许志英主编：《中国新时期小说主潮》（下卷），人民文学出版社 2002 年版，第 630 页。

的风言风语,整日大摇大摆出入寡妇家门,与其长期通奸。他经常残暴地抽打、冷落、排斥儿子,让儿子感觉父亲比陌生人还要疏远。身为公公他竟然禽兽不如,公然藐视纲常伦理,对儿媳动手动脚。通过寡廉鲜耻、凶恶狡诈、卑鄙自私、阴暗猥琐、肮脏不堪、虚伪刁钻的"父亲"形象,余华把"父亲"无情地逐出"父为尊"的圣殿。

《白鹿原》中的白嘉轩与鹿子霖是两个个性鲜明的"父亲"形象,代表农村常见的两类家长和两种价值取向。白嘉轩严于律己、耿直公正、颇有威信,他的脊梁"太直"、"太硬",是白、鹿两家的封建族长和村民的主心骨,但他也是农村严苛的男权和宗法思想的集中体现者。为了传宗接代,他七娶六死老婆也要生儿子续香火。当儿子白孝文陷入鹿子霖的圈套,与小娥通奸的事情被撞破时,他认为儿子丢尽自己的脸面,便分家把儿子踢出家门,在儿子即将饿死时置亲情不顾,做出只保孙子以续白家血脉的决定。他最疼爱聪明伶俐的女儿白灵,但对女儿要去城里读书的想法坚决反对,坚信"女子无才便是德"。在女儿追求自由婚姻,退掉他一手安排的婚约之后,他与女儿断绝父女关系,从此不再过问她的死活。白嘉轩作为专制族长的淫威集中表现在他对待小娥的态度上。生活在社会底层、长相妖艳的田小娥一直是他的眼中钉,他认为这个妖魅的女人是勾引白鹿原上的男人堕落的罪魁祸首。在小娥死后他把白鹿原上肆虐的瘟疫归咎于她"阴魂不散",从坟墓中挖出她的尸体,鞭笞泄愤,尔后烧灰装瓦罐,在上面建造六棱塔镇妖,让她"永世不得翻身"。

鹿子霖是白鹿宗族鹿姓家族的代表,他阴险狡诈、精于心机,暗中一直与白嘉轩较量。在历次政治运动中他投机取巧、追逐权力。国民党统治时期他想方设法贪污公粮公款,中饱私囊,脱下长褂、穿上制服,摇身一变当上白鹿仓第一保障所的"乡约",在"鞭炮齐鸣"、"乱糟糟的恭贺"中走马上任,他搜刮百姓钱财在镇上的饭馆里包了五桌饭菜,为自己打通仕途通道。在革命战争年代,他大肆炫耀儿子是共产党,为自己积攒政治资本。他无视道德约束和乡规民俗,满口仁义却风流成性,与原上不少女人有染。谁家的女儿或者儿子的眉眼或者其他地方长得像他便成为村民们闲聊时的趣谈。他不顾血亲伦理，故意挑逗儿媳却血口喷人、污蔑儿媳，儿媳被逼疯癫之后他害怕自己的丑事被说破，便暗示亲家药哑儿媳的嗓子。他垂涎堂侄媳田小娥的美貌，巧施恶计霸占她。为了臊白嘉轩的脸，他唆使田小娥勾引白孝文。

新时期家族小说作家采用近乎残酷和冷漠的态度、调侃嘲讽的语气，把一个个残暴、无能、卑鄙、自私的"父亲"送入历史尘埃，对以往"父慈子孝"、"父尊子卑"的家族伦理纲常和价值体系展开解构，挑战父亲的权力和威严。新时期作家的"审父"与中国传统的封建宗族制度和父权家族文化紧密相连，是作家对"父亲"代表的权力和宗族文化的深刻反思。子辈们反叛的不是"父亲"本身，而是"父权制"代表的"权威"、"体制"，是"父亲"代表的"中心权力"对处于权力边缘的"子辈们"的压抑与排斥。但是，在破坏和颠覆"父亲"形象的同时，作家们看到子辈的无能与孱弱，对"种的退化"的焦虑与担忧使他们重新思考"父亲"的意义，并对"父亲"代表的社会秩序、家族功能和儒家传统家族文化逐渐表现出接受与认同倾向，在"审父"与"寻父"的矛盾冲突维度和情感体验层面书写"父亲"的退场。

（二）"父"的逐渐回归

在新时期，那些曾经的"子辈们"成为如今的"父辈"或者"祖辈"，他们的"审父"或者"弑父"狂欢在表面的喧哗之下无法掩盖虚张声势的胆怯与犹豫。各种或激昂或嘲讽或冷静的"审父"书写背后隐藏一股不可名状的"寻父"、"崇父"情绪。新时期家族小说作家在"审父"狂欢渐趋平静之后，带着强烈批判和理性审视的态度认真反观那场"审父"狂欢，认识到"父亲"已然演变成一个抽象的、文化的"父亲"，作为一种抽象的生存力量它依然坚实地存在于日常生活图景中，而"子"或者"孙"却处于飘忽不定的精神漂泊和自我流放状态，常常以苦闷彷徨的"幼子"或"浪子"的身份，游荡在城市的大街小巷或者乡村的田间地头。

　　新时期家族小说对"父亲"的否定与驱逐逐渐演变成对"父亲"的认同与赞美。封建家长冷酷专制的一面被淡化,"父亲"承载的精神价值和人格魅力被肯定和赞扬。《家族》中的外祖父曲予、《古船》中的隋家父(叔)子们、《旧址》中的李氏家族族长李乃敬、《白鹿原》中的族长白嘉轩和关中大儒朱先生、余华笔下的福贵与许三观,他们身上遗留有封建宗族制和家长制的余害与缺陷。但是,他们是父慈子孝、乡规族约、家庭伦理、道德秩序的维护者和践行者,敢于挑起家族责任、勇于承担宗族使命。白嘉轩、李乃敬以宗族或者整个家乡的发展为重,不会蝇营狗苟、追名逐利。他们高大俊杰的人格品德、大局为重的道德情操,唤醒人们内心迷失已久的对于"父亲"的向往与追寻。

　　理与情的交织勾连、家与族的难舍难分,使新时期家族小说的"寻父"与"审父"主题呈现"暧昧"色彩。子辈们在迫切想要摆脱"父亲"的影响、抨击"父亲"的过错时不得不承认,虽然"父亲"身上存在弱点与不足,但他们一直是"儿子们"的坚实依赖和永恒庇护,是整个家族、甚至整个民族的"根"。作家在"父"的身上融入自己或者叙述者的主体情感,反映"寻父"、"崇父"的诉求与渴望。毫无疑问,隋抱朴、隋家先辈、曲予、白嘉轩、朱先生、余占鳌、罗汉大叔这些"父亲"形象,体现作者理想的家族伦理道德、儒家思想意识和中华民族精神。他们的身上存在封建专制男权思想的愚昧、落后、消极,同时折射家族文化中正直、坚强、阳刚、向上的品格。

　　莫言在丑化、批判、嘲弄手无缚鸡之力、无法像男人一样站着尿尿的上官父子或者吃青草拉无臭大便家族中家族基因退化、道德沦丧的"父亲"形象的同时,对家族"种的退化"和中华民族精神的衰落表现深刻的忧患意识,迫切希望追寻刚强勇敢的祖先和"父亲",试图通过对英雄、阳刚祖辈的崇拜与敬仰唤醒孱弱后代的血性。他怀着炽烈的感情,迫不及待地歌颂"高密东北乡"那片火红高粱地上"我爷爷"和罗汉大叔那样人格俊杰、刚强勇敢、喷薄狂野、张扬生命、顽强不屈的"父亲"们,他们桀骜不驯,大块吃肉大碗喝酒,痛击日寇,宁死不屈,富有正义感和生命激情,象征中华民族久被压抑的生命活力,他们顶天立地的英雄气概、光明磊落的优秀品质,值得后代敬佩和缅怀。

　　20 世纪 90 年代以来,"寻父"或"崇父"的倾向愈加明显,这种征兆在余华 1989 年发表短篇《鲜血梅花》时已经开始出现。① "寻父"主题在余华后期的创作中得到强化。在《许三观卖血记》、《活着》中,余华重构"父亲"形象,赋予"父亲"诸多令人动容的美德。这里的父亲忍辱负重,慈祥仁爱,隐忍自强,在生活的苦难中依然顽强地挺直脊梁,用伟大和无私的爱为家人撑起一片蓝天。福贵在经历了年轻时的轻狂与浪荡之后幡然醒悟,成为家中的顶梁柱。在一系列常人难以忍受的苦难中,福贵深刻体悟生活和生命的真谛,他的乐观与坚韧是一家人活着的精神支柱。许三观有其自身的缺陷与不足,但为救非亲生子一乐的命,他不惜卖尽鲜血,希望用父爱战胜病魔,用自己的鲜血换取儿子的生命。福贵从少时的冥顽不化到为人父时的慈爱坚强,代表生命力无比强大的父亲形象;许三观为了老婆与别人的私生子卖尽鲜血,一乐也仰仗"父亲"鲜血的哺养成长,演绎大爱无疆的父亲形象。在福贵与许三观身上,"父亲"褪去"高大全"的虚伪性,更多地闪现回归人性的真实性。

　　新时期家族小说从热情激昂的"审父"、无情的"弑父"转向客观冷静的"寻父"与"崇父",背后蕴含复杂的文化因素和作家的写作心理转变。新时期作家期待用激进与叛逆姿态颠覆"父亲"代表的秩序和权威,冲破"父权制"营造的家族文化堡垒。但是,当他们从昔日的"子"成为今日的"父"时,"父"依然代表"新"一轮的秩序,他们的反叛自然而然由先锋走向保守,加上世纪末的民族与文化忧患意识,进一步向"父"代表的秩序和权威靠拢。从蒋金彦的《最后那个父亲》、高建群的《最后一个匈奴》到《白鹿原》的"最后一个先生"、"最后一个乡绅、族长",诸多的"最后"隐含对"父"的不舍与失去"父"的担忧,奠定新时期家族小说"审父"母题的挽歌式悲剧基调。② 从 20 世纪 80 年

---

　　①　丁帆、许志英主编:《中国新时期小说主潮》(下卷),人民文学出版社 2002 年版,第 630 页。

　　②　杨经建:《90 年代家族小说的悲剧性审美基调》,《小说评论》2001 年第 5 期,第 27 页。

代的文化反抗到 90 年代的文化认同,新时期家族小说作家经历"先锋派"、
"新实验"、"新历史"等文学文化反叛,最后归于文化和价值观念的"寻根"。
传统文化被世俗的物质文化和市场价值代替之后出现快速裂变与贬值,蓦然
回首人们意识到一系列的"最后"不复存在时,情不自禁地怀念家族,依恋
"父"文化,"寻父"成为情感和精神寄托的必然结果。这种寻觅不仅是作家对
"父"所代表的传统家族文化、家庭归属的"寻根"与认同,更重要的是潜藏在
他们内心深处对"种的退化"的集体焦虑与担忧。

三、"母神"与"荡妇"母题

　　"男性至上、女性从属"的观念贯穿在福克纳与新时期作家的家族小说叙
事之中,形成"圣化"或"妖化"女性的叙事母题。二者在基督教和儒教的家族
文化背景之下,不约而同地对女性形象进行"圣母"/"女神"或者"荡妇"/"女
妖"的类型化处理。不同的是,福克纳粗线条勾勒女性形象和妇道观念,反映
美国旧南方白人男性的精英思想、基督教性别文化以及作者的"崇母"和"厌
女"情结,奴隶制的参与使福克纳笔下的女性具有更加鲜明的南方文化特色,
暗示潜藏在南方白人男性精英内心深处对混血的恐惧和对贵族阶层的坚守。
中国新时期作家笔下的妇女形象更加个性化、多样化,全方位投射作家借助大
胆的性爱描写,挑战千百年来中国的男权思想和儒教妇道观念,再度思考两性
关系和原始生命力。

(一) 女性形象二分法的文化因素

　　受中国传统文化中女娲创世神话和生殖崇拜的影响,新时期家族小说中
塑造的"母神"形象表现生殖膜拜意识。同时,改革开放带来的文化自由与商
业意识使作家对于潜伏在人类无意识深处的原始欲望展开大胆书写,"女神"
与"荡妇"母题形态并存在新时期家族小说叙事中。作家笔下的"女神"侧重
生殖能力、母性意识、牺牲精神,成为表现传统美德、张扬生命活力、追求性爱

自由的复合体,呈现俗化和凡化倾向。"女妖"以水性杨花、不守妇道的"荡妇"为主,她们追逐物质和肉体享受,辱没家门、玷污宗族,象征罪恶与堕落。作家重视体现当代女性的个性与追求,女性人物呈现更多的复杂性和多样性。但是,女性形象的丰富与多样始终未能超越中国传统文化和封建儒教思想划定的女性角色,"母神"与"荡妇"依然是紧贴在女性身上的两个常见标签。在新时期家族小说中女性形象依然难逃被"妖化"或者被"圣化"的命运,因为男性作家还在遵守封建儒教文化限定的女性衡量标准和妇道观念,希望女性按照男性设定的标准恪守妇道、服务家族、实现人生价值。

　　在先锋思想、神话去魅、解构主义文化思潮的影响下,新时期的家族小说作品对母性的顶礼膜拜经常伴随着对年轻女性的身体兴趣和情欲描写。"母神"从悬浮在现实生活之上的圣坛走向凡俗人间,褪去圣洁神性,更多地具有普通人性,充满复杂性、争议性和矛盾性。与现代作家相比,新时期作家笔下的女性摒弃逆来顺受、三从四德、忍气吞声、低眉俯首的奴婢相和附庸性,彰显人格特性、自觉意识和独立精神。作家似乎通过大尺度的性爱和欲望描写,控诉男权社会和宗法思想对女性的精神和肉体剥削与压迫,批判封建余毒对女性自然人性的扭曲与戕害。对于性事描写的直白露骨、毫不避讳在一定程度上张扬性爱自由、讴歌生命意义,但削弱作品对于潜伏在儒教家族文化传统中的"父权制"和封建礼教压榨女性的批判力度,反映作家基于传统妇道贞操观念之上的"女人是祸水"的性别歧视本质。因此,新时期家族小说作家对性爱的津津乐道和对女性身体的过度关注,暴露商业炒作和制造噱头的嫌疑,淡化作品对于人性和生命的严肃反思。

　　新时期的男性作家依然生活在强大的儒教文化氛围和家族伦理观念的熏陶下,无法摆脱男尊女卑的文化传统、父权至上的家族观念、男性传家的宗族思想、贞操至上的妇道观念的束缚,他们虽然在凸显女性特质以及对女性身体和欲望展开书写时比现代作家显得大胆开放,但意识深处依然无法抹除对女性躯体和情欲的歧视与贬抑,女性的主动和欲望被认为是放荡和羞耻的行为。

较之传统的妇道观念和女性歧视,新时期家族小说作家基于现代意识与人道主义精神,关注并同情女性的命运抗争和妇女解放运动,他们塑造的女性人物更加丰满逼真和丰富多彩。同时,由于男权文化和性别立场的制约,他们对女性的身体书写和男女关系的建构表现不同程度的偏见,其"母神"与"荡妇"母题在本质上必然落入传统性别歧视的窠臼。

富于挑战、反叛与创新的先锋精神以及对个体、自我、价值和生命本真的质疑与追求,是作家塑造不同以往的新型女性形象的原因。但是,对于小说创作形式的不断实验和文本游戏的过分热衷,妨碍作家在女性观念方面的进步和深化。以余华、苏童为代表的"先锋文学"作家在大学时代如饥似渴地吸收西方文学和文化,"模仿和自我重复成了他们无法摆脱的梦魇","回归传统"为他们提供"新的发展趋向"。① 为了突出重围,他们不断打破公认的传统文化教条和规范,醉心于革新艺术形式和创作风格。但是,在形式实验、语言游戏和反叛革新的热潮冷却之后,作家开始重新思考中国的社会现实和人性问题,完成向现实主义传统回归的精神流变。即便在 20 世纪末,苏童、莫言、陈忠实、贾平凹、叶兆言、刘震云等男性作家作品中的女性仍然是"有生命而无历史的"人物,人们可以将"贱人"、"淫妇"、"杀人凶手"、"魔鬼"之类的字眼"任意地灌注到由女性这个符号称谓的躯体之中"。②

"单一的文化视阈,尤其是作家们与乡村社会过于紧密的情感和现实联系,使作家们匮乏了对自身文化的批判性"。③ 新时期大部分家族小说是"乡土"、"寻根"小说。莫言、张炜、陈忠实、阿来等作家的文化之"根"扎根在中国传统的乡土文化土壤中,他们在接受西方现代文化和文学影响的同时更加关注本土和本民族的文化传统,通过回归自然、生命和传统,弘扬民族文化、审视

---

① 丁帆、许志英主编:《中国新时期小说主潮》(下卷),人民文学出版社 2002 年版,第1182 页。

② 孟悦、戴锦华:《浮出历史地表》,河南人民出版社 1989 年版,第 27 页。

③ 丁帆、许志英主编:《中国新时期小说主潮》(下卷),人民文学出版社 2002 年版,第1181 页。

中国的现代化。乡村文化不可避免地带有某种狭隘性和滞后性,更加强调男尊女卑的性别思想和父系宗族意识,女性的家庭和社会境遇与旧社会大抵相同。而且,新时期大部分家族小说的故事情节聚焦 20 世纪前半个世纪或者解放初期的农村家族生活景象和社会文化形态,借助家族命运的变化折射时代和社会的风云变迁,揭示历史发展的本质规律。作家关注家族小说的史诗性质,①忽略女性形象的创新和女性思想的进步,作品中缺少同时期女性作家笔下张扬女性意识、注重个体生命体悟的自觉、自强、自立、自尊的鲜活女性人物形象。

(二)"母神"与"荡妇"的文学生产

苏童被有些评论者贴上"红粉杀手"的标签,称他患有"血腥的厌女结",②因为其作品中家族的灭亡、文明的颓废与女性的性放纵不无关系。苏童笔下语焉不详的罂粟既是家族衰落、传统迷失的隐喻,又是女性堕落的象征,是作者女性观的代名词。罂粟虽然在人们的视野里消失,但在苏童的文本中复活。如同血液一样暗红的罂粟意象弥漫在苏童的作品中,这种猩红色的"灾难红""大肆侵入","层层叠叠","莽莽苍苍",散发"腐朽"与"美丽"的混合气息,"鼓荡"枫杨树乡村人们的各种想象和欲望。作者用"妖淫"形容罂粟,毫不犹豫地赋予它"阴性"品格。

《飞越我的枫杨树故乡》中的幺叔性欲旺盛,终年在罂粟花地里游荡,常常与疯疯癫癫的女人穗子在罂粟地里野合,他们的爱情结晶一个接一个掉进河里,"向下游漂去"。疯女人穗子似乎是孕育万物、生殖力极强的大地母神。但是,她又像致命的罂粟一样,不停地挑逗男人不可遏制的性欲。她是自然之神、大地之母,同时又是引诱男人不知节制、放纵情欲的毒罂粟,是索要男人精

---

① 曹书文:《论新时期家族小说创作的泛化现象》,《文艺争鸣》2009 年第 10 期,第 75 页。
② 杨书:《血腥的"厌女结"——对苏童"红粉意象群"颂莲形象的析解》,《贵州大学学报》(社科版)1999 年第 3 期,第 47 页。

血和性命的"女魔"。

《罂粟之家》中的翠花花和刘素子是地主老刘家的两个主要女性人物,分别代表"荡妇"与"女神"。翠花花原本是城里的妓女,刘老信把她赎出来作为生日礼物送给父亲刘老太爷。身为姨太太的翠花花贪恋金钱、放荡不羁,与老太爷的儿子刘老侠勾搭,后又与长工陈茂偷情,男人们把她当作随意转手把玩的玩物。刘老侠的女儿刘素子为人安静,衣着素雅,有着"惊世骇俗""春雪般洁白冰冷"的肌肤,"眉宇间有一种洞穿人世的散淡之情""眼神和微笑略含死亡气息",是枫杨树出了名的美人。天生丽质、像谜一般神秘的她却红颜薄命。父亲先是利用她的美貌换取土地,后来在土匪威胁烧毁刘家宅子时,父亲又用她的身体做交易保全家宅。她被翻身做主当了农会主席的陈茂强奸后自缢身亡,黑发里插着一朵鲜红的罂粟,散发霉烂的气味。小说中"艳丽、华美、奢靡、腐朽"的罂粟与刘素子和神秘莫测的死亡紧密相连,反映作者潜意识中对女性既褒扬又贬抑的矛盾态度。

苏童在小说中塑造一群"红粉"女子,她们大多来自江南古城那些"美丽而腐朽的角落",是被男权社会压抑、控制、奴役和残害的群体。苏童极尽语言游戏,通过恐怖惊愕、邪恶阴毒、歇斯底里、欲壑难平、扭曲病态表现女性"魅力",反映"红颜是祸水"的女性形象预设。《妇女生活》描述娴、芝、箫祖孙三代三个女人的生活。小说中的三位女性生活在不同时代,她们的生活轨迹和命运造化却惊人地相似。她们拥有娇美的容颜却软弱、庸俗、刻薄、无情,生命的躁动不安导致灵魂的病态扭曲,命运的轮回加剧了她们的人生悲剧。

《米》的女主人公织云美丽、大胆、虚荣、冷酷、堕落,少女时为了一件裘皮大衣出卖肉体,成为江湖恶霸六爷的姘头,又与地痞阿宝偷情。她未婚先孕后为掩人耳目不得已嫁给自家米店的伙计五龙。这个浪荡不羁、风流成性的女子我行我素,在绝望、嫉恨、愤怒、报复中与不同男人周旋,每年春季看着院子里晾晒满各式各样六爷送给她的衣服,她的内心无比凄苦,渴望温情。《妻妾成群》中陈佐千的四个女人个个娇媚动人,常年置身陈家棺材一样阴郁窒息的深宅大院,挖空心思、争风吃醋,沦落成女巫或者怨鬼,像"濒临枯萎的藤蔓",在稀薄的空气中为争夺那一点点氧气"相互绞杀"。

　　刘素子美艳动人、素雅清高,但她的身体只是男人们交换各种利益的筹码;"瓦匠街上最引人注目的女孩"织云左冲右突也无法逃出不检点的荡妇形象;大学生颂莲有知识、有文化,不乏美貌与智慧,还是无法置身争宠的旋涡之外。在传统男权社会和封建礼教的束缚下,女性为了生存明争暗斗,极力争宠于一个腐朽的、行将就木的家族统治者。颂莲、刘素子、织云要斗的是以陈老爷、刘老侠、六爷为代表的整个男权社会和把女人变成魔鬼的封建礼教,她们必然面临悲惨的下场,难逃"妓女型女巫"的命运。① 苏童对一系列"红粉"女性的塑造,改写现代以来"进步女性"和"时代女性"的形象。"颂莲们"成为被苏童刻意压缩的符号,抹去"新女性"的性格特点和时代精神,在苏童虚构的"历史"中她们显得卑贱、邪恶、古怪、变态、可耻、可怜,为了金钱、欲望、地位,不惜背弃时代、背弃文明,哪怕是知识女性也"甘愿"做妾,放弃自立机会,再次沦为男人的玩物和附属品。

　　莫言塑造形形色色、性格鲜明的女性人物群像,他笔下貌似多面的女性"只有一个原型",那就是"集仙气、鬼气、灵气、人气于一身的女人"。② 在塑造大地母神或者生殖"女神"形象时莫言恣意张扬女性的原始欲望,似乎只有"女神"+"荡妇"才能准确、充分地表现女性的叛逆性格和独特个性。《红高粱家族》中的戴凤莲、《丰乳肥臀》中的上官鲁氏和《食草家族》中的四老妈三位女性集中体现莫言的女性观念。戴凤莲一生富于传奇色彩,在"女人嫁得好不好,就看她的脚大小"的年代,她拥有"全村最小的三寸金莲",但小脚并没有给她带来好姻缘。父亲为了得到一头大黑骡子不惜葬送女儿的幸福,把

---

① 赵德利:《女神与女巫:女性偶像的雕塑与颠覆——20世纪家族小说人物论之二》,《贵州大学学报》2001年第2期,第80页。

② 丛新强:《女性文化视野下的莫言创作研究学术研讨会综述》,《中国现代文学研究丛刊》2015年第7期,第210页。

十六岁的她嫁给麻风病人单扁郎。后来她不顾流言蜚语,与"杀人越货"的土匪余占鳌结合,"两颗蔑视人间法规的不羁心灵"在"生机勃勃的高粱地里"尽享性爱欢愉。单家父子被杀后,她"挺直腰杆",独当一面,留住伙计,撑起单家的烧酒作坊,与单家的老长工罗汉大叔一起反复探索实验,酿出十里八乡最好的高粱酒。余占鳌与丫鬟恋儿"困觉"时,她敢大声怒骂并狠抽他的嘴巴子;她敢抱着县长的腿肚子喊亲爹,让县长夫妇认她做干女儿;日本兵扫荡村庄时,她投身抗日活动,扯着未成年的儿子,带领全村妇女给抗日乡亲送酒送饭。

戴凤莲不顾伦理道德和妇道观念的约束,敢于为自己的身体和爱情做主。在民族大义面前她识大体、顾大局,力劝余占鳌放下个人恩怨杀日寇保家乡;她勇敢地走上前线,为抗日乡亲送饭、为罗汉大叔报仇,最后被日军的子弹击中献出年轻的生命;她虽为女人,却处处彰显"巾帼不让须眉"的英雄气概,是"抗日的英雄,也是个性解放的先驱,妇女自立的典范",俨然是一位独立、自强、自爱、自信的"女神"。

四老妈倔强且富于叛逆精神,她嫁到"食草者"家族之后,拒绝丈夫四老爷要她嚼草根的命令,认为动物才吃草,人没有非吃草不可的道理。她不愿意食草,因为她看穿了食草者家族试图通过食草进行人性和道德净化的谎言。四老爷食草却贪欲贪财,仗着自己知道一点医术,千方百计勾引寡妇红衣小媳妇。为了清除勾引小媳妇的障碍,他不顾医生操守药死她公公;为了摆脱妻子,他故意设计圈套让四老妈与铜锅匠偷情,以触犯通奸律条把她休回娘家。四老妈哀求丈夫无果后,决定漂漂亮亮、风风光光地离开村子。人们在观看"口出狂言""颈挂破鞋""堂堂正正"走大道的四老妈的"高贵姿态"时,似乎忘记了对"荡妇"的鄙视。

四老妈通过勇敢大胆且充满传奇色彩的行为表达对封建贞操观念的不屑与反叛。但是,一个弱女子的刚烈与勇敢难掩绝望与疯狂。在封建妇道观和父权社会的残酷压迫下,女人被休等于被送上万劫不复的绝路。四老妈借助如梦如幻、高度仪式化的形式离开夫家,试图在绝望中进行最后抗争,在完全落寞之前绽放最后一丝耀眼的火花。作者运用奇幻荒诞的写作手法描写四老妈的"华丽"离场,使用第一人称,声称"我""无法宣判四老妈的罪行",在梦幻中她被推向"女神"的圣坛而在现实中她被拉入"荡妇"的地狱,在作品看似玩笑戏谑和漫不经心的语言游戏之下,掩盖着中国几千年的封建文化对女性的歧视和诋毁,透视着背着丈夫通奸的女人必然成为遭人唾弃的荡妇的寓意。

四老妈、戴凤莲的性以追求爱情和幸福为目的,上官鲁氏与一个个男人发生关系主要以生殖为诉求。她年幼时父母双亡,由姑妈抚养长大,姑妈给她裹了一双三寸金莲,希望她将来嫁个好人家。但命运不济,她嫁进上官家几年没有生育。患有不育症的丈夫上官寿喜把责任推给妻子,经常对她拳脚相加,婆婆也冷言冷语。女人无法生儿育女在婆家无法立足,在社会上也无法生存。上官鲁氏为了活下去不得不四处借种。生育七个女儿之后,她依然无法停止借种生育,因为没有儿子承继香火,她的处境依然与没有生育一样悲惨。最后她和外国传教士生下混血龙凤胎上官玉女和上官金童。她忍辱负重拉扯儿女长大之后还替女儿喂养她们的孩子。上官鲁氏被塑造成一位坚忍不拔的母亲和承载苦难的"生殖"女神,生命的传承无论高尚与卑鄙、纯洁与肮脏似乎都应当受到人们的礼赞,她的"丰乳"与"肥臀"天生就是为了哺育与生殖。《丰乳肥臀》是"献给母亲在天之灵"和中国千百万母亲的书,小说从中国原始文化的生殖崇拜角度出发,塑造胸怀博大的母神形象,上官家族"母鸡打鸣"的现象象征女性家族谱系已经悄然代替男性家族神话。

在中国家族伦理道德传统的影响下,莫言在崇拜母亲和女神的同时颠覆女神偶像。戴凤莲、四老妈和上官鲁氏三位女性代表"爱情天使"、"生殖女神",表现作者对个体生命的崇敬和对母性的膜拜,敢于突破传统伦理道德观念的女性得到作者的同情与赞赏,这些女性人物的性格叛逆和作风不正是男权社会压制和迫害女性的结果,冷酷无情的父系社会和传统的家族延续观念导致女性的畸形感情和病态人格。但是,纵观莫言笔下的女性人物群像,作者把她们的反叛与无节制的性欲、离经叛道的行为、雄性化的气质结合在一起。戴凤莲作为新型女性被赋予狂野的欲望和雄性特征,"雄性美"多于"阴柔美",她和男人一样大碗喝酒、无拘无束、有勇有谋;四老妈和鲁氏不乏女性特质,但她们盲目愚昧地"献身"男人报复丈夫或者换取生存。莫言赞美女性,因为女性是"奶奶、母亲、妻子、女儿",但是他认为"男性对女性的第一态度就是性爱",①因此笔下的女性更多地表现出欲望与生命的原始冲动。

《白鹿原》描写家族文化意蕴深厚的"关中世界"。族长白嘉轩、乡约鹿子霖、大儒朱先生和长工黑娃代表"关中世界"不同的男性侧面,高玉凤、吴仙草和田小娥、鹿冷氏分别象征男性对女性的两种集体想象。白鹿原浓厚的男权文化和白鹿村的"仁义"盛名本质上为生活其上的女性划定严格的妇道规范和行事标准。女性要么是高玉凤、吴仙草这类符合中国传统妇女美德标准的家族文化践行者,要么是田小娥、鹿冷氏这样违背妇道、反抗封建家族文化的叛逆者。第一类女性人物恪守妇道、温柔娴静、衷心侍夫、慈爱待子,是天使和圣母的化身;而第二类女性美丽魅惑、情欲旺盛,是堕落的婊子、灾星、女巫的变体。

田小娥是典型的妖魅惑众的女性形象,是"白鹿原上最淫荡的"女人。出身小家碧玉的小娥被久试不第的秀才父亲为了名利许配给 70 多岁的郭举人做二房,郭举人把她当作炮制"返老还童"药引子的工具,用她纯贞的下体泡枣。非人的生活使年轻漂亮的小娥见到年轻健壮、憨厚朴实的黑娃时无法压抑爱情的欲望,两个年轻人的两情相悦被封建礼教视为伤风败俗、大逆不道。小娥被休回娘家,成为千夫所指的淫女荡妇。小娥的父亲"气得半死",像清除"庭院里的一泡狗屎一样急切"地把"丢脸丧德"的女儿扫地出门。她被认为是祸害原上的男人和引发灾难的罪魁祸首:淳朴的黑娃在她的性启蒙下变成"坏人",族长白嘉轩禁止他进祠堂拜祖宗;白家的大公子、未来的族长白孝

---

① 莫言:《小说的气味》,春风文艺出版社 2003 年版,第 146—147 页。

文被她勾引下水；狗蛋因为撞破她与鹿子霖的私情遭鹿子霖诬陷死于族规惩罚；老实巴交的鹿三为了洗刷家门羞耻、维护白鹿原的伦理道德，在月黑之夜用梭镖捅死这个"婊子"和"祸害"，完成"人人称快的壮举"；人们把大旱年景肆虐白鹿原的瘟疫归罪于小娥死后的"阴魂"不散，族长白嘉轩、朱先生提议"造塔祛鬼镇邪"，把"这号烂货"的尸骨从以前封埋的窑洞中扒出来，"架起硬柴烧它三天三夜"，把"灰末装到瓷缸里封严封死，埋在她的窑里，再给上面建一座塔，叫她永远不得出世"。小娥年轻美丽的身体对于白鹿原的男人们来说是无法抗拒的诱惑，他们用尽各种方式消费她的身体、满足欲望，但又为此感到恐惧和不安，竟然道貌岸然地强调女性规约和伦理纲常，让无辜的弱女子承担男人"犯戒"的代价，把她打入"荡妇"的十八层地狱，永世不得翻身。

　　《白鹿原》以"白嘉轩后来引以为豪的是一生里娶过七房女人"开头，得意中带着几分炫耀的叙事语气"流露和折射出典型的男性中心社会的价值立场"。① 叙述者一方面以彻头彻尾的男性话语，对白嘉轩在两性关系中的"英雄本色"和豪迈举动津津乐道，另一方面再三使用"婊子"、"烂货"、"淫妇"、"祸害"等词语对田小娥的两性行为诽谤贬损。白嘉轩一个接一个地娶老婆是彰显男性气概，而田小娥追求真爱或被男性玩弄是淫荡堕落。小说中描述黑娃与小娥的隐情被发现后郭举人对黑娃说的话："她一个烂女人死了也就死了，你爸养了你这么大可不容易。门面抹了黑，怕是你娃娃一辈子难寻个女人了"。黑娃"像拾烂菜帮子一样拾掇下"被郭举人休了的小娥这"货色"，祸害他"落到土匪的境地"。小娥受尽各种男性势力的利用和凌辱之后被当作杀一儆百、整治道德的祭物，被杀、封埋、焚尸、镇于塔下似乎还不足以泄世人之恨，还要赤裸裸地加以评判："白鹿村乃至整个白鹿原最淫荡的一个女人以这样的结局终结了一生"，"除了诅咒就是唾骂，整个村子的男人女人老人娃娃没有一个人说一句这个女人的好话"。至此，男权文化、宗族势力、封建礼

　　①　曹书文：《当代家族小说的性别审视》，《武汉大学学报》（人文科学版）2005 年第 5 期，第 303—304 页。

教压迫女性的残忍本质暴露无遗。

吴仙草和高玉凤符合男性文化和封建礼教设定的女性标准,成为被讴歌和被赞美的"圣母"和"天使"。小说褒扬的"天使"或者"圣母"墨守传统性爱伦理、遵循封建家族礼教。年轻漂亮、温柔贤淑、心灵手巧的吴仙草奉父之命,嫁给克死六房老婆的白嘉轩。她决心打破白嘉轩"命硬"、女人只要和他睡觉都会死于非命的魔咒,死心塌地、义无反顾地爱他,破除村民关于白嘉轩的一些荒诞不经的"生理秘闻",驱散笼罩在丈夫心头的阴影,为他生下两儿一女,光大白家门户。作为妻子,她富于牺牲精神,当瘟疫来袭时,她宁愿自己先死,也不忘再三安慰丈夫不要难过,说自己先死是替下丈夫,让他好好活着。临死之时,她担忧的不是自己的性命,而是表达无法继续侍奉丈夫的愧疚。

小说对于黑娃明媒正娶的妻子高玉凤的叙述虽然"着墨不多"却"意味深长"。她"沉静自若"、"自信沉稳"、羞怯含蓄,又不失落落大方,有天使般的"矜持"与"温婉"。小说对两人新婚之夜的详细描述寓意深刻、耐人寻味,高度肯定和赞扬高玉凤的贤妻美德、优雅气质、天使品格。温柔的妻子、纯洁的天使,高玉凤完全符合男性对妻子身份的期待,含蓄节制、压抑自身欲望、关注丈夫的愉悦是传统男权文化对理想妻子的要求标准。

高玉凤是田小娥的对立形象,她的出场"意味着黑娃对小娥所代表的女性形象的彻底摒弃,以及对自己曾有过的与这类女性纠缠的荒唐岁月的彻底埋葬"。[①] 温柔矜持的"天使"高玉凤取代轻浮疯狂的"荡妇"田小娥,与她的结合让曾经的土匪浪荡子黑娃如获新生,为自己年少轻狂时的"龌龊勾当"感到"自责""懊悔"。他婚后"不知不觉地变得温柔斯文谨慎起来",开始自觉地"脱胎换骨"、治家修身,言谈举止中显示"一种儒雅气度"。陈忠实认为中国传统文化中男尊女卑的思想是一个家族也是一个民族的文化心理结构,对每一位作家都会产生不同程度的影响,中国人接受"诸如'仁义礼智信'、'男

---

① 尹小玲:《〈白鹿原〉女性形象塑造中的男性叙事谋略》,《小说评论》2011 年第 2 期,第129 页。

女有别,授受不亲'的性羞耻教导、制约和熏陶,形成性文化心理结构"。① 高
玉凤无疑是理想女性,全方位地满足在这种性文化心理结构中成长起来的男
性作家对女性的性别角色和伦理道德的评判准则。

张炜塑造的女性形象呈现灵魂与肉体割裂的现象,认为理想和高尚的精
神满足高于丑恶和鄙俗的肉体结合。《古船》的女性观借助《天问》、《共产党
宣言》不离手的孤独思想者和超越个人恩怨兼济天下的理想主义人物隋抱朴
体现出来。他是一位在儒家文化和西方进步思想影响下近乎完美的农村知识
分子,追求柏拉图式的精神之恋,对女性的要求遵循严格的男尊女卑、男强女
弱的父权标准和从一而终的妇道观念。小葵是隋抱朴青梅竹马的恋人,在小
葵被族长赵炳威逼另嫁他人时,他认为牺牲自己的爱情是高尚的行为。丈夫
死后重获自由的小葵渴望与挚爱隋抱朴再续前缘,寻找真正的幸福。隋抱朴
却担心镇上的人说三道四,认为他"乘人之危、夺人之妻"。在所谓道德负罪、
保全小葵名节的托词下让痴情的小葵空等几十年。"温柔的、懂得爱而又十
分随和的"小葵直到头上生出许多白发才绝望地在"再也不等了"的悲叹中无
可奈何地嫁给跛四。隋抱朴对小葵的犹豫不决除了"乘人之危"的道德考量,
更多地与女性的贞操观和"从一而终"的妇道观相关。隋抱朴使用男性话语
对女性进行纯化、美化、儿化和驯化。在他看来,妻子桂桂温顺美丽、纯洁善
良、无私奉献,幼稚得如同儿童、单纯得如同天使,是理想的伴侣,和这样一个
"孩子在一起过日子"他觉得自己"有福"。② 桂桂符合隋抱朴划定的女性身
份和妻子角色,她打动隋抱朴的是精神气质而非肉体欲念。

《家族》中的阿萍奶奶像大地母神一样温柔恬静、慈祥仁爱,富于博大宽
厚的母爱品质和牺牲精神,用伟大的母爱维持宁家的温暖与完整。宁珂是宁
周义的堂孙,自幼丧母,被叔伯爷爷宁周义抱养,阿萍奶奶对他视如己出、疼爱

① 陈忠实:《白鹿原创作漫谈》,《当代作家评论》1993 年第 4 期,第 24 页。
② 张炜:《古船》,人民文学出版社 1987 年版,第 234 页。

有加,让宁珂得到母爱和温情,他与阿萍奶奶感情笃深。后来宁珂参加革命"背叛"家族,因政见不同与宁家渐行渐远。宁周义深知"宁珂"们的革命会给自己的民营资本主义家族带来毁灭,他反对革命却无法割舍对宁珂的爱;宁珂清楚宁周义代表的阵营是自己革命道路上的绊脚石,可他在情感上无法彻底斩断与宁府的联系。阿萍奶奶认识到挚爱亲人分属对立阵营必然导致两败俱伤,但她不问政治,只重亲情,同时深爱宁周义和宁珂这两个分属不同阵营的亲人。她一方面希望自己"倾注全部母爱"的宁珂的革命事业能够取得成功,另一方面也不想亲眼目睹自己深爱的丈夫宁周义走向失败。宁周义被捕要求宁珂亲自对他执行判决,认为这是解脱两人复杂的精神纠结和血缘关系的最佳办法。宁周义被执行枪决之后,阿萍奶奶忍受巨大痛苦离开宁府。她不恨宁珂,因为她知道在革命事业的"大我"面前宁珂只有牺牲个人的"小我"。

小结：家族叙事母题形态的语际会通与语境化

20世纪末期,"母题的跨文化寻踪与比较"成为文学研究的潮流之一,"比较文学复兴与方法论的启迪,使小说母题研究焕发勃勃生机"。① 福克纳与新时期家族小说的跨文化、跨国界比较研究首先应该将着眼点放在母题形态层面,比较对照两国作家在"家族神话"、"失乐园"、"家园追寻"、"审父"、"崇父"、"女性崇拜"、"厌女"家族叙事母题方面的相似性与差异性,寻绎中国作家对福克纳"约克纳帕塔法"世系小说的创造性借鉴和熔铸,表现儒教文化语境对基督教文化孕育的家族创作母题的选择与过滤,揭示中美不同文化的家族精神和家园情怀。

---

① 王立:《20世纪小说母题研究述略》,《求索》2002年第1期,第114页。

　　"约克纳帕塔法"家族世系小说对中国新时期作家家族小说和家园意识的影响不仅表现在母题方面,而且表现在精神气质层面。福克纳以忧伤的目光、怀旧的口吻和感伤的笔调,抒发家族衰落和家园不再的悲伤与无奈,书写转型期农耕文明遭遇工业文明时美国南方人失去家园的痛苦彷徨与徘徊追思。新时期以来,深感城市颓废之气的中国作家同样发出"日暮乡关何处是,烟波江上使人愁"的慨叹。20世纪80年代以来,中国的城市化进程日益加快,城市化对家族观念、乡村生活方式和价值准则的影响日渐凸显,作家们恋恋不舍地"回望过去",感叹乡村文明的失落,用饱蘸深情的笔墨描述"最后一群"坚守传统和土地的"家园守望者"。"我是谁"、"从哪里来"、"到哪里去"的"身份焦虑"依然是当代作家家园书写的集体无意识心理危机,"无根"、"困惑"和"寻觅"成为作家家园书写的主旋律。城市的"恶之花"驱使作家寻找曾经的家园,重新思考"安妥自己灵魂的精神家园"。① "家园"追寻与归返借助昨天的回忆与美好抚慰和填补今天的无奈与失望,返乡演化成逃离城市文化、"魂归故里"的想象,成为颓废堕落生活的精神救赎。

　　家园追寻和"失乐园"是福克纳与新时期家族叙事母题谱系的第一对母题类型。"约克纳帕塔法"世系描绘建立在美国南方农业社会传统和种植园经济模式之上的家族神话史诗,以南方贵族世家为轴心辐射出去的各色人等活跃在这个神话王国中。内战失败之后南方席卷一切的工商资本主义大潮使"旧"南方的农耕文明毁于一旦,"旧"南方贵族大家族赖以存在的基础被摧毁,南方似乎从农耕文明的"伊甸园"突然坠入工商资本主义的"失乐园",附着在南方传统家族之上的家族观念和农耕文化随之烟消云散。福克纳怀着爱恨交织的矛盾情感,在哀怨怀旧的留恋与痛彻心扉的批判之间倾情书写南方的"家族神话",抒发失去"乐园"之后的历史觉醒和文化焦虑,"家族神话"和"家园追寻"演绎成南方传统文化和历史陨落的挽歌。

---

　　① 於曼:《无奈的精神还乡——读贾平凹的长篇新作〈高老庄〉》,《小说评论》1999年第1期,第13页。

新时期家族小说创作的高峰期出现在 20 世纪八九十年代。此时,中国已进入城市化的迅速发展时期。面对城市文明和现代化引发的种种问题,困惑与质疑不断困扰作家,他们将创作再次转向农村与故乡,企图以古朴本真的乡村文明对抗堕落虚伪的城市文化,重塑精神家园。此时,一股强烈的家园重建和文化寻根思潮出现在中国文坛。同时,福克纳的"约克纳帕塔法"世系作品在国内掀起研究热潮,其家族神话和家园母题叙写在中国作家中产生广泛共鸣,踏上集体"返乡"之旅的中国作家在与福克纳大致相同的家园母题形态之下书写具有浓郁中国文化特色的"桃花源"。苏童的"枫杨树乡村"描摹伤感而浪漫的故乡"谎言",莫言的"高密东北乡"隐喻北方"农民的野性和顽强生命力",张炜的"芦清河"和"葡萄园"象征儒教文化的精神家园,阿来的神秘家园阿坝表现藏民族的异域文化,陈忠实的雄奇家园"白鹿原"演绎"忠孝仁义"的民族精神和儒家思想。

新时期快速发展的现代化和城市化,促使中国作家透过家族和故乡、借助乡愁和家园,深入思考中国的现代化进程。福克纳的家族神话和家园追寻母题契合当时中国国内的文化寻根语境和现实生活诉求,启发中国作家的故乡书写意识。新时期作家建构一系列具有地域文化特色的家园,成为国人"进入"或者"飞越"业已消失的故乡的想象时空体。作家们清楚地意识到历史在前进、传统在消逝,历史前进的必然律造就强烈浓厚的家园情结和"返乡"意识。无论是"约克纳帕塔法"还是"枫杨树"、"高密东北乡",都是一种旨在让失去的家园再次焕发神秘光芒的隐喻,是作家寄托哀思与"自由精神"的载体和寻找失落文明的"图腾",召唤并激活人们"想象的乡愁";①无论是"80 年代对家族伦理的批判与嘲讽"还是"90 年代对家族文化的情感认同与精神重建",新时期家族小说作家"以积极的态度表现出对精神家园的寻找与民族文

---

① 杨经建:《寻找与皈依:论 20 世纪中国文学的追寻母题》,《文艺评论》2007 年第 5 期,第 30 页。

化精神重建的尝试"。① 新时期家族小说在书写传统家族衰亡主题的同时,更加关注家族文化的内涵和家族精神的指向,以家族隐喻并探访"个人"生存状态,建构地域和民族文化精神,使家族意象演化成民族意识和国家精神。

在福克纳和新时期家族叙事母题谱系中处于第二序列的是"崇父"与"审父"母题。福克纳和新时期小说作家围绕处于家族和社会金字塔之巅的"父权制"和男权思想展开家族神话书写,在相似的"审父"与"寻父"的矛盾母题形态之下,探究中美家族体系中"父"所代表的文化内涵与价值取向。两国作家在父权至上、男尊女卑方面表现出趋同性;但是,不同的家族文化传统、"父权制"思想、宗族观念和家族形制,使二者的"寻父"与"审父"母题出现诸多差异性。

福克纳徘徊不定、犹豫不决的"审父"传递作者对于"父"的矛盾情感,其"审父"与"寻父"母题具有更强的艺术表现力和内在张力,反映循环论历史观念。"约克纳帕塔法"家族王国中的父亲及其代表的"父权制"不仅与"旧"南方的家族传统和家族观念紧密相连,也与社会秩序和种植园经济息息相关。福克纳无法掩饰对"旧"南方英雄父亲的依恋、对转型时期贵族飘零子弟的同情以及对"新"南方物质主义"父亲"的反感。怀着对南方当下社会的失望,福克纳热切追寻"旧"南方的英雄和绅士"父亲",赞扬父辈的光辉业绩、贵族精神、男性气质、英雄气概、创业勇气、家国意识、骑士风尚、个性品格,认为"父亲"是"旧"南方社会秩序和家族存在的有力保障,"父亲"的退场必然导致家族衰落和社会失序,附着在"父亲"之上的一整套南方家族观念将随之轰然倒塌。因此,福克纳在批判南方"父权制"的罪恶与残暴时,无法抑制对"英雄父亲"的崇拜与追随,常常借助神话中的"英雄"父亲,开启发人深省的"寻父"之旅。福克纳本人信奉贵族精英主义和自由资本主义,两种信仰的冲突决定其作品"审父"与"寻父"母题的悖论性存在。

---

① 曹书文:《文化的认同与精神的重建——论新时期家族小说的叙事情感》,《学术论坛》2008 年第 7 期,第 72 页。

新时期家族小说作家在继承和发展现代家族小说的"审父"、"寻父"母题的同时受到先锋派文学、新实验小说等文艺思潮和写作方法的影响,作家以更加剧烈的方式上演"审父"甚至"弑父"盛宴。然而,在极尽"审父""狂欢"之后,归于平静的作家逐渐向"寻父"和"崇父"的道路回归。基于中国传统儒教思想的家国伦理和新文化运动两股相左力量的推动,中国作家的"审父"与"寻父"母题也具有矛盾性。"审父"与作家对权威和秩序的思考、与中国的政治运动和革命事业相关联。在儒家文化、血缘亲情、家族伦理、宗族观念和家国思想的影响下,新时期家族小说作家本能地把"父"承载的一切沉淀为一种民族性或精神性的东西,内化在中国人的文化性格中。他们迫切地想要重构敢于担当民族大义和家庭重任的"父亲"形象,试图拯救处于"种的退化"和精神流放状态中的"子辈们"。与福克纳的悲剧伤感和怀旧意识不同,中国作家以更加积极和乐观的态度重构"父亲"形象。福克纳的"寻父"更多地朝向过去,新时期作家的"寻父"更多地面向未来。

福克纳与新时期家族叙事母题谱系中的第三个母题类型是"女性崇拜"与"厌女"母题。福克纳与中国新时期男性作家在塑造女性人物时沿用中西文化传统对女性简单粗暴的"女神"/"女巫"二分法。"女神"衍生出"贤妻"、"良母"、"淑女"、"精神伴侣"等一系列理想女性形象,体现忠贞纯洁、恬静贤淑、庄重矜持、克制内敛、无私奉献的品质;"女巫"意味着"妓女"、"荡妇"、"祸水"等一系列恶魔形象,代表放纵性欲、自甘堕落、道德沦丧、风流成性、轻浮下贱、丧家辱门。前者是男性集体想象的完美"天使型"女性形象,后者体现男性对违背男权意志的女性的嫌恶与恐惧。两国作家在不同的父权文化语境和家族功能体系中,对女性进行相似的类型化划分,其根本是男性作家使用男性话语对女性人物根据男性审美需求、评定标准和审美情趣进行加工创造的结果,忽略女性的自然生命体验、精神追求和自我价值。这种类型化的女性人物形象,传递父权社会和男性话语对女性的过滤与塑造,是性别歧视与压制的表现,女性成为男性的"他者"存在,在二元对立中处于从属与劣等地位。

中国作家与福克纳之间的相似性在于,二者在各自的文化背景下和男权话语体系中对女性人物进行类型化的塑造与描写,而他们的不同在于,福克纳的女性人物具有两极性和隐喻性,新时期作家笔下的女性形象趋于复杂性和情欲型。

福克纳大体勾勒"圣母"与"堕落的夏娃"两种女性人物。作者的情感经历、白人男性精英意识、南方的"父权制"社会和基督教宣扬的女性观念决定福克纳的男性叙事视角,男权思想与人道主义的冲突直接影响作者的女性形象写作。福克纳在崇敬和赞美女性的同时贬抑和丑化女性,被指责为患有严重"厌女症"的作家。在福克纳的家族小说中,那些可爱的女性几乎都遭受毁灭的悲剧命运,除了性导致的毁灭,南方转型期的社会历史和种植园贵族阶层的衰落使南方"淑女"无法逃脱堕落的宿命。与新时期中国作家不同,福克纳的作品对女性的关注似乎不在身体描述或者原始性欲方面,也不在女性的自由和解放方面,而是聚焦在女性的情欲和堕落所代表的象征意义和隐喻价值方面,在女性这个能指与南方家族和社会那个所指之间建立起耐人寻味的联系,"女性"这个喻体的所指才是福克纳处心积虑想要表现的意义,因为它隐喻南方家族和时代的灭亡与终结。

内战失败、贵族大家族的解体使南方生产"淑女"的时代一去不返,女性注定成为南方传统历史消失和贵族家庭灭亡的殉葬品。战败后南方各方面的重建使南方人长期处于心理和价值失衡的痛苦中,南方的贵族男性对家族的衰落耿耿于怀,他们刻意回避南方的种植园家族制度和种族主义的腐败是导致家族灭亡的根源,把责备的矛头转向处于弱势的女性,女性的贞操成为维护南方和家族尊严的最后一根稻草。女性与南方的过去一样,在被热爱、被神化的同时又被憎恨、被丑化。南方社会发生疾变之后,南方的意识形态处于滞后状态,南方人沉浸于在过去的天堂中寻求心理慰藉,用美好想象构筑男人是绅士、女人是淑女的旧南方浪漫神话。对于男性而言,女性的堕落、淑女的失范导致南方天堂的倾倒。福克纳清楚地认识到旧南方的灭亡是时代发展的必然

传统回归表现出极大的写作热情。他们在中国儒家文化和封建宗族制度下，对相似的家族叙事母题展开富于中国文化特色的重铸与创新，通过家族叙事寻找人性品格和民族精神。与福克纳不同，中国作家的家族母题书写放眼未来，注重精神归返、灵魂救赎，在对封建家族糟粕的批判和"种的退化"的觉醒中积极乐观地展望明天，认为家族文化寻根和家园皈依是中国从传统走向现代不可避免的进程。因此，中国新时期家族小说在主题表现上呈现想象、夸张、嘲讽、调侃、解构与反思的倾向。

第二章　福克纳家族叙事与新时期
家族小说的空间诗学

　　空间是人类的生产实践、社会关系和历史建构的产物,兼具"表达性"和"生产性"特点。作家与现实生活中的建筑师一样,通过想象、隐喻、象征、表征、再现,在文学作品中建构城市、乡村、国家、社会、政治、身体、日常生活各种空间来表达人类的社会生活和真实存在。文学的空间塑型旨在"表情达意"。① 只要人们在环境中选择居住,便成为一个表现性空间的创造者。文学作品创造的想象性空间是表现性空间的典型体现,囊括现实世界中包括天文地理、自然人文、生活环境在内的所有层次的空间存在。文学空间聚焦某一形象,把意义具体化在某一建筑形式和故事的想象性空间中,传递空间生产的各种社会、经济、文化、历史意义。福克纳是一位伟大的空间建筑师,建构举世瞩目的"约克纳帕塔法"文学共和国,对生活在这个神话王国中的南方几大贵族家族和新兴的斯诺普斯家族的空间从宏观和微观层面展开描述。"家族"占据历史时间的同时占有社会空间,并对社会空间进行特殊切分,具有强大的生产性。因此,空间规划是福克纳家族小说的重要调节器。福克纳的家族小说竭力通过空间描写详细说明空间与居住者之间的种种关系,表达小说的丰富

---

① Norberg-Schulz, *Existence*, *Space and Architecture*, New York:Praeger, 1971, p.11.

内涵和潜在意蕴。

在"约克纳帕塔法"的空间意识和本土文化语境的启发和影响之下,中国新时期家族小说作家几乎不约而同地以故乡为蓝图,或纪实或虚构地构筑各具特色的中国文学地理空间,莫言的"高密东北乡"、陈忠实的"白鹿原"、张炜的"芦清河""葡萄园"、苏童的"枫杨树乡村""香椿树街"、阿来的"阿坝藏区"这些文学地理空间已然成为中国作家独特的文学地理名片。不同的是,像福克纳一样对家族叙事进行整体规划并把大部分家族小说安置在文学空间版图中的新时期中国作家并不多见。相似的是,中国作家自由穿梭于现实故乡与文学想象空间之间,借助现实地理空间与文本场域、神性空间与故事空间、历史事件与家族故事时间融合对照、并置关联的时空叙事艺术表现空间的诗学意义,为世界文学贡献特色鲜明、精彩纷呈的文学地理空间。

第一节　福克纳的"伊甸园"及其空间诗学

福克纳通过虚构艺术空间观照现实社会维度,探求生命和人性的永恒意义。虚构与现实在福克纳卷帙浩繁的家族小说作品中交融汇合,人们或许已经难以分辨哪些是现实、哪些是虚构。那些日渐破落的南方庄园、那些无奈谢幕的南方贵族依然鲜活地生活在福克纳的文学地理空间中,成为人们无法抹去的记忆。福克纳用文学创作这面"镜子"反观南方现实生活,同时也用这盏"明灯"照亮南方的漫长历史。福克纳的虚构文学空间反映南方的自然风光、地理地貌、建筑风格、家族分布、居家摆设和风土人情的同时,揭示南方的社会分层、阶级矛盾、性别歧视、道德冲突、种族问题、历史演化、社会变革、个人命运、复杂人性,阐释作品在主题意义上的多重性和在空间艺术上的诗学功能。

福克纳家族小说的空间诗学主要表现在两个方面:一是作者有意识、有目的地对全部故事内容、家族小说和家族分布进行整体空间规划,具体布置在"约克纳帕塔法县",并"图绘"其中的自然风貌、城市乡镇、山川河流、村庄农舍、居家环境、中心广场、法院大楼、林荫大道、家族位置、家庭关系、规模大小、人口密度、肤色身份、仆从角色,等等,事无巨细,历历在目。二是福克纳对"约克纳帕塔法"家族神话世系中几大家族的庄园以及日常生活空间展开细节描写,因为房屋居所、居家建筑、家具布置、日常摆设、庭院分布、花坛草地等具体生活空间能够有效地传递主人的生活状态和价值诉求。福克纳以神话暗指、对位叙述结构和文本时间空间化的叙事策略,实现文学空间的诗学功能。

一、宏观与微观文学地理空间

　　福克纳继承南方文学关注地域风情的写作传统,以赤诚的故乡之情和浓厚的地域意识,在现实与虚构、故乡蓝本与文学空间之间建立关联,幻化出一方南方热土。现实故乡和文学虚构共同构成"约克纳帕塔法"文学世界。① 作者以生活其中的家族的兴盛衰亡展现美国南方社会的"喧哗"与"骚动",反映"旧"南方历史的"弥留之际",折射美国南方甚至整个人类的现代生活境况和精神危机。福克纳扎根家乡的泥土,全神贯注于建构故乡的山川地貌和风土人情,他身上"奇特的南方性"②和像血液一样流淌在小说创作中的故乡情结③,使"约克纳帕塔法"世系小说散发别具一格的精神气质和神韵魅力,"约克纳帕塔法"成为福克纳典型的文学地理标记和南方文化名片。福克纳以现实世界为参照、以文本世界为媒介,创造性地打破时空局限建构文学地理王国,生动再现时代更替时期美国南方的贵族家族和各阶层的命运变迁,谱写气势恢宏、悲怆凄婉的家族神话。"约克纳帕塔法"世系成为一个时代、一段历史和一个阶层的缩影。

---

① Taylor Hagood, *Faulkner's Imperialism: Space, Place, and the Materiality of Myth*, Baton Rouge: Louisiana State University Press, 2008, p.3.

② Robert Penn Warren(ed.), *Faulkner: A Collection of Critical Essays*, New York: Prentice Hall, 1966, p.274.

③ Frederick L. Gwynn, Joseph L. Blotner, *Faulkner in the University*, Charlottesville: The University of Virginia Press, 1959, p.86.

（一）宏观规划的"约克纳帕塔法"

"约克纳帕塔法"是"通过丰富想象建构起来的文学空间世界,全方位、体系化地描写复杂多样的人类社区"。① 在虚构文学空间与现实地理参照的基础上,福克纳以宏观规划结合微观描写的叙事方式,让静态空间表达深刻寓意、发挥巨大的诗学功能。福克纳对"约克纳帕塔法"及其家族神话世系小说的地理空间进行宏观层面的整体规划,使南方各大庄园主家族以及故事按照作者的意愿错落有致地分布在虚构的文学地理版图上。福克纳无意于完全重叠虚构与现实,他强调空间的诗学功能,为人们提供一种观察历史和现实的方法和视角。② 福克纳的文学空间超越时间的永恒维度,"使有关人物、事物、事件和情节推展的描写得以形象化和动态化,使有关场景、氛围、基调和叙事视角的设定得以戏剧化和精准化","使人生中的各种冲突与人性中的各种张力得以常态化和普世化",进而超越作者书写的那个时代和那个密西西比州。③ 因此,在福克纳的空间诗学体系中,南方在精神和价值维度的消失比贵族家族的灭亡更让他无法释怀。

福克纳的心造神话王国"约克纳帕塔法"是其家乡的"翻版"。福克纳在牛津小镇这个让他"爱恨交织"的故乡度过一生,这片热土为他提供源源不断的创作灵感。牛津是一个生活着不满 2000 人的南方小镇,拉法耶特县府设立在此。小镇地处密西西比河三角洲之东,属于密西西比州北部丘陵地带。三角洲平坦的黑土地是本州最富饶的农业生产区,丘陵地区土壤肥沃,较少受到

---

① William T.Ruzicka, *Faulkner's Fictive Architecture: The Meaning of Place in the Yoknapatawpha Novels*, Ann Arbor: UMI Research Press, 1987, p.5.

② Jay B.Hubbell, *Southern Life in Fiction*, Anthens: University of Georgia Press, 1960: 11-12. See too Andrew Lytle. "Images as Guide to Meaning in the Historical Novel", in his *The Hero with the Private Parts*, Baton Rouge: Louisiana State University Press, 1966, pp.5-20.

③ 隋刚:《福克纳的五维文学空间及其显现方式——〈评福克纳:破裂之屋〉》,《外国文学研究》2011 年第 3 期,第 161 页。

洪水泛滥的威胁,棉花成为当地的主要作物。福克纳家族在镇上富于传奇色彩,曾祖父"老上校"在内战中组建并统领南方邦联部队、修建杰弗逊镇的第一条铁路、开办工厂、发表畅销小说;祖父"小上校"延伸父亲修建的铁路、当过州议员和本地银行行长,能够正确对待家族宿仇;父亲碌碌无为、借酒浇愁,在妻子的埋怨和冷漠中消磨时光。福克纳自己和家族生活的这个南方小镇以及周围的山川、河流、乡野、森林被他移入小说空间,南方的庄园主阶层、淑女、姑婆、黑佣人和乡邻统统走进他的文学世界。

福克纳赞美这片"得天独厚"的南方土地,"有森林向人们提供猎物,有河流提供鱼群,有深厚肥沃的土地让人们播种,有滋润的春天使庄稼得以发芽,有漫长的夏季让庄稼成熟,有宁静的秋天可以收割,有短暂温和的冬天让人畜休憩"。① 小镇的种族和阶级制约人们的自由与机会,南方的地理位置影响人们的语言、风俗、文化、饮食和衣着。在这样的环境和氛围中成长起来的福克纳,把这块土地及其孕育的南方性融入文学空间,沉淀出"约克纳帕塔法"的"生命"和"灵魂"。在福克纳的文学世界中,随处可见人物和事件组成一张南方地区历史和家族生活的大网,从沙多里斯、康普生、萨德本、麦卡斯林到斯诺普斯家族,无一例外,人人都被网罗集结在这张大网中。福克纳游走、徘徊在现实与想象空间,虚构与现实的对抗、碰撞、交流、协商,使他得以深刻全面地思考南方的过去、现在和未来,逐渐沉思出一个完整的、具有内在关联性的文学空间图景。

从福克纳家往南几英里的地方有一条河流,牛津镇的人们管它叫约科纳河,在老一点的地图上标为约科纳帕塔法河。福克纳只在拼写上稍作改动,借用这条河的名字命名自己的文学虚构王国。在创作《沙多里斯》时作者还没有描画具体确切的地图,但对将要创作的全部作品进行了初步规划,那时他把这个想象国度命名为"约克纳县"(Yocona County)。② 在 1936 年发表《押沙

---

① 李文俊:《福克纳评论集》,中国社会科学出版社 1980 年版,第 43 页。
② William Faulkner, *Flags in the Dust*, New York: Random House, 1973, p.87.

龙,押沙龙!》时,福克纳在书后附上一张详细手工绘制的地图(见下图),并把这个虚构空间正式命名为"约克纳帕塔法",声称自己是"唯一的拥有者和产业主"。"约克纳帕塔法"起源于契卡索印第安语,意思是"河水慢慢流过平坦的土地"。① 福克纳如此命名小说的虚构王国,暗示自己对南方古老文明和本土文化的眷恋、体悟与膜拜,或许只有他能够成为这片南方"产业"的真正"拥有者"。

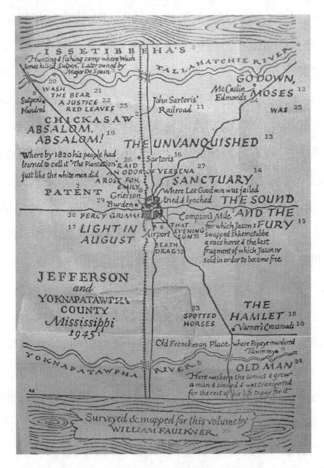

在地图上,"约克纳帕塔法"县位于密西西比州的北部,北与田纳西州交界,夹在约克纳帕塔法河和塔拉哈奇河之间。这里有和煦的阳光、茂密的森

① Gwynn,Frederick & Joseph Blotner,*Faulkner in the University:Class Conferences at the University of Virginia*,1957-1958,Charlottesville:University of Virginia Press,1959,p.6.

林、肥沃的三角洲、清新的空气;有沼泽、河流、树林、鸽子、老熊;也有村镇、教堂、广场、学校、监狱、大庄园、老木屋、杂货铺、法院大楼;有横贯东西的马路和纵连南北的铁路;在2400多平方英里的土地上散居6299个白人、9313个黑人以及印第安人和其他人种,其中600多个居民以庄园主、资本家、牧师、律师、冒险家、军人、医生、佃农、猎人、流浪汉、奴隶、歹徒的身份,有名有姓地进入"约克纳帕塔法"世系小说。善与恶、邪与正、家族的兴与衰、南方的存在与消逝、祖先的勇敢、家族的荣誉、人类的自由、怜悯、骄傲以及种植园主的腐败、奴隶制的残酷、人性的罪恶在这里交汇。

福克纳强调"约克纳帕塔法"世系的总体设计理念,从写作"首部小说《士兵的酬劳》开始规划所有作品,创造井然有序的整体世界"。[①] 福克纳意识到自己的神话王国"约克纳帕塔法"要比哈代的两维空间"威塞克斯"复杂得多,他推崇巴尔扎克,认为巴尔扎克"创造了一个血液流遍20部小说的世界"。[②] 与巴尔扎克相似,福克纳把15部长篇小说和绝大多数短篇小说设计在"约克纳帕塔法"神话王国中,对小说进行"有序的"整体架构,关注各家族在空间上的内在联系,在叙事主题上形成内在关联,构成一个描写南方大家族兴盛衰亡的叙事谱系与链条。福克纳比巴尔扎克更胜一筹,他亲手绘制地图,对自己的文学世界展开有意识和体系化的空间设计,对生活其中的家族整体布局,使各家居有定所,并通过家族占有不同的社会空间,各家族自成单元的同时又成为"约克纳帕塔法"整体空间的有机组成部分。

福克纳通过丰富的想象,在小说中建造比南方现实空间更加丰富多彩的文学空间,借助空间表达南方精神、传递主题意义。在他的文学世界中,作者仔细划定每个庄园主大家族和后期兴起的斯诺普斯家族的地理位置。把持

---

① James B.Meriwether, Michael Millgate (eds.), *Lion in the Garden*, Lincoln: University of Nebraska Press, 1980, p.255.

② James B.Meriwether, Michael Millgate (eds.), *Lion in the Garden*, Lincoln: University of Nebraska Press, 1980, p.215.

"约克纳帕塔法"东北角的是沙多里斯、麦卡斯林—艾德门兹家族;占据东南部地带的是康普生家族;开拓西北角的是萨德本家族;占领南部地区法国人湾的主要是暴发户斯诺普斯家族。处于福克纳神话王国中心位置的是法院大楼,贯穿南北的大动脉是沙多里斯修筑的铁路。各大家族以象征法律和秩序的法院为中心,呈基本对称辐射态势分布在周围各大要害位置。总体看来,福克纳在"约克纳帕塔法"县的地图上主要描述法院广场以及南方几大贵族家族的分布状态,反映旧南方社会以公共利益和社会秩序为中心的文化政治体制和庄园家族生活图景。

空间在"约克纳帕塔法"的地图上渐次展开。首先进入人们视野的是用于公共集会、具有开放性的广场和居于广场中心的法院,然后是各行各业的办公场所,代表相对封闭独立和功能单一的空间。"一个呈正四边形的广场"处于中心位置,绿树掩映的法院矗立在广场中央。纪念碑、喷泉、公园、礼堂、教堂以及大片绿地井然有序地分布在广场上。周边建有二层楼的商铺、律师事务所、医院、牙科诊所、旅馆和礼堂。"学校、教堂、酒馆、银行和监狱整齐排列,四条笔直的大道向四面延伸而去"。① 以银行为首的现代商业空间在当时的杰弗逊已经扮演重要角色,但是作者把银行等服务于商业目的的空间安排在学校、教堂等公众空间之后,其排列位置仅先于限制人身自由的监狱,反映作者对基于利益基础之上的空间的反感。

总体来说,福克纳对杰弗逊镇中心广场及其周围空间的描写以重要性为原则依次排列。例如,在描写旧南方时,人们用于集会、休闲的广场和代表规章、秩序的法院率先出现,然后是神圣的教堂、传授知识的学校、治病救人的医院等空间;但在描写内战之后的南方时,首先出现的是聚集财富的银行、刺激消费的商场等商业化空间。福克纳珍惜南方的农耕文明和家族文化,是一个相对守旧的保守主义者,他本能地对代表北方工商资本主义的银行等商业空间感到

① William Faulkner, *Requiem for a Nun*, New York:Random House,1951,p.39.

厌恶和反感,因此他把银行和监狱排列在空间序列的末位。进入 20 世纪时,外来推销商抢先一步登上杰弗逊的历史舞台,资本主义工商业把南方的庄园主贵族送入历史尘埃,唯利是图的新兴资产阶级斯诺普斯步入南方社会生活的前台。在空间排位上商场和银行逐渐取代旧南方时期的法院和教堂的优势。①

　　广场是地方性公众集体活动的场域,这个具有开放性的空间体现地区秩序,在旧南方的社会和政治生活中发挥重要作用。在福克纳看来,旧南方时期的杰弗逊镇广场是南方秩序的象征。在广场上有以法院为中心并向东南西北方向伸展出去的四条宽阔的林荫大道,空间设计不但强调杰弗逊镇建筑空间的对称性和轴心结构,而且传达离心辐射性和向心凝聚力。法院是建立在现实空间之上的威严法律、社会秩序和公平公正的象征。以法院为中心的杰弗逊镇广场像一面巨网,把各种视野所见的出入往返尽收其中,传递作者重视旧南方"秩序"的潜意识。在旧南方的空间中井然有序的广场和"绿色掩映"的法院大楼,传递居住者对其神圣性和权威性的敬畏,体现空间建筑者福克纳对南方"旧"秩序的重视与依恋。在新南方,受北方现代商业利益的驱使,人们无视自然法则,肆意砍伐树木,建造各种商业购物中心和银行,结果"那棵给二楼的律师事务所和医生办公室的阳台遮阴的最后一棵大树也消失了"。②"最后一棵大树"的消失意味着南方人亲近自然、尊重自然法则的重农主义思想和农耕文化传统的陨落,传达作者对现代南方无序状态和传统文化衰落的担忧与焦虑。

　　从地图上看,杰弗逊镇呈现以法院为轴心、南北为竖轴、东西为横轴的对称坐标分布形状。南北竖轴占据支配地位,东西横轴处于辅助位置。街道在接近南北轴和东西轴相交的地方呈整齐的格子状,向四周延伸时呈松散的网状分布。镇子的南、北入口是主干路口,可以从正面看到法院;东西入口是辅路,只能看到法院的侧面。南北入口在福克纳的小说中被多次提及,对东西入口的描写相对较少。在整个广场中,广场的南部在历史上显得尤为重要,不仅是出入广

① William Faulkner, *Intruder in the Dust*, New York: Random House: 1948, p.241.

② William Faulkner, *Intruder in the Dust*, New York: Random House: 1948, p.243.

场的主路,而且南方邦联纪念碑坐落在南部中心位置。"约克纳帕塔法"世系小说中几乎所有的重要事件或者庆典仪式都在广场的南部发生或者举行。例如,在《修女安魂曲》中,沙多里斯上校带领杰弗逊兵团开拔弗吉尼亚之前的誓师活动就在这里举行,小说中还有两次详细描述安排在此地的盛大活动。①

　　空间布局理念不知不觉地透露福克纳对美国南北两方不同的情感倾向。在福克纳的潜意识中,南部空间是广场的重中之重,其重要性和设计优于北部空间。福克纳认为南方地区并没有比北方地区低劣落后,相反,南方承载更多的历史重负和地域特性,南方人在精神和文化层面高于唯利是图的北方人。内战及其后来的重建并没有在精神上摧毁南方,南方邦联纪念碑至今傲然挺立在杰弗逊广场南部的中心位置。因此,福克纳在建构"约克纳帕塔法"文学空间的过程中,更加注重南部空间的历史和文化内涵。在他看来,与北方被现代化催生的大城市相比南方小镇经历过漫长的发展历程,拥有更加悠久厚重的历史和文化,保存更多的地域特色和人文精神。杰弗逊小镇的发展历史是整个南方农业社会发展的缩影,承载南方人世世代代的乡土家园情怀和区域文化认同。当初的杰弗逊镇只是契卡索印第安人的一个小贸易点,后来逐渐成为他们居住的村庄和家园,再后来白人贵族从印第安人手中买来大片土地,把它发展成镇子,最后才成为今天的"约克纳帕塔法"县。

　　杰弗逊镇的空间设计反映福克纳的情感好恶和地域情结,也反映他的阶级意识和精英思想。广场是人们游行、集会、休闲的公共世俗空间;法院是代表权力、秩序、法令的威严空间;教堂是代表信仰、礼拜的神圣空间。广场、法院、教堂是人为与自然、开放与封闭、权力与公众、神圣与世俗功能合为一体的空间,在"约克纳帕塔法"县居民的生活中发挥举足轻重的作用。在杰弗逊镇,沿广场延伸出来的南北主干道占统治地位。福克纳把沙多里斯、康普生、麦卡斯林、萨德本、格里尔生等南方贵族庄园主家族安排在处于主导地位的南

---

　　① 　William Faulkner,*Requiem for a Nun*, New York:Random House,1951,pp.45,239.

北轴面上;本特伦、斯诺普斯等自耕农、穷白人、农民、暴发户家族几乎都居住在镇子的东西轴面和外围空间,这个轴面的描写频率也相对较低。广场及其周围的空间成轴对称分布的同时呈现辐射状延伸。这种空间设计的优势在于出入广场中心除了通过南北的主干大道之外还可以从蛛网状的侧路进出。时势太平时广场呈现包容开放和向外辐射状态,一旦暴乱发生,它立即显示强有力的向心凝聚力和封闭性,军队可以从四面八方迅速向中心集结,把守和保卫居于广场中心的法院和处于南北轴面的贵族家族的安全。对称辐射状建筑空间的设计理念是希腊、罗马建筑风格的体现,但在深层次上反映福克纳隐秘的"贵族意识"和"精英思想",以秩序和法律为中心的等级制度和社会分层是南方社会结构稳定的保障。在杰弗逊镇,贵族阶层是南方的统治者,居于支配地位,占据杰弗逊镇的中心地理空间;其他佃农、穷白人和黑人处于辅助性存在地位,只能居住在地理空间的次要位置。

福克纳通过虚构"约克纳帕塔法"神话王国反观南方的社会现实。他为自己的文学地理空间绘制地图,准确定位地理范围、占地面积,描述人口分布和家族领地,强调空间规划的不同功能,展现河流走向和建筑风格,交代阶级分层和社会形制,表现南方贵族意识和白人精英思想。"约克纳帕塔法"的自然景观和地理空间书写在很大程度上再现典型的美国南方乡村和城镇的真实面貌,成为特定历史时期的地理图谱,折射南方在城市化和商业文明入侵下种植园逐渐消失、家族走向衰落的社会现实,呈现南方文学最典型的地域文化特色。这个文学世界似乎是现实南方的翻版,读者、作者以及生活其中的人们在此同欢乐共哭泣。

(二)微观布局的南方庄园

在宏观规划"约克纳帕塔法"文学地理空间的同时,福克纳在微观层面运用现实主义的写作风格和白描手法,对坐落其中的各大贵族庄园建筑和日常生活空间进行细节布局和详尽描述。相对于法院和广场等公共开放性空间,各大家族的庄园具有封闭性、隐秘性、独特性的特征。它们在呈现贵族身份以及庄园建筑的宏大规模、占地宽广等共性的同时传递空间拥有者赋予各自庄园的个性化意义,静态空间反映居住者的动态生活景象和心理活动,传递居住者的社会文化价值和情感信息。风霜腐蚀的庄园尽显破败衰落之气,像一具具空荡荡的躯壳,回荡着南方末代贵族子弟们绝望的哀叹。时代的终结加上家族内部的罪恶,使南方庄园主家族处于风雨飘摇和覆灭的境地。发生在地理空间中的败落之象与文本空间里的家族衰亡相互衬托并置,强化家族灭亡的宿命感和悲剧性。

老上校约翰·沙多里斯是"旧"南方的民族英雄,是贵族气质、骑士精神和神话传奇的体现者,其庄园是早期南方贵族庄园的代表。1863年夏天之前,沙多里斯庄园建有主房和马棚,马棚后是粮仓、黑奴窝棚、熏制房、果园、牧场和一些谷地。主房前后有走廊和正厅,正厅两边建满房子,有楼梯通向二楼;①楼上是四间卧室,有四个供壁炉出烟的烟囱,房子正面朝东,正厅贯穿东西。② 为了保护私人空间的私密性,楼上的卧室与一楼的客厅及其他公共区域隔开。沙多里斯家族处理各种事务的办公室和书房位于正房前面,正房后面的西北角是厨房、东南角是餐厅。正房占据庄园的中心位置,其他建筑以正房为中心向周围辐射。从正房望去,黑人窝棚和其他房屋一览无余。庄园的建筑理念和设计布局凸显"旧"南方严格的"父权制"和主仆有别的等级思想。

老上校居住在正房二楼,拥有正房前面的办公室。他是庄园的统治者,处于居高临下的位置,随时可以俯瞰整个庄园。被黑人称作"办公室"的老上校约翰的"书房"是一个半开放空间,屋内陈设一张很大的办公桌和一面大钟,壁炉上方悬挂一支猎枪,房子外面是精心打理的花园,③彰显权力、智慧和知识。老上校修筑铁路、把持法院、开办银行、组建军队,在镇上大权在握、叱咤

---

① William Faulkner, *The Unvanquished*, New York: Random House, 1966, pp.9, 22, 39.
② William Faulkner, *Sartoris*, New York: Random House, 1929, p.8.
③ William Faulkner, *The Unvanquished*, New York: Random House, 1966, p.51.

风云。偌大的办公桌暗示主人显赫的经济和社会地位,大钟象征繁忙的公务往来;书房和枪支代表知识和权力;精心照料的花草显示主人富裕奢华、养尊处优的生活。庄园传到儿子老白亚德手中时,书房兼办公室的位置以及内部陈设发生了变化。老白亚德的书房兼办公室挪至正房后面,用于会客和休闲的客厅安置在正房前面。书房里有巨大的书柜、丰富的藏书,书柜上"收集各种种子、根茎、谷物豆荚、生锈的马刺、挽具"。① 两相对比,老白亚德的办公室兼书房基本失去办公室的作用,主要发挥书房的功能;种子、谷物把他与农夫和土地联系在一起。空间变化反映时代变迁,随着奴隶制的废除、南方社会的重建,南方贵族逐渐失去以往的统治和权力。现在的老白亚德的社会地位有所下降,不如昔日身兼律师和银行家的老上校父亲那样权势显赫,他的身份是一位生活富裕的南方乡绅。

空间传递居住者赋予空间的意义,有关沙多里斯家族空间变化的对比描写反映南方的社会变迁史。老上校是家族的第一代,他在内战中建立丰功伟绩,战后把持南方的政治、经济、法律,成为南方社会的统治者;第二代老白亚德生活在父辈的阴影中,怀着敬畏之心,尽力维护家族传统,固守祖先产业,过着富足的乡绅生活;第三代死于美西战争,作品一笔带过未作详细描述;第四代小白亚德生活在新南方,无法融入当下也无法认同家族历史,悬空在现在和过去之中,迷失生活目标。沙多里斯庄园过去的辉煌和现在的衰败生动再现南方贵族阶层从社会的中心位置被挤入边缘地带的没落轨迹。

南方庄园中私密、隐蔽、神秘的阁楼是备受关注的焦点空间。隐秘的阁楼是南方庄园最重要和最理想的珍藏家族重要物品、封存过去记忆的空间,属于秘不外宣的空间,绝不容许外人擅自闯入。阁楼与家族历史密切关联,吸引人们的注意力和好奇心。沙多里斯庄园的阁楼是家族保存传家珍品、祖先遗物的地方。阁楼里存放着一个装满银器的神秘柜子和保存老上校物件的杉木箱

---

① William Faulkner, *Sartoris*, New York:Random House,1929,p.34.

子。当老白亚德来到阁楼小心翼翼、满怀敬意地打开箱子时,箱中一件件具有代表性和象征意义的物件呈现在人们面前:一件年代久远的衣服、一把旧剑和剑鞘、一把军刀、几支手枪、一把大口径短筒手枪、陶器、大刀、油壶和邦联制服,还有发黄的卷宗、《圣经》和家谱。箱子里的物件是老上校久经沙场、保卫南方的戎马生涯和开疆拓土、建立家园的传奇一生的形象写照。家族第四代小白亚德房间的壁橱里也有一个箱子,但里面的物件已经与祖先的大相径庭:一本只有《新约》的《圣经》、一件帆布猎服、一个猎枪弹壳和一只风干的熊掌。没有《旧约》的《圣经》隐喻南方年轻一代疏远历史、活在当下的生活状态;与打猎工具以及猎物相关的东西只说明他有狩猎的兴趣和爱好,缺乏祖先曾经"保家卫国"的气概和荣耀。老白亚德虔诚恭敬地守护祖先的遗物,他的儿子小白亚德却对家族遗物毫无留恋、付之一炬。随着南方庄园的解体和大家族的衰落,家族历史和家族遗产的罪恶纷纷曝光,"遗产"成为家族后代的负担和恐惧,他们或通过解密或通过焚烧,拼命想要摆脱家族黑史、疏远南方过去。

在《去吧,摩西》中,麦卡斯林家族有一个与阁楼功能相似的储物间,平时房门紧锁,钥匙掌管在管家麦卡斯林·艾德门兹手里,一般人不得入内。在这个神秘空间存放着记录了家族生老病死、婚丧嫁娶、礼仪庆典、商业往来、土地购置、奴隶买卖等活动的账本,是麦卡斯林家族生活的编年史。一个夜深人静的晚上,16岁的家族第三代传人艾克趁艾德门兹熟睡之际拿到钥匙,进入储物间,借着那盏"沉滞、冰冷"、"被人遗忘的"提灯,趴在"那些发黄的纸页"上,细细研读一本本布满"斑痕和裂纹"的账本,[1]在抽丝剥茧中揭开一段鲜为人知的家族秘史。当他得知祖上掠夺土地、乱伦、同性恋的罪恶之后,毅然放弃继承家产,选择归隐山林、自食其力。

空间居住者赋予空间精神、意义、生命、灵魂。沙多里斯庄园是福克纳早期作品塑造的空间,虽然历经战火和战后重建,却没有破败绝望的气息,家族

---

① William Faulkner, *Go Down, Moses*, New York: Random House, 1942, p.268.

后代继承祖先的贵族精神和骑士风度,放弃以怨报怨的复仇决斗,以高尚情操和绅士气度解决家族宿仇。人们从庄园建筑和空间拥有中可以感受到南方庄园主的贵族气质、精英思想和社区理念,传递兴国安邦、寻求秩序、重建家园的理想和积极向上的追求。沙多里斯庄园后继有人,透出希望之光。自《沙多里斯》之后,《喧哗与骚动》、《押沙龙,押沙龙!》、《去吧,摩西》中的贵族庄园充满斯人已去的破败衰落之象和绝望颓废之气。

《喧哗与骚动》的开篇再三描写康普生家族的大宅好像"冰冷的铁栅栏"围起来的监狱,隐喻南方贵族家族的封闭败落和围困窒息的处境。康普生庄园创建之初被尊称为"老州长之宅",家族拥有大片耕地和牧场。后来,家族后代零星抵押、出售小块土地,家业传到第三代康普生先生时只剩下一小块土地和一幢年久失修的大宅,被称作"康普生家"。1910 年为了"让儿子昆丁可以在哈佛完成一年学业和女儿凯蒂在出嫁时有点像样的嫁妆",康普生先生把家族最后一块祖产卖给高尔夫球俱乐部。曾经拥有大片土地和祖业的康普生家族只剩下"宅子的那一小块土地,有一间连着花园的厨房、破败的马厩和供迪尔西家居住的仆人窝棚"。杰生四世在母亲去世之后搬进小杂货铺居住,把"康普生老宅卖给一个同乡当骡马贩子的膳食坊",这地方被人称为"康普生旧家"。

康普生大宅昔日的荣光在传到第四代时已经消失殆尽。身为家族长子的昆丁蜗居在精神世界,无法担起振兴家族之大任,沉浸在过去的回忆中试图挽回家族颜面;三弟班吉心智不全,对空间只有本能直觉,当看见家族原有的土地物易其主变成高尔夫球场时,他只会号啕大哭。昆丁寄居在回忆之"屋",班吉全神贯注于现实之"屋",[1]两人分别囚禁在精神和肉体的空间中无能为力。二弟杰生表面看来心智正常,他实质上是个偏执狂和虐待狂,轻视家族观

---

[1]　Watson, "Faulkner: The House of Fiction", in Doreen Fowler and Ann J. Abadie, eds., *Fifty Years of Yoknapatawpha: Faulkner and Yoknapatawpha*, 1979, Jackson: University Press of Mississippi, 1980, p.150.

念、践踏血缘亲情,匆忙投身唯利是图的商业大潮却无法成为时代的弄潮儿,最终沦落到卖掉老宅、失去生活起居空间、寄居杂货店的境地。当迪尔西看到康普生家族"空荡荡的"、"没有一样活物"的萧瑟破败的院子时,她忍不住伤心万分,一遍遍自言自语:"我看见了始也看见了终。"迪尔西智者般的慨叹是康普生家族盛衰历史最贴切的总结,康普生庄园的空间变化与家族的没落历程以及南方的沧桑巨变紧密联系在一起。

杰生四世和小昆丁的房间是福克纳在小说中重点描写和展现的两个私人空间。杰生卧室的房门终年紧锁,"别人从来都进不去",连母亲也没有杰生卧室的钥匙,卧室的壁橱里放着一只锁得严严实实的装钱的铁箱子。杰生视财如命、乖张暴戾、漠视亲情的本性通过处处上锁的卧室表露无遗。小昆丁的卧室像"出租给人家幽会的房间",到处飘着"淡淡的廉价化妆品的香味","俗里俗气"的粉红色、"便宜的丝织品"、"乱七八糟的"衣袜等,使她的闺房看起来"不伦不类"。在新南方资本主义商业大潮和消费文化的围剿下,小昆丁淹没在物质主义的颓废之中。她与来镇上巡游演出的马戏团演员私奔,康普生家族拼命维持的南方淑女形象土崩瓦解,家族失去"复活"的最后一丝希望。

空间命名反映居住者赋予空间的意义和对待它的态度。萨德本庄园的命名与沙多里斯、康普生庄园不同。后者以家族姓氏命名,代表家族财产的所有权,表现家族荣耀和传统;"萨德本百里地"则由表示所属关系的"萨德本"与表示计量单位的"百里地"组成,侧重量化计算,强调庄园的占地面积、规模大小。萨德本认为"萨德本百里地"的重要性是对占地面积的数字化计量而非日常生活和家庭亲情的承载。罗莎揶揄萨德本如此命名家宅的用意,仿佛庄园得自"国王的赐封",好似"从祖太公那里继承下来的家产",象征家族显赫地位和财富的传承。其实,萨德本家族是山区穷白人而非世袭贵族,身份低下的祖先没有留下可供继承的家产,萨德本如此命名庄园无非是出于虚荣和狂妄的心理。

萨德本依靠镇压奴隶、精明强干、掠夺土地获得财富,建立了比杰弗逊法院大楼"高大雄伟"的"萨德本百里地"。他只追求对这个"空荡荡"壳子的拥有权,不在乎给予它生命和温情。1835年萨德本庄园初步成形,人们感觉它像"隐藏在雪松和橡树丛中的城堡",与周围的邻居相隔甚远,屋内没有安装门窗、放置床架,没有炉灶和饭桌,房子没有上漆,没有配置家具。萨德本后来给庄园添置一些生活必需品,旨在迎娶一位像样的妻子,为传宗接代做好准备,为贵族头衔增光添彩。作品对"萨德本百里地"的详细描写主要集中在两个阶段,一是萨德本结婚之前,它是镇上"最大的斯巴达式的空壳";二是在内战之后,它显示出"风化剥蚀的"荒凉气氛,像"水灾后流落在一潭死水里的被遗忘的贝壳",房内的家具、地毯、亚麻布、银器"像涓涓细流似的慢慢流失"。庄园中弥漫着一股死亡的味道,萨德本把自己和艾伦的墓碑放置在门厅,亨利把哥哥邦枪杀在家门前。

庄园承载"容纳生命"和"表现意义"的双重功能。"萨德本百里地"的主人从根本上剥夺庄园孕育生命、居家生活的本质功能,表现"对空旷、荒凉的无可置疑的肯定"和对居住者"无法克服的抵触情绪"。庄园最基本的功能被肆意挪用,成为萨德本获得财产、土地、奴隶、身份和各种资格证书——包括结婚证——的必要条件,是他跻身上层社会、对生活其中的人们行使控制权的地方,也是他与黑人搏斗炫耀力量和权威的场所,甚至是他教唆儿子手足相残的地方。萨德本轻而易举地剥夺"家"这个空间的温暖和情感内涵,对它进行粗暴滥用,排斥生命、情感和人性因素,刻意拒绝一切与日常生活相关的物件,肆意违反居住空间的本质意义,把空间数字化、符号化、标签化。"百里地"庄园被一把神秘的大火化为灰烬,萨德本对空间的病态和反人性挪用注定了家族和庄园的毁灭。

《去吧,摩西》的空间展现与麦卡斯林家族的生活平行。老卡洛瑟斯用欺骗的手段从印第安酋长手里低价买进土地,圈地修建庄园,狂傲地宣布成为这片土地的王。他建造了一半的庄园"完全没有后门"和窗子,像一个"又大又深的洞窟"。① 儿子布克和索凤西芭结婚以后,索凤西芭用她的"陪嫁完成了

---

① 　William Faulkner, *Go Down, Moses*, New York: Random House, 1942, p.262.

老卡罗瑟斯一直没有建完的部分",并给房子安上门窗,她修缮完成的庄园高大气派也比较适合居住。在老卡洛瑟斯残缺不全的庄园里上演麦卡斯林家族祖上掠夺土地、买卖奴隶、父女乱伦的三重罪恶;索凤西芭完善庄园的时期,麦卡斯林家族生活完整正常,布克和索凤西芭感情和谐,共同打理庄园,人到中年的他们为麦卡斯林家族生育儿子艾克,家族的这段美好时光也给艾克留下温暖的童年回忆。

索凤西芭在世时麦卡斯林庄园已经显露破败衰落之气:"通往房子的过道破烂不堪、年久失修,房子没有刷漆,屋内因为家具越来越少好像越来越空旷";"斑驳脱漆的门柱、破裂的百叶窗、腐烂的地板,发黑破败、冷冰冰的没有打扫的炉灶"。艾克和外甥经营的小铺像"不祥之物一样蹲伏在田野高处",外面贴满各种广告,"推销由白人制造和销售的鼻烟、伤风药、软膏与药水"。索凤西芭的娘家"沃维克"伯爵府逐渐失去那些"花梨木、桃花心木、胡桃木的家具",被一种"悄然的、顷刻之间发生的、没有来源的、一视同仁的大火,统统烧掉墙头、屋顶和屋内的一切。到日落时只剩下四根熏黑的烟囱杵在一层白色的轻灰和几根烧焦的木板之上"。破败的房子、剥落的墙面、越来越少的家具以及凌乱拥挤、味道难闻、贴满广告、出售各种日杂用品的小铺,预示南方贵族在自身的罪恶和南方商业大潮的冲击下,已经失去昔日"辉煌"和"显赫"的生存空间。艾克后来发现祖先贪婪掠夺土地、残忍压榨奴隶、肆意践踏血缘的罪行之后,拒绝继承麦卡斯林庄园。从此,麦卡斯林家族空置的庄园在岁月的风吹雨打中坍塌败落。

小说同时描写家族黑人后裔卢卡斯和妻子莫莉大婶的生活空间。这个黑人小院与麦卡斯林家族的大宅形成鲜明对照。卢卡斯在结婚那天点燃炉火并让它一直燃烧至今,"这火将一直燃到他与莫莉都不在人世无法为它添柴加薪"。"炉灶自古以来是南方人居家生活的核心",①人们经常围坐在炉火旁

---

① Norberg-Schulz, *Existence*, *Space and Architecture*, New York: Praeger, 1971, p.32.

边交谈休闲,它是温暖的源泉,是爱情、生活和生命的象征。只要炉火持续燃烧,莫莉和卢卡斯屋里的生活就不会停歇。莫莉大婶"每天早晨都要用柳枝扎成的笤帚打扫庭院",院子里有用五颜六色的碎砖、瓶子、瓷片装扮的花坛,花坛里常常开满太子羽、向日葵、美人蕉和蜀葵等"黑人喜欢的、比较皮实的艳丽花卉"。与老卡洛瑟斯腐朽破败的大宅相比,这对黑人夫妇的小屋和庭院干净整洁、鲜花盛开、炉火温暖,洋溢着浓郁的生活气息,充满温情和蓬勃的生命力,"卢卡斯夫妇的爱"赋予这所房子最本质的意义。[1]

　　总而言之,人的生存和生活空间应该是一个充满意义追求、感性经验、生命关怀、情感体验、精神超越、审美情趣的意义充盈、生命跃动、生机盎然的诗意栖息之所。南方贵族的庄园和生活空间在福克纳的小说中传递不同意蕴:沙多里斯庄园象征南方贵族建立家园、稳定秩序、振兴社区的梦想;萨德本和麦卡斯林的庄园因为主人的病态挪用失去栖息和安居的本质意义;康普生大宅因为缺乏亲情与爱显得阴森冰冷,在家族后代精神与现实的严重分裂中失去家的现实功能,只在想象层面充当回忆祖先业绩的幻影。归根结底这些南方贵族庄园的缔造者违反空间的本质意义,剥夺庄园的生活气息,肆意攫取或者强行挪用,把居家生活空间变成人间地狱。福克纳从空间诗学的角度出发,对"约克纳帕塔法"世界中个体家族的具体生活空间展开描写,揭示在土地掠夺、种族主义、血缘伦理和家族罪恶的撞击下,作为旧南方社会生活最基本形式的庄园终将成为历史,无法逃脱破败衰落的厄运,预示南方庄园主贵族阶层逐渐失去继续存在的可能。因此,庄园空间不仅表现南方贵族家族的覆灭,也反映一个时代的终结。

二、空间诗学叙事策略

　　福克纳在空间叙述手法上力求革新,一方面采用神话的移位变型和戏仿

---

[1]　William T.Ruzicka, *Faulkner's Fictive Architecture: The Meaning of Place in the Yoknapatawpha Novels*, Ann Arbor: UMI Research Press, 1987, p.92.

对应,以若隐若现的神话叙事空间为辅调、以文本叙述空间为主调,在神圣与世俗之间构成彼此呼应的空间对位结构。另一方面,福克纳巧妙地在"约克纳帕塔法"世系中运用时间空间化的叙事策略,让相同叙事者出现在不同文本中或者把不同时代的人物或事件并置,不同叙述各自独立又共同构成故事整体,使遥远的过去与现在、未来共时存在,进一步扩大小说的叙述容量。不同时间的叙事并置或者不同文本中同一人物的游走串缀,使故事之间呈现"共时化"倾向、达成互文关联,这是将"时间空间化"的叙事艺术。

(一) 神圣空间与世俗空间的对位

对南方传统的追寻和对现实的思考激活了福克纳的神话空间建构意识。神话空间与现实空间在"约克纳帕塔法"小说系列中形成对位叙事模式,隐隐约约浮现在作品中的《圣经》或者希腊罗马神话形成副调,伴随文本故事的发展。福克纳把目光投向遥远的神话,通过潜隐的神话借用、参照、戏仿、改造,建立对位叙事模式,为小说开辟神话和现实的双重空间,借助神圣的神话空间反观日常生活的现实空间,用神话世界的有序、有爱、有希望烛照现实世界的无序、无爱、绝望,寻找旧南方深厚的传统和精神积淀。世俗与神话、现实与传统之间的并置凸显诗意张力。

福克纳对于神话空间的建构或许与作者重建南方秩序的潜意识密切关联。南方在被迫与现代化和城市"文明"接轨时,种种差异不断发生摩擦与碰撞。南方被困在新旧价值观念和城乡文明的十字路口,旧秩序和农耕文明遭受破坏,新秩序和城市文明尚未形成。神话的"秩序建构功能"能够使处于"无政府状态和荒谬的"南方现代历史获得某种特殊意义,[①]为堕入价值观念虚空状态和意识形态两难处境的现代南方人提供临时的精神庇护,满足人们对"过去美好时光"的种种怀旧与想象。福克纳期待通过神话的"秩序建构功

---

① Patrick O'Donnell, "Faulkner and Postmodernism", in Philip M. Weinstein, *The Cambridge Companion to William Faulkner*, Cambridge University Press, 1995, pp.36-49.

能"为陷入价值失衡世界而无所适从的南方人寻找一条"理想的"出路。

在《沙多里斯》中,福克纳用《圣经》故事中关于毒蛇引诱夏娃吞食禁果、导致人类始祖被逐出伊甸园进入世俗生活的"引诱"与"堕落"主题,表现南方贵族小姐遭穷白人引诱却能够抵制诱惑、坚守南方贵族淑女气节的故事。家族的第四代小贝亚特成功娶到贵族小姐并为南方贵族留下血脉。《沙多里斯》中沙多里斯世界与斯诺普斯世界之间的对抗以前者的胜利落幕,小说在积极乐观的氛围中发展,南方贵族阶层依然生活在"伊甸园"。但自《喧哗与骚动》之后,小说中南方贵族的颓废绝望、衰落灭亡与《沙多里斯》中的贵族精神和天真乐观形成鲜明对照。《喧哗与骚动》中的凯蒂和小昆丁母女,在南方新兴穷白人势力的围追堵截中失去招架之力,沦为"堕落的"夏娃。随着"毒蛇"引诱的如愿以偿,康普生家族痛失"乐园"。

《押沙龙,押沙龙!》套用《圣经》典故叙述萨德本家族的命定悲剧。"罗莎对萨德本和南方的描述与《旧约》故事的叙述之间形成基本联系",①她的语言也是《创世纪》中耶利米哀歌的翻版。罗莎把萨德本描写成"不知打从何方进入本镇,骑着一匹马,带来两把手枪和一群野兽",并从"平静、惊讶的土地"上"狂暴地从那一无声息的'虚无'中拉扯出房宅与那些整齐的花园",创造"萨德本百里地,说要有萨德本百里地,就像古时候说有光一样"。《创世纪》第一章中神说:"天上要有光体,可以分昼夜、作记号,定节令、日子、年岁"。罗莎小姐不乏诗性与狂喜,还有某种预言的潜能,她像《旧约》中的预言家,不是依靠理性,而是通过语言,创造她眼中的恶魔萨德本的世界。在她看来,"厄运和诅咒落到"南方和萨德本家族的头上,上帝非得"亲自监督着要看到它一丝不差地得到执行"。萨德本家族的毁灭是家族形成过程中如影随形的诅咒,因为家族祖辈在一片"充满厄运"和"受到诅咒的土地"上繁衍后代。这是降临到萨德本家族也是南方这片土地上的"厄运和诅咒"。

---

①　Peter Swiggart, *The Art of Faulkner's Novels*, Austin:The University of Texas Press, 1962, p.154.

　　康普生先生讲述的萨德本的故事与《旧约·传道书》中传道者的叙述极其相似。犹如传道者，康普生采用讽刺式和说教式的叙述口吻，认为人的命运不可改变、一切命中注定。当邦来到萨德本百里地向朱迪思求婚时，康普生认为萨德本好像被命运捉弄的玩偶，无法与命运抗争，萨德本"这么多年苦挨苦熬，勃勃雄心眼看要最终实现，如今竟出现了一个潜在的威胁，对于这个威胁……哪怕只须走 10 英里去作调查他也不干"。这与《传道书》第八章的一叹三咏如出一辙："各种事务成就，都有时候和定理"，"他不知道将来的事，因为将来如何谁会告诉他呢？"，"任凭他费多少力寻查，都查不出来，就是智慧人虽想知道，也是查不出来"。康普生先生对人生的态度是："我们从老箱底、盒子与抽屉里翻出几封没有称呼或是签名的信，信里曾经在世上活过、呼吸过的男人女人现在仅仅是几个缩写字母或是外号，是今天已不可理解的感情的浓缩物，对我们来说这些符号就像梵文或绍克多语一样弄不明白"。《传道书》第三章中的说教者认为"生有时，死有时"，"凡事都有定期，天下万物都有定时"。因此，萨德本家族在血缘和种族的撞击走向灭亡是不可违背的"定数"。

　　小说中罗莎描述邦的部分与《新约》的四部《福音书》并置关联。像基督 33 岁被钉死在十字架上一样，邦在萨德本百里地被杀时年仅 33 岁。他被杀的情景与基督受难相似："一声枪响"，厅堂台阶上"早就拿去做绷带的床单、桌布一起不见了"，"在那张没有被单的床上修补过的、陈旧、发灰、变红的光秃秃的垫子上是那具苍白、血淋淋的尸体"；邦的尸体被抬到楼上时，"花毯—纱帘在将要发生的事之前软疲疲的垂挂着"。《马可福音》记录："耶稣大声喊叫，气就断了。殿里的幔子从上到下裂成两半"。《马可福音》描写观看耶稣受难和埋葬耶稣时提到抹大拉的玛利亚、撒罗米和雅各的母亲玛利亚三个女人。小说在描写邦被亨利枪杀在家门口时也提到埋葬邦的罗莎、朱迪思和克莱蒂三个女人。《圣经》中的救世主耶稣死后三天复活，但《押沙龙，押沙龙！》中萨德本家族的成员失去复活的可能。"皮之不存，毛将焉附"？萨德本家族最后的幸存者是痴傻的混血儿吉姆·邦德,这是对萨德本"纯白人"家族王朝的极大讽刺,家族的幸存者与复活的救世主之间形成鲜明对照,产生极大的反讽张力。

施里夫和昆丁对萨德本家族故事的讲述发生在小说的最后一个叙事空间里。萨德本的家族故事与《旧约·撒母耳记》中大卫王的家族故事平行对照。萨德本出生在西弗吉尼亚山区,与大卫王的童年经历相似。萨德本在十三四岁时被父亲派去给一富人庄园送信并受到羞辱;《撒母耳记上》第16章记载,在十二三岁时大卫受父亲耶西差遣,给扫罗送"几个饼和一皮袋酒,并一只山羊羔"。大卫后来打败高力士,成为以色列的王。在海地的种植园里萨德本单枪匹马平息奴隶暴乱,获得巨大财富,成为种植园主独生女的乘龙快婿,后来他抛妻弃子,来到杰弗逊镇,成为"萨德本百里地"的"王"。据《撒母耳记下》记载,大卫的儿子暗嫩强奸同父异母的妹妹她玛,始乱终弃。她玛的胞哥押沙龙为了替妹妹报仇,设计杀死暗嫩。在大卫王的王国中上演兄妹乱伦、手足相残的悲剧。同样,在"萨德本百里地"庄园中,被怀疑有黑人血统的邦执意要娶同父异母的妹妹朱迪思,朱迪思的胞兄亨利在得知邦有黑人血统时,毫不犹豫地枪杀邦以保家族血统纯正。

"萨德本百里地"和大卫王国两个空间中的故事极具相似性,同时又凸显差异性。兄妹乱伦、手足相残是两个"王国"覆灭的原因,但是,种族歧视、血统偏见因素的介入使萨德本家族的故事更加复杂和更具悲剧性。南方贵族认为保持血统纯正是保住南方贵族阶层、社会地位、尊严脸面的保障,"一滴血"原则在南方根深蒂固。萨德本为了确保家族血统纯正断然拒绝承认遗传母亲黑人血统的儿子邦;作为南方最后的贵族,亨利认为混血比乱伦更令南方人无法接受,对于混血的恐惧使他不惜大开杀戒、残杀亲兄。神话空间中的老王大卫在失去儿子后哭天抢地、悲痛欲绝,披散着雪白的头发,趔趔趄趄地在城墙上来回奔跑,一遍遍撕心裂肺地呼唤"哦我儿押沙龙,哦押沙龙,我儿,我儿"。世俗空间中的萨德本似乎更多地沉浸在除掉混血儿子的轻松和解脱中,恬不知耻地到处寻求可以为自己的纯白人"王国"生育继承人的猎物。他向小姨子罗莎提出试婚,许诺她如果能生下儿子就和她结婚;他威逼利诱年龄相当于自己孙女的穷白人少女米莉,在她生下女孩后无情地羞辱并抛弃她。

小说的叙事空间不但戏仿《圣经》,而且与俄狄浦斯神话之间形成平行关联。俄狄浦斯与萨德本、安提戈涅与朱迪思、埃忒奥克洛斯与亨利、波吕涅克斯与邦、伊斯墨涅与克莱迪这些主要人物之间形成明显的对应关系。[①]与俄狄浦斯历经各种磨难当上忒拜的王一样,萨德本不畏艰难,决心建造家族王国。俄狄浦斯杀父娶母是在不知情中遭受的天谴,而萨德本践踏亲情、藐视人性是有意为之的罪行。俄狄浦斯发现自己犯下弑父娶母的双重罪孽后羞愧交加,刺瞎双眼,在流放和煎熬中寻求灵魂的洗涤;萨德本毫无悔过之意,拒绝承认罪行,在拼命追求生产新继承人的过程中搭上性命。埃忒奥克洛斯和波吕涅克斯弟兄战死在底比斯,他们的舅父科瑞翁是底比斯的王,下令以王的待遇厚葬埃忒奥克洛斯,把勾结外邦的波吕涅克斯暴尸城下,任凭乌鸦和野兽啄食,禁止任何人埋葬他。安提戈涅违抗王命,安葬哥哥并自缢身亡。朱迪思在亨利杀死邦之后,亲手埋葬不被父亲承认的哥哥邦。萨德本的黑奴女儿克莱迪与伊斯墨涅一样隐忍温驯,服侍帮助妹妹朱迪思,在奄奄一息的弟弟亨利面临危险时用一把大火毁掉庄园、烧死自己和亨利。

小说通过在文本空间之外开辟神话空间,达到神话暗指的象征效果和影射反讽的艺术张力。福克纳试图以神话空间与文本空间的平行对照,凸显南方的现实生活空间,期待对南方的种族问题和庄园贵族家族的覆灭展开深入思考。神话空间犹如一盏明灯,照亮南方贵族家族内部的腐败。与俄狄浦斯

---

① Ilse Dusoir Lind, "The Design and Meaning of Absalom, Absalom!" in Hoffman and Olga Vickery(eds.), *William Faulkner: Three Decades of Criticism*, Ann Arbor: Michigan State University Press, 1960, p.281.

家族和大卫家族的命运型悲剧相比较,萨德本家族人为的罪恶发人深省。小说以神话为参照系,表现萨德本家族败落的必然性,取消萨德本家族获得救赎的可能性。小说以讲述萨德本家族故事的文本空间为主、神话空间为辅,神话世界和现实空间并置共存、互相映照,产生奇特的空间审美艺术体验。萨德本家族的故事因为种族问题的介入比神话故事更加扑朔迷离,主题思想更加复杂深刻。神话空间在小说中是打开文本空间的密匙,彰显和深化萨德本家族灭亡的宿命性和必然性。

《喧哗与骚动》的四个组成部分与四部《福音书》相似,各自独立成单元又共同组成整体。四部《福音书》围绕耶稣的出生、传道、死亡、复活,由四个叙述者从不同视角进行叠错重复的讲述,相互增补说明。《喧哗与骚动》的第一部分"1928 年 4 月 7 日"由班吉讲述康普生家族子女童年时期的故事;第二部分"1910 年 6 月 2 日"由昆丁讲述康普生家族子女们进入青春期的故事;第三部分"1928 年 4 月 6 日"由杰生讲述家族子女进入成年期后发生的故事;最后一个部分"1928 年 4 月 8 日"以迪尔西的眼光从全知全能的叙述视角重新讲述康普生家族的历史。小说的四个部分独立成章,各章相互重叠、彼此补充,叙述以康普生家族唯一的女孩凯蒂为中心展开,从不同视角展示凯蒂的成长、成熟、"堕落",呈现康普生家族从盛到衰的故事。这种叙述技巧与四部《福音书》的叙事有异曲同工之妙。

福克纳有意把基督受难的四个主要日子与康普生家族历史中最重要的四天一一对应。小说的三、一、四章的标题正好对应 1928 年基督从受难到复活的三个日子,第二章"1910 年 6 月 2 日"是濯足节。小说第一章对应耶稣在阴间拯救亡灵、在爱的沐浴下为儿童举行受洗命名仪式的日子。康普生家也上演为班吉重新命名的一幕。康普生太太嫌弃小儿子班吉痴傻,不愿让他随她娘家弟弟的名字,执意改掉班吉的名字。相对于博爱、仁慈的耶稣,身为人母的康普生太太冷酷、自私、无情。小说的第二章对应耶稣为十二门徒洗脚的濯足节。他为门徒立下一条新戒律:"要你们彼此相爱。我怎样爱你们,你们也要彼此相爱".① 康普生一家亲情淡漠,无法"彼此相爱",昆丁一次次茫然苦闷地呼唤母爱,不知所措地徘徊在虚无缥缈的精神和现实世界。第三章对应基督的受难日,基督为拯救人类被钉死在十字架;小说描写杰生为了夺回外甥女小昆丁拿走的钱财,驾车追赶并试图把她"牵进"地狱。小说的第四章对应复活节,在《约翰福音》第二十章的叙述中,耶稣复活那天,当彼得到达耶稣的墓地时,他看到"细麻布还放在那里",耶稣的肉身不见了;小说中1928年复活节的当天,当迪尔西走进小昆丁的房间时,她发现小昆丁爬出窗外与外地巡演的马戏团艺人私奔,只有一些花里胡哨的廉价衣物留在闺房中。耶稣的墓地与小昆丁的卧室形成对应戏仿。为人类受难、留下裹尸细麻布的耶稣成功复活;与人私奔、留下乱七八糟衣物的小昆丁坠入堕落。

　　《去吧,摩西》在篇名、故事情节、谋篇布局上与《圣经》形成对位关联。《出埃及记》中的摩西为了解救以色列人免受埃及人的残酷奴役,在耶和华神的指引下,率领民众逃离埃及、历尽千辛万苦寻找"应许之地"过上安逸幸福的生活。《去吧,摩西》中,麦卡斯林家族的"摩西们"罪孽深重,带领家族走向覆灭的深渊:老卡罗瑟斯掠夺土地、买卖奴隶,犯下父女乱伦的滔天罪行;儿子布克和布蒂表面上思想开明,释放家奴,但以"奴隶不愿离开"为借口开脱蓄奴罪责,甚至买来年轻力壮的男奴满足同性恋的病态欲望。在神话空间,耶和华因为以色列人献祭其他"拜像"发怒想要惩罚以色列人,摩西勇敢地出面苦苦求情,让耶和华改变"降祸给他的子民"的主意;②小说以摩西命名,但麦卡斯林家族的男性们与敢于担当大任、救民于水火的摩西相去甚远,他们剥削奴隶、践踏人性、滥用土地,发现祖先罪孽的艾克也无法像神话中的摩西一样能够挽救家族,他选择放弃遗产、归隐山林,寻找良心安宁。

　　综上所述,神话空间与世俗空间的对位关联贯穿在"约克纳帕塔法"家族世系小说之中。福克纳巧妙使用"置换变形"的艺术手法,使神话故事中的人

---

① *The Bible*, Watch Tower Bible and Tract Society of New York INC., 2001, p.1345.

② *The Bible*, Watch Tower Bible and Tract Society of New York INC., 2001, p.121.

物经历、言行举止和叙事结构与小说文本之间产生平行对比或隐射关联,借助对神话的戏仿置换,为小说开辟另一层艺术空间,使小说在神圣与世俗两个空间之间达成互文和联想关系,以反讽、隐喻、象征、对照深化作品的寓意。在新南方面临物欲横流、道德堕落、人性沦丧以及价值观念和文化传统处于混乱无序状态时,它似乎进入一个诸神隐退、信仰缺失的时代,人们悲观绝望,精神萎靡颓废。福克纳借古讽今,试图在神话空间和现实世界之间搭建桥梁,在书写南方家族现实版"神话"的同时,使小说成为探讨人类普遍命运和现代人精神出路的"寓言",期待以多重空间赋予作品更加深邃的主题内涵。

(二) 文本时间空间化

热奈特认为,"叙事是一组有两个时间的序列:被讲述的事情的时间和叙事的时间"。① 人们通常把"被讲述的事情的时间"定义为"故事时间",而把"叙事的时间"称为"文本时间"。虽然"文本时间"经常遵循线性的顺序展开,但是并非一定与事件发展的前后或者年月顺序保持一致。传统小说家往往按照时间的先后顺序或者逻辑关系组织故事情节,叙述通常沿着时间维度推进,呈现进化论直线发展的线性状态,构成前承后继的时间衔接链条。在"约克纳帕塔法"神话世系中,福克纳刻意打破、淡化、消解时间的自然顺序,创造性地对故事时间的结构和顺序进行重新分割和聚合,把表面看来缺少因果或者承继关系的时间、事件并置拼接在同一画面上,使这些事件看似同步发生、给人立体绘画的感觉。福克纳将无形的时间诉诸于同一平面,以求同时呈现多个视点,突出和强调"共时性"的空间叙事效果。而且,多重视角并置的时间空间化叙事艺术能够使视点呈现运动状态,使读者得以直观本质,追求"象之全貌"。福克纳主要通过两种叙事策略实现时间空间化:一是让同一人物穿行游走在不同空间,在不同文本之间建立互动关联,即通过时间绵延体现

---

① 〔法〕热拉尔·热奈特:《叙事话语　新叙事话语》,王文融译,中国社会科学出版社 1990年版,第 12 页。

空间化概念。二是让不同时代的人物或事件进入同一空间,形成并置关联,增加有限空间的历史容量。

"约克纳帕塔法"世系小说强调复杂关联性和"整体设计理念"。① 在这个文学世界中居住着生活在不同社会阶层、重复出现在不同小说中的众多人物。《尘土中的旗帜》《沙多里斯》《曾经的女王》《修女安魂曲》《没有被征服的》和后期的"斯诺普斯三部曲"等在主题和人物方面具有连续性。② 福克纳通过使相同人物在不同文本中重复出现达到文本之间的关联,实现"约克纳帕塔法"家族世系的整体设计,期待对人物命运和南方历史展开不同层面的描述。在《沙多里斯》、《没有被征服的》和《修女安魂曲》中,沙多里斯上校被塑造成南方的民族英雄;在《献给艾米丽的玫瑰》中,沙多里斯上校没有作为主人公出现,但潜伏在作品中,成为人们津津乐道的战争英雄和传奇人物,其英雄业绩和巨大名望一直延续到《烧马棚》和其他作品。斯诺普斯们游走在"斯诺普斯三部曲"《村子》、《小镇》和《大宅》中,在《烧马棚》和《没有被征服的》中他们也是作者笔下的常客。

"约克纳帕塔法"家族小说中重复出现、有名有姓的人物不计其数,但是最典型的人物分别代表"沙多里斯"与"斯诺普斯"两大阵营。前者以沙多里斯上校、康普生将军、昆丁为主,后者以弗莱姆·斯诺普斯以及成为新南方暴发户的"红脖梗"为主。福克纳从不掩饰自己对旧南方的热爱、眷恋、赞赏、向往。沙多里斯世界代表作者终身眷恋的旧南方,是其浪漫理想和南方传统价值观念的载体。面对工业文明的冲击和物欲横流的现实,斯诺普斯世界忽视南方原有的传统与历史、道德与精神、骄傲与尊严。因此,作者的感情倾向于沙多里斯世界。

在"约克纳帕塔法"世系中,昆丁·康普生是重现频率最高的人物之一。他是《喧哗与骚动》和短篇小说《夕阳》的故事叙述者,也是《押沙龙,押沙

---

① Michael Millgate, *Faulkner's Place*, Athens: The University of Georgia Press, 1997, p.38.

② Michael Millgate, *Faulkner's Place*, Athens: The University of Georgia Press, 1997, p.39.

龙!》、《狮子》(《去吧,摩西》最主要的起源之一)和《正义》等多篇短篇小说中的人物。在《献给艾米丽的玫瑰》中作者没有指名道姓,但读者可以感觉到昆丁作为一个"变形叙述者"(residual narrator)和"记录接收器"(recording recipient)的在场;①《花斑马》中昆丁叙述的故事后来被吸收进《村子》,构成描写得克萨斯马匹拍卖的精彩情节;他叙述的短篇小说《猎熊》后来发展成《去吧,摩西》的核心情节。美国学者斯科恩伯格认为昆丁"无所不在",前后一致地作为一个受过教育、思想深邃的倾听者、叙述者、评论者,联络不同作品并贯穿"约克纳帕塔法"世系始终。②

昆丁并非机械地把"约克纳帕塔法"世系连接在一起,他是南方家族和社会历史的晴雨表。昆丁接受过良好的大学教育,思维敏锐、内心体验丰富而又极度敏感,是南方"最后的贵族"和杰弗逊镇的"智者"。昆丁能够对其他叙述者讲述的故事进行深度加工和诠释,帮助读者从其他叙述者的简单口头叙事进入富于思辨的心理分析,抽丝剥茧、拨开迷雾,全面解读南方的家族史和社会史。《父亲亚伯拉罕》运用诙谐幽默的方言俚语讲述的故事中时不时插入思想深邃的叙述者和倾听者昆丁的声音,人们得以透过故事表层看到"红脖梗们"在南方兴起的实质;《正义》的叙述者使用喜剧化的语言讲述印第安最后一位部落酋长的儿子山姆出生的故事,昆丁充满哲理的话语引发人们对印第安奴隶悲惨处境以及白人对原住民土地掠夺问题的沉思;在《押沙龙,押沙龙!》和《喧哗与骚动》中,昆丁犹如作者特意安排在文本中的导游,引导读者放弃平淡寻常空间的游览进入别有洞天的奇异世界,揭开被假象遮蔽或者司空见惯的伪装,寻找南方贵族家族覆灭的真正原因。在《喧哗与骚动》中,当康普生家族的其他成员一味地沉迷于各种物质的"失去"时,唯有昆丁敏锐地预感到山雨欲来的家族厄运,绝望地以砸碎各种时钟试图阻止历史车轮的滚

———————

①　Michael Millgate, *Faulkner's Place*, Athens:The University of Georgia Press,1997,p.40.

②　Estella Schoenberg, *Old Tales and Talking:Quentin Compson in William Faulkner's"Absalom, Absalom!"and Related Works*,Jackson:University Press of Mississippi,1977,pp.16-29.

滚前行。在《押沙龙,押沙龙!》中,其他叙述者无法合理解释萨德本家族兄妹乱伦、手足相残的悲剧,昆丁一针见血地把混血问题推到南方历史的前台,令人信服地推断萨德本家族灭亡的真正原因。

福克纳后期的主要作品"斯诺普斯三部曲"描写在"新南方"迅速崛起的下层穷白人斯诺普斯们的投机和堕落史。弗莱姆·斯诺普斯是短篇小说《花斑马》《烧马棚》和"三部曲"的主人公,是"新南方"资产阶级的典型代表,以巧夺豪取、欺瞒诈骗手段迅速发家,逐渐控制南方的政治、经济、道德、生活的各个方面。弗莱姆从山区的家乡初来杰弗逊镇"法国人湾"时是一文不名的穷光蛋,在华纳的杂货店找到一份临时工作,他通过逐步掌握店里的账目、开设铁匠铺、发放高利贷发家致富。他不顾乡亲的死活,勾结外人把野马作为驯马卖给乡亲牟取暴利;他威逼利诱华纳怀孕的女儿嫁给自己,夺取华纳的财富并跻身上层社会;他取代华纳,成为"法国人湾"的新一代统治者。以弗莱姆为代表的南方新兴资产阶级心狠手辣、恃强凌弱、贪婪狡诈、利欲熏心、道德沦丧,他们信奉的"斯诺普斯"主义注定他们无法成为时代的"弄潮儿"。

福克纳运用让同一人物游走在不同文本的空间写作策略,拓展文本空间、加强文本之间的空间联系,凸显沙多里斯和斯诺普斯两个阵营的不同精神世界,展现南方传统贵族和新兴中产阶级之间冲突的普遍性,表明作者循环论的历史观念。福克纳留恋旧南方的传统与历史、价值与美德、精神与气质,在惋惜南方贵族的退场和不得已地接受历史前进的必然律时,睿智而理性地思考"新南方"在农耕文明衰落之后即将面临的诸多关于历史和文化转型的重大问题。除了让同一主人公进入不同文本的空间写作策略,福克纳还借助"共时化"的空间艺术,对不同时间或时代发生的事件或人物进行并置处理,让它们进入同时存在的小说话语,构成叙事时间的共时性。作者通过在结构上把不同时间的叙事并置在同一空间维度,以及在叙事内容上把不同时代、不同人物的故事勾连串并,对时间进行空间化处理,以此拓展叙事空间、延长审美时间、扩大历史容量。在"约克纳帕塔法"世系的主要作品中,福克纳通过结构的多视角叙述关联并置、时间的倒错排列,使场景和时间不断跳跃变换,让过去、现在和未来相互穿插、交融重叠,将无数孤立分散的生活片断和残缺破碎的意识流连接在一起,使印象、回忆、回忆嵌套回忆的多层空间交织组合。时间在福克纳的作品中成为一种无形流动的东西,人物叙述由"现在"的某一场景荡漾开去、引发一连串"过去"事件的涟漪,达到时间空间化的叙事艺术。

空间是解开《喧哗与骚动》时间之谜的关键。福克纳在创作时将目光转向空间,试图通过时间的空间化表现现在与过去"同时性"存在的南方时代。小说中一维的时间被打碎和瓦解,化作断断续续、零零星星的现在,成为一幅幅自动涌现、静止冷漠和共时存在的空间图景。由班吉叙述的故事时间是"1928 年 4 月 7 日",那天是他 33 岁的生日。但小说的文本时间跟随痴傻儿班吉自由流动、随意联想的意识流,回忆康普生家族第四代子女的童年生活,他的记忆场景在 33 岁生日的"当天"与过去之间自由切换。过去、现在和未来对于班吉而言混沌一片、无法分割,现时发生的任何事件都能挑动他的意识,促使其跳回到过去的某一时刻;任何外部空间或者空间物象,都能触动回忆的神经,让他直接把现在作为过去的内容。例如,在"当前"看到凯蒂的一只旧拖鞋、闻到树的香味,会立刻触发他对自己与凯蒂一起度过的童年时光以及凯蒂失贞的联想;听到别人提起"毛莱"他马上想到 1900 年母亲给自己更名的事情;"现在"他的衣服被栅栏缺口的钉子钩住直接与凯蒂曾经带他穿越栅栏缺口帮舅舅给有夫之妇送情书时衣服被钩住的情景重叠;车房里的旧马车让他的思绪立即跳跃到 1912 年和母亲坐马车给康普生先生上坟的情景;黑人小厮的小屋与 1910 年昆丁自杀后自己寄居黑人窝棚的往事并置;院子的大铁门与他溜出家门追逐女孩遭阉割的图景连缀。在班吉的世界里没有现在和过去的区别,"现在"与"过去"叠置在一起,一切都以共时的状态同框。福克纳巧妙地借助傻子班吉看似混乱无序实则切中要害的意识流,不动声色地为读者打开一个个容纳家族重要事件的空间。

在昆丁的叙述部分,"共时"引发的空间转换多达两百多次。昆丁自杀之前,过去的记忆与当前发生的事件一起涌入脑海,彼此重叠交叉,占据叙述的主旋律。现时的昆丁沉湎往事:班吉因为"闻"到凯蒂失贞不停哭闹;凯蒂受"流氓"、"骗子"、"吹牛大王"赫伯特的引诱未婚先孕;为了保住家族荣耀,他苦劝妹妹承认她受到威胁迫不得已委身赫伯特;这个借口遭到凯蒂拒绝之后,他试图说服父亲相信他和妹妹兄妹乱伦导致凯蒂失贞。昆丁生活在过去的各种空间中,常常无法把现时和过去剥离,妹妹凯蒂与当下迷路的意大利裔小女孩、勾引妹妹的男友与他当下碰见的男孩重叠。当下的视觉、听觉、触觉、嗅觉成为过去事件的导火索,引领昆丁重新回到对过去的追思与记忆中,过去挤压、填塞现在的所有空间。在过去空间的侵占下,现在的空间不仅丧失与未来空间的对接,而且演变成一个个遥远的、逝去的过去的起点,在循环往复中终结于现在。所以,昆丁的世界在本质上与班吉的没有区别,他们斩断时间的未来之流,拼命维护渐行渐远的南方过去,执着于家族昔日的荣誉。过去是阻挡昆丁进入现在和未来的绊脚石,最终酿成他沉湖自杀的悲剧。

小说的整体布局呈现"共时化"特征,像交响乐的四个"坚实的乐章"一样,[①]层层递进,拨开迷雾,进入康普生家族辉煌的过去、颓败的现在和绝望的未来的不同空间维度。时间被消除了现实性和物理性,凝聚为一种静止的存在与空间重叠。1928年4月7日、6日和8日是小说第一、三、四部分涉及的时间,第二部分叙述1910年6月2日昆丁自杀那天的故事。福克纳打乱时间的线性序列,独具匠心地设计"CABD"的叙事结构,把时间不同的四个部分并置排列在同一文本框架中,让康普生家族的三个男性子嗣和黑人大妈迪尔西从共时层面叠错重复地讲述康普生家族一百多年的历史。不同的事件和场景被巧妙地安排在同一画面,同时存在的四个时间好像是通向康普生家族盛衰荣辱历史的大门。读者同时打开这些大门时才真正进入康普生家族别开洞天的世界,邀游在近两百年的历史空间。而且,一些岔道会出其不意地出现在

---

① [美]戴维·明特:《骚动的一生——福克纳传》,顾连理译,知识出版社1994年版,第133页。

"现在"故事的发展道路上。当读者跟随这些岔道或迂回或奔跑或回望时,他们穿梭于不堪回首的"过去"与无法进入的"现在"的空间维度。只有理解时间的"延宕"和跨越时空的羁绊,读者才能看到完整而清晰的康普生家族以及南方衰败没落的景象。

《去吧,摩西》是一部具有内在统一性的小说,①在结构的排列组合方面体现"时间空间化"的叙事艺术。小说的时间序列被福克纳利用各种奇异的叙述形式打乱,有意在文本中拉大时间跨度,割断客观时间的一维性流程,形成动态运动的曲线,在多维层面上指向演绎黑人和白人关系的叙事空间。小说从"共时"化角度出发的七个故事形成并置关系,把麦卡斯林家族的奴隶买卖、同性恋、血亲乱伦、亲情冷漠各种内部腐败立体式呈现在读者面前。如此,整部小说通过对故事时间的"共时化"处理,在过去、现在和未来之间穿梭,重点叙述麦卡斯林家族在血亲伦理和种族矛盾的剧烈撞击下不可避免地走向灭亡的故事,突出对南方贵族家族的内部腐败和种族问题的深层思考。种族问题是把小说的七个部分同时呈现在同一画面上的一根坚实的纽带。

在《我弥留之际》中,艾迪的死亡、家族成员和其他乡邻的叙述是小说故事的时间发展顺序。但是,福克纳打乱故事的线性时序,把小说分成五十九个小节,让十五个人物不同时段的内心独白同框存在。在小说发展到三分之二时,处于叙述开端和轴心位置的艾迪出场。她断断续续、支离破碎的意识流透露她的生活轨迹和心路历程:与丈夫安斯的结合、婚后的孤独和绝望,生儿育女没有让她享受到幸福和安慰。本特伦家族成员和乡邻的意识流各成一节,叙述方式全部采用第一人称展开。时间的先后顺序被打断,故事情节被刻意淡化,家族故事星星点点地出现在人物的意识流动之中。弥留之际艾迪希望把自己葬在老家杰弗逊镇的遗愿像磁铁一样,把本特伦的家庭成员和其他乡邻的心理活动和外在行为牢牢地吸附在同一平面上。小说的叙述结构呈现以

---

① F.L. Gwynn, J. L. Blotner, *Faulkner in the University*, Charlottesville: University of Virginia, 1959, pp.4, 273.

艾迪为圆心、家庭成员为内圆、其他乡邻为外圆的"同心圆式向外发散结构",①强调建立在共时性基础上的空间化写作特征。"时间空间化"的叙述手法不仅深化小说的主题内容,也丰富小说的时空层次感。福克纳把不同时间的人物内心活动框定在同一平面,营造"共时化"的艺术感染力。本特伦一家纵然表现出种种愚昧、自私、野蛮,但他们信守诺言,克服重重困难,终于完成艾迪的遗愿。在这个过程中,乡邻们从不同视角出发,表达对本特伦家族及其送葬行为的看法。小说通过共时化的叙事策略,描写普通南方农民对生活、命运、死亡的内心反应。

福克纳在《押沙龙,押沙龙!》中对萨德本家族的故事时间进行重新编码,"不是以时间顺序来安排情节,而是以空间结构来组织叙事"。② 福克纳让罗莎、康普生先生、昆丁和施里夫四个叙述者的对话式叙述同时存在于小说的叙事结构中。四个叙述者秉持不同叙事立场,就同一人物、同一个故事给读者提供各具特色的叙事版本:在罗莎歇斯底里的叙事空间中萨德本是一个不折不扣的恶魔;在康普生先生玩世不恭的叙述中萨德本是一个敢作敢为、具有开拓精神的英雄;在施里夫超然讥讽和昆丁痛苦痴迷的互补叙述中萨德本成为一个集英雄和恶魔于一身的双面人物。小说的四位叙述者同时充当故事的主人公,叙述具有内在逻辑性和独立性,为小说开拓多重空间,消解单一叙事的权威性。四个叙述者在宏观上聚焦萨德本家族故事的同时,在微观层面通过自身的强烈感受叙述自己的经历,使叙述形成对话关系。福克纳在开拓萨德本及其家族故事的内聚式空间时,开辟关于叙述者的外延式空间,为读者交代不同叙述者的社会生活状态。所以,《押沙龙,押沙龙!》的共时化在空间上表现出内聚空间和外延空间同时存在的现象,二者交相辉映,强调小说主题意义的

---

① Alice Shoemaker, "A Wheel within a Wheel: Fusion of Form and Content in Faulkner's As I Lay Dying", *Arizona Quarterly*, Vol.35, No.2, Summer, 1979, p.102.

② 肖明翰:《〈押沙龙,押沙龙!〉的多元与小说的"写作"》,《外国文学评论》1997 年第 1 期,第 54 页。

多元性,共同演绎萨德本家族悲剧的同时展现叙述者普遍的社会悲剧。

第二节　新时期家族小说的"桃花源"及其空间艺术

20 世纪 80 年代以来,中国文坛迎来家族小说逐渐复苏和繁荣的局面。新时期的家族小说作家纷纷以故乡为现实参照空间,有意识地在家族小说创作中建构文学地理空间和艺术世界,打造属于自己的文学地理名片,积极自觉地对小说的文本空间展开设计和规划,着力创新文学空间的叙事艺术,在现实故乡与文学空间的交融互鉴、在福克纳等外国作家空间艺术的启迪影响下,对家族、历史、故乡进行深入挖掘,对民族与地域问题展开理性思考。

一、地理空间建构意识

家族小说和乡土文学在新时期文坛的"复兴"是时代"寻根"的必然产物。中国几千年的宗法社会传统、血缘家族情结和农业经济模式在农村保存得最为完整,在中国大地上轮番上演的政治风暴和社会变革对它们的影响较小。大批知青返城之后,曾经的农村生活经历成为挥之不去的记忆,乡村从实体的现实生活场域演化为"记忆之境、文学之境,成为一种自觉或不自觉的想象性的建构和意识幻境的存在",①作家在文学幻想中虚构和重造失落的家园。新时期的改革开放和现代文学"西学东渐"的文化语境,使得福克纳成为首批进入中国的美国作家。中国的本土文化、历史语境以及福克纳等外来文学的空间建构意识是新时期家族小说作家系统建构文学地理空间的动机与诱因。

---

① 许志英、丁帆主编:《中国新时期小说主潮》(上卷),人民文学出版社 2002 年版,第247 页。

（一）本土文化语境的孕育

新时期文学的每一次律动,都与当时的社会现实和政治文化变革密切相关。在 20 世纪 80 年代的中国文坛上各种文学流派并存,同时上演"伤痕"和"反思"文学、"知青"文学、"寻根"文学以及"先锋派"文学。在当时"文化热"的推动下,作家们开始思考文学应该有"根"、"文学之根应该深植在民族文化的土壤里"的问题。"寻根"文学成为新时期文学追求中华民族传统文化、重建民族文化观念的一次有意识的文学文化运动。新时期文学在追求现代化的同时,民族化是它的一大特征。凸显民族精神、注重地域文化的创作思想孕育了新时期作家的地理空间建构意识。

20 世纪 80 年代的中国文学创作呈现明显的大众化与多样化、民族化与现代化特征。乡土叙事和地理空间建构成为新时期"寻根"文学的主要特点。20 世纪 80 年代中期到 90 年代末,新时期文坛出现继现代家族小说创作高峰之后的第二次家族小说"复兴","一部部以家族小宇宙表现历史大变迁与人世沧桑"的家族小说作品纷纷问世,构成新时期文学创作的一道亮丽风景和"特殊景观"。[①] 新时期的家族小说作家放弃以往对政治、道德和经济范畴的关注,开始把创作目光投向民族文化和地域风情的挖掘。莫言、苏童、张炜、陈忠实、余华、阿来认为,个人、家族和整个民族的生命之根深埋在地域文化之中,家族寻根和构筑色彩鲜明的文学地理空间是让民族文化的寻根落到实处的关键。在关注民族文化和乡土寻根创作思想的指导下,新时期家族小说作家以故乡为蓝本,或虚构或直接采用现实地理名称,有意识、大规模、创造性地建构各自的文学地理空间。

文学地理空间的建构需要突出地域特异性和文化他性。面对中国社会的转型,新时期的家族小说作家率先从农村家族空间的描绘与刻画入手,把眼光

---

① 朱水涌:《论 90 年代的家族小说》,《厦门大学学报》(哲学社会科学版)2001 年第 1 期,第 137 页。

投向现实或者想象的故乡,关注那些未受现代城市文明污染的远村、边寨、少数民族聚居区,寻找地方特色鲜明的地域文化,以特定的地理空间展示地方文化。例如,莫言的山东高密的民俗文化,张炜的胶东半岛齐鲁文化,陈忠实的关中秦汉文化,苏童的江南水乡文化,阿来的雪域高原藏区文化。新时期家族小说作家有意识地建构丰富多彩、地方特色鲜明的文学艺术空间,观照个人、社会、历史、文化、民族心灵的嬗变,展现中国具有包容性和复杂性的地域文化、家族传统和民族精神,更加有效地定义个体与家族、民族与国家、历史与现实之间的关系。

中国本土文化的家族血缘情结、“寻根”文学思潮和乡土书写传统,孕育新时期作家强烈的地域文化心理和文学地理空间意识。莫言以自信、高昂、张扬、坚定和直接的态度,表现对城市文明的愤恨与抵触,尝试把看似狂野的故乡高密东北乡写在稿纸上,以生机勃勃的纯种红高粱代表高密东北乡村民们的生命图腾,以肆意疯长的矮种高粱象征民族精神的“退化”。陈忠实以关中典型的地域空间白鹿原为据点,在黄土高原上尽情演绎“仁义礼智信”的民族文化精魂,表达对宗族家族和民族命运的忧虑;张炜以时而丰盈时而干涸的“芦清河”、纯净美丽的“葡萄园”为蓝本,挖掘山东胶州半岛的齐鲁文化底蕴,执着地为物质贪欲过盛以及忘记苦难的人们寻找精神家园;阿来以特殊的藏族作家身份为读者呈现边地藏族文化与内地汉文化夺缠的阿坝马尔康地区的家族传奇、历史文化和风土人情。作家通过地域空间的建构和家族故事的书写,使“寻根”文学走向传统文化和民间文化的深处,于一方水土、一方人文中构筑新时期家族小说的“桃花源”。

(二)“约克纳帕塔法”的启迪

新时期中国的文化语境、文艺思潮引发作家对寻根类家族文学的创作兴趣和对故乡叙事的重视,拉美文学对于新时期家族小说作家的乡土追求和空间建构的激发启迪作用也不容忽视。福克纳终身辛勤耕耘在故乡那块“邮票大小"的土地上,好似一位伟大的空间设计师,以故乡为原型,别具匠心地构筑具有丰富时代内涵和浓郁地域文化意义的"约克纳帕塔法"文学世界。地理范围明确、南方色彩鲜明、规模宏大壮观、时间跨度漫长、充满怀旧气息的"约克纳帕塔法"文学地理空间在世界范围内产生深刻而广泛的影响。福克纳的故乡空间建构意识给予中国作家诸多的地域空间建设灵感与启示,大多数中国新时期家族小说作家对这个神话王国情有独钟、极为推崇,公开承认自己的文学地理空间建构和家族小说创作或多或少地受到福克纳的影响和启发。福克纳的空间建构艺术和家族神话书写顺应当时中国文学界的"寻根"热潮和乡土文化语境,极大地鼓舞新时期的家族小说作家,他们不约而同地把自己的"故乡"搬进文学作品,立足故乡构建文学地理空间,为中国新时期的家族小说创作建构了诸如"高密东北乡""芦清河畔""枫杨树乡村""阿坝藏区""白鹿原"等精彩纷呈而又富于地方色彩的文学世界。

福克纳的文学王国"约克纳帕塔法"虽然不是现实的地理存在,却是美国南方故乡的缩影,囊括奴隶制、庄园经济、内战、重建以及现代化等南方近两百年的变迁历史,浓缩作者对业已逝去的农耕文明的惋惜与不舍,凝聚作者对故乡的赤诚与热爱。福克纳对故乡的眷恋、对土地的敬畏、对祖先荣耀的追求、对生命价值的认识、对美国庄园主家族衰落的哀叹、对南方历史的回望、对现代道德沦丧和精神荒原的思考,与新时期中国作家创作家族小说时的精神追求不谋而合。与经历农业向工业转型的美国南方一样,以农业社会为主的中国在新时期也面临现代与传统、城市文明与农耕文明之间的矛盾与冲突,这样的社会现实和文化语境极易生成作家集体的"寻根"意识和乡土情怀,也极易产生伤感怀旧的心理感受和乡恋情愫。或许福克纳的"约克纳帕塔法"故乡寓言勾起中国作家的乡土之情,其文学地理空间建构给新时期中国家族小说作家提供有意识地创造文学地理名片的启迪和借鉴。他们期待借用西方作家的家族小说文学地理空间建设理念,基于中国的本土文化和地域特点,构筑具有中国地域特色的文学地理空间,达到重铸中华民族文化之"根"的创作目的。

　　福克纳的心造故乡"约克纳帕塔法"对中国新时期家族小说作家文学空间建构的启示主要表现在两个方面,一是有意识、系统化构筑文学地理空间的创作构想;二是书写家族故事和叙述地域文化历史时的叙事情调与精神气质。"约克纳帕塔法"在构建具有浓郁美国南方特色的文学地理空间的同时,书写贵族家族兴盛衰亡的恢宏史诗,抒发作者对南方农耕文明和家族文化陨落的惋惜与悲叹,散发别样的怀旧与乡愁气息。"约克纳帕塔法"家族小说浓厚的地域文化特色、伤感怀旧的精神气质在新时期中国作家的故乡叙事中产生极大共鸣。让新时期作家受益匪浅的不仅是福克纳笔下那个贯穿绝大多数作品的文学地理王国"约克纳帕塔法",更是弥漫和回荡在这个富有现实感和生命力的庞大文学艺术空间中的怀旧、异质、伤感、彷徨、绝望而又爱恨交织、依依不舍的独特情绪和情感体验。所以,福克纳不但启发中国新时期家族小说作家围绕各自的故乡建构文学地理空间的创作灵感,而且影响中国家族小说创作的怀旧与伤感的叙事基调。

二、文学地理名片

　　新时期中国家族小说创作呈现一个明显的共性。作家以现实的村镇故乡为蓝图积极建构文学地理空间,描写某一特定地区的地主、富农或者民族资本家家族的兴盛衰亡和人物的命运遭遇,关注个体生命体验、文化人格和民族精神,思考传统的家族文化和伦理道德,探讨家族解体、伦理道德观念沦丧以及家族文化中扼杀生命本性的因素,旨在以此投射这一地区甚至整个中国封建家族的命运、社会历史的变迁、个体的存在状况以及国人的民族心理。

　　莫言和福克纳在人生经历、创作主题、写作方法、空间构想方面具有诸多相似性。二者都是诺贝尔文学奖得主,都自称农民,都有参军入伍的经历,都创作了伟大的乡土家族小说和独特的文学地理空间。莫言开诚布公地承认,"约克纳帕塔法"让他明白"一个作家,不但可以虚构人物,虚构故事,而且可以虚构地理"。① 福克纳的文学王国让莫言醍醐灌顶、蓦然醒悟,他拿起笔,"大着胆子",把自己那片"邮票"般大小的故乡"高密东北乡"写到稿纸上,把它打造成自己小说的文学地理名片。2012 年莫言斩获诺贝尔奖之后,"高密东北乡"无可置疑地进入"世界文学的版图",与"约克纳帕塔法"一样成为享誉全球的文学地理名词。

　　莫言是新时期家族小说作家中文学创作领地意识最强的作家之一。受福克纳文学地理空间的启发,莫言以山东高密的家乡为蓝图,确立自己的文学创作地理范畴、建立属于自己的人物和事件体系、形成自己的言说方式和叙事风格。与福克纳相似,莫言以故乡为参照系,建立具有"莫言特色"的家族小说叙事空间,在这一文学地理空间中精心策划和创作作品。1985 年,莫言首次在短篇小说《白狗秋千架》中使用"高密东北乡",创造一个以"红高粱"为核心意象的文学世界。"高密东北乡"从此成为贯穿莫言主要家族小说创作的文学地理王国。莫言把绝大多数的长篇小说和一半以上的短篇小说的地理空间安排在这里,形成体系庞大的"高密东北乡"系列小说。②

　　"高密东北乡"描写这个地区从开创到当今的变迁史。从《马驹横穿沼泽》中描绘"高密东北乡"食草者家族美妙神奇的创世传说开始,到《秋水》中家族始祖因杀人放火逃到"高密东北乡"这片蛮荒之地、过着男耕女织的田园生活、演绎浪漫传奇的爱情故事,再到后来的匪种流寇陆续迁来、设庄立屯,最后再到《生蹼的祖先们》《红蝗》《红高粱家族》《丰乳肥臀》描写生活在这片土地上的"愚顽草民"。在莫言的笔下,生活在这片土地上看似未被文明驯化的原住民身上,洋溢着中国北方农民蓬勃的野性和旺盛的生命力。③ 在这片漫山遍野疯长鲜血一样的红高粱的土地上,盛行狂放不羁的"酒神精神",一个坚忍不拔、生命力顽强的民族孕育出一种血性与伟力,成就一种民族文化。莫言以蓬勃豪

---

① 莫言:《福克纳大叔,你好吗?》,《小说界》2000 年第 5 期,第 169 页。
② 莫言研究会编:《莫言与高密》,中国青年出版社 2011 年版,第 34 页。
③ 贺立华、杨守森:《莫言研究资料》,山东大学出版社 1992 年版,第 80—90 页。

放的热情、粗砺淳朴的语言、绮丽梦幻的笔法,描写这个文学空间中一代代农民的世俗风情、人情人性,展现他们的生活世界和精神面貌,高唱一曲曲赞歌与挽歌。福克纳声称自己是"约克纳帕塔法"唯一的"产业主"和"拥有者",莫言也自封为"高密东北乡""开天辟地""发号施令""颐指气使"的"皇帝"。

与福克纳对故乡爱恨交织的复杂情感一样,莫言在审美与审丑的矛盾纠结中塑造文学世界。他对"高密东北乡""极端热爱"又"极端仇恨"。这个让他魂牵梦萦的神奇土地"是地球上最美丽最丑陋、最超脱最世俗、最圣洁最龌龊、最英雄好汉最王八蛋、最能喝酒最能爱的地方"。① 生活在这个空间中的"英雄"家族"红高粱家族"崛起在抗日战争时期,第一代"我爷爷"余占鳌出身轿夫,后来成为打家劫舍的土匪,与"我奶奶"戴凤莲在高粱地野合,生下家族第二代"我父亲"豆官。在日本鬼子扫荡高密时"我爷爷"深明大义,与"我奶奶"、罗汉大叔以及村民一起组成游击队,英勇抗击日寇,奋力保卫家园。"红高粱家族"到我这一代时在现代城市文明的"熏陶"下俨然退化为孱弱不堪的"不肖子孙"。《丰乳肥臀》中上官家族世代生活在这片土地上。上官父子软弱无能,日寇进入"高密东北乡"的第一天就双双被杀身亡。母亲上官鲁氏与她的九个儿女经历饥荒、战争、强奸、卖淫、各种政治运动,最后在上官金童男性气质丧失殆尽中终结。食草者家族的祖先手脚长蹼,家族男性有食草的怪癖,到四老爷、九老爷辈时兄弟争风吃醋、互相伤害。"高密东北乡"的空间里上演激情四溢的爱情、顽强不屈的生命、惊天动地的壮举,也充满贫穷、愚昧、野蛮、原始、死亡、血腥、残忍、病态。

莫言的"高密东北乡"直接来自现实的地理称谓。作者带着"淡淡的忧愁",把现实故乡搬进文学世界,浓墨重彩地描述这个空间中具有强大生命力量的原初文化以及乡民们自然本真的生活状态。《红高粱家族》的深处是作者对于"种的退化"的无奈与担忧,对一种民族精神消逝的哀伤与惋惜。作品

---

① 莫言:《红高粱家族》,南海出版公司 2000 年版,第 2 页。

中那种"寻找失去的故乡"的热情、追求温暖精神家园的强大冲击力,①唤醒国人集体的家园和乡愁意识,引发现代人对于漂泊感的强烈共鸣和对于现代文明的深入思考。

因此,莫言与福克纳文学地理空间建构的相似性不仅表现在个人经历和文学书写方面,还在于精神气质和人生体悟方面。在30多年的创作中,莫言致力于构筑"高密东北乡"的文学地理空间,书写规模宏大且意义深厚的中国近现代史。他通过观察"高密东北乡"的社会历史,浓缩中国农民典型的生活现实,探讨中国乡土社会的现实特征,进一步审视广大农民的生存问题,思考城市与乡村、文明与原始等困扰新时期中国乡土作家的普遍性问题。莫言虽然没有像福克纳那样对自己的文学王国进行整体布局,给中国大地上那片血雨腥风的"高密东北乡"里的每个家族划定地盘,各家族之间也鲜有关联,但是,"高密东北乡"是一个丰富自足、具有中国烙印的文学世界,是莫言家族小说创作恒定的文学地理存在。

苏童对福克纳"邮票大小"故乡空间的想象赞赏有加,认为作家应该"画出"不止一张"邮票"。"约克纳帕塔法"神话王国围绕代表旧南方农耕文化的"沙多里斯"和代表新南方城市文明的"斯诺普斯"两个精神世界展开。苏童追逐和拼凑自己对故乡的童年记忆和想象,虚构以"枫杨树乡村"为代表的乡村空间和以"香椿树街"为象征的城市空间,构筑南方世界的"两侧"。在"枫杨树乡村"生活着江南水乡一个个行将就木的封建农村没落地主富农家族,在"香椿树"老街滋生各种市井商业弊病和腐败堕落的家族故事。苏童说自己的"纸上"故乡"枫杨树乡村"是对"约克纳帕塔法"刻意的"东施效颦",这个地理空间就是"约克纳帕塔法"的中国式翻版,充满福克纳式的"南方"故乡的暴力、死亡、腐朽、堕落。

"枫杨树乡村"与"香椿树街"是苏童家族叙事、乡土书写、城市反思、精神

---

① 莫言:《会唱歌的墙》,作家出版社2005年版,第201页。

返乡的代表性空间。长满血色罂粟、瑰丽潮湿的南方水乡"枫杨树乡村"是苏童创作的乡村地理空间标签,是枫杨树人"回首远远的故乡"的处所。作者有意识地把大部分家族小说的故事背景规划在"枫杨树"故乡,形成蔚为壮观的"枫杨树"系列小说,例如,《一九三四年的逃亡》《飞越我的枫杨树故乡》《罂粟之家》《米》《外乡人父子》和《枫杨树山歌》。苏童在"枫杨树"系列小说中,围绕罂粟这一兼具魅惑与毁灭的意象,勾画一幅江南水乡人们放纵欲望、颓废堕落的生活原图。"香椿树街"是苏童精心建构的江南城市空间,苏州那条幽暗狭长的老街常常出现在作者无法抹去的童年记忆中,成为他描摹小镇市民孤独人生和悲剧命运的文学空间。通过"枫杨树乡村"的乡村宗族叙事和"香椿树街"市井人物的民间表达,苏童完成了一次江南地区人们从乡村到城市的逃亡与返乡的精神历程。

苏童对于故乡深厚而执着的情感与福克纳有相通之处。他们都深爱自己的故乡,通过建构富于美国与中国"南方"色彩的文学地理空间寄托对故乡的一往情深和对传统的依依不舍。面对乡亲的误解与谴责,二者都表现出足够的勇气,忍受巨大的痛苦,敢于把故乡阴暗、邪恶、落后的一面曝光,期望警醒"局内人"对家乡的过去与历史进行理性反思。苏童认为,小说一定会散发作者个人的或者民族的气味:"一部成功的作品,往往可以让人看见一个地域,可以看见一个民族"。[①] 福克纳的小说散发浓郁的美国南方"重农主义"文化气息,而苏童的作品散发典型的中国"江南"水乡文化气息。

"芦清河"和"葡萄园"是张炜文学世界的代表性空间,是作者现实故乡和"心造"故乡有机结合的产物。作者从童年的故乡记忆和知识分子的人文情怀出发,执着地耕耘和守护这两个典型的胶东半岛地域空间。从 1983 年的小说集《芦清河告诉我》开始,"芦清河"成为张炜早期小说的标志性地理空间,为小说《古船》、《家族》、《柏慧》、《外省书》构筑典型的地理景观世界。那里

---

① 　钟志清:《苏童、徐小斌与美国学者、作家对谈》,《外国文学动态》2012 年第 2 期,第64 页。

有充满诗意的河流、大地、田园,还有"铁色的砖墙城垛的"洼狸镇、"波澜壮阔的"芦清河、"两头老牛"拉着石磨的老磨坊、"规模宏大"的粉丝作坊、半夜依然发出"号子声"和"吱咽吱咽的橹桨声"的帆船。作者以纯净、忧伤、柔美、婉丽的田园诗风格描写芦清河边村民的生活,歌颂自然的美丽,褒扬善良的人性,抒发真挚的感情,表达对真善美的追求。

张炜有意识地建构作品的艺术空间,执着于故乡情结和乡土文化的坚守,浓重的"领土"保卫意识渗透在张炜的故土意识和家园依恋中。与福克纳描写传统与现代激烈撞击下的美国南方种植园文化一样,张炜试图在自己的文学世界中凸显齐鲁文化精髓和精神追求。在历史与未来、城市与乡村、现实与理想、世俗的物欲膨胀与人文精神的弘扬的多重矛盾中,张炜倔强地守候家园、塑造胶东半岛文学世界。张炜对古朴民风的追求和对现代文明的排斥,使其笔下的"芦清河"和"葡萄园"不仅成为地方色彩鲜明的地理景观空间,也成为承载厚重齐鲁历史和文化的人文精神空间,是关于家园/大地/故乡的乌托邦理想空间。张炜与福克纳在各自的文学地理空间中把乡土、家园、农村、荒野作为乡村想象的代名词,倾情构筑各自的文学艺术世界,持之以恒地守护濒临消逝的文化与传统。同福克纳关注当下南方社会的现实困境和道德沦丧问题一样,张炜的文学世界表现出强烈的现实忧患意识和鲜明的道德伦理思考,流露作者对乡土的守望、对传统的留恋、对农民生活和乡村境况的忧虑以及对乡村现实和道德文化的关怀与批判。

福克纳和张炜特别重视通过文学世界展示各自的文化内涵。忍受苦难是儒教和基督教的基本文化内涵之一,也是两位作家检验人性和道德的试金石。"他们在苦熬"是《喧哗与骚动》的结尾句,是美国文人悲悯情怀的形象写照。张炜以苦难为主题,探讨中国的现代化历程和人性本质。《古船》叙述芦清河边"洼狸镇"隋家、赵家、李家三个家族40多年的苦难史;《家族》讲述曲、宁两大家族几代人为了理想和爱情,饱经磨难,忍辱负重,遭受误解,经历背叛,甚至献出生命的苦难经历。隋抱朴和宁珂是张炜笔下两个背负时代和家族重任的代表人物。隋抱朴的平稳、顺从、循序、守成体现儒家文化的中庸思想;宁珂代表齐文化对于理想主义和英雄主义的崇尚。秉持传统知识分子的人文精神和强烈的忧患意识,他们痛苦地徘徊在追求理想和背叛家族的矛盾中,最终选择"舍小家保大家",忍受"忤逆"与"不孝"的内心折磨。张炜的苦难叙事刻有鲜明的齐鲁文化的地域印记,承载作者悲怆而厚重的人类关怀之情。张炜把人物置于人性与道德的维度,让他们忍受内心的痛苦与煎熬、背负沉重的道德责任感,以此烘托人物隐忍内省、忠实理想的品格。

阿来充满异域风情、异质特征和神秘色彩的文学地理风貌描写、地域文化展示以及对待末代贵族家族的态度与福克纳有诸多相似之处。他极其推崇以福克纳为首的美国南方作家,他们的笔下有别于美国北方的"南方"风情、独特的庄园制度、末代贵族的家族生活景象、边缘文化与主流文化的交锋,点燃了身处藏汉文化冲突中的阿来对于藏区自然地理和藏族文化的强烈言说欲望。阿来在创作时有意模仿福克纳等美国南方作家,用充满灵动和诗意的语言、轻巧而奇丽的魔幻现实主义艺术手法构筑意蕴丰厚的"阿坝藏区"文学地理空间。阿来直接借用现实中的地理名称,通过对马尔康地区土司家族的倾情描绘,呈现封闭而神秘的少数民族地域风情和文化。那里有"两牛拖一犁"的原始耕种方式,有"窗户像碉堡的枪眼一样"的房子,有骑马放牧的藏族牧民,有自成一体的土司制度,有与汉族截然不同的宗教信仰。更重要的是,那里游荡着即将逝去的藏族文化之魂。"约克纳帕塔法"世界书写美国南方种植园家族盛衰荣辱的神话史诗,"阿坝藏区"上演从民国初年到解放军进藏近半个世纪的藏族土司家族、村落和民族的命运交响曲。奴隶制、种植园、农耕文化使"约克纳帕塔法"与代表现代化、工业化和城市化的北方格格不入;同样,与中央政府的管理制度不同,处于雪域高原的马尔康藏区实行土司割据政策,与内地在地域风光、生活习惯、语言文字、政治制度、文化习俗方面迥然相异。《尘埃落定》以统治这个空间的末代土司家族的权力争夺、衰亡没落及其与国民党军阀和共产党红色政权之间错综复杂的关系,烛照藏区土司家族和人物的命运,反映一个时代和一种制度的终结。

与福克纳相似,阿来遵守历史发展的必然律,但又情不自禁地回首往事,对消逝的过去扼腕叹息,某种宿命的悲剧性与覆灭感弥漫在两者的文学世界中,充满对家乡和本土文化的眷恋和因眷恋带来的回忆与痛楚。处于青藏高原东麓的康巴藏区马尔康地区独特的地理位置与土司文化,滋养出藏民族与众不同的生活方式、宗教信仰和生存理念。土司之间的互相争夺和联姻结盟,是他们长期形成的生存之道。在面临外来文化和政治力量的威胁时,土司及其治下的民众坚守世代相传的信仰,维护祖辈遗留下来的风俗礼仪和生活方式。阿来通过书写这个异质空间中土司文化的存在形态和独特魅力以及浓郁的藏区地域风情和绚丽的民族文化特质,展现一个民族及其文化在制度更替和文化变革时期的复杂色彩。小说在本土文化与外来文化冲撞融合的背景中,对少数民族的生活方式和生存观念是否落后展开耐人寻味、发人深省的拷问。阿来的怀旧、忧郁的精神气质与福克纳的伤感一脉相承。

"白鹿原"与"约克纳帕塔法"两个文学世界都是谱写宏大壮丽史诗的匠心巨制。陈忠实"闭关"乡下,潜心写作,伏案六年为中国新时期文坛奉献长篇巨著《白鹿原》。恰如他在《白鹿原纪事》的"内容提要"中写的那样,"白鹿原"就是作者的"生活场",是其多部文学作品的地域空间。《白鹿原》、《白鹿原纪事》中收录的《轱辘子客》、《兔老汉》、《马罗大叔》、《鬼秧子乐》、《两个朋友》、《山洪》、《窝囊》、《害羞》、《舔碗》、《毛茸茸的酸杏》、《送你一束山楂花儿》、《到老白杨树背后去》,都以陕西关中素有"仁义村"之称的"白鹿原"为叙事背景,以史诗般的大手笔展现多姿多彩的"原上"人情风貌,书写中国关中大地人们的乡土观念和故乡情怀。陈忠实的文学地理标签"白鹿原"反映中国典型的儒教文化和宗族传统,具有鲜明的黄土高原地域特色和古老的秦文化气息。

《白鹿原》以白鹿原为文本场域展开叙述,反映白、鹿两大家族几代成员的爱恨情仇和恩怨纷争。宗族争斗、亲翁杀媳、手足相残、情人反目、父女成仇的故事映衬渭河平原上一幕幕波澜壮阔、惊心动魄的历史话剧。这里有游走原上的白鹿精魂、"娶过七房女人"的"豪壮"之举、归宗认祖的宗族祠堂、规范族人行为的乡规族约,作法祈雨、鸡毛传帖、祭宗敬祖、建塔镇妖在这里粉墨登场,族规道德与人性自由、假仁义与真善美的较量轮番上演。白、鹿两家的兴衰伴随社会的动荡变迁,大革命、日寇入侵、国共内战让这片古老的土地绝望无助地颤栗在各种力量的争夺中。白鹿原上的王旗变换与家仇国恨交错纠缠,人物命运、村规乡俗、政治运动、仁义精神、宗族伦理、社会历史在这里激荡碰撞,书写渭河平原雄伟绮丽的民族史诗,展现色彩斑斓的中国农村生活画卷。

　　如同福克纳富于美国南方乡土气息的"约克纳帕塔法","白鹿原"散发浓郁的关中农民的生活气息和泥土芬芳。陈忠实基于现实的地理存在,脚踏"白鹿原"这块厚实的关中大地,悉心研究农村,用饱含人文关怀的笔调和本土方言,描绘"白鹿原"这个典型的陕西关中地区的自然景观和社会风貌。"白鹿原"以关中地区一块聚族而居的黄土塬和散落其上的几个村庄为焦点,描写宗族社会群体的原生态生活状态。这里有炊烟袅袅的村庄,古朴悠久的乡风,敬天祭祖、香火缭绕的祠堂,声震山川的秦腔,有 20 世纪前半叶扫荡这块土地的各种政治运动和血雨腥风的历史变迁。陈忠实的文学地理空间虽不及"约克纳帕塔法"的标新立异和雄伟壮观,但它是"一个整体的"、"自足的"、"饱满丰富的"、观照"民族灵魂"的世界,在一抹灿烂夕阳的涂抹下,显出"一层绚丽的色彩"和"壮丽的气势",是"纯净的传统文化圣地",承载厚重的中华民族文化秘史。① "天地白鹿原"是"秦汉大关中"的史诗写照和中原文化精魂。陈忠实与福克纳在家族神话的空间建构方面具有相似的大手笔和史诗性,他们以各自文学世界中典型的家族生活为触媒,描绘一个地区、一个民族的雄奇历史。

---

　　① 雷达:《废墟上的精魂——〈白鹿原〉论》,《文学评论》1993 年第 6 期,第 106 页。

三、空间叙事艺术

新时期家族小说作家的文学地理空间建构意识不同程度地受到福克纳的影响和启发,作家不约而同地创造与"约克纳帕塔法"这个美国南方"伊甸园"神话王国相对应的中国版"桃花源"。在空间叙事艺术方面,新时期作家主要对福克纳的神话对位与时间空间化两种空间叙事策略进行借鉴,在模仿接受的同时强调创新和重塑,通过现实故乡与文学地理场域相融合、神话传说与世俗故事相辅助、真实历史时间与文本时间相并置的叙事艺术,建构具有中国特色的文学地理空间,凸显作品的中国地域文化特色和现代性气质,表现当代家族小说对"返乡"与文化寻根意识、民族文化复兴与国家一体化、纵向历史追索与横向家族命运探索、城市与乡村文化冲突、人性原色与精神原乡、生命本体与文明进步问题的深入思考,触及当代中国文学诸如地理/地方/民族/族群/身份、国家/家族/村落、神话/信仰/制度的创作主题和热点问题。

(一) 现实故乡与文学场域融合

物理空间与文本空间的融合主要体现在作者的现实版故乡与作品虚构的文学地理空间之间的水乳交融和融会贯通方面。与福克纳相似,许多中国新时期家族小说作家要么把现实中实有其地的故乡"化实为虚",让故乡进入文学地理空间,要么把心造故乡"化虚为实",把它与真实故乡等同视之。福克纳的文学地理建构属于后者,读者通过他的心造故乡"约克纳帕塔法"走进南方;大部分中国新时期家族小说作家的文学空间建构属于前者,他们把现实范畴的故乡挪进文学想象的地理空间。他们的文学地理空间沿用现实故乡的称谓,但是作家早已飞跃现实故乡进入对中国转型时期个人/宗族/国家层面的思考。无论是"化实为虚"还是"化虚为实",两国作家都采用把现实故乡与文本空间相融合的叙事艺术建构文学地理空间,让徜徉在这些文学世界中的读者感受彼时的社会生活和文化景观,思考现时的现代性问题。因此,两国作家文学地理空间的建构不在于"写实",而在于"表意"。

　　莫言的"高密东北乡"是现实地理存在也是文学想象空间。故乡成就了莫言的文学世界,莫言的神秘文学王国反过来又吸引世界各地的文学爱好者慕名而来,意欲亲眼目睹中国文学大师笔下的"故乡",尝试把文学空间与现实场景一一对号入座。"高密东北乡"脱胎于"现实"中莫言的故乡高密市大栏乡平安村,作者沿用了明清和民国时的称呼。① 作为地理称谓的"高密"早在春秋战国时期已经存在于中国的地理版图,明清时称作高密东北乡,呈三角形状连接青岛、济南和烟台,是三地交界的"三不管"地区。离开故乡,莫言深刻体验到"精神飘来荡去"的痛苦,故乡的山水人情像久违的记忆萦绕心头,家乡的"街道、村庄、树木、河流"经常光顾他的梦境。② "整个高密东北乡,都是我在写作时脑海中具有的一个舞台",③是作者纵情驰骋其中的色彩斑斓的文学世界。

　　莫言网罗各种典型事件和奇谈趣闻,把它们改头换面、加工改造之后编织进自己的文学世界。"真实的高密东北乡根本就没有山,但我硬给它挪来了一座山,那里也没有沙漠,我硬给它创造了一片沙漠,那里也没有沼泽,我给它弄来了一片沼泽,还有森林、湖泊、狮子、老虎……都是我给它编造出来的"。④一座座萧索的村庄散落其上,种植着大片大片血海一样火红的高粱;唱腔或高亢或悲凉的地方戏种茂腔在这里飘荡;很多皮肤黝黑、乡音朴实的管姓、高姓、张王赵李姓老乡在这里生活居住;乡邻们茶余饭后聚集一起海阔天空地闲聊,津津乐道各种怪异、荒诞、离奇的故事。自从《秋水》中"爷爷奶奶"来到这片土地,开荒辟地,扎根生存下来以后,"高密东北乡"变成物产丰饶、人种优良、

---

　　① 莫言:《小说的气味:寻找红高粱的故乡——大江健三郎与莫言的对话》,春风文艺出版社 2003 年版,第 128 页。

　　② 莫言研究会编:《莫言与高密》,中国青年出版社 2011 年版,第 91 页。

　　③ 刘琛、Willem Morthworth:《把"高密东北乡"安放在世界文学的版图上——莫言先生文学访谈录》,《东岳论丛》2012 年第 10 期,第 5 页。

　　④ 莫言:《福克纳大叔,你好吗?》,《小说界》2000 年第 5 期,第 170 页。

土壤出奇肥沃的黑土地,到处是一望无际的青纱帐和大片红高粱。莫言笔下的这个奇光异彩的文学世界烙着明显的地缘文化印记,对各种民俗的描述凸显齐鲁大地的地域文化特色。《红高粱家族》中的颠轿、野合、酿酒、出殡,《红蝗》里奇特的"祭蝗大典",《丰乳肥臀》里的"鸟仙"作法以及富有繁殖能力的"丰乳肥臀"母神,都富于地域文化色彩。

莫言虚化的文学世界与平淡萧索的现实故乡不同。奇幻现实主义的写作风格,绮丽狂放的艺术想象,大红大紫的色彩搭配,赋予这片土地绚丽夺目的光芒。在《红高粱家族》的开篇,作者对这片土地展开奇异魔幻的描写:八月深秋,无边无际的高粱"红成洸洋的血海",高粱地里的"爱情激荡","丰满的白云","暗红色"的队伍在"紫红色"影子的高粱地里穿梭拉网,"我的"祖先在"杀人越货"的同时演绎一幕幕英勇悲壮、"精忠报国"的动人"舞剧"。这片土地像着魔般肥沃丰产,生长其上、被人们用"螃蟹喂过"的"罂粟花肥硕壮大,粉、红、白三色交杂,香气扑鼻"。墨水河盛产白鳝鱼,那鱼儿"肥得像肉棍一样,从头至尾一根刺"。①

莫言声称福克纳的"约克纳帕塔法"纯属虚构,自己的"高密东北乡则是实有其地"。② 事实上,福克纳通过虚构把美国南方现实化,莫言则通过夸张、奇幻的艺术手法,把现实故乡虚幻化。莫言自由穿梭于现实和虚构之间,使小说的文本场域和现实地理空间之间达成呼应,以富于地域特色的家族史叙事形式表现一部硬汉十足的民族史,使自己建构的这一小块地理空间成为反映民族国家的缩影。这片土地孕育狂放的乡野精神、"高拔健迈"的民心、耿直豪放的个性以及敢作敢为、敢爱敢恨、顽强坚韧的生活态度,充满原始而旺盛的生命力。"高密东北乡"既是莫言的家乡和人们可以身临其境的现实地理空间,又是作者的文学虚构和演绎中华民族精神的乡土文学代名词。"高密东北乡"的虚构与现实密切联系、无法分割,孰虚孰实失去考究意义,值得人

---

① 莫言:《红高粱家族》,南海出版公司 2000 年版,第 6 页。
② 莫言:《小说的气味》,春风文艺出版社 2003 年版,第 40 页。

们重视的只有这个地理存在和文学虚构融会贯通的空间留下的遐想与沉思、向往与反省。因此，莫言的"高密东北乡"在地理空间上源自故乡却在精神气质方面超越故乡。

陈忠实的文学空间"白鹿原"来自于作者土生土长的那片充满神秘色彩、具有厚实秦汉文化积淀的黄土高原。现实中的白鹿原在辛亥革命前被蓝田、长安和咸宁三县分割管辖，现在仍分属蓝田、长安和添桥区三县（区）。① 作为文学场域的"白鹿原"是陕西关中靠天吃饭的塬坡地区，世世代代生活在塬上的人们背朝苍天面对黄土，在这块贫瘠的土地上辛勤劳作，种植西北主要的小米、小麦、玉米、豆子等粮食作物，也被军阀强制种植过罂粟，熬制过土烟。这里有中医堂、集镇、四合院、窑洞、慢坡道、木栅栏围成的院落。"白鹿原"上最神圣的地方是祠堂和书院。祠堂陈设供奉已故祖先的牌位，存放镶嵌在祠堂正门两边、镌刻在青石板上、规范白鹿村村民言行举止的《乡约》；笼罩在"青苍苍的柏树"之中、建于宋朝的白鹿书院，在大儒朱先生的主持下，经常飘荡"悠长的诵读经书的声音"。② 作者创造的地标性文学空间"白鹿原"是秦文化历史悠久的关中现实版白鹿原的摹本，描绘绚丽多彩的关中农村生活画卷，打造"仁义"之村的文化景观。得益于作者虚构的文学地理空间，现实中几乎无人知晓的陕西农村黄土高原进入世界文学版图。

陈忠实属于中国新时期最"接地气"、最"通地脉"的乡土作家，"白鹿原"是现实和虚构的有机结合。四十多年的躬身耕种生活让作家对朝夕相处的黄土高原有着无限热爱，《白鹿原》中原生态的秦腔、黄土地上苍苍茫茫的麦田、地方特色鲜明的方言和传说寄托着作者浓厚的"乡村情结"。陈忠实自述他每天完成写作任务后都要听听秦腔、和乡邻下下棋，或者到门前的河边散散步、到塬上散散心。调入陕西省作协后他撇不下这份乡恋，无法排遣"心底那一缕隐隐的空虚"。他索性回到乡村老家，在祖屋里生活写作。当他"坐在被

---

① 陈忠实：《关于〈白鹿原〉的答问》，《小说评论》1993 年第 3 期，第 7 页。
② 陈忠实：《白鹿原》，长江文艺出版社 2014 年版，第 16 页。

太阳晒得温热的土堎上",看着"夕阳沉落西原"和刚冒出地皮的"嫩黄包谷苗子"时,"周身的血脉似乎顿然间畅流起来","赢得了心底和脑际的清爽",感觉自己与祖宗长期耕种的土地接通了"地脉"。① 白鹿原淳厚朴实的风土人情,饱经沧桑的历史变迁,玄幻离奇的迷信传说,特色鲜明的民俗民风,赋予陈忠实的文学地理空间独一无二的黄土高原乡土气息。

现实中发生的许多故事直接进入陈忠实的文学场域"白鹿原"。作者仔细查阅和悉心研究西安周边县区的《县志》,那些只有夫家姓且在《县志》中留下"几个厘米长"记录的贞妇烈女的悲惨经历震撼作者的心灵,她们化身为《白鹿原》中的田小娥、冷秋月。现实生活中的村落建筑、饮食习惯、生活状态、曲艺民俗、志怪传说都原汁原味地呈现在作品中,构成中原地区村民"原生态"生活画卷。小说强化中华儒家文化意蕴深厚的"仁义"精神,重点塑造身体力行"仁"字的白嘉轩、朱先生以及行事处世体现"义"字的长工鹿三。白鹿村的"仁义"以及白鹿象征的和谐、祥瑞、美好、纯净、超俗与宏大的真实历史叙事互相映衬,展示小说"激荡百年国史,再铸白鹿精魂"的创作主题。

苏童的文学想象空间"枫杨树乡村"和"香椿树街"源自于作者对于故乡的童年记忆。生于江苏扬中的苏童,幼时随父迁居苏北,后又移居南京。身为移民后代和城市的寄居客,苏童时常徘徊在都市和乡村的两极,难以割舍对江南"故乡"的感情,滚滚飞流的扬子江、猩红烂漫的罂粟、香椿树街的青石板都令他留恋不已。在创作中他把梦中的江南和拱桥下的苏州化作代表乡村和城市的两个文学世界"枫杨树乡村"和"香椿树街"。这两个地方对于苏童而言,有时是生活中的"真实气息",有时是童年的"模糊记忆",已经分不清真实与虚构,乡村和城市构成自己文学世界的两侧:"我的血脉在乡村那一侧,我的身体在城市那一侧"。②

南方是他纸上故乡所在,也是种种人事流徙的归宿。走笔向南,苏童罗列

---

① 陈忠实:《接通地脉》,《南方文坛》2007 年第 2 期,第 43—44 页。

② 苏童:《苏童文集·世界两侧》,江苏文艺出版社 1993 年版,第 1 页。

了村墟城镇,豪门世家;末代仕子与混世佳人你来我往,亡命之徒与亡国之君络绎于途。南方纤美耗弱却又如此引人入胜,而南方的南方,是欲望的幽谷,是死亡的深渊。在这样的版图上,苏童架构——或虚构了一种民族志学。①

"香椿树街"是作者城市书写的地标性文学地理空间。苏童以苏州城北城乡结合地区的百年老街为背景,对民间的市井生活、卑贱丑恶的人性、备受压抑的激情、无奈绝望的挣扎、无法拯救的悲哀展开暗色调描画,解构江南小城那种淳朴温情和诗情画意般的唯美想象。尽管苏童在小说中大肆渲染南方的堕落与腐败,但南方特有的地域特征和文化魅力令他流连忘返。老家街头的吴侬软语、家长里短,全家人在临街的门前摆上桌子围坐吃饭的温馨场面,成为"遥远却又非常清晰"的记忆,让作者常常有一种"别梦依稀的感觉"。

《妻妾成群》中秋雨萧瑟、潮湿阴沉的陈家大宅或许就坐落在"香椿树"这条狭窄老街幽深处的某个巷子里,婉约惆怅的江南水乡和苏州风情在小说中随处可见。秋天窗外"阴晦"的天色,"绵延不绝地落在花园里"的细雨,菊花、石榴树、海棠树、古井、紫藤架,这个阴暗的深宅大院到处飘散着霉味,大宅的死气沉沉、压抑窒息与清雅超俗的 19 岁大学生颂莲格格不入,她被一顶花轿从陈家大院的后门抬进寂静的后花园。陈老爷的妻妾们在这个到处散发慵懒和霉味的人间地狱中为生存不断地进行你死我活的争斗,个个使尽浑身解数,争宠夺爱,竭力把陈老爷拴在自己的床上。颂莲初来陈府时,她的门口夜夜亮着象征受到老爷宠幸的红灯笼,但好景不长,新鲜感一过老爷很少再来,备受冷落的颂莲在寂寞、孤独、惆怅、挣扎、痛苦中走向疯癫。

苏童对故乡有意"叛逃"也流露难以忘怀的情愫。弥漫在"枫杨树"和"香椿树街"中的腐败气息,揭示人性的萎靡和道德的堕落,但浸满作品的南方气息透出无限乡愁。《罂粟之家》中大片猩红的罂粟,在滋生罪恶、颓废、衰败的同时显示一种令人窒息的凄美。《南方的堕落》中的梅家茶楼虽然以前是供

---

① 　王德威:《南方的堕落与诱惑》,《读书》1998 年第 4 期,第 70 页。

人寻欢作乐的青楼,但也是江南最具有代表性的缩影和风景。《一九三四年的逃亡》中干草的气息,《妻妾成群》中蝉鸣其上的紫藤架,"绿得透出凉意"的树叶,天色阴晦、细雨绵延的"萧瑟"之秋,潮湿难耐的雨天,丝绸衫裤,还有罂粟、芦苇、青苔、咸鱼、炒萝卜干,这些饱含南方幽暗和柔美地域特征的意象,是"枫杨树"故乡和"香椿树街"的代码,唤起身在城市的南方游子的思乡之情。移居他乡的苏童似乎缺少福克纳那种发自肺腑的乡情,但是,借助先锋派的创作艺术,苏童神思玄想于江南故乡和苏州老街,以家族小说为载体,把已成碎片的历史"缝补缀合","触摸"祖先和故乡的脉搏,抒发剪不断理还乱的南方情感。通过"枫杨树"和"香椿街"两个南方意象的审美和隐喻功能,苏童像《喧哗与骚动》中的迪尔西一样,"看见自己的来处,也看见自己的归宿"。透过弥漫在文学空间中的欲望、腐朽、颓废,苏童飞跃故乡,完成了一次对中国现代失落历史和文化的反思。

"芦清河"和"葡萄园"是张炜基于故乡山东胶东半岛建构的两个文学世界,既是作者现实故土的写照,也是内心想象的外化。"芦清河"的原型来自家乡那条叫作"永汶河"的河流,是张炜地理空间的"一个指代"。[1] 芦清河富饶美丽,河水清澈见底,终日欢快地歌唱奔流,"宽宽的河面上帆船不绝",乡亲们在河上泛船载舟,"半夜里还有号子声、吱扭吱扭的橹桨声",充满无限生机。"葡萄园"是《柏慧》、《家族》等长篇小说的地理空间。胶东沿海有绵长的海岸线,地处中纬度地区,是世界公认的七大理想葡萄海岸之一,葡萄种植业在胶东历史悠久。"葡萄园"代表张炜理想的田园空间意象,是"精神家园"的隐喻。

张炜倔强而执着地守护"芦清河"和"葡萄园","不屈不挠地维护"故乡,[2]描绘齐鲁文化底蕴丰厚的胶东半岛世界。在人们蜂拥进入城市之时,张炜选择背道而驰的生活方式,在远离城市的胶东半岛一隅建立万松浦书

---

① 张炜:《自述》,《小说评论》2005 年第 3 期,第 20 页。
② 张炜:《野地与行吟》,中国社会出版社 2007 年版,第 141 页。

院,在那里潜心阅读、写作,享受融入野地、落根故土的踏实。在"芦清河"或者"葡萄园"的文学世界中,张炜描写胶东的渔业生产、渔乡风情、沿海经商文化、商业习俗,反映浓厚的胶东乡土气息和海洋文化特色。《家族》中故事的叙述者"我"出生在与大海近在咫尺的海滨城市,"大约一落地就溅上了海浪";①《古船》中疯疯癫癫的隋不召是大海之子,常年漂泊海上、以海为家,顶着雷电而去,应着雷电而归,他出海不是为了征服大海,而是为了与它亲近。

阿来的"阿坝藏区"充满独特的藏文化特色和异域风情,在世界文学版图中放射别样的魅力。阿来对阿坝藏区嘉绒部族的历史和土司制度的研究为其文学世界的建构积累了丰富素材,雪域高原的山川风貌和民俗民情使他笔下的文学地理空间呈现鲜明的地域特色和民族文化风情。四川西北部阿坝藏区的马尔康是阿来熟悉的故乡,他出生在川西北藏区一个偏远封闭的藏族村寨,俗称"四土之地",由马尔康、卓克基、松岗和梭磨四家土司统辖。阿来的母亲是藏族人,父亲是在藏区做生意的回族人。阿来认为"小说首先要依附于一个文化系统",②他认同母亲的族裔,称自己是用汉语写作的藏族作家。立足强烈的藏民族文化认同感和归属感,针对藏族作家因为不熟悉汉语在言说时出现的弱势,阿来借助汉语书写对汉人充满神秘感的藏文化与藏区生活,对藏族同胞的命运和民族文化的衰落表现极大的关心和忧虑。

家乡的自然山川和宗教信仰影响阿来的文学世界建构,马尔康藏区是作者现实家乡嘉绒的翻版,是"肉体与精神原乡的一片山水"③。嘉绒位于大渡河上游,属于川藏高原的一部分,本地的藏族居民世世代代过着半耕半牧的生活,信奉古老的本土宗教——苯教。阿来自幼生活的家乡似乎依然停留在中世纪的农耕文化中,石头砌成的村寨,精工雕饰的门窗,不停转动的水磨,风中

---

①　张炜:《家族》,上海文艺出版社2001年版,第32页。
②　阿来:《〈藏地密码〉,或类型小说》,《出版广角》2008年第9期,第37页。
③　阿来:《穿行于多样化的文化之间》,《中国民族》2001年第5期,第23页。

飘扬的经幡,长满青稞、玉米、小麦、土豆、向日葵的山谷,透出平和安详的气息。吐蕃时期嘉绒成为藏族大家族的一员,因山高地远,加上本地居民与内地汉族在种族与宗教方面的不同,它与历代汉王朝之间保持时而对峙、时而议和的相处模式,各部族之间战乱不断。因此,在现今的嘉绒,随处可见"居于险要隘口"或者"散布在村寨四周或者中央"的石头战碉,"顺着山势蜿蜒的石头护墙",透着"厚重与端肃"的寺庙,它们是嘉绒地区社会历史、宗教文化和昔日生活的活化石。①

《尘埃落定》中麦其土司家族官寨的原型是马尔康县城东面七公里处的卓克基土司官寨。现实生活中的卓克基土司官寨高大宏伟,呈龙盘虎踞之势,于群山环抱中俯瞰鳞次栉比、错落有致的藏村民居,与之遥相呼应。小说中的麦其土司官寨有七层楼那么高,有三层楼高的骑楼、防御外敌的碉堡、念经的经堂,众多的门廊和房屋用"楼梯和走廊连接","官寨占据着形胜之地,在两条小河交汇处一道龙脉的顶端,俯视着下面河滩上的几十座石头寨子"。② 官寨里身穿袈裟的喇嘛、手持海螺和唢呐的和尚,表演鼓乐和神舞,一大片化外之民"哗啦"一声跪倒在草地上,这是麦其家族迎接靠山"省府大员"黄特派员的阵势。小说中诸如雪山、森林、湖泊、河谷、草地以及被大雪压下山的画眉等景物的描写充满异域风情,藏族语言、谚语歌谣、喇嘛念经、巫师作法、神话传说、灵魂观念、问卦占卜、水葬风俗、民族乐舞、土司联姻、世袭行刑人的描述极具民族特色。

当阿来把目光聚焦家乡时,发现在这片神奇土地上最具地域色彩的就是藏区宗教和土司制度。《尘埃落定》是虚构故事,但"有关土司制度和这种阶级关系的典章制度是完全真实的"。③ 在历史上,历代皇帝对阿坝藏区实行"怀柔"政策,藏区的实际统治者是土司。20 世纪 40 年代阿坝地区名义上属

---

① 阿来:《永远的嘉绒》,《中国民族》2001 年第 11 期,第 24 页。
② 阿来:《尘埃落定》,人民文学出版社 2000 年版,第 13 页。
③ 阿来:《心中的阿坝,尘埃依旧》,《出版广角》2002 年第 7 期,第 43 页。

于中央政府,实际上享有高度自治,由当地的土司管辖统治。土司实行世袭,一个土司就是一个土皇帝。阿坝藏区山脉交错,河流纵横,交通极为不便,每个土司家族划定势力范围、领地、农奴,形成独立王国,土司之间对于土地与财富的争夺从未间断。这里盛行的宗教是藏传佛教,各种规模的寺庙林立,但土司掌握的世俗权力远远超过寺庙的神权。自古以来,此地民风彪悍。在清朝和民国时期,它与中央政权之间屡次发生冲突,在谈谈打打中僵持不下,直到新中国成立,解放军进驻藏区和平解放,阿坝才划归中央政府统一管辖,几百年的土司制度走向终结。阿来没有亲身经历阿坝地区的历史,但当他对马尔康和其他藏区"十七八个土司家族的家族史"和土司分封世袭制度展开大量研究之后,他决定完成一个"普通藏族人"的使命,把末代土司的历史讲出来,让世界上更多的人听到。《尘埃落定》中描述的土司制度基于真实历史,土司制度等级森严,土司下面是头人,头人统辖管理寨子,土司领导、节制头人,受头人统辖的人被称作百姓,百姓下面是没有自由的家奴。随着新中国的成立和藏区归属中央统一管理,土司制度必然从兴盛走向覆灭,麦其家族也从盛极一时到家破人亡。

余华认为福克纳的文学空间激发他把家乡浙江海盐县写在纸上的愿望。在《余华自传:我的灵感在海盐》中,作者清楚表达他与故乡的依存关系。余华与终老故乡的福克纳不同,他后来离开海盐,但他的"写作不会离开养育自己的故乡",浙江海盐这个江南小镇成为"烫"在余华作品上的地域空间标记,是他终身探讨环境如何残酷地统治人类命运的"南方世界"。余华文学世界中的好多地名和人名来自真实存在或者略加改动的现实。翻开余华的作品,现实生活中那一个个熟悉的地理名称跃然纸上,把作者与海盐小镇密切联系在一起,比如,"老邮政弄"、"虹桥新村26号3室"、"汪家旧宅"、"南门"、"孙荡"。《许三观卖血记》的故事发生地和许三观一家的故乡就在海盐,小说中描写的卖血情节来自作者小时候随父母住在海盐县医院时的所见所闻。余华清楚地记得在海盐有两个专门卖血的村庄,有很多在卖血中牟利的"血头",

农民一年的收成还不如卖三四次血。①《活着》中的福贵在被逼无奈的情况下走过长江离开海盐,但没几天就返回故乡。余华的作品实实在在地踩在海盐这块坚实的土地上,散发浓厚的"海盐"味道。南方典型的绵绵阴雨、特有的"藤榻"、无法抹除的海盐方言在他的作品中比比皆是。当然,与福克纳一样,余华并非完全局限在"地域性"作家的范畴,他尝试以小见大的方式重构灰暗而复杂的南方社会,通过区域性的故乡海盐折射人性的普遍和永恒的真理。

(二) 神性空间与文本空间对照

福克纳的作品全面展现美国南方的基督教文化传统,通过套用神话叙事模式或者借用《圣经》故事情节,为家族小说开辟神话空间。福克纳的神话空间与文本故事空间之间或呼应或对照或戏仿的空间叙事策略对新时期中国的家族小说作家产生影响,开拓神性空间成为中国作家建构空间艺术的重要手段。他们以远古的神话或民间传说为参照,构筑与文本空间相对应的神性空间,使神性空间与现实文本空间之间达成或隐喻或戏仿或平行或补充的关系,拓展小说的阐释空间,加深文本的主题意义。而且,神性空间的建构有助于实现作家以神话烛照现实、以传统映射现代的创作理想。

神话反映一个民族早期的文化沉淀和记忆想象,是人类对于演化初期的神秘自然和人类自身故事的叙述与传承,一般以创世神话、自然神话和英雄神话的形式存在。较之神话,典故、民间传说以某个地区或者某个时段的历史、地理及社会习俗为依据,表现民间广为流传且大家耳熟能详的趣闻逸事或者鬼魅传奇,反映人民群众的民间智慧和本土文化精华,具有鲜明的民族文化特色。在国内寻根文学思潮和拉美魔幻现实主义文学的影响下,新时期家族小说作家倾向于在作品中穿插引用或者潜隐镶嵌各种神话故事、英雄传奇或者老百姓喜闻乐见的地方志怪、民间传说,期待在远古、神秘的神话空间中寻求

① 余华、李哲峰:《余华访谈录》,《博览群书》1997年第2期,第47页。

某种感悟与启示。因此,寻根文学主张在那些"野史"、"传说"、"神怪故事"中寻找民族文化的"根"。① 寻根作家也对少数民族文化颇为推崇,关注少数民族文化中的神话传奇因素。②

《尘埃落定》中的"傻子"二少爷看似愚顽痴狂实则大智若愚,"傻少爷"以傻子特有的敏锐捕捉家族内部的明争暗斗、父亲的擅权贪婪、哥哥的妒恨果敢、土司的势力较量和土司制度的行将就木。"傻少爷"显示出超乎寻常的能力,在大家效仿麦其家族大量种植鸦片准备大发其财之时,他改种小麦的想法令人匪夷所思,但成功避免家族及其治下民众因其他土司种植鸦片导致粮食匮乏引发的饥馑;在其他土司还没有意识到通商的重要性时,"傻少爷"已经在官寨搭起帐篷、兴建商铺,在古老封闭的藏区开设集镇。麦其土司家族凭借"傻少爷"的精准预言和古怪精灵的行事方式与各方势力成功周旋,奠定家族雄霸高原的稳固地位,成为康巴地区最大的统治者。

阿来巧妙地把藏区妇孺皆知且深受爱戴的民间传奇人物阿古登巴附着在二少爷身上,把民间传说镶嵌在小说情节之中。与英勇善战、聪慧精明、满腹心机的大少爷相比,"傻子"二少爷的身上浮现阿古登巴的民间智慧和风趣幽默。阿古登巴是藏民族传说中的智者,他机智、勇敢、幽默、正直、善良、乐观、爱憎分明、乐于助人、富有爱心,关心下层农奴的疾苦,经常以出乎意料的诙谐与智慧,捉弄权贵,惩恶扬善,为下层劳苦大众争取利益,是民间智慧和民众愿望的体现者和实践者,寄托藏族贫苦人民追求公平、自由和幸福的理想。小说中的"傻少爷"在别人眼里疯疯傻傻、痴痴呆呆,在处理重要事情时却表现出不可思议的机智与聪慧。与血统纯正、"正儿八经"的大少爷相比,"傻子"二少爷从小混迹家奴之中,对下层农奴的生活有一定的了解和同情,少年时他听到皮鞭落到"牲口们"(农奴)的身上时会伤心落泪。不像大少爷那样尚武好战,他和阿古登巴一样心地善良、精灵智慧,主张用温和的方式化解矛盾和争

---

① 韩少功:《文学的"根"》,《作家》1985 年第 4 期,第 46 页。
② 李杭育:《理一理我们的"根"》,《作家》1985 年第 5 期,第 36 页。

端,受到人们的喜爱。

阿来看重的不是阿古登巴身上常人看到的那种智慧,他更推崇那种"看似笨拙"却更能显示智慧的地方。小说中的"傻少爷"以智慧的"笨办法"作为叙事"角度"和"观照世界的标尺",①以异于常人却更加贴近本质的叙述讲述藏区最后一个贵族家族和土司制度的覆灭。当然,"傻少爷"与身为普通农奴和流浪汉的阿古登巴不同,他无论如何也无法超越自己的家族和阶层,作为雪域高原上的最后一个土司,他殚精竭虑地保卫土司家族和统治阶层的利益。只要瞅准机会他便加固官寨,设立集镇,大力发展家族势力,开拓家族领地,希望麦其家族能够兴旺发达、长治久安。与其他土司不同的是,他富于同情心,没有在大家挨饿时在麦子上大发黑心之财。"傻少爷"虽然与阿古登巴一样,拥有藏民族足智多谋的民间智慧和幽默诙谐的行事风格,但他的身上缺乏阿古登巴那种永不妥协、向往平等、疾恶如仇、反抗邪恶势力的精神。这正是《尘埃落定》的文本故事与民间传说两个空间之间的艺术张力所在:阿古登巴和他的故事在人们经久不息的传唱中获得永生,傻子和他的家族却在历史的洪流中任凭雨打风吹去。

《尘埃落定》的文本故事与藏族格萨尔王的神话之间形成对应关联。这个末代土司"傻少爷"的身上不乏格萨尔王的英雄主义品质。格萨尔王是古代藏族人民的神话英雄,出生岭国,幼年时遭叔父挑拨离间,与母亲漂泊流浪,16岁时在英雄云集的岭国赛马比赛中力战群雄,获胜称王,进而统治岭国都城,尊号格萨尔。格萨尔南征北战,成功击退入侵敌军,统一各部落;他除暴安良,降服食人恶魔,驱逐掳掠百姓的侵略者,铲除叛国奸贼,造福人民;他推行正义大业,为人民谋福利,为藏族人民赢得自由、和平、幸福的生活,深得民心,其他部落的人才和将领纷纷投入他的麾下;他哥哥也英勇善战,不惜为国捐躯。

---

① 冉云飞、阿来:《通往可能之路——与藏族作家阿来谈话录》,《西南民族学院学报》(哲学社会科学版)1999年第5期,第9页。

"傻子"二少爷出生麦其土司官寨中，虽然没有像格萨尔王母子那样四处漂泊，但母亲的汉人身份使他的地位不像大少爷那么尊贵。大少爷具有高贵的藏族血统，魁梧英俊，但他的品格与格萨尔王的哥哥之间形成戏仿：看到弟弟痴傻，不会威胁自己继承土司权位时，他对弟弟充满怜爱；当他察觉弟弟的智慧后开始嫉恨弟弟，与弟媳通奸羞辱弟弟。他生性好战，在继任土司之后不久死于仇家刀下，"为家捐躯"。"傻子"二少爷秉承英雄主义的谦让与宽容，似乎无意于像父兄那样陷入权力争夺的漩涡。在麦其土司家族面临危机的时刻，他表现出超乎寻常的能力和智慧：他预测地震，使家族免于遭受自然灾害；在其他土司大张旗鼓地种植鸦片时他"明智地"改种小麦；在经济发展和政治理想方面他不乏远见卓识，率先开设边境贸易；在大家愚昧地欣赏敢于秉笔直言的翁波意西被割舌时，他能够穿透历史的迷雾，洞察土司统治的积弊，理性思考历史和人性；在摧枯拉朽的红色汉人政权进入雪域高原之前，他以敏锐、神秘的"直觉"预告家族、土司以及整个藏区历史的灭亡。他试图如格萨尔王一样拯救自己的家族和民族，但他清楚历史发展的必然律，藏族贵族家族和土司制度终将在国家统一的洪流中归于寂静。

受拉美魔幻现实主义、山东本土志怪和传奇文学的影响，莫言的文学作品中有一个魔法、神奇、梦幻的神话世界。莫言在高密的农村乡间度过青少年时代，家乡流传的神话故事、民间传说以及家族长辈讲述的各种灵异神奇故事为他日后的文学创作积累丰富素材。山东民间盛传鬼神故事和狐妖传说，山东老乡蒲松龄的《聊斋志异》是莫言的文学"经典"，他对蒲松龄的神鬼故事喜爱有加。在莫言看来，"越是贫穷落后的地方"，"妖魔鬼怪"、"奇人奇事"的故事越多。莫言承认，少时听过的鬼怪故事"培养了我对大自然的敬畏，它影响了我感受世界的方式"，这是"一笔巨大的财富，是故乡最丰厚的馈赠"。[①] 民间神话或者传说使得莫言的写作奇幻多彩、灵动飘逸，小说的人物和故事在神

---

① 林建法主编：《说莫言》，辽宁人民出版社 2013 年版，第 97 页。

奇与世俗的空间中交相辉映。小说通过神性与现实两重空间之间的融合并置、相互补充、反讽对照，关联文本以外的深刻意蕴，传递生殖崇拜、乱伦恐惧、欲望想象、民族忧患的写作主旨。

莫言的家族小说强调开辟神话空间，在神话与文本空间之间建立对应平行或者映射戏仿。"丰乳肥臀"这个看起来直接而俗气的书名不可避免地与繁殖和性欲联系在一起，上官鲁氏及其女儿们的故事在神话空间中展开。母亲上官鲁氏既象征生殖母神又投射性欲对象，同创世母神一样，她有旺盛的生殖力，不断用身体与姑父、和尚、江湖郎中、屠夫、外国传教士发生关系，借种生子。《食草家族》运用荒诞魔幻、痴人说梦的叙述手法，讲述高密东北乡土地上一个生着"蹼膜"、喜食野草的家族。"蹼膜"是家族乱伦的残留，是引发恐惧的异象。小说以神话色彩浓厚的六场梦境与现实空间对照的方式叙述食草家族的起源、变迁和衰落，描写生活在贫瘠而又富饶的土地上的祖先们与大自然的关系，表现"蹼膜恐惧"、"性爱与暴力"、"传说和神话"、"心灵净化"、"敬畏膜拜自然"的写作主题。

"红高粱"、蝗虫、鸟仙等神性附身的意象在莫言的文学世界中不胜枚举。《丰乳肥臀》中上官领弟深爱精通鸟语的鸟儿韩，在鸟儿韩被日寇抓壮丁之后思念成疾，化作只喝清水不进粮食的"鸟仙"，设立神坛，为四面八方赶来求神问药的乡亲"治疗"疑难杂症，开出的药方均为鸟儿爱吃的虫子和鸟食，后来她在尝试飞翔时跌下悬崖摔死。《食草家族》中"祭蝗的人群跪断了街道"，村民虔诚敬蝗，因为红蝗是家族成员的神圣化身。在《红高粱家族》中，得日月之精华、受雨露之滋润的纯种红高粱，具有感天动地般的神力和火焰般的炽热，茁壮生长在山东高密的大地上，用它酿造的高粱酒红艳诱人，让人迷醉而痴狂，散发让人热血沸腾的生命活力。红高粱似乎是具有灵性的神话图腾，是"我爷爷"、"我奶奶"、罗汉大叔等抗日英雄的精魂，象征祖先蓬勃的生命力和原始野性。挺拔强健的"纯种红高粱"表示生命的礼赞，遍地疯长的"杂种高粱"影射"种的退化"，烛照家族没落和民族退化的寓言。

陈忠实的白鹿意象来自作者对于县志中记载的"白鹿"神奇传说的考察。蓝田县志有"白鹿游于西原"的记录;《后汉书郡国志》中有"新丰县西有白鹿原,周平王时白鹿出";《太平寰宇记》、《水经注》也记有"平王东迁时,有白鹿游于此原,以是名"①。神话传说为《白鹿原》开辟绚丽多彩、寓意深刻的"拟神话"叙事空间,赋予小说白鹿精魂。传说西周末期,一日周平王与大臣来到三面环水、一面接南山的一片原地时,天色已晚,他们便选择一处庙宇安营设行宫休整。次日破晓,平王看见在东南方向的崇山峻岭之间,一团祥光瑞气环绕一个雪白之物冉冉而来! 东来紫气的中心居然是一只通体雪白的神鹿,除一双眼睛像闪着亮光的红玛瑙外,全身无一根杂毛。白鹿口含一枚灵芝,四蹄飘云生风,翩然而至。这只神鹿受天帝旨意,来此消灾播福。凡白鹿所及之处,疫疠灭绝,毒虫殆尽,六畜兴旺,祥光普照,草木茂盛,百卉竞开,一片人寿年丰、郁郁葱葱之象。为了纪念这只带来吉祥康乐的白鹿,从此这原便被称为白鹿原,附近的村庄更名为鹿走村、鹿走镇、迷鹿村,纷纷建立白鹿观、白鹿寺、白鹿庙、白鹿祠,供奉这只播撒福音的精灵。

陈忠实参照白鹿传说,以象征吉祥福瑞的白鹿和奇幻瑰丽的文字对祖祖辈辈耕耘生活的黄土原坡展开精彩纷呈的"拟神话叙事",以"欢欢蹦蹦"、"舞之蹈之"、鹿角"莹亮剔透"的雪白神鹿表现原上"万木繁荣,禾苗茁壮,五谷丰登,六畜兴旺,疫疠廓清,毒虫灭绝,万家康乐"的"太平盛世"。② 原上的村庄挂上"仁义白鹿村"的匾额,"白鹿书院"滋养"白"、"鹿"两个家族后裔的精神。白鹿成为白鹿原村民的吉祥物和保护神。族长白嘉轩六娶六丧妻之后,找阴阳先生"观穴位"为家族物色墓地,他看到白鹿原的一片雪地上出现"奇异怪物",便亲手把它画出来,身为"凡人"他看不出它像什么,"圣人"朱先生一眼看出此物乃一只鹿。精明的白嘉轩立即参透"神谕",认为"神灵是有意把白鹿的吉兆"显灵给他。他下决心"按照神灵救助白家的旨意办事",千方

---

① 陈忠实:《关于〈白鹿原〉的答问》,《小说评论》1993 年第 3 期,第 7 页。
② 陈忠实:《白鹿原》,长江文艺出版社 2014 年版,第 18 页。

百计想出万全之策,把那块慢坡的"风水宝地"从精明狡猾的鹿子霖手中拿下,把祖坟迁来此地安葬。① 之后他迎娶第七位新娘吴仙草,她破除嫁给白嘉轩就要做死鬼的魔咒,为白家生儿育女、传宗接代。

《白鹿原》对于神鹿传说的"拟神话叙事"贯穿整篇小说,烘托人物品格。小说中白鹿精神的体现者是代表传统文化的朱先生以及代表新生革命力量的白灵。朱先生是白鹿精魂的化身,是关中大地上最后一位大儒,承载中国传统儒家文化的精髓。朱先生和白鹿在神性上一脉相通,体现东方神秘文化的魔力。他儒雅谦和、生活简朴、潜心学问、博学多才,秉承"仁、义、礼、智、信"的美德,开办书院,传道授业解惑,让村民明白教育的重要性;他洞察世事、忧国忧民,上知天文、下晓地理,能卜会卦,以不虚美不隐恶的原则撰写县志。白鹿"掠上房檐飘过屋脊在原坡上消失"预示他的离世。② 如果朱先生过于神性化显得超越现实,白灵的美丽、纯真和灵气更加真实,她似一缕清新的阳光,为沉重灰暗的白鹿原带来生机,她的出现使整部小说的格调明快起来。她"又鬼又胆大"、爱笑有文化,经常拿一连串稀奇古怪的问题逗长工鹿三。她是敢于冲破传统封建文化桎梏的新女性,敢于挑战"女子无才便是德"的性别歧视,离家出走去省城求学,勇于追求婚姻自由,砸穿院墙逃婚,寄来书信退掉包办婚约。她一腔热血投身革命事业,在南梁根据地的清党肃反中被误判成内奸而活埋。她死前父亲白嘉轩、奶奶、姑姑梦见她化身为白鹿原上"生有百灵报喜,死有白鹿托梦"的精灵。

白鹿代表凸显人物性格、表现祥瑞美好的神话意象,是小说中参与谋篇布局、调整情节结构的潜在神性空间,强化小说的精神内涵和地域文化特征。《白鹿原》采用神性空间和世俗空间交错观照的策略构架小说的叙事结构,一方面形成"往外衍射"的叙事空间,以白鹿两家的纠葛为中心辐射各种政治力

---

① 陈忠实:《白鹿原》,长江文艺出版社 2014 年版,第 18—27 页。
② 陈忠实:《白鹿原》,长江文艺出版社 2014 年版,第 426—427 页。

量的交锋；另一方面以白鹿神话为中心形成"收束倾归"空间，①作品的中心题旨集束于"白鹿精魂"。因此，白鹿传说的神性空间与白、鹿两个封建宗法家族的现实叙事空间交错辉映，凝聚小说独特的人文精神和传奇的民俗风情，对应中原文化对于"白鹿精魂"和"仁义道德"的思考，传递厚重的历史文化意识。

张炜通过塑造一批慈祥善良、充满母爱的完美"大地母亲"形象和纯洁美丽、为了爱情坚贞不渝的"大地女儿"形象，在小说中试图"复兴"地母神话，在现代化危机中书写"野地"传奇，孜孜不倦地探索人类如何"诗意"栖居的问题。作者笔下的女性人物形象源自中国神话传说中兼具母性和女性特征的创世女神女娲、西王母、观音菩萨。《家族》中的阿萍奶奶品格高尚、温柔善良、充满母爱、忠于爱情、富于牺牲精神，是典型的大地母亲形象；《家族》中的淑嫂、闵葵、曲绨和《古船》中的随含章年轻美丽、妩媚柔情、心地善良，勇敢追求爱情、自由和理想，甚至不惜为此献出生命，是一群"大地女儿"形象。

张炜在神性空间和世俗空间之间建立关联，许多小说富于神话意蕴，神话发挥点明主题、组织结构的功能。《家族》专设章节讲述黑马镇起源的神话故事。黑马镇以前是"一片茅草地"，连"一间小棚子都没有"。生活在这片土地上的祖先颠沛流离，挨饿受冻。一位白须老者来到这里，带领老族宗找到花香四溢的槐树林，教他们吃槐花填饱肚子，赠予他们种子和一头毛色闪亮的黑马。老人离开时再三叮嘱人们千万不要虐待这匹黑马，等收下几茬庄稼，他便回来牵走它。黑马强壮温顺，"耕地运草，驮粮拉水"，汗流浃背，没日没夜地干活，帮衬大家过上"大屯子满小屯子流"的富足生活。但是，富裕起来的人们很快忘记黑马的功劳，把老者的嘱托抛之脑后。当黑马去河里驮水过坎儿摔断前腿后，人们对它不管不顾，嫌弃它的痛苦嘶叫，残忍地把它砍割成块扔进滚烫的锅里。黑马原本是白须老神仙的小儿子，老人打发他变成黑马下凡

---

① 人民文学出版社编辑部编：《白鹿原评论集》，人民文学出版社2000年版，第150页。

扶助黑马镇的先民。他临死前的哀嘶是呼唤父亲来救它。① 作者占用一节笔墨描述表面看来与文本故事联系不大的神话故事,旨在揭示小说关于"背叛"、"冤屈"的创作主题。

张炜作品中的人物被划分为"英雄族"、"穷人族"和"魔鬼族"三种神话人物原型。② 宁珂、曲予、宁伽、隋抱朴属于第一序列中的民间"英雄人物",具有极大的社会责任感、朴素的忧患意识和高尚的道德情操。在文明失落的现代社会中,"英雄族"注定要经历神话英雄经历的诸如苦难、困惑、痛苦、漂泊、隐修、求索、挑战、拯救、再生。处于"神话"结构第二序列的是闹闹、茴子、小葵这些"穷人族",她们(他们)没有"英雄族"那样自觉的社会责任感和坚定不移的信仰,但是具有善良的本性和朴实的生活态度,是"英雄族"的同盟力量。处于序列最后一组的人物是赵炳、赵多多、殷弓为首的"魔鬼族",是丑陋和邪恶的代表,站在"英雄族"的对立面。他们以革命的名义或者打着维护民众利益的招牌,大肆搜刮财物,公报私仇,胸襟狭隘,凌辱女性,体现野蛮的兽性、卑鄙的人格和低下的情操。

(三) 历史事件时间与文本时间并置

福克纳通过让不同时代的人物或事件进入同一空间实现时间的空间化,新时期家族小说作家通过把真实历史事件时间与家族故事时间平行并置或者比较关联对福克纳的时间空间化策略进行创新和重塑。这种时间空间化的叙事手法,有助于把单个或者多个家族的兴盛衰亡放置在一段血雨腥风或者风云突变的大社会历史背景中展开整体审视,家族或者个人的命运在虚与实的空间中不停转换,小说中相互勾连的各方在虚与实的空间流转或者若即若离的并置关系中获得"共时性"艺术效果,作品中某个特定地区的家族故事在纵

---

① 张炜:《家族》,上海文艺出版社 2001 年版,第 214—217 页。
② 严锋:《张炜的诗、音乐和神话》,《当代作家评论》2004 年第 4 期,第 82 页。

向发展演进的同时在横向上不断扩展延伸,家族故事得以多层次、全方位地展现。历史史实与家族传奇之间的并置混合明确表达时空的不可分割性,使家族故事的发展从传统家族小说叙事的因果联系和序列关系中突破出来,走向当代家族小说叙事的流动性、空间性、当下性,为家族史、地方史、民族史开辟相互参照的空间图景,使裹挟在历史洪流中长期处于蒙蔽状态的家族和个人生存本相得以浮现,有益于呈现中国20世纪现当代历史的复杂性和特殊性。

莫言家族小说中的抗德、抗日、"文革"、三年自然灾害以及改革开放之后的历史演变题材与众多人物的人生际遇和个体家族的兴盛衰亡密切联系,通过二者的关联展现高密东北乡的民间历史画卷。《丰乳肥臀》描写高密东北乡大栏镇上官鲁氏及九个儿女在抗日战争、解放战争、土改运动、合作化与人民公社化运动、"文革"、改革开放时期的生活遭遇和悲欢离合,历史的些许抖动都会引发家族的地动山摇和生离死别。小说中上官吕氏领着孙大姑为儿媳上官鲁氏接生的故事与日本马队"践踏游击队员身体"的场面并置。这一天孙大姑脸上"挂着一丝嘲弄的笑容"倒在日军的枪口下;上官金童的祖父和父亲在同一天死于日军的残杀。但是,在枪林弹雨和亲人殒命的乱世中出生的上官金童并非英雄豪杰,而是一个严重的"恋乳厌食症"患者,在"吮乳"和"恋乳"的精神错乱中穷困潦倒、懦弱卑微地混迹于世。小说在亦庄亦谐中巧妙地把抗日战争期间日军残杀村民和游击队员的血腥场面与上官鲁氏的生产故事关联起来。

小说第七卷第五十五章中,历史事件与家族故事并置发展。据史料记载,觊觎胶州湾已久的德军一直等待大肆出兵占领山东半岛的机会。1897年两个为非作歹的德国传教士在山东巨野被杀,德军以"巨野教案"或"曹州教案"为借口,在1897年11月14日的晨雾迷蒙中悍然占领胶州湾,自此拉开帝国主义列强瓜分中国的序幕。1897年春到1900年秋在山东日照、高密等地发生了一系列大规模的反洋教斗争。1900年1月2日,山东省高密县民众奋起抵抗德军修建铁路。1900年8月16日晚,八国联军攻陷北京。与此对应,小说描述光绪二十六年（1900）八月初七这天发生在上官鲁氏家族的故事。上官鲁氏刚满六个月，德军"趁着弥漫的大雾"在"小辫盘在脖子上"的中国汉奸的带领下，包围高密东北乡上官鲁氏的家乡沙窝村。一群"个子高高、双腿细长的"德国兵涌入村子，烧杀抢掠，打死三百多名沙窝村民。在此之前沙窝村有过上官斗、司马大牙带领村民用"屎尿战"阻止德军修建胶济铁路的失败之战，以上官鲁氏的父亲鲁五乱、武举人杜解元为首的高密东北乡的英雄好汉认识到德军根本不是"沾了人粪尿就要呕吐至死的洁净鬼"，他们决定"习武练兵，铸枪造炮，修土围子挖壕沟，严阵以待"。外祖母姚氏因怕身子被德军玷污悬梁自尽，上官鲁氏被姑姑姑父从面缸中解救出来，保住性命。① 在鲁五乱和杜解元的身上，浮现"巨野教案"中杀死德国传教士的两个民族英雄奚老五和刘德润的影子。

"红高粱"家族的故事与高密东北乡的抗日历史齐头并进、相辅相成，小说的主要人物和事件照应那段历史，历史与虚构纠葛交织，真伪难辨。余占鳌率领队伍伏击日军车队、日军的反扑扫荡很容易让人们把它与孙家口伏击战和公婆庙惨案联系起来。史料记载，1938 年农历三月十六日，抗日游击队曹克明部组织军民四百余人，在距高密县城 60 华里的孙家口村成功伏击由平度返回胶州的日寇，沉重打击日军的嚣张气焰。1938 年 4 月 25 日，驻青岛的一百多日军分乘四辆卡车，开往孙家口进行报复袭击。当卡车行至孙家口村南的公婆庙村时，日军以为村内有埋伏，丧心病狂地向手无寸铁的百姓开枪扫射，灭绝人性的日军用刺刀把张西德的头皮剥下来，盖上眼睛，一阵乱刺，张西德惨死在日军的刺刀下。倪成恩被抓之后，被日军剥下头皮，一刀刺中心窝。忠厚刚直的教书先生张天阶，被日军绑起来活埋。日军凌辱残杀妇女儿童，烧毁家禽、家畜、房屋，造成一百多村民死伤的惨案。

小说在高密东北乡人民可歌可泣的抗日斗争历史事件和虚构的"红高

---

① 莫言：《丰乳肥臀》，作家出版社 2015 年版，第 576—580 页。

梁"家族祖先的爱恨情仇之间穿梭。文本的叙事时间是"一九三九古历八月初九","我"以第一人称的叙述视角讲述"我爷爷"、"我奶奶"、罗汉大叔和高密东北乡的乡亲们在这块土地上抗击日寇的英雄事迹和轰轰烈烈的爱情故事。小说第一章前五回描写"我爷爷"余占鳌司令的队伍在胶平公路伏击日本汽车队以及日本兵随后展开的报复性反扑清算。在这次大屠杀中,罗汉大叔被剥皮、"三百多乡亲叠股枕臂、陈尸狼藉,流出的鲜血灌溉了一大片高粱"。小说中的传奇"草莽英雄"余占鳌身上反射孙家口伏击战中大名鼎鼎的"抗日英雄"曹克明的影子;罗汉大叔被剥头皮的惨状与历史相差无几,不同的是他死于被日军逼得走投无路的同胞杀猪匠孙五之手。

　　莫言立足民间叙事立场,以主观化的家族叙事展现客观性的民族历史或者以历史事实照应文本虚构,天马行空地穿梭于历史与当下、现实与虚构之间,突破文学虚构与历史真实的区分范畴,思考当下人类的生存境况和人性本质。通过两个空间之间的并置关联,莫言在小说中运用民俗民情、浪漫传奇、家族演绎、稗官野史、趣闻逸事对现实历史进行虚化演绎和"滑稽模仿",对家族历史和民间记忆展开"庄严重构"。① 表面看来作者似乎对肃穆深沉的历史进行庸俗化处理,事实上,作者通过两个空间的比较对照,对20世纪中国的社会历史进程和民族心态展开发人深省的重述。

　　陈忠实查遍西安周边的"县志、地方党史和文史资料","温习中国近代史",以求在准确把握纵向的历史发展中"关注关中这块土地的兴衰史"。② 史诗巨制《白鹿原》在家族故事和革命斗争历史的两个时间维度中呈双线发展态势,白、鹿两家的家族故事中巧妙穿插中国自清末民初到新中国成立前夕半个世纪波澜壮阔的历史变迁。在历史空间中交替发生皇帝退位、辛亥革命、民国初年的制度大转型、军阀混战、1927年中共渭南华县党组织领导的渭华农民武装起义、国共第一次合作失败、国民党的反攻倒算、"七七事变"后三十

---

① 赵勇:《莫言的两极——解读〈丰乳肥臀〉》,《文艺理论研究》2013 年第 1 期,第 79 页。

② 陈忠实:《关于〈白鹿原〉的答问》,《小说评论》1993 年第 3 期,第 5 页。

八军在中条山抗击日寇、日寇进入陕西、民众的反蒋活动、1949 年共产党取得革命胜利、肃反运动；在白鹿原的家族故事空间中轮番上演白、鹿两个家族几代人在不同时期的生活风貌。故事的前五章叙述清末传统农耕文化时期白鹿原上人们日出而作、日落而息的生活情景，族长白嘉轩七娶老婆的逸事，白、鹿两家姓氏的来历，办学堂、翻修祠堂、竖立"仁义白鹿村"石碑的故事。白鹿原人们的生活在封建秩序和乡规宗法的约束下，呈现一派"白鹿欢蹦"、"万家乐康"、宁静祥和、安全稳定、自然古朴、乡风敦厚、勤俭持家、和睦友爱的气象，反映作者对封建宗族制度下农村聚族而居的田园生活的浪漫化和理想化想象。

自第六章开始，文本的家族叙述与 20 世纪前半叶中国的历史变迁并列延伸。伴随"反皇帝"的"反正"革命，白鹿原的生活陷入惶恐，面临"没有皇帝了往后的日子咋过哩？"的"精神震荡和失落"，踏入现代社会的大动荡。朱先生针对"没有皇帝"之后白鹿原的"日子怎样过"草拟《乡约》；鹿子霖脱下"长袍马褂"，穿上"一身青色的洋布制服"，当上改制后的第一任乡约；白鹿村爆发白嘉轩和鹿三策划并挑头的"交农事件"，农民结社集会示威游行，反对县上不合理的税赋；白灵以死相逼白嘉轩，要去县城上学；黑娃因不愿给白嘉轩做长工出去闯荡，领回郭秀才的小妾田小娥，父亲鹿三认为此举有辱家门，把他们撵到村东的一孔破窑；白孝文结婚生子、鹿子霖三记耳光逼迫儿子鹿兆鹏迎娶冷秋月；白灵加入共产党，鹿兆鹏参加国民党后又加入共产党；在鹿兆鹏的指导下，黑娃等人在原上成立农民协会总部，刮起"剪纂儿拆裹脚布"和围攻封建堡垒的"风搅雪"；国共合作失败后黑娃投奔国民军的习旅长成为贴身警卫；鹿子霖乘小娥搭救黑娃的危难之际不顾人伦霸占小娥；白鹿原成为共产党、国民党、土匪三家争夺的鳌子；黑娃落草为寇；鹿子霖教唆小娥勾引白孝文羞辱白嘉轩，白嘉轩盛怒，族法惩治孝文并把他赶出家门；干旱引发白鹿原上一场异常的饥馑；鹿三杀死儿媳田小娥，白孝文参加保安队；白嘉轩、白孝文精心设计帮助身陷囹圄的黑娃越狱逃跑；瘟疫在白鹿原上蔓延、肆虐，人们把灾难归罪于田小娥的阴魂不散,白嘉轩命人焚烧并建塔"镇妖";白灵、鹿兆鹏组织学生开展反蒋抗日活动;鹿子霖挑逗儿媳冷秋月,儿媳羞愧发痴,以"淫疯病"悲惨结束生命;白灵在清党肃反中被活埋;白嘉轩允许黑娃进祠堂认祖归宗;1949 年人民政府成立,白孝文虚报战功当上县长,主持镇压反革命分子的集会,黑娃因匪首罪名被判死刑;鹿子霖在处决黑娃陪场子时惊吓过度,加上想起"鹿家还是弄不过白家"时急火攻心、大小便失禁,最后发疯毙命。

　　白、鹿两家的风风雨雨发生在 20 世纪上半叶中国从传统迈入现代的历史时空中,一部《白鹿原》写就一部中国现代史。白鹿原上发生的一切运动和变革决定生活在原上的白、鹿两家各色人等的生活和命运,小到个体大到家族,都在历史的疾风劲雨中瑟瑟发抖。作者以基于史实的情节,源于原型的人物,直接切入历史的时空语境,在错综复杂的家族故事和风起云涌的革命运动两个空间的并行延展中,呈现在历次革命运动影响下白鹿原的家族生活境况和农村社会图景。文本空间以鲜活的人生叙写最大限度地见证和展现现代革命的历史空间。小说文本采用全景式的叙事视角,开拓共时多元的历史空间,游走在历史事实与文本故事之间,以家族的兴衰作为反观现代革命历史的镜子,以跌宕起伏的人生和复杂多变的命运审视人性,思考中国现代历史的深层矛盾和时代裂变,探索中华民族的文化心理和命运前途。

　　《活着》在真实历史事件的空间中书写没落地主徐福贵一家三代的人生遭际,凸显福贵苦难悲惨而又顽强执着的一生,小说人物的人生境遇常常穿梭在历史事件中,历史的坎坷与人物的苦难并行。每一次历史事件、政治运动和社会变革不但通过主人公福贵的眼睛和亲身经历得到生动再现,而且深刻影响这个农村地主家族的生活,撞击人物命运。《活着》是一部书写"富人败落"的"红色历史小说的翻版",作者对历史做减法,把它"还原为一个纯粹的生存着的个体",反映当代中国农村农民生存的苦难史。① 对余华而言,福贵是 20

---

① 张清华:《文学的减法——论余华》,《南方文坛》2004 年第 4 期,第 8 页。

世纪40—80年代那段伤痛和苦难历史的典型标记和时代符号。在这段已然消逝的历史中,作者重点挖掘福贵家族深藏在晦涩历史中的个人生存史,为读者提供走进那段历史和体悟人生苦难的空间。

在文本的故事空间"20世纪40年代"中,出身富裕家庭的浪荡公子福贵放浪形骸,生活腐化堕落,对妻子家珍的哀求和父母的劝告置若罔闻。他嗜赌成性,经常在城里的妓院吃喝玩乐,彻夜不归,有时故意让妓女背着他经过丈人的米行,给丈人脱帽敬礼,"嘻嘻笑着"口中嚷嚷"近来无恙?"。后来在赌局中陷入皮影戏班主龙二设好的圈套,赔光家里的田地和房产。输光家产的福贵一夜之间从大地主沦为穷光蛋。父亲见状气血攻心,倒地猝死。无奈之下妻子怀着儿子带着女儿回到娘家,福贵在街头摆摊度日。在20世纪50年代的土改运动中,龙二被划成恶霸地主分子,挨枪子一命呜呼做了福贵的"替死鬼";福贵因为抵光家产反倒成为光荣的贫农,因祸得福捡条性命。经历如此磨难之后,福贵变得安分守己,对妻子儿女疼爱有加。但是,命运似乎并不垂青这个家庭,悲剧接踵而来,无情的死神夺走福贵的所有亲人。风烛残年时的福贵只身一人与那头被他取名"福贵"的老水牛孤零零地活着,一个饱经沧桑的老人和一头几乎拉不动犁的老牛在那片贫瘠的土地上日复一日地耕作。小说在特定的历史时空中,尽情演绎经历残忍生活和痛失至爱的福贵顽强豁达地活着的故事。

阿来的《尘埃落定》通过川西北嘉绒藏区土司制度的历史与麦其土司家族兴亡故事的空间并置艺术,记录20世纪40—50年代麦其土司家族在藏区土司制度行将就木、国共两党权力更迭以及藏区和平解放的历史空间中的发展轨迹。藏区的土司制度始于唐代针对少数民族地区与汉族不同的政治、经济和文化实行的"羁縻制度",终结于20世纪50年代,延续一千多年。土司制度是元、明、清中央政权为了平衡与地方各民族统治阶级之间的权力争夺形成的一种妥协政策,土司制度实行家族世袭。处于中央政权松散管理之下的藏区土司,各自划分势力范围、统辖领内民众土地,形成分裂割据态势。随着新中国的成立和各民族的统一,土司制度被新制度取而代之,成为历史遗迹。小说的文本故事空间与土司的历史变迁密切关联,是一幅土司制度从繁荣到崩溃的微缩图。

麦其土司家族的故事从"傻子"二少爷躺在床上听外面画眉的鸣叫声和母亲在铜盆中用牛奶洗手的声音开始,接着交代等级森严的土司社会分层。各种势力和不同派别的宗教在这片土地上不停较量,国民党的黄特派员为了"中华民国的民族秩序",走进麦其土司的官寨,组建训练正规队伍。麦其土司凭借这支队伍大败劲敌旺波土司。打了胜仗的麦其土司为了感谢国民政府和黄特派员,答应为政府种植罂粟。在其他土司看到麦其家族因为种植罂粟大发其财,放弃粮食耕种改种罂粟时,麦其家族在傻子二少爷"鬼使神差"的建议下又改种小麦和玉米。随后饥荒泛滥,麦其家族粮食丰收,治下百姓免于饥馑,"傻少爷"以麦子制衡雪域高原上的军事和经济,得到了茸贡女土司美丽娇艳的女儿塔娜。日本投降之后"红色汉人和白色汉人又打起来了","傻少爷"不知道自己喜欢红色汉人还是白色汉人,询问黄师爷得知叔叔喜欢白色汉人时决定喜欢白色汉人。"春天一到,解放军用炸药隆隆地放炮,为汽车和大炮炸开宽阔的大路向土司们的领地挺进",红色汉人在麦其土司的官寨外安营扎寨。藏区的最后一个土司"傻子"二少爷死于杀死他哥哥、"摇身一变成为红色藏人"的仇人弟弟刀下,麦其土司家族从此走向覆灭,土司制度"尘埃落定"。

麦其家族的"傻子"似乎曾经为这个行将就木的土司时代带来一丝"回光返照",他开设边境集市贸易,建立镇子和商业街。但是鸦片和妓院成为土司领地内的两颗"毒瘤",土司制度成为历史前进的绊脚石,解放军摧枯拉朽般的隆隆炮声风卷残云,把藏区腐朽的土司制度和依附其上的土司阶层送入历史的坟墓。"傻子"是这片雪域高原上的最后一个土司,他的神秘预言"我确实清清楚楚地看见了结局,互相争雄的土司们一下子就不见了"得以应验,"土司官寨分崩离析,冒起了蘑菇状的烟尘。腾空而起的烟尘散尽之后,大地上便什么也没有了"。作者在文本故事空间叙述中,始终把叙事的焦点对准土司时代的终结者和殉葬者,以此对应国共两党之争和红色政权最终胜利的历史空间,在虚与实的空间并置中思考一种制度的陨落和民族文化的演进。

《古船》在20世纪40年代农村老区的土改运动、50年代末60年代初的大跃进和大饥荒、60—70年代的"文化大革命"以及十一届三中全会以来的城乡经济体制改革的历史空间中,聚焦洼狸镇上的隋、赵、李三个家族的命运浮沉,历史事件与家族故事并行发展,处于共时化状态。在洼狸镇近半个世纪波澜壮阔、慷慨激昂的社会经济变革历史长河中,三个家族及其成员的挣扎与探索、绝望与期盼、苦难与奋斗、忠诚与背叛、堕落与扭曲、迷失与疯狂、血腥与暴力得到全景式再现。在新时期的历史天空下洼狸镇发生了一系列变革转型:赵多多利欲熏心,承包粉丝大厂使其濒临倒闭;隋见素无法放下个人恩怨,进城经商经历挫败;隋抱朴沉默寡言却能心怀民众,在危难时刻承担起拯救粉丝大厂的重任,完成人性修炼,实现社会理想。《古船》的文本叙事顺应时代,穿透苦难与邪恶,与历史并行不悖,洋溢着理想主义情怀。

与之不同,《家族》反映历史的"坚冷岩壁"。张炜以"卓然高迈"、"秉笔直书"的写作姿态,切入历史,让人们在"自省、反思、追问和审判"中对历史进行再认识。① 《家族》的历史时空是20世纪40年代到新中国成立之初,当时中国处于两党争夺政权、民族资本主义逐渐消亡的时期,每个民族资本家大家族及其成员面临立场的选择问题。《家族》中位于东部半岛海滨城市的曲府和半岛南部山地的宁府处于这样的风口浪尖,经历抉择的煎熬与痛苦。曲府的掌门人曲予信奉"绝不插手党派之争"的信条;宁府的族长宁周义也认为"任何党派都是毫无希望的,颓败只是时间问题"。但是,随着革命的深入,明确选择阵营成为摆在每个人面前的问题。宁周义"冥顽不化"选择国民党,但

---

① 张清华:《历史的坚冷岩壁和它燃烧着激情的回声——读张炜的〈家族〉》,《理论与创作》1996年第4期,第57页。

他视如己出、抚养成人的侄孙宁珂选择加入共产党。为了营救革命武装的重要人物殷弓和为组织筹集军火、医药、布匹、黄金和各种物资,宁珂走进曲府,劝说曲予帮助革命事业,并与曲予的独生女儿曲绮相恋。曲予竭力资助和保护宁珂的"组织"。宁珂运用独特的身份,穿梭于宁府、曲府和组织之间,对革命事业忠心耿耿。

宁珂选择追求理想时必然面临背叛家族的痛苦,备受煎熬和折磨后他毅然选择革命事业。革命成功之后,因为家族的历史问题他被"同志"怀疑、曲解和冤枉,并被判刑劳教。笼罩在作品中的背叛、忠诚、悲情、误解使人们领悟到在历史变革中始料未及的家族和个体命运的变故。宁珂同许多大家族的年轻人一样,在革命初期与家族决裂、满怀激情加入如火如荼的革命,然而,"难堪的结局尖刻地嘲笑了最初的幼稚激情"。① 作者在革命历史空间的大建构下,重点叙述具有个体特点的民族资本家家族故事,书写关于信仰、人性、忠诚、背叛、生死的重大问题。理想的"合法性"和"神圣性"吸引宁珂们献身革命事业,"个体生命的悲剧性充分说明现代中国从民主主义到共产主义革命这段历史的复杂性"。②

苏童深刻、冷峻地思考历史,经常把家族中的性爱、暴力、堕落、死亡主题巧妙地放置在碎片化的历史反思中。在《罂粟之家》的最后,工作队长庐方的枪声结束了"枫杨树最大的地主家庭",时间是 1950 年 12 月 26 日。作品中时不时突然跳出的一些具体而清晰的历史时间,被作者拆解成一个个碎片化的空间,与文本叙述的家族历史空间相互呼应,让被家族和历史长期遮蔽或压抑的人性和欲望冲破道德伦理和历史的桎梏,横亘在人们面前,呼唤对人性本真和生命意义的深入思考。苏童认为自己的写作目标是"无限利用"和"无限夸张"人和人性的力量,"打开人生与心灵世界的皱折,轻轻拂去皱折上的灰尘,

① 南帆:《文学、家族与革命》,《文学评论》2013 年第 1 期,第 102 页。
② 张清华:《历史的坚冷岩壁和它燃烧着激情的回声——读张炜的〈家族〉》,《理论与创作》1996 年第 4 期,第 58 页。

看清人性自身的面目,营造一个小说世界"。①

《罂粟之家》的家族叙事与 20 世纪 50 年代土改运动的历史紧密关联。没收和分配土地、划分阶级成分、镇压罪大恶极的地主富农、消灭封建土地所有制的土改运动热火朝天地在中国 20 世纪 50 年代的历史时空中上演。《罂粟之家》的文本叙事时间穿梭在 20 世纪 30—50 年代,重点描写 50 年代乡土中国的统治者地主阶级的最后岁月。小说以大地主刘老侠家族的盛衰故事为叙事载体,反映地主与雇农之间纷繁复杂的阶级关系。地主刘老侠对土地怀有强烈的占有欲望,不念手足之情从弟弟手里夺取土地,丧心病狂地种植大片罂粟。苟延残喘的刘老侠把姨太太与长工陈茂偷情生下的沉草视为挽救家族的最后一根稻草。沉草杀死摇身一变成为革命者的亲生父亲但回天乏力,无法拯救气数已尽的刘家。翻身做主的陈茂参加革命,却动机不纯,借着批斗地主恶霸和从事革命的幌子奸淫妇女,公报私仇,横行乡里。小说在历史的必然性和前进性的空间中,照应文本空间中的颓败、堕落、欲望、暴力、血腥、罪恶、死亡。通过两个空间的对照,苏童不动声色地把人性与家族从社会和时代的肌理中剥离出来,探讨封建地主制度和地主家族的灭亡是一个时代的终结,同时淋漓尽致地展示人性的邪恶、阴暗、残缺和丑陋。

小结：家族叙事空间诗学的 理论旅行与地方化

空间是任何作家和作品无法回避的问题,地域空间成为作家文化身份得以界定和确立的重要依据。"人们并不单纯地给自己划一个地方范

---

① 周新民、苏童:《打开人性的皱折——苏童访谈录》,《小说评论》2004 年第 2 期,第 27—28 页。

围,人们总是通过一种地区意识来定义自己","每个地方代表的是一整套文化"。① 每个作家拥有出生和成长的地方,这个空间环境与作者的文化身份紧密关联,地域空间必然对作者的精神世界和文学创作产生影响。浸染福克纳作品中的美国南方故土气息和人文精神自然而然地把他与南方及其文化联系在一起。密西西比州奥克斯福家乡小镇的地理环境、风土人情是福克纳的文学地域空间建构的典型素材,"约克纳帕塔法"文学世界成为现实故乡的"翻版"。奥克斯福给予福克纳丰厚的精神和文化馈赠,福克纳也以举世瞩目的"约克纳帕塔法"文学"共和国"回报家乡的养育之恩。

美国南方地区的地理风情以及生活其中的各色人等构成"约克纳帕塔法"家族神话空间的核心内容,地域特色赋予福克纳与美国其他现代作家截然不同的叙事风格。现代以来大规模的城市化和南方村镇的逐渐陨落,使生活在城市里的现代人司空见惯、麻木不仁地对纷至沓来的各种人群和事件进行冷漠机械的"电影摄影式"处理,无法与某个固定的地方、人群和时代产生密切联系,身份认同和地域归属感普遍缺失,产生漂泊无助的孤独和精神流放的无奈。生活在乡村或者小镇的人们因为相同的生活经历、相似的价值观念、重叠交叉的人际关系,互相熟悉、彼此牵连,形成强烈的社区意识和族群观念。他们珍惜土地、倚重家族,久而久之,沉淀出浓厚的乡土意识和地方情结。相对于变幻不居、闪烁不定、孤立隔绝、感情疏远的城市生活,乡村生活呈现富有感情色彩的"叙事性"和"抒情性"。在现代化的喧哗与骚动中,福克纳眼睁睁看着自己熟悉的山川河流和森林耕地在现代化铁路和工厂建设中消失殆尽,他不禁痛心疾首,以怀旧的笔触书写南方人祖祖辈辈生息繁衍的家乡故土。旧南方封闭祥和的小镇生活和庄园贵族家族在他的笔下再次复活,陨落的农耕文明和"约克纳帕塔法"神话世界再次重现。

福克纳游走在现实与虚构之间,现实的南方故乡地理空间催生虚构的

① ［英］迈克·克朗:《文化地理学》,杨淑华、宋慧敏译,南京大学出版社2005年版,第95—96页。

"约克纳帕塔法"文学世界,虚构的文学世界又通过空间的社会生产性,把现实的南方生动展现在世人面前。福克纳以故乡为蓝图,在虚构与现实相结合的基础上,富有诗意和创造性地构建文学"共和国""约克纳帕塔法",杰弗逊镇及其郊区的几大家族生活在这个文学地理王国中,以家族故事折射近两个世纪美国南方的真实社会图景。在南方传统文化和地方意识的熏陶下,福克纳热爱昔日故土,留恋南方家族,本能地抗拒工业化和城市化。然而,历史的发展促使他对旧南方的奴隶制、家族腐败、土地掠夺和其他罪恶进行反思,在爱与恨、依恋与负罪并存的复杂情感中构筑文学地理世界,描绘南方的故土风情和人文地理。

福克纳从宏观构架和微观布局两个方面精心安排"约克纳帕塔法"神话世界,传达作者对旧南方社会生活"井然有序"的怀念,表现南方贵族家族覆灭的悲剧性。复调对位式叙事和文本时间空间化是福克纳实现小说叙事空间诗学建构的主要叙事策略。作者在作品中借助神话空间与世俗空间的暗指关联和并置共处,通过移位变形或者模仿戏拟,使多重空间在文本中呼应对照,全方位地开拓南方家族故事的叙事空间。福克纳是灵活掌控时间的大师,通过打乱顺序、并置、关联、镶嵌等叙事策略对时间进行空间化处理。"约克纳帕塔法"家族世系小说不但对神话故事与世俗家族故事进行互文拟仿,而且以同一人物反复出现在不同文本中或者把不同时代的人物或者事件框进同一空间平面的叙事艺术,打断线性历史发展的一维空间,在突兀呈现的时间片段上衍生多维空间,通过对于各个家族关键性事件时间节点的完美空间化处理,凸显南方贵族家族灭亡的历史必然性以及作者的价值和情感取向。时间空间化使人们暂时放弃自然线性的历史进程,驻足反观看似偶然的个人命运和家族悲剧。

虚构王国"约克纳帕塔法"世系小说的整体规划性和内在统一性表现出福克纳精妙的空间建构艺术。他基于"邮票般大小"、相对"落后"但地域特色鲜明的南方故乡小镇,虚构文学地理空间,运用各种策略尽情描述在这个地理空间中轮番上演的一系列社会历史变迁和家族兴盛衰亡故事。作者基于旧南方独特的地域特色,缔造具有整体性和典型性的"约克纳帕塔法"神话王国,建立一整套现代与传统、城市与乡村、进步与落后、文明与自然的价值对比体系,表现蕴含于空间深层的社会历史和文化意义。作者在文学地理空间的千回百转中深刻体悟到随着南方的现代化,南方即将失去农耕文化养育下的家族观念、社区意识、地域情结等传统价值观念,在深情"回望"南方历史中排斥直线进步意义上的历史观念,转向注重生命体验的循环论历史观念。福克纳的作品以某一特定地理环境下的家族故事和社会风貌展现一个时空的辩证场域,线性的历史叙述在其中得以立体化、全面化、多维化,通过展现具象的人物和事件的活动场所,实现为流变的南方历史定位的创作目标。

　　在外来文学地理空间"约克纳帕塔法"与中国当时的"寻根"思潮和传统家族文化中的思乡、怨乡、返乡情结的启发下,中国新时期的家族小说作家在家族和乡土叙事的向度上,自觉构筑各自的文学艺术世界,打造文学地理名片。新时期家族小说作家挑战并反叛传统家族小说只强调线性进步意义的时间维度而忽略个体生命体验的空间维度的创作方式,纷纷把笔触转向建构典型的文学地理空间,开始文化寻根和家族追寻的写作"旅程"。他们以各自的家乡为摹本,虚构小说中家族的栖居地,呈现该地区鲜明的地方文化特色。中国作家笔下的文学地理空间是中国本土小说创作的发展规律与外来文化影响共同作用的结果。

　　"寻根"与重建家园必然与新时期家族小说作品中普遍存在的怀旧情愫密切相关。在"人情味十足的文化养育"中成长起来的中国作家,"在走向新的生活方式时,总是对过去依依不舍"。① 因为怀旧,作家更容易退回意念中的故乡,故乡替代性地满足作家们寻求精神寄托和心理安慰的诉求。新时期家族小说作家的怀旧主要表现在以故乡为文学创作空间,虚构古朴、偏僻、蛮

---

① 曹文轩:《20世纪末中国文学现象研究》,北京大学出版社 2002 年版,第 174 页。

荒的乡村景象,表现对野性或者原始力量的崇拜,对生命和人性本真的追求。新时期家族小说作家转向故乡寻找建构文学地理空间的灵感,情不自禁地流露出怀旧伤感的情绪,这与福克纳的空间建构意识和精神气质如出一辙。"约克纳帕塔法"神话王国的地理空间启示以及回荡其中的怀旧伤感气质,正好契合中国新时期家族小说作家的寻根与怀旧意识。两国作家或许在共同的心理机制和创作欲望的驱使下,扎根故乡,在富有特色的文学地理空间中书写饱含乡土气息的家族传奇。恰如"约克纳帕塔法"与福克纳密不可分一样,"高密东北乡"与莫言、"白鹿原"与陈忠实、"阿坝藏区"与阿来、"枫杨树乡村"与苏童、"芦清河"与张炜,已经融为一体,成为作家尽显地方色彩的文学地理空间的代名词。

新时期家族小说作家通过现实故乡与文学场域互相融合、神性空间与文本空间互相对照、历史事件与故事时间互相并置的叙事艺术展开空间建构。这些空间艺术与福克纳的"神圣空间与世俗空间相对照"、"文本时间空间化"的空间策略具有诸多相似性。而且,与福克纳一样,中国新时期家族小说作家非常清楚,中国的乡土家族叙事只有在空间性、历史性和社会性三者复杂而紧密的关联中才能更好更有效地展开阐释。因此,在小说创作时,他们有意识集体性地为作品中的家族缔造文学地理空间,通过家族故事把这一地区甚至整个中国的历史现状和社会生活勾连起来。但是,在相似的空间建构策略之下,两国作家却在各自的空间"容器"中塑造别具一格的文学地理世界。中国家族小说作家对于福克纳美国南方版的文学地理空间的借鉴与创新主要表现在如下三个方面。

首先,与"约克纳帕塔法"源自福克纳的故乡南方小镇一样,新时期家族小说作家也以现实生活中的家乡为原型,或虚构、或纪实地塑造文学地理空间。莫言的"高密东北乡"堆砌一系列褒扬与贬谪的修饰词,是一个聚集和网络高粱地的广袤狂野、生命力的强劲旺盛、祖先的快意情仇、民族的血性勃发、民间抗日者的骁勇豪迈、子孙的退化无能各种奇诡风景的空间。陈忠实的

"白鹿原"上演关中地区近半个世纪农村家族变迁以及宗法社会发展的光怪陆离、色彩斑斓的舞剧。"芦清河"是张炜反映山东胶东半岛民族资本家家族苦难生活史的场域。"枫杨树乡村"和"香椿树街"是苏童书写农村地主家族灭亡、拷问生存伦理道德、寻找人性温暖的"晦暗阴郁"的江南水乡和城市空间的两个代名词。"阿坝藏区"是阿来表现藏区少数民族与内地汉族文化、末代土司制度与中央政权之间激烈交锋的一隅边塞空间。

　　物质性空间或者现实地理空间与文本空间的融合是新时期家族小说作家展开家族小说空间建构的第一步。在各自的文学地理空间中作者尽情描述不同的地理景观和文化风情,形形色色的文学空间生动反映作家与众不同的乡土气息和创作特色。生活在城市中的新时期家族小说作家以童年记忆和怀旧的目光转向农村家族传奇的书写,在各自的文学地理版图中逃离浮世繁华的都市,开启眷恋乡土的集体"返乡"大逃亡。新时期家族小说作家的文学地理空间作为一个有效符号,积极参与社会空间和文化空间的生产,使中国大地上不同农村地区的家族兴亡历史彰显基于地缘性的异质性、文化性、民族性。

　　其次,如同福克纳借助《圣经》或者希腊罗马神话拓展"约克纳帕塔法"的叙事空间一样,中国新时期家族小说作家在作品中大量运用神话传说,在神性空间与文本的世俗空间的相辅相成或者戏仿对应中打开一重家族叙事的传奇空间。新时期家族小说作家抛开喧嚣的城市,选择蒙昧、静谧、荒凉、封闭、神秘、古老的民间村镇或者异域边塞作为家族小说创作的地理空间。自然、土地、生命在这些场域中的紧密结合容易滋生民间传说。作家在作品中借用远古时期的神话传说、宗教礼节、拜祭仪式、民间志怪、传奇故事或者神秘文化素材拓宽叙事空间。他们要么借助神话人物原型和传奇英雄烘托世俗人物、点明故事主题;要么借鉴神话或者民间传说的叙事模式、思维方式、神秘象征手法,组织文本的叙事结构。原始意象、神话故事、传奇人物、民间志怪在神性空间中流转传播,烛照文本空间中的人物和家族故事,彰显作品的寓意,反映作家的民间情怀和神异浪漫的文化特质。

　　人类的文化历史起源于神话,神话的精神气质贯穿一个民族的人文历史。新时期家族小说作家通过构筑神话空间上溯家族和民族历史,在与遥远幽深、神秘古老的神话巫术的沟通中,解谜家族、历史、民族的秘史。代表福瑞祥和的白鹿传说贯穿在《白鹿原》的主要节点和重大事件之中,参与小说的谋篇布局,凸显人物性格,深化作品对中原文化蕴含的"白鹿精魂"、宗法家族、"仁义道德"的思考。莫言作品中的红高粱意象、蹼膜恐惧、乱伦禁忌、繁殖母神,成为传递主题思想的重要载体。张炜借用神话或者民间传说构架小说,塑造英雄和魔鬼式人物,表现家族命运,阐发个人理想。《尘埃落定》借鉴藏族格萨尔王和阿古登巴的民间故事和神话传说,戏仿对照麦其土司家族的领地和格萨尔王的岭国,移位变形小说中的人物形象。因此,新时期家族小说中的神话、传说、巫术并非小说故事的点缀和装饰,也非作家对于神秘浪漫特质的一味追求,而是体现作家自觉的神性和世俗空间建构意识。神话的"朦胧、含蓄、深邃"的美学感受以及"奇异的幻想,激越的情感,原始的野性活力"等美的特质,"超越了小说狭小的时空界限",①为小说开拓文本之外的神性空间,使人们在神话与现代意识的烛照中深入思考传统的家族观念、道德伦理、生命存在和民族文化。

　　最后,新时期家族小说作家运用历史事件与叙述时间互相并置的时间艺术,把家族故事中有限的时间空间化,让个人、家族、地区的命运与一个民族抑或整个国家的历史密切关联。莫言、陈忠实、张炜、阿来、余华等新时期家族小说作家,几乎毫无例外地站在"民间历史意识"的写作立场上,运用虚构的家族小说叙事时间与真实的历史事件时间交错并置的空间叙事艺术,把叙事的焦点对准中国现当代一个个家族的盛衰变迁以及人物的悲欢离合,浮现在家族叙事背景中的历史事件像引子一样,催生一次次深刻影响或者致命撞击这些家族命运的社会力量。在《红高粱家族》系列小说中,粗线条勾勒的抗日战

---

　　①　张学军:《中国当代小说流派史》,山东大学出版社 2000 年版,第 267 页。

争事件与红高粱家族故事的演绎齐头并进;《丰乳肥臀》中上官家族一代代人物的命运被捆绑在历史的车轮上;白鹿原上历次的运动与白、鹿两个家族的恩怨情仇和个人命运纠葛交汇,呈现一部关中大地宗法家族和中华民族的"秘史";《家族》、《古船》的革命运动和阶级斗争与家族演变密切相关,写就中国农村大地上的家族苦难史;《尘埃落定》中国共两党在藏区的争夺、藏区的和平解放以及土司制度的灭亡与麦其家族的兴盛衰亡并置融合,思考民族文化的未来;中国 20 世纪 40—60 年代的历史清晰而深重地烙在福贵一家的生活上,《活着》成为作者礼赞重压之下依然挺立的中国农民顽强坚韧的生命意识的文学场。

在这些作品中,真实历史事件经过作者的空间化处理,现实中的历史空间和小说中的家族故事空间或融合或交错或并置或对照或辅助,两个空间的有机结合为新时期家族小说提供有效的读码和解码渠道,历史的历时性与规律本质被生命的共时性和偶然巧合分割得支离破碎,历史背后被遮蔽的另一层关于家族兴亡、个人理想、生命意识、伦理道德、人性异化、阶级纷争、家园追寻、文化怀旧的"真相"浮出水面,透过家族的血缘亲情、伦理道德的描写进一步解读民族精神和民族心理。所以,历史空间与文本空间的结合不但使家族故事与它得以存在的历史背景联系在一起,而且极大地扩展作品反思人性、反思历史、反思文化的空间,空间的社会生产性因此得到最大限度地释放。

第三章　福克纳家族叙事与新时期
家族小说的历史意识

历史意识表现人们对历史的感性体验和理性认知的凝结与升华，是人们审视历史、探索人生、观照现实的一种思维方式。历史是福克纳的家族/历史/地域三位一体叙事主题的有机组成部分，"约克纳帕塔法"神话世系以"家族"为单元重新规划时间、切分历史，围绕直线流动的"机械时间"与循环往复的"情感时间"之间的矛盾，以"沙多里斯"与"斯诺普斯"两个精神世界之间的冲突，展现"向后看"的历史观念以及"纪念碑式"与"批判性"历史意识之间的悖论与张力。福克纳怀恋与反思并举以及坚守"情感时间"的保守主义历史观念与中国新时期家族小说作家的历史意识形成共鸣，处于社会转型期的中国作家在家族小说创作中有意识地借鉴、改写福克纳的历史意识，作家一反新中国前三十年处于支配地位的线性进步论时间观念，向循环论历史意识靠拢，思考新中国成立前后到改革开放近半个世纪的家族发展历程。两国作家的家族小说在"新"的不一定文明、"旧"的不一定落后的循环论历史观念下，深刻反思美国南方和中国的家族问题和现代性。

第一节　福克纳家族小说的历史意识

崇尚个人主义、尊重历史与传统、怀疑工业文明的进步以及对于庞大政府

机构的不信任使福克纳对南方的社会、文化和人民更加眷恋,沉淀出浓厚的
"乡土情结和历史意识"。① 福克纳意识到旧南方的家族观念、历史意识和价
值观念日益遭受北方现代化的威胁,那些使"南方成为南方的东西"面临烟消
云散的危机。在内战失败阴影和历史言说心理的驱动下,福克纳开始重新思
考现实、审视历史,"约克纳帕塔法"家族世系小说呈现浓烈的历史围困感和
沉重的历史记忆。福克纳对旧南方依依不舍、留恋回望,但他也希望南方人能
够正确面对历史中那些令人痛心的罪恶。因此,福克纳为南方历史树碑立传
的同时又对它展开深刻反思,形成批判与怀恋并存的悖论性历史意识,在世界
范围内引发人们对现代性的再思考。

一、重构南方历史的自觉意识

因为南方在美国的"另类"存在,南方土生子福克纳对南方历史具有更加
强烈的叙说欲望和书写动机,他迫切想要以内部亲历者而非外部观察者的身
份,把南方的过去和现在呈现在世人面前,阐述南方人对于南方历史的观点与
态度。对福克纳而言,过去没有消失,仍然回荡在南方人的思想意识里,鲜活
地存在于南方的现在和未来。他的作品"浸透了历史,笔下最富有思想的人
物经常沉思历史的意义。"②福克纳将历史变迁和个体命运联系起来,描写历
史如何定型人物性格、影响个体生活,表达自己对特定历史语境的思考和体
验。在文本表面怀旧、诗意的光晕下,蕴含福克纳言说南方历史的强烈愿望和
再现重构南方历史的坚定信心。

(一) 内战的失败:历史建构的外在动力

南方历史与南北战争息息相关,"研究南方及其历史的人们都相信内战

---

① Doreen Fowler & Ann J. Abadie(ed.) , *Faulkner and the Southern Renaissance : Faulkner and Yoknapatawpha* ,Jackson:University Press of Mississippi,1982,p.X.

② Cleanth Brooks, *Faulkner and History* , *Papers of the Mississippi Quarterly's* 1971's *SCMLA Symposium* 25 ,Supplement(spring) ,1972,p.3.

在南方的过去中是最重要也是唯一具有象征意义的事件。要理解南方的真正含义、它的功过与是非、它的光荣与耻辱以及它目前面临的问题,都要从内战着手"。① 如果没有这场让南方人痛彻心扉的内战,人们难以想象南方文学在现代的极大繁荣。"一个多世纪以来,内战塑造了这一地区的哲学、文学自觉性和文化神话"。② 强烈的历史观念和文化自觉意识造就了 20 世纪 30—50 年代的"南方文艺复兴"。对于"败局已定的事业"(The Lost Cause of the Confederacy)的集体书写成为南方文学区别于美国其他地区文学的主要特征。奴隶制庄园经济、保守封闭的乡村生活方式和宗教文化的地方自治,使得美国南方与现代资本主义的北方截然不同。南北双方的差异不仅表现在政治体制和经济模式上,而且广泛地存在于伦理道德、价值观念、精神气质、社会生活和文学文化方面。北方的新英格兰人喜欢表现他们与旧大陆的差别,而南方的贵族却喜欢追求英国的绅士风度和贵族气质。威廉·泰勒把南北两种文化特质称为北方扬基的盎格鲁-萨克逊文化和南方骑士的"诺尔曼"文化。③ 南北双方在经济与政治方面的激烈斗争导致内战的爆发,内战之后北方的工商资本主义经济逐渐取代南方的种植园经济,旧南方的农耕文明和村镇生活模式让位于资本主义的现代化、工业化、城市化,南方进入新旧交替的历史变革和社会转型时期。在此后的漫长岁月中,"萨克逊"与"诺尔曼"之间的文化冲突对于南方文学产生深远影响。

　　南方人认为内战是一场维护尊严、传统、家族和历史的荣誉之战,④内战失败的阴霾笼罩在南方的文学作品中。内战初期,富有且高傲的南方人以为

---

① John Pikington, "The Memory of the War", in *The History of Southern Literature*, Louis Rubin Jr. (ed.), Baton Rouge: Louisiana State University Press, 1985, p.356.

② Matthew Guin, *After Southern Modernism: Fiction of the Contemporary South*, Jackson: University Press of Mississippi, 2000, p.162.

③ William R. Taylor, *Cavalier and Yankee: The Old South and American National Character*, New York: Harper Torchbooks, 1969, p.15.

④ Gary W. Gallagher, Alan T. Nolan (eds.), *The Myth of the Lost Cause and Civil War History*, Bloomington: Indiana University Press, 2000, p.1.

南方很快就能打赢这场战争,南方的胜利势在必得,那些令人讨厌的"北方佬"无论如何都无法占领南方。然而,随着战争的深入,南方军队节节败退,最后惨败。内战的失败成为南方人始料未及、无法面对的残酷现实。其实,南方的悲剧刚刚拉开序幕。毁于战火的建筑和工厂可以重建,经济可以慢慢恢复,但是,内战失败的心理挫败感和耻辱感却难以抹除,南方人失去了"让南方成为南方"的精神支柱,南方原有的骑士精神、传统的庄园生活方式和农耕经济模式随风飘逝。随着时间的流逝,内战的失败和创伤沉淀为南方人痛不欲生的集体无意识,"1865 年之后,南方的小说家再也无法对内战置若罔闻"。①

　　内战成为美国南方文学史的一道分水岭,南方作家从战前的浪漫主义、理想主义进入战后的现实主义、感伤主义。内战前的南方文学表现安静、祥和、封闭、安逸的田园风光或者温情脉脉的小镇生活,透着白人贵族的优雅和富足,反映骑士风尚和贵族精神。战后北方的粗暴干涉和野蛮重建,包括对南方种植园生活和蓄奴制的谴责,使南方在自己的国度成为被压抑、被消音、被边缘化的"他者",旧南方的历史面临被粗暴改写的危机。面对南方的转型与北方的道德审判,福克纳和一批南方作家认为,一味沉迷浪漫的庄园传奇和"败局已定的事业"于事无补,南方文学应该更多地触及南方的社会现实,重视南方的历史文化,凸显南方特色鲜明的家族文化精神和历史意识,表现传统的价值观念和悠久的农耕文明,面对现实深入思考南方的过去和未来。

　　福克纳的家族小说创作具有强烈的历史建构自觉性,旨在展现各种势力在南方社会文化语境中的协商谈判与争夺交锋。内战和南方的转型是解读福克纳家族小说历史意识和南方特性的主要媒介。"约克纳帕塔法"世系以南方战前的种植园家族生活和战后的社会转型为背景,书写南方大地上富于传

---

　　①　Walter Sullivan, "Southern Novelists and the Civil War", in *Southern Renascence: The Literature of the Modern South*, Louis Rubin Jr. and Robert D. Jacobs(eds.), Baltimore: Johns Hopkins University Press, 1993, p.112.

奇色彩而又悲凉伤感的家族衰落史,表现内战对旧南方的家族、社会、历史、文化方面产生的影响。身为南方人,福克纳善于细致敏锐地捕捉南北两种文化之间的剧烈冲突。内战后,北方的工商资本主义蓬勃发展,南方处于贫穷落后、资源匮乏、屈辱痛苦、道德谴责、种族冲突、观念突变、文化衰落带来的折磨与困扰之中。北方强行在南方推行现代化,"试图不断把南方拉进机床生产"。① 经济、政治、文化处于从属地位的南方似乎是北方的对立面,成为北方肆意攻击的靶子,变成北方经济和文化的"殖民地"②。福克纳出生并成长在这些"被殖民化的人们中间,他们失去了权力……为了给工业化的工厂提供原材料,他们的土地被侵占,他们的劳动力被掠夺"。③ 经济落后、政治失利、权力丧失使南方文化面临逐渐淡出美国文化场的危险。

福克纳与南方同胞一起经历南方的战败、耻辱、痛苦、被动、重建和衰落,对旧南方的文化传统和价值观念记忆犹新,对北方在经济、政治、文化方面对南方的控制和意识形态围剿感同身受。传统与现代之间的巨大张力,让福克纳对北方宣传的工商资本主义和现代文明产生怀疑,对南方在北方的入侵下匆匆抛弃传统、盲目进入现代化感到焦虑不安,他情不自禁地回望南方的过去,表现出强烈的"向后看"的历史意识。福克纳认为"那个从 1865 年起已经死亡的南方腹地,挤满了喋喋不休怒气冲天大惑不解的鬼魂",④他们盘旋在内战前的南方庄园和传统文化中,无法进入现实、融于当下。福克纳怀念民风古朴的旧南方,在质疑线性进步论历史观念的"向后看"中审视美国的现代历史进程。

---

① Susan Willis, "Aesthetics of the Rural Slum:Contradictions and Dependency in 'The Bear'". *Social Text* No.2(Summer 1979),p.95.

② Cleanth Brooks,*William Faulkner:Toward Yoknapatawpha and Beyond*, New Haven:Yale University Press,1978,p.266.

③ Joel Williamson,*William Faulkner and Southern History*, New York:Oxford University Press, 1993,p.363.

④ [美]威廉·福克纳:《押沙龙,押沙龙!》,李文俊译,上海译文出版社 2000 年版,第3 页。

（二）"表明立场"：历史言说的内在心理

因为南方在政治、经济、文化上处于"殖民"与"他者"地位，南方文学经常被冠以乖张、怪诞、狂乱、阴郁的标签，爱伦·坡式的恐怖哥特或者无病呻吟、浪漫天真的庄园文学被认为是南方文学的代表。门肯 1917 年发表名噪一时的《波札茨的撒哈拉》，认为南方没有一座像样的剧院，没有一部值得阅读的文学、神学或者哲学著作，公然将南方比喻成一片"在艺术、文化上都像撒哈拉沙漠一样贫瘠"的荒漠，①把南方文学逐出美国文学的殿堂。门肯戏谑嘲弄的口吻和不屑一顾的神情，彻底激怒了南方的人文知识分子，②他们意识到掌握话语权的重要性，决心奋起反击，力求摆脱外力强加于南方的各种表征。他们不约而同地在作品中强调南方的历史特性，通过对于南方的家族、历史、地域的集中书写，开启南方文学自我写作的新时代。对于内战失败的创伤感受、庄园家族的共同记忆、南方历史的不停打捞使南方文学和文化表现出浓烈的地域特色和怀旧情愫，南方人民共同的历史记忆成为南方文学独特性的重要体现。③

门肯的南方"文化荒原说"极大刺激南方作家的文化自觉意识和历史言说欲望，成就"南方文艺复兴"文学、文化的极大繁荣。20 世纪 20 年代，以兰塞姆（John Crowe Ransom）、泰特（Allen Tate）、戴维森（Donald Davidson）、沃伦（Robert Penn Warren）为代表的南方"逃逸派"、"重农派"青年知识分子，开始客观冷静地回顾南方历史、分析南方的社会现状。他们发现对旧南方的

---

① H.L.Mencken."The Sahara of the Bozart." In *The Literature of the American South：A Norton Anthology*，edited by William L.Andrews，369－378.New York：W.W.Norton & Company，Inc.，1998，p.370.

② Edward S.Shapiro，"The Southern Agrarians，H. L. Mencken，and the Quest for Southern Identity".American Studies（13），1972，pp.75－92.

③ C.Vann Woodword，*The Burden of Southern History*，Baton Rough：Louisiana State University，1991，p.16.

盲目崇拜和对新南方的一味赞美都是令人讨厌和错误的做法,南方文学传统需要革新。① 面对南方传统文学有意压抑的各种社会问题和奴隶制,他们首次认识到北方佬不应该为南方的所有罪恶和问题负责,"南方人开始认真思考南方的时代、地域和历史并同自己展开激烈辩论"。② 南方文人清楚耽于回忆和美化过去只是寻求暂时的安慰,无法从本质上解决南方的现实问题。他们倡导在思考历史的同时,积极思考南方的未来。南方文学从此摆脱了以往盲目美化、过度"修辞"的"浪漫主义"阶段,进入理性思考、"辩证"回顾的"理性反思"阶段。

面对新南方的工业化和城市化弊端,保守主义思想使南方作家对现代化的进步产生怀疑,率先发起"回归土地"的"重农主义"运动。在他们的宣言书《我要表明我的立场:南方与重农传统》中,"重农派"从政治、经济和文化角度,重申美国源远流长的农业主义传统,痛悼南方农业传统和地域文化的日渐衰落,谴责北方工业主义和物质文化的滋生蔓延,批判新南方的现代化和城市化引发南方普遍的伦理道德滑坡和价值观念迷失,提倡在回顾南方的历史和传统中传承农耕文明和乡土文化,凸显南方的区域特色。南方是现代美国仅存的一块具有地域特色的地区,过度迅速的现代化和不太稳定的工业化会使美国因为失去地域文化和乡土传统付出沉重代价。南方的庄园经济和农耕文明使南方人形成根深蒂固的乡土情结和白人"精英"意识,培育南方人的"重农"主义传统和保守主义性格,逐渐演化出"种植园"家族"罗曼司"、"沉重的历史感"、"共同的社会记忆"、"宗教文化的地方自立"等南方特性。③

内战失败后,北方的强烈谴责、野蛮入侵和粗暴干涉对南方人的心灵造成

---

① William J.Cooper,Jr.,Thomas E.Terrill,*The American South:A History*, New York:Alfred A. Knopf Inc.1991,p.648.

② Allen Tate,*A Southern Mode of the Imagination*(in *Essays of Four Decades*),Chicago:The Swallow Press,1959,pp.577-592.

③ 黄虚峰:《美国南方转型时期社会生活研究(1877—1920)》,上海人民出版社 2007 年版,第 4 页。

巨大震撼和伤痛,激起南方知识分子强烈的民族自尊心和自我保护意识。他们更加珍惜南方原有的农业模式、社会秩序和价值观念,呼吁人们驻足回望历史以便更好地把握现在和未来。他们深知政治运动和军事占领无法解决南方的社会困境,更加坚定地试图通过文学作品唤醒处于价值观念虚空和矛盾状态中的南方人,使他们认识到南方的地域特色和区域文化是南方安身立命的根本。他们迫切希望借助文学作品描绘真正的南方,表达南方人对南方问题的立场、对南方历史的看法、对南方土地的感情和对现代化的态度。无法遗忘的内战创伤、无法逃避的奴隶制以及北方人的嘲讽诋毁深藏在每一个南方人的内心,"激起人们的普遍共鸣",唤醒"积淀多年的深层的集体无意识",[①]演变成一种具有通约性的心理情结和释放巨大能量的集体言说历史的冲动。"历史围困感"刺激南方作家共同演绎悲怆的"为了忘却的纪念"的历史情怀。

　　福克纳出身南方没落的贵族家族,他性格保守、崇尚农耕文明,本能地倾向于南方的传统与过去,其主张与"重农派"不谋而合,成为南方"重农"思想的杰出实践者。福克纳认为南方文学应该积极主动地书写南方历史、宣传南方形象。[②] 但与早期的庄园文学不同,他在回顾历史时,摒弃庄园文学曲意美化南方田园风光和一味歌颂贵族精英的倾向,客观理性地思考南方历史,无情地批判旧南方的奴隶制和种族主义。福克纳以雄浑壮丽的神话史诗笔触,创作南方的"约克纳帕塔法"家族世系小说,书写种植园家族传奇,展现南方的历史风貌,凸显南方的地域特色。他通过不朽之作向世界宣称:南方并非北方谴责的那样,是奴隶制和私刑泛滥的荒芜的文化艺术"沙漠"。他的神话史诗不仅展示南方瑰丽多彩的文化传统和雄厚悲壮的历史进程,而且彰显特色鲜

----

①　朱振武:《论福克纳家族母题小说中的自主情结》,《上海大学学报》(社会科学版)2002年第 5 期,第 16 页。

②　Frederick L.Gwynn,Joseph L.Blotner(eds.),*Faulkner in the University*:*Class Conferences at the University of Virginia*,1957–1958,Charlottesville:The University of Virginia Press,1959,p.137.

明的南方个性。福克纳认为,相对于北方工商资本主义的物质至上和道德沦丧,旧南方保存了许多人类美好和永恒的品德。北方的工业文明和物质富裕并不意味着道德和文明的进步。南方历史上存在的奴隶制和种族主义需要抨击与批判,但是,南方的农耕文明和传统美德是人类精神的宝贵遗产,应该得到赞扬与传承。他决心借助"约克纳帕塔法"神话王国,开启通向南方历史的大门,为南方的文化和历史谱写华丽篇章,让人们身临其境,切身感受南方那些业已逝去的传统美德和文化宝藏,认真反思美国的现代化和工业文明进程。

二、"向后看"的历史意识

福克纳作品"深厚的历史感"在于作者对于历史的无限留恋和伤感怀旧书写,他的作品"持续不断地关注那些沉浸于个人、家庭或迷恋于某一地区的过去中的主人公"。① 1939 年让-保罗·萨特对福克纳"向后看"的历史意识和循环论的历史观念做过极为精辟和形象的比喻,认为福克纳的小说总是"往后看",就像"坐在疾驰的敞篷车里从后窗望着依稀可见但难以追及的来时路"。相对于美国现代作家围绕美国梦出现的赚钱、成功、升迁、发迹或者因为科学技术的飞速发展带给人们的狂热拜物和人格异化描写,"向后看"的历史意识弥漫在福克纳的"约克纳帕塔法"世系小说中,"过去"凌驾于"现在"之上,"现在"失去了与"过去"抗衡的力量,这种看似不合时宜的"向后看"的历史意识和伤感怀旧情愫反而惊醒世人,引发广泛关注。

(一)"过去从未消逝"

"新与旧的矛盾和冲突以及它们在福克纳作品中的完美结合是福克纳留

---

① Carl E.Rollyson,Jr.,*Use of the Past in the Novels of William Faulkner*,Ann Arbor:UMI Research Press,1984,p.1.

给我们的伟大文学遗产"。① 对于福克纳而言,"过去从未消逝,它甚至从未成为过去(The past is never dead.It's not even past)",②过去依然充满活力地回荡在人们的思想意识中。"约克纳帕塔法"神话世系充满无法逃离和难以化解的过去,生活在这一虚构王国中的人们被过去紧紧捆住思想和行动,深陷在与过去的纠缠中不能自拔,在对过去的深切缅怀中打发现世时光。阅读福克纳的小说时,人们会情不自禁地跟随或者参与主人公对过去事件一遍遍的寻访,这些南方贵族子弟对过往事件敏锐深刻的感知和刻骨铭心的记忆,让读者意识到他们就是过去的产物和延伸。身为南方末代贵族,他们对种植园家族和贵族阶层的覆灭无能为力,只能把现在和未来融入过去并执拗地蜗居在过去中。过去和现在之间的强烈对比和剧烈碰撞撕扯他们的灵魂,在过去的层层包裹中他们迷失现在和未来,沦为精神的"流放者"。

《八月之光》中庄园主家族末代传人海托华的"生活实际上凝固在南北战争中祖父被枪杀在马背上的那一瞬间",③他沉浸在家族昔日荣光的幻想中,拒绝面对现实、融入家庭生活、抗拒宗教救赎,成为被异化的灵魂。《去吧,摩西》中的艾克费尽心机拿到"进入"家族过去的钥匙,近乎神经质般夜夜掌灯、细细研读记录家族历史的发黄账本,在抽丝剥茧、层层深入中挖掘麦卡斯林家族鲜为人知而又充满罪恶的家史。梦魇般的家族罪恶让艾克痛苦不堪,他深知过去无法改变,"触摸"家族"真实"、直面家族历史、偿还家族罪恶是麦卡斯林家族子嗣们责无旁贷的职责,他毅然放弃继承家族遗产,归隐山林为家族赎罪。《喧哗与骚动》中的康普生先生、昆丁和班吉痴迷过去,现在和未来只有在过去的存在中才具有意义。昆丁并非因为凯蒂的失贞闷闷不乐,他难以释

---

① John Dennis Anderson, *Student Companion to William Faulkner*, Westport:Greenwood Press, 2007,p.9.

② William Faulkner, *Requiem for a Nun* (Corrected Text in Faulkner:Novels 1942-1954), New York:Library of America,1994,p.535.

③ 刘海平、王守仁、杨金才:《新编美国文学史》(第三卷),上海外语教育出版社 2002 年版,第 351 页。

怀的是家族尊严遭受损害、贵族阶层行将就木。因为抗拒现代文明、固守传统文化，昆丁似乎染上病态的自恋症，试图在砸毁钟表或者捕捉影子中终止时光流逝。康普生先生因为对现在束手无策陷入颓废消沉之中，整天借酒浇愁，沉迷"人不可战胜时间"的哲学思考。痴傻班吉的所有思绪停留在过去，现在的任何一件小事都会像投入河中的一颗石子引发关于家族过去的一系列涟漪，过去的事件或者关于"失去"的记忆经常杂乱无章或者出乎意料地与当下联系在一起，弥漫在班吉的脑海。

《押沙龙，押沙龙！》中的罗莎小姐践行旧南方贵族淑女的道德准则，幻想美好爱情，拒绝与南方当下"同流合污"，甘愿成为性情乖戾的老处女也断然拒绝萨德本试婚的无耻要求。《献给艾米丽的玫瑰》中艾米丽的生活停滞在她父亲去世的 1892 年。自此之后，时间对她而言不复存在，她与世隔绝，拒绝参与任何社会活动，拒绝接受时事更迭变迁的现实，依然延续早已过时的税务豁免政策。对于爱情彻底绝望的艾米丽杀死意欲抛弃自己的北方佬，与他的尸体同眠共枕数十载。她死后，镇上所有人猎奇般涌入她的祖宅，瞻仰她和她代表的那个时代的遗风与陈迹。人们在搜寻中满足猎奇心理之后不由得对她肃然起敬，艾米丽执拗地生活在破败不堪却屹立不倒的祖宅中，她的言行举止、穿着打扮、思想意识已经无法与当下的南方同步合拍，但她对过去的执着坚守使她成为象征旧南方的一座傲然挺立的纪念碑。随着她的离世，那个南方小镇的历史"纪念碑"轰然倒塌。

因为时过境迁，人们或许会讥笑这些南方过去和传统的倔强守护者。在新南方的社会秩序中，旧南方的末代贵族旁落为反现代文明的畸零人、偏执狂、"局外人"、"精神流放者"，成为被时代边缘化的"另类"。他们顾影自怜、保守固执、奇特怪诞、我行我素，似乎与新南方的意识形态、价值观念和历史意识格格不入。但是，当读者接近福克纳塑造的新南方代表，即那些资本主义工商业的投机分子和穷白人后裔中滋生出来的南方新贵"斯诺普斯"时，这些守旧的"沙多里斯"更加受人尊敬、令人同情。时代注定南方贵族子弟的覆灭命运,使他们成为南方传统文化的末代祭师和最后一抹辉煌。因为对过去的悲情守望、对历史的执着坚守,他们成为南方文化和历史的真正守护者,值得南方人为他们献上一束纪念的玫瑰。他们的无可奈何、伤感怀旧、悲剧意识、坚守精神吸引人们回望过去,反思现代文明,帮助人们透过历史的迷雾捕捉传统文化的珍贵,奠定"约克纳帕塔法"小说"向后看"的叙述基调。

福克纳崇尚循环论历史观念,认为"重复"是记录过去最有效的途径。福克纳在"约克纳帕塔法"世系小说中创造性地运用表现重复与差异的"叠错重复"叙事手法,对南方家族的过去进行重复讲述,在叠错重复的叙事中,过去如同连绵不断的波浪,在读者的内心泛起一个个哀怨忧伤的涟漪,表现作品浓厚的回望过去的意识。福克纳在重复中强调差异,每次重复都注定与前一次不同。他的叠错式重复是把"世界本身作为幻影和拟像来呈现"的"尼采式"重复,而非"柏拉图式"的重复,因为后者基于统一性,要求重复之物即复制品的"有效性取决于它所模仿的对象的真实性"。[1] 因此,福克纳的重复叙史具有极大的诗学功能,强化家族故事的历史悲剧性和艺术感染力。

康普生家族的历史是一个被重复讲述四次的故事。康普生家族最小的儿子班吉智力不及三岁婴孩,他作为第一个讲述者,凭借像"摄像机"的镜头一样强大的直觉和本能,聚焦家族过去,运用近乎"完美"的意识流记录家族的各种"失去"。第二个讲述者是在哈佛读书的长子昆丁,他的"心智健全"使他深深陷入"洞察一切"的痛苦与折磨中,思绪盘踞在过去妹妹凯蒂的失贞、家族荣誉的受辱。与时间较量是他的叙述焦点,他砸碎钟表阻止时间流逝,让家族永远停留在过去的时光中。他清楚人注定会输给时间,只有自杀才能完成自己阻止时间流动的最后抗争,而且他的自杀被放置在"那个从 1965 年起就死亡的南方腹地"时才能解其深意。次子杰生是第三个讲述者,他是家族中

---

① Hillis Miller, *Fiction and Repetition: Seven English Novels*, Cambridge: Harvard University Press, 1982, p.6.

唯一"清醒"和"正常"的继承人,其叙述与昆丁和班吉沉浸于过去无法自拔的过去式不同,他放弃过去时态,转而使用大量的诸如"我说"的口头禅和现在时态,表示对过去不屑一顾,强调维护家长权威和男权思想的强烈愿望。杰生用仇恨斩断与家族历史的联系,像一头慌不择路的野兽,一头扎入物质和金钱至上的现在,成为被物欲异化而丧失人性的恶棍。第四个讲述者是全知叙述者迪尔西。迪尔西是家族过去的旁观者、亲历者和见证者,她看见了康普生家族整个历史的"始"和"终"。

《押沙龙,押沙龙!》中,萨德本家族的过去是由不同讲述者按照自己的思想和情感构建的一部多声部历史,不同版本的故事构成"一系列框架,一个镶嵌着一个,就像一幅图像包含另一幅图像,循环往复"。① 这种"套框"或者"镶嵌"叙事方式打破了萨德本家族故事的直线性发展与因果联系,使其趋于碎片化。读者、作者、书中人物、叙述者像拼图一样选择不同碎片,一起拼凑寻绎萨德本家族的过去和内战前后的南方历史。已近中年、一身黑衣的罗莎是萨德本家族历史的第一个讲述者,她以对萨德本极度厌恶的口吻叙述这个"恶魔"的发家史、婚姻生活以及亨利与邦兄弟相残的故事,大体勾画家族谜一样的过去。第二个讲述者康普生先生,在罗曼蒂克、"紫藤花盛开"的傍晚解释罗莎对萨德本"丑化"和"魔化"的真正原因,认为萨德本的"试婚"提议彻底激怒了罗莎。康普生对萨德本的发家致富表示认可,对他的吃苦耐劳和坚强果敢表示赏识,他推断亨利枪杀邦是因为邦有个黑人情妇。这个牵强附会的理由把解开萨德本家族秘史的接力棒传到昆丁和施里夫手里,他们拼贴出萨德本家族较为完整的历史,合理解释种族仇恨是兄弟相残的真正原因。

南方人无法忘记过去,"地区及其历史对他们的影响更加深远,他们根本无法接受内战造成的失败和屈辱,无法容忍失去优越的社会地位和传统的生

---

① Hyatt H Waggoner, "Past as Present: Absalom, Absalom!", in R.P. Warren, *Faulkner: A Collection of Critical Essays*, New York: Prentice-Hall, 1966, pp.175–185.

活方式"。① 现代化长驱直入试图摧毁南方,南方人的创伤心理促使他们筑起
共同的心理防御机制,对南方的过去和传统愈发眷恋,形成集体"向后看"的
历史意识。"过去从未消失"的伤感情怀使福克纳在小说中赋予不同叙述者
重复讲述南方过去的声音。"过去"弥漫在"约克纳帕塔法"家族世系小说中,
"失去"成为旧南方庄园家族普遍的生活情景和没落迹象,对于"过去"的重复
咏叹极大地强化家族衰落、南方不再的伤感与悲凉。福克纳凭借叠错重复的
叙述"回望"昔日南方,质疑和对抗北方工商资本主义先进、南方农耕文明落
后的直线进化论历史观念。相对于"宏大""单一"的官方历史,"重复""多
元"的"小微"历史更加接近南方的家族和历史原貌,在"昨日重现"的循环论
历史观念中人们重温过去、反思现实、思考未来。

(二)"沙多里斯"精神的执着坚守

"沙多里斯"和"斯诺普斯"两个精神和道德世界之间的冲突与较量贯穿
"约克纳帕塔法"世系小说始末,反映福克纳的情感好恶,凸显循环论历史观
念。两个阵营代表美国南方两种不同的精神气质、道德观念、历史意识和价值
诉求。"沙多里斯"是南方旧时代的象征和传统贵族的代表,他们坚守贵族精
神,崇尚传统道德,注重南方历史,遵循骑士风范,崇拜英雄主义,富于浪漫情
怀,勇于承担家族和社会责任,在当下喧哗与骚动的物质社会中执着坚守家
族、历史和传统,在痛苦的回忆中悲情回望南方曾经的光荣与历史。与"沙多
里斯"针锋相对的是代表南方新兴资本家和穷白人暴发户的"斯诺普斯",他
们冷酷无情,贪得无厌,寡廉鲜耻,不择手段,自私自利,对传统文化不屑一顾,
对家族历史置若罔闻,一味追求物质生活和消费文化,毫无留恋地与过去划清
界限,迫不及待地投身新南方物欲横流的现代化,成为工商资本主义金钱至

---

① John T.Matthews, *William Faulkner*:*Seeing Through the South*, John Wiley & Sons Ltd Publication, 2009, p.3.

上、道德沦丧的代名词。斩断历史使他们失去成长发展的根基,沦为迷失心智、丧失自我的实利主义者,成为南方社会转型时期的另一类牺牲品。福克纳在情感上认同代表旧南方的"沙多里斯"世界,厌恶象征新南方的"斯诺普斯"阵营。作者的情感好恶反映他对南方历史和传统文化的眷恋,透视他对南方割断与历史和传统的纽带之后产生的一系列社会和道德问题的关注与忧虑。

福克纳对于"沙多里斯"精神的坚守主要通过作者塑造的一系列人物形象得以体现。"沙多里斯"起源于"约克纳帕塔法"世系的第一部同名小说《沙多里斯》。约翰·沙多里斯是家族的缔造者,是旧南方传统和历史的忠实卫士,充满个人魅力,在杰弗逊德高望重。内战期间,他自费出资招募军团奔赴前线,为保卫南方家园与北方军队英勇作战;战后他修建铁路、开设银行,竞选成为州议员。在重建自家庄园的同时,他心系整个社区的发展和繁荣。他的人生集中诠释南方人崇尚的"为了荣誉而信奉纯粹的荣誉的骑士精神",①代表南方白人庄园主的贵族气质、英雄气概和理想追求。沙多里斯上校的人物原型来自福克纳的曾祖父"老上校"。福克纳怀着极为敬重和赞许的心情,把自己家族的老祖先搬进文学作品,把自己对于祖先的崇拜与景仰寄托在沙多里斯身上,使人物塑造呈现明显的英雄化和理想化痕迹。

《喧哗与骚动》中的昆丁和《去吧,摩西》中的艾克属于性格更加复杂的"沙多里斯"人物。昆丁是康普生家族的末代继承人,身上闪现"沙多里斯"的温情与光芒,演绎南方骑士的贵族尊严,宁可牺牲性命也要保护家族荣誉、守卫南方传统。昆丁憎恨资本主义的混乱无序,蔑视南方工商资本主义的价值观念和行为方式,把象征"沙多里斯"传统道德的贞洁视为贵族精神世界赖以存在的最后防线。当发现妹妹与纨绔子弟鬼混、自己信仰的"沙多里斯"传统遭到南方新势力的威胁和挑战时,他毫不犹豫地投入到保护妹妹的贞操、捍卫家族荣耀的战斗中,不惜以生命为代价守卫"沙多里斯"精神,拒绝臣服于新

---

① Frederick L. Gwynn, J. L. Blotler, *Faulkner in the University*, Charlottesville: University of Virginia Press, 1959, p.80.

南方的物质世界和道德堕落。然而末代贵族势单力薄,贵族阶层已是强弩之末,注定了昆丁代表的南方贵族在南方新兴势力的围剿下走向灭亡。《去吧,摩西》中的艾克自从发现家族对土地和奴隶犯下累累罪行之后,逐渐参透人类不断膨胀的物欲,毅然放弃家族财产的继承权归隐山林。艾克看似"反历史"的"皈依自然"其实在诠释"沙多里斯"的重农主义思想,他勇敢面对祖上罪恶,主动选择回归自然为祖先赎罪。

　　"斯诺普斯"是福克纳短篇小说《花斑马》、《烧马棚》、《黄铜怪物》以及后期作品"斯诺普斯三部曲"《村子》、《小镇》和《大宅》的主角,代表南方新崛起的工商资本主义阶层。《花斑马》中的弗莱姆·斯诺普斯尔虞我诈、诡计多端,赚钱是他的人生目标,"手里只要有四分钱做本钱,他就能赚五分钱"。①1902 年他来到杰弗逊镇,在华纳的杂货店当伙计,乡亲们清楚用不了几年华纳家就得给他打工。他和得克萨斯人沆瀣一气,引进 20 多匹花斑矮种野马,把它们当作驯马高价拍卖,骗取乡亲的钱财。弗莱姆妖言惑众,好多村民听信他的花言巧语,亨利倾其所有,连家里养活四个孩子的活命钱都拿出来买花斑马。当乡亲与卖方签订协议、付完钱去牵马时,那些野马冲破篱笆,四处狂奔,乡亲没有追到自己购买的马匹遭受巨大损失,只有躲在幕后的斯诺普斯从中大捞一把。

　　"斯诺普斯三部曲"讲述这个家族在新南方的发家与没落。弗莱姆·斯诺普斯不但通过强取豪夺接管华纳店里的账目,而且通过发放高利贷、开设铁匠铺以及与华纳未婚先孕的女儿尤拉结婚等手段,攫取华纳的财富和地位,成为当地首屈一指的富人,逐渐掌握镇上的经济和政治大权。《大宅》中一跃成为南方新贵的弗莱姆达到人生顶峰,他巧施阴谋诡计,夺取前任总裁德·斯班的银行总裁职位并把他赶出大宅,占领垂涎已久的德·斯班的大宅之后,弗莱姆极尽翻修装饰之能事,让这幢旧南方庄严气派的贵族庄园大宅变得"金碧

---

　　①　[美]威廉·福克纳:《福克纳中短篇小说选》,[美]H.R 斯塔贝克选,中国文联出版公司1985 年版,第 114 页。

辉煌"、低级庸俗、铜臭味十足,十分扎眼地矗立在杰弗逊镇上,难掩新南方暴发户的无知、庸俗和狂妄。

《烧马棚》中的一对南方父子分别代表两个阵营。父亲阿伯纳·斯诺普斯是白人佃农,性情暴躁、为人强悍,与邻居哈里斯发生矛盾,雇人烧毁后者的马棚之后被告上法庭。在治安官调查案情时,小儿子沙多里斯作为证人被要求出庭作证。直觉让还是孩子的沙多里斯觉得父亲的做法有悖道义也有违法规,但他无法超越血缘选择道义,便违心地提供伪证。他希望给父亲一次机会,期待他从此有所改变,然而"最爱火的力量"、认为"只有靠火的力量才能保持自身完整"的父亲执迷不悟,[①]坚持用暴力解决邻里纠纷。当他与新雇主德·斯班少校发生摩擦时,父亲又一次不顾家人劝阻,执意要去烧毁少校家的马棚。在紧要关头,沙多里斯再次面临亲情与道德的抉择,这次他选择道义,告知少校避免了灾祸的发生。福克纳以这对父子之间的冲突展现"沙多里斯"与"斯诺普斯"在精神气质与道德观念方面的不同。父亲阿伯纳损人利己,依靠象征毁灭的"火"解决问题,他参加内战是"为了猎取战利品——缴获敌人的也罢,自己打劫的也罢,反正在他看来那都无所谓,压根儿无所谓",因为他"根本不效忠于哪一个人、哪一支军队、哪一方政府"。[②] 与父亲不同,儿子沙多里斯虽然年少却不乏贵族气质,懂得是非曲直和道德良心。

《喧哗与骚动》中的杰生是斯诺普斯阵营中的一员,"钱"和"咒骂"成为其生活的关键词。杰生的物质主义在小说中被描写得惟妙惟肖,他的叙述充斥各种表示计算和数字的字眼。自小他就经常把手插在口袋里,紧紧抓住口袋中的那个子儿,黑奴戏谑道:"杰生将来会是个富人,他常常一直抓着钱不放手。"杰生毫不理会姐姐凯蒂的感情,竭力劝她嫁给她不喜欢的赫伯特,因

---

① [美]威廉·福克纳:《福克纳中短篇小说选》,[美]H.R 斯塔贝克选,中国文联出版公司1985 年版,第 146 页。

② [美]威廉·福克纳:《福克纳中短篇小说选》,[美]H.R 斯塔贝克选,中国文联出版公司1985 年版,第 168 页。

为赫伯特许诺给他找份银行的差事。姐姐和南方新贵的联姻成为他在资本主义的新南方获得经济和社会地位的绝佳机会。凯蒂遭遇离婚，赫伯特给他找工作的事情泡汤。他为此怨恨凯蒂，丝毫不念姐弟亲情，无情地与凯蒂一刀两断，以她的女儿为筹码，榨取凯蒂母女的钱财。他整天牢骚满腹，抱怨亲人和家奴是吃闲饭的累赘，母亲去世之后，他绝情地把痴傻的弟弟丢进疯人院。杰生整天追逐金钱，咒骂家人，抱怨命运不济，最后"在该死的杂货店中"了却余生。

凯蒂的未婚夫赫伯特是被新南方的资本主义经济和物质文化异化的"斯诺普斯"，为了博取康普生家族的欢心，他热衷于物质炫耀：他送给凯蒂一辆最能表现资本主义发展的汽车作为礼物，许诺杰生一份报酬丰厚的银行工作，开车载着爱慕虚荣的康普生太太四处兜风。他信奉"金钱是万能的"资本主义人生哲学，仗着自己手里有钱，经常在凯蒂母女面前卖弄财富，在康普生家人面前颐指气使。他对凯蒂没有真情，只是逢场作戏，迎娶南方贵族家族出身的凯蒂的目的是装点门面，提高身价。他试图以金钱的威力劝说昆丁同意他和凯蒂的婚事。这对蔑视资本主义物质文化的昆丁来说是触犯尊严的侮辱，他以"让你的钱见鬼去吧"的答复拒绝他的物质引诱。

"沙多里斯"的后裔们虽然有挽救南方衰落文明的愿望与诉求，但缺乏拯救它的力量。《沙多里斯》中的巴耶德·沙多里斯，遭受"斯诺普斯"们的掠夺失去银行董事长的重要职位，死于仇家枪下。他的儿子年轻的巴耶德放下狭隘的冤冤相报，拒绝带枪，赤手空拳与杀死父亲的仇家会面，以高尚俊杰的人格赢得仇家的尊敬，体现南方的绅士气质。艾克甘愿放弃祖产，在原始森林中搭建窝棚、自食其力。康普生先生、昆丁守护家族荣耀和贵族尊严，蔑视"斯诺普斯"主义；艾米丽驻守祖先的大宅，执拗地坚守过去；海托华沉浸在祖先内战时横刀立马的英勇中，拒绝承认南方的战败。这些南方末代的"沙多里斯"们崇尚家族过去的荣光，守望昔日的岁月，拖着没有灵魂的躯体游走在现世。因为对现在的极度不信任和对过去的拼命坚守，他们以"明知不可为而为之"的悲壮拒绝臣服于"斯诺普斯"在南方推进的资本主义和物质社会,通过对逝去南方的深切怀念,竭力维护现代文明猛烈冲击下的南方道德规范和文化传统。

福克纳本人也是"沙多里斯"阵营中的一员,在整个创作过程中,他想象自己不止一次地参加这场战斗。代表南方贵族传统的"沙多里斯"们在历史上曾经显赫一时,但是,在"斯诺普斯"统治的工业化、机械化的喧闹世界中,他们注定失去这场注重物质消费、轻视精神生产的战斗。然而,"沙多里斯"们的优势不在物质方面,而在道义方面,他们虽败犹荣。因为对传统和历史的执着坚守,他们赢得人们的认可、赞扬和尊敬,在精神、道德、品质上更胜一筹。斩断历史、轻视道德、追求物质的"斯诺普斯"们必然无法主宰南方历史,也无法成为时代的弄潮儿,因为他们抛弃了南方最根本的东西。

总之,福克纳在创作"约克纳帕塔法"世系之初已经意识到南方传统的农业社会在北方资本主义工商文明的冲击下必然面临全面解体,南方社会注定要经历深刻的历史文化变革。因此,福克纳把自己的神话王国划分为代表南方传统旧势力的"沙多里斯"和象征北方工商资本主义新势力"斯诺普斯"两个世界。传统价值观念的沦丧和旧南方历史文化的消失让福克纳痛惜不已,作品中两个阵营的激烈较量流露作者对"进步"的新工商资本主义的厌恶和反感,对"落后"的旧价值观念的依恋和怀念。代表"新""旧"价值观念的"斯诺普斯"和"沙多里斯"之间的矛盾与冲突普遍化在"约克纳帕塔法"世系小说中,彰显福克纳"回望"历史的自觉意识,构成反映南方传统的农业社会和北方新兴的工商资本主义社会冲突的主线,成为人们走进南方转型时期的社会、历史和文化变革的主要途径,警醒人们反思惯常意义上的"新"与"旧"、现代与传统、先进与落后的进化论历史观念。

(三) 心理时间的情感认同

怀旧之情使南方末代贵族自然而然地抵制物理时间、认同心理时间。直线流动的物理时间成为他们情感体验的心理时间的最大敌人,是引发他们内心痛苦的罪魁祸首。南方人对于心理时间的固守和对于物理时间的抗拒与法国哲学家柏格森的"心理时间"或"绵延"时间观念一脉相承。柏格森认为心理时间唯有在记忆之中方可存在,过去的总和铸就现时的人格。福克纳借助康普生先生之口,对物质时间做了经典总结:"人者,无非是其不幸之总和而已。你以为有朝一日不幸会感到厌倦,可是到那时,时间又变成了你的不幸"。① 福克纳的时空观受到柏格森"绵延"学说的影响,他"把过去完美地包裹在现在的时间里",②通过时间的穿插交融和时空错乱强调人物的心理感受时间,抵制钟表在过去、现在、未来直线进程上的流逝。

现在和过去是流动的时间连续体的一部分,它们不可分割、相互包含。南方在转型和重建之后,重物质、轻精神的"斯诺普斯"主义到处盛行,人们纷纷斩断与过去的联系,把南方的传统和文化抛诸脑后,投身南方当下的物质文化和消费社会。福克纳对此感到前所未有的焦虑、担忧和惋惜,试图通过拉伸人物主观感受的心理时间或者营造立体时空体,达到"流动中的停滞、静止中的永恒"的叙事效果,让人们驻足回望过去,认识过去滋生现在以及过去继续存在于当下的重要性。过去不仅存活在人们的记忆中,现在本身就是由过去的总和塑造而成。福克纳在情感上抗拒机械的物理或者钟表时间,认同心理或者主观时间,倾向于立足过去观照现在和未来,以深沉的历史意识对南方的往昔今朝、对个体的存在状态、对家族的发展历程展开思考。

"约克纳帕塔法"世系小说创造性地借助过去式、蒙太奇、碎片化、意识流、时序错乱、多视角叙事以及过去时态等叙事艺术,表现人物对心理体验时间的倚重和对机械物理时间的有意抵触。这些艺术手法无视物理时间的逻辑顺序,把不同时间、不同空间的事件混为一谈,在纷繁复杂的时空和混乱无序

---

① ［美］威廉·福克纳:《喧哗与骚动》,李文俊译,上海译文出版社 2004 年版,第 116 页。

② J.B.Meriwether, M.Millgate, *Lion in the Garden: Interviews with William Faulkner*, New York: Random House, 1968, p.70.

的感官印象中阻止物理时间的线性发展,让主人公随着跳跃不定或者时序错乱的意识之流,穿越过去、现在和未来之间的界限,思考"过去"对"现在"的铸造和定型意义。主人公踟蹰逡巡在回忆、印象、虚幻、想象之中,打捞过去的瞬间,让过去一幕幕重现。在流动与静止、消逝与永恒中,人们对那些看似独立的瞬间事件进行拼凑、组接、缀合,牵连出一段关于南方种植园主家族生活和南方社会变迁的现代史,反映跌入新旧交替时代空档中的南方精神危机。

"约克纳帕塔法"家族小说中的南方末代贵族倔强地投身一场终止物理时间流动、为心理时间开拓最大空间的鏖战,经常陷入与冷酷无情的物理时间的较量和纠缠中。昆丁的意识流充斥各种表示物理时间的意象,比如,家族传承三代的宝物怀表、教堂上的大钟以及太阳、树影等。时间亘古不变的流逝让昆丁感到无处遁形、惶恐不安。他发现钟表店里嘀嗒声不停的时钟形态各异、青面獠牙、面目狰狞,钟表的嘀嗒声传达矢量时间的不断流逝,时刻提醒他旧南方已成过去、新南方正在来临,他烦躁不已,疯狂地砸碎、"肢解"时钟,试图让时间凝固。痴傻的班吉对钟表的滴嗒声也相当敏感。母亲给他更名那天,他"听见时钟的滴嗒声",意识到随着更换名字母亲试图切断他与过去的联系。时间的微妙变化勾起他的一系列意识片段,断断续续却无一例外地与康普生家族的"改变"和"失去"密切关联,他因此哭嚎不已。福克纳通过钟表、太阳等象征物理时间的具象,捕捉新旧社会更迭的转型时期南方人的生活困境,新南方高速发展的"消费社会化"和"产业社会化"无情地剥夺了南方人生活中的"过去、深度和悠闲"①。

福克纳认为,"过去才是真实的,如果人物不放在过去中,就丧失了理解他们的可能性"。② 他笔下的主要人物经常使用过去式叙述南方过去一个个

---

① 徐立京:《走不出的时间——从昆丁的表谈起》,《外国文学评论》1995 年第 2 期,第 61 页。

② R.P.Warren(ed.), *Faulkner:A Collection of Critical Essays*, New York:Prentice-Hall, 1966, p.93.

令人难忘的瞬间。康普生家族的末代子嗣班吉原始、低级、被动、混乱的记忆片段和昆丁感情饱满得近乎歇斯底里、迷乱癫狂和痴人说梦般的意识流几乎全部使用过去时态。在他们只有过去、没有现在或者现在与过去纵横交错、重复叠置、无法分割的讲述中，饱含对于家族过去的深切怀念和无限依恋。与深陷过去的兄弟不同，践踏亲情、注重实利，对过去毫无留恋的杰生选择现在时态讲述家族故事，成为一个活在现在、斩断过去的邪恶之徒。过去式的叙述方式能够延长绵延不断的物理时间，让主人公在时间的静止中回望，在那个逝去的、最后的南方中寻找永恒的家族、文化、传统。

《献给艾米丽的玫瑰》使用过去时态叙述南方世袭贵族格里尔生家族的最后一位继承人艾米丽的一生。无论时代如何更迭变迁，艾米丽始终生活在自己的心理时间中。如同逝去的旧南方，她的生活定格在她父亲去世的那一天，她的认识停留在家族豁免税务的旧南方，她的感情凝固在毒死荷默前的那一刻。她拒绝承认时间的流逝，从来没有光顾现在、进入当下，执着坚守时过境迁的生活方式和行事模式，成为旧南方仅存的一座"纪念碑"。随着她的离世，南方小镇的人们只有在瞻仰她的旧宅和猎奇中才能寻到陈年岁月的蛛丝马迹。《押沙龙，押沙龙！》和《去吧，摩西》的主人公对现在和未来缺乏信任、充满抗拒，他们使用大篇幅的过去式，在凌乱、倒错、割裂的意识片段中近乎偏执地追寻、推理、拼贴家族秘史。

《我弥留之际》的59节叙事中有20多节使用过去式，其他20多节使用过去式与现在式穿插夹杂的叙述方式。小说的主体部分是本特伦家族7个家庭成员的内心独白，8个乡邻的意识活动发挥旁白、补充、连缀作用，展示本特伦家族在过去与现在、精神与物质之间举棋不定的矛盾处境。他们答应完成艾迪的遗愿并坚守诺言，历经水与火的考验，长途跋涉，排除千难万险把她安葬在家乡故土。但在旅途中他们无法抵御物质世界的诱惑，不念亲情，病态地满足各自的私欲。家族内部的怨恨、嫉妒、无爱、冷漠、孤独、异化都在主人公回忆过去的意识流中展露无遗。投身现在、斩断历史使本特伦家族显得肤浅而愚昧。

记忆残存在静止与永恒的过去之中。因此,福克纳认为表现心理状态和浮现过去记忆的心理时间才是南方人唯一"真实"的存在。意识流成为作者笔下的人物遗忘物理时间、表现个体生命和情感体验心理时间的主要手段。"约克纳帕塔法"世系的每部小说包含大篇幅主人公如痴如醉的意识流,他们或执着或敏感或孤傲或激情或悲怆或缠绵的内心活动,流露对家族历史和南方过去无法言说、潜在隐秘的固恋,体现无法释怀的情感。今与昔错综重叠,人物的意识模糊过去、现在与未来的界限,他们甚至干脆剔除现在时间,本能地反感和抗拒物理时间,不约而同地选择循环往复、跳跃不定的意识流,在缓慢流动或者停滞的心理时间体验中,慢慢咀嚼和回味昔日的一切。

班吉和昆丁依靠跳跃、混沌、交错、联动、重叠、中断的意识流,呈现梦幻、沉思和回忆的重要片段。痴傻的班吉动用所有的感官,通过嗅觉、听觉、视觉、触觉的巨大魔力打乱过去和现在的时间序列,他的看似痴人说梦、杂乱无章、缺乏逻辑的意识流,形象客观、原汁原味地记录康普生家族最重要的时间片段和事件经历,唤起人们对于逝去时光的强烈怀念,切身体验"失去"引起的刻骨铭心的痛楚。在他的意识流中,过去经常被现在带动而发,两者交织重叠。在当下他听到高尔夫球场的人喊 caddy(球童),他马上呻吟哭叫,因为在他的意识中高尔夫球场和 caddy 与祖传土地和爱护照顾自己的姐姐凯蒂重叠。祖传的牧场已经变卖他人成为高尔夫球场,凯蒂被母亲逐出家门。caddy 拖拽出一系列班吉凭借感官建立的关于凯蒂的重要事件:少年时代纯洁无瑕的凯蒂浑身散发树的香味,对班吉爱护有加;14 岁与人约会时凯蒂喷洒香水遮住树香味,闻不到树香的班吉大哭,推凯蒂去水边,水又勾连起班吉和凯蒂小时候在水中嬉闹玩耍的情景,后来凯蒂失贞班吉再也闻不到树香味,他为此哭闹不止。班吉通过"嗅"、"叫"、"闻"、"看"拼命地想要"守住"凯蒂的贞洁和家族的过去。

昆丁的意识深陷过去,对时间既痴迷又恐惧。他的意识流表面看来病态亢奋,纠结于妹妹凯蒂的未婚先孕,试图寻找乱伦借口保全家族荣耀。其实,汹涌澎湃在昆丁意识流深处的是他无限留恋的家族和南方,他的痛苦源自对物理时间无情流逝的清醒认识和深刻感受。昆丁砸碎时钟,蜗居在恒久的心理时间中,像堂吉诃德一样投入那场为守卫家族荣誉和贵族尊严阻止物理时间但注定徒劳无果的战争中。昆丁意识流的物理时间集中在自杀那天,但心理时间涵盖康普生家族的全部。昆丁深知旧南方早已成为“败局已定的事业”,家族荣耀永远无法挽回、妹妹的失贞不可避免,这些都是时间犯下的错误。因此,他执拗地在意识流中最大限度地穿插或者叠加回忆,延伸心理体验的时间长度,让流动的物理时间停留在静态的心理时间维度,让过去在记忆中复活。昆丁的意识流中充满怀旧、无奈、无助、哀婉、绝望,透出旧南方人性中令人动容的温情和光芒。

《押沙龙,押沙龙!》中的罗莎是南方淑女,她“品行端庄”、“无可挑剔”、“声誉良好”。她的意识流大多停留在战前岁月,沉浸在南方才女和浪漫爱情的幻想中。正值“妙龄少女”、“婚嫁之年”的罗莎因为南方青年男子大多开赴疆场,在蹉跎岁月中错过适婚年龄,父母双亡后她来到萨德本庄园,在姐夫家寄人篱下。当年龄相仿的邦追求外甥女朱迪思时,她无可救药地陷入单相思。她的意识流主要围绕过去的两件事情展开,一是编织自己披上婚纱成为邦的新娘的浪漫情景;二是萨德本毫无“斯文”、没有“浪漫”、“漫不经心”的求婚。萨德本提议试婚并在生下男婴后正式娶她的要求彻底激怒罗莎,萨德本从此在她眼中成为“恶魔”的化身。

物理和机械时间的流逝标志旧南方的随风飘逝和新南方的不期而至,旧南方的贵族精英阶级不可避免地被新兴的商业资产阶级所代替。这种进化论意义上的线性机械时间观念时时刻刻威胁南方贵族终生坚守的循环论心理时间观念。时间流逝的无奈和新旧更替的恐惧占据南方末代贵族意识活动的中心,对于南方过去和昔日家族的留恋以及对于“失去”的恐惧,使他们不约而同地割断线性物理时间序列,让注重生命体验和意识感知的心理时间永驻,希望在对旧南方骑士精神和家族神话的回忆中抵制工商资本主义的入侵和阶级结构的变化。身为名门望族之后,福克纳在感情上与贵族世家飘零子弟一脉相通,他秉持保守主义的历史观念,倾向循环论的心理时间。在家族小说创作中福克纳有意缩短或者阻止线性物理时间的进程,拉长或者延缓心理感受的时间,让人们在身临其境、感同身受的情感体验中重返已然逝去的南方,重温南方的家族文化和生活习俗,领悟南方的厚重历史和精神气质。心理时间的坚守使人们从动荡转型的南方外部社会进入小说人物纷繁复杂的精神世界,揭示一个失去历史和理智的时代在人们内心引发的喧哗与骚动。

三、"纪念碑式"历史意识: 南方荣耀的"挽歌"

尼采依据历史服务生命的不同形式提出"纪念碑式"、"批判性"及"崇古式"三种历史观。① "纪念碑式"历史意识意味着在遥望过去与历史中,通过对往昔的抽象化、典型化、偶像化和理想化,寻找或者再现昔日的伟大人物或者英雄业绩,为当下的生活注入勇气和力量,为现今的人们提供典范和榜样。"崇古"的历史意识表示人们扎根故乡的土壤和地方文化,偏爱昔日的文明与传统,在古老的习俗、仪式、生活、建筑、古迹、人物、物件中汲取力量,怀着崇拜与敬畏的心情对过去与历史、文化与传统刻意加以保存与传承。福克纳的"纪念碑式"历史意识是尼采的"纪念碑"和"崇古"历史观的融合。福克纳满怀激情地书写南方曾经声名显赫的庄园主贵族家族,再现旧南方的家族神话,崇敬那些勇于担当、富有骑士风范、代表贵族精英阶层的家族祖先,赞扬印第安人或其他少数族裔体现的古老美德。通过重塑表现南方贵族精神和古老族群文化的"英雄"群像,福克纳在怀旧与崇敬、重复与记忆中展现南方的"纪念碑式历史意识"。②

---

① [德]尼采:《历史对于人生的利弊》,姚可昆译,商务印书馆1998年版,第14、19、22页。
② Doreen Fowler, Ann Abadie (eds.), *Faulkner and the Southern Renaissance*, Jackson: University Press of Mississippi, 1982, p.77.

（一）南方家族神话的重塑

家族在南方的社会和文化中占据核心位置，"家族势力"是南方文化的"重要组成部分"，①"南方的中心是家族"，②"家庭最能体现南方文化"。种植园大家族支配南方人的思想和行为，影响南方的社会形制和文学创作。③因此，在南方文学的创作历史上普遍存在对于家族的"神话"和"圣化"现象。南方历史上诸如李、兰道夫、比尔德、弗里兹和琼斯等大家族的生活方式，个人功勋、社会荣誉，代表南方人对南方贵族家族的完美想象。这些大家族不但是战争经费和军备的重要资助者，还是舆论和宣传的主力军。弗里兹家族和琼斯家族借助自家创办的报纸，发表和报道描写战争的作品，记录南方大家族在内战时期的卓越贡献和家族传奇。南方庄园文学把种植园主的英雄事迹与地方民族主义融合在一起，渲染南方的地方特色、生活方式、文化历史、价值观念、精神追求。以家族为单位建立的种植园成为宁静和谐、充满浪漫色彩的南方生活写照。在南方人眼中，野营聚餐、狩猎休闲、走亲访友、斗鸡赌马以及围坐一起听长辈讲故事、去法院旁听法官审案或者参加社区的各种宗教仪式和纪念活动，都是南方特色鲜明的生活图景，与蝇营狗苟、唯利是图、贪得无厌的北方"扬基佬"的生活形成强烈对照，南方逐渐形成与北方完全不同的种植园经济体制、家族文化和精神气质。

内战失败成为南方白人内心永远无法愈合的伤痛，高傲、自尊、挫败和围困意识，使得处于政治和经济边缘的南方人具有更加强烈的区域保守意识和文化自觉意识，他们对南方"辉煌的过去"依依不舍。南方人经常通过建造纪念碑、举办各种纪念活动，竭尽全力让曾经的南方留存在人们的记忆中。在南

---

① Howard W.Odum, *The Way of the South*, New York：The MacMillan Company, 1947, p.74.

② Allen Tate, *Essays of Four Decades*, The Swallow Press, 1968, p.588.

③ Elizerbeth M.Kerr, *Yoknapatawpha：Faulkner's Little Postage Stamp of Native Soil*, New York：Fordaham University Press, 1976, p.169.

方的校园里有罗伯特·李将军和杰弗逊·戴维斯的画像,大街小巷林立各种纪念南部联邦的丰碑,在教科书上印满一系列关于内战的民间故事、歌谣和诗歌。"只要你不忘记"成为南方广为流传的格言。战败及其重建使南方面临物欲横流、价值失衡、道德滑坡、人性异化的"现代化病症"。

面对当下的南方,福克纳意识深处的南方英雄主义和保守主义被唤醒,毫不犹豫地选择家族小说,重塑南方的种植园家族神话,书写南方尘封的历史,再现家族昔日的传奇与荣耀,其家族小说呈现明显的为南方家族文化"树碑立传"、为祖先前辈"歌功颂德"的情感倾向。南方的"绝大多数种植园贵族精英具有非常明显的阶级意识,相信自己所属的阶层和生活方式具有优越性"[1]。福克纳本人出生在一个有过三代辉煌历史的显赫家族,听着家族长辈讲述家族传奇故事长大。族人和家奴经常传颂家族"老上校"的冒险经历和英雄事迹,在他去世多年以后仍然把他奉若神明,敬称他为"老主人"。虽然"老上校"的子孙没有参军打仗,邻居和家仆依然尊称他们"上校"。家族传到福克纳时已经没落,但"上校"这个称谓成为家族的光荣。身为长子长孙的福克纳从小生活在父权统治的家族中,耳濡目染南方人珍惜家族荣耀的传统观念和强调尊卑有序的家族文化。福克纳继承了记录家族历史和象征家族传统的"家庭圣经","家谱"在他的作品中烙下深刻的印记。

"如果'父权制'没有在福克纳的血液中,它至少存在于他的语言中,深刻影响他对自己和对世界的看法"[2]。旧南方的"父权制"在保障男性的家族和社会统治权的同时,强调南方贵族在社会阶层中的自我认同和身份归属的荣誉感、英雄主义以及女性贞洁观。福克纳的"约克纳帕塔法"主要描写沙多里斯、康普生、麦卡斯林、格里尔生为代表的南方贵族世家的传奇故事,这是一个

---

① Michael Wayne, *The Reshaping of Plantation Society : the Natchez District , 1860–1880*, Baton Rouge and London : Louisiana State University Press, 1983, p.2.

② Kevin Railey, *Natural Aristocracy : History , Ideology , and the Production of William Faulkner*, Tuscaloosa : The University of Alabama Press 1999, p.37.

等级森严、井然有序的世界,生活其中的旧南方种植园主、商人、银行家、律师、自耕农、佃农、穷白人、黑奴各司其职,形成一整套南方的种植园家族和社会生活运营模式。福克纳高举南方家族神话和地区传说的旗帜,对南方的庄园经济模式、庄园主的家族生活、黑人的家庭关系、农村的自然景色、古老的人类美德展开描述,浓厚的怀旧情愫与乡土意识溢于言表,成为孤独且执着地书写旧南方家族故事和历史文化的旗手。

原名《坟墓中的旗帜》的《沙多里斯》是"约克纳帕塔法"世系的开篇之作,本质上是一部关于"内战前黄金时代的种植园传奇"、贵族"家族起源和个人风采的骑士传奇"。① 沙多里斯家族是南方的家族荣耀、英雄主义、理想主义、贵族精神、骑士风范的完美表现,在家族祖先老上校的统领下,家族拥有最能体现南方种植园建筑风格的庄园、众多打理家务和田间劳作的黑奴、足以影响杰弗逊镇政治经济命脉的财富。内战之前,沙多里斯家族的庄园有根据不同需求建造的主房、正厅、客厅、卧室、书房、谷仓、熏制房、窝棚、马厩,家族拥有大片的牧场、耕地、果园和修剪整齐的花园草坪。高高在上的主房俯瞰一片黑奴居住的窝棚,显示沙多里斯至高无上的威严和权力。家里珍藏各式各样的传家宝,金银细软、枪械武器、大刀宝剑、大钟、烟枪、戎装、《圣经》、书籍,一应俱全。宏伟阔气的庄园建筑和琳琅满目的家族珍品,显示家族的偌大财富和显赫地位,表明家族祖先为南方的"事业"出生入死、英勇奋战。沙多里斯死后,高耸在他坟头的墓碑似乎成为这个贵族家族的象征,是福克纳最初为作品取名《坟墓中的旗帜》的原因。

康普生家族是一个古老的南方贵族家族。家族的第一代昆丁·麦克拉昌是格拉斯哥一个印刷工人的儿子,他带着一把苏格兰老宽刀、穿着花格呢裙子在 1779 年来到肯塔基安家落户。1811 年他的孙子杰生带着两把精致的手枪、骑着一匹"细腰粗腿"的母马来到杰弗逊镇(当时的奥卡托拨),成为契卡

---

① 〔美〕达维德·敏特:《圣殿中的情网:威廉·福克纳传》,赵扬译,生活·读书·新知三联书店 1991 年版,第 6 页。

索管理处管理员的助理,不到一年的时间他成为一家殷实的贸易客栈的半个东家,后来他得到杰弗逊镇中心的一片土地,在此大兴土木,用从法国和新奥尔良船运而来的材料,在这块土地上建造亭台楼阁、林荫小道、石柱门廊以及黑奴居住的小木屋,开辟马厩、菜园、草坪。这块土地成为人们眼中能够哺育亲王、将军、政治家与主教的"康普生领地"。家族出了州长之后人们称它为"老州长大宅",后来又出过一位将军。至此,这个曾经在卡罗来纳和肯塔基一文不名的康普生家族发展到鼎盛时期,老州长和将军的故事代代传颂。但是家族后代没能守住祖业、延续辉煌,祖传土地在抵押、变卖和斯诺普斯的蚕食鲸吞下逐渐丧失,祖宅也从当年气派十足的"康普生领地"变成普普通通的"康普生家"、"康普生旧家"、"老康普生家"。

《去吧,摩西》中麦卡斯林家族的祖先在南方的荒野上开垦和圈占家族地盘,在杰弗逊镇不断扩建大宅并逐渐发展壮大,成为"约克纳帕塔法"县首屈一指的大庄园主。家族的老祖先老卡洛瑟斯常常不惜长途跋涉、豪掷重金去大城市挑选奴隶、采购家用物资,大批年轻力壮的奴隶在家族的土地上耕种劳作,家族一年一度举行高度仪式化的狩猎活动。麦卡斯林家族的旁系、外戚和混血后裔联系在一起,构成南方典型的人员众多、关系复杂的种植园大家族。家族昔日高耸宽敞的大宅如今无人居住,在风雨的侵蚀下破败不堪,成为家族昔日辉煌的遗迹。

《献给艾米丽的玫瑰》中的格里尔生家族是杰弗逊镇"高贵"而有"势力"的家族。在艾米丽的父亲掌管家族时,格里尔生家族在当地富甲一方,家族的大宅是一幢"白色的四方形的大木屋",坐落在杰弗逊镇当年"最考究的街道上"。房子上装饰着风靡19世纪70年代的"圆形屋顶、尖塔和涡形花纹的阳台"①,家里装饰着"金色光泽"的画架,上面装着艾米丽父亲威严的炭笔画像,笨重昂贵的胡桃木床上悬挂着帷幔。在时光进入当下时,现代化的汽车和

---

① [美]威廉·福克纳:《福克纳中短篇小说选》,[美]H.R.斯通贝克选编,中国文联出版公司1985年版,第99页。

轧棉机"侵犯"格里尔生家族所在的街道,"赶走了"当初的雄伟气派和肃穆庄严,在周围廉价却崭新的住宅的包围中,格里尔生家族的大宅虽然老旧,却像旧南方的一座岿然不动、屹立不倒的"纪念碑"。

(二) 南方"英雄"群像的建构

福克纳笔下的"英雄"人物群像包括叱咤风云的白人精英、种植园主、南方骑士、雄心勃勃的家族祖先、执着坚守的贵族后裔,也包括那些体现古老文明、重视精神追求、代表人性美德的印第安人或者非裔少数族裔。他们是旧南方的楷模和古老文明的化身,体现作者"纪念碑式"历史意识和文化保守主义思想。《沙多里斯》中老上校约翰·沙多里斯的原型来自福克纳家族的祖先。福克纳听着曾祖父的传奇故事长大,对曾祖父的崇拜之情、对家族的自豪之感在创作沙多里斯家族的故事时跃然纸上。两个家族的"老上校"都是南方种植园的开拓者和家族的领导者,为南方种植园家族从创建、发展到繁荣树立榜样。他们的身上具备早期种植园主坚毅、刚强、勇敢的优秀品质,在关键时刻敢于担当大任,奔赴沙场,立志为社区谋求发展。沙多里斯文武双全,无论在内战时期还是在重建时期,显露过人的才干、勇气和创业精神,表现鲜明的人格魅力,成为南方贵族精神和骑士风范的代表。

康普生家族的祖先富于冒险精神,在杰弗逊开荒辟地、白手起家,占据大片土地,建造家族大宅,家族中人才辈出。昆丁自杀的时间是1910年,这一年正好是现实中南方庄园主精英阶层的最后一位代表在州议员选举中被新南方势力打败而失去议席的时间节点,标志南方的"父权制"和政治影响力在密西西比走向式微。[①] 但是,长期主宰南方人的社会生活和经济文化的"父权制"和精英意识不会随着这次选举的败北戛然而止,历史永远滞后于当时的历史事件,过去和历史中残留下来的意识形态依然强有力地影响南方人的思想和

① Kevin Railey, *Natural Aristocracy：History，Ideology，and the Production of William Faulkner*, Tuscaloosa：The University of Alabama Press 1999, p.53.

行为。家族传到康普生四世昆丁时已经家财散尽、没落衰败,但是物质上贫穷的昆丁在精神上富有,在南方的种植园家族及其承载它的贵族阶层走向灭亡之时,他执着坚守家族荣誉和贵族精神,顽强不屈地展开一场挽救南方传统价值观念和维护贵族尊严的战争。在这场明知不可为而为之的战斗中,他的努力自然随着时过境迁宛若螳臂当车,注定失败。但是,他的不屈不挠、执着坚守、孤独忧郁,尽显悲壮而强大的精神力量,彰显为了理想不惜粉身碎骨的贵族人格魅力,表现南方末代贵族捍卫家族荣耀、守护贵族精神的巨大勇气,传递一种虽败犹荣的悲剧震撼力。昆丁是旧南方贵族的末代"骑士",代表南方"天生贵族"精英阶层的意识形态和精神气质。① 他是传统道德的殉葬者,又是"复归传统道德的勇士",随着南方种植园阶层的集体谢幕,他珍视的一切烟消云散,在物质和金钱泛滥的南方当下他奋力逆行,孜孜不倦地追求一种不惧肉体毁灭的永恒价值和"精神的再生之美"。②

　　麦卡斯林家族的继承者艾克,在精神"导师"山姆·法泽斯的言传身教下,与自然建立亲密和谐关系。十岁时艾克怀着胆怯、懵懂、敬畏、崇拜,首次来到古老肃穆的大森林,感觉好像进入"天堂般纯真的境地","亲眼目睹自己的诞生"。大熊"老班"是他眼中无法消灭、顽强不屈、威武不凡、灵性十足的"自然之神",它与猎人的较量是真正的巅峰对决,它的神秘性、威慑力和吸引力在猎人们一年一度对它虔诚的"朝拜"中表露无遗。艾克在面临绝佳的可能射杀"老班"的机会时,因为折服、理解和尊敬产生的谦逊使他毅然停止向神圣的"老班"扣动扳机,他放下象征暴力和现代文明的枪支、指南针和怀表,得以亲眼目睹自己仰慕已久的"荒野之魂"大熊"老班"的真容。与"老班"和大森林的谋面使艾克懂得比人类古老得多的自然的伟大,领悟淳朴、勇敢、尊

---

① Kevin Railey, *Natural Aristocracy*: *History*, *Ideology*, *and the Production of William Faulkner*, Tuscaloosa: The University of Alabama Press 1999, pp.53-54.

② 赵晓丽、屈长江:《死之花——论福克纳〈喧哗与骚动〉中昆丁的死亡意识》,《外国文学评论》1987 年第 1 期,第 83 页。

严、荣誉、责任、义务的真正内涵,学会谦卑、忍耐、勇敢的优秀品质。他最终放弃继承家族祖先通过剥削奴隶、掠夺土地得来的财产,搬进森林,自食其力,甘为"自然之子"。

福克纳不但塑造南方白人"英雄"群像、赞扬白人精英思想,他也看到迪尔西、莫莉大婶和山姆·法泽斯这些受奴役、受压迫的少数族裔的美好品质和人格力量,他们的身上闪耀人类最古老、最真诚、最纯朴、最善良、最本真、最崇高的品质,是古老文明和人类美德的体现者。福克纳赋予这些边缘人物莫大的精神性和道德性,少数族裔不是用来突出"种族堕落"、"白人优越性"的人物,他们代表"真正的力量和榜样"。[1]《去吧,摩西》中的法泽斯是印第安契卡索部落酋长的儿子,由于白人的驱逐和杀戮,他沦为奴隶,成为这个古老部落中唯一会说土著语的最后一位"祭师"。法泽斯虽然生来为奴,但在精神上他不属于任何人也不属于任何社会,只属于大自然,他以森林为家,凭借丰富的狩猎经验和人生智慧赢得猎人的尊敬,自尊地度过一生。他是艾克的"精神之父"和再生父母,艾克12岁时打到自己猎人生涯中的第一份猎物,法泽斯按照印第安部落猎人的习俗,把猎物公鹿的血涂抹在艾克的脸上,为他举行成人仪式。他以身作则教会艾克"从磨难中学会谦卑"、"从战胜磨难的忍耐中学会自豪"[2],懂得成为优秀猎人的道德情操。在印第安部落濒临灭亡之时,他清楚地意识到部族的传统文化和历史会逐步消亡,传承民族文化和部落习俗成为他责无旁贷的使命。正如法泽斯的名字 Sam Fathers 所示,在福克纳的笔下他象征美国、父亲、上帝。

《去吧,摩西》中的黑人母亲莫莉大婶是麦卡斯林家族黑人后裔托梅的图尔的小儿子路卡斯的妻子。她正直善良、忠心耿耿、吃苦耐劳、仁爱慈祥,把家庭打理得井井有条、整洁温暖,她的厨房是全家人最喜欢聚在一起的地方。当

---

① Reginald Martin, "Faulkner's Southern Reflections: The Black on the Back of the Mirror in 'Ad Astra'", *African American Review* 27, no.1(Spring 1993), p.53.

② William Faulkner, *Go Down, Moses*, New York: Random House, 1942, p.296.

丈夫痴迷于掘地寻宝,对她的苦苦相劝置若罔闻时,她敢于用黑人很少使用的离婚方式警示和劝诫丈夫。白人主子扎克的妻子难产去世后,她毫不吝啬自己的乳汁,哺育嗷嗷待哺的洛斯,"无论是在礼数还是人品方面,"她都是白人洛斯心中"唯一的母亲"①。当外孙赛缪尔在北方被处死后,她强忍悲痛,四处奔走,只为一个最朴素的念头,那就是让这个暴尸异乡的游子和迷途的羔羊带着人的尊严回家乡安葬。在她看来,赛缪尔就像《圣经》中离开埃及的以色列人,他离开家乡杰弗逊镇去北方寻找"约旦河",但在尔虞我诈、种族歧视暗潮涌动的北方身为黑人他根本不可能寻找到福地迦南。

《喧哗与骚动》中的黑人奶妈迪尔西的人物原型来自福克纳家族的黑人"大妈"卡洛琳·巴尔,她深受福克纳的尊敬和爱戴。1942年,福克纳出版《去吧,摩西》时,将此书献给他热爱的卡罗琳大妈。在她晚年生病时,福克纳一直照顾她,直到她以近百岁的高龄去世。福克纳没有把她当作仆人看待,而是像对待亲人那样为她养老送终,还起草情真意切的祭文悼念她,认为自己从她的"言传身教"中学会了"诚实"、"节俭"和"尊老扶弱"的良好品行,从她的"无私奉献与悉心爱护"中学会了忠诚与爱心,她因此赢得福克纳的"感激和热爱"。② 福克纳把自己对于卡洛琳大妈的依恋、热爱和感激倾注在对康普生家族的黑人女佣迪尔西的塑造上。

迪尔西是康普生家族"忠实的保护者和永久的照顾者,实际上扮演康普生家族孩子们真正意义上的母亲角色"③。迪尔西信仰并身体力行基督教颂扬的博爱与同情,任劳任怨地照顾缺乏亲情和母爱的孩子,顽强地维持几近分崩离析的家族。她无私地给予康普生家族温暖和爱,毫不嫌弃、悉心照料傻子班吉的日常生活。尽管家人反对,她还是把班吉带到黑人教堂,认为"慈悲的

---

① 〔美〕威廉·福克纳:《去吧,摩西》,李文俊译,上海译文出版社2010年版,第85页。

② 〔美〕威廉·福克纳:《致罗伯特·E. 琼斯会督的一封信》,陶洁译,《世界文学》2003年第4期,第259页。

③ David Williams, *Faulkner's Women：The Myth and the Muse*, Montreal：McGill-Queen's University Press, 1977, p.90.

上帝才不管他的信徒是机灵还是愚钝"。她敢于回击杰生的暴行,竭力保护小昆丁免遭舅舅的打骂。福克纳认为,她的忠心、勤劳、善良、忍耐、毅力、大胆和豪爽使她永远比我们"勇敢、诚实和慷慨","同情心永不枯竭地"从迪尔西的身上涌流而出。① 在康普生家族整体阴郁的画卷中,只有迪尔西是生活的暖色,在整幢冰冷的宅子里,只有她的厨房温暖明亮,在摇摇欲坠的家族中,只有她是一根"稳固的柱石"。福克纳通过迪尔西讴歌纯朴的人性美和精神美,体现人性复活和灵魂净化的理想。

总而言之,福克纳通过塑造一系列旧南方的末代"英雄"人物,"终身致力于在小说中探讨南方的家族罗曼司"②,为南方的历史构筑丰碑。在书写南方的家族"罗曼司"时,福克纳试图寻访旧南方的"英雄"人物和贵族家族,在历史转型的社会背景下,重温南方人曾经的人格精神、道德伦理和价值观念。南方那一个个有名有姓的人物以及或虚构或现实的家族进入作者的文学世界,面临"命中注定"的人与历史的抗争,这样的抗争必然以旧南方"英雄"人物的失败和贵族家族的灭亡告终。"约克纳帕塔法"家族神话世系注定成为旧南方家族的悲剧和挽歌,家族传奇和"末世英雄"根本无法扭转历史潮流,只能留下闪耀精神之光的"纪念碑"。

四、"批判性"历史意识:南方罪恶的负疚反省

与"纪念碑式"或者"崇古"历史意识不同,"批判性"历史意识意味着当人们摆脱历史的束缚、发现历史和过去本身包含许多诸如暴力、罪恶、不公、残忍、非人道、不道德等错误和缺陷时,开始对历史展开反思与揭露。福克纳在构筑南方"纪念碑式"历史的同时,以批判的眼光审视南方历史。福克纳认

① William Faulkner, "Address Upon Receiving the Nobel Prize for Literature", In *Faulkner: Achievement and Endurance; Selected Papers*, Tao Jie (ed.), Peking University Press, 1998, p.361.

② Richard King, "Memory and Tradition" in *Faulkner and the Southern Renaissance*, Doreen Fowler, Ann Abadie (eds.), Jackson: UP of Mississippi, 1982, p.77.

为,南方人在心理上迫切需要过去的"伟大"和昔日的"辉煌"来建构"纪念碑式"历史意识,从对过去的回忆与赞扬中反观当下生活。但是,他也知道沉浸过去、歌功颂德或者再现辉煌的"纪念碑式"历史意识的弊病。在纪念和庆典心理的作用下,它会有意疏远甚至割裂与现实的联系,刻意忽略和逃避一些历史真实,想象性地崇尚和美化过去,唤起人们对于历史和往昔的虔诚、敬畏、崇拜之情,堕入守旧和幻想的泥淖。这种仰慕过去、贬抑现在的守旧思想极易导致怀旧哀伤的悲剧情愫,使人们不可救药地陷入过去不能自拔。

针对"纪念碑式"历史意识的不足与缺陷,福克纳以辩证历史观为指导,"对于传统中已逝的辉煌成分进行不懈的钩沉",同时洞察"传统中与光辉相伴而生的罪与恶的阴影"。[①] 福克纳没有局限于狭隘的家族观念和纯粹的情感好恶,一味渲染南方贵族家族的昔日荣耀和"英雄"人物的传奇故事,而是"以批判的眼光在围绕创伤的历史事件和它产生的伤痛之间建立对话机制"[②],依托"约克纳帕塔法"家族神话世系剖析南方历史中不合理、反人性、不道德的成分,把祖先的荣耀、历史的变迁与奴隶制的罪恶、家族内部的腐败联系起来,书写庄园主家族繁华背后潜伏的没落宿命。福克纳敢于对南方贵族家族内部的腐朽以及奴隶制和种族主义的罪恶展开批判,希望南方人不要一直懦弱地龟缩在圣化历史的保护壳中禁锢思想、限制行动,而是以史为鉴,理性看待南方的历史和祖先的"罪恶"。

(一) 种族主义的残暴

福克纳认为"南方的罪恶在于建立在种族或肤色之上的不公正的殖民扩

---

① 张冠夫:《叩问时间之结:在历史与神话之间——试论福克纳的现代悲剧意识》,《国外文学》1997 年第 3 期,第 60 页。

② Leigh Anne Duck, "*Haunting Yoknapatawpha: Faulkner and Traumatic Memory*" in *Faulkner in the Twenty-First Century: Faulkner and Yoknapatawpha*, 2000, Robert W. Hamblin, Ann J. Abadie (eds.), University Press of Mississippi, 2003, p.102.

张与剥削"①,对于血腥残暴和践踏人性的奴隶制和种族主义的揭露是其"批判性"历史意识的标志。在深情回望南方过去时福克纳认识到,南方并非庄园文学、官方历史宣扬的那样,是一幅主子仁慈、仆人忠诚的和谐生活图景,南方的种植园历史并非只有光荣和传奇,种植园家族对奴隶犯下不可饶恕的罪孽,导致南方成为"被诅咒"的地方,种植园及其贵族家族落入万劫不复的处境。南方的庄园经济建立在奴隶制之上,白人优越、黑人低劣的种族和等级观念坚不可摧。生活在高大气派的老宅或者"大房子"中的种植园主垄断权力和财富,统领种植园"大家族",居住在大宅周围的低矮简陋窝棚中的大批黑奴过着暗无天日的非人生活,他们及其后代属于种植园主的私有财产。福克纳对存在于这片热土上的奴隶制和种族主义展开冷静思考,通过塑造麻木不仁、荒淫无耻、残暴不仁的奴隶主或者通过描写种族歧视的恶行,揭露奴隶制异化和扭曲人与人、人与土地的反人性、反道德的残忍本质,把奴隶制和种族主义推到南方历史的前台。

种族歧视和践踏血缘是《押沙龙,押沙龙!》中萨德本家族灭亡的根源。萨德本"不惜违背体面、荣誉、同情的准则",残酷剥削奴隶建立家族大宅,为了维持家族的纯白人血统哪怕失去儿子也在所不辞,最后"命运对他进行报复"。② 他发迹于压迫奴隶,在海地这片两百年来受"黑人血液浇灌"的土地上,通过残暴镇压种植园中奴隶的叛乱博得种植园主的赏识,得到庄园主的女儿和部分家产。后来他怀疑妻子有黑人血统,毫不犹豫地抛妻弃子带着一卡车的奴隶来到杰弗逊镇,以惨无人道的方式"硬生生"地把大片荒野建成"萨德本百里地"。为了"保持霸权,主宰别人",他经常会"亲自进入赛场和黑人

---

① William Faulkner. " American Segregation and the World Crisis." In The Segregation Decisions:Papers Read at A Session of the Twenty-First Annual Meeting of the Southern Historical Association,Memphis,Tennessee,November 10,1955,9–12,p.10.

② Frederick L Gwynn,Joseph L.Blotner(eds.),*Faulkner in the University:Class Conferences at the University of Virginia*,1957–1958, Charlottesville:The University of Virginia Press,1959,p.35.

搏斗",以身体较量捍卫奴隶主的权威与地位。萨德本无耻地滥用庄园中女奴的身体,把她们作为泄欲和生产劳动力的工具,克莱蒂是他与黑奴生育的女儿,在萨德本的屋檐下终身为奴。萨德本和海地前妻的亲生儿子邦成年后举止优雅、行为得体,在新奥尔良和大学里广受同龄人的羡慕和追捧。亨利对他趋之若鹜,亦步亦趋地模仿他的言行。邦在内战中凭借"非凡的能力"晋升长官。尽管如此,萨德本一直拒绝承认邦的身份。为了保卫家族纯白人血统王国免遭一滴黑人血的"玷污",他不惜挑唆儿子手足相残,让亨利除掉疑似有黑人血统的邦。"混血成为小说的支点,瓦解了萨德本的整个计划。"①福克纳在小说中对于种族问题的揭露深刻而犀利。邦的血统始终是未解之谜,萨德本只是怀疑邦的母亲有黑人血统,但他没有确凿证据。即便如此,等级森严和种族歧视的南方社会绝不允许有一滴黑人血的奴隶进入白人阶层,萨德本残酷暴虐、冷漠无情、藐视人性的行径在奴隶制盛行的南方司空见惯,"一滴黑人血液足以把人驱赶出整个人类的大家庭"。②

《喧哗与骚动》似乎没有直接关注奴隶制,但究其实质,福克纳依然在种族维度上书写康普生家族的历史。康普生家族的发家史和财富积累与掠夺土地、剥削奴隶密不可分。家族祖先在奴隶制的保障下保持温文尔雅的绅士风度和养尊处优的生活状态,家族后裔懦弱无能,在家奴的供养下勉强可以维持一个还算体面的日子。家族发展到最后一个男性后裔杰生时,他堕落为粗俗不堪的赤裸裸的剥削者,时时飙发家长权威,对家中的黑奴恣意戏弄嘲讽,动辄咒骂鞭笞,整日大呼"黑鬼"。奴隶制给康普生家族带来诅咒和厄运,福克纳似乎对强弩之末的白人贵族不抱太多幻想。在小说的结尾部分,他特意安排一章给黑人奶妈迪尔西。犹如穿透康普生家族死气沉沉的乌云的一束阳

---

① Arnold L. Weinstein, *Recovering Your Story: Proust, Joyce, Woolf, Faulkner, Morrison*, New York: Random House, 2006, p.401.

② Joel Williamson, *William Faulkner and Southern History*, New York: Oxford University Press, 1993, p.383.

光,迪尔西身上光芒四射的美德和善行使她与白人主子之间形成鲜明对照。与康普生家族无所适从的白人主子不同,她坦然面对生活,成为历史的见证人和未来的联结者。

在《去吧,摩西》中,麦卡斯林家族在种族和血缘的双重撞击下走向覆灭。麦卡斯林家族近一个世纪的账本中记录奴隶买卖的各种活动,仿佛是南方奴隶制的微缩图和血泪史。根据账本记录,麦卡斯林家族的老族长卡洛瑟斯1807年在交通还不便利的情况下,跋山涉水、不远万里去新奥尔良,以相当高昂的价格买来一个叫尤妮丝的女奴,对外声称是给庄园的男奴买妻。卡洛瑟斯可以选择在附近庄园以更经济实惠的方式购买女奴许给男奴为妻,他为什么如此劳心费力、舍近求远、大费周折去新奥尔良买一个女奴呢? 25年后这个女奴溺水自杀,死后六个月,她的女儿托玛西娜(亦称托梅)也因难产死亡,留下一个男婴。因为孩子的生父不详,男婴随母亲被取名托梅的图尔。老卡洛瑟斯死前立下遗嘱,赠送图尔这个“没有嫁人的女奴的儿子”千元遗产。老卡洛瑟斯的这些举动极为反常,令人百思不得其解,吸引人们刨根问底。

原来老卡洛瑟斯居心叵测,打着为庄园男奴买妻的幌子,远赴新奥尔良挑选美貌的尤妮丝供自己寻欢作乐。“新奥尔良的妓女买卖当时已经众所周知”,南方白人男性把女奴作为性工具在当时也“合法合理”。[1] 尤妮丝怀孕后,为掩人耳目,他随便把她嫁给庄园里的一个男奴。尤妮丝的女儿托梅长大后,“也许是因为寂寞”,“想让屋子里有点年轻的声音和动作”,“当时还不是鳏夫”的老卡洛瑟斯把托梅召到家里给他扫地铺床,随后诱奸她,致其怀孕并生下混血男孩。尤妮丝得知女儿怀孕,无法接受父女乱伦的罪孽,在圣诞节自杀身亡。老卡洛瑟斯寡廉鲜耻,根本不在乎乱伦,也懒得掩饰此事。在他眼里,托梅只不过是个奴隶,属于自己的私有财产,他享有随意处置和滥用其身体的特权。他死前立下遗嘱,让双胞胎儿子给成年后的托梅的图尔一千美元

---

① Kathryn Lee Seidel, *The Southern Belle in the American Novel*, Tampa: University of South Florida Press, 1985, p.120.

的遗产。他这么做并非因为良心发现,而是像"扔一双破鞋子"或者"一顶旧帽子"一样轻蔑地抛出一张空头支票,权当承担乱伦的后果,因为"这比对一个黑鬼叫一声'我的儿'要便宜得多"。① 确实,在以利益最大化为目的的老卡洛瑟斯看来,尤妮丝母女及其后代是创造价值的劳动力,投入的成本越低廉,他赚取的利润就越巨大,"扔出千元"遗产的空头支票比"叫声儿"便宜多了,既没有感情付出也不需要投入经济成本。

老卡洛瑟斯的双胞胎儿子布克和布蒂是艾克的父亲和叔父,当时号称开明仁慈的奴隶主,但骨子里他们没有把奴隶当人看待,奴隶依然是可以肆意追猎游戏或者任意买卖的商品。他们经常像追逐野兽一样追捕逃出庄园去会女友的混血弟弟托梅的图尔。布克带领一队人马和猎狗,像猎人一样部署围剿计划,商量包抄路线,期间伴有步步紧逼和猎狗的大声吠叫、图尔的拼命逃跑与躲避,俨然一幅活生生的打猎场景。混血弟弟和他的女友是他们可以随意交换的战利品,他们的命运是兄弟俩玩扑克牌的赌注。福克纳的"反讽和幽默在这里交相辉映、相得益彰"②,在紧张刺激的"打猎"场面和轻松玩闹的扑克游戏之下,掩藏种族歧视的残忍血腥和罪恶本质。谈笑风生的扑克游戏、轻松滑稽的打猎展演、插科打诨的诙谐笑话使黑白兄弟之间的关系看起来像充满南方地域风情的狂欢闹剧。但是,人们一旦想到布克率领大队人马和大群猎狗追猎的不是野兽而是自己的混血兄弟、玩扑克游戏并非娱乐而是决定奴隶的命运时,奴隶制的血腥野蛮和残无人道昭然若揭。在白人庄园主眼中,黑人根本不属于人的范畴,即便是混血兄弟也是供他们开心玩乐的游戏赌注或者围追堵截的待捕猎物。图尔的尴尬处境和痛苦经历真实生动地折射当时黑奴的悲惨生活状况。福克纳采用幽默化、喜剧化和反讽式的艺术手法,通过描写闹剧式的围猎和游戏场面烘托奴隶制的惨无人道和灭绝人性。

---

① William Faulkner, *Go Down, Moses and Other Stories*, New York: Random House, 1942, pp. 269-270.

② James L.Roberts, *Cliffs Notes on Go Down, Moses*, Lincoln: University of Nebraska, 1985, p.16.

麦卡斯林家族的第二个令人诧异和不解的谜团是,布克在庄园的黑奴充裕并且宣布解散奴隶的情况下,居然以 265 美元的价格购买一个叫作布朗李的 26 岁男奴。布克解释购买的理由是让他作"文书兼簿记"。众所周知南方当时普遍禁止黑奴读书识字,布朗李"不会记账也不识字",连"牵一头牲口去河边饮水都会脱手",他根本无法胜任文书或者簿记工作。那么,麦卡斯林庄园的主人布克购买既不会识文断字也无法从事简单的家务打理或者田间劳动的布朗李的目的是什么? 布朗李到底能够满足白人主子的什么需求? 艾克在家族账本中搜寻答案。布朗李来到庄园之后,叔叔布蒂对他怀恨在心,1856年的圣诞节时给布朗李取名斯宾特里乌斯(Spintrius),有趣的是这个作为"圣诞礼物"的名字"Spintrius 是拉丁语 Spintria 的派生词,意为男妓"。① 当艾克把有关布朗李的各种信息勾连在一起时,布朗李、布克兄弟的同性恋身份浮出水面,他被布克作为同性恋消费商品购买,满足白人主子的生理需求。

《大黑傻子》一章在《去吧,摩西》中看似游离在麦卡斯林家族故事之外,实则点明作品主题,直指南方奴隶制的反人性核心问题。

黑人赖德在白人眼里根本不是有血有肉、懂得感情的人,他的丧妻之痛遭到白人粗鲁的嘲笑和讽刺。他被私刑处死后白人副治安官居然谈笑风生地给妻子讲述他被剥夺鲜活生命的情节:他的"玻璃球那么大"的眼泪"掉在地板上发出吧嗒吧嗒的声音,仿佛有谁在摔鸟蛋……这多有趣儿"。作为执法人员,治安官对黑人的死亡麻木不仁,对黑人的生命漠然置之,对私刑的暴行听之任之。他的妻子对如此凶残的暴行漠不关心、无动于衷,极不耐烦地催促丈夫快点吃饭,不要耽误她去看电影。这对自称"文明"的白人夫妇丧失了最基本的同情心、怜悯心和人性。福克纳刻意没有具体命名这对白人夫妇,寓意他们的所思、所言、所为在白人社会具有普遍性。

奴隶制与混血问题成为福克纳笔下南方白人庄园主家族注定走向灭亡的

　　① Richard Godden, *William Faulkner:An Economy of Complex Words*,Princeton:Princeton University Press,2007,p.127.

213

根源,揭露奴隶制的暴行、谴责旧南方建立在不公正的种族主义之上的经济体制和社会制度,是"约克纳帕塔法"家族神话"批判性"历史意识的体现。福克纳在作品中明确表示,上帝让南方人失去内战,"它的经济大厦并非建立在坚实的道德磐石之上而是建立在机会主义和道德沦丧的沙土之上",如今南方"为此付出代价"。福克纳极为关注奴隶制引发的家族没落与畸形的混血问题,揭示南方白人贵族的伪善,颠覆南方固有的白人主子高贵仁慈、奴隶低俗卑贱的种植园阶级神话。福克纳作品的"批判性"历史意识表明,奴隶制和种族主义不但违反人性和道德,也成为南方经济发展的主要障碍。南方如果无法冲破种族主义的牢笼,它将永远像一头沉迷游戏咬住自己尾巴的怪兽,鲜血淋漓地在原地打转。

(二) 家族内部的腐朽

时代变迁、新旧交替以及反人性的奴隶制无疑是导致南方贵族家族衰落的原因,家族内部的腐败也加速家族的灭亡。"约克纳帕塔法"世系反映三类南方家族的衰落史,第一类是沙多里斯、康普生、格里尔生为主的旧南方种植园贵族世家,第二类是以本特伦家族为代表的南方穷白人家族,第三类是以斯诺普斯家族为首的新南方暴发户。福克纳通过揭露南方各类家族内部的黑暗与罪恶,让南方人意识到即使没有内战和奴隶制,南方家族对于土地的掠夺与占有、对于金钱的贪婪与追逐、对于女性的歧视与压迫、对于人性的藐视与践踏、对于伦理的轻视与违抗、对于亲情的疏远与漠视,都会让家族面临败落和衰亡。懦弱无能、亲情淡漠、关爱缺失、腐化堕落、痴傻疯癫、敏感脆弱、猥琐卑鄙、自私乖戾、病态偏执、道德沦丧、损人利己、唯利是图的人物形象在福克纳的家族小说中屡见不鲜。

康普生家族的自私无爱、缺乏亲情、互相仇视是家族衰落的内因。小说从祖母的葬礼开始,死气沉沉笼罩整部小说。康普生夫妇若即若离,生活在各自的内心世界无法给予儿女温情、关爱和安慰,母亲像"地牢",父母在"微弱的光线中",孩子们"迷失在不知什么地方",昆丁痛苦绝望地再三呼唤"母亲"。身为一家之主的康普生先生懦弱无能,醉心悲观讽世哲学,整日借酒麻醉思想,经营的律师事务所半死不活,堆积的各种诉讼旧档案"颜色变得一年比一年暗淡"。为了让昆丁完成在哈佛一年的学业和给凯蒂一个体面的婚礼,他卖掉家族最后一块地产。当内心脆弱敏感的儿子昆丁需要父亲的帮助、安慰、理解、关怀和疏导时,他只给儿子一些诸如"人是其不幸之总和"、是"装满了从垃圾堆上扫来的锯木屑的玩偶"之类的空洞哲学。受父亲虚无主义的影响以及对现实的悲观绝望和对未来的恐惧怀疑,昆丁内心极度苦闷彷徨,深知自己无法捍卫家族尊严、保护妹妹的贞洁,最终选择沉湖自尽。

　　抱残守缺的南方淑女观念和门第意识是导致康普生太太个性异化的主要原因。她念念不忘娘家的贵族血统,强调自己是深受贵族家族荣誉观、价值观和女性观熏陶的南方淑女。嫁给康普生先生之后她无法接受康普生家族家道中落、荣耀不再的处境,整日称病在床怨天尤人,编织大家闺秀的美梦,不愿走出过去、面对现实,承担母亲和妻子的义务。为人母的康普生太太感觉子女是累赘和冤家。她认为痴傻儿子班吉是上帝对她的惩罚,班吉哭闹时她束手无策,把他交给凯蒂去照顾,或者喊迪尔西把他抱走,免得影响自己静养。发现班吉痴傻后她执意给他更名,怕他随她弟弟的名字会给自己娘家抹黑。她整日病恹恹躺在床上,对进入青春期、面临交友关键时刻的女儿凯蒂不闻不问。当她撞见凯蒂与男孩接吻时,她认为这有伤风化、有失体统,与南方淑女规范格格不入,第二天便"穿起丧服戴上面纱在屋里转来转去",哭诉"自己的小女儿死了",凯蒂当时只有 15 岁。凯蒂未婚先孕后她为挽回一点颜面,不顾凯蒂的感情,匆匆把她嫁给门第相当的"贵族"敷衍塞责;当凯蒂的丈夫发现实情抛弃凯蒂母女时,她没有同情、保护、帮助女儿,反而用最激烈、最无情的方式把她扫地出门,从此不准家人再提她的名字,断然拒绝凯蒂母女相见、禁止她参加康普生先生的葬礼,凯蒂在走投无路之下沦为纳粹的情妇。康普生太太的埋怨唠叨、躲避推诿、冷漠疏远、自怨自艾、顾影自怜让已近穷途末路的家庭笼罩在压抑、痛苦、沉闷、阴郁、忧愁、绝望的气氛中。

在父亲去世、哥哥自杀、弟弟痴傻、妹妹被撵出家门的情况下，杰生作为康普生家族心智最"健全"、身体最健康的男性子嗣，理应成为家族的顶梁柱，责无旁贷地承担养家糊口的责任。但是，杰生的冷酷无情、贪婪狡诈、唯利是图，毁了自己也毁了整个家族。他对家人毫无温情，只有无休无止的怨恨和咒骂。母亲担心小昆丁逃学旷课在镇上闲转悠，让他留心一下，没想到母亲的一句话引发他一系列的不满与怨恨：

> 我没有机会上哈佛大学，也没时间整天醉醺醺地直到进入黄泉。
> 我得干活。不过当然了，若是您想让我跟踪她，监视她干了什么坏事
> 没有，我可以辞掉店里的差事，找个晚班的活儿。这样，白天我来看
> 着她，夜班嘛您可以叫班【班吉】来值。（197）

寥寥数语，杰生的尖酸刻薄和冷漠恶毒跃然纸上。他借题发挥，以自己赚钱养家为由，出言不逊，就着一丁点儿小事对亲人肆意嘲讽，发泄愤怒。他明知班吉智力不及3岁孩童，故意以他值夜班监视小昆丁羞辱嘲弄弟弟。连死去的哥哥和父亲他也不放过，对于家里卖地供哥哥去哈佛上学他愤愤不平，父亲借酒浇愁让他耿耿于怀。

杰生不念亲情，对家人只有咒骂和怨恨。他认为母亲、弟弟、外甥女、家奴都是"拖累"和"负担"，经常抱怨自己努力工作养活一家子"吃闲饭的"。对痴傻弟弟他怨声不绝，骂他是个什么也指望不上的废物。为了避免弟弟招惹麻烦，他索性以监护人的身份替他做主实施阉割手术，母亲死后迫不及待地把弟弟丢进精神病院，把负担甩给州政府。他经常咒骂凯蒂母女是"贱坯"、"婊子"。凯蒂未婚先孕被丈夫识破遭到抛弃之后，杰生伙同母亲把凯蒂赶出家门，阻止她踏足杰弗逊镇，利用凯蒂思女心切的心理屡屡敲诈钱财却拒绝让她们母女相见，想方设法克扣凯蒂寄给女儿的赡养费。小昆丁无法忍受他的羞辱和打骂，偷了本该属于自己的赡养费逃走，杰生疯狂地驱车追赶，咒骂她的"血液里有下贱的根子"，让她"跟臭味相投的人泡在一起，死活由她去"。杰

生的生活因为仇恨失去了正常的乐趣和幸福,无法与任何一个女人建立亲密关系,最后沦为死守一间农具店、没有子嗣的老鳏夫。

在《去吧,摩西》中,麦卡斯林家族后裔艾克对记录家族历史的账本细细研读、抽丝剥茧,在账本闪烁其词的条目中发现家族祖先对土地的疯狂掠夺与贪婪占有、对奴隶的残酷压迫与无情剥削,浮现在账本背后鲜为人知的乱伦与同性恋家族秘史让他震惊不已。麦卡斯林家族的族长老卡洛瑟斯购买女奴并诱奸自己与女奴所生的女儿,犯下父女乱伦的罪恶。他的儿子布蒂和布克这对 50 多岁的孪生光棍兄弟"充满激情和复杂阴暗的生活"被账本记事曝光。[①]布蒂和布克是麦卡斯林家族的第二代统治者,他们的名字和关系耐人寻味。布克(Buck)的名字充满阳刚之气,布蒂(Buddy)却尽显阴柔之意。布克经常打着"领带",像"军士长一样"主外,"管理庄园和农活";布蒂则时常穿着"裙子"主内,"整天坐在炉灶前的摇椅里","负责家务和烹饪"。布克每年总有那么一两回打上领带、骑着大马、领着黑奴、赶着猎狗,冲出麦卡斯林庄园去布钱普庄园追捕逃到那里去约会心上人的托梅的图尔。每逢此时,布蒂变得狂躁起来,醋意大发,在家开始咒骂、追赶"骚狐狸"。一直想嫁给布克的索凤西芭和哥哥趁机设下圈套,让布克误入她的闺床,逼迫布克娶她。布蒂得知此事后火速赶往布钱普庄园,利用扑克游戏帮助布克摆脱索凤西芭兄妹的纠缠、保全布克的单身汉身份。按理说布蒂应该支持已经 50 多岁的布克尽快结婚生子,况且与索凤西芭的联姻可以接续家族香火、得到丰厚嫁妆、扩大家族势力,如此一举多得的美事布蒂为什么坚决反对?

"追撵狐狸、追捕黑奴、猎获丈夫这三层故事相互关联"赋予小说"趣闻主义"特色,[②]趣闻的背后必然遮盖阴暗的事实,那么麦卡斯林家族诙谐幽默的追猎之下隐藏怎样的秘密呢?索凤西芭设计"猎获"布克的如意算盘因为布

---

①　William Faulkner, *Go Down, Moses and Other Stories*, New York: Random House, 1942, p.265.

②　Joel Williamson, *William Faulkner and Southern History*, New York: Oxford University Press, 1993, p.21.

蒂的搅局落空,布克买来男奴布朗李,整日与他形影不离。布蒂又醋意大发,对布朗李怨恨不已。账本上记录自从买来布朗李之后兄弟俩彻底停止任何"口头交流"。① 布蒂为什么特意把这件看似普通平常的事情载入记录家族重要事务的账本呢? 这一反常举动让艾克迷惑不已,吸引他仔细推敲。账本中记录的 oral intercourse 具有"口头交流"和"口交"的双关之意,暗指同性恋关系。② 这一论断似乎能够合理解开布克不愿迎娶索凤西芭、执意购买一无所能的布朗李以及布蒂争宠吃醋、对布朗李心怀恨意的谜团。麦卡斯林家族的族长老卡洛瑟斯和他的儿子们无视道德规范,肆无忌惮地践踏血缘和伦理秩序,使家族笼罩在可怕的乱伦和同性恋阴影之中。艾克"触摸"到趣闻逸事背后家族不可饶恕的罪恶之后,毅然放弃继承家族遗产。

在关注南方种植园贵族家族的同时,福克纳也描写萨德本、本特伦和斯诺普斯等南方穷白人和暴发户家族内部的腐败与堕落。《押沙龙,押沙龙!》中出身贫困山区穷白人家庭的萨德本在富人门前受辱,立志凭借自己成就一番事业。他以破坏南方现存体制复仇者的形象出现,借助强硬剽悍的个人意志、欺凌弱者的野蛮暴力,决意冲破等级森严的南方贵族社会壁垒,攒着一股子"疯魔"劲头,开疆拓土,孤军奋战,不顾道德伦理和血缘亲情,贪婪攫取物质财富和社会地位,不断征服,建立偌大的"萨德本百里地"庄园,实现纯白人血统王国的千秋基业。但是,亲情缺失、兄弟相残、种族仇恨使萨德本庄园笼罩在荒凉、沉闷、不祥、怨恨、血腥的氛围中,最终被一把大火毁于灰烬,在"烟雾卷过"之时,房屋在"轰隆声中坍塌",反射出"最后一片不可思议的血色",只有家族的混血子遗白痴吉姆·邦德对着"那堆灰烬和四根空荡荡的烟囱",发出阵阵绝望的号叫。

击垮《我弥留之际》中本特伦家族并最终导致其解体的主要原因不是艰

---

① William Faulkner, *Go Down, Moses and Other Stories*, New York: Random House, 1942, p.263.
② Richard Godden, *William Faulkner: An Economy of Complex Words*, Princeton: Princeton University Press, 2007, p.128.

难困苦的生活而是"家人之间的隔绝与分裂"。① 本特伦家族的成员好像生活在荒诞世界中的妖魔鬼怪，在穷困潦倒、亲情淡漠、人性异化、浑浑噩噩中打发时日。妻子艾迪坚持死后安葬在故乡杰弗逊镇的遗愿似乎是对丈夫安斯的蓄意报复和对家人的有意考验，家族成员各怀鬼胎踏上旅途，堂吉诃德式的出殡好像一次无知、蒙昧、盲目的"探索之旅"。这个挣扎在物质匮乏、命运不济中的家庭在整个送葬之旅中愈发显露自私、狭隘、暴躁、怨恨、孤独、野蛮、荒诞、冷漠的人性弱点。为人母为人妻的艾迪无论在现实世界还是在精神世界都沦为旁观者和局外人，游离在家庭生活之外，认为"爱"这个词儿仅仅是"填补空白的一个影子"，子女、丈夫、职业、爱都在自己的"孤独"这个"圆圈之外"。② 她因为害怕孤独嫁给本特伦，婚后感觉更加孤独，婚内出轨牧师惠特菲尔德。在父亲"活在世上的理由仅仅是为长久的安眠做准备"的悲观思想影响下，她沉浸在孤独中苟活于世，为死做准备。感情冷漠、悲观厌世的女主人使整个家庭陷入死气沉沉、窒息压抑、痛苦无助的境地。

丈夫本特伦怨天尤人，自私自利，狡黠吝啬，斤斤计较。他荒唐地认为自家的霉运来自政府把路铺到他家门口；他经常自夸自己多么称职，却在妻子病重时舍不得花钱请医看病，辩解说"她反正是要去的"、"她的主意已经拿定"；在儿子卡什因为救艾迪落水的棺材砸断腿时，为了省钱他没有送儿子去医院而是花一毛钱买水泥给他固定，导致儿子截肢；在送葬途中他常挂嘴边的口头禅是一切为了妻子，可在儿女们竭尽全力搬运棺材过河时，他以年老体弱为借口袖手旁观，并心心念念要给自己装副假牙，"算是安慰"，补偿在安葬妻子的途中遭受的辛苦；他不断抱怨子女对自己的辛苦付出没有知恩图报，口口声声"我白白养了女儿十七年"，呼天抢地说自己还不如像艾迪一样"死了省心"；

---

① Andre Bleikasten, *Faulkner's As I Lay Dying*, Bloomington：Indiana University Press，1973，p.15.

② ［美］威廉·福克纳：《我弥留之际》，李文俊译，上海译文出版社 2004 年版，第 148—149 页。

为了安装假牙,他不顾女儿的哀求,恩威并施抢夺女儿好不容易攒下来打算偷偷堕胎的钱;安葬妻子之后,他迫不及待地把"头发蘸水梳得光溜溜的"、喷上"好闻的香水"出去溜达,领来一个长着"一双挺厉害的金鱼眼"、"鸭子模样"的女人,摆出一副"小人得志、趾高气扬的样子",介绍子女见过新的本特伦太太。

福克纳后期创作的《村子》(1940)、《小镇》(1954)和《大宅》(1959)构成"斯诺普斯三部曲"。斯诺普斯家族"异军突起",标志福克纳从重点描写旧南方种植园贵族、种族冲突转向关注"传统贵族和穷白人之间的对立"。① 斯诺普斯家族与南方传统的庄园主贵族家族不同,在南方从农业社会向工业社会转型的过程中,他们弃农从商,日渐发达,身份从穷白人摇身一变成为南方"新贵",是南方社会新一轮的统治者和主宰者,逐渐在政治、经济、文化、道德、伦理方面影响新南方的社会生活和精神追求。斯诺普斯家族是南方在现代物质社会和消费文化中孕育出来的工商资本主义的暴发户、投机商和政客,他们唯利是图、强取豪夺,代表南方的物质化和精神堕落。

弗莱姆·斯诺普斯是斯诺普斯家族的代表人物。弗莱姆是一个贫穷白人家的长子,从小意识到像父辈一样耕田种地不会有什么出息,决定"尽快跳出农门,越快越好"。② 1902年他来到"老法国人湾",打算在这里"施展才华",抓住南方社会各阶层通过财富重新洗牌的机会,不择手段、六亲不认、哄骗欺诈,开始资本积累并发财致富,跻身新南方富人阶层。他与外人勾结,把野马当作驯马卖给乡亲们骗取钱财;他精于利用人们急于发财的心理,把不毛之地伪装成埋有宝藏的地产,高价出手;他不停地盘剥"老法国人湾"贵族统治者华纳的家产;通过承租土地、控制学校和接管法院,他成功地掌握杰弗逊镇的经济和政治命脉。弗莱姆停止南方人情味十足的赊购交易、年终结账的经营

---

① 李常磊:《文学与历史的互动——威廉·福克纳斯诺普斯三部曲的新历史主义解读》,《四川外语学院学报》2008年第5期,第7页。

② William Faulkner, *The Hamlet*, New York: Random House, 1964, p.25.

模式,摆脱商家、供货方和客户之间长期形成的人际网络与信赖关系,建立货款两清、"唯金钱是论"的交易模式。在"老法国人湾"站稳脚跟后,他带领斯诺普斯家族占领这一地区,逐渐垄断整个"村子"。在《小镇》和《大宅》中,弗莱姆飞黄腾达,利用妻子尤拉的美色,换取自己对于物质和权力的满足。表面上他对妻子和地位显赫的德·斯潘之间的通奸听之任之,事实上他暗度陈仓攫取斯潘银行行长的职位,把斯潘逐出杰弗逊镇,逼死妻子,鸠占鹊巢,占领斯潘高大气派的大宅。

斯诺普斯家族是南方工商资本主义的代表和物质消费文化的化身,信奉做事就要有利可图的人生哲学。弗莱姆的堂弟艾欧·斯诺普斯玩弄手段,非法获取他人钱财,对乡邻恶意打击报复。他与弗莱姆合谋,从华纳手里夺取杂货铺和铁匠铺,无情地将老铁匠扫地出门。为了骗取铁路公司的大笔理赔费,他雇用别人把自家骡子牵到铁路拐弯处,人为制造交通事故。与邻居海特夫人发生摩擦时,他驱赶骡子冲进她家院子,纵火烧毁房子。拜伦·斯诺普斯是沙多里斯银行中的职员,他消极怠工,时常盘算如何从银行弄到不义之财,最后竟然监守自盗,窃取银行钱财逃往墨西哥。身为密西西比州参议员的克莱伦斯·斯诺普斯,损公肥私,为了实现自己的政治野心,不顾大众利益,误导和煽动蒙在鼓里的社区民众叛乱。蒙哥马利·斯诺普斯丧失社会公德,公然放映黄色幻灯片,收敛民众钱财,败坏公众道德。

斯诺普斯们老谋深算、利欲熏心、损人利己、寡廉鲜耻、扭曲人性,在贪婪追逐财富和地位的过程中建立弱肉强食的丛林法则,肆意践踏南方传统的道德和价值观念,绝不放弃任何"榨取钱财和获取体面"的机会,快速崛起成为南方新一轮的统治者,倡导的物质文化占据当下文化的主导权。斯诺普斯阶层中滋生的唯利是图、道德沦丧使福克纳在情感上更加认同南方传统的价值观念和富于人情味的经济运营模式,他在这些暴发户身上看不到南方的未来,对这个家族也没有寄予任何希望,家族的"领头羊"弗莱姆死于族人明克·斯诺普斯的枪下,一个只看重物质占有、轻视精神建设的邪恶家族最终难逃覆灭的命运。"斯诺普斯三部曲"是美国南方现代工商业时期社会生活、文化变迁和阶级重构的形象再现。在冷静审视新南方的城市化、工业化和现代化时,福克纳富有远见地预言斯诺普斯阶层难当时代之大任。

总之,福克纳不是一位盲目怀旧、只为旧南方庄园主贵族家族高唱赞歌的南方作家,他秉持批判与怀恋并举的辩证主义历史意识,在回望南方的过去和历史时,情不自禁地为昨日的辉煌、昔日的贵族和英雄的先辈树碑立传。同时,他能够直面南方种植园历史上的奴隶制和家族罪恶,认真思考这些罪恶遗留给后代的历史负担和心理负罪感。福克纳的家族小说直击南方历史上最敏感、最忌讳的种族痼疾和家族腐败问题,敢于触及社会变革和意识形态重建时期新南方消费文化之下的物质至上和道德沦丧危机。作者通过批判和剖析南方家族的内部腐败和旧时顽疾,展现抱残守缺只会导致思想固化和止步不前,但是,斩断历史、一味追求物质文化和现代化必然摧毁道德、异化人性。

第二节　新时期家族小说的历史意识

福克纳重构南方家族和历史的自觉意识、书写种植园家族覆灭的挽歌基调、留恋与批判共存的矛盾历史观念,在中国新时期家族小说作家群中引发强烈共鸣。中国作家在吸收福克纳的"纪念碑"与"批判式"历史意识的同时,在汉文化语境中对其进行创造性改写。改革开放和"寻根文学"思潮使作家认真思考中国的现代史,逐渐放弃以往家族小说单纯服务革命或者阶级的叙事诉求,认为文学作品无法重现历史的真实面目,只是提供走进历史的一种视角,展现特殊历史文化背景下家族及个体生命的存在状态。在怀恋与反思的历史意识下,作家从世俗生活和民间立场出发,重点关注家族在历次革命运动中的兴盛衰亡、个体命运的沉浮起落,寻找乡土文明、村落文化、民族精神。中国乡土家族的灭亡以及村落文明、地域文化、民族精神、文化人格的逐渐变化,奠定新时期家族小说创作的挽歌基调。

一、历史的怀恋与反思

在中国的经济快速发展、外来思潮冲击影响、思想极度自由、社会经济转型的新时期,作家怀着反思与质疑的心态,纷纷对中国的现代史展开再度思考,认为"历史是我的历史,或者说是我对历史的体验、感觉和想象"①,他们"对淹没了无数生命的历史有着难以言说的厌恶和怀疑"。② 作家从个人的生命体验和人类生存困境角度思考历史的合法性和合理性,不再追求历史的真相,不再强调复原历史本来面目的重要性,也不再强化重现历史宏大场面的必要性,而是采取超然甚至调侃的态度,在小说中虚化历史背景,按照作家的个性化理解或者根据现实生活体验,解构"高大全"历史叙事的权威性和单一性,通过凸显家族或者宗族历史,呈现历史的碎片性、多样性、偶然性、复杂性。

与福克纳的"纪念碑式"或者"批判性"历史意识相似,中国新时期家族小说作品的历史意识表现在如下两个方面:一是批判和解构历史的神圣性,揭示历史狰狞丑陋的一面;二是留恋和怀念昔日的家族文化和村落文明。中国新时期的家族文化和农耕文明同样遭受现代工业文明的入侵,面临消失殆尽的危机,工业化和城市化加速了中国传统家族文化的衰落,对于许多当代人而言,家族传统和宗族文化只是留存在记忆中的一些碎片。中国的家族小说作家与福克纳一样形成集体"向后看"的历史意识,重视家族承载的伦理道德和文化内涵。新时期家族小说作家突破之前长期处于垄断地位的主题,重新书写家族故事,唤醒人们的家族传统意识,复活人们的农耕文化记忆,在批判与怀恋、解构与继承中反观中国的现代史,直面顿挫波折的个人生存状态,深入挖掘民族文化的深厚蕴意,试图为摆脱现代性引发的种种困境寻找出路。

---

① 莫言、王尧:《从〈红高粱〉到〈檀香刑〉》,《当代作家评论》2002 年第 1 期,第 10 页。

② 李锐、王尧:《李锐王尧对话录》,苏州大学出版社 2003 年版,第 175 页。

（一） 反思性历史观念：历史事件和"英雄"人物的祛魅

福克纳对旧南方种植园家族的解体和农耕文明的沦丧痛惜不已，但他对南方的奴隶制、种族主义和家族罪恶毫不留情，展开批判，在怀恋和批判的矛盾与张力中，书写美国南方的现代史，揭示官方"大写"、"单数"历史背后的"小写"、"复数"历史。与此相似，中国新时期家族小说呈现一股强大且持久的贴近历史、进入历史、反省历史、虚化历史的创作潮流，作家对历史进行更加深刻、更为复杂、更加多元的认识与思考，意识到历史并非沿着进化或者理性的直线原则前进，而经常以变幻无常或者不可操控的形式出现在世人面前，甚或呈现偶然性、荒诞性、特殊性、多样性、复杂性。

新时期家族小说作家对于历史的批判和反思主要表现在两个方面，一是解构以往的历史叙述，质疑直线进步历史观念；二是挑战人们惯常对于人物的脸谱化倾向，破除以阶级阵营划分人物好坏的刻板二分法。从新中国成立初期到新时期，中国的家族小说一直是家族史与革命史的结合体，家族故事经常服务于政治叙事。新时期随着各种思潮的影响和中国社会文化的转型，不少作家"从历史决定论的迷惘中走向对历史循环论的执着"①，以全新的叙事形式和文化视角，对家族历史和社会运动展开想象与重构，否弃单一的政治话语和历史言说方式，淡化对于家族或者历史的圣化、美化倾向，批判家族内部的腐败和历史的不合理因素。在揭去家族和历史的神秘面纱之后，历史的荒诞性、人的劣根性、封建家长的专制行为、道德伦理的堕落沦丧、人性的阴暗邪恶、子辈的懦弱无能浮出地表。新时期家族小说成为一种承载民族文化和体现个体生命的艺术形式，家族叙事不再图解革命概念，血缘情感和家族纽带也不再简单地被政治理念取代。

新时期作家在创作家族小说时大量收集、查阅、引用相关的历史文献和材

---

① 曹书文：《论中国 20 世纪 90 年代的家族小说》，《云南社会科学》2006 年第 1 期，第122 页。

料记载。张炜曾走遍芦清河两岸的所有城镇,阅读"能找到的所有关于那片土地的县志和历史档案资料","拜访了所有大的粉丝厂和作坊","还访问过很多很多当事人、当年巡回法庭的官员,访问过从前线下来的伤残者、战士、英雄和幸存者"。① 陈忠实花费多半年时间查阅西安周围"三个县的县志、地方党史和文史资料",做了大量的"社会调查",小说的人物在收集资料的过程中"逐渐清晰"。② 但是,这些史实总体上作为家族叙事的背景材料出现,作家并不在意涉及的阶级斗争或者历史事件的真实性,更多地强调作家对于历史的个性化阐释。作家花费大量的精力和时间收集整理历史素材的目的并非真实再现历史,而是通过重新整合和拼接连缀,大胆虚构甚至戏仿历史,关注历史在小说中的审美功能,展现特殊的历史文化氛围、生命存在价值和民族文化立场。他们在虚化和僭越历史事件与家族故事的过程中,破除传统家族小说中历史写作的藩篱,使新时期的家族小说表现出不同的美学特色和历史风貌。

莫言具有强烈的自由言说历史的欲望,在他看来,历史就是一部传奇。《红高粱家族》是"一部刻意与'官史'视角相区分的作品"③,小说中的历史版本与教科书上的历史相去甚远。小说立足于民间叙事立场,采用野史撰写的写作理念,运用高度夸张、幽默、魔幻的笔触,重写高密东北乡的抗日历史,把它作为烘托"红高粱家族"中"我爷爷"、"我奶奶"传奇人生和生活原色的背景。小说中的抗日历史充满原始欲望、炽烈情爱、快意恩仇、悲壮传奇、野蛮仇杀以及正规军与土匪之间的各种周旋、不同帮派土匪之间的不断混战,颠覆人们对于"高大全"抗日英雄或者真实惨烈的战争场面的常规理解和阅读期待。莫言试图以奇幻的家族故事以及"我爷爷"和"我奶奶"之间不俗的爱情故事

---

① 　张炜:《古船》,人民文学出版社 1994 年版,第 410 页。
② 　陈忠实:《寻找属于自己的句子》,上海文艺出版社 2009 年版,第 181 页。
③ 　张清华:《莫言与新历史主义文学思潮——以〈红高粱家族〉、〈丰乳肥臀〉、〈檀香刑〉为例》,《海南师范学院学报》(社会科学版)2005 年第 2 期,第 37 页。

重解抗日战争的严肃性。他刻意选取发生在高密东北乡的几次日军入侵和抗日活动，目的不是再现抗日战争的真实，而是渲染高密东北乡这块土地上的人性，歌颂家族先辈们的炽热爱情和豪迈情怀。历史成为家族史的铺垫，小说的叙述者"我"为了给"我的家族树碑立传"，"曾经跑回高密东北乡，进行了大量的调查，调查的重点，就是这场我父亲参加过的、在墨水河边打死鬼子少将的著名战斗"。

小说通过戏仿真实历史事件达到解构历史的写作诉求。小说中描写的抗日战争场面是莫言对发生在高密的孙家口伏击战和公婆庙惨案两起历史事件的改头换面和重新加工。浪荡在高密东北乡高粱地里的土匪头目余占鳌为了阻止日寇车队越过大石桥，与国民党部队的冷支队事先约定合力伏击日军，但是，当日军车队开上桥头时仍然不见冷支队的队伍露面，余占鳌带领兄弟们在力量和装备差距悬殊的情况下冒死抗敌，展开残酷的肉搏战，硬生生把日军车队逼退桥头。在战斗临近结束时，"皮带上挂着左轮手枪的冷支队长在几个高大卫兵的簇拥下"出现了，他的队伍"络绎过桥，扑向汽车和鬼子尸体"，"拿走了机枪和步枪、子弹和弹匣、刺刀和刀鞘、皮带和皮靴、钱包和刮胡刀"，冷支队在一声"余司令，后会有期"中被士兵簇拥着离开。史料记载曹克明部大胜日军后的第二天日军进村报复，血洗公婆庙村，烧毁村庄、屠杀村民。小说也描写日军的反扑屠村，余占鳌队伍掩埋堆积如山的村民尸体，共产党部队的游击队大队长江小脚带领队伍前来援助，劝说余占鳌交出战利品。双方经过一番"像牲口贩子一样"的讨价还价之后，余占鳌把二十四条仿捷克"七九"步枪和一支"三八"式盖子枪让给他。

与"齐心协力、抵御外辱"的抗日大历史不同，当时高密东北乡最主要的三股抗日力量国民党部队、八路军游击队以及余占鳌的土匪队伍之间的关系微妙复杂。冷支队和江小脚之间唇枪舌剑、互不相让，江小脚讽刺冷支队"不去谋大利，立大功"，却与"孤儿寡妇争蝇头小利"。小说着力描绘土匪头子余占鳌为首的民间抗日力量的英雄传奇。莫言似乎刻意以高密东北乡村民粗犷、狂野、火辣的生活以及土匪的揭竿而起解构抗日的大历史,以爽直豪迈、敢作敢为的土匪形象解构抗日英雄形象,刻意彰显大写历史遮蔽下的民间小历史。

小说有意重建高密乡抗日历史的庄严性,把抗日战争的历史化为充满戏剧性的传奇,成为衬托这片热土上乡野村民豪迈人生的背景。与历史版本中的爱国抗日英雄不同,小说通过描写民间抗日"英雄"人物的传奇故事和生活原色,衬托民间"英雄"蓬勃旺盛的生命活力和热烈奔放的感情经历,聚焦混合着野性与正义的民间力量的复杂性。这里的历史与以往的抗日历史不同,作者摒弃以往的局限与制约,抹去战争英雄主义的常规想象,把高密东北乡的抗日历史和英雄形象重新放置在人性的自然本真和民族发展历史中,越过历史发展的必然律关注个体生命和现实人生。

与莫言桀骜不驯、酣畅淋漓、调侃讽刺的笔触不同,张炜的作品不动声色,从现实出发对历史娓娓道来,严肃、理性地反思历史。张炜对历史的理解是:"今天是从历史的水流飘过来的一块现实,没有这个历史的水流,就没有今天",关注历史就是关注现实。[①] 张炜在《古船》和《家族》中,采用民间叙史立场,超越阶级二元对立的简单划分,对国内战争、土改、"文革"运动中出现的过激行为展开批判,对于进步开明的民族资本家在革命中的贡献以及他们被误解、被诬陷、被打击的历史展开书写。作者突破非好即坏的单一叙述模式,表现更加复杂的人物性格,颠覆传统意义上对于资本家和无产者的粗暴划分以及阶级烙印式的历史观念。

《古船》以洼狸镇隋、赵、李三大家族40多年的沉浮动荡和苦难经历为载体,刻意模糊大历史中政治意识形态的痕迹,揭露国民党还乡团的残酷暴行,反映土改运动中一些共产党基层工作者违反党的政策乱打乱杀的错误行为,认真反思中国"摸着石头过河"的20世纪50年代到80年代末的历史。历史

---

① 张炜:《书院的思与在》,广西师范大学出版社2004年版,第167页。

反思与三个家族的现实生活有机结合,在波光粼粼的历史碎片中,凸显个人对于历史的切身感受,书写隐藏在历史背后的另一层民间生活史、个人命运史、家族衰落史和民族发展史。小说"震撼力的全部秘密"在于作者通过"身与心、感觉与理性、反省与忏悔来重新铸造记忆",并把这一切紧密地"与当代人的困境联系起来"。①

《古船》没有延续以往历史叙事对于革命运动的正面书写,转而关注革命运动时出现的各种问题和对群众造成的影响。主人公隋抱朴的人生是洼狸镇的一部活历史。他亲眼目睹洼狸镇在土改运动中的阶级斗争扩大化场景。他也目睹国民党还乡团的野蛮残暴和丧失人性。他还亲历大跃进时浮夸谎报粮食产量导致的惨状。他也看到改革开放时期赵多多之流的利欲熏心、弄虚作假、疯狂追逐金钱的道德腐败行为。

《家族》描写20世纪40年代革命斗争背景下海滨小城两个民族资本家家族曲府与宁府的没落史,在凸显中国历史上特殊的民族资本家家族的历史中颠覆传统意义上的"革命者"与"反革命者"形象。小说以为家族平反昭雪的宁家后代宁伽的叙述视角,夹带主观情感和虚构想象,在国共两党的政治斗争大背景下,展现民族资本家知识分子群体在特殊历史时期面临革命信仰与家族背叛以及不被革命同志理解甚至经受冤屈的痛苦经历,探索这个群体的生存状况和精神诉求。曲府是胶东半岛平原地区海滨城市最"富丽堂皇"、外观气度"轩敞"的"古老府第",是"文明和富有"的代名词。生活在南部山区的宁家虽然没有曲府那么洋气摩登,但也金银满仓、富甲一方,拥有"无人不知"的财富、声名和势力。掌管宁府的宁周义是国民党在本地的"两三位政要之一",他膝下无子,收养侄孙宁珂,对他视如己出、宠爱有加,送他留学接受最好的教育,让他熟悉家族生意,一心想把他培养成宁府的接班人。宁珂长大后不惜背负背叛家族和亲情的骂名,选择追求革命理想。

---

① 雷达:《民族心史的一块厚重碑石——论〈古船〉》,《当代》1987年第5期,第232页。

宁周义不信任共产党的革命事业，在革命"民众"身上"看不到前途"，认为殷弓之流的革命者"目光短浅"，慨叹把"偌大一个中华交到那样一些人的手里，岂不荒唐？"。他同样也看不到国民政府拯救中华民族大众的希望，认为国民党的事业"耗失了热情"，充满了令人厌恶的"追逐和竞争"，注定"毫无希望"。但他不忍心置身度外"撒手不管"，让民众"遭受更大的苦难"，一直苦苦寻求一种自认为最合适的"两害相衡，择其轻者"的"报答民众"的道路。宁珂选择参加革命时，他没有强行干涉；当他得知宁珂利用他的身份和影响为革命队伍谋求利益时，他也没有过多责备；在被处决的前夕，他思念爱人阿萍，希望见她最后一面；在被判处死刑的"巡回法庭"上，当他看到"脸色苍白"的宁珂时，眼中"立刻充满了慈爱"。在被划入"反革命"阵营的宁周义这个国民党成员身上似乎不乏人性温情和民族情怀。

曲府的老爷曲予是宁伽最敬佩的外祖父，他是开明乡绅和留洋学医的新式知识分子。在国共战争初期，曲予的愿望是不染党派之争，一心扑在自家医院的工作上，希望通过悬壶济世减轻民众的痛苦。随着战事的发展，宁珂与他的女儿曲缮相恋，在宁珂的劝说下，同情革命的曲予开始了解并支持革命事业，竭尽全力提供医药、捐助物资、掩护同志，想方设法救出被关押的革命者殷弓并安排他在自家府上养伤。后来他在为"八一支队"筹措军火的行动中遭到暗杀。曲家为革命事业提供多方帮助，立下汗马功劳，但在革命成功之后，曲府的房子"因为市政需要，财务紧张"被抄，曲缮和母亲"被扫地出门"、无家可归，只好投奔"远居荒原"、在茅草屋中度日的昔日仆人。

宁珂对于殷弓从事的革命事业充满向往，"不自觉地把殷弓与那个海滨城市连在一起"，"小声叮嘱自己：我一定要到殷弓那儿去"，毅然选择"背叛"深爱的家族投身革命事业。他决定"踏上那一条路"的时候注定拉开了一场对于家族"难以被饶恕被宽容的背叛"。他积极配合诱捕人民的"公敌"、"横行乡里的恶霸"、"罪大恶极的反动官僚"宁周义。无论宁珂如何努力他也无法与出身贫苦家庭的革命者一样得到信任和公正待遇。革命胜利之后，他从革命功臣沦为阶下囚,被判处七年徒刑,服刑的地方正是他投身革命与家族划清界限、"发誓一辈子不再归来的故地"。两个家族中为革命做出奉献的人们没有品尝到"胜利的果实",反而蒙受不白之冤,他们没有"成为人们交口赞誉的英雄",没有被"刻到碑上"或者"记到书上",反而"经受了数不清的屈辱"。宁珂们遭受误解、诬陷和排挤让历史再次显示其荒谬和残忍的性质。

《家族》把"革命者"与"反革命者"两组人物置于残酷的内战和党派争夺的历史中,揭露基层组织或者部分革命者在围剿和清算反动势力时存在的过火行为,从民间叙事立场出发,从人性和人道的视角出发,超越单一的阶级或者党派之争,重新审视历史对于革命英雄形象与资本家"反革命"形象的简单二分法,让人们在去除革命者身上的神秘与伟大、放下对于资本家的刻板偏见与仇视之后,重新思考人性和历史的复杂性。

土改是中国农村解决土地问题的历史必然,苏童的《罂粟之家》并非以陈茂与翠花花、刘老侠、沉草之间的阶级关系而是以血缘错位谴责土改运动中在"枫杨树"乡村出现的暴力、运动扩大化以及人性的阴暗,揭示掩藏在摧毁农村地主家族历史背后的诸多荒诞性与偶然性。小说很少直接描述阶级压迫与剥削关系,重点关注人物之间的情感纠葛。

《白鹿原》放弃传统的好与坏、善与恶、先进与落后、革命与反动的二元对立历史观念,采用多元化叙事策略,把历史放置在社会、政治、经济、文化、人性多种力量的较量中,突破阶级斗争或者党派之争的单一历史叙事,探讨历史的偶然性与必然性之间的关系,力求展现历史的多重性、复杂性、多样性和矛盾性。当作者试图把 20 世纪前半叶的历史写入作品时,他"第一次系统审视近一个世纪以来这块土地上发生的一系列重大事件",开始"深化而且渐入理性"地"重新思索这块土地的昨天和今天",认为"所有悲剧的发生都不是偶然",是中华民族从衰败走向复兴的必然。作者追求"独特的生命体验"的写作"理想",试图竭尽全部"艺术能力"和艺术体验,展示"民族生存、历史和人的生命体验",呈现"常常被人忽视"的历史"细节"。①

《白鹿原》的历史跨度从清末民初到新中国诞生,白鹿原上白、鹿两家三代人的恩怨纠葛在"反正"、大革命、日军入侵、解放战争的历史风云中展开。作者采取大众化、生活化、个人化的叙史话语,描述关中农村地区近半个世纪的发展史。作品敢于直面民国到四五十年代这段历史中白鹿原上出现的一系列脱离国情、脱离民众、夸大阶级斗争或者引发民众抵触心理的过失行为,反映各种矛盾冲突、党派纷争。作品的历史想象透视作者的文化焦虑、现实思考和人文关怀。小说借朱先生之口,明确表示政治立场,即"天下注定的是朱毛的"。但是,作者没有遵守既定的历史书写规约和正史叙述立场,而是参照史料,结合民间传闻,用魔幻现实主义的写作手法,把创作笔触伸向中国具有代表性的关中农村地区生生不息的宗族家族和个体生命,描绘色彩斑斓的农村宗法社会变迁"秘史",展现中华民族的民族"精魂"。

《白鹿原》在叙述历史发展的必然性轨迹时,连续抛洒诸多偶然性事件,呈现中国现代性的多重面孔。中国的广大农民无法理解革命和进步的意义,朱先生、白嘉轩这等精明人物也只能通过各种偶然事件体悟看似必然的宏大历史。素有关中"圣人"和"大儒"之称的朱先生是传统文化、道德和宗法思想的化身,博古通今学富五车,上知天文下晓地理,"能识天相,能辨风雨阴晦,能知吉凶灾变,能预测后事",为白鹿原上的民众修订乡约,开办书院,撰写县志。但是,他始终无法超越小国寡民的小农意识和置身物外、独善其身的中庸遁世思想,在风起云涌的革命运动和政治纷争中,他"超然"地用"三家子争着一个鏊子"来比喻白鹿原上"你方唱罢我登台"的武力争夺。他拥有敏锐的思想,但行动永远禁锢在思想的牢笼里,犹如高高在上的神灵,脱离现实生活。

腰杆经常挺得又硬又直的白嘉轩是朱先生思想的实践者。他严于律己,把耕读传家、遵守道德、维护祠堂作为义不容辞的职责,是白鹿原上"深乎众

---

① 陈忠实:《关于〈白鹿原〉的答问》,《小说评论》,1993 年第 3 期,第 6 页。

望,通达开明,品德高洁"的威严、正直的族长,代表宗法秩序和家长权威。但是,面对革命风云和党派之争的大是大非时,他暴露出小富即安的农民意识、封建落后的宗族观念,只在乎血缘串联起来的宗族得失和村社利益,对革命运动和政权变化缺乏了解。他得知清政府被推翻的消息后惶恐不安,不知所措地反复追问"反正了还有没有皇帝?""没有皇帝了,往后的日子咋样过哩?"。滋水县国民政府的官员何县长拜访他,给他讲解政策请他参加县参议会时,民主、封建、政治、民众"这些新名词堆砌起来,他愈加含糊"。他心目中只有一个朴素信仰,那就是让白鹿原上的乡亲们过上温饱的日子、让宗法体制保持"素有的秩序"。

白灵和鹿兆海代表白鹿原上有理想、有抱负、有知识的新一代进步青年,他们对革命和政治的认识也显得肤浅而幼稚。在国共合作时期他们通过抛掷铜钱的方式决定加入共产党还是国民党,把选择革命道路和参加革命视若儿戏。小说以诙谐幽默的语气,在"有趣"加"郑重"的铜元抛掷游戏中,让两个年轻人通过抓阄"铸成走向各自人生最辉煌的那一刻"。

阿来在历史、文化和身份的认同和写作上具有"双重视角"或者"双重心态"①,其作品不可避免地表现"双族别文学"或"双族性文学"性质。阿来认为,"汉语在中国边疆地带少数民族地区的推广普及",刺激了少数民族的"民族自尊心"和"自觉文化意识"。② 阿来能够熟练运用汉语进行创作,但在情感上认同藏族文化和传统,力争通过自由穿梭于虚构和真实之间的史诗笔触,以本族人的视角对藏族文化和历史展开言说,"解密"汉人眼中异域、另类的藏族风土人情和神秘浪漫的土司文化。在《尘埃落定》中,随着共产党部队开进藏区,康巴藏区的土司制度及其依附其上的显赫土司家族面临灭亡。阿来越过摧枯拉朽的新势力,在腐朽落后的土司制度背后寻找藏民族失落的古老

---

① 徐新建:《权力、族别、时间:小说虚构中的历史与文化——阿来和他的〈尘埃落定〉》,《西南民族学院学报》(哲学社会科学版)1999 年第 4 期,第 20 页。

② 阿来:《汉语:多元文化共建的公共语言》,《当代文坛》2006 年第 1 期,第 20 页。

文明。《尘埃落定》在叙述共产党接管藏区、土司制度走向终结的社会历史必然时,关注必然性中透露的错综复杂而又荡气回肠的偶然性。阿来认为"自己并没有所谓书写历史的野心,写作中更加吸引我的是人物的命运"。①大历史中部落、个体和家族的存在与命运是阿来描写历史最引人入胜的地方。

　　《尘埃落定》讲述康巴地区嘉绒部族从民国初年到解放军进藏期间的历史。阿来从汉藏混血的"傻子"叙事视角,不动声色地解构人们对于藏区和藏族历史惯有的偏见。对于内地的汉族人来说,康巴藏区是一片愚昧、野蛮、落后的"化外之地",藏族民众在土司、"王"和活佛的统治下,过着与外界隔绝的闭塞生活,需要外力的推动才能进入文明和现代化。国民党的黄特派员以救世主和文明教化者的身份来到这里,口口声声"我们政府来帮助你们夷人"是为了"五族共和,为了中华民国的国家秩序"。他为麦其土司训练了"一支现代军队",用"现代化的枪炮和鸦片"协助麦其家族迅速崛起成为这片雪域高原上实力最强、地盘最广的土司。黄特派员在带来现代化的钢枪大炮的同时带来杀人不见血的鸦片。与藏区临近的四川汉族商人、军阀和国民党特派员,依靠鸦片"轰"开了通往藏区的道路,毒害无穷的鸦片成为他们介入和参与藏区政治与经济的有效手段。

　　历史在《尘埃落定》中成为赤裸裸的滑稽游戏。当国共在藏区的争夺处于白热化时,麦其土司家族不知道如何选择立场,傻子二少爷认为"汉人都是一个样子的,我可分不出来哪些是红色,哪些是白色",他们挑选白色汉人和红色汉人就"像女人挑一块绸缎做衣服一样"。在他们看来,白色汉人来到藏区"纯粹是为了赚点银子",而红色汉人来是"想在每一片土地上染上自己崇拜的颜色"。麦其土司家族的态度是置身汉人的纷争之外,让"汉人去打汉人"。如果非要选择一个阵营,二少爷的观点是:"有颜色的汉人非要来,那就叫白色汉人来吧",因为他"曾经出钱给白色汉人买过飞机"。

---

　　①　何言宏、阿来:《现代性视野中的藏地世界》,《当代作家评论》2009年第1期,第29页。

阿来认为中国"经历了漫长而痛苦的走向现代的过程",因此,中国的现代性"更复杂,更纠缠"。① 在藏族人的眼里只有土司和"王"的统治,藏区之外的"主义"、"民族"、"国家"、"政权"、"革命"、"斗争"之类的现代性概念,似乎与这个隔绝、封闭、自治的藏区无关,外界的历次政治运动是远离藏族民众的生活、超越其理解范围之外的东西。傻子二少爷经常弄不清楚汉地来的黄师爷为什么会有很大的能耐、外面的力量凭什么会让这里的土司说存在就存在说灭亡就灭亡、红色汉人和白色汉人为什么会激烈地争夺这片土地。在解放军进藏时,藏民不理解、不信任甚至排斥。小说呈现矛盾历史意识,认可个人无法抗拒包括"国家"在内的现代性事物的发展,但是,外力的介入导致藏区文化和民族传统的变形也值得现代人深思。这种历史意识不但代表藏族民众普遍的民族主义情感和少数民族的自尊心理,而且包含作者对于现代性的困惑和对于历史另一副面孔的思考。

新时期家族小说作品中批判性的历史意识透视出深刻的历史反思、强烈的现实关怀和热切的未来启迪。作品中的历史并非温情脉脉,而是露出狰狞恐怖、残酷无情的面孔。作家透过大历史的迷雾,关注普通家族和人物在历史漩涡中的起落沉浮,作品不但承载历史,更承载个体生命,以小人物的人生遭遇反思中国农村的革命历史以及民族的文化进程,敢于对宏大历史遮蔽的小历史展开不同角度的叙述,反思历史的不合理因素。因此,新时期家族小说作品运用虚实结合的历史批判态度,"在理解并显示中国革命斗争的长期性、复杂性和残酷性"方面提供"发人深思的历史经验"。② 通过对中国农村的现代史和民族的文明史实施祛魅,新时期家族小说还原了历史固有的民间形态和本来面目。

总之,新时期家族小说作家放弃崇高的大历史叙事立场,淡化意识形态内容,打破传统历史叙事中以阶级阵营区分好人和坏人的刻板划分,秉持人文知

---

① 何言宏、阿来:《现代性视野中的藏地世界》,《当代作家评论》2009 年第 1 期,第 29 页。

② 陈涌:《关于陈忠实的创作》,《文学评论》1998 年第 3 期,第 5 页。

识分子的人道主义思想和悲悯情怀,从民间立场出发,通过记忆化、虚构化、模糊化和碎片化的叙史方式反思历史。此时期的家族小说把大历史有意回避、遗忘或者边缘化的"平民"历史推向前台,有意截取不同历史阶段中普通家族和小人物群体的命运遭际,透过历史碎片关注普通民众的生存状态。

(二) 怀恋式历史观念:家族挽歌和传统文化的抒写

莫言在《红高粱家族》中写道,"红高粱家族"的祖辈们"都有高密东北乡人高粱般鲜明的性格",成就一番轰轰烈烈的事迹,使"我们这些活着的不肖子孙相形见绌,在进步的同时,我真切的感到种的退化"。小说在献词中以崇拜景仰和惋惜悲壮的语调向祖先致敬:"谨以此书召唤那些游荡在我的故乡无边无际的通红的高粱地里的英魂和冤魂"。莫言的"种的退化"透出追寻民族精神、英雄祖先、豪迈人格、家族文化的强烈愿望。小说以"我爷爷"余占鳌英勇抗击日寇以及和"我奶奶"戴凤莲的传奇爱情故事,强调对祖先丰功伟绩和强大生命力的景仰与崇拜,反衬后辈的生命力萎缩和精神退化。"我爷爷"和"我奶奶"没有屈服于命运的安排,傲然挺立在传统伦理道德之上,大胆热烈地追求爱情与自由。他们对于生命的渴望、对于生活的激情,写就他们的传奇人生。在抗战时期,身为土匪的"我爷爷"和弟兄们充当抗日急先锋,在艰苦卓绝的战斗中抛头颅、洒热血,谱写辉煌的生命篇章,成为高密东北乡这块热土上真正的英雄。小说结尾处借"我"这个逃离故乡十年的高密东北乡后人的口吻,对祖先的英勇豪迈表示赞扬、对于后代的萎靡不振展开批判,强化对现代物质文明冲击下"种的退化"的担忧与不安:"我"的身上透着"从城里带来的家兔子气",每个毛孔都散发着"被肮脏的都市生活臭水浸泡得扑鼻的恶臭"和"机智的上流社会传染给我的虚情假意","我"只有回到高密东北乡,在"故乡老人追忆过去的、像甜蜜黏稠的暗红色甜菜糖浆一样的思想的缓慢河流里"才能萌发和壮大一种"把握未知世界的强大的思想武器"。

小说以祖先旺盛的生命力、火热的爱情和可歌可泣的英雄事迹,反衬处于

"昏睡"和物欲中的后辈的孱弱与萎靡,引发人们思考民族精神的去向。旧时代充满自由与血性的生存状态一去不返,现代人的生命和精神一步步被物质文明腐蚀殆尽。在祖先"指点迷津的启示下","我"要寻找"一株纯种的红高粱",它是"家族光荣的图腾"和"高密东北乡传统精神的象征"。"红高粱家族"呼唤与纯种红高粱相映成趣的生命激情和高尚人格,寻找齐鲁大地上失落的民族之魂。相对于当今物质欲望强烈挤压下人格品质的萎靡退化,古老的民族精神成为当代人急需开采的资源。

"种的退化"的忧患在《丰乳肥臀》中更加突出。从上官金童的爷爷开始,上官家族的男性一代比一代孱弱。上官家族的老祖宗都是"咬铁嚼钢的汉子",祖先上官斗是大栏镇的民间英雄和历史开创者,曾经组织阻止德国人修建胶济铁路的民间战斗。当家族发展到上官福禄一辈时,上官家族的男人变成羸弱无能的"窝囊子孙"。上官福禄和上官寿喜父子长着"秀气的小手"和"轻飘飘、软绵绵、灯芯草、败棉絮"似的身子。上官寿喜甚至丧失了最基本的男性气概和生育能力,在母亲上官吕氏"哀怨"和"恨铁不成钢的目光"的盯视下,经常"目光躲躲闪闪",低垂着"沁满汗珠的小脸","翕动"嘴唇,唯唯诺诺地用"底气不足"的声音回答母亲的问话。听说日本鬼子进村他吓得面如土色、畏缩在家不敢出门。1939年日本鬼子打进大栏镇的那天,他同父亲一起遭日军刀劈,"身首分家"。上官家族的最后一个男性上官金童是借种而来的中西混血私生子,娇嫩得如同婴儿,患有严重的"恋乳癖",靠母亲的奶水为生,七岁时母亲尝试给他断奶,改吃羊奶,他为此寻死觅活,母亲只好无奈作罢。十几岁时他只要一吃母乳以外的东西就呕吐不止,一直没有成为一个"站着撒尿的男人",成年后浑浑噩噩混迹社会,庸庸碌碌虚度一生。上官家族子辈的脆弱生命力与男性气质衰退反衬母性力量和母性谱系的顽强发展。母亲上官鲁氏犹如饱经风霜的磐石,支撑苦难的家族度过各种风吹浪打。作品以"丰乳"、"肥臀"演绎生命繁衍的庄严与伟大,表现对母性和生命的尊重与膜拜,凸显对上官家族后代"种的退化"和精神萎靡的忧虑与批判。

　　《食草家族》运用荒诞绮丽和光怪陆离的梦境与现实相结合的写作手法，象征性地描写一个"返祖"寓言，表达"渴望通过吃草净化灵魂的强烈愿望"以及"对于大自然的敬畏与膜拜"。在工业文明、物质文化摧毁食草者家族之前，这个家族一直保持与自然和谐相处的生活状态。食草者家族处于食草时期时，因为每天吃草，他们的牙齿洁白，嘴里经常有一股草的清香味，族人的本性也单纯、美丽、善良。莫言撕破温文尔雅、温情脉脉的面纱，以不雅和粗砺的词汇、直言不讳的描述，让人们在惆怅中回忆过去和历史，在尽情渲染与慷慨激昂中达到让人耳目一新的陌生化叙事效果，冲击人们惯常的阅读感受，在蓦然惊愕之中领悟到某种与众不同的怀旧情愫。

　　张炜的家族小说充满"无限的惋惜、伤感和迷惘"情调，与其说他"在寻求一种真实、落定和安慰，不如说他在倾诉一种失落的哀伤"。① 伤感怀旧成为充盈在其家族小说中的精神气质，作品中回荡着对于野地、田园和自然的呼唤，小说浸润在浑厚的怀旧气息之中。崇尚自然、返璞归真、天人合一的自然观使"芦清河"的艺术之花盛开。日夜奔流的芦清河、铿锵有力的行船号子声、傲然屹立的古城墙、"耐心地磨着时光"的老石磨以及爬满老磨坊的青藤，在悠悠岁月的冲刷中，成为一种永恒的物质文化遗存，铭刻在人们的记忆深处，成为洼狸镇历史的见证。张炜对于农民的"怒其不争"更多地建立在"哀其不幸"的人文主义关怀之上，在批判愚昧的农民意识和封建文化的同时对个体生命表示极大的尊重，对传统农耕文明和家族文化走向衰落充满忧患惋惜。因此，在悲天悯人与理性批判的视野中，作者对农民的苦难生活以及中华民族的苦难历史展开剖析与书写，以忧国忧民的情怀为中国大地上千千万万的人民大众探索和寻找走出困境的途径。在潮水般滚滚奔腾向前的历史长河中，张炜以文化保守主义的感性与思考、理性与智慧，让人们情不自禁地陷入历史的沉思，沉浸于对过去和历史的怀恋与伤感。

---

　　① 邓晓芒：《张炜：野地的迷惘——从〈九月寓言〉看当代文学的主流和实质》，《开放时代》1998 年第 1 期，第 76 页。

张炜在本质上是文化保守主义者,试图在传统文化和价值体系的复归中寻找人文主义精神和道德力量。在儒家思想的仁义、博爱和人道主义影响下,张炜的作品贴近现实生活,探索农民和知识分子的出路和自我拯救,反映浓厚的忧患意识和社会道德责任感。《古船》以极大的"气魄雄心探究民族灵魂历程",堪称"民族心史的一块厚重的碑石"。[①]《古船》的"厚重"来自作者的文化保守主义立场和浓厚的怀旧意识。在《古船》中,传统的胶东半岛人民过着封闭隔绝的村落生活,遵守祖祖辈辈传下来的规矩。但是现代化以来的工业化和城镇化打破了村庄的传统生活,各种诱惑点燃人们的欲望,他们要么匆匆逃离故乡投入物质消费文化的大潮,要么彷徨观望在不知所措中打发时光。隋抱朴能够参透人生源于他扎根故乡,在苦难的磨砺和灵魂的洗礼中,获得精神重生。在洼狸镇的民众迷失方向之时,他责无旁贷地承担起历史赋予农民知识分子的责任,心怀民众,勇于担当,成为传统文化精神和高尚人格的象征。

《家族》属于中国式的贵族家族小说,以宏大的叙事模式和怀旧伤感的叙事情调,描写宁、周两个资本家大家族的衰落史。小说中的祖父、叔伯爷爷宁周义、外祖父曲予在时代的风云变幻中,虽然选择不同的政治立场,但是,他们具有个性鲜明的人格、向善疾恶的做人原则,是贵族家族父辈和精神气质的代表。对家族事业他们恪尽职守、兢兢业业;对家乡他们感情深厚、无限热爱,希望尽自己所能改善家乡父老的生活境遇;对家族后代他们爱护有加、提携教导。无论退而求其次固守家族产业还是暗中帮助革命,他们所属的民族资产阶级行将灭亡,家族的衰落也成为时代必然。对于这类大家族的处理成为革命胜利之后中国必然面对的难题。民族资本家是中国历史长河中一个实实在在的组成部分,但是时代的发展为它们的整体衰落奏响挽歌。对于两个家族的子辈而言,他们的出路绝非与家族决裂毅然选择革命那么简单。与福克纳

---

① 雷达:《民族心史的一块厚重碑石——论〈古船〉》,《当代》1987 年第 5 期,第 232 页。

一样,张炜也以"过去时的"方式看待现在和未来,选取看似过时的贵族家族故事作为叙事素材,试图"从过去遗存的线索中找到对于当下或未来的重大意义",为小说中的"人物找到一个心灵归宿或价值实现的场所"。① 因此,张炜认为,历史的魅力或许就在于它的复杂性和多样性,历史的肃穆与厚重不仅表现在人在历史中选取的政治立场和革命阵营,还取决于高尚的道德和光辉的人性。

苏童认为"过去"是回答"现在"最好的语言,"拜访童年生活"是探索"直抵现实生活核心"的捷径。② 在人们几乎忘却地主拥有土地、罂粟漫山遍野或者深巷锁愁、妻妾成群的年代时,苏童猝然把人们拉回遥远的过去,在颓废与苍凉、阴郁与腐败、宿命与凄怆的"枫杨树乡村"故事建构中,唤起人们对于千百年来中国乡村历史的记忆和想象。苏童渴望转向历史,固执地从"追忆的角度"进入"隔了一个时空"的故乡,③怀着失落而惆怅的心情,狂热地在乡村地主富农家族的盛衰荣辱中向历史的纵深处挖掘。"枫杨树"是苏童寄托"返乡"和"怀乡"情结的"文学故乡"和"精神故乡",是在城市生活和创作的苏童探索"精神之根"的地方。④ 只有在家乡故土,人们才能建立起现实的价值体系、秩序规则、纲常伦理和精神气质。苏童笔下的人物要么像《米》中的五龙、《一九三四年的逃亡》中的陈宝年一样在城里发财致富,要么像《罂粟之家》中的地主们一样固守祖业,当面临人生的重大选择或者生命失重时,他们回归故里,屡次逃离又义无反顾地把灵魂安妥在那个叫作"枫杨树"的地方。

---

① 刘宏伟、钟鸣、曹新伟:《贵族的写作——评张炜长篇小说〈家族〉》,《江西师范大学学报》(哲学社会科学版)1999 年第 1 期,第 76 页。

② 苏童:《创作,我们为什么要拜访童年?》,《中国比较文学》2014 年第 4 期,第 93 页。

③ 苏童、张学昕:《回忆·想象·叙述·写作的发生》,《当代作家评论》2005 年第 6 期,第 56 页。

④ 周新民、苏童:《打开人性的皱折——苏童访谈录》,《小说评论》2004 年第 2 期,第 26 页。

苏童在追求短暂的先锋前卫创作之后,"后退了两步",撤回到"最中国"、"最传统"的素材,①弥漫在"枫杨树乡村"或者"香椿树街"的怀旧与伤感令无数读者为之动容。苏童在伤感与怀旧、抒情与诗意中,执着追寻祖先的足迹,满怀激情地寻找历史的蛛丝马迹,在虚构中探索"枫杨树乡村"与"香椿树街"的往昔与今朝,凭借回忆构筑已经逝去的遥远岁月。作品"向后看"的历史碎片折射"枫杨树"和"香椿树街"的风土人情和生命活力,也折射欲望、疯狂、堕落、死亡、饥饿、苦难、瘟疫、复仇、暴力、罪恶、逃亡这些最原始的生活状态,在历史的废墟和律动中捕捉家族哀歌和生命本能。在苏童的文学世界中如果失去历史,人物就丧失了自我价值、身份认同和存在之本。

《尘埃落定》引导人们走进一个古老而神秘的藏族少数民族部落,领略藏族文化。与政教合一的西藏不同,土司是这块土地上真正的王,形成以土司、头人、"科巴"、家奴、僧侣、巫师、手艺人、说唱艺人等组成的金字塔社会形制。在藏族人看来,世界由"水、火、风、空"组成,这里的人们按照神和土司的旨意生活,人性的天真美好、自然的旖旎风光、道德的古老淳朴以及争权夺利、爱恨情仇、血腥暴力、巫术神谕都在土司制度的体系内遵循命运和历史的轨迹共存。小说带着怀旧与忧伤,描写这片雪域高原的自然景色和风土人情。下雪的清晨窗外野画眉的鸣叫声,土司太太把"白净修长的"双手浸泡在装满温暖牛奶的铜盆里叩响盆沿的声音,傻子二少爷和十来个仆人借着大雪诱捕并围坐篝火旁边烤食野画眉的情景,麦其土司家族"处于一道龙脉顶端,俯视着下面河滩上几十座石头寨子"的官寨,官寨前面的广场上竖立的行刑柱和拴马桩,绵延在山间和河谷中的一个个"靠耕种和畜牧为生"的寨子,排列威武的马队和手捧哈达的百姓,如此这般的画面对于外界的汉族来说,充满神秘的异域风情。

阿来在身份认同和文化归属上亲近藏族,具有强烈的历史怀旧意识、文化

① 陈晓明:《〈论罂粟之家〉——苏童创作中的历史感与美学意味》,《文艺争鸣》2007 年第6 期,第 27 页。

自觉意识和民族自尊心理。《尘埃落定》运用看似浪漫和寓言化的语言,谱写藏区嘉绒部落和土司家族的历史怀想曲。小说以麦其土司家族的故事为主线,把藏区的自然风光以及生活在这片土地上的活佛、喇嘛、管家、家丁、奴隶、侍女、行刑人、银匠、奶妈、厨师各种人物网络进小说的叙事体系,透过简单平凡的故事、朴实无华的人物,深切叩问藏族部落的悲剧命运,体现作者对藏区人民古老纯朴传统和民族文化精神的敬仰膜拜。小说试图在物质生活日趋丰富、社会与时代文明进步的时候,在"藏族民间,在怀旧的情绪"中寻找"一种令人回肠荡气的精神"。①

陈忠实是地地道道的乡土作家,专注于书写中国广大农村地区农民的生活状态和生存境遇。陈忠实说自己在写下《白鹿原》的第一行字时,感觉整个心理已经进入"父辈爷辈老老爷辈生活过的这座古源的沉重的历史烟云之中了"。② 小说成为中国农村风云变幻的缩影,为新中国成立之前农村的古老村族和小农田园经济抹上一层美丽的余晖。陈忠实秉持注重乡规民约、以"关中儒家文化为底蕴"的"文化心理",③从"现实的生活体验"升华到创作的"生命体验"④,谱写中华民族广大农民阶层的"秘史",塑造具有典型中国乡土特色的"文化人格"。

陈忠实乡土文化情结的主要载体是农村地区人们一直坚守的乡规民约以及儒家的"忠、孝"和"仁、义、礼、智、信"的传统文化精髓。《白鹿原》中的白嘉轩、朱先生是作者笔下乡土文化和儒家思想的体现者。朱先生在白鹿原开办书院、制定《乡约》、撰写县志,引导教化村民。村民们从此杜绝"摘桃掐瓜"、"偷鸡摸狗"、打牌赌博、"扯巷骂街"、"打架斗殴"的劣迹,变得"文质彬彬"、"和颜可

---

① 阿来:《寻找本民族的精神》,《中国民族》2002 年第 6 期,第 11 页。
② 陈忠实:《我的文学生涯——陈忠实自述》,《小说评论》2003 年第 5 期,第 27 页。
③ 贾晓峰、陈忠实:《文化的沉思与创作的心曲——陈忠实笔谈录》,《当代作家评论》,2014 年第 6 期第 200 页。
④ 李遇春、陈忠实:《走向生命体验的艺术探索——陈忠实访谈录》,《小说评论》,2003 年第 5 期,第 28 页。

掬",说话也柔声细语。白嘉轩以封建族长和家长的威严,持家治村,维护"仁义白鹿村"长幼有序、尊卑有别的宗族观念和社会秩序。作者通过塑造这样一虚一实两个人物形象建构"文化人格",向乡土文明和传统文化回归。

作品的怀旧历史意识还表现在对传统农耕文化的依恋方面。卷入现代运动前的白鹿原是一幅理想的田园生活情境,原上时常洋溢着"欢乐"、"友好"、"和谐"的气氛,在"绿葱葱的麦田里,黄牛悠悠,青骡匆匆,间传着庄稼汉悠扬的乱弹腔儿";白鹿两姓的"列祖列宗"整齐地供奉在大家捐赠修复的祠堂里,院子里竖着滋水县令亲批的"仁义白鹿村"石碑;孩子们在朱先生的白鹿书院"敬香叩头",举行"隆重而又简朴"的拜师仪式;看到乡亲们大肆种植罂粟,朱先生"吆喝着牛扶着犁",连根撬起正在开花的罂粟苗。但是,随着各路军阀和派系在这里轮番争夺,"扬花孕穗的麦田里"倒着面目扭曲、姿势各异的战死者的尸体;深秋时节"热烈灿烂的菊花掩盖不住肃煞的悲凉";朱先生的学生们也"纷纷离开白鹿书院",奔着城里"各种名堂的新式学校去了";看着以前生长麦子的沃土现在孕育罂粟的毒苗,朱先生只能无可奈何地发出一声"饮鸩止渴"的悲叹,失去当年吆喝一声"威风凛凛"地仗"一犋犁杖犁掉烟苗"的威严,因为国民政府把禁烟改成征收烟苗税……幸福祥和的"白鹿"是旧时白鹿原乡村生活的象征,而轮番炙烤的"鏊子"是战乱不断的现时白鹿原的写照。

总之,新时期家族小说中历史批判与怀旧并举,不但反映当代人文知识分子对历史负责的态度和辩证的历史观念,而且使小说表现出更大的艺术魅力和时代精神。面对激烈竞争的市场经济,传统与现代之间日益尖锐的冲突,现代化引发的焦虑与困惑日渐突出,对于历史的批判与怀恋是现代与传统之间矛盾的固有特性。继现代家族小说创作高峰之后新时期作家再次书写已经消亡的家族,借助记忆与想象,拨开以往革命运动或者阶级斗争的历史迷雾,尝试在家族叙述中重温血脉亲情、寻找家园归宿、复活民间文化、彰显民族精神。对于大多数新时期家族小说作家而言,"父"的缺失、"家"的缺失、"史"的缺失使他们像"裸露于荒原上的弃儿",① 具有更加强烈的"寻根"与"觅史"意识,期待"寻回失落的童年,寻回远古的回忆,寻回数千年不变的'原生态',寻回人们既有的'本心'"。② 因此,新时期家族小说在质疑与批判历史时显示出无比的伤感与惋惜,呈现"挽歌文学"的创作形态。针对中国的实际国情和根深蒂固的家族观念,小说作家把叙事的笔触从历次的革命运动转向家族生命延续和血缘纽带、宗族伦理秩序和族群关系、个体生命存在和情感经历、民间文化和小微历史的书写,在家族没落的挽歌中展现中国深厚的家族文化和地域特色,在历史的怀旧情绪中塑造文化人格和民族精神。

二、历史的书写立场

福克纳的"批判式"和"纪念碑"式历史意识及其矛盾性对中国新时期家族小说作家的历史意识具有启发意义,二者之间也不乏相似性。但是,中国作家结合中国特定的历史文化背景以及乡土家族特性,对福克纳的历史意识展开具有中国特色、符合中国国情的革新与重写。带着批判与反思,新时期作家秉持日常生活写作的世俗化立场和反映民间历史的底层立场,对色彩斑斓的中国乡村变迁史、晦暗艰难的宗族家族生存史、原始野性的个人欲望史展开集中书写,探寻大历史之外被遮蔽或者被掩埋的村落、家族、民间、个人历史,使新时期家族小说呈现典型的中国地域文化特色,重塑具有中国特色的现代史和家族史。

(一) 描写日常生活的世俗立场

现代家族小说作品中主人公强烈的启蒙意识、进步思想和现代热情,使家族的日常生活更多地被意识形态化,革命、阶级、民族、国家、现代化建设各种

---

① 孟悦:《历史与叙述》,陕西人民教育出版社 1991 年版,第 116 页。
② 邓晓芒:《张炜:野地的迷惘——从〈九月寓言〉看当代文学的主流和实质》,《开放时代》1998 年第 1 期,第 76 页。

大历史叙事的主导地位,"意义""本质""伦理价值"的单一追求,必然导致小说人物的类型化和脸谱化。

进入新时期之后,中国的经济异军突起,道德伦理、意识形态、话语压制领域的禁令得以解除。传统的国家、阶级书写逐渐淡出,个人尤其是中国广大农村地区农民的日常本真生活进入作家的视野,成为突破宏大历史叙事之后作家重点书写的对象。新时期以家族颓败为书写对象的家族文学"复兴",标志中国文坛告别宏大历史叙事模式,转向村落、宗族、民间、个人日常生活的"寻根"文学。作家降格和拆解庄严宏大历史叙事,流露对于个人生活、家族盛衰、村落文化、社会风貌、历史变迁的关注和重视,历史事件演变成某一特定地区个人、家族日常生活史的脚注和陪衬。基于血缘的家族日常生活史更加全面细致、丰富多彩地反映中国源远流长的农耕文明和传统文化的演进历史。新时期家族小说作家以走进生活、真正接地气的创作姿态,放弃对革命神话或者追求政治理想的"英雄"人物的书写,以地地道道的农民、乡绅、乡村知识分子、民族资本家甚至土匪、地主、长工、沦落女人、"傻子"土司为对象,表现世俗普通人物的日常生活、生命欲望、现实处境、精神追求。作品中碎片化、平面化的日常生活描写与人性、宗法、伦理纠缠交织在一起,在朴素平凡人物的真实生活境况中彰显人性和历史的复杂性。新时期家族小说作家要么从日常生活的多样性、要么从农村平民生活的苦难史出发,透过平凡的世俗生活思考中国的现代性,对不同地区的村落史和家族史进行多层次、全方位的展现。

余华在《活着》中以小人物福贵的日常生活片段为叙事焦点,运用极简主义的写作手法交代的"小日本投降"、"1958 年人民公社成立"、"城里闹上了文化大革命"等历史事件,构成福贵不同人生阶段的生活原色和苦难经历的陪衬。年轻时的福贵是家底殷实的地主少爷,整天吃喝嫖赌、游手好闲。结婚后依然我行我素,混迹赌场妓院,很快败光家产,气死父亲。然而,历史总是表现不可捉摸的一面。在土改运动中,福贵因为家产荡尽因祸得福,被划分成佃农保全性命。从此,他发誓安分守己,老老实实做人。但是,造化弄人,改邪归正的富贵接二连三经历丧失亲人的巨大痛苦。在唯一的亲人小外孙因饥饿吃豆子胀死之后，福贵在最朴素的信仰"命"的支撑下，顽强地吆喝着自己取名为"福贵"的老牛，在贫瘠的土地上耕种劳作，诠释生命和生活的本真意义。福贵"对苦难的承受能力"、"对世界的乐观态度"扎根在日常生活中，为"活着本身而活着"。①

《许三观卖血记》中许三观的人物性格和悲剧人生在令人动情而又无限心酸的日常生活细节中得以彰显。卖血是许三观讨生活的主要方式，他的日常生活围绕卖血展开。他初次卖血是因为偶遇阿方和根龙，得知卖血可以赚钱，他想通过卖血和他们"平等"。卖血让他有钱娶老婆、买粮买肉买礼物送情人，后来为了给老婆的私生子一乐治疗肝炎，他不惜性命，隔三岔五去卖血，一路卖血到上海给儿子治病。许三观靠卖血维持生活，也乐观对待生活。在家人吃不饱饭饿肚子的时候，他的"嘴炒菜"可以给家人画饼充饥。他用嘴巴绘声绘色地描述煮肉，晾干、切块、油炸、放五香酱油黄酒文火慢慢炖煮，给三个儿子做几盘肥瘦恰到好处的红烧肉；又给鱼肚子里放火腿、生姜、香菇并在鱼身上抹盐、浇黄酒、撒葱花，给妻子做清香四溢的清炖鲫鱼；最后还不忘给自己爆炒个猪肝、斟二两黄酒。一世乐观的许三观在年老体弱去卖血时，遭到血头的嘲笑，听到说他的血只能像猪血一样刷在上漆前的家具上时他老泪纵横，担心无法卖血之后家里的日子怎么过。

《活着》和《许三观卖血记》以农村最普通、最底层的农民的日常生活为描写对象，揭示平凡小人物的悲剧和苦难人生。福贵对生命的理解是"好死不如赖活着"，用活着倔强地迎接生命中降临的各种厄运、承担命运带来的各种苦难，他或许是这个世界上最懂得生活的意义和最尊重生命的人物。许三观的日常生活以卖血为中心辐射开来，所有的生存需要和情感满足都体现在卖血中。他靠卖血满足与人"平等"的心理、建立有妻儿子女的家庭、交换情人

---

① 叶立文、余华：《叙述的力量——余华访谈录》，《小说评论》2002年第4期，第38页。

的感情、表现给非亲生子看病的"高尚"情操,年老无法卖血引发他对生计的深深忧患。小说通过描写福贵和许三观这些卑微、渺小的普通农民看似无意义和琐碎的日常生活史,追问人生和"活着"的意义。

张炜认为自己在创作时对于历史事件"想得很少",但是,生活、人的历史、人性、屈辱、荣誉、爱情、诗意等与人的日常生活密切联系的一切令他"激动不已"。① 《古船》和《家族》通过对主人公的日常生活描写,探讨关于苦难、生活、生命、爱情、尊严、荣誉、屈辱、忠诚、背叛的问题。《古船》的家族故事在纵向的历史进程中展开,但是,历史事件是家族故事的背景,作品始终聚焦隋、赵、李家三个家族的日常生活,以他们的爱恨情仇拷问道德情操、追问人性善恶,人物的高尚与卑鄙表现在日常生活的细微处。《家族》中国共两党斗争的大历史是暗中牵动两个家族成员命运的强大力量,但宁、曲两个旧式家族成员的亲情、爱情、理想、忠诚、背叛、冤屈浮现在大历史之上,日常生活中个体的生命体验和矛盾纠结,展现在那段血雨腥风的岁月里民族资本家家族成员的悲剧命运以及家族走向覆灭的历史进程。

苏童笔下的一群小人物生活在阴雨连绵散发浓重霉味的"枫杨树乡村",挣扎在古老的"香椿树"后街的深宅大院中。《妻妾成群》在想象与虚构中,描述封建家长制大宅院中死气沉沉而又惊心动魄的日常生活景致。作者从陈家每个姨太太的穿着打扮、饮食起居、兴趣爱好、为人处世、内心活动着手,呈现庭院深深中一群女性的日常生活,每个生活细节都是她们任人摆布的生存状态和悲惨命运的写照。受过新式教育、穿着白衣黑裙、留着齐耳短发的青年学生颂莲嫁给年老的陈佐千做四姨太。在这个颓败、阴森的深宅大院里,每天的日常生活都是没有硝烟的战争,姨太太们用尽心机争夺老爷的宠爱。清高单纯的颂莲想在这里活下去,就得争夺享受舒服的捶脚按摩、点菜、受到仆人的精心服侍、得到房门外高高悬挂的大红灯笼等代表老爷宠幸的权利。在一群

---

① 张炜、任南南:《张炜与新时期文学》,《南方文坛》2008 年第 2 期,第 50 页。

女人争风吃醋的"琐碎而惨烈"的日常中,旧时代封建家族妻妾成群、戕害妇
女、践踏人性的罪恶得以凸显。

　　生活慵懒沉滞、混乱蛮荒的"枫杨树乡村"是苏童关于乡村日常生活的想
象。苏童认为,日常生活描写是"探讨人与人"的关系、人与社会的"对抗"、拷
问人心和人性的最有力的途径。①《飞越我的枫杨树故乡》叙述祖父、幺叔和
"我"一家三代的家族故事。居住在城里的"我"在祖父的回忆中拼贴家族历
史,了解祖父最小的儿子幺叔无拘无束、癫狂传奇的一生。"只通狗性"、"不
谙世事"的幺叔精通水性却溺水身亡,据说他的死与游荡在罂粟花地里的疯
女人穗子、一条狗以及其他"莫名的事物"联系在一起。幺叔浪迹家乡的生活
轨迹、幺叔死后的守灵、家族每年清明时节浩浩荡荡的祭祖队伍、"我"这个离
开家乡进入城市的枫杨树乡村的后裔入宗祠拜见九十一岁的老族公,这些日
常生活细节构成"我"的家族史。《一九三四年的逃亡》围绕"我"祖父陈宝年
和祖母蒋氏的日常生活,描述被抛弃在农村的蒋氏像牲口一样生产、辛勤劳作
的一生以及陈宝年逃离家乡去城市闯荡、发迹、堕落、毁灭的经历,展开对于城
市和农村的文化思考。《罂粟之家》描写"枫杨树乡村"典型的农村地主家族
的日常生活史和没落史。地主刘家父子兄弟同玩一个女人、亲人相残争夺财
产、长工与地主姨太太通奸偷情、欲望导致血脉过旺无法生育,刘家三代的各
种日常故事在土改运动的衬托下层层展开,道德沦丧、精神萎靡、血缘危机淡
化地主和农民之间的阶级矛盾,揭示农村地主家族灭亡的必然性。

　　因此,"枫杨树乡村"系列家族小说在对大历史事件的虚化中,凸显家族
中鲜活人物的日常生活、反映作者对于"枫杨树乡村"人性堕落、道德沦丧的
关注和对于中国农村现代史的思考。

　　陈忠实的写作是其生活经历和生命体验的结晶。《白鹿原》中的各种大
历史衬托农村家族生活和宗法社会的日常事件,为白鹿原上一群关中农民的

---

　　①　苏童、张学昕:《回忆·想象·叙述·写作的发生》,《当代作家评论》2005年第6期,第
48页。

生活本色服务。白、鹿两个农村地主家族成员的情爱纠葛、家族的明争暗斗、人物的悲欢离合、欲望的丑陋邪恶在作品中远远超出阶级冲突、党派纷争，呈现关中农村半个多世纪色彩斑斓的民间日常生活气象，书写中国农村穷乡僻壤的乡村社会场景。白鹿原上农民的平凡生活、农事耕作、婚丧嫁娶、宗族祭祀、乡规族约、私塾书院以及轮番而至的各种运动都被包罗在白鹿原庞大的社会体系中，反映白鹿原人生活的内在律动，白鹿原上农民的日常生活史成为反映中华民族广大农村社会变迁史的一面镜子。

《白鹿原》冲破阶级或者党派之争的局限，关注人物的日常生活和情感体验。作品对主人公白嘉轩的刻画以日常生活为焦点，凸显人物复杂、矛盾的性格特点。他孝敬父母、教导儿女、沉静稳健、刚强正直、严于律己，维护耕读传家的治家理念、尊卑有序的宗族秩序。他经常亲自扶犁耕种，对长工鹿三尊重有加，以兄弟之情待他；"克死"六房老婆之后他续娶第七房，为家族接续香火；他迷信，巧施计谋兑换鹿家土地迁埋自家祖坟；为了规范村民的言行，他和朱先生一起拟订乡约，树立"仁义白鹿村"的旗号；为了原上的下一代有知识有文化，他和朱先生一起兴办私塾；为了振兴宗族，他修缮白、鹿两家的祠堂；在白鹿原遭遇严重旱灾时他充当"西海黑乌梢"为乡民祈雨；为了减轻赋税他"鸡毛传帖"策划"交农事件"，鼓动乡亲们交出农具罢种罢收；为了"消除"原上的"瘟疫"他把小娥的尸体焚烧成灰并建塔"镇妖"。但是，他无法突破时代和环境的局限，无法根除农村土地主的劣根性。白嘉轩成为一个集正直开明、愚昧落后于一身的复杂形象，身上烙着农民根深蒂固的封建迷信思想、传宗接代的宗族观念、男尊女卑的封建思想和长幼有序的宗法意识。

在日常的所作所为中，鹿子霖的伪君子形象被刻画得入木三分。他满口仁义道德却一肚子男盗女娼。鹿子霖纵欲好色，名声在白鹿原上传得沸沸扬扬，是原上几十号娃的"干大"，"干娃"的母亲都是有几分姿色的女人。他落井下石、趁火打劫，在侄媳妇小娥急于搭救黑娃时卑鄙无耻地霸占她。他不顾人伦，调戏儿媳妇冷秋月，导致她患上"淫疯病"并在羞辱中死去。为了给腰板"太直""太硬"的白嘉轩抹黑,"臊"他的脸,他唆使田小娥把白孝文拉到怀里,等于把尿"尿到"白嘉轩的脸上。儿子鹿兆鹏被捕之后,他不愿出钱却想救儿子,料到亲家冷先生不会袖手旁观,定会出钱出力"拾回"儿子的命,故意在冷先生面前大骂儿子"活该",让公家把这"孽子拗种处治了"自己也"好说话"、"好活人",免得县里怀疑他"通共",儿媳妇也可以"名正言顺"地改嫁。他的精明狡诈、阴险贪婪、虚伪自私、卑鄙荒淫、道德败坏在这些大耍花招、机关算尽的日常生活细节中表现得惟妙惟肖。他最后的一声哀叹"天爷爷,鹿家还是弄不过白家"更是他的争强好胜、小肚鸡肠性格的形象写照。

阿来认为创新"人物形象"和"文体"是好小说的两个标准。①《尘埃落定》在这两个方面大胆尝试,通过一个看似痴傻其实睿智的傻子的日常生活,重拾土司家族的昔日辉煌,折射一个少数民族的历史传奇。作品追求极简主义和诗歌文体与长篇小说相结合的方式,以画龙点睛之笔把藏区末代土司家族今朝往昔的生活景象呈现在读者面前。在过去那个"蒙昧"、"野蛮"但是"比现在有意思的时代",②各部落各群体内部等级森严、秩序井然,各行业遵循世代相传的行业规范,人人各司其职、各尽其责。那时麦其土司家族的生活悠闲富足,小说开篇描写麦其土司家族锦衣玉食、奴仆成群、铺陈奢华的日常生活场景:土司太太右手戴着象牙镯子、左手戴着玉石镯子,犹如威仪的皇后,侍女和奴隶稍有不顺心,她就扬起巴掌搧她们的嘴巴子。傻子"我"经常躺在床上,等待侍女伺候穿戴,只要她们来迟半步,"我"就腿一伸,把来自"重叠山口以外"遥远汉地"柔软光滑得如水一般的绸缎被子"蹬落在地上。"我们"之所以过着如此奢侈的生活,是因为"我"的父亲受到皇帝的册封,是"管辖数万人众的土司"。

大权在握的麦其土司、颇有心机的土司太太、居功自傲的大少爷、大智若愚的傻子二少爷及其管家、奶娘、侍女构成麦其土司家族日常生活的核心内

---

① 阿来:《好小说的两个标准》,《小说评论》2013年第2期,第196页。
② 阿来:《尘埃飞扬》,四川文艺出版社2005年版,第200页。

圈。麦其土司家族坐拥"东西三百六十里,南北四百一十里的地盘",拥有"20多丈高"、"七层楼面"的雄伟官寨和清朝皇帝颁发的"官印",统辖"三百多个寨子,两千多户百姓"。麦其土司家族是这片雪域高原上扬起冲天"尘埃"的统治者,享有至高无上的权力。在家族活动的内圈上演家族内部复杂的权威之争、微妙的情感纠葛、隐秘的生活场面、有排场的衣食起居。围绕他们的日常生活,小说为麦其土司家族建立庞大的外圈世界,包括专攻医术的喇嘛和药王菩萨,从事宗教服务的寺庙活佛以及僧侣,维持秩序和权威的行刑人,装饰家族奢华生活的银匠,秉笔直言被割舌的书记员翁波意西,带来枪支和罂粟的国民党黄特派员,与麦其土司联盟或者对立的土司、民众和奴隶。在外圈中发生的一系列事件,密切关涉麦其土司家族的日常生活甚至生死存亡。随着解放军进藏,麦其土司家族生活圈之外一股摧枯拉朽的力量彻底结束了藏区土司为王的时代。

综上所述,一切宏大的历史必然以各种细节和微观的方式进入民众的日常生活,影响个人、家族乃至整个地区、国家的命运。新时期家族小说作品在描写宏大历史题材时,把写作视角投向现实生活中有血有肉、有情有欲的鲜活个体,表现他们的日常生活行为和生命体验经历,探索人性的隐秘。作品贴近日常生活,通过对个人日常生活细枝末节及其个体生命状态的描写,让个人或某个家族的日常生活史浮出历史地表,展现中国特定时期普通人试图摆脱各种宏大历史使命从而进入生命本质的存在状态,重视个体意识的觉醒,描摹中国乡村地区的地主家族、民族资本家家族、封建宗法家族、藏族土司家族的日常生活,反映这些家族灭亡的历史必然性,书写家族文化陨落的挽歌。在新时期家族小说作品中,宏大历史的"纵向追索"经常被叙事者"我""横向讲述"的家族故事或者个体生活填充,各种日常生活片段连缀成一个时代的"横向概括",①呈现世俗化的日常生活小微历史代替"高大上"的庙堂宏大历史的

---

① 丁帆、许志英主编:《中国新时期小说主潮》(下卷),人民文学出版社 2002 年版,第1110 页。

写作趋势。

（二）反映民间历史的底层立场

"立足于民间文化立场叙述中国现代史"成为新时期"一种极其普遍的小说创作现象"。① 陈思和认为,在民间,"所有的角色都以各自的语言放肆式来表现自己的故事"。② 韩少功认为,乡土民间是民族之根的栖息地,"乡土中所凝结的传统文化,更多的属于不规范之列,俚语,野史,传说,笑料,民歌,神话故事,习惯风俗,性爱方式等等,其中大部分鲜见于经典,不入正宗,更多地显示出生命的自然面貌"。③ 余华认为,历史是业已消失的存在,有一个很重要的途径可以让人们了解历史真相,那就是通过野史传说、民歌民谣、家庭谱系、个人回忆录等形式保存下来的历史信息。新时期大多数家族小说作家的农村生活经历和民间文化滋养,使他们的小说创作转向民间,扎根浓郁的地域、民族和乡土文化资源,在某一地区特定的历史时空中,展示民间社会风貌、民间文化形态和下层民众的精神状态,表达人民大众的价值观念和审美情趣。新时期家族小说在发展过程中不自觉地继承寻根文学转向民间叙事的部分宗旨,从宏大的革命政治景观转向家族、村落、族群、个人的民间书写,表现鲜活的民间文化旨趣。民间史观在新时期家族小说叙事中拉开帷幕,农村的人和事成为作品关注的重点,表现在大历史空间中被隐没的民间个体或者群体的生活与命运。因此,新时期家族小说作品描写对象的边缘化、平民化使作品体现明显的民间化倾向和民间史观。

---

① 丁帆、许志英主编:《中国新时期小说主潮》(下卷),人民文学出版社 2002 年版,第1098 页。

② 陈思和:《莫言近年小说创作的民间叙述——莫言论之一》,《钟山》2001 年第 5 期,第206 页。

③ 韩少功:《文学的"根"》,见《夜行者梦语——韩少功随笔》,知识出版社 1994 年,第17 页。

苏童认为"最瑰丽最奔放的想象力往往来自民间"①。在"枫杨树乡村"系列小说中,他立足普通人的个人体验与追求,在民间文化的边缘语境中开掘新元素、探索不同的历史视角,通过野史传说、鬼异文化、巫术习俗的植入,挖掘民间文化的厚度与底色。他的作品关注农村的地主、富农、土匪、妓女、姨太太、黑帮、民间艺人的生活和命运,他们是被排除在正史之外具有僭越与反社会特征的边缘人物。"枫杨树"财主家的小少爷幺叔,整天和野狗、疯女人为伍,每年在他的"黑字忌日",因为丢了灵牌,他的灵魂无法找到归宿,继续在满村游荡,把"宁静的村子闹腾得鸡犬不宁"。通过充满毒性、漫山遍野生长的罂粟、心理畸形的人物和神秘阴郁的气氛,作者对"枫杨树"乡村积习已久的传统展开"文化审丑"。

与俯视民间描写农村题材的作家不同,莫言出身农民,表明自己的写作就是"作为老百姓的写作"。他坚持民间写作立场,自觉融入高密东北乡那片民间大地,把自己的艺术深深扎根于民间传说、口头文学、说唱戏曲的民族文化厚土中,吸收民间文化的生命与精髓,展示民间文化的强大生命力。在论述"莫言近年小说的民间叙述"时,陈思和认为"在国家/私人、强势民族/弱势民族、社会/个人、城市/农村、男性/女性"的二元对立范畴中,"民间总是自觉体现这个二元体系中的后者",民间"常常是在前者堂而皇之的遮蔽和压抑下求得生存"。② 莫言对这个二元对立中的后者展开书写,歌颂民间人物、描写民间传奇,展现被边缘化的家族故事和民间历史。

《红高粱家族》、《丰乳肥臀》演绎民间"英雄"、乡间草民、黎民百姓的历史,主人公是被官方历史推向边缘的民间小人物。《红高粱家族》打破传统红色经典叙事的法则,把游荡在高密红高粱地中的轿夫和土匪头子余占鳌塑造成民间抗日"英雄"。余占鳌与戴凤莲的爱情,充满野性与激情,蔑视传统与

---

① 苏童:《碧奴》,重庆:重庆出版社 2006 年版,自序。
② 陈思和:《中国当代文学关键词十讲》,复旦大学出版社 2002 年版,第 177 页。

道德，完全违背封建社会主流意识形态倡导的"父母之命、媒妁之言"的婚恋规则。余占鳌的抗战民间力量并未受到任何政治目的或历史动机的推动，纯粹源于保卫家园的朴素信仰；他们的爱情在欲望和情爱的驱动下有悖传统、离经叛道、有伤风化，但是这种民间立场上的抗战史与情爱史消解惯常的抗战英雄主题和爱情伦理观念，凸显祖先蓬勃的生命力和昂扬向上的民族精神，表达作者对于纯朴人性和刚强人格的呼唤。《丰乳肥臀》塑造了中国文学史上一位与众不同的农村母亲形象。上官鲁氏在丈夫无法生育却把责任归咎于她、面临被休回娘家无法生存的情况下，向不同男人借种，凭着健壮的体格和旺盛的生殖力，在灾难、饥荒、瘟疫、战火中，生育八个女儿和一个儿子，后来还替女儿们带大了七个孩子。在国共战争年代，无论自己的孩子是妓女、恋乳癖还是县长，也不顾孙辈是共产党的、国民党还乡团的、还是"皇协军"的后代，对她来说，他们都是身上流着自己鲜血的亲人，外界的"暴风骤雨"动摇不了她捍卫家人的信念，对于一个农村母亲而言，自己的孩子远胜于权力、党派和政治之争。民间立场的本色就是民间价值的认同，小说基于一个农村母亲的生命本能、生存本能的叙事立场，以反叛的姿态颠覆圣洁母亲的刻板形象和重塑红色革命的经典叙事，展现最普通的农村群众对于母性精神和革命运动的理解。

莫言以给故乡高密东北乡的老百姓树碑立传的写作姿态，汲取丰厚的民间传统文化和民间精神资源，展示一个被正史遮蔽的色彩斑斓的民间生活景观和生命存在形态。对主流历史话语的民间化消解以及对历史真空的民间文化填充，构成高密东北乡一段活生生的民间生活史和生命史。莫言摆脱知识分子"宏大叙事"中沉重的道德和民族责任感，拨开传统的主流意识形态对民间历史的压抑，展现近乎原始和粗野的民间世界。这是民间自在的生活状态和生命本色，虽然"藏污纳垢"却生机勃勃。在莫言的家族小说中，宏观和主流的历史被微观和民间化的历史场景、野史化的家族叙事以及民间琐碎的历史狂欢取代。

阿来认为强大的"官方话语"和"宗教话语"根本无法淹没"民间文化的精

华",他"生于民间,长于民间",命运给予他民间文化"无比丰厚的馈赠"和"宝库"。① 他关注藏民族的民间历史和族人的文化心理;以家族的"史笔"书写民族的"诗心",以家族和朝代的终结探求藏民族的生存真相和心理嬗变历程,在现代与传统交织、变革与保守并存中,关注历史进程中少数民族微妙而复杂的心态。《尘埃落定》"来自于藏族文化和藏族这个大家庭中的嘉绒部族的历史,与藏民族民间的集体记忆与表述方式之间有着必然的渊源"。② 阿来虽然用汉语进行小说创作,但小说以土司为主的一系列人物形象和叙事内容都与藏族的民间文化密切关联。藏族家喻户晓、憨厚纯朴但聪明机灵的民间智者阿古顿巴是他创作傻子二少爷的主要灵感。小说中藏区的风土人情、饮食习惯、服饰打扮、礼仪习俗、宗教信仰、野性血性展现藏民族的民间文化内核,对于猎捕烤食野画眉、土司逊位、官寨建筑、藏族语言、割舌禁言以及对于女仆、奶娘、行刑人、银匠、喇嘛的描写富于藏民族文化色彩。

《白鹿原》是一部陕西关中地区两个农村地主富农家族的民间史折射的民族"秘史"。作者从民间立场出发,把白鹿原上各派势力的争夺称作在鏊子上烙饼,有意打破单一的以立场决定人性或者善恶的僵化叙事模式,用民间文化的自由选择塑造主要人物。地主白嘉轩与雇工鹿三之间长久而稳固的亲如兄弟般的情谊,似乎超越剥削与被剥削的二元对立关系,打破长工与雇主之间绝无真情实感的阶级表述话语。黑娃是长工鹿三的儿子,他参加农会运动,当过土匪,做过国民党的营长,最后又拜在关中大儒朱先生的门下,认祖归宗。他的身上被赋予多种矛盾的文化符号,被主流意识形态排除在"好人"的认定标准之外。

作者以民间史观,对白、鹿两家人物维护宗族秩序的合理因素或者追求个人理想的行为给予肯定,同时,对农民革命者以血还血、以牙还牙的残暴复仇以及白嘉轩们的小农意识和封建思想予以批判。悲天悯人的人道主义关怀和

---

① 阿来:《文学表达的民间资源》,《民族文学研究》2001 年第 3 期,第 5 页。

② 阿来:《文学表达的民间资源》,《民族文学研究》2001 年第 3 期,第 2、5 页。

民间立场代替铁板一块的革命叙事,摒弃大历史的冷酷无情或者一刀切的弊端。白、鹿两家的儿女们分属国共两个阵营,大历史的二分法必然描述他们之间你死我活的敌我矛盾、不共戴天的深仇大恨。但是,在小说的民间立场看来,参加不同政党的他们之间是混合着人情、友情、爱情的错综复杂关系,阶级归属与政治立场隐藏于民间的家族亲情或者友情。白鹿原上民间的传统宗族文化与历史的大动荡、大裂变相互纠缠撞击,历史被置入广阔的民间文化框架中,传统的民间文化精神极大地淡化了特定的政治话语和意识形态。

　　小说中的迷信思想、民间传说、乡音土语反映作品的民间史观。小说泼文洒墨描写白鹿传说,表现白鹿呈祥一片富康的农村田园生活景象。"打筮问卦"、"求神问卜"、提"马角"求雨祈福、超度亡灵、法师捉鬼、镇妖驱瘟,各种民间迷信活动不但增加了小说的趣味性而且推动情节的发展。据坊间传说,白嘉轩长着"倒钩毒精",只要女人沾身,必死无疑,克死六个老婆、娶过七房女人的"豪壮"注定他会经历别样的人生。他家的祖坟也是找阴阳先生观穴、白鹿显灵、白嘉轩用万全之策"迅猛而又果敢地"从精明狡诈的鹿子霖手里换来的风水宝地。白嘉轩当上族长,为家人立下"黎明即起洒扫庭院"、"耕读传家"的家规,给白鹿原定下"仁义"白鹿村的乡规,族人的祠堂祭祖和祠堂议事庄严神圣。在原上大旱时,他幻化成"西海黑乌梢",跳上祭祀的方桌,在众人"龙王爷,菩萨心,舍下水,救黎民"的呼吼声中叩拜龙王祈雨;为了减轻村民的赋税,他策划"交农事件";在原上瘟疫肆虐时,他建塔镇妖,把小娥的骨灰压在塔下,让她永世不得翻身。

　　作品中大量的关中方言俚语是关注平民历史、怀念民间文化的体现。陈忠实一直寻找一种与"乡村历史生活内容最相称的语言方式"①,最终他发现流传在民间的关中方言凝聚地域文化特色,能够形象、生动、有力地再现白鹿原的历史文化和民俗民风,使作品焕发浓厚的地域文化特色。白嘉轩"克死"

---

① 陈忠实:《〈白鹿原〉小说叙述语言的自觉实践》,《商洛学院学报》2010 年第 5 期,第 4 页。

第四房老婆后村民窃窃私语议论白嘉轩命硬,他也心灰意冷不想马上续弦。父亲秉德老汉"噏着的嘴唇对准水烟壶的烟筒,噗的一声吹出烟灰","不容置疑地说:'再卖一头骡驹'",这一"噏"一"噗"加上"不容置疑"把身为父亲坚决不能看着儿子无后、下定决心再卖掉骡子也要为儿子娶一房媳妇的情景描写得绘声绘色。黑娃"改邪归正"认祖归宗时,白嘉轩用"亏了心"、"丢了脸"、"补了心"、"争气饰脸"给黑娃说情,劝鹿三不要再和儿子"扭着",鹿三回答:"跟你说的恰恰儿是个反反子!","崽娃子回心转意了,我反倒觉得心劲跑丢了,气也撒光咧","那劣种跟我咬筋的时光,我的心劲倒足"。这段一来一往带着儿化和叠字方言的对话,表现鹿三和白嘉轩的人物个性特点,同时传达二者虽为主仆却好似兄弟的关系。

陈忠实对于方言和地域文化之间的共生关系有着深刻的见解:"方言和习俗的根络,发端于那个地域的文化。"①小说中比比皆是看似粗普平实却饱含民间智慧的关中方言乡音,生动传神地塑造鲜活的乡土人物形象,各色人物闻声而至、跃然纸上。这些散发泥土芬芳、富有坊间文化特色、老百姓喜闻乐见的方言俚语使关中地区的风俗民情、民间文化、社会历史得以复活和复兴。《白鹿原》从朴实的民间立场出发,在多姿多彩、形象生动的陕西"腔调"中保留原汁原味的历史风貌,呈现关中大地宗族家族和农村社会的绚丽图卷。作者以方言土语为媒介,进入生产这种语言的地域文化和传统历史的根系中,踏上民族精神和历史文化的寻根之旅。

《古船》、《家族》基于民间史观,放弃以往泾渭分明的阶级叙事立场,把农民、地主、富农、民族资本家、农村基层革命者置于政治选择或者国共两党的斗争之中,探讨家族、亲情、理想、背叛、忠诚、责任的意义,思考新中国成立前后中国历史的复杂性。《古船》在洼狸镇波澜壮阔的阶级斗争和革命运动背景下展开隋、赵、李三个家族的恩怨情仇,不以出身为出发点谴责过激行为和阴

---

① 陈忠实:《陈忠实文集》(第5卷),广州出版社2004年版,第365页。

暗人性,赞扬人格高尚、具有责任担当的人物。《家族》中宁珂为了革命理想不惜与家族决裂,背负家族叛徒的耻辱,革命成功后却无端受到怀疑和冤枉。

总之,新时期家族小说选择农民利益本位的价值观念、家族血缘本位的伦理观念、民间文化本位的审美观念,借助民俗民风、方言土语、野史传奇,刻画民间人物形象,突出地域文化色彩,通过农民的本能、直觉、印象、理解、思维去阐释发生在农村的政治运动、农民的思想行为和情感感受。作品尝试以民间文化和大众价值重塑民族精神、重审民族传统,在绚丽多彩的民间文化表现中追寻民族文化之根。民间立场是与官方叙述不同的看待和评价事物的方式,通过通俗化、市井化、平民化的言说方式,以普通民众的平视视角贴近现实生活,还原遮蔽于宏大话语之下的民众具体生活和民间历史。新时期家族小说作品利用民间视角对被宏伟历史叙事遮蔽的民间史、“稗史”、“野史”展开书写,展示普通人物的生活经历和生命体验,使小人物的生活百态和社会万象进入历史叙事,使历史更加贴近民间,走进百姓。如此贴近生活的复述历史更利于挖掘丰富多彩的民间文化、追寻民族文化精神。民间史是历史的有力补充与参照,相对于正史的单一、枯燥它能够呈现更加生动形象、多姿多彩的历史画面。新时期家族小说对民间历史进行重新整理与编码,历史的必然性、规律性、隐秘性在民间视域中被重新阐释与解密,民间历史的独特魅力得到充分展现。

小结：家族叙事历史意识的
隐形对话与本土化

“过去历史的撕扯与现代社会的挤压之间的巨大张力”为福克纳的家族文学创作提供肥沃土壤。① 内战失败的创伤记忆、南方作家的自尊心理、历史

---

① Richard King, *A Southern Renaissance : The Cultural Awakening of the American South 1930-1955*, New York : Oxford University Press, 1980, p.5.

的自觉意识、新南方对于历史的有意疏远、物质文化的不断泛滥,使福克纳愈发意识到言说历史、回望过去的紧迫性和重要性,斩断历史、盲目进入现代化必然引发南方精神家园的崩溃、传统文化的失落和人性的异化。身为南方土生子,福克纳具有强烈的以南方人的身份诉说南方历史的欲望,关注南方历史、保护传统文化成为福克纳的历史使命和精神担当。福克纳依托家族小说叙述南方历史,通过虚实结合的史诗笔调,敏锐观察和深切体悟南方的过去与现在,揭示新南方的诸多现实问题和现代人的精神危机。回首过去,那个日渐远去的旧南方依然鲜活地存在于现在并有力地影响未来。

对福克纳而言,过去从未成为过去,南方过去的荣耀犹存。但是,与南方庄园文学美化粉饰过去的叙事不同,福克纳在回首南方的往昔时看到南方本身的罪恶与腐朽,"纪念碑式"与"批判式"历史意识在福克纳的作品中矛盾而辩证地并存。一方面,福克纳言说南方历史、重构南方家族神话的自觉性和使命感,造就其作品"向后看"的历史观念。福克纳的鸿篇巨制"约克纳帕塔法"世系试图通过重新书写南方种植园家族神话、塑造南方"英雄"群像、坚守"沙多里斯"精神、认同循环论心理时间的写作策略,表达"纪念碑"式历史意识,唤醒人们的历史自觉性和地域文化自豪感。在南方历史处于高歌猛进的现代化狂欢和新旧改制的关键时刻,浓烈伤感的历史意识吸引人们驻足反观历史与文化的来路,触摸业已消逝的过去,寻觅古老的文化、历史、传统、美德。另一方面,在留恋回望南方历史的同时,福克纳的家族小说解构南方主导意识形态宣扬的旧南方庄园神话,剖析旧南方的种族罪恶,揭露庄园主家族的腐朽生活,以"批判性"历史意识理性审视南方的过去,展现南方历史的不同面孔。

福克纳认为作家也是历史的书记员,"作家的责任是记录历史,向世人展示未来的希望"。① 但是,他失望地发现,南方的现在和未来充满物质文化的

---

① James B Meriwether, Michael Millgate (eds.), *Lion in the Garden: Interviews with William Faulkner 1926–1962*, Lincoln: University of Nebraska Press, 1968, p.201.

纷扰喧嚣和对于历史的浅薄无知,无力承载历史之重。他借助想象、糅合、拼贴、增删、修改、重写,对时间实行斩首,在"过去从未消失的"保守主义历史观念中重塑南方历史,赋予南方的过去深刻的文化意蕴。在"约克纳帕塔法"家族世系小说中,福克纳将自己对历史的理解植入美国南方这个特定区域的种植园家族生活,呈现"沉甸甸的南方历史感和文化危机"。① 小说中的南方人"沉浸于往事的缅怀之中"、"拒绝忘却任何事物",福克纳本人觉得自己的"生活与写作都是重复过去"。② 在内战那场"注定"失败的事业之后,南方的种植园主和白人精英阶层被一张无形的大网笼罩,对于重建和变革的恐惧与抵触使他们愈发拼命维护即将逝去的旧南方和正在崩溃的旧秩序。历史创伤和旧南方记忆沉淀为南方人的集体无意识,"家族荣耀"、"昔日辉煌"凝固成"纪念碑式"历史意识。对于战败和逐渐被边缘化的南方人而言,为南方的家族树碑立传、为南方的历史歌功颂德似乎成为某种心理补偿机制,弥补南方人心理缺失的部分。福克纳作品中伤感怀旧的情愫体现旧南方集体记忆的再现与升华。

福克纳借助如下两种叙事策略体现历史意识的矛盾性。一是"沙多里斯"与"斯诺普斯"世界的激烈对抗与冲突。代表南方传统和社会秩序的"沙多里斯"和象征北方工商资本主义价值和社会失序的"斯诺普斯"两个精神世界之间的张力是诠释"约克纳帕塔法"世系小说的关键。前者认同南方的传统文化和贵族精神,后者体现南方新兴资产阶级的物质文化和意识形态。在以康普生、沙多里斯家族为首的"沙多里斯"阵营和以弗莱姆·斯诺普斯家族为代表的"斯诺普斯"的交锋中,"沙多里斯"输给对手也败于时代,历史发展的必然律注定"沙多里斯"家族的衰落和"斯诺普斯"家族的兴起,这是一场物

---

① 虞建华:《历史与小说的异同:现实的南方与福克纳的南方传奇》,《英美文学研究论丛》2006年第5期,第104页。

② [美]埃默里·埃利奥特主编:《哥伦比亚美国文学史》,朱通伯等译,四川辞书出版社1994年版,第742页。

质摧毁精神的战斗。福克纳在情感上认同"沙多里斯"代表的贵族精神和文化传统，反感"斯诺普斯"体现的物质主义和道德沦丧。"沙多里斯"与"斯诺普斯"两个世界的矛盾在本质上是社会急剧转型时期南方农业文化与北方资本主义文明之间的冲突，是传统与现代的抗衡。北方工商资本主义强行入侵与渗透，挤压传统文化空间，瓦解南方历史，使南方的农耕社会整体处于裂变与破碎之中，面临文化和历史的断裂与危机。

二是物理时间和心理时间的纠缠与较量。代表南方末代贵族生命体验和个人情感的心理时间以及代表直线进化和新南方价值观念的物理时间之间的较量贯穿在"约克纳帕塔法"世系小说之中，福克纳借助情感上对心理时间的认同、对物理时间的抗拒，通过回忆、延宕、停滞、并置、过去时态、时序倒错等叙事艺术，书写南方家族的过去和历史，延长人物心理感受和生命体验的时间，在心理时间的绵延和过去的永恒中抵制北方工商资本主义现代化的步步进逼。对于心理时间的倚重和对于机械时间的截流，集中体现作者"向后看"的保守主义历史观念。作者凭借对时间的精妙处理，有意识地打破在"过去—现在—未来"序列上"新/旧＝进步/落后＝好/坏"的线性进化论历史意识，向重视情感体验的循环论历史观念靠拢。作者以延长或者分解物理时间流程的伤感怀旧叙事策略再现南方历史，引导人们寻访古老的南方，领悟传统文化与现代文明之间的复杂关系。

福克纳对于过去的记忆与怀念并非一味地为旧南方的家族和历史高唱赞歌，逃避对南方历史罪恶的批判与反省。在南方经历重建并进入现代化之后，福克纳反观现代化和南方的发展进程，对直线进步意义上的现代工业文明产生质疑，对旧南方的农业文明与传统文化的失落感到惋惜。与南方同胞不同，福克纳没有把南方所有的问题归咎于北方佬，他对南方的过去留恋不舍，但能够冷静客观地对待南方本身的罪恶与腐败，敏锐地认识到即使没有南北战争，存在于旧制度中的奴隶制和种族主义、存在于种植园家族内部的罪恶和腐败也会导致南方社会和种植园大家族的覆灭，建立在反人性奴隶制之上的南方种植园大家族本身包含自我毁灭的因素。让福克纳怅然若失的是,随着旧南方的消逝,南方人珍视土地、亲近自然和崇尚个性的农业主义传统、"独特的生活方式"、"沉重的历史感"这些使南方成为南方的根本面临解体的危机。①因此,对于南方历史和传统文化的怀旧眷恋、对于种族主义和家族腐败的反思批判交织在福克纳的家族小说中,表现出矛盾的历史观念。

福克纳"向后看"的历史意识以及歌颂与针砭、怀恋与批判的矛盾史观吸引了新时期中国的小说作家,他们把注意力转向乡土中国颓败的家族故事,以虚构、记忆、想象突破宏大历史和革命话语的叙事模式,"复兴"家族小说,重构中国的家族史和现代史。作家借助色彩斑斓的民间史观消解革命话语的神圣性,以日常生活的叙事诗学代替庙堂历史的叙事策略,试图解构家族神话和宏大历史叙事的权威性、单一性和垄断性,期待重塑民族历史、寻访传统文化、反思现代化线性进步历史观。莫言认为福克纳"生动地体现了人类灵魂家园的草创和毁弃的历史,显示了人类社会发展的螺旋状轨道"。② 新时期家族小说作家认同福克纳的历史意识,在潜移默化、学习借鉴的过程中积极革新,重视凸显具有中国本土特色的家族史和现代史,体现作家对于中国现代史的深刻思考和对于历史的独到见解。

新时期的中国同美国南方一样处于新旧价值观念冲突、城乡文化交锋的转型变革时期。社会的转型与新旧价值观念的碰撞使新时期家族小说作家选择与福克纳相似的批判与怀旧历史意识,在对历史事件、革命运动、阶级斗争和"英雄"人物的祛魅中回望封建大家族和传统村落文化。纵观新时期的家族小说创作,作家对历史的独到体悟与理解是贯穿其中的一条主线。新时期小说作家既嗅到现代化和改革开放令人沉醉的气息,又逐渐体察到诸多现代

---

① 黄虚峰:《美国南方转型时期社会生活研究(1877—1920)》,上海人民出版社 2007 年版,第 4 页。

② 莫言:《两座灼热的高炉——加西亚·马尔克斯和福克纳》,《世界文学》1986 年第 3 期,第 299 页。

性病症。基于现代与传统的矛盾体验,作家似乎恍然明白工业文明的威力和现代人性的驳杂,自发地展开历史和文化寻根,痛惜中国传统的家族观念、乡土文明、民族精神、文化人格的衰落。

新时期的中国在城市化和现代化浪潮的巨大冲击下,传统的农村大家族因为无法顺应时代在现实中解体,成为一种历史存在。大多数新时期家族小说作家并未亲身经历过大家族的生活,但他们选择把创作笔触伸向中国广大农村地区的封建地主或者民族资本家家族,似乎集体患上思乡病,在怀旧和伤感的家族"寻根"中,展示传统的家族文化和民族精神。中国自古以来是家国同构的社会存在形态,家族小说是承载历史和民族精神的最佳载体。而且,新时期家族小说作家在文化语境改变和文学观念革新的时代背景下,拉开与家族的情感距离和心理依附,摆脱概念话语的绑架,能够更加自由地对家族和历史进行个性化的想象、虚构和言说,通过虚实结合的叙事方式在家族故事中反映民族进程和社会历史,反思、质疑"高大全"的历史和现代化进步的声音在此时的家族小说叙事中从隐性走向显性。

新时期家族小说作家普遍摒弃"真实"再现历史的写作姿态,放弃对于宏大历史的叙事热情,转而关注个体对历史的主观感受、亲身体验和阐释理解,展示特殊历史文化氛围中普通人的生命形式和生存意义。莫言认为小说家笔下的历史带有作家的"个性烙印",并非"教科书中的历史",是"象征的历史而不是真实的历史",因此它"更加逼近历史的真实",因为作家"站在跨越阶级的高度用同情和悲悯的眼光关注历史进程中的人和人的命运"。[1] 作家们反对现代以来家族小说为政治运动或者阶级斗争代言立传的创作倾向,挑战以往家族小说中单一的叙事伦理,重视"人道伦理"、"血亲伦理"的重建,[2]通过把革命或者政治家族的大历史演绎为家族、宗族或者村落生活的小历史,在对生存困顿、生活原色和人性本能的深层探索中,凸显生活意义和生命价值。作

---

① 莫言:《什么气味最美好》,南海出版公司 2002 年版,第 64 页。
② 许志英、丁帆:《中国新时期小说主潮》(上卷),人民文学出版社 2002 年版,第 146 页。

家以强烈的历史虚构意识和丰富的艺术想象,把历史置于家族故事之中,通过虚构和想象,重写曾经被人们奉为圭臬、貌似客观的历史。"历史的实在"被作家们对"历史理解的实在"淹没,使其成为携带更多主观阐释的历史,线性、完整的历史被断裂、偶然、荒诞和非逻辑性、非理性的历史所代替,"集体经验形态的历史"被"个体经验形态的历史"所改写。①

因为认识到历史真实的不可复原性,新时期家族小说作家坚持个性化叙史的自由,因为人们无论怎么努力都"不可能接触到一个所谓全面而真实的历史,或在生活中体验到历史的连贯性"②。只有通过遗留下来的文本、影像资料和其他媒介人们才得以走进历史,这些媒介不可避免地反映历史学家的主观选择和意识形态的加工过滤。对于新时期家族小说作家而言,"抗日战争"、"国内战争"、"土改运动"、"文化大革命"、"大跃进"只是构成小说历史的素材和史实,他们在写作中有意对这些历史事件进行选择、保留、抹除、虚构,凸显个体在历史发展、家族变迁、革命斗争、政治运动和文化冲突中的存在状态,呈现历史发挥的复杂而微妙的作用。新时期家族小说作家在对铁板一块的"坚硬"历史实施祛魅的过程中失去对历史的信任与恭敬,以怀疑和超然的态度,对历史进行个性化阐释,有意无意地放弃对于历史真实性的考究,把历史作为家族故事的帷幕与背景。

与福克纳在表现"纪念碑"和"批判式"历史意识时秉持的贵族主义和白人精英思想不同,新时期家族小说作家采用日常生活的世俗立场和民间历史的底层立场书写中国的家族史、文化史、民族史和现代史。新时期家族小说一反以前的宏大历史叙事,解构新中国成立以来一度通行的简单的历史观念,转向描写平民百姓日常生活的微观历史,削弱家族叙事中的阶级话语与政治斗争的权威性和神圣性,弱化政治或者阶级话语的束缚,在文学的创作形式、表现内容、历史视角方面大胆革新,以"新历史主义"的历史视角,挖掘被宏大历

①　丁帆、许志英:《中国新时期小说主潮》(下卷),人民文学出版社 2002 年版,第 1124 页。
②　王岳川:《后殖民主义与新历史主义文论》,山东教育出版社 2001 年版,第 185 页。

史忽视、扭曲、遮蔽的"隐秘"家族史、村落史和个人日常生活史。此时的中国文坛上演一场从国家、民族、革命、阶级等公共领域的政治意识形态书写转向村落、家族、地区、个人的私人经验和生命体验的写作运动,有助于从人文主义、人本主义和人道主义的立场,关注现代化进程中的个人与家族、家族与历史、历史与命运的关系,单数、大写的政治宏大历史让位于复数、小写的个人、家族、村落、民族的小微历史。

在摆脱了家族历史服务于斗争历史的桎梏之后,新时期家族小说创作突破被政治化的家族叙事,书写那些已经不复存在的农村地主富农或者民族资本家家族的日常生活,通过虚构、拼凑、想象、回忆的方式,甚至在戏谑、调侃、诙谐的语气中,讲述各种革命运动和历史事件,使历史显露出个体作者的主观理解和阐释,表现自由和个性化的民间历史叙事立场。民间的日常生活史不再粗俗、卑劣、无聊、乏味,从革命、国家或者重大历史使命的重压下解放出来的小说人物,能够更加鲜活、真实地表现被社会发展或者单纯阶级化扭曲、压抑的世俗生活情景,关注个人的恩怨情仇、婚恋繁衍、性爱欲望和家族的起落沉浮、命运变故,从而更加生动地反映地域特色鲜明的中国农村发展变迁史,历史的偶然性、复杂性、多元性和荒诞性浮出地表。他们的写作绝非简单地停留在毫无意义、无病呻吟、繁杂琐碎的日常生活史层面,而是观照宗族和家族的兴盛衰亡,折射农耕和村落文化的衰落,承载重塑生命价值、道德情操、民族气质和文化精神的重任。

新时期家族小说作家站在民间写作的立场上,扎根在绚丽多彩的民间文化资源中,通过书写广大农村地区的家族故事,展现中国大地上你争我夺、敌来我往、王朝更迭的流血史、苦难史、复仇史和现代史。小说中的历史事件多呈现戏仿或者个人主观虚构的特点,发挥营造历史语境和氛围的作用,服务于个人生存欲望的表达和家族血缘绵延的展现,以民间仰视的立场反映国人在当代社会历史变迁中的文化人格和民族精神,浓缩中国传统的家族文化意蕴。在一个各种政治力量争执不休的历史中,中国广大普普通通的农民是整个历史的亲历者和见证者,面对沉重的历史灾难,他们的生存状态和命运沉浮是历史叙事的核心内容。而且,他们的朴素信仰和民间立场最贴近当时的社会现实,以老百姓自己的视角讲述老百姓自己的故事是新时期家族小说作品民间立场的根本。因此,家族势力、宗族势力、民间势力多股力量的介入,使以往的革命叙事、英雄神话相形见绌。在文学反思与"告别革命"的思潮中,作家以农村家族为描写对象,秉持底层的民间立场,进入历史反思的维度,以一时一地某个家族的历史以及家族成员的现实生活为描写对象,烛照整个民族的历史和文化命运。作家以民间历史的多样性、以家族历史的传奇性,解构革命或者阶级历史的单一性,呈现家族衰亡和历史苦难书写中暗含现实忧患意识。

新时期家族小说无论是对个体生存进行探求还是对家族文化进行审视,都把历史淡化为一种语境,侧重厚描普通民众的生存状态、精神面貌和生命本性,还原历史的丰富性、多样性和偶然性。小说的民间立场摒弃传统历史叙事中强调社会精英或者英雄神话的叙事姿态,取而代之的是一种更为平易朴实的民间视角,用民间史观代替政治和文化精英史观,基于民间立场把握历史脉搏。野史、稗史等民间话语形式取代正史和主流话语,趣闻逸事、志怪奇谈、传说神话、巫术迷信或者以往难登大雅之堂的民间资料,成为演绎家族小说与地域历史的介质,民间的日常生活面貌、民众的精神状态和农村的家族和宗族故事成为小说的聚焦点。新时期家族小说总体表现出从主流和庙堂意识形态中心走向日常和民间史观的创作趋势,这也是文学从阶级性走向人性关怀、从政治化走向文学本身的体现。

第四章 福克纳家族叙事与新时期
家族小说的血亲伦理

在中西方,依据生物学意义上的血缘关系建立起来的家族是人类社会最核心的组织形式,它不仅是血缘共同体,也是社会和文化共同体。① 围绕血缘亲属关系形成的家族结构承担众多社会功能,确定家族成员之间的长幼辈分,维持伦理秩序,调整宗族关系,制约道德行为。婚姻、家庭、血缘、伦理成为社会最基本的关系,延伸拓展出整个社会的经济、文化运作机制和伦理道德规范。随着社会的繁衍发展,人类社会从蒙昧走向文明,血缘纽带、婚姻伦理、社会伦理在家庭机制中同时发挥作用,血亲伦理观念渐趋完善,形成一系列关于血缘禁忌的规范。在社会契约和血缘契约的共同制约下,血缘乱伦、族内通婚逐渐成为有悖伦常和律令的行为,属于伦理和文化禁忌。在人类社会的关系网络中,血亲相残和近亲乱伦是两种最激烈也最令人恐惧的血缘关系,反映潜伏和残留在人们无意识中的原始欲望,是文明社会严厉禁止的行为。因此,血缘伦理的破禁经常与恐惧、惨烈、悲剧、死亡联系在一起。血缘伦理与人类社会的生息繁衍和发展进步密切关联,必然成为中西方文学文化关注的永恒主题。

---

① [英]斯蒂夫·芬顿:《族性》,劳焕强等译,中央民族大学出版社 2009 年版,第 15 页。

家族小说更是无法跳过血缘伦理的书写。血缘关系成为福克纳与中国新时期家族小说的杠杆和主轴,是两者的主题得以生发和深化的主要依托。福克纳与新时期家族小说作家利用血缘关系的疏密变化书写家族历史与社会人生。福克纳在家族小说中基于血缘、种族、亲情,描写血缘乱伦和血亲相残,通过对"(过分)亲密"和"(过分)疏远"的血缘关系的书写,表达对美国南方贵族家族衰落的惋惜和对新南方现代资本主义家族的批判,体现基督教人道主义思想和反种族主义理想。中国新时期的家族小说呈现从现代以来的革命伦理叙事向传统的血缘和家庭伦理回归的创作倾向。在新时期的家族小说作品中,血缘关系的"亲疏"主要通过家族内的乱伦和宗族间的复仇两种形式得以体现。基于儒家人道主义文化传统,作家们对现代以来的家族乱伦和家族复仇问题展开思考,期待进一步在现代性的视角下审视中国的家族伦理,探讨家族灭亡的原因。

第一节　福克纳家族小说中的血缘"亲疏"关系

南方的新旧转型、混血问题以及《圣经》文化,深刻影响福克纳的血缘伦理观念,血缘关系贯穿并内化在"约克纳帕塔法"世系小说中。福克纳把血缘关系划分为"(过分)亲密"和"(过分)疏远"两种类型。"(过分)亲密"的血缘关系在作品中常常以乱伦臆想或者精神乱伦的形式出现,而"(过分)疏远"的血缘关系经常以亲人相残或者互相折磨伤害的形式呈现。它们似乎是两股交织在一起的绳索,成为福克纳描写美国南方贵族家族血缘危机和南方社会种族融合恐惧的主要载体。而且,因为南方奴隶制的参与,福克纳作品中带有鲜明地缘性的血缘关系表现出更加复杂和独特的性质。福克纳通过血缘关系"亲疏"的书写,透视家族血缘伦理、意识形态立场和情感好恶倾向,进一步追求血缘"亲疏"隐喻背后的诗学意义,揭示隐含在血缘伦理之下的社会阶层调整、种族危机凸显、贵族家族解体、农耕文明陨落、传统精神丧失等一系列事关南方生死存亡的问题。

一、《圣经》对福克纳血缘伦理观的影响

封闭的农业经济模式和相对落后的生活水平使得宗教在美国南方拥有更加强大的生命力和控制力,南方成为美国典型的圣经地带。福克纳家族祖上笃信宗教,要求家里的孩子每餐饭前熟练背诵一段圣经。福克纳从小受到南方浓郁的基督教文化氛围和家族虔诚的宗教信仰的浸染,对代表"两希"文化的《圣经》和希腊-罗马神话熟稔于心,神话成为福克纳这位技艺娴熟的艺术家手中得心应手的工具。在"约克纳帕塔法"家族世系的建构中,福克纳对《圣经》中记录的亲属关系和血缘伦理有着敏锐的觉察力和深刻的体悟力,神话的家族谱系结构、人物的亲属关系以及亲属乱伦、血亲相残的故事情节或者人物原型通过模仿、借用、戏拟、移位多种艺术手法,被作者出神入化地运用在自己的家族小说创作中,"(过分)亲密"或者"(过分)疏远"的血缘关系成为"约克纳帕塔法"家族叙事的重要主题,小说以血缘关系的"亲疏"为隐喻,表现美国南方对于血缘引发的家族衰落和种族混血的恐惧与焦虑,烛照更加深远的社会危机和现实伦理问题。

《圣经》关于血缘的矛盾叙事对福克纳的血缘伦理观念产生较大影响。根据《圣经》记事,在上帝与摩西制定律法之前,《圣经》中的近亲血缘婚姻普遍存在,近亲或者族内联姻似乎是常见的婚姻模式和家族组织形式,同族联姻成为最主要的利益共同体。犹太教、基督教、伊斯兰教的先知以及希伯来民族、阿拉伯民族共同的祖先亚伯拉罕家族建立在血缘乱伦的同族联姻之上。亚伯拉罕的兄弟拿鹤娶亲侄女密迦为妻(《创世纪》:11),亚伯拉罕也娶同父异母的妹妹撒拉为妻(《创世纪》:20)。亚伯拉罕的儿子以撒娶妻时,亚伯拉罕告诫仆人"要往我本地本族去,为我的儿子以撒娶一个妻子"(《创世纪》:24)。以撒的儿子雅各择偶时,以撒嘱咐雅各"起身往巴旦亚兰去,到你外祖彼土利

家里,在你母舅拉班的女儿中娶一女为妻";以扫见弟弟听从父亲的意愿娶表妹得到父母的祝福和许诺的土地时,为了讨得父亲的祝福,他在已经有两个妻子的情况下娶同族女子玛哈拉为妻(《创世纪》:28)。

《创世记》第38章讲述犹大家族的故事。犹大是雅各的第四个儿子,他出主意把弟弟约瑟卖给以实玛利商人带去埃及,他自己离家并违背亚伯拉罕订立的不与迦南人通婚的家规,娶迦南人书亚的女儿为妻,生下三个儿子。在大儿子珥死后,犹大让二儿子和大儿媳他玛同房为哥哥珥"生子立后"。二儿子俄南"知道生子不归自己,同房时便遗在地上,免得给他哥哥留后"。耶和华认为这是恶行以死惩罚俄南,俄南死后为了保护小儿子,犹大把尚无子嗣的儿媳他玛打发回娘家,哄骗他玛等小儿子长大就来娶她。在娘家等待多年的他玛最终识破犹大的诡计,有一天她探知犹大的行程,便脱掉寡妇的衣裳、用帕子蒙住脸假扮妓女在他的必经之路等候,并诱骗公公犹大,怀孕生下双胞胎,这次乱伦为犹大家族留传血脉。

根据《创世记》第19章记载,所多玛城因为城内的罪恶遭受耶和华的倾覆和剿灭,亚伯拉罕的侄子罗得被上帝派出的天使解救出城,他的妻子因违抗天使"不可回头看"的命令变成一根盐柱,两个女儿的未婚夫以为罗得说的毁城并劝他们离开是戏言,没有理会也葬身城内。罗得和两个还是处女的女儿在天使的帮助下幸存下来,逃到一处山洞。为了"存留后裔",罗得的两个女儿先后两个晚上将父亲灌醉并与之同寝,姐妹俩"都从她父亲怀了孕",她们的儿子分别成为摩押人和亚扪人的始祖。犹太人最伟大的民族领袖、先知与立法者摩西的家族是亚伯拉罕家族的后裔,摩西的父亲暗兰娶姑姑约基别为妻,生下亚伦和摩西,亚伦是以色列的第一位大祭司,成为亚伦祭司家族的始祖(《出埃及记》:6)。圣经人物的乱伦似乎出于迫不得已,顺应传宗接代、延续子嗣的家族发展需求。

《圣经》中家族内部的血缘乱伦与血亲相残是一体两面的存在形式。《圣经》记录最完整、最悲剧、对福克纳的家族小说《押沙龙,押沙龙!》的写作产生直接影响的是《撒母耳记下》。《撒母耳记下》叙述大卫王家族的故事,大卫是希伯伦的王,耶和华赐他以色列,封他为以色列的王,在位四十年。因为他无意中"蔑视"耶和华的命令,耶和华不悦,从他的家中"兴起祸患攻击":把他的"妃嫔赐给别人"、让他的孩子"必定要死"(《撒:12》)。"大卫的儿子押沙龙有一个美貌的妹子,名叫他玛。大卫的儿子暗嫩爱她。暗嫩为妹子他玛忧急成疾。他玛还是处女,暗嫩以为难向她行事"。① 暗嫩求助堂兄约拿达,约拿达为人极其狡猾,当得知暗嫩因为恋着他玛一天天消瘦时,他想出一个恶计。暗嫩听从他的教唆,装病卧床不起,他的父亲大卫前来看望他,他趁机央求父亲允许他玛来他屋里为他做食物。大卫应允,他玛来到暗嫩家里在他面前做好饼端给他时,他不肯吃,支走众人,要他玛把饼端进卧室,他拉住他玛要与她"同寝"。他玛哀求他不要"玷辱"她,因为"以色列人不做如此丑行"。她恳求暗嫩向大卫王求情,大卫王"一定会不禁止自己归他"。但是,暗嫩对此置若罔闻,他凭借身强力大,无耻地"玷辱"他玛并粗鲁地赶她出门,因为此时他"厌恶和憎恨她比先前爱她的心更胜"。他玛请求他留下自己,告诫赶她走的罪比先前的罪更重。暗嫩毫不理会,叫仆人无情地赶走他玛、关上门闩(《撒:13》)。

他玛被暗嫩的仆人赶出家门之后,边走边痛哭,正巧被胞兄押沙龙碰到,她告诉押沙龙实情。押沙龙表面上安慰他玛不要把此事放在心上,内心却因此对暗嫩怀有"恨恶"。两年之后,有人为押沙龙剪羊毛,押沙龙邀请父亲大卫王允许哥哥暗嫩和众王子同去,企图趁机除掉暗嫩。暗嫩得到大卫王的应允后前往,押沙龙趁暗嫩饮酒酣畅之时示意仆人杀死他。之后他流亡他乡,逃避父亲的处罚。得到大卫王的谅解后押沙龙重回以色列,以色列人逐渐心归押沙龙,押沙龙企图篡夺父亲的王位。大卫王见自己的势力不敌押沙龙的部队便闻风而逃,留下十个嫔妃看守宫殿。押沙龙追击父亲,进入父亲的宫殿,

---

① 《新旧约全书》,Ojin-cho,Tokushima,Japan,第 204 页。

听信亚希多弗的主意,说只要与父亲的嫔妃亲近,归顺他的以色列人会更"坚强"地拥护他。押沙龙在宫殿的平顶上支起帐篷,与父亲的嫔妃亲近。后来押沙龙骑骡子在茂密的大橡树下经过时头发被树枝缠住无法解开悬挂树上,大卫王的仆人约押得到信使报告后匆忙赶去,用短枪刺穿押沙龙的心脏。大卫王听到儿子的死讯后,心里悲恸,上城门楼去哀哭"我儿押沙龙啊"、"我恨不得替你死"(《撒:18》)。

在故事开头,暗嫩对他玛的感情似乎不失真情,他为爱"忧急成疾",随后他欺骗父亲,粗暴地强奸妹妹,在满足欲望之后又无情地把她扫地出门。那么,暗嫩究竟是否可以娶同父异母的妹妹他玛呢? 根据《圣经》研究专家西蒙·巴埃弗拉德的考证,《圣经》律条在当时对于同父异母子女之间的婚配或许是允许的。既然如此,暗嫩为什么不在一开始就向父亲讲明情况以便明媒正娶他玛呢? 他之所以玩花招强暴他玛的根本原因是"他不想娶他玛,他只想满足自己的淫欲"。① 这也可能是引发他玛的胞兄押沙龙对他怨恨的原因。押沙龙一开始选择隐忍,也不在众人和王面前对暗嫩说三道四,但他暗中下定决心除掉同父异母的哥哥。在隐忍两年之后他终于瞅准机会杀了暗嫩。当然,他除掉暗嫩不仅是替受辱的妹妹报仇雪耻,也为自己争夺王位扫清障碍,因为暗嫩是长子,比他更得父亲宠爱。手足相残、弑父夺权似乎注定他的悲剧命运,在夺取父亲王位的战斗中,他被父亲的仆人杀死。儿子死后,大卫王的哀哭呼号也不乏父子情深,垂垂老矣的大卫或许明白王位新旧更迭属于自然之道,老年丧子给他造成人生最大的痛苦。发生在大卫家族内部的一系列诸如兄妹或者母子(押沙龙与他父亲的嫔妃)乱伦、手足相残、"弑父"篡位都是他们无法控制的天意,是耶和华神预先安排的诅咒,家族走向衰落和灭亡成为家族命中注定的劫数。

该隐杀弟也是《圣经》中家喻户晓的手足相残的故事。据《出埃及记》第

---

① ［以色列］西蒙·巴埃弗拉特:《圣经的叙事艺术》,李锋译,华东师范大学出版社 2006 年版,第 274 页。

4 章记载,该隐是亚当和夏娃的第一个儿子,他的弟弟名叫亚伯。该隐以种地为生而弟弟亚伯以放牧为生。一日二人拿自己的劳动所得作为供物献给耶和华神。该隐献上自己种植的蔬菜和粮食,亚伯拿了"羊群中头生的"羊和"羊的脂油"作为供品。耶和华偏爱亚伯和他的供物,这让该隐恼羞成怒,对弟弟亚伯怀恨在心。他借在田间与弟弟说话的机会把他杀了,并掩埋尸体遮盖罪行。当耶和华问他亚伯在哪里时,该隐振振有词道:"我岂是看守我兄弟的吗?"耶和华处罚他,把他赶往伊甸东边的挪得之地,并给他立了记号防止别人杀他:"凡杀该隐的必遭报七倍。"

在耶和华与摩西制定法典之后,《圣经》多处明确表述对于乱伦的禁忌。在《利未记》中耶和华神与摩西约定一系列关于宗教祭祀、婚恋贞操、洁净生活、衣食住行方面必须遵行的律例和法典。在《利未记》第 18、19、20 章中,耶和华让摩西晓谕以色列人关于血亲乱伦禁忌的各种行为。

《利未记》中禁止的乱伦行为多达十几类,涉及男性与母亲、继母或者同父异母、同母异父的兄弟姐妹、弟媳兄嫂以及姑母、姨母、伯叔母、儿媳、兄弟妻子等各种亲属之间的不伦行为,而且在第 20 章中明确规定对于破禁的处罚。耶和华告谕摩西,如果有人违反这些戒律他们会面临惩罚:"与继母行淫的,就是羞辱了他父亲,必要把他们二人治死";"与儿妇同房的,总要把他们二人治死,他们行了逆伦的事";"人若娶妻,并娶其母便是大恶,要把这三人用火焚烧";"人若娶了他的姐妹……他们必在本民的眼前被剪除";对于与姑母、姨母、叔伯之妻、弟兄之妻乱伦的惩罚是二人"必无子女而死"。由此可见,《圣经》中制定了较为严格的乱伦处罚律令,对于血缘乱伦明文禁止且严厉惩罚,对于有悖伦理道德的行为绝不姑息。

《圣经》中族内婚姻乱伦关系以及对于乱伦的惩罚反映早期人类对家族繁衍的迫切诉求和对血亲乱伦的本能恐惧。基于"非我族类,其心必异"的信仰,加上发展壮大族群、拓展本族领地的利益诉求,人类的祖先强调族内联姻,但是,乱伦因其本身可能造成的生理缺陷、践踏血缘伦理的性质,必然引起悲剧性后果,在《圣经》中又是明令禁止和遭受严厉惩罚的行为。乱伦禁忌本质上是男性权力支配的社会秩序生产并保持的一种文化现象,[1]也是人类文明进步对血缘伦理展开理性思考的表现。《圣经》对于血缘婚姻关系的矛盾叙述对福克纳的家族小说创作和血缘伦理观念产生影响,"(过分)亲密和(过分)疏远"的血缘关系普遍化在"约克纳帕塔法"家族世系的"心脏"作品之中,映出《圣经》关于血缘关系的影子。

二、"（过分）亲密"的血缘关系

"过分亲密"的血缘关系在"约克纳帕塔法"世系中表现为旧南方贵族家族内部兄妹、继兄妹或者亲属之间的"暧昧"关系,是一种沉浸在意念层面、未成事实的乱伦"臆想"或者"精神"乱伦。这种血缘关系与乱伦的事实无关,更多地与保护家族荣誉、维护个人尊严、维持南方淑女观念、保证白人血统纯正、保卫贵族精英阶层联系在一起,在乱伦臆想之下隐藏不同寻常和耐人寻味的意义。福克纳借用"过分亲密"的血缘意象,隐喻对南方末代贵族的同情、对旧南方贵族家族和历史的留恋、对南方贵族精英阶层意识形态和南方传统文化的情感认同。

《押沙龙,押沙龙!》从题目到故事情节和叙事模式都与《撒母耳记下》的神话故事存在诸多相似之处。小说中父亲萨德本与两个儿子邦、亨利和女儿朱迪思之间的关系似乎是《圣经》故事中大卫王、暗嫩、押沙龙和他玛的翻版,"萨德本百里地"庄园的统治者萨德本身上闪现大卫王的影子,他的家族与大卫王的王国一样在血缘的撞击下走向悲剧性毁灭。《撒母耳记上》中记载,大卫和扫罗家族的战争打了很久,蒙受耶和华之恩,大卫王在多年的流亡生涯和千百次的疆场征战中历尽千难万险、经受各种风险波折,最终替代扫罗成为统治以色列的第二任王。大卫出身"贫穷卑微"却长相俊美、勇猛善战,扫罗的

---

① W.Arens,*The Original Sin:Incest and Its Meaning*,New York:Oxford University Press,1986,p.102.

女儿米甲爱上大卫,扫罗要求大卫以"一百非利士人的阳皮"为聘礼来娶女儿,目的是借非利士人之手害死大卫。大卫杀死二百非利士人,扫罗只好将米甲许配给大卫为妻。后来扫罗试图在夜间杀死大卫,米甲把大卫"从窗户里缒下去"帮他逃走,用神像伪装成大卫睡在床上的样子欺骗父亲。大卫称王之后把已成人妇的米甲找回来,但两人感情不再,"扫罗的女儿米甲,直到死日,没有生养儿女"(撒母耳记下:6)。

　　萨德本与大卫一样出身贫穷家庭、富有野心。年少之时有一次他给富有的大庄园送信,因为穿着破烂,受到黑人门丁的歧视与侮辱,禁止他从大门进入,只能走黑奴进出的偏门。这次富人门前受辱的经历成为萨德本终生难忘的屈辱,他耿耿于怀,发誓要建立宏大雄伟的庄园大宅和纯白人血统的"王国"来雪耻。他在海地的甘蔗种植园像大卫杀死非利士人一样单枪匹马镇压黑奴暴乱,赢得种植园主的赏识,选他为乘龙快婿。后来他以妻子疑似有黑人血统为借口抛妻弃子,因为"一滴"黑人血会使自己的纯白人"王国"功亏一篑。萨德本带着从海地弄到的钱,来到杰弗逊镇"另起炉灶",大兴土木建造"萨德本百里地"庄园,物色妻子的人选。最后他认为娶本地乡绅的女儿埃伦最为妥帖,她家世代白人、血统纯正,家族属于比较体面的人家,在镇上也有一定地位,而且埃伦接受了"不多不少刚刚好的教育"。选定埃伦之后,萨德本不顾埃伦不喜欢他,以一向雷厉风行而又强硬霸道的行事风格首先说服她的父亲,在镇上村民的惊讶和围观中,高调迎娶埃伦。结婚之后,埃伦为他生下一儿一女亨利和朱迪思。萨德本的一切努力似乎都朝着自己预先设定的道路前进,通过婚姻和从海地掠来的资本,他如愿以偿,成为"萨德本百里地"庄园的王。

　　但是,命运总会在出人意料之处捉弄人。有次过圣诞节时,亨利带大学同学邦来到萨德本庄园。这个不速之客不是别人,正是被萨德本遗弃在海地的亲生儿子。不久邦与朱迪思恋爱,他并非真正爱恋同父异母的妹妹,他和朱迪思两年内只见过三次面,"时间加在一起拢共只有 12 天",朱迪思在"这 12 天里平均每天只见到他一小时"。邦和朱迪思之间"没有婚约","甚至连求婚的举动都没有"。邦来到萨德本庄园看似无意其实是他有意为之,希望通过与朱迪思订婚的方式逼迫萨德本承认自己的身份。邦告诉亨利,他"一直在等待"也给过萨德本多次"机会",让他亲自承认父子关系。如果萨德本承认,他会"同意和答应不再见朱迪思"。但是,萨德本始终没有亲自和他交谈,只给亨利捎个口信,让亨利转告邦他坚决不同意他和朱迪思的婚约,这彻底侮辱和激怒了邦,因为在他看来,这跟"向黑鬼佣人传达命令,让一个乞丐、流浪汉滚开"没有什么区别。

　　萨德本断然拒绝承认邦的身份,试图通过亨利阻挠邦与朱迪思的婚约,但邦执意要娶朱迪思,朱迪思也开始准备嫁妆。萨德本无可奈何,抛出第二个对策,告诉亨利邦是他的同父异母哥哥,邦娶朱迪思是出于报复心理。但是,令他没有想到的是,亨利非常崇拜邦,加上潜意识中他对妹妹可能有隐秘的乱伦意向,亨利居然寻找各种借口为邦和朱迪思的乱伦开脱:"如果妹妹的贞操必须被破坏","完美"与"纯正"的乱伦就是"最理想"的方式,他的"灵魂"企盼邦是那个代替自己"取走"妹妹"童贞"的"掠夺者"。萨德本眼见第二个计谋落空,他抛出杀手锏,把邦有黑人血统的秘密告诉亨利。这一计果然奏效,亨利果断地把邦枪杀在"萨德本百里地"的大门口。对于和父亲一样坚决捍卫家族纯白人血统的亨利来说,他"不能容忍的是异族通婚,而不是乱伦"。亨利和萨德本维护家族纯白人血统的根本是维护贵族阶层和阶级不受侵犯。枪杀邦之后为了躲避法律的惩罚,亨利逃亡不知去向。一下失去两个儿子的萨德本没有丧子之痛,居然急于物色为家族生产继承人的对象。

　　相对于大卫王家族的线性叙事结构,《押沙龙,押沙龙!》的叙事结构更加复杂,两个相互关联的三角关系体现萨德本家族成员之间纷繁的血缘关系:第一个三角反映萨德本与海地前妻、埃伦(罗莎)之间的情感纠葛。萨德本在抛弃海地前妻之后来杰弗逊建造庄园、迎娶埃伦。罗莎是埃伦的妹妹,其实比自己的外甥女朱迪思还要小四岁。她的父亲1864年去世之后,因为内战时期生活艰苦,加上自己无依无靠,她搬到姐夫的"萨德本百里地",姐姐临死前嘱托她照顾朱迪思。萨德本失去儿子之后一心想再生个儿子接续家族香火,他无视南方绅士风度,随随便便向罗莎求婚,罗莎觉得萨德本与理想的恋人相去甚远,但她已近中年,打算"默许"和"屈从",勉强同意萨德本的求婚。然而,萨德本竟然厚颜无耻地提出要和她试婚,如果生下儿子就正式娶她。对罗莎这个南方"淑女"来说萨德本的提议无疑是莫大的侮辱,她断然拒绝他的无理要求,萨德本在她眼中成为不折不扣的"魔鬼"。

第二个三角关系表现邦(亨利)、朱迪思、罗莎之间未成事实的血亲乱伦。为了建立纯白人血统的萨德本"王国",萨德本以岳母似乎有黑人血统绝情地抛弃海地种植园的妻子和儿子邦。邦或许是因为替自己和母亲复仇又或许是因为命运的捉弄来到萨德本庄园,故意向朱迪思求婚,甘愿冒"乱伦"大忌刺激和逼迫萨德本父子相认,以求确立身份。但萨德本认为"一滴"黑人血会断送自己终身维护的白人家族王国,断然拒绝邦的诉求,为了家族的纯正血统免受"异族"玷污,他竟然唆使亨利上演兄弟相残的悲剧。当邦第一次来到"萨德本百里地"时,青春年少的罗莎对邦产生了一种说不清、道不明的感觉。在看到朱迪思缝制婚纱时,她幻想自己披上婚纱做邦的新娘的美景。在邦被亨利枪杀之后,小说第五章运用大篇幅意识流书写罗莎对邦的情愫:"我可没有爱上他(邦),我怎么可能呢? 我连他的声音都没有听到","我听说过一个名字","我见到过一张照片",他来我家门口道别那次的"偶然驻足,还真在我这片渺不足道的土壤上,留下了某些种子"。在朱迪思与邦在花园里散步时,她"跟踪"、"刺探"他们的秘密,当她看到他"一闪而过的身影"、"脸庞"和听到"他说话的声音"时,她认为自己的跟踪、刺探并非冒犯,因为她还是个孩子,是个"不用害羞的信任对象"。此时的罗莎已经 14 岁,是一个可以"说说爱情是怎么回事"的情窦初开的少女。她一直喃喃自语"我并不爱他"、"我怎么可能呢?"、"哼,我甚至都不想念他"以及她从朱迪思那里"刺探"邦的消息、"蹑手蹑脚"地潜入朱迪思的闺房偷看邦的照片等情节,把一个怀春少女的爱恋、羞怯以及欲说还休的复杂心情表现得活灵活现。或许这是罗莎为了填补和抚慰少女孤独的心，一厢情愿地编织、臆造、幻想出来的爱情，渴望爱情的罗莎意识到她对邦的这种感情带有乱伦情愫，一直为自己的爱寻找辩解，"即使我真爱，那也不是女人的那种爱，如同朱迪思爱他那样""如果那是爱（我仍然要说，这怎么可能？），那也是母亲们爱的方式"。

在萨德本家族的血缘关系序列中，通过萨德本、埃伦（罗莎）与海地前妻之间的三角关系，作者重点传达萨德本在南方白人男权至上社会体系中，不惜一切代价，娶妻、弃妻、试图与妻妹试婚的行为都服务于一个目标，那就是延续子嗣建构纯白人血统"王国"。他与这三个女人中的任何一个都没有真正的爱情，她们只是他建构"王朝"的必要条件，她们的存在就是为自己的王朝生产白人男性继承者。当然，海地前妻因为可能有八分之一的黑人血统无法满足条件，她很快被排除在萨德本"王国"之外；埃伦似乎符合萨德本的白人血统和传宗接代的条件，但她像"影子"一样生活在萨德本"王国"；她死后，萨德本认为小姨子罗莎是补位的最佳人选，虽然从道德伦理的角度来说，有点不尽如人意，但是，罗莎血统纯正、具有为后继无人的萨德本"王国"生产继承者的条件。也许萨德本的如意算盘打得太过精明，他的试婚提议以及生下儿子之后结婚的想法，让罗莎大受其辱，她拒绝参与他的"王朝"建设计划和生产血缘纯正继承人的"游戏"，萨德本家族从此失去白人男性子嗣的血脉。

在第二个三角序列中，邦（亨利）和朱迪思、邦和罗莎之间的乱伦关系微妙复杂，耐人寻味。他们的乱伦并非基于情欲，只是停留在意念或精神层面，是未成事实的同父异母兄妹"乱伦"或者姨母与外甥女婿之间的"母子乱伦"。如同南方普遍存在血缘不明或者隐秘的混血问题一样，邦到底有没有黑人血统在小说中一直是未解之谜。福克纳在邦的身上赋予许多南方绅士的品质。他言谈举止温文尔雅，富于绅士派头；在内战中他英勇参战，为南方的荣誉而战；他高傲而有尊严，不惜以生命为代价寻求自己的长子身份和社会地位。但是，他的抗争根本无法撼动南方由来已久的"一滴血"原则，凭一己之力无法打破南方等级森严的阶级壁垒，势单力薄的他不可能得到身份认证。在美国南方的白人精英文化中，"血统纯正的观念成为固执的信条，决定人们社会地位的优越程度，也成为解决黑白人通婚和种族问题的巨大障碍"。① 弟弟亨利虽然对他崇拜爱恋至极，明确表示他不在乎邦与朱迪思之间的兄妹乱伦，但是，他绝对无法容忍邦对南方"纯正血统"观念的挑战与威胁。

萨德本家族的血缘纠葛在上述两个三角关系中得到充分说明。在第一个三角序列中，处于"秩序"金字塔之巅的萨德本企图生几个纯白人血统的儿子，建立宏伟的"萨德本百里地"庄园，实现纯白人血统的种族主义"王国"。所以，在这个三角序列中，女人处于三角形的底端，只是他传宗接代和建立"王朝"的工具。他以"一滴黑人血"这个莫须有的罪名绝情地抛弃前妻，用"蛮横"和"不可理喻"的方式迎娶埃伦，用"大胆、直露、不加掩饰和骇人听闻"的话语要求罗莎与他试婚。不幸的是他在利用"工具"的同时，犯下践踏种族的罪孽，摧毁苦心经营的家族"王朝"。在第一个关系序列中萨德本试图把妻妹拉入试婚与"乱伦"游戏，他们之间的关系有悖道德伦理，但没有违背血亲禁忌，因此它的意义更多地停留在表现萨德本根深蒂固的种族歧视和白人至上思想以及对父权权威的追求。在第二个三角序列中，"（过分）亲密的"血缘关系和血亲伦理成为叙事关注的焦点，重点表现萨德本"王朝"的内在悲剧。相对于赤裸裸的种族歧视，意念和精神层面的血缘乱伦反而能够引起人们的同情，吸引人们挖掘血缘伦理背后的种族罪恶。萨德本家族的故事情节脱胎换骨于大卫王家族的故事，血缘乱伦与骨肉相残成为引发两个家族成员悲剧死亡和导致家族最终衰落的根本原因。但是，与大卫家族中暗嫩对于他玛的情欲乱伦、押沙龙除掉暗嫩旨在扫清自己称王道路上的障碍不同，种族问题的介入使萨德本家族的亲属关系变得扑朔迷离和纷繁复杂，邦和朱迪思、罗莎、亨利之间停留在精神和隐喻层面的"乱伦"更具悲剧色彩。

① 邵旭东：《"乡下人"在"邮票般大小的故土"——福克纳及其家族小说》，《内蒙古师范大学学报》1993年第3期，第65页。

《喧哗与骚动》中凯蒂的身上闪现《创世纪》中人类始祖夏娃的影子，成为无法抵制诱惑、偷食禁果、导致人类失去乐园的堕落的象征。凯蒂的堕落与性联系在一起，她未婚先孕被逐出家门，成为康普生家族失去"乐园"的罪魁祸首。哥哥昆丁是家族长子，身为末代贵族子弟，他把家族的最后一点尊严和脸面寄托在凯蒂"岌岌可危""脆弱不堪"的贞操上，她的贞洁成为注定要"破碎"的家族自尊心和荣誉感的"容器"。当昆丁发现妹妹与穷白人达尔顿恋爱并怀孕时，他愤怒至极，找达尔顿去算账。但是，当达尔顿把枪放在他手里让他开枪时他犹豫了，如果他把达尔顿杀了，达尔顿"会下地狱的她也会去我也会去的"，他无法容忍他和妹妹与达尔顿一起下地狱。他编造乱伦谎言，告诉父亲"是我干的不是达尔顿·艾密斯"，并绝望痛苦地重复"我犯了乱伦罪"。他宁愿背负乱伦恶名也不愿承认身为南方贵族"淑女"的妹妹与穷白人阶层有染。如果他和凯蒂做了"极端可怕的事情"他们会一起下地狱，"在地狱里，除了她和我，再也没有别人"，他可以独自守护凯蒂的童贞，"纯洁的火焰会使我们两个超越死亡"。

昆丁使尽浑身解数，试图把凯蒂骗入自己一厢情愿编织的"乱伦"圈套。他像癫狂的梦呓者，试图通过一遍遍讲述把乱伦塑造成事实，"那是一桩罪行我们犯下了一桩可怕的罪行那是隐瞒不了的……我要告诉父亲这样一来这就成为事实了"。他拿出小刀，抵着凯蒂的喉咙，劝她哄骗父亲，编造兄妹乱伦导致怀孕的谎言，撇清与穷小子达尔顿的关系。但是，凯蒂不想撒谎。昆丁见逼迫没有达到目的而且父亲也不会相信他的话时，他又苦苦恳求妹妹参与自己编造乱伦谎言的"游戏"，答应和达尔顿一刀两断。凯蒂拒绝理会，明确表示自己要和达尔顿继续相爱。家人为了挽救家族颜面打算匆忙把未婚先孕的凯蒂嫁给赫伯特，昆丁出面阻拦，告诉凯蒂赫伯特是个劣迹斑斑的混蛋，是"骗子"、"吹牛大王"，"期中考试作弊被开除学籍"，"打牌耍花招被开除俱乐部"，"大家都不跟他往来"。凯蒂反驳："那又有什么关系我反正又不跟他打牌。"他以父亲和弟弟班吉作为条件哀求凯蒂："那是个流氓你替班吉和父亲着想跟他吹了吧","你何必非要嫁人,听着我们可以出走,你、班吉和我到谁也不认识我们的地方"。

昆丁明知自己"不喜欢乱伦",也不爱"妹妹的肉体",那么,他为什么非要竭尽全力把妹妹拉入"冒天下之大不韪"、让人类最恐惧的血亲乱伦禁忌中呢？这种行为背后的隐喻意义大于乱伦本身。凯蒂的贞操是南方社会和贵族家族地位的隐喻,象征"过去"随风飘逝,"现在"混乱失序,"未来"遥不可及。昆丁拼命保护妹妹的贞洁,目的是维护旧南方的社会秩序、种植园大家族的荣誉、南方白人精英阶层的阶级地位。对于昆丁而言,他属于过去,他的一切与旧南方密不可分。凯蒂的青春年少、天真纯洁是旧南方贵族社会的体现,她的性成熟和堕落是新南方低俗文化的产物。因此,代表"过去"美好时光的童年时代萦绕在昆丁心头,他的思绪沉浸在旧南方"堕落"之前的"过去"中不能自拔。凯蒂从纯洁无瑕的童年进入渴望性爱的成年似乎与南方的社会转型和新旧交替一样是发展的必然,她怀上穷白人的孩子是新南方种植园贵族走向灭亡、社会阶层重组的象征。昆丁对振兴家业无能为力,对挽救家族名誉无计可施,只好退守在"向后看"的思想壁垒中,一相情愿地编织"乱伦"谎言。

围绕南方"淑女"形成的妇道观念在 19 世纪末、20 世纪初的美国南方大行其道,南方的白人女性,尤其是大家族的白人女性背负保障贵族阶层血统纯正和高贵地位的全部责任。她们与黑人或者下等白人发生关系或者缔结姻缘,会使家族蒙受奇耻大辱,南方白人贵族阶层男性对这种"辱没家门"的事情绝不容忍,他们严厉管束和密切监督家中女性,防止她们越雷池一步。昆丁是家族的长子长孙,其身份地位以及成长环境注定他是旧南方的卫道士和传统家族观念的殉道者。童年时期,他与妹妹凯蒂的关系最为亲密,随着妹妹长大成人,需要与家庭以外的男性建立恋爱或者亲密关系时,他认为身为南方淑女和大家闺秀的凯蒂要嫁给门当户对的贵族。当他发现妹妹的贞操毁于南方的穷白人"坏"小子时,他终身坚守的家族荣誉观念和贵族精英意识毁于一旦。但是,昆丁也清楚,随着新南方的到来,贵族阶级和大家族必定灭亡,南方淑女的贞操变得"朝不保夕"、脆弱不堪。在绝望和无奈中昆丁被宗教中"万劫不复"的天谴说教"深深吸引",希望把妹妹拖入乱伦的地狱之火,永远充当妹妹贞操的监护者,让她在地狱那熊熊燃烧的"永恒的烈火中保持白璧无瑕"。

痴傻弟弟班吉智力低下,但对凯蒂的成长异常敏感,经常像神明一样查微探幽,动用各种感官联觉,使用最擅长的嗅觉和哭闹"武器",监督和抗拒凯蒂的发育和成熟,充当凯蒂贞操的"守护神"。当凯蒂是个小女孩、关心爱护他陪他一起玩时,他在凯蒂的身上经常闻到"一股树的香味";当凯蒂长大成人,开始打扮并戴上"闪闪发亮的披纱"、在身上喷洒香水时,他因为闻不到树的香味大哭大闹,直到善良的凯蒂把香水送给迪尔西他才破涕为笑,她"又像树那样香"了。他13岁时,迪尔西说他已经是个大男孩,需要单独睡觉,不能再和凯蒂挤一张床,听到这话,他又哭又闹整夜折腾不肯睡觉,大家束手无策,最后凯蒂匆匆赶来,把头挤到他的脑袋旁边哄他睡觉,这时她的"身上有树的香味"。凯蒂失身那天,班吉因为闻不到她身上的树香味号啕大哭,拉着凯蒂到水边要她清洗,凯蒂用香皂洗完之后他还是闻不到树香味,就"大声吼叫哭嚎",无论如何也无法平静下来。其实,看似痴傻的班吉用更加有力的锁链和严苛的监视,动用"闻"、"哭"、"闹"的感官监督体系,自私贪婪地捆绑凯蒂的感情。

在控制凯蒂的贞操方面,班吉或许就是另一个昆丁,一个处于原始本能冲动状态下的昆丁。他虽然痴傻,对凯蒂的贞操却敏锐得像猎犬一样,能够准确地嗅到她第一次穿戴女性气十足的衣着、第一次喷洒代表女性气质的香水、第一次标志性成熟的接吻、第一次与欲望联系在一起的失贞。只要凯蒂的身上表现出一丁点性成熟的迹象,他就因为闻不到"树香味"焦躁不安、大哭大闹。凯蒂被赶出家门后他经常抱着一只她穿过的旧拖鞋满屋子哭号乱跑寻找凯蒂,把放学路过的小女孩当作凯蒂追赶,听到打高尔夫的人喊 caddie 时他崩溃号叫。班吉不像接受过高等教育的昆丁那样,把凯蒂的贞洁和贵族的家族荣耀、血统纯正联系在一起，他只是本能地把凯蒂与"过去"重叠，她的身体和感情与自己对她自私的需求和依赖联系在一起，借用傻子灵敏的感官对她的身体进行更加原始和粗暴的挪用、对她的成熟进行更加直接和严厉的监管。

与所有的南方贵族白人男性一样，南方的"过去"在班吉和昆丁的心头挥之不去、女性的贞操在他们的思想中至关重要，因为南方淑女的贞操与南方贵族阶级的存亡以及白人男性精英意识密切关联。南方已经失去了那场战争，南方的庄园主大家族也因此失去了他们赖以存在的奴隶制和统治地位，南方曾经的一切似乎都随着这场战争"烟消云散"，社会转型可能导致血缘攻破贵族阶层的壁垒，南方白人男性集体恐惧混血问题，南方淑女的贞洁成为他们与北方抗衡的最后一道防线，他们拼命维持白人精英文化，竭力阻挡穷白人以及黑人进入贵族阶层。昆丁沉浸于过去，他的生活与旧南方不可分割，凯蒂的失贞象征他固守的一切化为乌有。妹妹失身于穷白人这一事实彻底击垮昆丁，他的精神和灵魂也在妹妹失贞的当天死亡。所以，他宁愿妹妹的未婚先孕与兄妹乱伦有关而不是与穷白人有染。当这个乱伦谎言连妹妹和父亲也无法说服时，他失去了所有活下去的精神支柱，最终选择溺水身亡结束空荡荡的、早已没有灵魂的肉体。因此，理查德·金对昆丁的乱伦意识做出精辟总结，他认为昆丁的"乱伦欲望与他企图中断时间的欲望密切关联"，其重要性也只有在"南方家族罗曼司和文化秩序瓦解的大背景中才能得到深刻的考察"。①

昆丁和凯蒂、邦和朱迪思之间的兄妹"乱伦"是哥哥一厢情愿的幻想和虚构，前者以迷恋旧南方、固守贵族秩序为目的，后者以寻求身份、冲破血缘壁垒为诉求。二者都是处于未成事实层面的"精神乱伦"②，这样的血亲乱伦臆想背后隐藏更加深刻的社会历史文化因素，是一种"移情别恋"和"替换补偿"心

---

① Richard.H. King, *A Southern Renaissance：The Cultural Awakening of the American South 1930-1955*, New York：Oxford University Press, 1980, p.6.

② C.H.Hall, *Incest in Faulkner：A Metaphor for the Fall*, Ann Arbor：UMI Research Press, 1986, p.49.

理的体现。南方的种植园大家族、南方的过去、南方的贵族阶层注定随着南方的转型走向毁灭,南方的白人贵族们在血缘恐惧的集体无意识心理作用下,试图通过血缘"乱伦"的最后一根救命稻草保护血统纯正,拯救贵族家族和白人精英阶级。昆丁痴迷于在地狱那永恒的烈火中守护妹妹的纯洁,最根本的原因在于他迫切希望投身保护南方贵族阶层免遭穷白人"玷污"的战斗。"抱残守缺"、在"精神乱伦"的烈火中寻求永生,或许多少能够给庄园主贵族家族挽回一点体面和尊严。昆丁的"乱伦"欲望旨在斩断时间之流,让时间永远停留在旧南方。对于身份、血统和社会地位都不明确的邦来说,他天真地认为通过与白人妹妹的"乱伦"可以逼迫父亲承认自己的身份。这触犯了南方白人贵族的底线,无异于冲击和挑战他们终身坚守的阶级观念,承认邦的身份就意味着承认他的社会地位和阶级属性,接纳他成为白人贵族阶层中的一员。父亲萨德本和弟弟亨利绝对不允许也无法容忍这种挑战白人血统纯正、威胁贵族阶级的事情发生,捍卫贵族阶层的血统纯正和阶级地位远远凌驾于亲情之上。

福克纳的家族小说对于那些没有成为事实、存在于臆想层面的"(过分)亲密的"血缘关系或者"精神乱伦"倾注满腔热情,并对处于这一序列的人物给予无限同情。因为,对于福克纳而言,挣扎在想象或者精神"乱伦"血缘关系网络中的人物是理想世界中的沙多里斯们,他们虽然守旧、固执、自傲甚至乖戾、怪异,但他们注重血缘纽带、珍视家族荣誉、依恋南方历史、崇尚骑士精神,是旧南方精神和贵族气质的化身,展现南方传统的优秀品质,他们对南方过去的执着与坚守、对家族荣誉和个人尊严的重视与维护值得人们同情与尊重。福克纳把"精神乱伦"发展成一个可以延伸的比喻,用它隐喻南方贵族进退维谷的历史处境和南方普遍存在的血缘焦虑。依恋过去、混血焦虑和种族主义之间错综复杂的社会文化环境,使得"(过分)亲密"的血缘关系成为附着在沙多里斯们身上无法挣脱的魔咒,它的宿命性、悲剧性和毁灭性极大地拓展和延伸作品关于亲属关系、种族主义和历史意识的诗学意义。

三、"（过分）疏远"的血缘关系

福克纳在家族小说中描写"过分亲密"的血缘关系的同时,对处于血缘关系另一极的"（过分）疏远"的血缘关系也展开书写,两者辩证统一、相互依存在"约克纳帕塔法"世系小说中。相对于小说中家族成员之间那种存在于意念或者精神层面的"（过分）亲密"的血缘关系,"（过分）疏远"的血缘关系在福克纳的笔下经常以家族成员之间相互仇恨、随意伤害、大肆践踏血缘甚至亲人相残的形式出现。这种血缘关系一般基于邪恶欲望、种族仇恨的驱使或者物质利益的异化。在"（过分）疏远"的血缘关系序列中,施虐者丧失良知与人性,轻视血缘纽带,不顾血缘亲情,把利益和欲望置于血缘伦理或者家族亲情之上。这些人物因为对血缘关系的过低估价和肆意疏远,导致他们要么沦为欲念的邪恶之徒,要么成为北方工商资本主义价值观念的物欲之奴,是作品抨击和批判的对象。小说通过"（过分）疏远"的血缘关系,表达对物欲横流的工商资本主义物质文化和奴隶制践踏人性的厌恶与痛恨。

《喧哗与骚动》中的杰生是典型的无视亲情、随意践踏血缘关系的恶棍。由他叙述的小说第三章以"天生是贱坯就永远都是贱坯"的咒骂开始,这个恶毒的咒骂一箭双雕,在骂外甥女小昆丁的同时捎带对凯蒂的侮辱与怨恨。杰生认为姐姐凯蒂未婚先孕生下小昆丁遭丈夫抛弃,让家族蒙羞受辱,更重要的是让他失去了依靠姐夫获得银行工作的机会。杰生经常指桑骂槐,咒骂小昆丁母女,憎恨每一个姓康普生的人,他俨然是统治这个家族的暴君,经常居功自傲,颐指气使,连母亲也不放在眼里。在父亲和昆丁去世、弟弟班吉痴傻的情况下,他是康普生家族唯一"心智正常"、身体健康的男性,应该责无旁贷地成为家里的顶梁柱。但他拒绝承担照顾这个分崩离析的家庭的责任,整天骂骂咧咧、怨天尤人,自认命运不济,抱怨家族没落让他倒霉,失去了南方贵族公子的身份和财富,还要养活唉声叹气的母亲、"天生是贱坯"的小昆丁、"丢人现眼"的傻弟弟和一屋子"整天吃闲饭"的黑鬼。他对家人缺乏最基本的信任,整日紧锁自己卧室的房门,把从凯蒂那里骗来的钱财里三层外三层牢牢锁在卧室的抽屉里,防贼似地提防家人。

杰生憎恨姐姐凯蒂和她的女儿小昆丁。"贱坯"、"婊子"、"胎里坏"、"小娼妇"等不堪入耳的恶毒字眼是他咒骂凯蒂母女的惯用词。凯蒂因为被丈夫发现未婚先孕遭受抛弃,本来指望娘家可以给她和襁褓中的女儿一个安身之处,可是母亲嫌她辱没门风,只留下小昆丁,把她赶出家门。父亲去世下葬那天,凯蒂偷偷跑来参加葬礼,迫切希望亲眼看看女儿。但是杰生拒绝她在葬礼上露面,更别说见小昆丁的面,诅咒她最好和死去的父亲、哥哥昆丁一起待在地下。他怨恨姐姐的婚姻破裂让他失去体面的工作机会。凯蒂把女儿寄养在家时,他的仇恨变本加厉,经常冷酷无情地把外甥女当作要挟思女心切的姐姐、敲诈她的钱财的工具。有一次凯蒂想看看女儿,杰生断然拒绝,当凯蒂掏出身上所有的钱时他才答应让她"乖乖听从安排"。等到母女相见时,他冷酷无情地让载着小昆丁的马车在凯蒂面前疾驰而过,凯蒂根本没来得及看清女儿的脸,跟在马车后拼命奔跑,他命令家奴狠抽马鞭让马车飞驰。他以养育小昆丁为借口丧心病狂地勒索凯蒂,榨干她的所有钱财。杰生不顾凯蒂的死活,一次次从凯蒂身上骗取钱财,凯蒂为了尽可能弄到更多的钱来供养女儿、满足杰生的贪欲,最终被逼沦为纳粹军官的情妇。

没有父母的小昆丁寄人篱下处境可怜,身为亲舅舅的杰生对她没有丝毫温情,反而整天盯梢、随意辱骂:"我马上就给你一顿鞭子,让你终生难忘";"你再敢那样做,我就会让你后悔你来到人世";"你这个该死的小骚货!","天生的下流坯子","镇上每一个人都清楚你是个什么东西";"如果她血液里有下贱的根子,那你怎么拉也拉不起来她。唯一的办法就是把她甩开,让她跟臭味相投的人泡在一起,死活由她去";只要她"滚出家门咱们这儿就干净了"。杰生掌管凯蒂寄给小昆丁的生活费,小昆丁需要一点钱就得低三下四地再三哀求:"杰生,求求你,求求你,求求你"、"我得用一些钱"、"你让我干什么都行"。他像打发叫花子一样扔给小昆丁10块钱还附加胁迫她在汇款单上签字的条件,方便自己名正言顺地冒领她母亲寄给她的钱。小昆丁 16 岁时用拨火棍撬开杰生的抽屉,偷走他的积蓄和多年克扣自己的生活费,逃之夭夭。这简直要了杰生的老命,他驾着汽车,大声咆哮、疯狂咒骂,四处追捕小昆丁。

杰生对父母没有基本的孝道,动辄顶撞母亲、讽刺挖苦父亲。母亲把凯蒂扫地出门,但希望把外孙女小昆丁留在家里抚养,杰生拿话刺激母亲:"我倒不是说我反对把孩子放在这儿抚养,只要您高兴,我辞掉差事亲自带孩子也可以,不过负责让面桶保持常满可是您和迪尔西的事了";他觉得如此揶揄母亲还不解气,又拿小昆丁私生的事情揭短:"她是您的外孙女,在她的爷爷奶奶外公外婆中,只有您一个人的身份是清楚的";看着母亲委屈哭泣,作为儿子他没有一句安慰的话,反而冷冷地抛出一句"别来这一套了"。对待父亲他更是不念父子之情,在父亲死后对父亲的借酒浇愁依然耿耿于怀,刻薄地奚落父亲"整天醉醺醺直到进入黄泉"。

杰生对哥哥昆丁不念手足情义,经常嫉妒和挖苦哥哥,发泄自己的怨气和不满。他妒恨昆丁的长子身份,对家里变卖牧场让哥哥去哈佛大学念书愤愤不平:"我从来没有上大学的福分",讽刺昆丁"养家糊口的营生根本用不着去哈佛学习"。对于哥哥的精神世界和内心苦闷他一无所知,而且懒得理会。因为家族的衰落和"南方"的灭亡,昆丁不愿拖着空荡荡的没有灵魂的躯体苟活于世,选择跳湖自尽,杰生对此无动于衷、毫不怜悯,反而极尽讥笑嘲讽之能事,说哥哥在哈佛学到的本事是"在黑夜里游泳";他恶毒地嘲弄哥哥在自杀前绝望地砸碎钟表试图终止时间让过去永驻的行为,奚落家人没必要送昆丁去哈佛学这些,"你们还不如把我送进州立大学呢,没准我能学会如何用治疗鼻子的喷雾器来弄停自己的钟"。

痴傻的弟弟班吉更是他的眼中钉、肉中刺,他对班吉恶语相向,弟弟的痴傻没有引起他的同情,反而让他更加仇恨和厌恶。他视班吉为家族的累赘,认为他是家族的现世报,建议母亲干脆把他送到杰弗逊镇的疯人院,说他和疯子在一起"会感到更快乐"。看到班吉在家门口玩耍,他嫌弟弟给他丢人现眼,大声吼叫"把他带到后院去"、别在这"给人家展览",大骂弟弟一个 30 多岁的大男人整天和小黑鬼混在一起。班吉看见家族昔日的牧场卖给别人变成高尔夫球场、打球的人经常喊 Caddie 让他联想起失去的姐姐时,他焦躁地"哼哼叫",惹得杰生大为光火。有一次班吉把一个放学路过家门的小姑娘误认为是小时候的姐姐凯蒂去追逐,杰生对此大发雷霆,咒骂弟弟给自己招惹麻烦,居然在母亲不知情的情况下,以监护人的身份让人给弟弟实施阉割手术,还恶毒地挖苦母亲,说她可以把班吉送进骑兵队,"因为骑兵队里用骟过的马"。母亲去世之后,他迫不及待、冷酷无情地把弟弟扔进疯人院,彻底处理掉这个累赘,也彻底摆脱祖宅。

杰生随意践踏、"过分轻视"血缘亲情的根源或许在于他疏远南方历史、信奉金钱至上的资本主义价值观念。家族的过去、南方的历史对于杰生一钱不值,他匆匆忙忙投身物质化的南方当下追逐金钱和利益。"杰生从来不白给别人东西",他的叙述里充满计算、数字、账目、支票、汇款单、股票之类与金钱密切关联的字眼。他打小就是一副财主相:"一支铅笔架在耳朵上"、两只手插在裤兜中,什么时候都是"攥紧了钱不松手"的样子,大家开玩笑说他"长大了准是个大财主",成为杰弗逊镇"注定会赚钱会存钱的"那个人。他"靠卖腐烂的东西"赚得大把钱,以母亲为挡箭牌,私吞凯蒂给女儿的抚养费,瞒报收入偷税漏税。他认为自己纳税,催促母亲把班吉送进疯人院享受政府照顾痴傻弟弟的"福利"。镇上来戏班子家奴勒斯特想去看戏,央求杰生把"倒贴十块钱他也不去看戏"的戏票让给他,杰生回答可以"卖一张"给他,看到勒斯特犹豫,他把一张戏票扔进炉火逼迫他,然后晃着手里剩下的另一张戏票给勒斯特最后通牒:"拿五分钱来,这就是你的了",勒斯特连声哀求"求求你了,先生,我可以每天给你安轮胎,干一个月",杰生无动于衷说自己只要"现款",发现勒斯特真没钱后,杰生冷酷无情地把戏票直接扔进火炉。在杰生的亲属关系和经济网络中,他精于计算血缘亲情关系,追求利益最大化,家奴是纯粹的赚钱工具,根本不用理会他们的感受,只需榨尽他们的血汗。

《押沙龙,押沙龙!》中亨利和邦是大学同窗好友,整天形影不离,亨利对邦"顶礼膜拜",崇拜邦的行事风格,模仿他的衣着举止。圣诞节时,他把邦邀请到自家庄园过节。邦和朱迪思很快恋爱,但父亲萨德本坚决反对他们订婚,告诉亨利邦在新奥尔良有黑人情妇和孩子。亨利不同意父亲的说辞,他认为当时富有的贵族有个黑人情妇那是时髦和财富的象征。萨德本随后告诉他,邦和朱迪思"不能结婚因为他是你哥哥",亨利依然站在邦的一边,甚至不惜与家里决裂和放弃继承权也要同意邦和朱迪思的婚事,为他们的兄妹乱伦寻找各种合理的借口。① 但是,当父亲告诉他邦可能有八分之一的黑人血统时,他毫不迟疑地拿起枪杀死邦,他不能容忍邦玷污家族的纯正血统,威胁他一直坚守的"白人至上"贵族观念和阶级立场。

与亨利一样,萨德本为了维护白人"王国"不惜践踏血缘。他出身弗吉尼亚山区一个人口众多的穷白人家庭,后来到海地一大甘蔗种植园做监工时因为镇压暴乱奴隶有功,晋升为庄园主的女婿。但是,当他推测妻子的母亲并非西班牙人而是黑人、妻子可能遗传了黑人血统时,他绝情地抛弃妻子和儿子邦。抛妻弃子是他拒绝为人父为人夫、轻视血缘关系的第一重罪。后来他带着一大车黑人来到杰弗逊镇建立"萨德本百里地"庄园,车里有两个他"像挑选马呀牛呀骡子呀"之类的牲口一样特意挑选的女人。他与其中一个女人生下女儿克莱蒂,但他懒得告诉克莱蒂她的生母是谁,也没有把她当女儿看待,她只是在"萨德本百里地"庄园里终日劳作的女奴。冷漠地剥削和奴役有黑人血统的女儿是萨德本轻视血缘伦理的第二重罪。

萨德本认为邦和朱迪思"绝对不能结婚"的原因不是因为邦是朱迪思的哥哥,而是因为他"发现他的母亲身上有黑人血液"。他对邦有黑人血统的怀疑升级为确定,故意挑起两个儿子的争端。在他看来,家族的血统纯正远比父子反目、兄妹乱伦、兄弟相阋重要。萨德本内心清楚邦只是通过与朱迪思的

---

① William Faulkner, *Absalom*, *Absalom*!, New York:Random House,1951,p.342.

婚约逼迫自己认可他的身份,希望得到他的承认。萨德本对他们母子有点愧疚,身为父亲他原本可以用温情化解这场危机,避免亲人残杀的血腥悲剧。萨德本如果能够满足邦的愿望父子相认,邦可以冰释前嫌,停止报复,他都不需要父亲"开口求他"就主动放弃和朱迪思的婚约。但是离他初次来到萨德本庄园又过去了四年,萨德本顽固、冷酷地拒绝承认邦的身份。既然如此,邦也打算抗争到底,他告诉亨利,萨德本"没有必要为了阻止我告诉你我是个黑鬼",那么"我现在不是你的哥哥,而是一个将要和你妹妹睡觉的黑鬼"。与父亲一样,亨利能够接受乱伦,但无法容忍异族通婚,放任"一滴黑人血"玷污家族的纯正血统、击破白人贵族阶级的壁垒。因此,亨利在邦赶往"萨德本百里地"去见朱迪思时向邦扣响了扳机。萨德本把自己的罪孽转嫁给两个儿子,借一个儿子之手除掉另一个儿子,这是他践踏血缘的第三重罪。

与《圣经》故事中的大卫王不同,萨德本没有因为失去儿子哀号痛哭,他很快把注意力转向如何尽快为"萨德本百里地"繁殖新的白人男性继承人。他无耻地提出与寄居在他家屋檐下的小姨子罗莎试婚。这种蔑视血缘伦理、亵渎婚姻爱情的做法激怒了罗莎,遭到她的断然拒绝。萨德本见此计不成,把魔爪伸向年龄是自己孙辈的穷白人女孩米莉,诱骗她怀孕,当她生下女孩而不是男孩时,萨德本扔下一句她还不如会下马驹的母马的辱骂声,弃她们母女不管不顾。这种无耻行为彻底逼疯了米莉的爷爷,他用镰刀结束了萨德本的生命。在种族主义、白人至上、延续纯白人血统家族观念的驱使下,萨德本不念血缘亲情、无视人性伦理,试图与小姨子试婚,无情抛弃生活难以为继的米莉母女,最终导致自身和家族的毁灭。萨德本不顾辈分有别、长幼有序的伦理纲常,疯狂地为自己的家族"王国"生产继承人的行为是他践踏血缘的第四重罪。

在《去吧,摩西》中,麦卡斯林家族的族长老卡洛瑟斯"过分"轻视血缘关系、践踏伦理秩序,埋下家族毁灭的罪恶种子。老卡洛瑟斯为了满足兽欲,在妻子还在世时不远万里买来黑奴尤妮思,与她生下女儿托梅。在托梅刚刚进入青春期时他不顾血亲乱伦的罪恶,奸淫女儿,乱伦生下儿子托梅的图尔。这样不顾伦理、灭绝人性的事情老卡洛瑟斯甚至懒得掩饰,因为在他看来这个女儿只不过是一个黑奴而已,他可以随意处置和滥用她的身体。老卡洛瑟斯临死前立下一个空头支票一样的遗嘱,嘱咐儿子布克和布蒂等图尔成年后扔给这一脉黑人子嗣 1000 元的遗产,试图以这种轻蔑和无耻的方式承担乱伦的后果,买断血缘纽带,让他们从此与麦卡斯林家族再无瓜葛。在南方奴隶制盛行时期,白人种植园主与黑奴生下的儿子命中注定遭到父亲无情的遗弃,母亲的奴隶身份决定孩子生来为奴,根本没有姓父姓的权力。托梅的图尔(Tomey's Turl)名字中表示所属关系的所有格非常形象地体现他和母亲的身份地位和阶级归属。图尔只是母亲托梅的孩子,是麦卡斯林家族的奴隶,不会得到庄园主父亲的承认。

老卡洛瑟斯践踏血缘的罪恶在子辈身上重演。小说运用近乎“狂欢化”的叙事艺术,展现麦卡斯林家族第二代白人和黑人兄弟之间冷漠无情的血缘关系。图尔长大成人之后与休伯特庄园的谭尼恋爱,每年总有那么一两次他逃出麦卡斯林庄园去见心上人,对于布克和布蒂而言,图尔和谭尼之间的真心相爱只是图尔“开溜”逃出庄园去和谭尼“厮混”。每当此时,布克会骑上大马、吆喝其他奴隶和大群猎狗,气势汹汹、声势浩大地冲出庄园追捕黑人兄弟。在他们眼里图尔和动物没有什么两样,他的逃跑给他们提供了追捕猎物的乐趣。当布克带领的追捕队伍远远看见图尔之后,布克像一个嗅到血迹、异常兴奋的捕猎者,“伸出胳膊往后一挥”、“蹲伏在”那匹大马的背上、“勒紧缰绳”、像乌龟那样伸长“圆圆的小脑袋和长瘤子的脖子”,策马扑向“猎物”;同时悄没声地告诉埃德蒙兹“盯住!”、“躲好,别让他见到你惊跑了”;他小心翼翼地穿过林子绕到图尔的前面堵死他的去路,在“小河渡口把他两头堵住”。布克一边大声吼叫一边快马策鞭,对着托梅的图尔冲过去。他的坐骑“黑约翰从树丛里窜出来,急急奔着,伸直身子,平平的,像只鹰隼”一样飞快地扑向图尔。① 布克捉拿图尔时的一系列动作和语言,步步紧逼的包抄抓捕,猎狗的兴奋狂吠,俨然上演热闹刺激的"打猎"场面,遮蔽其后的是兄弟相残和种族歧视的血泪史。

第三代白人子嗣艾克在翻阅家族账本时,通过对这个记录麦卡斯林家族实实在在生活的"文档"的抽丝剥茧和细心研读,在蛛丝马迹中拼凑出祖先父女乱伦、兄弟相残的隐秘历史。老卡洛瑟斯要求儿子"兑现遗愿"、托梅的母亲无法忍受老卡洛瑟斯与女儿乱伦投河自尽、家族黑人一脉的罪恶起源都赫然记录在案。让艾克极为恐惧的"祖先的遗愿"(Father's will)像一个可怕的魔咒,成为揭开家族账本和家族秘史的钥匙,家族祖先蓄意强求和违规破戒的过去隐藏在这个违反和僭越人性道德的遗愿中。浮现在"遗愿"背后的"父女乱伦"蔑视生物学方面的血缘伦理规则,老卡洛瑟斯拒绝对混血儿子叫一声"我的儿"以免破坏"父权制"家族传统和遗产继承制度。在老卡洛瑟斯这样的种植园主眼里,"主人与奴隶的关系远远凌驾于父亲与儿子的关系之上"。②同样,他的儿子布克和布蒂认为同父异母的黑人弟弟只是供他们追逐戏弄的猎物。发现祖先践踏血缘伦理的罪恶之后,艾克把家族财产以及老卡洛瑟斯在遗嘱中许诺的1000元兑现给黑人后裔,自己放弃继承沾满奴隶鲜血的遗产,离开家族老宅,执意搬进大森林的茅草棚中自食其力,为家族赎罪。

麦卡斯林家族祖先的腐败与堕落预示家族在劫难逃的定数,家族注定在种族和血缘的双重撞击下走向灭亡。家族祖先老卡洛瑟斯基于兽性和肉欲,霸占女奴,蔑视人性,不顾乱伦禁忌,诱奸混血女儿,肆意践踏血缘伦理。这不单是基于权力和欲望的性虐取,更是违反人伦注定遭受诅咒和天谴的罪孽。麦卡斯林家族祖先的乱伦导致家族白人后裔与混血支系两个血脉之间纠缠不清的关系。乱伦再次发生在麦卡斯林家族的外孙子洛斯与图尔的曾孙女之

① [美]威廉·福克纳:《去吧,摩西》,李文俊译,上海译文出版1996年版,第8页。
② Doreen Fowler & Ann J.Abadie, eds., *Faulkner and the Southern Renaissance: Faulkner and Yoknapatawpha*, Jackson: University Press of Mississippi, 1982, pp.152-153.

间,虽然这次乱伦的当事人并不知情,但是麦卡斯林家族残酷对待黑人的做法在洛斯身上故技重演。他和老卡洛瑟斯一样,拒绝承担抚养儿子的责任,通过"捉迷藏"、"玩失踪"的手段躲避怀抱婴儿前来寻夫的情人。他无情地留下一点儿钱让艾克转交,自己溜之大吉,认为施舍一点钱就算承担了始乱终弃的责任。麦卡斯林家族黑白兄弟之间轻视血缘亲情的猎捕场面、家族后代陷入血亲乱伦的轮回怪圈,似乎都是祖先罪恶的报应,家族中没有一个后代能够像救民于水火的摩西一样拯救这个邪恶的家族。

福克纳在小说中借助"狂欢化"的"兄弟追猎"和藐视人性的"父女乱伦",揭露南方白人"过分"轻视或者践踏血缘关系的罪恶,深刻思考南方的家族腐败、血统混杂问题。《去吧,摩西》中的黑白混血问题及其混血人种面临的艰难困境也是内战之后南方面临的严峻社会现实。黑人名义上获得自由、成为美国公民、享有同等权力,但在现实社会和实际生活中他们没有得到任何权力。福克纳在小说中要么采用幽默化和喜剧式的艺术手法,通过描写闹剧式、狂欢化的围猎场面,要么通过引起人类普遍恐惧的血亲乱伦故事,向人们展示一幅黑、白种族冲突的血腥画面。反讽式的手足相残、哥特式的血亲乱伦烘托南方庄园主大家族的腐朽与罪恶、奴隶制的惨无人道和灭绝人性、混血问题的未来趋势和现时焦虑,"(过分)疏远"的血缘关系成为撬动麦卡斯林家族和南方社会问题的一根杠杆。

在《我弥留之际》中,贫困交加的穷白人本特伦家族的分崩离析不是因为贫穷和苦难,而是"过分"疏远的血缘关系和亲情缺失。生活在社会底层、物质极度匮乏的本特伦一家不念亲情、互相提防、各自盘算、彼此仇恨,无法在相互关心、同舟共济中苦熬和战胜生活的磨难。次子达尔是一个疯子加先知般的人物,敏感又富于洞察力和思考力,似乎具备看透别人隐秘内心的特异能力,能够窥透这次送葬旅程中本特伦家族成员的隐秘内心和不可告人的诉求。他觉察到母亲生前的婚外恋情和父母若即若离的夫妻关系,知晓父亲虚情假意送母亲去杰弗逊安葬的目的是为自己装副假牙,知道妹妹试图趁机进城偷偷堕胎,清楚弟弟朱厄尔是母亲与牧师的私生子的身世之谜,家人之间冷漠无情的关系也逃不过他的眼睛。因此,他遭到父亲本特伦、哥哥卡什和妹妹德尔的冷眼相待。基于理智他反对把母亲已经发臭的尸体运到杰弗逊去安葬的荒唐举动,并采取纵火烧棺的方式试图阻止家人的疯狂行动。他的清醒是浑浑噩噩的家人最惧怕的东西,他们暗中谋划除掉他,卡什和德尔联合告发并协助警察把他强行送进疯人院。

第二节　新时期家族小说中的宗法血缘关系

血缘纽带和宗法关系是个体无法选择的生物种属性质,也是个体生命存在的社会归属体系。血缘观念和宗族思想经过中国社会、历史、经济、文化的长期强化与提取,发展成人们意识中根深蒂固的自觉性心理机制,沉淀出深厚的家族文化,制约人际交往、宗族关系、家族组织、等级制度、社会结构多个方面,甚至影响国家的政治和法律。忠孝是家国同构的中国传统文化的基本内涵,儒教文化强调长幼尊卑的等级秩序和仁义孝悌的治家之本。因此,血缘纽带和宗法思想在中国具有更加强大的文化和社会功能,确定家族和宗族的伦理秩序和日常行为规范。在家族寻根、文化寻根、历史寻根的文艺思潮推动下,结合中国传统的儒教文化,新时期家族小说作家对于血亲伦理和宗法血缘关系展开集中书写,以亲属乱伦和家族复仇为载体,反思中国的乡土文化和宗族观念。与福克纳借助"过分亲密"和"过分疏远"的血缘关系侧重表现美国南方的贵族意识、精英思想、种族混血、家族血统不同,新时期家族小说作家笔下的亲属乱伦与家族复仇主要基于个人欲望和仇恨,在家族伦理和道德观念的维度,把欲望之痛与历史之殇、把人性道德与家族腐朽、把社会历史与家族故事联系起来,思考血缘伦理、宗族社会、阶级关系、文化人格、人性道德和时代精神。

一、亲属乱伦

亲属关系指因婚姻、血缘或收养而产生的人与人之间的联系,通过固定的身份、辈分和称谓确立其家庭和社会关系。聚族而居、辈分严格的宗族群体以及血缘亲属关系分明的中国式家族在中国具有强大的势力。家族不但划分尊卑贵贱、长幼上下的宗族等级制度,也规定严格的婚配嫁娶和人伦秩序。家族伦理对于家族的发展至关重要。中国人通常以建立在血缘关系之上的宗族或者家族为社会单位,组成"同心圆",对抗其他宗族或者村社,"家族村"有时与"地方政体"联合一致,对抗"民族"甚至中央政府。因此,建立在宗族传统之上的"家族观念"和"乡土观念"成为中国"现代化的障碍"。① 乡土家族观念与现代化之间的复杂关系成为中国家族小说作家关注的重点,家族文化中严苛的父权、夫权、族权以及对于女性的歧视等不合理因素成为中国现当代家族小说作家抨击的对象,对家族的反叛成为此时的创作主潮。新时期家族小说更是通过对于欲望禁区、女性解放、血缘伦理、家族腐败维度的书写,解构政治或者革命叙事为主的家族小说创作主题,在追索家族文化和民族精神的过程中概括现代化时期乡土中国的时代特征。

中国的家族伦理关系包括夫妻、子辈与长辈、近血缘与远血缘甚至没有血缘但是被编织在宗族群体中的一系列人际关系。女性在这个伦理关系中承受道德伦理与性别压迫的双重约束。为了维护家族的血脉传承与血缘纯正,女性不但沦为传宗接代的工具,还要遭受道德观和贞节观的束缚。因此,在中国,乱伦禁忌更加严苛,不但严格限制血亲乱伦,而且各种没有血缘关系但基于辈分之别或者有悖宗族规约的两性行为均被列入乱伦禁忌之列。据史料记载,中国自西周以来就有"同姓不婚"的族内乱伦禁令,中国人很早就懂得族内成婚、血统相同会影响子嗣繁衍和宗族生存的"自然选择"规律。但是乱伦

---

① [法]安德烈·比尔基埃等主编:《家庭史:现代化的冲击》,袁树仁等译,生活·读书·新知三联书店 2003 年版,第 308—309 页。

禁忌在中国更加严格不仅出于族群的传承繁殖和兴旺发达需求,更重要的是维护宗法体制的威严。宗法制度和伦理观念禁止族内任何有悖血缘或者辈分关系的乱伦行为,防止族内通婚扰乱宗族秩序、动摇父权制度。

儒家思想确定"孝"为人伦之首,自古有上忠君、下孝亲的传统。中国人强调的"孝道"建立在封建宗族思想和儒教文化基础上,"孝道"借助儒家文化对其进行法律化,以便进一步强化家族内部的血缘伦理秩序和道德规范,威慑和禁止家族内部的各种乱伦行为。因此,"在中国存在着最严苛的乱伦禁忌"①。中国关于孝道的基本文化内涵强调子辈对父辈的尊重,维护长幼尊卑、父子不同、亲疏有序、男女有别的家族秩序和社会规范。乱伦威胁宗法制家族内部的伦理纲常,僭越等级划分,是血缘伦理和宗族社会的忌讳。乱伦禁忌的"功能在于消解儿子对父亲潜意识的敌意,防止家庭内部的性竞争,建立和谐的代际关系"②。在中国,任何违反"孝道"和伦理的行为会受到道德和法律的双重制裁。在儒家思想中,"孝"作为维系血缘亲情关系和保障长幼尊卑秩序的主要手段受到大力提倡。事实上,乱伦禁忌之下潜伏着"孝道"的本质诉求,即维护父辈的权威、保证家族和宗族的稳定发展。"在历代律法条文中,可看到对乱伦性行为的种种惩罚,这实际上乃是对原始意义上的不孝的惩罚"③。

在新时期家族小说作品中血缘伦理、情感关系呈现与以往作品不同的表现形式,乱伦现象层出不穷。新时期家族小说继承现代以来家族文学对传统封建宗族体制的反叛意识,试图通过集中、大胆的性爱描写,批判封建宗法血缘论,揭露封建制度对女性的性奴役和性迫害。在新时期家族小说作品中,生活在封建宗法制度桎梏中被奴役、受压迫的女性身处社会底层,她们的爱情和

---

① 杨经建:《家族文化与 20 世纪中国家族文学的母题形态》,岳麓书社 2005 年版,第199 页。

② 古大勇:《中外叙事文学中的"后母/继子乱伦"叙事——"乱伦"母题与中外叙事文学研究系列论文之一》,《北华大学学报》2008 年第 3 期,第 112 页。

③ 叶舒宪:《高唐神女与维纳斯》,中国社会科学出版社 1997 年版,第 541 页。

性欲常常遭到刻意扭曲、粗暴干涉和肆意扼杀,而这些施暴者大多来自家族内部。因此,对于新时期的家族小说作家来说,在众多的人物关系中,血缘伦理关系能够最有效地表达家族的悲剧意蕴,引发人们对于中国的乡土家族、宗族社会、封建伦理、女性问题的思考。新时期家族小说作家通过对家族内部乱伦行为的描写,期待重新审视传统的宗法血缘伦理观念,反映中国血缘宗族制度和封建家族文化中的弊端和糟粕。

在新时期家族小说作家笔下,家族内部的乱伦成为践踏血缘关系的主要表现形式,也是封建家族文化走向没落的象征。与福克纳小说中承载历史重负的"意念型"精神乱伦、"命中注定型"或者"宿命型"乱伦不同,新时期家族小说中的血缘乱伦更多地表现为"性虐取型"或者"性欲型"乱伦。《白鹿原》、《古船》、《在细雨中呼喊》、《米》、《食草家族》、《丰乳肥臀》、《尘埃落定》等作品似乎"放纵"激情,试图通过性欲、爱欲型乱伦描写,表现中国封建家族权力专治导致的畸形两性关系,揭示家族伦理和宗法制度中存在的反人性本质,拷问中国家族文明和宗法文化走向衰落和腐败的深层原因。新时期家族小说作品中的乱伦叙述,其实是对长幼有序、男女有别的封建宗法制度中"男权"和"父权"的一种"病态"或者"变态"文学应激叙事反应,是人性和道德沦丧的时代特征。因此,新时期家族小说中的乱伦关系集中表现出情欲型、性虐取型、性掠夺和性侵犯型。①

在莫言的家族小说中,颠覆传统爱情观念、不被世俗认可、没有明媒正娶、充满欲望或者为生活所迫的不伦之情是作者经常涉及的主题。在《丰乳肥臀》和《食草家族》中,作者对于传统的情爱观念进行颠覆性书写,有力冲击儒教文化的血亲伦理观念。《丰乳肥臀》是献给"母亲"和"大地"的小说,主人公上官鲁氏无疑是一位"丰乳肥臀"的生殖母神和"伟大"而苦难的母亲形象。作者热情洋溢地描写这位母亲吃苦耐劳、忍辱负重、勤劳善良、坚忍不拔、富于

---

① 杨经建:《论中国当代小说中的"乱伦"叙事》,《湖南师范大学社会科学学报》2004 年第 6 期,第 94 页。

牺牲的优秀品质时也不避讳她与不同男人、包括与自己姑父的"滥情纵欲"。她是上官家族两代单传的继承人上官寿喜的妻子,嫁到婆家三年还没有生下孩子。身体检查一切正常,无法生育的问题出在丈夫身上,可婆婆和丈夫把所有过错全部归罪于她,对她动辄辱骂、虐待。婆婆咒骂她"白吃饭不生养",上官家族在她这里要绝后。丈夫上官寿喜也经常折磨她,她经常被打得"斑斑伤痕"。

新中国成立前女人不生孩子必然面临被休回娘家的命运。上官鲁氏自幼死了父母,由姑姑抚养长大。如果她要在上官家有立锥之地,避免遭受被赶回娘家的悲剧,四处借种生子似乎成为她万不得已的生存选择。家乡有出嫁女人牵着孩子、带着鞋样子风风光光回娘家"歇伏天"的习俗,与别的女人不同,出嫁三年的上官鲁氏红肿着双眼、带着满身的青紫,灰溜溜地回到姑姑家。抚养她长大的姑姑在最朴素、最原始的生殖繁衍传统观念的驱逐下,灌醉上官鲁氏,安排丈夫于大巴掌与上官鲁氏睡觉。事后姑父羞愧交加、心理不安,跪在上官鲁氏面前,骂自己糊涂上了妻子的当,请求上官鲁氏用刀劈了他。上官鲁氏反而安慰他:"姑父,我这船迟早要翻,不是翻在张家沟里,就是翻在李家河里",给你也算"肥水不流外人田"。她还痛快淋漓地控诉:"是他们把我……逼到了这一步","我要做贞节烈妇,就要挨打、受骂、被休回家;我要偷人借种,反倒成了正人君子"。上官鲁氏在被婆家凌辱、被姑姑哄骗的情势下无可奈何地与于大巴掌发生乱伦,她的前两个女儿都是姑父的血脉。这种不伦之恋纵然有欲望的因素,但是,属于为了生存万不得已而为之,值得人们同情,引发对封建家族"传宗接代"思想和歧视女性的批判。

《白鹿原》中鹿氏家族的"族长"鹿子霖不顾廉耻和道德伦理约束,垂涎侄媳妇田小娥的美貌。在田小娥乞求他搭救因为通共被县里定为通缉要犯的丈夫黑娃时,他乘人之危,竟然厚颜无耻地提出"这话嘛得、躺、下、说",让她用身体作为交易条件。他被欲望冲昏了头脑,田小娥一声声称呼父辈的"大"也没有让他从违反人伦的底线上退回来,他恼羞成怒,撕掉"老为尊"的最后一丝脸面。小娥救夫心切,屈从他的淫威。他竟然得寸进尺、贪得无厌,隔三岔五在夜间扣响小娥窑洞的门,一次次哄骗、威逼小娥满足自己的淫欲。他嘴上答应救黑娃,背后却阻止黑娃回来,免得搅了自己的好事。当他的奸情被白狗蛋撞破之后,他想出阴险狡诈之计,教唆小娥假意答应与狗蛋私会,引诱狗蛋自投罗网。小娥和狗蛋掉进鹿子霖设计的圈套,他们被"捉奸"之后,在族人面前遭受羞辱和刺刷抽打的族刑。狗蛋被抽得浑身稀烂,身上的伤口化脓,发烧咽痛,在"冤枉啊冤枉"的哀声号叫中搭上性命。

鹿子霖连亲儿媳冷秋月也不放过。他当初不顾儿子鹿兆鹏的反对,私自与中医堂的冷先生商定婚约,哄骗在外从事革命工作的儿子回家完婚。冷秋月知道鹿兆鹏是在外面闯荡的人,不会和自己一起过日子,乞求丈夫给她留个孩子后任由他做喜欢的事情。但是鹿兆鹏对于只见过一面的冷秋月没有感情,拒绝她的请求,劝她早点结束无爱的婚姻,追求自己的幸福。鹿兆鹏新婚之夜逃婚出走,再未回家,留下冷秋月在家守活寡。对于深受传统妇道观念束缚的冷秋月来说,她认定"嫁鸡随鸡"、"从一而终"的道理,安分守己在夫家辛苦操劳、孝敬公婆。有一次公公鹿子霖醉酒失德,借酒卖疯,明知调戏儿媳也不罢手,用"毛茸茸的嘴巴在她的脸颊上急拱",用手"揉捏"她只"穿着单衫的胸脯"。这次调戏让冷秋月羞愧不已,但同时唤醒了她最原始的欲望。鹿子霖作为长辈,在完全有可能让冷秋月与儿子离婚的情况下,却自私利己把她拴在鹿家整日劳作、独守空房。他对儿媳的凄苦处境毫不同情,反而不顾人伦道德、酒后乱性,又把责任推到儿媳身上。冷秋月在公公的刺激和威胁下发疯,嘴里喊着"俺爸跟我好"在村里到处乱跑。鹿子霖为了防止儿媳再"臊"自己的脸面,把她锁在家里,并授意冷先生在治疗冷秋月的疯病时"把药底子下重"。表面看似冷先生不堪女儿的疯癫,药哑女儿,其实是鹿子霖在幕后主使,铁了心要让儿媳闭嘴。冷秋月身心重创形如骷髅,下身糜烂、流脓发臭,走完悲剧人生。

严苛的宗族观念和"父权制"家族体系剥夺了田小娥和冷秋月这些女性

主宰自己命运的权力,在"父权制"严苛的宗族社会中,她们除了身体一无所有,家族内部的乱伦使她们失去身体的同时,还要面对更加残酷的心理折磨和严厉的道德谴责。田小娥的美貌是红颜祸水,身体是欲望与堕落的象征,她最终必然被封建宗法思想和道德观念置于死地。冷秋月是封建伦理纲常和妇道观念的牺牲品,她在罪恶的包办婚姻中恪守扭曲人性和摧残生命的贞操观念。丈夫的厌弃、公公的挑逗把这个手脚勤快、沉默寡言、低眉顺眼的孝顺媳妇和善良的农村女人逼上绝路。她意识到"父母之命"、包办婚姻的不幸和伦理贞操观念的残忍,也试图抗争:"我没男人我守寡还能挣个贞节牌,我有男人守活寡倒图个啥?"可惜她的控诉被宗法父权社会置若罔闻,她反而被强行扣上"淫疯病"的恶名,"淫疯病"成为伦理纲常和妇道观念挤压下男性宗法社会判她"死刑"最完美的借口。

《古船》中的赵炳与隋含章的关系不是血缘而是宗族伦理层面的"性欲型"和"性虐取型"乱伦。在洼狸镇被人称作"四爷爷"的赵柄,在盘根错节的封建宗族体制和如火如荼的土改运动年代,凭借贫下中农的家庭成分,获取统治家族和洼狸镇的至高权力。他夺取隋家的粉丝大厂,成为隋含章的"干爹",并依靠当时阶级斗争的社会大气候攫取政治特权、把控宗族势力,他无耻地霸占年轻开朗、娇艳如花的隋含章。名义上认含章做干女儿,实际上仗着自己的权势,大发淫威,在含章18岁那年奸污她,并数十年把她囚禁在自己的魔爪下。含章从此陷入无尽的身心煎熬和道德谴责之中。她与心爱的男人无法结合,与痛恨的男人却保持着"斩不断"的肉体关系,欲望与仇恨、耻辱与冲动使她徘徊在灵肉分离的巨大痛苦中:

> 【含章】默默地熬着时光,内心里却被耻辱、焦渴、思念、冲动、激愤、欲望……各种不同的刀子捅戳着。四爷爷毁灭了她,她似乎什么也没有了,只有可怜巴巴的那么一点性欲。[①]

---

① 张炜:《古船》,山东文艺出版社 2001 年版,第 169 页。

通过对赵炳和含章之间有悖伦理道德的性和欲望的描写,张炜一方面批判男性宗法社会对女性的性压榨和性虐取;另一方面,这种"乱伦"关系也从侧面反映"土改"运动时期阶级斗争和革命运动扩大化暴露的人性扭曲与道德沦丧问题。赵炳是一个在特殊时代攫取基层领导权的伪共产党员,打着革命的旗号,假阶级斗争之名,公报私仇、满足私欲,把阶级斗争简单化为对资本家家族的不满与仇恨,发泄不满与仇恨的方式就是抢夺资本家的财产、霸占资本家女性的身体。他对革命终极目标的追求是夺取老隋家的财产和对年轻貌美的隋家小姐实施各种身心侮辱,造成她痛不欲生的悲剧人生,从中获取占有和报复的病态快感。这种夹杂着阶级报复、家族复仇和个人恩怨的"性虐取型"乱伦背后浮现那个时代的些微病症。

余华的《在细雨中呼喊》通过对"翁媳乱伦"关系的描写,对"父权制"进行摧枯拉朽式的颠覆。小说中的父亲孙广才为父不尊,一生风流成性、自私贪婪、性格暴躁。对于父亲,他既不尊敬也不孝顺,经常在饭桌上训斥年迈的父亲,嫌他丧失劳动能力、吃太多闲饭,经常扬言要活埋父亲。对于妻子和三个儿子他鲜有温情。他背叛妻子与寡妇偷情,还把家里的财物偷偷送给寡妇。他给儿子孙光平说媒相亲时伺机调戏"准儿媳",导致婚事泡汤。60多岁时,他看见儿媳英花短裤上的大红图案就把持不住自己,在不远处还有其他村民的情况下,竟然色胆包天,伸出手去"捏那短裤以及里面的皮肉"。儿媳把公公调戏她的事情告诉丈夫孙光平。孙光平忍无可忍,提着斧头追杀四处逃窜的父亲。当他看着父亲摔倒在地哇哇大哭、嘴上拖着"青黄的鼻涕"、"混浊的眼泪"把老脸弄得"花里胡哨"时,他被父亲不堪入目的怂样再次激怒,像裁布一样割去他的一只耳朵,好让他长点记性,以后少做令人不齿的丑事。

在苏童的《米》中,主人公五龙在洪水漫过枫杨树乡村时,为了逃离家乡的饥荒,他爬上运煤的火车流徙到城市,逐渐从枫杨树乡村一个老实的农民变成在城市追逐糜烂生活的米店老板。他刚到城里时,在冯记米店当伙计。米店老板的大女儿织云生性风流、爱慕虚荣，十几岁就认恶霸六爷为"干爹"，为了一件貂皮大衣委身六爷，长期与他姘居并未婚先孕。六爷把她当作玩物，需要就来、不需要就一脚踢开。米店老板为了遮掩家丑把她嫁给五龙，这让五龙备受侮辱，他怀恨在心，憋着一肚子气忍辱负重在米店打工，伺机报复六爷和岳父一家。他使尽手段，一步步夺取米店的财权，勾引挑逗孤高清冷、经常刁难自己的妻妹绮云。在五龙的内心根本没有什么人伦观念，只有满足欲望与发泄仇恨的变态心理。他对绮云的"性虐取型"乱伦是无耻残暴、嗜虐成性、泄恨报复的表现。

《尘埃落定》中麦其土司家族的两个儿子，一个是血统纯正、骁勇善战的藏族大少爷，他凭借强硬的手段和不凡的战功在家族中占据显赫的地位，毫无悬念地成为土司的继承人。麦其土司与汉族太太酒后生的二少爷疯疯癫癫，根本不在土司继承人的考虑之列。但是，正是这个看起来痴傻的二少爷鬼使神差地在其他土司种植罂粟时决定让麦其家族改种粮食，以粮食为筹码免去麦琪土司家族及其治下百姓的饥馑之忧，以粮食为诱饵让机关算尽的茸贡女土司乖乖把女儿塔娜送给二少爷，"傻子"二少爷顺利娶到这片雪域高原上最漂亮的女人。"聪明的"哥哥对美貌却肤浅的塔娜垂涎三尺，居然当着二少爷的面与塔娜打情骂俏。大少爷逐渐感觉到傻子弟弟并不简单，对于自己未来土司的位置形成极大威胁，开始厌恶傻弟弟，抢夺他的心爱之物，与弟媳厮混是他对弟弟混合着欲望和仇恨的报复。在雷声隆隆、官寨剧烈摇晃的大地震中，"我哥哥与我妻子差不多是光着身子从屋子里冲出来"，出尽了洋相。向来尊敬和崇拜哥哥的"傻子"扬起手给哥哥一记耳光，哥哥的脸上被他扇出了"紫红色的手掌印"。作者刻意把乱伦与地震两件没有任何联系的事情并置，表明乱伦彻底毁掉兄弟情谊和家族内部的血缘伦理秩序，从根本上动摇了麦其土司家族的霸主地位，家族的末代继承者在乱伦与王位争夺中把气数将尽的家族王朝推向毁灭的深渊。

二、血缘复仇

复仇与爱一样,是"远古时代血族复仇遗留下来的深层文化积存"。① 中国的儒教文化和乡土文化传统、强大坚固的家族观念和宗族意识,更容易引发血缘复仇。血缘复仇经常以家族内的亲属相残或者宗族对抗的形式存在,当人们意识到家族荣誉、族群利益、宗内成员、个人尊严遭受损害时,报复的欲望瞬间被激发,根深蒂固的家族观念经常导致复仇对象的扩大化,家族或者宗族内部某一成员的仇恨经常演变成整个家族联盟或者宗族群落的仇恨,从对个人的报复扩展到对其家族或者整个宗族甚至整个村落的报复。人们潜意识中的死亡崇拜进一步强化甚至圣化家族复仇行为,抗御外辱被认为是每个家族成员为家族或者宗族尽"孝"的神圣使命或者履行家族庄严义务的英雄行为,它的"正义性"和"积极"意义被无限放大。与"十七年"文学中对于家族复仇的书写不同,在新时期的家族小说作品中,家族复仇的庄严性和崇高性荡然无存,基于狭隘的一己私欲对亲人或者族人展开血缘报复的残忍性、悲剧性和丑恶面暴露无遗,凸显人格缺陷、人性邪恶和道德沦丧。新时期家族小说中的家族或者血缘复仇更加强调人道主义精神、人性悲悯情怀和伦理道德意识,反映作者对于基于小农意识、族群观念、宗法思想、个体利益的家族复仇的重新思考,以及对于文化人格和民族精神的不懈求索。

苏童的《罂粟之家》在"左岸水稻,右岸罂粟"、生命与欲望激荡在"一半海水一半火焰"的枫杨树乡村背景下,讲述一个乡村地主家族乱伦与血亲复仇的故事。本地最大的地主家族刘家在漫山遍野猩红色罂粟的糜烂气息中,上演乱伦、复仇、谋杀的人间活话剧。刘老侠的弟弟刘老信混迹城市时从城里领来小妓女翠花花,把她送给父亲当姨太太,后来刘老侠与翠花花勾搭成奸。翠花花像皮球一样在刘家的男人们之间被"传递拍打"。刘老侠与翠花花私通

---

① 王立:《中古代复仇文学主题》,东北师范大学版社 1998 年版,第 45 页。

不久,刘家的老太爷神秘地暴病身亡,刘老侠的前妻在洗澡时也莫名其妙地淹死在大铁锅中,刘老信的全部土地包括那片坟地相继被签字画押归于刘老侠名下,种上成片火红的罂粟。刘老侠因为血脉极旺,生育的孩子都像鱼一样不是缺胳膊就是少腿,没有一个能够身体健全地存活下来。大儿子演义活了下来,却是个饿鬼一样整天呼喊着"我要吃馍"的白痴。刘家兄弟关系不和,但是演义与叔叔刘老信之间有着"奇特而孤独"的亲密关系,演义只有在刘老信面前好像"正常";刘老信经常告诉演义"你爹害死了我爹"、"你爹是强盗"、"抢走"了翠花花之类的家族秘密。"杀父之仇""夺妻之恨"使得刘老信与哥哥"不共戴天",他想放火烧了刘老侠的家报仇雪恨。刘家果然发生了火灾,但令人奇怪的是,傻子演义在大火中抱出的那具被装在口袋中烧焦的尸体不是刘老侠而是刘老信。从此枫杨树流传着关于刘家大宅的"旷世奇事":刘老信纵火烧死了自己。刘家与刘老侠"不对付的"人一个个死得蹊跷可疑,刘家的家产多处并于一处,全部由刘老侠掌管。

刘家混乱腐败的血缘伦理和血亲复仇注定家族血脉不继,人口不昌。眼看黑色大宅里的刘家后继无人渐趋衰落,刘老侠被恐惧折磨得寝食难安,他强忍恶气将错就错,把小老婆翠花花与长工陈茂偷情生下的儿子沉草视为己出。当沉草失手打死演义之后,刘老侠更是把沉草看成刘家唯一的男性继承人栽培。沉草对自己的身世也有耳闻,但他一直认刘老侠为父,对陈茂极度厌恶,从来没有把他当亲生父亲看待。对于刘老侠和沉草而言,两人都选择忽视生理血缘、亲近情感血缘。虽然他们之间的"父子"关系并非基于血缘,但满足互相依存的现实需求和共同维护的阶级信仰。刘老侠需要一个"正常"的儿子打理刘家的土地和财产,需要一个接班人掌管刘家"金仓银库"的钥匙,使刘家的产业兴旺发达。因此,他对沉草这根"独苗"爱护有加,供他上学接受教育。沉草虽然对于管理刘家的财富没有多少兴趣,但自幼认同刘家地主崽儿的身份,在锦衣玉食的环境中长大,他根本不会与身为长工的穷光蛋陈茂父子相认。

土改运动爆发之后,陈茂翻身"当家作主",这个浪迹枫杨树的流氓无赖坐上农会主席的位子。他对刘老侠一家过去像猪狗一样对待自己的事情怀恨在心,复仇的恶念在他的内心滋生疯长,他首先喊出打倒地主刘老侠的口号,在暗中拉开一场家族和血亲复仇的序幕。他打着革命的旗号强奸刘家美貌的小姐刘素子。刘素子不堪羞辱,上吊自杀。沉草觉得作为刘家的男人,自己应该勇敢地站起来为姐姐报仇,捍卫刘家的家产、颜面和尊严。他操起枪朝陈茂扣响扳机,结果打在陈茂的生殖器上。沉草复仇的象征意义大于现实意义,他打掉亲生父亲的"生殖器",不仅为刘素子受辱报仇雪恨,而且彻底割断与陈茂的父子血缘纽带。沉草通过复仇,毫不犹豫地斩断生物学上的血缘关系,主动选择情感上的家族认同,通过"弑父"清楚地表明自己的"血缘"归属和阶级立场。

在《米》中,五龙的复仇最终导致自己和两个家族的灭亡。米店冯老板风情万种的大女儿织云与江湖黑老大六爷厮混有孕在身,为遮家丑米店老板安排店伙计五龙娶织云为妻。五龙表面上忍气吞声,心底却打定主意攫取米店报复岳父一家。岳父发现五龙动机不纯、居心叵测,为保米店,他买通船匪阿保想要结果五龙的性命,但是阿保失手。织云与阿保通奸被五龙撞见,在嫉妒和仇恨的驱使下五龙把此事告诉六爷,试图借刀杀人。六爷怀疑织云肚子里的孩子可能是阿保的种,就杀了阿保。五龙对阿保的死无动于衷,反而特别享受复仇的乐趣,因为他曾经在饥肠辘辘时向阿保讨饭,阿保逼他喊"爹"才像喂狗一样扔给他一点吃的。那声"爹"让他丢了所有的良心与脸面,也让他失去了做人的基本准则和品德,只留下仇恨与报复在他的内心扎根疯长。

五龙在城市站稳脚跟和发财致富"靠的就是仇恨",仇恨成为他做人"最好的资本",他可能"忘记爹娘",但绝不会"忘记仇恨"。他对冯家对待自己的方式耿耿于怀,对织云给自己戴绿帽子不能容忍,决心实施报复。他的报复首先通过践踏血缘伦理的形式展开。在欲望和野心的驱使下,他挖空心思折磨织云和冯记米店的老板,一心想把米店据为己有。勾引妻妹绮云也在他的报复计划之列。米店的二小姐绮云替父亲掌管米店,她看似本分但对五龙话语刻薄,在五龙初来米店之时她就千方百计地想把他赶出米店。五龙故意挑逗妻妹绮云,并非出于爱情而是基于仇恨,绮云早已看穿他的阴险用心,也嗅到五龙复仇的气息,但她屈服于他的淫威,两人生育两儿一女。他们的大儿子米生与父亲五龙一样,身上流淌着复仇的血液。米生从小心狠手辣,没有同龄孩子的童真可爱。十岁那年,米生找到自家放金子的盒子,拿金子换糖果并约定和弟弟妹妹一起保守秘密,妹妹一时失言道出哥哥拿金子换糖的事情,米生因为遭到父亲的暴打对妹妹怀恨在心,在骗妹妹玩捉迷藏时残忍地把她闷死在米堆中。

五龙把对岳父一家的报复扩大到对整个城市的仇恨与报复。他咒骂这个"下流的"、"狗娘养的"、"罪恶的"、"诱惑"他"自投罗网"的城市是个"圈套",他在这里为了"一把米"、"一文钱"、"一次欢情"永远失去人性沦为复仇恶魔。进入城市的五龙,通过各种龌龊和狠毒的手段攫取金钱,成为码头会的黑社会头目,称霸瓦匠街,杀人越货,花天酒地,是当地有名的恶霸。他用金钱和欲望填塞空虚的精神和灵魂,最大限度地满足食欲与性欲,把一口好端端的牙齿拔掉,换成两排大金牙,以极度的仇恨报复让他这个外乡人感觉受到排挤、歧视的米店老板一家和这座令他时时感觉无法融入其中的城市。对织云姊妹的冷酷无情,对岳父的睚眦必报,对竞争对手的毫不手软,对社会底层妓女的肆意折磨,都是他疯狂报复的病态表现。五龙在报复亲人和城市的时候必然自食恶果,血缘复仇注定家族的悲剧命运,一家人虽然幸免于儿媳的砒霜之劫,但家族已经分崩离析;生活糜烂的五龙得了脏病,临终之时,镶嵌着两排金牙、带着满身臭气、奄奄一息地躺在满车皮的大白米堆里驶向"枫杨树"乡村;他死后儿子柴生在米堆中没有找到父亲买地的地契,气急败坏地卸下他嘴里的金牙。

《白鹿原》中白、鹿两家同根同族、供奉同一祠堂,但是两个家族之间的明争暗斗、复仇与反复仇经常暗潮涌动。据传白鹿原上的这个小村庄以前生活着侯姓或者胡姓人家,老族长家有兄弟二人,俩兄弟都想占尽白鹿原的吉祥之气,最后商定老大那一支血脉姓白、老二的族系姓鹿,两姓合祭一个祠堂,维系"同根同种的血缘"。白姓老大和鹿姓老二在修建祠堂的当年立下规矩,"族长由长门白姓的子孙承袭下传"。两家发展到白嘉轩、鹿子霖一代时,三代单传的白嘉轩"顺理成章"继承族长之位。"不孝有三无后为大"的封建思想使得已经"克死"六任老婆还没有生下儿子的白嘉轩在继任族长之后,常常心里发慌两腿发软。当第七房老婆头胎生下儿子之后,他的"两头发慌发松"的病症居然"不治自愈",他怀揣修复祠堂的计划堂堂正正、踏踏实实地走进鹿家大院。鹿子霖虽然"官瘾比烟瘾还大",但是鉴于祖先有约在先,白家世代继承族长之位,鹿家与此永世无缘。鹿子霖对此心中大为不快,经常与白嘉轩暗中较劲。

以白嘉轩和鹿子霖为首的两个家族在一团和气的表象之下,从来没有间断过私底下的设计陷害。鹿子霖被县府任命为保障所的乡约之后,积极响应县府的命令,逼迫村民按照土地的亩数和人头上缴印章税。白嘉轩对此不满,用"鸡毛穿帖"的方式组织"交农事件",号召农民去县里交农具罢农种。这次"交农事件"加深了白、鹿两家的宿怨,鹿子霖对白嘉轩愈发怨恨。但是,碍于白鹿村是县里钦点的"仁义村",而且白嘉轩"腰杆直"、"行得正",颇得村民的人心和尊重,鹿子霖不敢随意造次。鹿子霖深知白嘉轩把"面子"看得比性命还重,为了报复白嘉轩,他唆使田小娥引诱白嘉轩的儿子白孝义,阴险地告诉田小娥只要她把白家"大公子的裤子抹下来"就等于把尿"尿到族长的脸上"。白嘉轩一生最痛恨田小娥这样的女人,认为她是勾引男人的贱货。鹿子霖设计圈套,导演白嘉轩把儿子和田小娥捉奸在床的好戏。看着气昏过去的白嘉轩,鹿子霖像欣赏一只"被自己射中落地的猎物"一样享受复仇的快感。儿子与田小娥通奸的丑事让爱面子、"讲仁义"、"重道德"的白嘉轩在白鹿原颜面尽失、名誉扫地,他在祠堂和族人面前对儿子执行最严厉的家法惩治并把他赶出家门。鹿子霖不但把田小娥作为性虐取工具,还卑鄙地操纵她的身体,把她作为一柄击垮世仇白嘉轩和摧毁白家的利刃。

《尘埃落定》描写康巴藏区土司为了保护家族利益不断复仇的故事。藏区的土司制度维护宗法文化和血缘至上观念,土司家族成员生活在以严格的血缘关系建立起来的家族网络中,土司的职位需要保证在嫡亲血缘关系之内世袭。因此,保卫家族利益和家族成员免遭外界损害与侵犯成为每个家族成员义不容辞的神圣职责。麦其土司是藏区土司家族的代表,在对外不断扩张势力的同时,家族内部的权力之争持续上演。麦其家族在不同历史阶段"识时务",意识到虽然土司们高唱"天下土司是一家"但是"土司跟土司永远不会成为朋友",想要在康巴藏区的这片雪域高原上成为霸主,那就需要借助汉地的势力。因此,他们与国民党的黄特派员联合,为家族训练正规部队,配备精良武装。

随着麦其土司家族的繁荣昌盛,家族内部的权力之争愈演愈烈。麦其土司与大儿子之间因为土司的位子暗中较劲,两个儿子之间的不和与争斗也时有发生。大儿子拥有纯正的藏族血统,长相英俊、有勇有谋,是父亲的左膀右臂,帮助父亲打理家族事务、扩展家族势力。在大儿子屡建战功、渐得人心之后,麦其土司极不情愿地把土司之位让给儿子,后来儿子死于仇家之手后他又急忙复位。二儿子是汉藏混血"傻子",懵懂愚顽,小时候深受哥哥喜爱,兄弟俩情同手足、关系融洽。但是当聪明的哥哥逐渐发现"痴傻"的弟弟比自己高明、威胁自己的土司继承权时开始厌恶、嘲笑和愚弄弟弟。当麦其土司看到其他土司疯狂偷取罂粟种子企图大面积种植暴富时,他询问两个儿子麦其家族接下来该种什么,大少爷坚持继续种植罂粟,"傻子"二少爷为了"回敬"哥哥对自己的奚落和"激怒",建议种植粮食。第二年罂粟因为供过于求滞销跌价,麦子成为炙手可热的抢手货。其他土司食不果腹,麦其土司的官寨几乎被小麦和玉米撑破,麦其家族从此走向鼎盛时期。麦其土司家族的"傻少爷"以活命的麦子为制胜法宝,击败自视聪明、不可一世的哥哥,钓到茸贡女土司迷人漂亮的女儿塔娜,以此报复机关算尽反算了自己的"岳母",操纵拉雪巴与茸贡两个土司家族之间的战争,让他们在两败俱伤中消耗力量。

《古船》中隋家和赵家的宿仇带动小说故事发展,两个家族之间的恩怨情仇与阶级斗争勾连在一起,反映洼狸镇四十多年的社会变迁,成为中国农村民营资本家家族生活和土改运动历史的缩影。隋家的祖先以粉丝作坊起家,后来发展壮大成为洼狸镇最大的粉丝厂,还在几个大城市开设粉丝厂和钱庄,家族企业空前繁盛。20世纪三四十年代,隋迎之接管家族企业之后,认识到家族财富与剥削他人的劳动相关,他怀着内疚、忏悔和赎罪的心理,四处还债,散尽家财,只留下洼狸镇的一个小粉丝作坊养家糊口。隋迎之死后,隋家的家产没收充公。贫农赵多多、赵炳紧抱家族宿仇,不停地打击报复隋家,继母茴子带着抱朴三兄妹艰难度日。隋家富甲一方,赵家世代贫农,两个家族之间并没有直接的恩怨瓜葛。但是,长期以来因为身份和地位差距悬殊,引发赵家病态的自卑情结和强烈的报复欲望,迫害隋家成为他们发泄穷人对富人的仇恨的主要方式。

赵炳是赵氏家族的族长,他不顾人伦纲常,利用"干女儿"隋含章保护两个哥哥的心理,威胁她屈从自己的淫威。他卑鄙无耻地霸占含章的身体,残酷无情地折磨她的精神,在掠夺、报复和反人伦的病态畸恋中满足报复隋家的私欲,寻求昔日穷光蛋不如意生活的补偿与回报。当含章忍无可忍最终把剪刀刺向他的腹部时,他的临终之言道出报复的真正心理:"我已知足。我是什么人?洼狸镇上一个穷光蛋。你是老隋家的小姐,又是第一美貌。我死而无憾。"赵炳卑劣的人格、丑恶的灵魂在他恬不知耻地炫耀自己一个穷光蛋睡了洼狸镇"第一美貌"的丑行中昭然若揭。赵多多也把摧残隋家女性的身体作为实施家族报仇的手段。他对茴子的美貌垂涎三尺,猥琐地把油碗扣到她的乳房上,遭到她的强烈反抗,脸上被茴子抓出一脸血痕。茴子不堪侮辱饮毒自尽,他无耻地羞辱她的尸体,把她撕得赤身裸体,"照准茴子的身体撒起尿来"。赵多多和赵炳无法克制灵魂深处扭曲的自卑情结和疯狂的复仇心理,把阶级仇恨和革命斗争的矛头指向隋家,以最粗暴、最残忍、最卑鄙、最无耻的方式公报私仇,人性的邪恶和阴暗暴露无遗。这种基于狭隘的个人私欲和家族观念的复仇烛照一个特殊时代的文化病症。

　　隋抱朴是隋家的长子,他理解父亲的还债和忏悔行为,清楚认识到隋、赵两家冤冤相报没有尽头,现在大家应该放下家族恩怨和个人情仇,寻找让洼狸镇的百姓走出苦难的道路。因此,他在老磨坊里终日沉思的不是报复赵家,而是关于原罪与苦难的问题,苦苦思索如何为家乡的百姓谋出路、求发展。弟弟隋见素无法像哥哥一样释然,以前赵家对隋家的报复与羞辱他没齿难忘,无论如何他都要和赵家算这笔账。改革之初,赵多多承包粉丝厂,隋家的厂子旁落仇家之手,在隋见素看来,这意味着粉丝厂姓赵,无疑是隋家的奇耻大辱。他下决心为家族复仇,立志击垮赵家夺回粉丝大厂。哥哥开导他,粉丝厂不是赵家的也不是隋家的,而是属于洼狸镇的百姓。但他无法接受赵家人当粉丝厂厂长,一手制造让粉丝厂遭受致命毁灭的"倒缸"事件。为了洼狸镇的乡亲,哥哥抱朴第一个冲出来"扶缸",他无私为民的行为赢得村民的信任与尊重,大家最终推选他为粉丝大厂的厂长,带领村民走出贫困。隋见素在小农意识、复仇心理、现实功利、物质主义的驱使下,只考虑个人恩怨和家族利益,一心寻求报复,扩大报复对象,波及无辜他人。新中国成立之后,隋见素没有意识到时过境迁,依然认为粉丝大厂是隋家的私有财产。抱朴与见素兄弟俩不同的价值观念和家族意识,是人道主义理想和物质现实之间激烈冲突的反映。

小结：家族叙事血亲伦理观念的
参照互鉴与民族化

　　乱伦与乱伦禁忌是中西方文明历史中逐渐沉淀下来的一对矛盾,它如幽灵一般纠缠人类不同阶段的家庭生活,成为家族小说叙事的核心内容。血缘伦理观念在福克纳与中国新时期家族小说作品中得到集中书写,但是,因为中国和美国在血亲伦理观念方面存在文化差异,两国作家对血缘伦理的书写也有别。福克纳对血缘"亲疏"的感情好恶和价值取向与美国南方特有的种族制度、家族荣誉观念、贵族精英意识和白人至上血统观念密切关联,更多地表现血缘"亲疏"的象征性和修辞性,承载更加厚重的历史性和复杂性。相对于福克纳血缘伦理观念的深刻性、复杂性和象征性,中国新时期家族小说以亲属乱伦与家族复仇表现出来的血缘伦理观念,虽然在形式上具有多样性,但在思想上呈现单一性,在意义表现方面具有确定性,主要以控诉"父权制"和封建宗法的罪恶、满足个人欲望和发泄仇恨为主,旨在拷问人性和暴露某个特殊时代的文化病症。

"(过分)亲疏"的血缘关系普遍化在福克纳的"约克纳帕塔法"世系小说中,血缘秩序与血亲伦理成为支撑福克纳家族小说的杠杆与主轴,是小说主题思想得以生发的依托。"(过分)亲密"的血缘关系以家族内具有血缘关系的"兄妹乱伦"为主要表现形式,这种"乱伦"并非基于身体或者欲望需求,而是停留在"臆想"或者"象征"层面的"精神乱伦"。例如,在《喧哗与骚动》中,昆丁宁愿以乱伦为借口把自己与妹妹同时送入炼狱的烈火之中以保全贵族家族的荣耀和南方淑女的贞操;《押沙龙,押沙龙!》中邦在奴隶制根深蒂固的南方试图通过与白人妹妹的乱伦进入萨德本纯白人血统"王国",进行身份和阶级确认。"(过分)疏远"的血缘关系主要表现发生在家族内部的直系亲属之间的互相仇视甚至血亲相残,是近亲属对于血缘关系的随意轻视与肆意践踏。《喧哗与骚动》中杰生拒绝承担家族重任,整天咒骂和仇视家人;《去吧,摩西》中布克像追逐猎物一样随意追猎同父异母的混血弟弟;《押沙龙,押沙龙!》中的亨利为了维护萨德本家族的纯白人血统,毅然枪杀同父异母哥哥;《我弥留之际》中穷白人本特伦一家在护送艾迪的灵柩去家乡安葬的途中形同陌路、互相伤害。而且,福克纳家族小说中"(过分)亲疏"的血缘关系因为种族问题的介入显得更加纷繁复杂和寓意深刻。

在中国新时期的家族小说中,福克纳式的"(过分)亲密"或者"(过分)疏远"的血缘关系同样受到作家的青睐,得到集体书写。但在中国特定的血缘伦理、宗法制度、宗族关系以及更加严苛的儒家文化传统下,与福克纳的血缘伦理"亲疏"相似的血缘关系在汉文化的语境下发生很大变化,呈现鲜明的中国伦理文化特色。福克纳式"(过分)亲密"的血缘关系在中国新时期家族小说作家笔下呈现出形形色色的乱伦形态,主要表现为宗族内部各种违反宗法血缘秩序和家族伦理道德的"不正当男女关系",即发生在家族或者宗族成员之间非血缘但扰乱人伦辈分的性骚扰、性侵犯或者性关系。与福克纳建立在血亲基础之上的乱伦不同,新时期家族小说中描写的乱伦形态主要包括非血缘意义上的长辈与晚辈之间的乱伦,比如,公公与儿媳、养(继)父/母与养(继)女/子、庶母与儿子、叔叔与侄媳、仆人与主人等;或者发生在同辈与同辈之间的乱伦关系,诸如姐夫与妻妹、嫂子(弟媳)与小叔(大伯子)、养(继)子女与养(继)子女等。

　　福克纳笔下"(过分)亲密"的血缘关系在中国新时期家族小说作品中主要表现为性掠夺或者虐取型、情欲或者性欲型乱伦,其中"父辈"与"女儿辈"的乱伦现象最为引人深思。"性欲型"乱伦与强大的本能欲望密切相关,在这种强有力的自然欲望冲击和父权统治的体系下,多么坚硬的家庭伦理观念都可能变得不堪一击。新时期家族小说作品中"父"与"女"之间的"性虐取型"乱伦模式不仅表现"父"对"女"的身心摧残与掠夺,更多地暴露权力关系、社会地位、家庭角色和性别属性的不对等。在封建宗法制度和"父权制"的权力网络中,"父"对于"女"的身体占有实际上也是对她们的精神控制和人格凌辱。新时期家族小说通过家族或者宗族内部的"乱伦"书写,把拷问人性的堕落和道德伦理的沦丧作为主要的价值诉求,借此反思宗法制度和家族文化遗留下来的糟粕。因此,"父女"乱伦现象代表的意义被扩充和放大,并且"乱伦"与"审父"、"弑父"意向紧密联系在一起。也就是说,在"性虐取型"家族小说作品中,作家们对"父女"乱伦进行铺张渲染的核心目的在于批判父权思想、宗法制度和性别歧视。处于权力顶端的"父亲"无视道德与伦理约束,通过强制胁迫、威逼利诱、欺瞒哄骗手段,使"女儿辈"屈从自己的淫威,满足

"父"的肉体欲望。因此,"贯串于乱伦过程的动机就是由极端化的家族权力专制诱发的畸形性欲,而畸形性欲又是在家族权力支配、恣意下沦变为兽性的呈露。乱伦成为宗法文化和家族文明业已蜕变腐败并走向全面崩溃时代的佐证"。①

福克纳对于血缘的"亲疏"关系表现出明显的情感好恶和价值取向,并在此基础上建构"约克纳帕塔法"家族神话,利用血缘关系的疏密变化书写美国南方的家族史诗,反映工商资本主义的价值观、基督教文化和南方种族主义对旧南方庄园主家族和社会历史的影响。对于福克纳而言,"(过分)亲密"的血缘关系代表美国南方传统的家族荣誉、家族文化、家族观念、贞操道德;"(过分)疏远"的血缘关系则反映北方工商资本主义的物质文化、市场经济、工业文明、亲情冷漠。福克纳在作品中带着强烈的情感好恶对两组血缘关系进行比较对勘,通过强调和同情"(过分)亲密"的血缘关系,表达对美国南方传统家族意识和价值观念的留恋与不舍,反思南方的现代化对传统家族生活和历史文化的冲击与毁灭;通过贬抑和批判"(过分)疏远"的血缘关系,表达对种族主义的批判和对北方工商资本主义的反感,揭露物质文明的危害和种族制度的罪恶,审视南方社会的混血现象和种族问题,凸显作者的基督教人道主义思想和反种族主义的理想。

福克纳试图通过分析隐含在"(过分)亲密"与"(过分)疏远"的血缘关系背后的真正原因,挖掘美国南方贵族崇尚家族荣誉、注重家族观念、怀恋南方历史、维护白人精英思想和强调南方淑女规范方面的深刻含义,揭示工商资本主义价值观念和种族歧视思想对于血亲伦理的影响与冲击。追求物质文化、重视个人利益、轻视血缘关系必然导致家族内部的亲情缺失和整个家族的腐败衰落;实施种族歧视、拒绝种族融合也必然导致南方社会的混乱与失序。福克纳在血缘"亲疏"和家族伦理观念的书写中,表现明显的情感指向和价值选

---

① 杨经建:《论中国当代小说中的"乱伦"叙事》,《湖南师范大学社会科学学报》2004 年第 6 期,第 94 页。

择。而新时期中国家族小说作家笔下的血缘伦理以违背伦理纲常的亲属"乱伦"和基于个人仇恨的"复仇"形式表现出来。不同的表现形式在本质上反映两国不同的家族伦理观念和文化精神追求。在中国儒教文化的"仁"、"孝""义"思想和"父权制"宗族意识的影响下,中国家族内部的乱伦少了福克纳小说中那种为了捍卫家族荣耀发生在意念或者精神层面的血亲乱伦现象,更多地以发生在远亲或者非直系亲属之间的性虐取、性侵犯的病态情欲型乱伦为主。与福克纳小说中家族内部的血亲仇杀和肆意践踏血缘关系不同,新时期家族小说中"(过分)疏远"的血缘关系除了基于个人或者家族仇恨的复仇之外,大多数还叠加阶级或者革命复仇的因素。

　　福克纳"(过分)亲密"的血缘伦理观是他"向后看"的历史意识和对旧南方传统家族观念无限依恋的投射。他根本无意于表现生物学意义上的血亲乱伦或者男女之间的性爱欲望,而是更多地关注乱伦在精神层面或社会学层面的象征和隐喻意义。福克纳笔下的乱伦以"兄妹"之间的"宿命型"或者"天谴型"为主,几乎都是未成事实的意念或精神"乱伦",停留在隐喻和象征层面。其作品中很少有像新时期作家那样大肆渲染的性爱描述,作者的关注点在于强调乱伦承载的历史悲剧性和毁灭性。福克纳在情感上倾向昆丁与凯蒂、邦与朱迪思之间"(过分)亲密"的血缘关系,对杰生与昆丁(班吉)、亨利与邦、布克与图尔等因为兄弟相残或者种族歧视表现出"(过分)疏远"的血缘关系表示厌恶。所以,福克纳的家族小说中少了"情欲型"乱伦而多了"命定型"乱伦,它成为福克纳对于南方贵族大家族的没落和南方过去随风飘逝的哀伤、痛苦、绝望、惋惜、无奈各种复杂情感的隐喻与象征,浓缩福克纳"向后看"历史意识的所有意义。

　　新时期中国家族小说中的家族复仇与福克纳"(过分)疏远"的血缘关系叙事具有相似性的同时表现出差异性。福克纳的"(过分)疏远"的血缘关系主要针对家族内部的血亲残杀或血缘仇视展开,象征新南方工商资本主义物质文化的侵蚀和种族主义的罪恶;而在中国新时期的家族小说作品中,"(过分)疏远"的血缘关系表现为内在的"血亲"复仇、外在的家族复仇叠加阶级复仇的形式。二者在表现家族内部的"血亲"复仇时呈现极大的相似性,都以践踏血缘伦理或者伤害亲情关系为叙事内容。但是,中国作家在书写"(过分)疏远"的血缘关系时更加关注外在的家族复仇叠加阶级复仇。中国儒家文化与家族文化对于家族复仇秉持既"褒扬"又"抑制"的观点。中国千百年来的家族文化、忠孝思想以及宗法观念使得家族成员紧密团结在一起,齐心协力保护家族成员或者家族利益免遭外来力量的侵犯。家族复仇是对家族的"忠"、对长辈的"孝",强调"忠""孝"的儒教传统文化在本质上赞同家族复仇。因此,在人们的普遍意识中,为保护家族而发生的家族复仇受到人们的理解与尊敬,家族复仇者成为家族或者宗族的英雄。但是,基于狭隘的个人仇恨、家族利益、宗族观念的家族复仇违反人性和道德,经常导致惨烈的悲剧,主张中庸思想的儒家文化又反对"冤冤相报"。

　　家族复仇叠加阶级复仇的复仇模式在新时期中国的家族小说中普遍存在,家族外部的复仇行为因为社会变革以及血亲宿仇的参与显得更加持久与残酷。《罂粟之家》中的沉草为了捍卫自己的阶级立场和家族利益,毅然扣动扳机斩断他与陈茂之间的生物血缘关系,这样的血族复仇浸染浓厚的阶级意义。《古船》中赵家对于隋家的打击报复是贫富人群之间的仇恨狭隘化和过激化的表现。因为现在是穷人的天下,翻身做主的赵炳、赵多多把革命等同于报复老隋家,在他们的意识里,革命就是霸占"干女儿"的身体、凌辱隋家的女人、攫取隋家的财产,革命运动和阶级斗争成为赵家泄恨的幌子。《白鹿原》中一族两姓的白、鹿两家的报复与反报复和家族成员之间的爱恨情仇联系在一起,两个家族的此消彼长也与原上的历次革命运动不无关系。《尘埃落定》中傻子二少爷对于"未来岳母"茸贡土司家族的报复,在维护自己尊严的同时更是家族军事和经济实力的演习,一箭双雕,敲山震虎,让其他土司家族乖乖地向麦其土司家族俯首称臣。因此,新时期家族小说中家族外部的血亲复仇与革命运动和阶级斗争联系在一起,作者试图通过家族的血亲复仇,警醒人们对于中国 20 世纪前半个多世纪的历史展开重新思考。

　　总之,受基督教文化和南方传统贵族家族观念的影响,福克纳作品中"(过分)亲疏"的血缘关系代表的象征意义大于现实意义。福克纳透过血缘关系的表象,探讨隐含其后的深层社会历史原因。作者在揭示"乱伦"和践踏血缘关系本身的"恶"之所在的时候,重点"反映美国南方的传统价值观的崩溃、南方贵族家庭的解体和衰落"。① 血缘关系的"亲疏"为福克纳提供了一个独特的家族叙事视角,它从"精神乱伦"与轻视血缘关系的侧面,反映工业文明冲击下,南方传统的历史意识、家族观念面临消亡的必然性以及和由此引发的巨大伤痛,加剧旧南方的一切"随风飘逝"的悲剧性和无奈感。福克纳通过对于黑白人之间血缘伦理关系的描写,对南方的种族融合和混血问题展开深刻思考。中国新时期的家族小说作家对血缘关系的书写主要基于传统的儒教文化、宗法思想、家族意识和性别观念,从民间视角出发,对家族内部的等级制度、父权统治、性别歧视以及近现代以来的革命运动、阶级斗争以及家族复仇问题进行反思与批判,重点表达作家对人性伦理、道德观念和人道主义的探讨,审视与思考中国当代的家族或者宗族亲缘关系和宗法伦理问题。因此,福克纳小说的血缘伦理关系书写呈现出更多的英雄主义和理想主义色彩,而新时期家族小说的血缘伦理观表现出更多的民间视角和现实意义。

---

　　① 张立新:《禁忌、放纵与毁灭——福克纳小说中的"乱伦"母题及其意义》,《国外文学》2010 年第 2 期,第 143—144 页。

第五章　福克纳家族叙事与新时期
家族小说的叙事视角

叙述视角"是一部作品,或一个文本看世界的特殊眼光和角度",是"叙事谋略的枢纽,要给读者何种'召唤视野'"。① 不同叙事视角之下的同一叙述对象能够造成不同叙事效果。因此,叙事视角向来是中外作家在创作时关注的焦点,也是理论家研究和探讨的热点。热奈特、普林斯、托多罗夫、福斯特、布鲁克斯和沃伦等知名文学理论家都对叙事视角做过详细的定义与说明,他们称其为"聚焦"、"视点"、"观察点"、"叙述焦点",对于这一术语的解释各家之言具有共同之处的同时存在分歧。尽管这些理论家"所用的词汇各有不同,但包含在聚焦研究中的两个基本概念始终是聚焦者(观看者)和被聚焦者(被观看者)"。② 叙述视角包含"叙述的焦点"(谁写的)和"人物的焦点"(谁看的)。叙事视角的选取不仅表现一种文学技巧和修辞手段的运用,还包括感知者主体感情的"看"与强调叙述角度方面的内容,关系到叙述者与叙述主体、叙述对象甚至与读者之间存在的某种复杂关联,成为决定叙事成败的关键因素之一。鉴于此,本章试图以福克纳与新时期家族小说作品的叙事视角为研究对象,探讨二者之间的"潜对话"关联。

---

① 杨义:《中国叙事学》,人民出版社1997年版,第191页。
② [美]华莱士·马丁:《当代叙事学》,伍晓明译,北京大学出版社2005年版,第145页。

第一节　福克纳家族小说的叙事视角

福克纳一生孜孜不倦地探索和创新小说的写作技巧,他的叙事艺术广受赞誉。评论家卡尔曾经说过,福克纳是一位能够"认识到小说叙事的变化会永远改变严肃作家创作小说和严肃读者阅读小说的方式"的美国著名作家。①艾肯赞扬福克纳是一个叙事"形式"和叙事革新的"天才",他能够成为文学巨匠的主要原因是"对于小说形式的专注"。② 瑞典皇家学院在授予福克纳诺贝尔文学奖的颁奖词中,充分肯定他在叙事艺术方面的革新:"福克纳是 20 世纪的小说家中不可多得的伟大的小说技巧实验家,可以和乔伊斯相提并论,并有过之无不及。……他仿佛要凭他那持续不断的创新,来达成小说深广的境界,以超越小说在地理和主题上局促有限的现实。"③福克纳把每一部小说看成一次技巧的实验,从遣词造句到谋篇布局实施革新,他的小说创作向来不走寻常路线,总是以出其不意和令人眼花缭乱的叙事艺术引人入胜。

福克纳曾经借用斯蒂文斯的一首小诗《观察乌鸦的十三种方式》谈论自己的叙事视角,指出叙事视角"提供了十三种观看乌鸦的方式。但当读者读了这十三种方式之后,读者自己就有了第十四种观看乌鸦的方式"。④ 在"约克纳帕塔法"家族世系小说中,福克纳对于叙事视角的实验主要表现在三个方面:第一,他创造性地运用多重复合叙事视角;第二,开发"痴傻人"、自杀者、虐待狂等特殊人物或者非裔口述叙事视角;第三,尝试打乱时序,运用跳跃

---

① Frederick R. Karl, *William Faulkner: American Writer*, New York: Ballantine Books, 1990, p.582.

② Lawrence H. Schwartz, *Creating Faulkner's Reputation: the Politics of Modern Literary Criticism*, Knoxville: the University of Tennessee Press, 1990, p.16.

③ 肖浃主编:《诺贝尔文学奖要介》,黑龙江人民出版社 1992 年版,第 584 页。

④ Frederick L.Gwynn, Joseph L.Blotner(eds.), *Faulkner in the University: Class Conferences at the University of Virginia, 1957-1958*, Charlottesville: The University of Virginia Press, 1959, p.274.

或者拼贴的叙事视角。这些叙事视角在福克纳的家族小说作品中发挥重要的诗学功能,叙事视角的实验不但提供观察"约克纳帕塔法"家族世系小说的多重视角,而且开创走进美国南方昔日历史和家族的有效途径。

一、多重复合叙事视角

(一) 复调式对位

"对位法"(counterpoint)起源于音乐术语,表现复调音乐的一种谱写技法,即依据乐曲规则,"将不同的曲调同时结合,从而使音乐在横向上保持各声部本身的独立与相互间的对比和联系,在纵向上又能构成和谐的效果"①。由此可见,在以"对位"技法构成的"复调"音乐中,在艺术上具有同等意义的多声部曲调各自独立,前后叠置,形成对比或相互补充,共同协调作用,达成和谐统一的效果。福克纳在"约克纳帕塔法"家族小说的叙事中引入音乐的复调对位理念,对同一故事进行多维度、多视角、多方位的叙述,不同视角叙述共时存在、各自独立又叠错重复、相互关联,形成复调对位关系,向读者展示小说中不同人物对同一目标人物或目标事件的不同反应。在叙述中福克纳让家族历史的亲历者或者旁观者、全知全能的叙述者甚至临时的"入侵"叙述者对南方庄园主家族的盛衰变迁进行重复讲述,互证、互补或者针锋相对、矛盾冲突,好像错层式建筑,在重叠的部分之上添加全新部分。叠错重复的叙述像一部复调式音乐,众调齐奏、多声部共鸣,又好似车轮,当强光照亮轴心时,一束束光束散射向每一根辐条,使小说的叙事呈现环形空间形式,即核心事件占据圆心位置,其他事件从该中心出发向四周辐射,形成环环相扣又环环独立的空间叙事结构。这种叙事艺术打破传统小说的线形叙述结构,开拓故事的多重空间,造就作品主题思想的多重指涉性。

---

① 中国大百科全书编辑委员会:《中国大百科全书》,中国大百科全书出版社1998年版,第1147页。

《喧哗与骚动》在结构上具有巴赫金"复调小说"的特点,是一部由"独立而具有个性的、受到充分尊重的声音和多元意识构成的真正复调"①。这部被誉为创作技巧"教科书"的小说,②由四个人物相互关联又各自独立的叙述部分组成,每个角色都立足叙述者的立场,带着激昂的个人情感,分别从自身的视角叙述康普生家族一些支离破碎的情节,拼贴家族的过去和历史。作者游刃有余、驾轻就熟地让四个角色发挥各自的特点,叙述自己感受最深刻或者最难忘的经历和事件。四个角色的叙述相互映衬补充,增强作品的层次感,扩充作品的叙事容量。故事由内向外延展,小说的空间展开遵循一种由中心向外荡漾开去的环形涟漪对位式结构,康普生家族的故事像一扇扇大门在读者面前打开,南方那个充满"喧哗"与"骚动"的现实世界随之一幕幕映入读者眼帘。

康普生家族的核心事件是"弄脏了裤头"的小姑娘凯蒂的故事,这个事件在不同叙述者那里引发截然不同的反响。对于班吉和昆丁来说,凯蒂的"弄脏裤头"象征南方淑女的堕落,是家族蒙耻的征兆,预示家族灭亡。他们把挽救家族荣耀的最后一丝希望寄托在凯蒂身上,但是,作为南方最后的"淑女",凯蒂的贞操必然在新南方群氓的围追堵截下朝不保夕。凯蒂的堕落意味着南方贵族依靠南方淑女抵御北方工商资本主义进攻的最后一道防线土崩瓦解。杰生是康普生家族的"斯诺普斯",他在乎的不是凯蒂的"堕落",而是因为"堕落"带给他的经济损失。凯蒂的离婚使他失去报酬丰厚的银行工作,堕入贫穷的劳动大军,从经济中心位置跌落成时代的边缘人物。他因此忿忿不平、咒骂不已。小说把最外层的视角留给康普生家族的黑人老保姆迪尔西,她像全知全能的上帝,一句"我看见了始也看见了终"总结了康普生家族的盛衰历

---

①　Richard Gray, *The Life of William Faulkner: A Critical Biography*. Cambridge: Blackwell Publishers, 1994, p.6.

②　廖星桥主编:《外国现代派文学艺术辞典》,湖南教育出版社 1991 年版,第 767 页。

史。① 小说采用严格的复调对位叙述结构,四个叙事部分独立成调又诸调齐发,高亢有力地奏出康普生这个南方典型贵族家族的没落史。

《押沙龙,押沙龙!》中看起来比较简单的萨德本家族故事,被福克纳运用对位叙事结构摆弄得复杂而有趣。罗莎、康普生先生、昆丁、施立夫四个叙述者围绕萨德本,分别从各自的视角出发,共同连缀萨德本家族的传奇故事,破解家族的隐秘历史。多音齐鸣的复调结构和众声喧哗的叙述艺术使得萨德本家族的故事悬念迭出。小说的四个叙述者与萨德本家族的关系由近及远,读者由内向外、从主观感受到客观推理逐渐解开萨德本家族之谜。罗莎是萨德本的妻妹,是家族各大重要事件的亲历者,因为萨德本对她的冒犯,她对前者充满愤怒、恐惧和敬畏,认为萨德本"根本不是绅士"而是"恶魔"。罗莎对萨德本的评价从纯粹的个人感情出发,怨恨情绪蒙蔽理智,根本无法解开萨德本阻挠邦迎娶朱迪思的谜团。与其说罗莎在叙述故事,还不如说她让读者坠入重重迷雾,愈发疑惑。

康普生先生的"客观"叙述视角让读者跳出罗莎哀怨愤懑的情绪迷圈,了解萨德本大宅的建设过程、萨德本向艾伦求婚并结婚生子、亨利枪杀邦的故事情节。在他看来,萨德本如同大卫王、恺撒大帝、阿伽门农一样精明强干、不畏艰难,打下江山建立"萨德本百里地"庄园。对于朱迪思、亨利和邦之间的复杂关系以及亨利枪杀邦的原因,康普生先生的解释是邦与黑人情妇有染才被亨利枪杀。他的理由过于牵强附会,连自己也无法说服,因为在当时找混血情妇"原本就是富裕、年轻的新奥尔良人"炫耀自己"有地位、够时髦的一个标志"。康普生先生从自己的视角出发,塑造萨德本这个雄心勃勃的南方庄园主形象。但是,对于萨德本的两个儿子相互残杀他无法提供令人信服的答案,家族最大的谜团继续困扰读者。

昆丁和施里夫立足于一个土生土长的南方人和一个来自加拿大的旁观者

---

① William Faulkner, *The Sound and the Fury*, New York: Vantage Books, 1954, p.267.

的视角,在争辩补充、协商谈判和冲突矛盾中像侦探一样寻找萨德本家族之谜的蛛丝马迹,试图从更加"理性"的角度破解谜团。通过昆丁的回忆和想象以及施里夫的推理与辨析,他们终于把萨德本家族的故事讲述"圆满",同时也使故事更具传奇性和悲剧色彩:萨德本在海地镇压奴隶暴乱,迎娶庄园主的女儿并获得巨大财富;因为怀疑岳母有黑人血统,他毅然抛妻弃子来到杰弗逊,建立萨德本庄园,娶妻艾伦,生下亨利和朱迪思;后来邦来到"萨德本百里地"复仇,执意要娶朱迪思,逼迫萨德本承认自己;萨德本为了防止他终其一生建立的"纯白人"家族王国毁于一旦,把邦有黑人血统的秘密透露给亨利;为了保护家族纯正血统免遭玷污,亨利枪杀同父异母哥哥邦。福克纳通过不同人物独立叙事但又互相"叠错重复"、补充勾连的叙事视角,把播撒在不同叙述中的故事并拢,全面讲述在种族和血缘的双重撞击下萨德本家族走向覆灭的故事。

　　《我弥留之际》讲述南方穷白人本特伦一家护送艾迪的遗体去杰弗逊安葬的荒诞旅程。简单的故事情节经过福克纳高超叙事技术的处理之后,放射无穷魅力。故事采用本特伦家族成员和其他乡邻共十五位叙述者的叙事视角,这些性格不同、风格迥异的叙述者长短不一的意识片断分散在小说的五十九个章节中,在他们盘根错节的叙述中拼贴出一幅完整、精彩的南方穷白人生活画面。本特伦家族的七位成员以各自内聚焦式的叙事视角,咏叹和哀悼艾迪的死亡,家族不同人物狂乱的内心独白透视他们的精神状态和情感世界,呈现一个挣扎在贫穷的物质和精神世界中濒临分崩离析的家族。丈夫本特伦虽然在外界乡邻面前经常赞扬妻子艾迪把孩子收拾得干干净净:"天下再没有别的女人像艾迪那样费神把孩子们拾掇干净的了,大小伙也好,小男孩也好"①,但是,他与妻子貌合神离。艾迪死后他信守诺言,送她的遗体去杰弗逊安葬,目的是为自己装副假牙好另觅新欢。大儿子卡什"用十三条理由将棺

①　[美]威廉·福克纳:《我弥留之际》,李文俊译,上海译文出版社2004年版,第31页。

材做成斜面交接"的样子,以此悼念母亲。具有诗人气质、内心孤独的达尔在迷惘中感叹:"我无法爱我的母亲,因为我没有母亲。"朱厄尔是母亲与牧师的私生子,带着乖张暴戾的怒火,严格、忠实地兑现把母亲归葬杰弗逊的遗愿。最小的儿子瓦达曼年幼无知,根本无法理解母亲的死亡,只是重复默念:"我妈是一条鱼。"送葬让他有机会进城看一眼玩具小火车。女儿杜威·德尔一心想趁机进城买药堕胎。药剂师、店主、兽医、药房伙计以及乡邻构成另外八位外部叙述者,作为局外人他们能够拉开与本特伦家族的距离,描述和评价这个荒诞家庭的送丧之旅。

十五位叙述者看似琐碎孤立的意识片断并非完全割裂,而是具有内在联系性。不同叙述者绵延的意识彼此呼应、相互渗透,各自的叙述好像复调音乐的一个曲调或者一小块拼图,组合在一起时构成一幅光怪陆离、纷繁复杂、令人意想不到的景象。不同人物那些看似错综复杂、松散无章的意识片断似云霞一样连绵不绝、似烟海一般有影无踪,此起彼伏、交相涌现在人物的感性生活和情感经验的无限蔓延与复杂变化中。读者必须通过十五个人物变化多端却又简短零乱的意识流才能把握其心灵轨迹,了解本特伦家族的生活状况。所有叙述者在重复本特伦家族荒谬的送丧事件时,由于各自身份、立场和视角的差别产生截然不同甚至矛盾层出的观点,如同"一个大厅里有许多面镜子,这些主观叙述者的相互作用产生多重反射,模糊真相,形成对比,产生误解,使读者迷惑不已"①。但是,艾迪似一束居于中心的强光,扫射出去时照亮其他家族成员并波及各位乡邻的叙述。她的叙述对整部作品具有强烈的吸纳和集束作用,使小说构成一个以艾迪为中心的环绕型叙事结构,死亡成为"这部小说的中心,其核心是产生狂暴的热情和行动的尸体"②。艾迪只有寥寥数语的

---

① Warwick Wadlington, *As I Lay Dying*: *Stories out of Stories*, New York: Twayne Publishers, 1992, p.68.

② Edmond L.Volpe, *A Readers' Guide to William Faulkner*, New York: Straus and Giroux, 1981, p.127.

内心独白好似冤魂在深夜里的唔唔啜泣,凝聚成一曲死亡永恒和人生虚无的咏叹调。

《我弥留之际》似一首牧歌,让人们从看似简单的故事进入远为复杂的文本世界,在"间离"之下追求颇为新鲜的洞察力,达到更加强烈的美学效果。表面看来小说描写南方穷白人本特伦一家荒诞离奇、令人啼笑皆非的送丧历险;事实上,本特伦一家的"历险"是南方穷白人阶层或者整个人类社会的代表性缩影。小说无意于描写美国南方贫穷农民的"现实主义形象"和真实生活景象,而是专注于全人类的物质异化和精神空虚境况。小说在荒诞不经的表象之下,通过多角度综合的复调式叙述视角,打开一幅幅现代人生活中具有永恒意义的画面,演绎"关于人类苦忍的原始寓言",是"整个人类经验的一部悲喜剧"。①

《去吧,摩西》采用松散的复调对位叙事结构,由七个看似相对独立的短篇故事表现"南方白人与黑人的种族关系主题"②,构成具有内在统一性和整体性的小说。麦卡斯林家族的白人一脉和黑人后裔的故事在小说中交相辉映,共同演绎南方种植园家族的种族关系。第一章《话说当年》讲述内战之前麦卡斯林家族的白人双胞胎兄弟布克和布蒂追捕黑人孪生弟弟托梅的图尔的故事。《炉火与炉床》讲述托梅的图尔的后裔卢卡斯的故事。卢卡斯性格复杂而矛盾,他看不起纯种的黑人,但从来不向白人卑躬屈膝,敢于维护个人尊严,敢于争取正当权益。他一方面狂热地追逐物质利益,另一方面又非常珍视家庭观念。《大黑傻子》讲述木材厂的黑人工人赖德的故事,赖德失去挚爱的妻子之后,陷入极度痛苦之中,在一系列看似荒唐的行为中发泄悲伤情绪。白人对他施以野蛮私刑,把他的尸体悬挂在一所黑人学校的钟绳上。赖德的故

---

① Michael Millgate, *The Achievement of William Faulkner*, Athens: The University of Georgia Press, 1989, p.110.

② Joseph Blotner(ed.), *Selected Letters of William Faulkner*, New York: Random Books, 1978, p.139.

事看似游移在其他故事之外,但发挥画龙点睛的作用,是揭示小说种族主义主题的最佳注脚。《古老的部族》、《熊》、《三角洲之秋》和《去吧,摩西》主要讲述麦卡斯林家族黑白两支后裔的故事,白人一脉自艾克之后断绝香火,黑人一支却顽强地存活并延续下来。小说的七个短篇构成七个不同的视角,任何一个叙述视角都无法完整地呈现麦卡斯林家族纷繁复杂的家族故事和血缘纠葛,只有借助复调叙事视角,读者才得以相对完整地了解这个旧南方家族的秘史。

　　总之,福克纳在"约克纳帕塔法"家族小说的书写中,创造性地采用复调式对位叙述视角,不同叙述者像不同角度的光线,"从散点照在中心点上,一点点地点亮环境,但没有任何一束光线具有足够的权威可以显现整个环境"①。每位叙述者的叙述好像复调音乐中的旋律,看似在不同声部上各自独立吟唱,实质上彼此对照关联,使叙事线索既能同时展开,又能持续互相影响和烘托,每条线索不断地与另外的线索达成和谐默契,加强各视角之间的关联与对话。自成旋律的音调齐声高奏,在"投一石而引起无限涟漪"的复调效果中不断加深和强化作品的主题。《喧哗与骚动》以凯蒂为故事中心,四个叙述视角相互嵌套,向四周发散,四个声部由内而外相互勾连呈现康普生家族的衰落史。《我弥留之际》中本特伦家族的成员在讲述时陷于各自分裂的自我呓语和内心独白,他们粗糙单调、思维跳跃、词不达意的语言彼此之间很难达成有效沟通,每个人似乎都基于艾迪的死亡打着自己的小算盘,但是在众声喧哗中本特伦家族的生活和精神状态显露无遗。《押沙龙,押沙龙!》以解答兄弟残杀的谜团为故事核心,四个叙事者从个人立场出发,带着浓厚的情绪反应和感情色彩,在推测、想象中共同寻绎萨德本家族手足相残背后的秘密。《去吧,摩西》从多个叙述视角走进南方家族一直讳莫如深的混血问题,白人和黑人之间的种族矛盾框定在一种"追猎"仪式中,猎人与猎物可以是白人主子和

---

　　① Michael Millgate, *The Achievement of William Faulkner*, Athens: The University of Georgia Press, 1989, p.106.

黑人奴隶,也可以是父女或者同胞兄弟。

(二) 多视角转换

一般来说,小说创作常见的叙事视角有第一人称视角、第三人称限知视角、第三人称全知视角。福克纳对这些传统的叙事视角进行创造革新,在小说中大量使用聚焦人物内心活动的第一人称意识流叙事,突破第一人称叙事限知的局限性、狭隘性和主观性,尝试各种类型的第一人称叙事形式。除此之外,福克纳在作品中经常结合使用两种或者多种叙事视角,让小说中不同人物立足于不同角度变换叙事视角,围绕自身心理感受从不同层面对同一事件展开叙述,叙述者的口吻和视角甚至比事件本身还要重要。作品通过多重复合叙事视角的转换,开发各种叙事视角潜能,叙述对象在不同叙述视角的转换与绵延中得到补充与完善。而且,叙事视角的转换能够延宕或者截流物理时间,有效地延伸故事的时间维度,极大地扩展叙事的空间容量,全面系统地呈现叙事内容,强化叙事的艺术表现力。

《喧哗与骚动》以第一人称、第三人称或者第一人称加第三人称的叙述视角展开小说的四个部分。小说的前三章由康普生家族的三个男性继承者班吉、昆丁和杰生承担叙事,每个人物从自己的视角出发、以内心独白的方式叙说当前的故事,并在此基础上自由联想、“闪回”回溯往昔生活。他们从家族内部成员以及亲历者的角度追忆过去,讲述康普生家族最重要的故事线索和生活片段,比如,1898 年大姆娣去世、1900 年班吉改名、1906 年凯蒂与男友约会、1909 年凯蒂未婚先孕、1910 年凯蒂出嫁、同年昆丁自杀、1912 年康普生先生离世。康普生家族的三个男性继承人使用第一人称内倾式叙事视角,站在个人化的角度,诉说对康普生家族历次事件的主观感受。每个人物的视角不同,讲述的故事也非简单重复,而是呈现螺旋式叠错上升状态。小说最后,服侍康普生家族一生的黑人奶妈迪尔西运用第三人称全知全能叙述视角,对康普生家族的盛衰变迁加以补充完善。迪尔西的第三人称全知叙述是一种“上帝般"的俯视视角,"可从任何角度、任何时空来叙事:既可高高在上地鸟瞰概貌,也可以看到在其他地方同时发生的一切,对人物的过去、现在和未来均了如指掌,也可任意透视人物的内心。"①小说充分保持第一人称视角叙事的真实感、主观性和亲切感,又能够突破第一人称单纯叙事在视域上的局限性,加上第三人称全知叙事视角公允、客观和全景式的叙事特征,康普生家族这个南方典型的种植园贵族家族悲剧故事在不同叙事者的重复、互补、冲突、矛盾的视角变换中得以全面展开。

在《押沙龙,押沙龙!》中,福克纳利用叙事视角变换阻隔物理时间的直线发展,有意延长"侦破"萨德本家族之谜的过程。萨德本家族故事的第一个叙述视角来自罗莎,她带着不可名状的挫败感和失望感,怀着哀怨的情绪,讲述萨德本家族的"创世纪":萨德本"不知打从何方进入本镇,骑着一匹马,带来两把手枪和一群野兽",狂暴地从"平静、惊讶的土地"和"一无声息的虚无"中创造"萨德本百里地"。② 罗莎眼中的萨德本是桀骜不驯、上帝与撒旦结合的化身,他创建的家族王国为家族故事增添神秘色彩。第二个叙事视角来自康普生先生,他讲述萨德本家族的发家史及衰落史。康普生先生是萨德本的同乡,对萨德本在建立庄园过程中开疆拓土的勇气胆略和吃苦耐劳的优秀品质表示赞同和欣赏,对萨德本家族的灭亡表现出命由天定的悲观情绪,认为上帝已经注定世间万物的时间和秩序:"凡事皆有定期,天下万物皆有定时。"康普生的讲述给读者带来更大困扰,萨德本家族的衰落陷入不可知论的疑云中。离开南方去北方求学的昆丁和来自加拿大的室友施里夫成为萨德本家族故事的第三个叙述者。两个接受了高等教育的大学生在学校宿舍里经过长时间的分析推理和拼凑缀合,终于交代了一个比较完整且似乎合理的萨德本家族历史。昆丁从罗莎和康普生讲述故事时的倾听者变换为现在的讲述者,一遍遍

---

① 申丹:《叙述学与小说文体学研究》,北京大学出版社 1998 年版,第 229 页。
② [美]威廉·福克纳:《押沙龙,押沙龙!》,李文俊译,上海译文出版社 2000 年版,第 10、3 页。

纠正局外人施里夫对萨德本家族故事和南方的误解。身为南方末代贵族,对于南方贵族认为种族混血比血缘乱伦更加恐惧的心理昆丁感同身受,因为混血在根本上必然摧毁南方的种植园家族和贵族阶级。施里夫对南方的误解让昆丁痛苦呻吟:"你不会理解的,你得在那儿出生才行。"

小说由内向外从第一人称限知视角转向非限知或者转向第二人称叙事视角,每一个讲述者都是不可靠叙述者,只讲述萨德本家族历史的一些片段,无法提供完整的故事。当读者读完每一个叙述者的叙述时,对萨德本家族的历史增加了一点了解,同时又似乎坠入萨德本家族历史更深的迷雾,真相变得愈发不可捉摸。读者需要等到读完全部叙述并对已知片段进行拼贴连缀、推理想象和时空组合之后,才有可能较为全面地了解萨德本家族的兴盛衰亡。福克纳通过叙事视角的转换让读者明白,依赖任何一个叙述者都不会完整、可靠地得到萨德本家族的历史,读者需要时不时地直接卷入想象和构建萨德本家族历史的过程。因此,在福克纳看来,对于萨德本家族过去的重访事实上就是与不同叙述视角之间展开的话语建构。

在创作《我弥留之际》时,福克纳在叙事视角转换方面显得更加得心应手。作品的五十九章均由本特伦家族的某个成员或者乡邻共计十五人以第一人称的口吻展开叙述,叙事视角频繁地在叙述者各不相同的心理活动中变换,叙述者的叙述呈现自由发散状态,通过纷繁复杂的不同视角之间的跳跃变换,人们着力捕捉各种回忆、感觉、观察、印象、思绪,在猜测、补充、呼应、反驳中,拼贴本特伦家族的生活史。在这些片段中,母亲艾迪在不同人物的心目中呈现不同形象,家族成员为她长途送葬所持的动机和态度也各不相同。在家族成员内部视角的转换中,本特伦家族的日常生活和情感景象跃然纸上:母亲自我封闭、冷漠疏离;父亲自私自利、斤斤计较;子女们不念亲情、相互猜疑;他们预料到本次送葬行程充满艰辛,却以忠诚和爱的名义,在各怀鬼胎、自我盘算中兑现安葬艾迪的遗愿。从其他乡邻的外围叙述视角中,本特伦家族的故事以不同于家族内部视角的版本出现在读者面前:身为父亲的本特伦或许不擅长照顾孩子,但作为丈夫的本特伦信守诺言;母亲艾迪对于家庭和孩子尽职尽责;本特伦家族长途跋涉、险象环生的送葬是虚伪和疯狂的表现,是需要尽快终止的不自量力、荒唐愚昧行为。叙事视角的交替变换以及叙述者享有的叙事自由,使每一位叙述者的叙述都不大可靠但又不容忽视。读者最大限度地参与解读各叙述者的叙述之后,才有可能全面了解本特伦家族的送葬之旅这一中心事件。

小说的叙事模式就像两个同心圆,艾迪的视角是圆心,家庭成员的视角构成内圆,其他乡邻的视角则是外圆。① 作者试图通过家庭内部成员加上外部乡邻的叙事视角变换,提供处于内圆的本特伦家族成员的生活、心理和情感状态,辐射处于外围的其他穷白人乡邻们的生活情景,加深故事的层次感和全面性,对本特伦这个南方普通穷白人家族及其乡邻们的生活状态展开全方位的描述,由此折射整个南方甚至全人类在现代时期的迷茫、狂乱、异化、空虚的生活与精神面貌。作品重点聚焦家族内部成员的内心活动,对他们各自的诉求深入剖析。在不断推进的物理时间之流中,这个表面看起来坚守诺言、历尽艰难也要把本特伦太太的遗体送往家乡安葬的家族,其实每个成员的内心充满孤独,心怀不可告人的秘密。他们的荒诞、自私、狭隘、卑鄙、异化、隔绝在作品中被刻画得入木三分。小说频繁转换叙事视角,有意打乱、分解、淡化故事情节本身,关注人物孤独、割裂、封闭、猜疑、怨恨的心理感受。本特伦家族缺乏任何有效的沟通与交流,亲情缺失与感情隔膜使每个成员陷入孤独与苦闷,只能凭借内心独白表达感受、宣泄郁闷。送葬的共同使命似乎把家族成员捆绑在一起,本应同甘共苦完成任务的一家人在旅途中却互相猜忌、彼此伤害。乡邻们各持己见,在众声杂陈中以旁观者的个人感受,随意评判和解读本特伦家族及其送葬行为,彼此缺乏说服对方与读者的叙事能力。叙事视角在不同人物之间的流转,凸显挣扎在贫穷生活中的本特伦家族成员在精神上的孤独、彷

---

① Alice Shoemaker, "A Wheel within a wheel: Vision of Form and Content in Faulkner's *As I Lay Dying*" in *Arizona Quarterly*, Vol.35, No.2, Summer, 1979, p.102.

徨与绝望。

　　浅层次上非常简单的一个南方穷白人家族把母亲送去故乡安葬的故事情节,通过十五个叙述者叙事视角之间的不停转换,小说的深刻寓意得以凸显,南方普通农民对于生活、死亡、命运、苦难的内心反应以及隐含背后的现代人的物质异化和精神空虚成为小说关注的重点。由于现代文明的入侵,南方传统的家族理念遭到前所未有的挑战,南方的普通人成为生活在现代社会中的流浪者,失去与历史联系的根基,在精神上无所依存。而且,小说通过多元叙事视角之间的转换极大地延伸情感时间长度,拓展心理感受容量,让人们禁不住回想昔日重视家族伦理、珍惜家庭观念、倚重人情世故的旧南方。小说通过叙事视角转换传递强烈的异化感与孤独感,形象生动地刻画堕入物质文化和精神虚空状态中的现代南方普通农民的现实生活和精神面貌。

　　《去吧,摩西》是麦卡斯林家族的白人后裔艾克讲述的家族故事,延伸至埃德蒙兹和布钱普黑白两支家族后裔的故事。埃德蒙兹是麦卡斯林家族族长老卡洛瑟斯的外孙女的夫家,算是麦卡斯林家族的白人支系;布钱普是老卡洛瑟斯与黑奴女儿乱伦生下的儿子托梅的图尔一脉的延续,因为奴隶身份没有资格使用麦卡斯林的姓氏,图尔的妻子是来自艾克舅舅家族布钱普庄园的黑奴,这一支家族黑人后裔的子孙便以布钱普为姓。全书围绕这三个姓氏及其子孙后代之间错综复杂的关系,浓墨重彩地展开一幅旧南方家族故事的巨型画卷。老卡洛瑟斯家族的白人直系后裔艾克的叙述构成家族历史的主要叙述视角。艾克是老卡洛瑟斯的孙子,在研读家族账本时,他逐步拼凑出父亲布克和叔叔布蒂这对双胞胎兄弟"复杂阴暗的生活",发现布克与黑奴布朗李之间的同性恋秘密以及老族长卡洛瑟斯与黑奴女儿之间的乱伦关系。他认识到家族的乱伦罪恶、男性黑奴被用作同性恋消费商品、女性黑奴被用作生产力再生产商品的反人道主义行为,是导致麦卡斯林家族灭亡和南方庄园制终结的根本原因。

　　小说的"灶火与炉床"的叙述者是小说的二号人物路喀斯·布钱普。他是托梅的图尔的儿子,主要讲述艾克没有涉及或者一笔带过的家族黑人支系后裔的故事。作为麦卡斯林家族的混血后裔,路喀斯坚决维护家庭荣誉和应得利益。当他怀疑白人主子扎克以给儿子雇用奶娘为名霸占并睡了自己的女人莫莉时,他拿着枪闯进扎克的家里要与他决斗。他以强硬的做法要回妻子,捍卫自己的身份和尊严,他骄傲地向扎克宣布:"我是一个黑鬼……但我也是一个人。"他没有像艾克那样放弃家族遗产,逃离家族充满耻辱的土地,相反,他与妻子终日辛勤耕耘土地,敢于面对麦卡斯林家族的白人后裔,坚决要求艾克兑现当时老卡洛瑟斯许下的诺言,向他索要属于他哥哥、姐姐以及自己的三千元遗产。

麦卡斯林家族的白人后裔艾克是理想化的南方贵族,代表贵族精神和骑士传统。他拒绝继承沾满罪恶的家族财产,心甘情愿地追随精神导师山姆·法泽斯,选择归隐山林、回归自然、自食其力,以求为祖先赎罪。黑人后裔路喀斯·布钱普是现实主义的代表,他的身上充分表现黑人形象的矛盾性和复杂性。他斤斤计较,对于妻子的劝告置若罔闻,狂热地追求财富,每夜挖破地皮,梦想在祖先的土地中寻到金币。同时,他又热爱家庭、忠于感情,独立、自尊地维持一家人的生活,具有觉醒意识,敢于为自己的权力和尊严而战斗。小说在麦卡斯林家族黑白两支家族后裔的不同叙事视角中转换,延伸、回放麦卡斯林家族黑白两支家族历史的形成以及家族成员自身的生活体验,把目光投向过去,揭示旧南方庄园主贵族家族的秘史和奴隶制的罪恶,同时赞扬印第安裔、非裔少数族裔注重南方文化传统、倚重家族观念、敬畏自然的良好品德。

福克纳的作品恰当地在多角度叙事模式和不同叙事视角中跳跃变换,小说经常围绕某一中心事件,在不同视角之间变换流转。如此,小说事件的单一直线发展方向被斩断,故事在艰难、曲折、迂回、踟蹰中缓慢推进发展。随着每一个新角度的出现,同一事件被赋予新的含义。不同的维度和视角使人们对于小说的中心事件展开全方位、多角度、立体式的观察,每一次叙事视角的转换都对读者造成一次情绪体验和主观感受的冲击,使作为接受主体的读者产生明显的接受距离波动。因此,叙事视角的转换产生不同的阅读感受和心灵体验,提供故事解读的多重意义,加强作品的艺术表现力,深化主题意义,有助于全面充分地展现旧南方庄园主家族的覆灭悲剧,再现昔日南方社会生活丰富多彩的图景。

二、特殊身份叙事视角

叙事视角经常强调或者侧重以谁的眼光和口吻观察和讲述事件,不同人物的视角对于同一事件的看法可能大相径庭。观察者和讲述者的身份形形色色、多种多样,可以是心智健全的正常成人,也可以是痴傻者、疯癫者、偏执狂、虐待狂或者是儿童、婴孩、未成年人等特殊身份人物。作家拥有对叙述者进行选择和安排的权力和自由,能够规定叙述者的人物身份、知识水平、智力程度、性别属性等。而且,不同人物的个体特征和身份地位决定叙述者对叙述对象的不同感知能力和叙述水平。福克纳不但在多重人称叙事视角方面进行实验,而且创造性地运用各种特殊身份人物的叙事视角讲述故事。

在"约克纳帕塔法"家族世系小说中,叙述者涵盖现实生活中的种植园贵族、穷白人、佃农、黑人、家奴以及其他各色人物,而且福克纳有意识地表现疯癫者、痴傻者、偏执狂、自杀者、孩童、施虐狂等特殊或者非正常人物的叙事视角。透过这些看似狂躁、亢奋、痴呆、忧郁、沉迷自我、耽于幻想、丧失理智、思维破碎、歇斯底里的非正常人物或者纯净、简单、客观、未经加工和污染的原生态儿童叙述视角,以常人不易体察和难以感知的敏感而强烈的内心活动与情感体验,在正常与非正常的二元对立中探讨南方人的生存情境和精神状态的别样面貌,探讨关于传统与现代、理性与感性、文明与愚昧、先进与落后的一系列现代性问题,赋予作品巨大的戏剧冲突和艺术张力,达到出奇制胜的诗学叙事效果。纵观"约克纳帕塔法"世系小说,为了更加有效地展现南方的家族衰落、种族冲突、传统文化失落、新南方的精神困境和价值虚空等现实问题,福克纳在作品中给予痴傻人、偏执者以及非裔、印第安裔等边缘人物叙述故事的声音,期待对现存的南方贵族家族史和地方史进行修正、补充甚至质疑、重建。

(一) 痴傻人/偏执狂叙事视角

"失去"是《喧哗与骚动》的核心主题。康普生家族失去了曾经拥有的"伊甸园",堕入家族荣誉受辱、家族土地卖空、社会地位一落千丈、家族成员亲情淡漠的覆灭深渊。在他们看来南方贵族失去乐园的主要原因不是"夏娃"的堕落,更多地出于"毒蛇"的引诱。北方的工商资本主义这条毒蛇突然发动进攻,给南方致命一击,导致南方的阶级秩序混乱、社会体制崩溃,南方贵族从此失去"伊甸园"。康普生家族曾经显赫一时,家族出过一位州长和三位将军。但是,1898年到1928年期间,康普生家族在新南方现代资本主义的强势入侵下,逐渐失去经济和政治上的优势地位,无可奈何地被逐出"乐园",逐步走向没落。康普生家族的没落史是整个南方贵族阶层被挤向社会边缘、最终被体制无情淘汰的缩影。尽管南方贵族走向灭亡是不可抗拒的时代潮流,但随着白人贵族作为一个阶层的逝去,南方独特的家族观念、精神气质、地域意识、传统文化、道德规范也在北方现代化的冲击下面临失落的危机。

《喧哗与骚动》中,康普生家族的三个男性子嗣分别以痴傻者、自杀偏执者和施虐狂的内聚焦式叙事视角,在叠错重复的讲述中反复咏叹与哀悼家族的灭亡。三个人物在精神亢奋、观点偏激、思维混乱、心智失常的癫狂状态下,以强烈的内心体验,叙述一件件让他们无法释怀的家族往事。康普生家族成员或痴傻或沉迷或癫狂,他们的叙述带有浓厚的个人情感体验,表现出诸多的非理性和不可靠性,使康普生家族的衰落故事哀婉伤感、凄美动人,读者与故事中的人物一起陷入雾中看花、水中望月般追寻家族往昔的迷雾之中。黑人奶妈迪尔西的出场和意犹未尽的隐含作者补充的"附录",以正常人和旁观者的视角,些许拉开一些与这个家族的距离,交代家族的人物谱系、发展历史和命运遭际,补充和勾连起家族从极盛到衰亡的历史。小说把康普生家族的故事讲述了五遍,而且每一遍都在重叠的故事之上透露不同的信息与线索,破坏和解构读者的阅读期待,吸引读者对康普生家族的故事一遍遍深入探访与挖掘,在多次破解谜团和拼贴疯言呓语中连缀出康普生家族的悲剧历史。

小说的新颖与生动来自于康普生家族三个男性继承人的特殊叙事视角。康普生家族最小的痴傻儿班吉首先登场,已经33岁的班吉智力不及三岁孩童,他几乎不具备正常的语言能力,无法组织自己的思维活动。身为痴傻者,班吉看待事物的视角断断续续、跳跃不居,他的感官异常敏锐,经常动用听觉、嗅觉、视觉、触觉等感官的联觉反应,把自己强烈的情绪和感知置于大段意识流中,此事此时在他的意识中必然引发一系列彼事彼时的涟漪。读者在班吉零零星星的狂言疯语和喊叫哭闹中,粗线条地勾勒出康普生家族最重要的事件,捕捉这个南方贵族家族没落的本质。班吉犹如先知先觉的预言家,最先嗅出家族的所有变故,这些变故在他的感官世界中高度凝缩为"失去",他的叙述部分其实建立了一种"暗示着失去的场景"。① 班吉失去了关心照顾他的姐姐凯蒂,因为在南方穷小子的围剿下,她未婚先孕、匆匆嫁人;他失去了偶尔还能给予自己温情的父亲,因为他整日醉醺醺刚到中年就病逝;他失去了男儿身,因为怕他招惹麻烦他被阉割;他"失去"了经常玩耍的家族祖传草场;他失去了自己出生时母亲按照娘家弟弟的名字给他起的乳名毛莱,因为嫌弃他是傻子,母亲给他改名"班吉明"(又译为便雅悯,是《圣经》中雅各和拉结的小儿子),非常具有讽刺意味的是,康普生太太借用神话中"备受宠爱的小儿子"的名字割断自己娘家与亲生儿子的联系。让班吉哭闹不止的不仅是生理或者物质方面的"失去",更重要的是精神、情感和身份方面的"失去"。

嗅觉和哭喊成为班吉感知家族变故的强大武器。1898年祖母去世时,"他哭了,他闻到气味了。他闻出来了";1900年更名那天,班吉"不用听也不用讲"就"闻出了人家给他起的新名字";当凯蒂首次与男孩接吻之后,他闻不到她身上的树香味哭叫着拉她去清洗;凯蒂失贞那天,班吉拉着凯蒂的衣服大

---

① Andre Bleikasten, *The Most Splendid Failure: Faulkner's The Sound and the Fury*, Bloomington: Indiana University Press, 1976, p.75.

声吼叫,"他的声音像波浪似地在几面墙壁之间来回撞击,她蜷缩在墙根前变得越来越小,只见到一张发白的脸,她的眼珠鼓了出来,好像有人在用大拇指抠似的。后来他把她推出房间,他的声音还在来回撞击";凯蒂嫁人之后,班吉常常"拽着门哭哭喊喊",整天抱着凯蒂的一只旧拖鞋,间或发出撕心裂肺的哭声;当杰生想把他送去疯人院、让他"跟一大帮傻子白痴待在一起,整天拽着铁栅栏不放,爱怎么哼哼就怎么哼哼"时,班吉也以哭声反抗;当他脱掉衣服看到自己被阉割的下体时,他"哭了起来";他本能地着迷家族祖传的草场,当他最为熟悉的草场被变卖掉成为高尔夫球场后,他依然天天不忘跑到那里去转悠,他的黑奴小厮勒斯特说"他还以为他拥有这片草地呢",他在球场边上嘟嘟囔囔,听到打球的人喊"caddie"时他就崩溃哭闹。

在班吉的痴傻世界中没有时间和空间概念,无法区分事件的先后顺序以及过去与现在的不同,他的感官感知能力经常以连锁反应的联觉形式出现。凯蒂出嫁后他抱着她的拖鞋:"我蹲在墙旮旯里,手里拿着那只拖鞋。我看不见它,可是我的手能看见它,我也能听见天色一点点黑下来的声音"。这里的触觉、视觉、听觉联合作用,让人真切感受到班吉痛彻五脏六腑的"失去"。他的联觉经常勾连起一系列事件让它们同时在场,形成场景和时空的频繁切换以及信息碎片的不断重组。班吉的联觉反应以及凌乱的意识流,彻底肢解传统的直线性叙事模式,阻滞和延伸叙事和感受的时间,让人们流连于康普生家族的各种事件中。在班吉的意识片段流动和联觉反应中,闪现康普生家族的一系列重大事件:大姆娣的辞世,班吉的生日及更名,凯蒂的初吻、失贞、婚礼,父亲的去世,昆丁的自杀,杰生与小昆丁的争吵,小昆丁的离家出走,等等。读者借助班吉这面自然朴实、毫无掩饰的镜子,看到凯蒂、昆丁、杰生、康普生夫人及其他家族成员最本真的形象。班吉的哭闹指向智力不健全的同时,折射家族的财产、门第和地位丧失。班吉的思绪混乱和"喧哗与骚动"正是康普生家族生活处境和精神状态的最好写照。他的原始、纯粹、本真的叙事视角,有助于一针见血地传达南方贵族家族和社会分崩离析的本质。

　　小说的第二个叙述视角来自康普生家族的"偏执狂"长子昆丁,他的叙述聚焦他自杀那天的心理活动。昆丁拒绝向现实妥协,选择自杀结束自己失去灵魂的躯体。与班吉痴傻、混乱却简单、纯净的意识活动相比,昆丁的叙述显得敏感、细腻、复杂、忧郁、压抑、困惑、迷茫、绝望、偏执,他经常使用冗长繁复的句子,低沉阴郁的语气,在吞吞吐吐、欲说还休的独白中,叙述他与凯蒂、手表、时钟、影子以及忍冬花香之间的纠缠与较量,交代他内心郁闷苦恼、无可奈何和极度绝望的痛楚。"忍冬的香味像一股潮湿的气浪阵阵袭来",包围着他,让他窒息却无处遁形。时间的持续在场让他烦躁不已,父亲告诉他"钟表杀死时间","只有钟表停下来,时间才会活过来"。他砸碎钟表,却无法"杀死"时间,反而让时间占据了全部思想,内心沉思"基督不是在十字架上被钉死的,他是被那些小齿轮轻轻的咔嚓咔嚓声折磨死的。耶稣也没有妹妹"。

　　钟表、影子代表时间,忍冬的香气代表妹妹的贞操,时钟的嘀嗒声敲打昆丁脆弱而敏感的神经,对他而言,机械时间的持续流逝意味着自己挚爱的一切不复存在,妹妹的贞操、家族的荣耀、旧南方的贵族阶层也随风而逝。因此,他不惜一切代价试图通过肢解家传的手表、砸碎钟表店的时钟、挖空心思试图骗过自己的影子、甚至企图把影子"沉入河底"来终止时间流逝。但是,昆丁与时间的较量只会以绝望和惨痛的失败告终。意识到时间不可战胜的昆丁转向妹妹那"岌岌可危"的贞操。当他发现妹妹失去贞洁之后,便自欺欺人地编造他与妹妹乱伦的谎言:"我犯了乱伦罪我说父亲啊是我干的不是达尔顿·艾密斯。"但是父亲寥寥数语的"啊你能吗"和"可怜的昆丁你根本没做过这件事"就让这个荒诞不经的谎言不攻自破。不堪一击的乱伦谎言根本无法挽回昆丁拼尽全力保护的家族荣誉和贵族尊严,挥之不去的忍冬花香象征南方白人男性借助冰清玉洁的淑女贞操维护家族荣耀和道德情操的努力最后付之东流。

　　昆丁自杀的那天莫名地亢奋、癫狂,又异乎寻常地清醒、"理智"。身体孱弱、思想深邃、精神孤独、内心敏感、性格懦弱的昆丁惧怕社会变革和新南方的到来,把自己囚禁在思想和精神牢笼中,醉心于家族的昔日荣光、南方的浪漫传奇以及妹妹的天真纯洁。面对妹妹的失贞和家族的没落,他无能为力,只能以近乎痴迷与癫狂的心情追寻过去,试图以终止时间的方式寻回失落的南方、守住妹妹的贞操、挽回家族的颜面。昆丁无法调和现实与理想之间的巨大矛盾,父母也没有给予他应有的疏导与帮助。父亲的懦弱无能与悲观厌世、母亲的无病呻吟与顾影自怜,使他愈发绝望与孤独,只能在内心一遍遍地呼唤母亲:"如果我有母亲我就可以说母亲啊母亲。"昆丁无法像堂吉诃德一样投入战斗,他的思想永远比他的行动强大,他意识到一切努力毫无意义,南方的消亡已成定数,他唯一可以为理想付出的就是结束自己没有灵魂的身体,他的灵魂早已在"战败的事业"中随着旧南方一起死亡。

小说第二部分运用"偏执"自杀者的叙事视角,以最艰深晦涩和富于思辨的语言,聚焦昆丁这个南方末代贵族公子的意识活动和精神世界,透露昆丁内心难以排遣的痛苦、焦虑、忧郁、绝望、迷狂。他的思绪围绕时间、乱伦、贞洁以及自杀激烈而高速地跳跃运转,在炽烈浓厚的情感、回忆、想象、思考中,呢喃重复过去那一桩桩令他无法忘怀的家族往事。家传的手表、与生俱来的影子成为他无法摆脱的噩梦,妹妹的失贞已成现实,乱伦游戏只能掩耳盗铃,家族神话已经时过境迁。但是,昆丁偏执地沉浸在旧南方和家族的过去中不能自拔,无法接受家族的没落和时代的变迁,在痛苦、困惑、孤独、绝望中沦为混乱、失序的新南方的精神弃儿和旧南方的陪葬者。昆丁对于过去的偏执与留恋发人深省,谱写了一曲伤感怀旧的南方挽歌,呼唤人们驻足回望,在怅然若失中认真思考南方的现在与未来。

小说的第三个叙述视角来自虐待狂杰生。相对于班吉和昆丁,杰生既没有智力失常,也没有精神崩溃,他看起来是康普生家族三个男性后代中"最正常"的一个。但是,愤怒与仇恨扭曲了他的心智和灵魂,如何弄到更多的钱和如何把家人统治得服服帖帖成为他最关心的事情。股票行情的跌涨、从凯蒂母女那里榨取更多钱财、如何让"一屋子吃闲饭"的黑奴和每一个姓康普生的人服从自己的家长淫威占据他的全部思想。怨恨、咒骂与暴力充满在他的叙事中,表明杰生是一个不折不扣的施虐狂,他的叙事部分运用施虐狂常用的粗暴、简短、直白的语言,借助大声咒骂和不停嘲讽,杰生唯利是图、自私自利、冷酷刻薄的虐待狂形象被塑造得栩栩如生。杰生的叙述少了弟弟班吉叙事的单纯与温暖,也没有哥哥昆丁的忧郁与哲思,只有虐待狂的仇恨、抱怨、咒骂、牢骚、不满、愤怒。与班吉和昆丁不同,杰生对家人没有丝毫温情,对于家族历史没有任何留恋,毫不在乎家族的荣誉与姐姐的失贞,只关注这些事件带来的经济损失。他快速斩断与家族过去和旧南方的纽带,盲目地投入利欲熏心的物质文化大潮。但是,时过境迁的贵族家庭出身以及被边缘化的社会地位,使杰生堕入尴尬的生活状态,他的身上褪去了所有的南方贵族气质,蜕化成工业资本主义社会中的一个杂货店小职员,生活陷入与其他普通南方白人毫无区别的悲哀境地。

杰生内心失衡、心理扭曲,非但没有与家人齐心协力、共渡难关,反而把自己的怨气一股脑儿发泄在家人身上,经常以刻薄冷酷的话语和野蛮强势的方式控制亲人、欺压家奴。他没有把家奴当人看待,经常骂骂咧咧地说自己"不能白白养活满厨房的黑鬼";对于弟弟班吉他丝毫不念手足之情,打算把他扔进疯人院卸掉累赘,母亲不同意他的意见,把班吉留在家里照顾时,他愤怒不已,冷嘲热讽说母亲"把州立精神病院一年级的优秀生硬留在家里";对于姐姐凯蒂他愤恨不已,认为她被丈夫抛弃给全家人"丢人现眼";对于哥哥和父亲他没有一点感情,觉得"整天抱着酒瓶"死去的父亲和"投河自尽"的哥哥让全镇人都"顺理成章"地认为康普生一家子都是疯子;他用小昆丁是"野种"、班吉是傻子来嘲弄和揶揄家族高贵的血统,讽刺说幸亏康普生家族只出过州长和将军,如果出了"国王与总统","全家人都要到杰弗逊去扑蝴蝶呢"。

杰生的"仇恨与绝望"以及他"只认得钱"的行为,使他成为一个"没有理性、不切实际的复仇狂与虐待狂"。① 他的叙事充满各种数字计算和股票涨

---

① 李文俊:《福克纳评传》,浙江文艺出版社 1999 年版,第 106 页。

跌,他对金钱有着近乎偏执的占有欲,拜金是杰生报复社会的主要方式。在他平淡、冷漠、刻薄的叙事中,他与亲人之间的纽带是经济关系,追求金钱使他丧失基本的亲情与人性,通过损害与控制家人满足虐待狂的变态心理。在他的意识流中,对于姐姐凯蒂的回忆几乎全部围绕她给自己造成的经济损失:她的未婚先孕导致自己失去银行肥差;她被丈夫抛弃增加了娘家抚养她女儿的负担。因此,凯蒂只要思女心切来杰弗逊镇必须携带大量钱财满足他的敲诈勒索。他不以家族昔日的辉煌为荣,反而以家人为耻。他怨恨醉醺醺的父亲,挖苦哭哭啼啼的母亲,讽刺昆丁拿着家族变卖土地的钱在大学里只学到自杀的本事,辱骂痴傻的班吉丢人现眼并对他进行阉割去势,憎恨和敲诈可怜的凯蒂,虐待亲外甥女小昆丁,顶撞忠心耿耿的黑人奶妈迪尔西,戏弄家里做苦力的黑人小厮。怨恨与报复扭曲了杰生的灵魂,使他成为一个冷酷无情、偏执多疑、嫉妒固执的虐待狂。在杰生表面看似正常实则狂躁的叙事中,新南方工商资本主义引发的利欲熏心、亲情疏离、人性缺失和道德沦丧暴露无遗。

《我弥留之际》通过瓦达曼的儿童视角,反映南方一个穷白人家族的真实生活和精神世界。作品以瓦达曼略显痴傻的儿童叙事视角讲述整部小说的五分之一,揭示本特伦家族成员未曾雕饰和未加遮掩的故事。瓦达曼的内心独白在时空维度上混杂不清,他的叙述既包括对现实单纯而真实的观察与理解,也包含对精神世界和现实世界混沌不清的认知。凭借单纯痴傻的孩子叙事视角,瓦达曼窥破家人许多不可告人的秘密和冷漠疏远的亲情。他年龄尚小,意识不到母亲去世意味着什么,只是一遍遍地重复"我妈是一条鱼"。在母亲是一条鱼的执念下,他感觉卡什把母亲"钉死"在盒子里面没法呼吸,便在入殓母亲遗体的棺材上钻出几个大洞,方便母亲呼吸顺畅,让母亲从他"钻的洞眼里钻出来进入水中",这样他"重新来到水边就可以见到她了"。他听见母亲在"木盒子里"翻身和独自说话的声音,他看见母亲"正透过木头看着"他,他想让她不被打扰"独自安息"。小说通过瓦达曼异于常人、略带痴傻又充满童真的叙事视角,刻画本特伦太太像水中的鱼一样难以捕捉与亲近的母亲形象,表现本特伦家族子女内心深处对母爱的极度渴望。

当他看到棺材里的母亲被"藏起来不让别人看见"时他马上联想到姐姐德尔隐藏怀孕的秘密。"我看见了一些事情，杜威·德尔叫我不要告诉任何人"，"我看见了一些事情，杜威·德尔让我跟谁也不要说"。他一遍遍重复的话语显得突兀而神秘，激起人们的无限好奇，迫切想要探寻本特伦家族不被外人知晓的"一些事情"。瓦达曼的孩童加痴傻叙事不但为读者揭开德尔未婚先孕、急于买药堕胎的秘密，而且暴露家庭成员的更多隐私。达尔被家人故意以发疯的借口送去杰克逊疯人院，外人不知其中端倪，但不断跳跃在瓦达曼意识中的片段传递关于这件事情不同寻常的意义："达尔去杰克逊了他是我哥达尔是我哥"；"达尔到杰克逊去了。许多人没去杰克逊。达尔是我哥。我哥要去杰克逊"；"他到杰克逊去了，他发疯了"；"他不是坐火车发疯的"；"他在我们的大车上就已经疯了"；"爹、卡什、朱厄尔、杜威·德尔和我都没有发疯。我们从来没有发疯，我们也没有去过杰克逊。达尔"。是的，家族的其他成员都没有发疯，只有富于思想的达尔发疯进了杰克逊疯人院，这件在瓦达曼的思绪中重复闪现的事情别有深意。在运送母亲尸体的过程中，随着时间推移和天气转暖，尸体的臭味越来越浓，天上的秃鹫越来越多，沿途的乡邻们大声抱怨。达尔为了终止家人越来越疯狂的送葬行为，放火烧了停放母亲棺材的谷仓。家人觉得他的纵火打乱了他们私下已经打好的如意算盘，而且还需要赔付烧坏仓房的损失。他们便无视亲情合伙陷害中伤达尔，统一口径说他疯癫，强行把他送进疯人院。通过瓦达曼的视角，一个挣扎在贫困线上却丧失理智、不顾亲情、彼此提防、互相算计的穷白人家族现出原形。

本特伦家族贫困交加的生活现状通过瓦达曼的眼睛传递出来。卡什在送葬途中摔断了腿，父亲安斯为了节省开支，没有送他去医院，居然自行用廉价水泥糊住他的腿，卡什的腿因为严重发炎呈现青黑，他疼痛难忍时大家"往他的腿上浇一些水"，瓦达曼通过"我的腿看上去是黑的"表达卡什钻心的疼痛。当他爹安斯告诉瓦达曼面粉、白糖和咖啡太贵、他这个乡下孩子得"改吃香蕉"时，瓦达曼问他爹："为什么我不是城里孩子呢?""上帝把我造了出来。我又没有跟上帝说要把我造在乡下。如果他造得出火车，为什么他不可以把人都造在城里呢。"通过一个痴傻儿童的视角，穷白人家族贫病交加、饥寒交迫的生活状态赤裸裸地呈现在读者面前，激起人们对于南方下层普通农民的同情和对于贫富差距的不满。

小说家需要某种重要的视角，把他们观察生活的立场"公之于众"。福克纳正是通过创造性地运用傻瓜、疯癫、弱智、复仇、偏执、儿童等特殊人物的叙事视角，营造视角越界的艺术效果。这种越界叙事打破了传统的叙事习惯和叙事方式，在陌生化、异化和间离中拉长读者的审美感受和内心体验时间，产生新奇而独特的审美效果和阅读体验，发挥独特的叙事功能。福柯认为"病人、愚人或傻瓜"不再是司空见惯的可笑配角，"而是作为真理的卫士站在舞台中央……用十足的傻瓜话语说出理性的词句"，这些"在理性和真理的心脏活动着"的人物，①成为福克纳作品中的班吉、昆丁、杰生、瓦达曼等，他们以异于常人的眼光观看世界、体察人心，在这些"痴"、"傻"、"呆"、"狂"人物抹去杂质和雕琢的内心直白中，南方贵族家族的秘史、人性的阴暗、道德的堕落以及现代人的物质异化、精神空虚等本质的东西得以浮现。

(二) 非裔口述叙事视角

在内战之前的美国南方，普通黑人民众没有接受教育和读书识字的机会，口述成为非裔传递经验、讲述故事、承继思想和延续文化的主要手段，与书写不同，口述具有极大的"添加性、流传性、挑战性、复制性和贴近生活性"②。福克纳由黑人保姆卡罗琳大妈带大，她是一个口述故事的能手，童年时代的福克

① ［法］米歇尔·福柯:《疯癫与文明》，刘北成、杨远婴译，生活·读书·新知三联书店2012年版，第15—16页。

② Walter J.Ong, *Orality and Literacy: The Technologizing of the Word*, London: Routledge, 2002, pp.37,39,40,42,43.

纳经常缠着大妈,让她讲述各种非洲民间故事和离奇传说。福克纳与卡罗琳大妈之间亲如母子的关系让他接近并熟知非裔文化传统和口传叙事艺术。非裔构成南方人口的多数,他们的口述传统对南方的社会、文化、宗教形成极大的影响,南方甚至被有的学者称为是建立在"口述传统上的社会"①。福克纳对南方文化的热爱以及他与卡罗琳大妈之间亲如家人并延续终身的关系使他对非裔口头叙事艺术表现出浓厚的兴趣,熟谙其叙述技巧,并在作品中大量使用非裔口头叙事形式。对于福克纳而言,"南方伟大的口述传统几乎可以在所有活动中表现出来:从宗教布道、公众聚会到商品交易,从茶余饭后的闲聊到各种辩论、吟唱福音歌,从方言到布鲁斯演唱"。② 福克纳在作品中经常运用南方黑人的方言俚语和口传叙事技术,以不同的视角和叙事手法,呈现从传统叙事视角看来完全不同的南方种植园家族故事和社会历史,同时可以抗议黑人声音的"缺场和失语",坚持让被边缘化或者被他者化的黑人"在场",解构白人讲述历史的单一性和统治地位。③

　　在《喧哗与骚动》中,福克纳运用非裔口头叙事传统的"呼唤—回应"模式组织小说的叙事结构并深化故事情节。根据托尼·莫里森的定义,"呼唤—回应"是口述的基本叙事形式,需要参与者或叙述者基于已知信息,"承认、改变、修正或延伸意义",唤起其他叙述者或者读者的回应。④ 小说的前三章构成一种呼唤模式,康普生家族的三个男性子嗣各自基于自己的立场,蜗居在痴傻、阴郁、癫狂、暴虐的内心世界和情绪感受中,叙述家族的兴盛衰亡,但囿于

　　① Waldo W.Braden, *The Oral Tradition in the South*, Baton Rouge: Louisiana State University Press, 1983, p.ix.

　　② Katherine R.Henninger, "Faulkner, Photography, and a Regional Ethics of Form" In *Faulkner and Material Culture: Faulkner and Yoknapatawpha*, 2004, edited by Joseph R.Urgo and Ann J.Abadie, Jackson: University Press of Mississippi, 2007, p.123.

　　③ Stephen M.Ross, *Fiction's Inexhaustible Voice: Speech and Writing in Faulkner*, Athens: University of Georgia Press, 1989, p.234.

　　④ Toni Morrison, "Rootedness: The Ancestor as Foundation" In *What Moves at the Margin: Selected Nonfiction*, edited by Carolyn C.Denard, Jackson: The University Press of Mississippi, 2008, p.59.

偏执,三个家族成员叠错重复、吞吞吐吐、断断续续的内倾式叙述都无法超越狭隘的个人立场,只能提供康普生家族不同历史阶段的一些事件碎片,发出各种期待应答的呼唤。小说的最后一个部分借助黑人保姆迪尔西饱经风霜、乐天知命、面对现实的全知全能第三人称叙事,对前面康普生家族三个男性子嗣的呼唤进行回应,把康普生家族的历史碎片连缀成一个比较完整、相对客观的故事。迪尔西的回应采用夹叙夹议方法,不时地质疑、修正、补充康普生家族三个男性后代的叙述,使呼唤与回应模式形成对立而又相互关照的关系,监督、评价康普生家族三个继承者的叙述,冲破家族成员狭隘、偏执的内倾式叙述的束缚,从单个的家族衰亡进入对普遍人性的探索,讴歌坚韧、无私、怜悯、同情、荣誉、自尊等人类美德。这里的回应不但对前面的呼唤进行辨别、修改、补充,而且延伸意义、深化主题。

《喧哗与骚动》使用非裔口述的"呼唤—回应"叙事艺术组织小说结构的同时,运用非裔"口述"传统描写黑人的礼拜活动,表现黑人保姆和白人主子截然不同的生活方式和宗教信仰。因为南方的黑人没有接受教育的权力,口口相传和口头叙事是非裔传播《圣经》的主要方式,《圣经》对黑人的影响力通过牧师的口头布道得以实现。迪尔西领着不被白人教堂接受的痴傻班吉参加黑人教堂礼拜的情景在小说中得到集中描写:布道之初,牧师"声音平平的、冷冷的口音"听起来像是白人,信徒"像在听一只猴子讲话"。牧师"听起来像是白人",因为他照本宣科《圣经》上记载的那些枯燥无味的文字,他的布道丝毫没有打动听众。在布道进入高潮时,牧师换用黑人讲话的方式布道,他的声音"与方才的声音相比,不只有霄壤之别,它像一只中音喇叭,悲哀、沉郁、深深地嵌进他们的心里,当愈来愈轻的回音终于消逝后,这声音还在他们的心里回荡"。牧师此时熟练运用非裔口述方式布道,撼动黑人听众的心灵,引发强烈共鸣,产生极大的震撼力,连痴傻躁狂的班吉也归于平静,眼睛里充满明亮、安详与宁静之光。随着布道转用非裔口述叙事传统,牧师的布道臻于完美,听众如醉如痴,沉醉在他描述的场景中齐声高呼:"我看到了,耶稣啊。

我看见了!"同时,牧师的口述语调使他和听众穿越《圣经》书面记录的上帝之言:

> 会众们仿佛亲眼看到那声音在吞噬他,到后来他也消失了,他们消失了。甚至连他的声音也化为子虚乌有,只剩下他们的心在相互交谈,用的是吟唱的节奏,无需借助话语。

小说通过描写在布道时黑人牧师的白人语调与黑人语调的不同效果,凸显黑人口述传统在黑人的社会、宗教和文化中的巨大生命力。

《押沙龙,押沙龙!》的结构遵守非裔口头叙事的"呼唤—回应"模式。小说的前五章主要是罗莎小姐对萨德本家族故事充满怨恨的叙述和康普生父子对萨德本家族衰亡原因的臆想推测。他们的限知叙事视角为小说的核心悬念"亨利为什么杀死哥哥邦?"留下诸多悬疑,期待人们对谜团和悬念进行回应和破解,形成前后呼应的侦探小说叙事情节,建构"呼唤—应答"的叙事模式。福克纳意识到从南方人身上寻找答案困难重重且极不可靠,他引入来自加拿大的大学生施里夫叙述故事,希望对萨德本家族的历史溯本求源,为家族的秘密和没落寻找合理解释。小说从第八章开始,借助外部力量的参与,对前面各种侦探素材做出反应、补充、否定、纠正、评判。身为南方人的昆丁带着莫大的不情愿和本能的抗拒,在施里夫的协助下,合理破解亨利杀死邦的真正原因:亨利因为无法容忍邦的黑人血统玷污家族的纯白人王国不惜致邦于死地,萨德本家族在血缘伦理和种族歧视的冲击下土崩瓦解。

"呼唤—回应"组织小说结构,而且贯穿在小说微观层面的叙述之中。小说采用括号或者问答形式表现呼唤与回应,在或注释或评判或衍生或补充的"呼唤—回应"中,萨德本家族的故事得以推进和衍生,人物的性格得以丰满和凸显,主题思想得以深化和提升。这种叙事模式在小说第八章表现得更加突出,成为本章的主导叙事方式。萨德本期待被自己引诱怀孕的米莉给萨德本家族生个男性继承人,当得知她要生产时,他骑马赶到现场:"珀涅罗珀——(也就是那匹母马)——今儿早上产驹崽了。是只倍儿棒的小公驹"。

随后他问替米莉接生的黑人接生婆："小黑皮，娃儿是公的还是母的？"当他得知米莉生了女孩而不是自己梦寐以求的男孩时，他失望至极，轻蔑道："唉，米莉，太糟糕了你不是一匹母马。要不我就可以在马棚里拨给你一间不错的厩房了。"萨德本回应母马"珀涅罗珀"的是它产了"倍儿棒的小公驹"，而对应米莉的回应是她不如一匹母马，产下个"母娃儿"。此处萨德本的声音一问一答，表面看似正常的"呼唤"却对应极为令人惊讶和惹人愤怒的"回应"。在回应的修订与补充中萨德本的无耻和自私昭然若揭，年龄是自己孙辈的穷白人米莉在他眼里根本不如一只会下公马驹的母马，她只是他用来生产家族继承人的生育机器，不配他为她们娘俩负责。

在小说的开头部分，昆丁和罗莎之间的交谈表现出明显的"呼唤—回应"叙事。在昆丁讲述萨德本"百里地"的"创世纪"故事时，罗莎小姐用"这个恶魔"、"狂暴的拉扯出一座庄园"、"一点也不斯文的产下一子一女"之类的话语六次打断昆丁的叙述，企图修正昆丁提到的信息。她要么添加昆丁未知的信息，要么纠正昆丁的信息，强调萨德本的恶魔本质。然而，罗莎"憔悴的"、"严峻的"、"话音不愿徒然打住"的声音使昆丁的听力遭受某种"自我挫败感"，其叙事的可靠性也值得怀疑。罗莎虽然身为南方贵族淑女，但在南方"父权制"社会体制中，她无法与南方男性贵族平等并享有同等的话语权，她的声音经常被压抑、被剥夺、被消除。福克纳借用"呼唤—回应"的叙事视角，让罗莎补充、修正和评判昆丁的信息与认识，把她的被忽视或被消音的声音纳入萨德本家族历史叙事中："那并没有陡然打住而是渐渐消失隔了一长段时间又渐渐响起的话音，像一道溪流，一行细流从一滩干涸的沙砾流向另一滩"。

《押沙龙，押沙龙！》是叙述者口口相传的萨德本家族故事，叙事带有非裔文化特色鲜明的口述特征。萨德本家族的故事在不同叙述者相互口传的接力赛中愈发扑朔迷离，每个叙述者由于已知事实的欠缺，必须依赖另一个叙述者不可靠或者不确定的口头传说，讲述萨德本及其家族故事。比如，罗莎小姐和昆丁粗线条勾连萨德本的一生;康普生将军和康普生先生主要借助想象填补空白信息的方式拼贴萨德本的发家史;昆丁和施里夫在哈佛大学的宿舍推演萨德本家族兄妹乱伦、手足相残的故事。在所有讲述者中,罗莎与萨德本接触最多,她对于萨德本的讲述与其他人大有出入,其他叙述者讲述的故事版本基于萨德本本人讲述的故事。萨德本首先把自己的发家史讲给康普生将军,通过康普生将军之口,萨德本的故事经历再次加工之后又传给儿子康普生先生,康普生先生依据自己的推理补充再讲给儿子昆丁。这些"口口相传"、反复加工的早年间的故事以及"流言的陈谷子烂芝麻",成为读者了解萨德本及其家族历史的主要途径。

福克纳在小说叙述中引入非裔口语化叙事艺术,"呼唤—回应"、黑人的口头语言和方言俚语,不仅准确地把握小说人物的个性特点、文化素养、身份地位,突出作品的主题思想,而且赋予作品极其新鲜生动的叙事视角。非裔口头叙事视角透视作者"对传统的白人编撰历史的不信任"[1],希望借助非裔口述历史传统挑战白人的书写历史和单一的叙史话语,质疑南方现存的官方历史,解构白人主导话语对于南方贵族家族和非裔黑奴的片面言说与塑造。福克纳认为白人掌控的书写并非记录南方历史的唯一媒介,黑人的口口相传具有鲜活的生命力和影响力,是边缘人物记录历史、传承文化的有效途径。为了建构全面"真实"的南方历史,福克纳力求再现那些被边缘化、被压抑、被消音的声音,为读者接近南方的家族史、区域史甚至美国的整部现代史提供另一重视角。

三、时序错乱的叙事视角

打乱时序展开叙事是福克纳的主要创新点之一,体现作者对于时间的独到见解:"我十分赞同柏格森关于时间流动性的理论,时间里只有现在,我把

---

① Barbara J. Wilcots, "Rescuing History: Faulkner, Garcia Marquez, and Morrison as Post-colonial Writers of the Americas"PhD diss.,University of Denver,1995,p.101.

过去和将来都包括其中……。"①小说叙述者通过错置、割裂、混乱的叙事视角破坏自然的时间顺序,以一段段沉浸在个人内心体验和情感宣泄的心理时间代替无情流动的机械时间,表达强烈甚至癫狂地试图斩断时间之流的愿望,对时间进行重新组合和再度排列。时序倒错的叙事打乱或者阻隔物理时间的线性—维性流动序列,形成跳跃曲折的叙事视角,扰乱读者的直线推进式思维模式和阅读习惯,拓展叙事的时空维度,让人们停滞在强调情感体验的心理时间之中,怀着留恋、心痛、感动、哀伤、愧疚、负罪的错综复杂情绪,回访已经逝去的南方和昔日的贵族家族。福克纳运用小说人物对于时间不断加宽、无限延伸、相互渗透的叙事视角,在流连忘返和驻足回望中复活那些隐匿在时间背后、遮掩在现在之下业已消失的南方家族故事和传统文化,对旧南方和庄园主家族悲剧产生身临其境、感同身受的情绪体验。

《喧哗与骚动》摒弃按照时间的客观发展顺序讲述故事的叙事视角,依据不同叙事人物把小说分成四个部分,而且四个部分本身的叙述时间也杂乱无序。"班吉部分"的叙事时间是 1928 年 4 月 7 日,"昆丁部分"的是 1910 年 6 月 2 日,"杰生部分"的是 1928 年 4 月 6 日,"迪尔西部分"的叙述时间是 1928 年 4 月 8 日。按照物理时间的流动进程,小说中四个主要叙述者的出场顺序应该是昆丁、杰生、班吉、迪尔西,但是福克纳在叙述中有意放弃自然时间的线性发展顺序,采用 CABD 的叙事时序,让康普生家族最不具有权威性、逻辑性和理性思维的傻子班吉作为第一位叙述者首先出场。班吉犹如一架摄像机,用混乱破碎的感官印象,颠三倒四、错置重叠地记录康普生家族冲击他的各种感官的重大事件。紧接着登场的是沉浸在精神幻想中的昆丁,他狐疑、狂乱的自语如梦呓一般,统统指向妹妹失贞和家族没落,他拼命通过终止物理时间之流、编造与妹妹乱伦的借口,挽救家族。但是,他深知在南方庄园主阶层大势

---

① James B Meriwether, Michael Millgate, *Lion in the Garden*, New York: Radom House, 1968, p.70.

已去的当下,凭借浴火净化的乱伦借口和清教主义的贞操观念拯救家族的行为无疑是螳臂当车。第三个进入叙事框架的人物是咒骂声不绝于耳、尖酸刻薄的杰生,他在践踏亲情、追求金钱中投身南方的物质主义洪流。物质主宰精神导致杰生的异化人生,使他丧失人性,失去生活意义,陷入无尽的烦恼与痛苦。善良、温暖的迪尔西最后进入人们的视野,或许"当局者迷旁观者清",黑人大妈迪尔西的讲述如同穿越迷雾的阳光,照亮康普生家族三个男性子嗣混乱、内倾、迷狂的叙事,呈现家族完整的兴盛衰亡历史。小说打破传统的时空概念,在时序错乱、看似无章可循的叙事视角中让读者哀叹徘徊于康普生家族的悲剧历史。

《押沙龙,押沙龙!》通过倒叙、预叙、运用第二手或者第三手的回忆等多种叙述方式,刻意打破、淡化和消除自然时间顺序,把无先后时序或者因果关系的事件并置。小说的故事跨度为1807年萨德本在西弗吉尼亚山区出生到1909年克莱蒂纵火烧毁萨德本庄园一个多世纪的时间。但是,小说叙事没有遵循罗莎、康普生、昆丁、施里夫讲述故事的自然时序,而是煞费苦心地安排罗莎讲述第一、五章,康普生先生讲述第二、三、四章,康普生、昆丁和施里夫共同讲述第六章,昆丁讲述第七章和九章,施里夫讲述第八章。在过去和现在的跳跃、切换中,或者干脆在过去某一点的停留中,小说对时间进行重新规划、对事件进行再度组合,让萨德本家族的故事以一种舒缓的节奏逐渐推进。叙述者完全打乱时间的自然流程,在强烈的自我感受和内心体验中,叙述各自最为关注的萨德本家族事件。在这些叙述者中,只有罗莎亲历过萨德本家族的一些重大事件,康普生先生是萨德本同时代的局外观察者,而昆丁和施里夫是推理和解密萨德本家族故事的新一代大学青年。老年的罗莎依然无法原谅萨德本,认为他是"恶魔",毫不斯文,肆意破坏南方的绅士精神,亵渎神圣爱情;康普生先生欣赏萨德本建造宏大庄园的胆略和勇气,但对亨利枪杀邦的原因百思不得其解;昆丁在自杀的前一年从罗莎处得知萨德本家族扑朔迷离、支离破碎的故事,引发他破解萨德本家族谜团的兴趣,他与大学舍友施里夫一起对萨德本家族"尘封"多年的隐秘历史进行推理、补缀和解码。

不同叙述者对于萨德本家族故事的讲述一直在过去与现在中来回转换拼接,现在成为连缀过去事件的楔子,能够激起一系列过去的涟漪。作者安排与萨德本家族关系由近及远的多个叙述者,以现在为跳板,打乱和颠覆故事时序,进入众说纷纭的谜一般的过去中,一次次地解构和建构萨德本家族历史。读者在突兀的时间断裂、停滞与叙事视角转换中,得以反观南方旧家族内在的血缘伦理、混血问题、亲情关系。福克纳蓄意模糊现在与过去的界限,打乱故事的时间序列和叙述顺序,对萨德本家族的兄弟相残、兄妹"乱伦"、父子反目、种族仇恨等诸多重要事件重新编码排列,让不同时空中发生的事件交织并存,像立体主义绘画的共时性手法一样全面呈现萨德本家族从发迹、兴盛到灭亡的历程,不同叙述者的情感、思想、内心冲突和价值观念也在萨德本家族历史的残章断片中得以展现。

《去吧,摩西》广泛使用时序错乱的第三人称叙事视角。小说的第一部分"话说当年"讲述麦卡斯林家族"过去"的故事,时间是 1855 年到 1867 年,描写 1859 年布克像追逐猎物一样,去休伯特庄园追猎跑去和女奴约会的同父异母混血弟弟托梅的图尔。为了解决托梅的图尔每年逃跑两次的问题,在托梅的图尔的帮助下,布蒂大叔靠玩扑克牌的游戏为图尔赌得女友谭尼。后来,布克迎娶休伯特的妹妹索凤西芭·布钱普,在 1867 年生下儿子艾克。第二部分"灶火与炉床"的时间在 1895 年到 1940 年前后,讲述麦卡斯林家族的混血后裔托梅的图尔的儿子路喀斯·布钱普的生活。1895 年路喀斯 21 岁,他向艾克索要老卡洛瑟斯"许诺"的遗产。1898 年路喀斯与扎卡"决斗",索回在扎卡家当乳娘的妻子莫莉。1941 他无意中在地里发现金币之后就迷上掘地寻宝。第三部分"大黑傻子"的时间在 1940 年前后,讲述黑人赖德丧妻后的痛苦与不被白人理解的怪异行为。随后,第四部分"古老的部族"和第五部分"熊"的时间突然倒退至 19 世纪 80 年代前后。"古老的部族"描写教会艾克打猎和懂得与自然和谐相处的精神导师法泽斯的故事,他是印第安部落酋长的儿子和那个古老部落的最后一位猎人。1879 年 12 岁的艾克打到第一只鹿,法泽斯把鹿血涂抹在艾克的脸上,为他举行标志正式成为猎人的印第安族成人仪式。第五部分"熊"主要描写艾克的生活经历。1877 年艾克 10 岁,初次进入山林,加入狩猎队伍。1883 年艾克快 16 岁时,猎人们杀死大熊"老班",法泽斯去世。艾克接触到家族的老账本,得知麦卡斯林家族父女乱伦的罪恶。1888 年 21 岁的艾克决定放弃祖产。1889 年艾克结婚,随后因为拒绝妻子让他收回庄园的请求与妻子分道扬镳,归隐大森林。第五部分"熊"中第四小节的时间应该顺延第四部分的时间,它却愕然地被作者提前,凸显旧南方人对自然的敬畏,交代麦卡斯林家族白人后裔艾克的精神救赎之旅。小说的第六部分和第七部分的时间进入"当下",即 20 世纪 40 年代。第六部分"三角洲之秋"的时间是 1941 年,艾克在打猎途中遇见洛斯的情妇,发现家族乱伦的罪恶再次轮回。第七部分"去吧,摩西"的时间在 1940 年,路卡斯与莫莉的外孙赛缪尔在北方被处决,莫莉大婶四处奔走,让他的遗体"光荣还乡"。

《去吧,摩西》的叙事顺序凌乱而跳跃。作者不但在整部小说中打乱故事的线性时间序列,甚至在每个章节的叙事中使用前后叠置或者错乱断裂的时序,使人们在突兀的时间截流和拼贴中,关注不同人物的叙事,进入盘踞不同人物内心的家族事件。作品通过对于物理时间的割裂与重组,突出麦卡斯林家族黑白两支家族后裔的心理感受时间。超越时空限制之后,作品把旧南方高度仪式化的狩猎、人对自然的敬畏、狂欢化的黑奴追捕、温暖的"灶火与炉床"、古老的印第安部落、记录家族历史的旧账本、奴隶制的残酷、血缘乱伦的罪恶、南方旧庄园主家族不为人知的秘史、追求自尊与人格的黑人等事件同时推入历史前台,运用共时化策略,在看似凌乱断裂的时间序列中,拼出一部南方家族和社会的变迁史,批判南方的种族主义以及庄园主践踏血缘伦理的罪恶。

福克纳在小说创作中打乱自然时间顺序的第一人称、第三人称叙事视角,运用倒叙、预叙、停滞、延迟、压缩、跳跃、叠置多种叙事手法,描写人物内心世界的意识流动,展现故事的复杂性与多元性,加强南方家族历史的全面性与悲剧性。对于福克纳而言,小说的谋篇布局和叙事视角就像橱窗展览品的布置一样,它的陈列摆放考验艺术家的艺术才能和独到眼光,对于不同物件是否能够进行得心应手的自由组合与排列布阵,表现艺术家别具一格的艺术构思和新颖独特的创造能力。福克纳好似自由随意、胸有成竹地组合展示展览品的艺术家,在不断跳跃、叠置错乱的叙事时空中,在各种事件的前后穿插、更迭替换和多次往返中,凭借非凡的艺术才能和精巧构思,逐渐将零零星星、散落四处的回忆绘制成一幅绚丽多彩的南方家族生活画面。这种独特的打乱时间顺序的叙事视角赋予小说更加丰富的内涵和张力,促使读者进一步挖掘和探索南方种植园家族的秘史和南方社会的发展史。

第二节　新时期家族小说的叙事视角

20 世纪 80 年代以来,中国作家对于西方现代派文学的学习与借鉴风头正劲,福克纳对于传统叙事视角的大胆革新及其精湛高超的小说叙事技巧,极大地激发了新时期中国作家对于文学创作技术的探索和创新愿望。福克纳的多重复合叙事视角、特殊人物叙事视角、时序错乱叙事视角,成为"约克纳帕塔法"家族世系小说显著的叙事标签,在拓展小说的故事容量、增强主题思想的复杂性和多元性方面发挥极其重要的作用。他的作品进入中国新时期文坛之后,首先吸引新时期中国家族小说作家、让他们叹为观止的是福克纳笔下变幻多彩、出神入化的叙事技巧,中国作家们感受到"如梦初醒"般的启迪,豁然明白小说应该"怎样写"。① 莫言、余华、苏童、阿来、陈忠实不仅学习福克纳小说中高超的叙事技巧,在多视角并置、时空颠倒和特殊人物的叙述中享受写作乐趣,而且在借鉴和吸收的同时加入个性化的叙事视角创新元素,成就属于自

---

① 莫言:《说说福克纳这个老头儿》,《当代作家评论》1992 年第 5 期,第 63 页。

己的叙事艺术。

一、多角度叙事视角

借鉴福克纳的多重复合叙事视角以及不同视角之间的自由切换,新时期家族小说作家与中国传统的家族小说叙事手法进行了一次激烈而彻底的决裂。中国传统的"小说在叙事角度上基本采用全知视角"①,新时期家族小说作家放弃传统家族小说叙事运用全知全能叙事视角的惯常创作方法,转而使用大量带有浓厚个人体验和情感倾向的第一人称叙事视角,或者不同人称叙事视角并举的叙事方式,期待挣脱政治叙事的束缚,对中国的家族、宗族发展历程以及个人生命体验展开描写,张扬人道主义和个性伸扬。借助现代主义对于上帝般知晓一切的全知全能叙事视角的革新,新时期作家以反传统的叛逆与批判精神,在家族小说创作中运用不同人称的叙事视角凸显个性化、民间性的叙事,在全新的视域下对中国的家族史和现代性展开思考。

(一) 限知/全知第一人称叙事视角

第一人称叙述视角,是人物以"我"的亲身经历讲述故事的叙事形式,带有强烈的个性色彩和私人经验。中国传统的家族小说通常采用全知第三人称视角叙述家族兴衰,作者常常通过叙述者之口表达自己的立场和价值倾向。但是,新时期家族小说侧重在家族为框架的空间中,以"我"的个体心理体验讲述家族或者宗族在中国现代以来历次运动中的演进历程,叙述者经常采用代表叙述者本人而非某种政治抑或文化势力的第一人称叙述视角。因此,他们叙述的家族故事或者历史事件打上了明显的个人性、经验性、私人性印记,变"客观再现"为"主观呈现"。传统的家族历史叙述使作家主体与小说故事之间产生一种时间和空间维度的距离,使读者与那段历史产生间离或者陌生

---

① 陈平原:《中国小说叙事模式的转变》,北京大学出版社 2003 年版,第 4 页。

感;而新时期家族小说普遍采用第一人称叙事视角,使人物亲身参与或者切身体验故事,成为家族历史或者革命事件的有机组成部分。

与全知叙述视角相比,在第一人称叙事视角模式下,叙述者以第一人称的身份和口吻呈现"自己"家族的盛衰荣辱,带有叙述者的情绪与感悟。这种叙述的直接性和迫近感,使读者能够产生一种通过他们的眼光进行观察时直接接触故事中的人物和文本世界的感觉。同时,"我"把过去的瞬间与现在的叙述行为紧密联系,过去、现在和未来的时间和空间勾连在一起,构成整体,这种共时性的叙述结构使读者、人物和故事之间形成对话。中国新时期的家族小说作家大多运用第一人称限知或者全知叙事视角,讲述具有中国乡土特色的家族故事。第一人称"我"在讲述或者回顾家族往事时,经常采取两种不同的视角:一种是叙述者"我"处在目前的时空中追忆往事,另一种是处于过去中被追忆的"我"正在经历现在的事件。两种视角体现处于不同时期的第一人称叙述者"我"对事件不同程度的认识和看法,"它们之间的对比常常是成熟与幼稚,了解事情真相与被蒙在鼓里之间的对比。"[①]过去的一切似乎是"我"的主观臆测,家族史变成"我"的经历以及被拆解成碎片的故事。

莫言通过一系列诸如《福克纳大叔,你好吗?》、《说说福克纳这个老头儿》、《两座灼热的高炉——加西亚·马尔克斯和福克纳》等访谈、演讲和著述,明确表示自己的文学创作受到福克纳的极大影响。他认为福克纳不但让他明白小说家应该"写什么",还教会自己多种叙事技巧。他在谈论福克纳的《喧哗与骚动》时认为,他首先"注意到的是艺术上的特色"。[②] 莫言在吸收福克纳的叙事模式的基础上,在《红高粱家族》、《丰乳肥臀》、《食草家族》三部最具有代表性家族小说中对各种叙事视角进行大胆实验,大量使用第一人称叙事视角,采用民间立场以"我"的深切感受讲述具有梦幻传奇色彩的家族

---

① 申丹:《叙述学与小说文体学研究》,北京大学出版社 2001 年版,第 187 页。
② 莫言:《两座灼热的高炉——加西亚·马尔克斯和福克纳》,《世界文学》1986 年第 3 期,第 298 页。

故事。

《红高粱家族》以离开家乡生活在城市里的家族后代"我"的全知视角,超越时空界限的限制,讲述"我奶奶"与"我爷爷"那如火红高粱般炙热感人的爱情故事和情感生活,交代"这个土匪种"家族的"退化"历史。"我爷爷"是周身充满阳刚与血性的高密东北乡轿夫中的"佼佼者",有着"非我们这些孱弱的后辈能比"的"高粱般鲜明的性格",他敢爱敢恨、敢作敢为,后来成为"名满天下的"抗日英雄余占鳌司令;"我奶奶"戴凤莲长着一双"莲花瓣"样的"娇娇金莲"和一张"桃腮杏脸",有着"千般的温存"、"万种的风流",是高密东北乡容貌娇美、智慧超群、胆略非凡的传奇女子。他们演绎一幕幕违反风俗、追求真爱、"杀人越货"、"精忠报国"的"英勇悲壮"故事。在祖辈们辉煌历史的衬托下,"我"这个生活在城市中的"可怜的、孱弱的、猜忌的、偏执的、被毒酒迷幻了灵魂的"后代深陷"杂种高粱的包围"与"缠绕"中,"为摆脱不了这种痛苦而沉浸到悲哀的绝底"。小说以第一人称"我"的视角,把读者纳入叙事之中,让读者参与并领悟由一个家族发展历史展现出来的一种蓬勃的民族文化和狂野的生命活力。

《丰乳肥臀》和《食草家族》的叙述也以"我"的第一人称叙事视角展开。《丰乳肥臀》的叙述者"我"名叫上官金童,是母亲与瑞典传教士马洛亚"中西杂交"的"恋乳癖"。小说以患有严重病态恋乳症的"我"的第一人称限知叙述视角,把上官家族男人懦弱无能、阴盛阳衰、"母亲"只好四处借种接续家族香火的家族秘史呈现在人们面前,展现上官家族近一个世纪的历史,重点凸显从抗日战争到新时期这段动荡历史时期上官鲁氏与她的八个女儿和一个儿子"我"的命运遭遇。《食草家族》的叙述者"我"在过去的时空中通过转述关于"蹼膜"的传说,讲述这个"吃青草、拉无臭大便的优异家族"的灰暗历史,解密家族对于祖先"乱伦"的讳莫如深和对于"蹼膜"的极度恐惧。在现在的时空中,"我"重点讲述家族发展到四老爷、九老爷一辈时,俩兄弟无所事事、不务正业、骄奢淫逸、空虚无聊的生活,兄弟俩同时迷恋"红衣媳妇",争风吃醋,互相仇视，"吃饭时都用一只手拿筷子，一只手紧紧攥着手枪随时准备开火"。

莫言在上述三部作品中使用第一人称叙事视角展现高密东北乡那片原始大地上一个个充满传奇色彩的家族故事，同时，作者传达"我"的强烈的"种的退化"的忧患意识。随着高密东北乡这片热土上流血流泪、叱咤风云的先辈们离世，"我"这个"不肖子孙"满身散发着"从城里带来的家兔子气"，无颜面对祖先。高密大地上"我反复讴歌赞美的、红得像血海一样"、象征祖先精神的纯种红高粱消失得无影无踪，代之而起的是隐喻后代颓废状态的"秸矮、茎粗、叶子密集、通体沾满白色粉霜、穗子像狗尾巴一样长的杂种高粱"。"食草家族"因为近亲繁殖导致人口不昌，时不时有长着蹼膜的后代出生。家族中"淫风炽烈"、兄弟反目，子孙后代如行尸走肉、邪念不断，家族的淫逸与仇恨必然引起"种的退化"和灭亡。上官家族的开创者是"嚼钢咬铁"的汉子，但从"我"爷爷辈起，女性成为这个家族的顶梁柱。上官家族的男性到"我"父亲时连男性气质和生殖能力都退化殆尽，母亲四处借种生男育女，上官家族从此开始名副其实的"种的"颓败历史。莫言以第一人称表现"种的退化"，让读者更加急迫、愈发切身地关注象征"野性的"人性精神、原生性的民族文化的没落和消逝。与福克纳的第一人称叙事不同的是，莫言的第一人称叙事没有完全沉溺在"癫狂"的自我意识之中，而是兼顾全知的旁观者视角，避免让读者陷入不能自拔的绝望。

余华认为福克纳是自己的"师傅"，福克纳是"手艺高超"的"木匠"，他的"叙述充满了技巧"，是"为数不多的能够教会人写作的作家"。[①] 福克纳的叙事艺术极大地启发了余华的创作，他借鉴福克纳小说第一人称亲历叙事的写作技巧，以感同身受的第一人称叙事视角描述那些历尽苦难而又乐观顽强的小人物的命运遭际和家族故事。谈到《活着》的创作时余华曾经说过，他刚开始仍然使用传统的第三人称叙述方式，"那种保持距离的冷漠的叙述，结果我

---

① 余华：《永存的威廉·福克纳》，见环球时报编辑部编辑的《二十世纪外国文学回顾》，人民文学出版社 2001 年版，第 52 页。

怎么写都不舒服,怎么写都觉得隔了一层。后来,我改用第一人称,让人物自己出来发言,于是我突然发现自己的叙述充满了亲切之感,这是第一人称叙述的关键,我知道可以这样写下去了。"①

《活着》中福贵以讲述者和故事的主人公的双重身份讲述其坎坷人生的叙事视角设计精妙广受赞誉。小说由下乡采风、作为倾听者"我"的第一人称全知视角和运用第一人称"我"讲述故事的叙述者福贵的第一人称限知视角双视角讲述。游走在市井之间作为民歌采风者的"我"似乎只是偶尔出现在小说中,铺垫讲述者福贵第一人称回顾性讲述,连缀不同时间段的故事,增强故事的可信度和代入感,让读者产生一种直接面对福贵、亲耳倾听讲述的现场感。采风者"我"是讲述者"我"的一个极其认真的听众,充当其苦难一生的见证者和旁观者,从不参与或者干预叙述者"我"的叙事,给予叙述者最大限度的自由、尊重、理解、同情。整篇故事以福贵第一人称"我"的切身体验娓娓道来,在老人看似波澜不惊的平缓叙述中布满沧桑,一个饱经人生悲剧和生活磨难但依然坚韧顽强、乐观豁达的人物形象活生生地出现在读者面前,激起读者极大的心灵震撼和强烈的情感共鸣。"活着"二字不断地敲打人们的灵魂,强化作品的悲剧感染力,刻画中国农村千千万万普通民众的生命哲学:"人是为活着本身而活着,而不是为活着之外的任何事情所活着。"②"福贵"的讲述围绕自己的家庭生活和人生经历,充满对于人生的个体性体验感受;而采风者"我"对"福贵"的叙述进行新的阐释和强化,突出对于生活在农村社会底层的普通人物的人生、存在和命运的哲学思考和人性关怀,深化"福贵"的叙事内涵,使人们在回味整部作品时感觉"悲而不哀"。

苏童采用第一人称限知叙事视角,讲述中国"南方"水乡凄美的家族故事。《一九三四年的逃亡》通过"我"的回忆讲述"我大伯"、"我父亲"、"我祖母"的故事。小说开篇写道:"你们是我的好朋友,我告诉你们了,我是我父亲

---

① 吴义勤主编:《余华研究资料》,山东文艺出版社 2006 年版,第 28 页。
② 余华:《活着》,海南出版公司 1998 年版,第 4 页。

的儿子,我不叫苏童。"苏童告诉读者:"我要讲故事啦,你可莫当真,故事只是故事。"故事的主要讲述者是"我"讲述"我们"枫杨树陈家在1934年这个灾祸之年的逃亡故事,其中包含"隐含作者"和"苏童"的声音。小说突出叙述者"我",在"我"讲述故事的过程中不断使用穿插突破的方式引起读者注意,诸如"我设想"、"我需要"、"我必须"等字眼统统为"我讲述"服务。苏童在讲述枫杨树故乡陈氏家族的历史时,为了将事情的来龙去脉交代完整,有时甚至为了把盘根错节的众多枝蔓中的一个细节叙述清楚,叙述者"我"会不断地打断叙事节奏,畅游在整个家族的过去、现在和未来三维空间中,身为子辈的"我"与历史记忆深处的父辈"我祖父"进行各种复杂的对话。"我"被赋予分析、推理、虚构和归纳能力,信手拈来家族史料和秘史逸闻,随心所欲地调动古往今来的家族成员展开叙述。

《一九三四年的逃亡》讲述的家族史就是存在于"我"的心理体验和经验世界中的虚构和想象,无论是父辈的逃亡还是子辈的惶惑,全带有反讽特质和象征意义。在灾祸时期,枫杨树乡村"我"的祖先们踩出了一条逃离家乡的滔滔洪水和无情饥荒去陌生的城市讨生活的黄泥大道,逃亡成为外界灾难和死亡恐惧刺激下的应激反应,也是"我"的祖先主观上对于城市生活的追逐与向往。但是"逃亡"这个能指被赋予更加复杂和深刻的所指,变得捉摸不定,不但表现当时中国式农村家族的消亡和向城市迁徙的困境,而且预示一种部族精神和乡村文明的失落,象征漂浮在精神空虚中的现代人对于家园的逃离与追寻。

《家族》由第一人称叙述者"我"讲述"我们"这个曾经富甲天下的家族,故事开篇就交代"我"讲述家族故事的目的,我们家从古至今交往的一些"有趣"、"可爱"、"可疑"的人"害了我们",因为当"战争"和"麻烦"过去之后,他们都"升了"、"成了",我们家的人没有被"记到书上"、"刻在碑上","反而经历了数不清的屈辱。这真不公平"。"我"讲述"我"的家族故事,因为"我"希望为我的祖先讨回公道、给家族的冤屈平反昭雪。"我"的外祖父曲予同情革命,为革命出资捐钱、奔走斡旋,却遭人暗算,死得不明不白。"我"的祖辈是富有的民族资本家,曾经拥有受人尊敬的地位和令人羡慕的财富。"我"父亲为了革命理想,不惜背叛家族,与亲人决裂,全心全意投身革命,为革命事业出生入死。但是,解放后他遭受无端的怀疑与小人的打击报复,冤枉入狱。"我"不断抗争,希望为父亲洗冤,为家族正名,却到处碰壁,历经磨难最终在心灰意冷中离开喧闹的城市退守乡下故土。

福克纳强调个人感受和情感体验、沉浸在"我"的内心独白和意识流中的第一人称叙述视角,使小说晦涩艰深,委婉含蓄,闪烁其词,深奥难懂,耐人寻味。中国新时期家族小说作家采用富于作者个性化的全知或者限知第一人称叙事视角,这种叙述视角还经常包含隐含作者和其他叙事者的声音,在凸显"我"对于家族和时代的亲身感受的同时,叙事视角接近站立在高处的全知全能第三人称叙事视角,使新时期家族小说的叙述更加表情达意,叙述的故事更加清晰、简洁、全面,表现作家借助充满个人化、偶然性、主观化的个体心灵史解构历史的必然性和直线性的创作诉求。

(二) 多重叙事视角转换

所谓"多重视角"就是不同的叙述人对同一事件进行不同的观察和讲述。不同的叙述者、不同的视角会呈现不同的故事,每个叙述人或角色讲述的只是自己最有把握、与自己主要相关的事情,展示的自然也是中心事件的一个侧面,将所有的叙述拼合起来,事件不仅变得完整而且会获得极大的丰富性和层次感。作为西方现代派文学的代表作家,福克纳在叙事角度的革新性试验中,最擅长运用多元叙事视角。他突破第一人称叙事的狭隘性,在"约克纳帕塔法"世系中采用多个叙述者叠错重复的叙述角度,各自从第一人称限知叙事角度对其知晓的故事进行讲述,通过不同视角展现丰富多彩的美国南方社会生活和历史文化全景。福克纳富于创造性的叙事视角转换吸引并感染中国新时期的家族小说创作,莫言、苏童、余华等中国新时期家族小说作家逐渐背离和摒弃中国传统家族小说单一的叙事视角,通过众声杂陈和多重叙事视角转换,从不同侧面讲述具有中国特色的村落史和家族史,全方位、多层次地反映特殊历史时期中国的社会现实,期待解构以往家族或者历史的单一叙事,重新阐释民族文化,张扬个体生命力量。

《喧哗与骚动》中"几个人一起讲故事"这种富于创新性和艺术表现力的多视角叙述方法,启发莫言对叙事视角的探索,他大胆革新和试验第三人称全知叙事和第一人称叙事视角。莫言曾说:"将近二十年过去后,我对《红高粱》仍然比较满意的地方还是小说的叙述视角,《红高粱》一开头就是'我奶奶'、'我爷爷',既是第一人称视角又是全知的视角,写到'我'的时候是第一人称,一写到'我奶奶',就站到了'我奶奶'的角度,她所有的内心世界都可以很直接地表达出来,叙述起来非常方便。"①小说中的第一人称叙述者"我"似乎对家族的故事无所不知,仿佛具备穿越时空的能力,目睹家族长辈的种种传奇经历,甚至能够进入祖辈和父辈的内心世界,洞悉他们的心路历程和内心感受。在小说开篇,"我"讲述"我爷爷"余占鳌司令和"我父亲"豆官在 1939 年伏击日本兵的事件。在叙述父辈"辉煌"的抗日历史时,事件的参与者是"我爷爷"和"我父亲",故事的叙事者是"我"。"我"以当代人的身份和眼光,不时地在"我父亲"的意识中自由穿梭,像亲历者一样,细致描绘他当时的思想、情绪、感受和记忆。同时,"我"经常从故事中游离出来,用"当下"的视角插入对于这些过往多年事件的描述或者评论。这里的叙事者以第一人称的叙事眼光发挥第三人称全知叙事的功能。处在离场和缺席状态的"我",具有限知叙事者和全知全能叙事者的双重身份,在讲述"我"的家族故事的同时,像一个"高高在上"、知晓一切的全知叙述者,对于家族的各种事件进行评说和讨论。因此,"我"有时充当不妄加评论和判断的第一人称叙述者,有时又是一个充满魔力的全知视角,人们可以通过"我"的视角,透视"我们"家族祖先们的豪迈

---

① 杨扬:《莫言研究资料》,天津人民出版社 2005 年版,第 45 页。

人生和内心世界。

《丰乳肥臀》使用多种叙事视角转换叙述上官家族阴盛阳衰的故事。小说前几章以第三人称的全知视角大体勾勒上官家族的基本情况,交代家族的人物谱系。随后,作品以上官家族最小的儿子上官金童的第一人称叙事视角,全面展开上官家族的历史叙述,详细描写母亲上官鲁氏及其八个女儿的不同人生遭遇。"我",上官家族的最后一个男性继承人,是家族唯一活着的男人,但没有能力挑起家族大梁,在灾难或者运动来临时无法保护母亲和姐姐们,成为整天沉迷在"恋乳癖"中的废物,沦落为靠母亲和姐姐们的呵护苟活于世的懦夫。正是因为"我"的"恋乳"与懦弱,作为第一人称叙述者的上官金童反而远离各种纷繁复杂的家族历史、革命历史和政治运动的裹挟与绑架,为上官家族的命运沉浮以及从抗日战争到改革开放几十年间中国的政治运动和社会历史变迁提供一面更加纯粹和本真的镜子。小说通过严肃、客观、全知的第三人称与患有"恋乳癖"的上官金童略带幼稚、半真半假的第一人称叙事视角之间的转换,借助更加细微和真实的个人体验,淡化冷冰冰的家族和历史宏大叙事,凸显上官家族的悲剧命运,探讨回归人性本质的问题。

莫言家族小说中的多角度叙事和叙事视角转换具有使叙事结构内部各要素之间相互关联对照的作用,在反思和演绎的叙事视角下,完成对于家族故事和历史事件的多层面、立体式展示,挑战宏大历史叙事,关注家族叙事的民间性和传奇性。莫言尽量避免由全知叙述者介绍、评论人物或者讲述事件,而是通过第一人称的叙述或者多重视角转换对同一故事展开不同观念、不同立场的讲述,使叙事呈现复调形态。而且,因为不同叙事者运用不同叙事语言,他们的叙事情感决定叙事内容的不同侧重点和聚焦点,使故事呈现多重层次,显得更加丰满。不同视角的叙事因为对于相同事件秉持不同的立场而产生戏剧性冲突,不同叙事语言间的冲撞、不同叙事立场的对立又必然引发叙事与叙事之间的对抗与矛盾,增强小说的叙事魅力和艺术张力。莫言善于综合使用不同叙事视角调动读者的参与热情和阅读积极性。多元化的叙述视角从不同立场叙述同一事件,在每个叙述者看似合情合理的叙述背后,家族历史的真相并非一目了然,反而变得扑朔迷离,需要读者参与其中进行破解和评判。多重叙事的不确定性使读者对每一位叙述者的叙述保持足够警惕,不会被任何一个叙述者的叙事本身所迷惑,改变被动的旁观者或者接受者的身份,以主动参与者的身份追寻真相。

在西方现代派文学的影响下,作为先锋文学代表人物的余华热衷于小说叙事模式的变革。他的写作曾经被"心理描写的不可靠"困扰许久,是"威廉·福克纳解放了我,当人物最需要内心表达的时候,我学会了如何让人物的心脏停止跳动,同时让他们的眼睛睁开,让他们的耳朵竖起,让他们的身体活跃起来"。① 余华在《活着》新版自序中谈论自己的创作过程,"最初的时候我使用旁观者的角度来写福贵的一生,可是困难重重,我的写作难以为继;有一天我突然从第一人称的角度出发,让福贵出来讲述自己的生活,于是奇迹出现了,同样的构思,用第三人称的方式写作时无法前进,用第一人称的方式写作后竟然没有任何阻挡,我十分顺利地完成了《活着》"。② 这种转变让《活着》的叙事获得了别具一格的艺术特色。

《活着》采用去民间采集歌谣的"我"以及主人公福贵的双视角展开讲述。"我"到乡间收集民谣时遇见老年的福贵并聆听老人的自述,福贵通过叙述者+主人公的双重聚焦,对自己的命运多舛和家族悲剧进行第一人称回顾性叙述,使读者直接窥探他和家人的内心,引发强烈的情感共鸣。采风者"我"表面看起来是一个第一人称叙述者,但总在恰当的时间突兀地跳出来,截断福贵的故事讲述流程,并对他的讲述进行一番解释和评价,似乎对福贵的"活着"和人生有更加深刻的哲理性认识。"我"是一个和福贵一起讲述其悲剧人生的第一人称叙述者,同时,"我"又好像是一个超越第一人称限知叙事的第三人称全知叙述者,可以让读者从更广阔的视角观察福贵的经历,在更深的维

---

① 余华:《内心之死》,《读者》1998 年第 12 期,第 28 页。
② 余华:《活着》,作家出版社 2012 年版,第 15—16 页。

度理解活着的内涵和意义。小说中不同叙事视角的切换弥补了单纯叙事视角的局限和不足，使读者既可以走进人物内心，又可以时不时地从人物和故事的绑架中解脱出来，以更加理性和深邃的目光看待苦难与命运。

苏童在《罂粟之家》《一九三四年的逃亡》《飞越我的枫杨树故乡》中，尝试多视角叙事并熟练地在不同视角之间转换。纵观《罂粟之家》，"我""你""他"三种不同人称的叙事视角贯穿其中，一会儿是"家中记载"，一会儿是"知道内情的人说"，一会儿是"枫杨树的人说"，一会儿是"祖父们说"，一会儿是"祖父对孙子说"，各种人称的叙事视角频繁变换。有"我"这个故事旁观者的视角，也有另一个"我"这个故事参与者的视角，还有故事的写作者"作家"的视角。在以第三人称叙事为主的故事情节中，第二人称"你"和第一人称"我"的对话式叙事穿行小说之中。一方面，苏童根据零星的历史遗物和老人们的闲谈碎语，运用第一人称视角"我"，凭借想象与回忆，拼贴虚构 20 世纪 30、40 年代枫杨树乡村的农村土地主刘氏家族的变迁史。同时，"我"又游离在具体事件之外，因为小说经常以"我听到"、"我看见"或者"我发现"之类的句式开始一段叙事，随着叙事的展开，"我"很快消失，让位于小说中参与事件的主要人物，如刘氏家族的刘老侠、刘老信、刘演义、刘沉草、翠花花等；此外，小说还加入第二人称叙事视角"你"，即作者预设的小说阅读者，形成一种探讨、对话和交流的叙事关系。作者有意邀请读者加入叙述者的思考与感受行列，期待他们与小说人物一起感受波涛汹涌的历史大潮中刘氏家族回天无力走向覆灭的绝望与疯狂。叙述者"我"的出现，提醒读者故事只是故事而已，它的重要性不在于过去而在于它的当代意义。

在《一九三四年的逃亡》中，第一人称叙述者"我"对于家族中未曾谋面的先辈们的奇异旧事展开追溯。在寻访祖父陈宝年、祖母蒋氏、伯父狗崽、小女人环子这些家族祖先的过去时，"我"总能走进他们的内心，细致还原他们经历过的各种事件，了解他们的所作所为所思所想。叙述人在故事中又经常以第一人称替代第三人称的视角，一再提醒读者意识到小说的虚构性，这个家族故事建立在"我"的想象与猜测之上。不同叙事角度的转换给故事蒙上一层捉摸不定、极不可靠的色彩,意味深长、引人入胜,吸引读者以参与者或以旁观者的身份探寻家族的陈年往事。

《飞越我的枫杨树故乡》中,叙述者以"我"这个少年男孩的内聚焦视角对祖父、幺叔和枫杨树乡亲们的生活状态和内心世界展开探索。因为"我"没有在故乡生活的经历,对自己的家族和故乡知之甚少,对它们缺乏合理认识,因此,作者通过采用叙事视角的多次转化,以祖父和家乡故人等众多对于故乡有过亲身体验的感知者的视角,讲述江南水乡人们的生活史和欲望史。他们作为事件的亲历者或者在场的观察者,与"我"游弋在故乡之外、生活在城市的枫杨树后裔有着完全不同的感受与理解。这些感知者与"我"的话语相互交织纠缠,致使整部小说的真实性与虚幻性水乳交融、难分难解,营造神秘而奇幻的叙事氛围。

阿来是一位自觉追求叙事形式革新的作家,他自认自己身上没有那种"影响焦虑症",也"乐于承认"自己从福克纳与其他美国南方作家那里获得文学滋养,他认为"福克纳与美国南方文学中的波特、韦尔蒂和奥康纳这样一些作家",给予他"很多启示"。[①] 阿来采用傻子二少爷"我"、"作者"以及第一人称替代第三人称三种叙述视角讲述《尘埃落定》中末代土司家族的故事。麦其土司家族的"傻子"二少爷以第一人称"我"的视角,承担整部小说的主要叙事,首先交代自己的身份:"我"是一个地地道道的有生理缺陷的傻子,但是"我"又"似傻非傻",好像"大智若愚"甚至极为"智慧"的正常人。因为"我"看起来"痴痴傻傻",许多叙事内容索性让作者充当"我"替"我"讲述。于是"我"便从一个限知第一人称叙述者变成一个无所不知的全能叙事者。这三种叙述视角在"我"身上共生并存,呈现多视角交替并自由转换的复合叙事模式。此外,《尘埃落定》的第一人称叙事中不时夹杂第三人称叙事,经常穿插

---

① 阿来:《穿行于多样化的文化之间》,《中国民族》2001 年第 6 期,第 24 页。

一些第三人称的判断、观察、评说的画外音,比如,时不时有第三人称叙事者对"我"是否有能力或者是否有资格继承土司位置发表议论、提出质疑或展开描述。作者通过第三人称叙事视角,把麦其土司这个雪域高原上的末代土司家族内部的权力之争表现得入木三分,而且第三人称的插入叙述照应麦其土司家族成员之间的尔虞我诈、土司和大少爷的自私固执以及他们把追逐权力凌驾于亲情之上的冷酷无情。第三人称与第一人称叙事视角在小说中变换呼应,有利于作品将客观叙事与主观抒情有机地融为一体,更好地表达作者的情感指向,挖掘作品的思想内涵。

二、儿童和痴傻/"圣愚"人物视角

福克纳在作品中实验性地尝试痴傻、癫狂、偏执等非常态人物叙事视角,凭借人物不同寻常的眼光对美国南方的家族覆灭以及旧南方的历史文化展开叙述,让读者体验特殊人物叙述视角带来的全新阅读感受和心理震撼。福克纳笔下的这些非常态人物与读者熟知的"正常"人物拥有不同视角。他们在强烈内心情感的支配下感受和看待纷繁复杂的南方家族和历史变迁,他们的叙述剔除了"正常"视角的认识观察、理性分析、逻辑推理,摆脱了社会习俗、法律规约、意识形态的禁锢,以单纯、本真的情感体验和内倾化、个性化的认知方式对叙述对象进行或纯净、或痴迷、或疯狂、或偏执、或迷乱的表述,使隐藏在"正常"人物视角之下的"非正常"或"异常态"赫然呈现在人们面前,增强事件的叙事力度。而且,对于南方家族的灭亡和历史的逝去他们具有与常人截然不同的理解、阐释和感受,现象背后的真实透过他们的叙述得以浮现。福克纳笔下的痴傻者、自杀者、偏执狂等非常态人物的叙事视角在新时期家族小说中主要以孩童、痴傻、"圣愚"人物的叙事视角出现。无论是受到福克纳的特殊人称叙事视角的影响还是文学创作精神气质的相通,两国作家都尝试通过发掘这些被边缘化、被遮蔽、被他者化的弱势或者"畸形"或者"非常态"人物的叙事视角,期待超越正常的、理性的叙述,呈现"非常态"视界下的家族历史。

（一） 痴傻/"圣愚"人物视角

福克纳运用特殊人物身份进行叙事的独特而新颖的叙事艺术,对新时期中国家族小说作家来说,是一场新奇的叙事盛宴,他们争相模仿、重写或者革新福克纳的特殊人物叙事视角,寻找适合自己创作并有利于突破传统叙事、创造性地讲述具有中国特色的家族故事的人物视角。在福克纳的傻子叙事视角的基础上,演化出新时期家族小说作家笔下的痴傻或者"圣愚"人物视角,他们要么痴傻疯癫、要么看似痴傻实则聪敏,属于大智若愚的"圣愚"。这些人物在特定的限制叙事视角之下承担观察、感知世界或者"未卜先知"的"圣人"叙事角色,通过他们的眼光立场、话语选择、思维方式、价值取向对叙述对象展开描述。他们的叙事建立在内心的自然感知之上,本身缺乏常人所谓的理性,免于外界强加的各种干扰,因此,他们的叙述去除了虚伪和世俗的浸染,更加贴近真实和正常的本色。

"白痴"或者傻子叙事具有"不可靠"性,而"不可靠的主要根源是叙事者的知识有限"①,属于"限知"叙事视角。那么,福克纳和新时期家族小说作家为什么选择痴傻人物的"不可靠"叙述视角呢? 原因在于,痴傻人在认知上表现出来的一系列特长更加适合作家对于家族故事进行全新阐释,解构家族和历史的严肃性和单向度叙事,期待以主观感受和内心体验的直接参与对家族历史进行多维度的演绎和呈现。痴傻或者"圣愚"人物的叙事视角拒绝一切道德判断、理性思考和外界干预,他们对于正常世界表现出"看不懂"、"不理解"的叙事特色。因此,傻子视角犹如一面真实的镜子,能够真实地反映事物的原貌和人物的行为,客观冷峻地呈现现实世界。莫言《檀香刑》中的赵小甲和《丰乳肥臀》中的上官金童、苏童《罂粟之家》中的演义,以及阿来《尘埃落定》中的土司二少爷,构成中国新时期家族小说作家笔下的傻子人物群像,形

---

① ［以色列］里蒙—凯南:《叙事虚构作品》,姚锦清等译,生活·读书·新知三联书店 1989年版,第181页。

成引人瞩目的特殊人物叙事模式,成为中国当代小说叙事的一道奇异的艺术景观。

阿来是新时期家族小说作家中娴熟运用"痴傻"叙事视角的作家。阿来最为推崇福克纳,坦言自己的创作深受福克纳和其他美国南方作家的影响。福克纳留给阿来最明显的影响可能是"痴傻"叙述视角,而且阿来也是一个自觉追求创新人物形象和积极尝试文体革新的作家。① 在阿来的《尘埃落定》中,藏族土司酒后和汉族太太生下的傻子二少爷亲历和参与麦其土司家族的一切重大事件,他的第一人称叙事贯穿整篇小说。小说的开篇亮明叙述者身份,重复"我"是一个众所周知的傻瓜:"在麦其土司的辖地上,没有人不知道土司第二个女人所生的儿子是一个傻子"、"那个傻子就是我"、"我真是个傻子"、"我只好心甘情愿当一个傻子了"。随后,叙述者"我"一再用各种稀奇古怪但仔细琢磨却不无道理的事情确认自己的确是个"傻子":当父亲问"我"爱是什么的时候,"我"回答说爱"就是骨头里满是泡泡";"我"的傻还招来哥哥的嫉妒,他不但骂"我"装傻还抽了"我"一个耳光,他带着仇恨的抽打竟然打不痛"我";有一天"我"在望楼上看着电闪雷鸣,告诉父亲有大事要发生了,父亲生气"给了我一耳光","他打痛我了,所以,我知道他是爱我的。恨我的人打不痛我"。

因为痴傻,"我"不管在麦其土司家族还是在外人面前都是一个不被设防、没有威胁的人物,"我"可以毫无顾忌地面对隐秘的事件和赤裸裸的人性。"我"在承认自己是傻瓜的同时,也用这面"傻"镜子把家族各个成员都"照"得"透亮":"我父亲是皇帝册封的辖制数万人的土司";"我的母亲是一个出身贫贱的女子,她到了麦其家后却非常在乎这些东西(高贵的种姓)";"哥哥愿意不断发动战争。只有战争才能显示出他不愧为麦其土司的继承人"。同父异母哥哥觉得"我"装傻,会和他争夺土司之位,因为妒恨打不痛"我";而父亲

---

① 　阿来:《好小说的两个标准》,《小说评论》2013 年第 2 期,第 196 页。

怜惜"我"是个傻子,因为溺爱所以能打痛"我"。因此,小说以"傻瓜"的视角,打破"常态世界"的一系列规则、秩序、思维和逻辑,跟随一个"傻瓜"看似混沌不清、斑驳纷乱的视角,能够身临其境进入外人知之甚少的藏族土司家族生活,在"非常态世界"中析出土司制度和土司家族的本质。

如此看来,阿来笔下的这个"傻子"根本不傻,他有着"圣人"、"先知"一般的非凡智慧。阿来认为他在小说中"用土司傻子儿子的眼光作为小说叙述的角度",是一种非常"有效的看待世界的智慧的笨办法",是"观照世界的一个标尺"。[1] "傻子"二少爷的大智大勇和敏锐透彻的洞察力隐藏在表面的愚钝与木讷之下,他是深藏不露充满智慧的智者,于无声无息间化解家族的一系列危机,比表面看起来聪明的大少爷高明许多。在种植粮食和罂粟的问题上"傻子"小试牛刀,在后期的粮食交易中他用四两拨千斤的策略稳固树立麦其土司家族的霸主地位,通过轻松自如地在拉雪巴土司和茸贡土司之间玩游戏让狡猾的茸贡女土司乖乖地把这片土地上最漂亮的女儿拱手送给他做新娘。他开银号、兴贸易,免除麦其土司家族治下百姓一年的贡赋,使土司家族达到前所未有的繁荣昌盛。而且,他的痴傻之下隐藏着"超理性"的人生智慧和哲学思考。他不时纠结于"我是谁"、"我从哪里来"的问题,因弄不懂这个问题而苦恼。他清楚"有东西腐烂的"地方总会有"新东西"生长,参透月盈则亏的道理:"有一天,天下就只有一个土司了。拉萨会看到,南京也会看到。而这两个方向肯定都没人乐意看到这样的结果。所以,麦其家只要强大到现在这样,别的土司恨着我们又拿我们没有一点办法就够了",因为"土司就是土司,土司又不能成为国王"。

"我"的特殊身份使"我"既可以随意进入"常态"世界,又可以自由徜徉于"非常态"世界,不受理性思维和常人世界的束缚与干扰,用貌似主观愚笨实则客观敏锐的方式,反映土司家族钩心斗角的内部世界以及纷繁复杂的外

---

① 冉云飞、阿来:《通往可能之路——与藏族作家阿来谈话录》,《西南民族学院学报》(哲学社会科学版)1999年第5期,第9页。

部世界。作者借助"傻子"的独特视角,各种"常态"掩盖下的"非常态"逐一显露出来:看似强大繁荣的土司制度在土司之间频繁的争斗以及社会历史的流转中走向土崩瓦解;一个拥有精良的现代化武器和最大财富的土司家族在争权夺利的内讧中面临分崩离析;秉笔直言记录历史的翁波意西惨遭割舌禁言;一片美丽、遥远、神秘、野画眉嬉戏其间、半耕半牧的藏地,因为白色汉人的突然闯入,鸦片和梅毒四处扩散;这里上至土司下至农奴根本弄不清白色汉人和红色汉人之间的区别,他们要么跟着感觉走要么选择与仇家不同的阵营随意决定自己的政治归属。在历史大潮冲击下土司制度中各色人物的生存状态,土司家族的兴盛衰败,康巴藏区延续百年的土司制度和封建农奴制度的瓦解,都从一个"傻瓜"的视角中得到清晰展示。

"我"不仅是麦其土司家族灭亡的亲历者,也是土司制度覆灭的见证人。"我"的叙述像未卜先知的预言和谶语,更像参透世事的总结与概括,预见和见证一个家族、一种制度、一种文明和一个时代的衰落。在尘埃落定之时,我这个"不是傻子也不是聪明人"的土司二少爷在"土司制度将要完结的时候到这片奇异的土地上来走了一遭",而且"上天让我看起来像傻子"的目的就是让"我看见,听见,叫我置身其中,又叫我超然物外"。"我"的傻似乎是一种天赋异禀,这种奇异功能能让"我"能够看到事物的原貌和本质。"傻"眼让"我"看到隐藏在麦其家族和土司制度繁华背后的悲凉,历史的车轮滚滚向前,无情地驶离过去,代表旧制度的土司及其家族终究会像尘埃一样,在美丽灿烂的飞旋之后归于沉寂,空留一曲哀怨忧伤的挽歌。

莫言认为作家最大的追求就是"文体的追求",每个作家应该"发出与别人不一样的声音"。[①] 莫言在叙事实验中选择痴傻人物叙事视角,期待获得一种与众不同的叙事效果。《檀香刑》中的赵小甲用他那双"痴傻的眼睛",观察家人和周围世界。他半痴半疯、半清楚半糊涂的话语表面看来滑稽细思却极

---

① 杨扬:《莫言研究资料》,天津人民出版社 2005 年版,第 74 页。

其深刻。当别人讥讽他老婆去县衙给钱大老爷送狗肉其实是送人肉时,他似乎听不懂人们的话外之音,只是自顾自说着傻话:"俺家只卖猪肉和狗肉,怎么会卖人肉呢? 再说钱大老爷又不是老虎,怎么会吃俺老婆的肉呢?"①但是,他深谙许多人生智慧和做人的道理,是个少见的"精明"傻子:"是命要紧还是钱要紧? 当然是命要紧""说实话害自家""人还是少知道点儿事好,知道得越多越烦恼"。他的"傻眼"能够看透人的本性:刽子手父亲赵甲是黑豹子,妻子眉娘是条大白蛇,知县钱丁是只白老虎,袁世凯是"道行很深"的"高级鳖",师爷是刺猬,县丁是蠢驴。透过赵小甲褪去伪装、没有雕饰的感官直觉以及颠覆现实、异于常人的语言,掩盖在常态之下的人性得以暴露,檀香刑背后的残酷本质也浮出水面:比刽子手和行刑人更可怕的是支配他们的统治者,他们令人发指的残暴专制是导致人性异化的根本。

《丰乳肥臀》中的上官金童是一个离不开母亲的乳汁、永远长不大的"傻子"。小说以他的"傻眼"视角,讲述上官家族的女人们在权力、欲望和苦难中的生活。上官家族的女儿们嫁给抗日的、游击队的、做汉奸以及其他形形色色的男人们,演绎各自的传奇人生。从上官金童不辨善恶不识好坏的幼稚和痴傻视角看来,这些属于不同阵营的男人们没有什么区别,只是循环杀戮和战争游戏中的一群小人物和时代运行过程中的匆匆过客。他以"傻眼"观察姐姐、姐夫们,要么呼风唤雨、叱咤风云,要么大胆狂野、真情率性的生活经历,"审视"上官家族各种疯狂混乱、离经叛道的事件。他看到家族男性成员的雄性血气荡然无存,坚韧强势的家族女性也非传统意义上的贤妻良母。母亲上官鲁氏用擀面杖疯狂地打死婆婆的情景在他眼中成为一场视觉盛宴,那根"粗大的、光滑的擀面杖从瓮后滚出来,好像一个成了精的活物,自动地跳入母亲的手中",擂在上官吕氏的脑袋上,"她越打越有劲,越打越生龙活虎,越打越神采飞扬",嘴里喋喋不休地骂着"老混蛋,老畜生":"你知不知道你那儿子是

①　莫言:《檀香刑》,作家出版社 2001 年版,第 77 页。

个骡子？你们一家人把我逼上了绝路，我像只母狗一样翘着尾巴到处借种，我受尽了屈辱，我为你们上官家，遭了多少不是人遭的罪啊，你这老畜生！"①

上官金童有点疯癫、有点痴傻同时有些偏执和低能的非正常人物视角，透视上官家族纷繁复杂的故事和捉摸不定的历史。作者借"恋乳癖"患者和精神错乱者上官金童的视角，描绘一个家族、一个国家半个多世纪的苦难历程。上官金童的恋乳情结、幼稚心理、孱弱身体以及中西混血的外貌隐喻小说作者对于生命力疲软、男性气质衰退和民族精神颓废的忧患，表达对荒诞不经历史的思考。上官金童"非同寻常的"视角颠覆人们对于家族和中国现代历史的常规理解和认识，家族命运沉浮史和社会历史变迁史中那些狰狞、邪恶、苦难、偶然、荒诞的"面孔"透过这面质朴的镜子呈现在世人面前。

余华对于福克纳在《喧哗与骚动》中借用一个"灵魂上面没有任何杂质"、"头脑简单"的傻子勾勒康普生家族和南方世界与众不同"图像"的叙事艺术推崇至极，感叹自己"有幸读到了这部伟大作品的中译本，认识了一个伟大的白痴——班吉明"。② 余华向"师傅"福克纳致敬，把这种没有任何"杂质"的"空白"灵魂移植到自己的小说创作中。《许三观卖血记》的开头是许三观和糊涂爷爷之间似痴人说梦般的对话，温情中透着混沌，社会底层人物灰暗的生活状态在一老一少的对话中清晰地映入读者眼帘。许三观当初像"傻子"一样，出于好奇也为了与阿方、根龙等人"平等"吃盘炒猪肝、喝二两黄酒，稀里糊涂地跟他们去医院卖血。后来因为生活所迫，他走上出卖鲜血的漫漫人生长路。他的"愚傻"偏偏成就了他的"高尚"，在他眼里，那些曲里拐弯的亲情与爱恨都来自最简单、最直接的感受，老婆与别人私生的儿子与亲儿子没有什么区别，为了给非亲生儿子治病，他心甘情愿一直卖血到生命尽头。许三观的"傻"似乎具有某种"英雄"气概，他在卑贱的日常生活和岁月流逝中获得某种"崇高"与宽容。

① 莫言：《丰乳肥臀》，作家出版社 2012 年版，第 629—630 页。
② 余华：《长篇小说的写作》，《当代作家评论》1996 年第 3 期，第 6—7 页。

苏童的《罂粟之家》以白痴刘演义"放我出去,我不偷馍馍吃了"的"震撼着1930年的刘家大宅"的呼喊开场。刘演义是刘老侠与父亲的小妾在"野地媾和"而生的痴傻儿,虽然生于枫杨树乡村最大也最殷实的地主家庭,他食量惊人、饥饿难填,是"常常处于饥饿状态而练就一副惊人胃口"的刘家祖父的返祖化身。他整天不断地呼喊"我饿",经常因为偷吃馍馍被父亲锁在仓房里,习惯于一边吞食一边说"我饿我杀了你"。傻子演义经常重复的两个词反映刘家这个末代地主家族欲壑难平、腐败堕落、荒淫无耻、家族成员之间尔虞我诈、互相仇恨的生活状态。通过演义的傻子视角,刘家父子兄弟共玩一个女人、家族内部为了争夺财产和地位相互谋害、彼此算计的隐秘、畸形、罪恶的家族历史得以曝光。刘老信被自己的亲兄弟刘老侠设计烧死,傻子演义对着烧焦的尸体"呜呜大哭",弄不懂叔叔为什么纵火时会用半只馒头塞住自己的嘴巴并把自己装进麻袋打上绳结。正是这个看似"痴傻"的疑问暴露刘老侠谋杀兄弟、独霸家族财产的罪行。演义的痴傻体现家族"种的退化",预示刘氏家族的灭亡和封建地主制度在中国大地上的消失。

作为一种叙事策略,"傻子"视角是作家借以表达特定理想与建构叙事艺术的主要方式,赋予作者"可以不理解,可以糊涂,能够耍弄人,能够夸张生活;可以讽刺模拟地说话,可以表里不一"的叙事"权力"。① 中国新时期家族小说作家利用这种富有特色的叙事"面具"赋予的"权力",创造形态各异的"傻子"角色:洞穿人性的赵小甲,头脑简单但坚守执念的许三观,外愚内慧的土司二少爷,通过饥饿本能阐释欲望的刘演义,以"恋乳癖"隐喻精神颓废的上官金童,等等。作家通过"傻子"由于有限的知识、更多的感性认识、本身具有的不可靠性构成的限知叙事特点窥探世界,解开掩盖在"常态"之下的骗局,达到出乎意料的叙述效果,在"非常态"和不可靠中挖掘现实真相。而且,痴傻人物的意识和思维没有受到外界的浸染,他们不同寻常、出奇制胜的叙事

① [俄]巴赫金:《小说理论》,白春仁、晓河译,河北教育出版社1998年版,第358页。

视角发人深省,吸引读者对叙述对象展开不同维度的思考。他们的"痴傻"、"弱智"也为小说营造"返回原始"和充满"反讽"意味的戏剧化、狂欢化的叙述氛围,①让读者在真实与荒诞相互交融的全新审美体验中领悟事物的本质。

(二) 儿童叙述视角

儿童视角是指"借助儿童的眼光和口吻来讲述故事,故事的呈现过程具有鲜明的儿童思维特征,小说的叙述调子、姿态、结构、心理意识因素都受制于作者所选定的儿童的叙事角度"。② 儿童叙事视角几乎没有受到世俗偏见或者成人世界的影响与干扰,他们对世界的认识看似思维简单、一知半解,但是纯净自然、贴近真实,在呈现世界时能够最大限度地还原直观、感性的生活现实。由于儿童率真纯洁、天真无邪的天性,他们从异于成人的观察角度和评价标准显示成人无法洞悉的"盲点"。在对于事物未加雕饰、单纯直观、天然纯粹的"看""听""感觉"和"反应"过程中,儿童叙事能够补充成人视角的不足,感受成人不易发觉的细节,打开成人封闭的内心世界,揭示成人难以体察的层面与维度。透过孩童这个透明、纯净的视角,人们得以更加接近叙述对象的心理、情感、态度、认识和理解。因此。他们"讲述"的家族故事像镜子一样"显示"本真的家族历史和原生态的生命情景。

新时期家族小说作家摒弃对家族故事全局掌管的成人全知叙述视角,转向自然纯朴的童真视角,借助童年记忆和童年经历,以儿童的感受形式、思维模式、叙事方法和语言句式,追忆家族历史,反映作家回归心灵本真、寻找精神家园、折射生命原初状态的创作心理。儿童视角成为新时期家族小说作家透视家族历史和批判成人世界的有效叙事策略。儿童的惹人怜爱和幼稚无害使他们易于进入叙述对象的核心,以他们的眼睛发现成人难以观察到的事物,家

---

① 张清华:《叙述的极限——论莫言》,《当代作家评论》2003 年第 2 期,第 71 页。
② 吴晓东:《现代小说研究的诗学视域》,《中国现代文学研究丛刊》1990 年第 1 期,第 43 页。

族的兴衰和历史的变迁在"孩童"的不经意间"显示"出别样的图景。"孩童"叙述者在新时期作家笔下获得与成人同等的讲述家族历史的权力,体现作家通过儿童视角审视成人世界的创作诉求,形成当代文学史上新颖奇特的叙事景观。儿童视角有助于作者在诗性和纯真的眼光下透视粗糙的成人社会和家族历史,剥离现实的谎言、欺骗和伪装,把成年人习以为常、漠然视之、刻意逃避和歪曲加工的方面凸显出来,表现真实本质的家族历史和社会生活,重建纯净自然的人性。

莫言是新时期家族小说作家中对儿童叙事视角最为热衷的一位,儿童视角也是其家族小说的魅力所在。他说:"统领这些作品的思想核心,是我对童年的追忆,是一曲本质上忧郁的、埋葬童年的挽歌,我用我的作品,为我的童年修建了一座灰色的坟墓。"①在《四十一炮》后记中,莫言如此表述儿童叙事视角在其创作中发挥的作用:"罗小通在讲述自己的故事时,从年龄上看已经不是孩子了,但实际上他还是一个孩子。他是我诸多'儿童视角'中的儿童的一个首领,他用语言的浊流冲决了儿童和成人间的堤坝,也使我的所有类型的小说,在这部小说之后,彼此贯通,成为一个整体。"②的确,莫言的大部分小说都使用儿童叙事视角。

《红高粱家族》开篇就点明故事的叙述者是一个"牵着一只雪白的山羊"的"光屁股的男孩","有人说这个放羊的男孩就是我"。"我"的叙述始于"我"的一声放声高唱"高粱红了——日本来了——同胞们准备好——开枪开炮",这一放声高唱打乱了时间的先后顺序和各事件之间的逻辑联系,把"我"、"我父亲"、"我爷爷"并置在同一时间框中。"我"像超越时空的望远镜,首先看到在遥远的过去"我父亲"跟随"我爷爷"余占鳌司令穿梭在高密东北乡的红高粱地里、目睹他们与日本军展开激烈而残酷的战斗,而后叙述"我爷爷"、"我奶奶"、罗汉大叔等人物在抗日中的英勇表现和悲壮人生。"我"以

---

① 杨扬:《莫言研究资料》,天津人民出版社 2005 年版,第 6 页。
② 莫言:《四十一炮·后记》,春风文艺出版社 2003 年版,第 445 页。

一个儿童特有的好奇天性为引导,以眼睛作为身体感受的媒介,逐步把家族中"我爷爷"、"我奶奶"以及"我父亲"两代人的乱世生活景象以及家族的各个重要事件一一叙述出来。小说叙事的显著特点就是作者选择儿童视角讲述"我爷爷"、"我奶奶"的草莽人生和家族传奇,了解祖先的原生态生活状态和顽强的生命活力。小说通过儿童叙事口吻,渲染子辈对祖父母自然纯朴、野性十足、充满活力的生命和情爱的崇拜,寄托对家族祖先高昂的精神面貌和英雄主义的礼赞,表达对原始生命力日渐消弭的哀叹。

儿童叙事视角的"纯"与"美"使"红高粱家族"的家族故事和抗日战争历史呈现与传统成人叙事和宏大历史叙事迥异的样貌:身为土匪的爷爷与离经叛道的奶奶之间"名不正言不顺"、应该受到道德谴责的爱情在"我"的回忆中却是人世间最自然、最美好、最纯洁的感情;高密东北乡的抗日战争不是国共两党正规军抵御外辱的民族战争而是"我爷爷"、罗汉大叔等民间勇士保家卫国的英雄行为。"我"作为一个儿童身份的叙述者,处于成人世界之外,站在未来的时间立场上追忆过去、观照现在,去除现实和历史的伪饰,以不被世俗认可的爱情彰显热烈奔放的自然人性和飞扬蓬勃的生命活力,以被边缘化的草莽流寇的抗日活动表现一段地方史,把读者从充满传奇色彩的家族故事带入血雨腥风的抗日战争民族史和时代史。这样的视角设置,容易将历史拉回现实,在感情上拉近人物、叙述者和读者之间的距离,将过去的悲喜忧戚、壮烈传奇再次重现在读者面前。莫言在《红高粱家族》中充分运用儿童视角带来的叙述力量与意义表达方面的便捷,将无边无际、奇幻自由的想象发挥到极致,为生活在高密乡的"祖先们"树碑立传、增光添彩。

《丰乳肥臀》采用一个无法脱离母亲的奶水、永远长不大的上官金童作为上官家族历史的叙述者。在他有点弱智、有点古怪、有点灵精的儿童叙事视角下,上官家族各种在成人视界下显得不合道德、不合世俗、甚至尴尬难堪的行为得到截然不同的阐释。母亲四处借种这种看似不守妇道的行为实属无奈,是对旧社会女性作为生殖工具以及家庭地位低下的悲惨生活的血泪控诉;姐姐们跟着不同阵营的男人,不惜做小妾或者卖身为妓或者成为疯疯癫癫的女巫,都是时代动乱和生活逼迫的结果,给她们的身心带来无法愈合的创伤;母亲在动乱年代,帮助来自不同阵营的女儿女婿拉扯孩子,这是普通农村母亲伟大母爱与奉献精神的真实写照,她没有共产党、国民党、土匪之类的政治立场概念,无法通过政治运动或者革命归属划分女儿女婿的身份,更不会以政治立场区别对待外孙,她的意识中只有最朴素的血缘纽带和家族亲情,不管孩子的父母来自哪个阵营,孙子孙女都是她的血脉亲人。小说通过孩子的眼光,真实再现战火纷飞以及动荡不安的革命战争年代中一位母亲及九个子女的苦难经历。作者借助上官金童有点迷糊却童真稚嫩的叙事视角,表现母亲看似卑微实则富于尊严的生活,塑造坚韧顽强、朴实伟大的"民族"母亲形象,借此表现一个民族在一段历史浩劫中遭受的苦难与屈辱。

在《飞越我的枫杨树故乡》中,苏童运用儿童叙事视角,动用视觉和嗅觉器官,叙述家族的神秘往事,把家族的今人和故人放置在同一个时空体中,展现家族和故乡的流变。1956年"美丽而安静"的"我"刚刚出世,可是在记忆里,"我清晰地目睹了那个守灵之夜",谙熟水性的幺叔神秘地溺死在故乡枫杨树那条日夜奔流的河流中,枫杨树的男女老少和族人聚在一起,为死去的幺叔守灵超度,睡在摇篮里的"我"沉浸在来自亲情的"纯朴"悲伤中,看到幺叔从河中浮起的精灵,看到枫杨树家乡河岸两边"随风起伏摇荡"的猩红色罂粟花,看到随风涌来的无限欲望,嗅到弥漫在整个家乡的"生生死死"的悲壮气息,"我"突然被某种"沉重"而"深刻"的东西打动了,"站在摇篮里哭得如痴如醉",惊动了我的祖父、父母和兄弟们。在枫杨树故乡,死去的人都会有一个楠竹削成的灵牌摆放在族公屋里,可是幺叔的灵牌神秘失踪,大家对此众说纷纭,幺叔的灵魂也因为无处安放一直到处游荡。

苏童笔下的"香椿树街"和"枫杨树"系列小说是其童年情结和故乡想象的文学再现。香椿树街少年对于往昔记忆中的童话世界的讲述纯朴自然、感人至深,那里生活着充满幻想的纯真孩童、处于成长中的孤单少年或者是苦难却不乏奇幻色彩的孩子,他们的童年旧事再现香椿树街昔日的生活情景,倾注苏童对于故乡的温暖记忆和家园不再的伤感情怀。在"枫杨树"系列小说中,苏童借助当时并不在场的孩子视角,在回忆和想象的基础上讲述南方业已消亡的农村地主和富农家族故事,呈现南方乡村生活原貌。由农村迁居到城市的"我"从小就做着稀奇古怪的梦,梦里永远都是那条人们坐在竹筏上顺流而下的河流以及遥远的故土、家族和亲属。充满梦幻的儿童视角让作者充分再现他对家族、故乡和历史的想象,为南方水乡的家族和历史蒙上一层虚无缥缈的色彩,营造独特、唯美与忧伤的故乡感怀。苏童把自己的童年经历和回忆融入儿童视角,在儿童视角下"窥探"故乡的人性、欲望与罪恶,透过孩子不受人情世故侵扰的眼光,小说人物的"无意识"活动悄然浮出水面,各种"欲望"得到充分展示。①

余华的《在细雨中呼喊》采用儿童叙事视角,以孙光林的第一人称视角叙述父母兄弟和整个孙家的故事,回顾童年时代的乡村记忆和家族历史。时间在叙述者"我"6岁、12岁和现在之间来回穿梭,在追忆的碎片中孙家的生活状况逐渐展开。还是孩子的"我"是一个被父母和家庭冷落的孩子,受尽世态炎凉和亲情冷漠。在"我"眼中,父母感情不和,矛盾重重;家人之间缺乏温情,随意殴打谩骂;兄弟三人不念手足之情,充满仇恨与杀戮。在自己家里,"我"没有得到父母兄弟的关心与照顾,在六岁时遭到亲生父母遗弃;在养父母家里,因为没有血缘之亲,"我"得不到温暖与爱护,彻底失去自我归属感。12岁时"我"重新回到亲生父母家,依然没有享受到父母的爱,反而被认为是"灾星",因为家中的火灾和祖父病逝发生在"我"归来之后。在一个饱经人间冷暖的儿童视角下,孙氏家族贫困交加、冷漠无情、绝望孤独的悲凉处境更加震撼读者的心灵,这个挣扎在贫困中苦熬日子、家庭成员相互绞杀的家庭仿佛是中国千千万万个农村家庭日常穷困交加生活的写照。

---

① 许志英、丁帆主编:《中国新时期小说主潮》(上卷),人民文学出版社2002年版,第372页。

儿童叙事视角在新时期受到家族小说作家的普遍推崇。首先,对于家族和历史的寻根需要眷恋童年、母亲、故土、家乡的童年情结,作家无法复归纯真的儿童状态,儿童视角成为作家表达强烈的寻根意识、生活本色和生命原动力的有效载体。其次,儿童叙事视角有别于成人视角,免于复杂的身心变化和人生经历的影响,具有童真和纯朴的本质,能够穿越时空和成人刻板视角的限制,以不同的眼光打量和观察成人世界。叙述者可以自由游弋在不同的叙事场景,用孩童的"听"、"看"、"说"和"感受"描绘成人的生活和情感,认识成人世界的复杂性和虚伪性。儿童叙事策略拥有极大的直观性与自由度,更加适合表现家族或者历史中被成人世界或者世俗观念遮蔽的部分,窥见家族历史和人物内心罕见的真实,得以对家族历史做出更加人性化的判断,为新时期家族叙事与历史表达带来新的生机。再次,儿童视角强调亲历性。受其生活范围和认知程度的限制,儿童视角一般更容易将其关注的重点局限在家族内部,以单纯质朴却生动鲜活的眼光直击事实真相,凸显家族成员作为个体在历史中的生存状态,带来崭新的叙事感受和贴近真实的阅读体验,使家族叙述更加丰满充盈。因此,儿童叙事视角具有自由与限制并存、便于开辟异于成人的叙述范围以及产生新颖和陌生化效果的艺术特点,丰富了新时期家族小说中家族和历史的文学表现,选择儿童视角成为作家观照家族、观照自我、观照历史的新维度。新时期作家运用儿童视角对童年记忆的诗意回忆,有益于体现浓厚的怀旧情愫,表现故乡不再、家族已逝的忧伤情调。

三、打乱时序的叙事视角

福克纳家族小说中的时间艺术反映出作者高超的叙事视角创新。南方传统的家族罗曼司小说往往遵循时间的客观线性序列,以时间的先后发展顺序展开家族叙事。但是,福克纳突破南方以往家族叙事的线性时间顺序,对小说的时序实施大胆革新,放弃客观机械时间的自然之流,关注人物的情感体验时间,跟随人物的思绪转换让时间跳跃、倒置、错乱、重叠,读者在喘息、挣扎、绝望中拼贴时间碎片,惊叹于拼贴完成之后的那个缤纷斑斓、美妙绝伦的家族图景。福克纳的时间艺术以及时序错乱的叙事手法引起中国新时期家族小说作家的关注与赞许。中国作家极大地认同福克纳的现代派时间叙述方式,并在小说创作中积极借鉴、创新福克纳的时间叙事策略。福克纳与新时期家族小说作家们同处于新旧转换的历史变革时期,他们对于线性时间断裂后人们面临的生存痛苦、思维混乱、价值沦丧方面的感受具有共通性,二者对于时间的处理艺术也表现出相似性。

在中国以往的家族小说叙事中,情节一般遵循线性时间的发展流程,预叙、倒序、插叙、并叙等叙事技巧的使用大多不会改变情节的先后次序和故事的总体发展序列,情节经常沿着一维时间顺序向前发展。但是,在中国进入新时期之后,随着社会历史的巨大变革,人们的价值观念和精神诉求发生变化,作为个体的人们失去了"永恒"的价值依托。当置身于混乱的时间碎片中时,人们产生了前所未有的失落、迷惘、空虚。鉴于此,新时期家族小说作家尝试革新传统文学的时间观念。恰逢此时,福克纳的《喧哗与骚动》以及一批欧美现代主义文学的译介使新时期家族小说作家大受鼓舞。在作家的自觉意识和外来文学的影响下,新时期家族小说作家打破传统家族小说叙事的直线性、单向度时序关系,对客观时间链条进行重新分割和再度组合,大胆使用并置、拼贴、空间转换、章节交替方式,刻意拉伸或者缩短故事固有的时间流程,使叙事时间与故事时间之间呈现相互独立、非对应平行的关系,打破线性的事件发展顺序,强调时序错乱造成的陌生化叙事和审美效果,建构具有当代文学特色的时间观念。而且,福克纳"向后看"的历史意识在新时期家族小说作家群中引发普遍共鸣,他们的家族叙述跳跃、游移在过去和现在之间,情感指向"过去",不自觉地展现向后守望的姿态。

与传统家族文学中连贯、有序的时间形式不同,莫言的叙述时间任意而散乱,刻意打乱事件的时间顺序,转向时间跳跃不定的叙事视角。他经常把连贯时间与碎片时间交错混杂,故事的时间时而快进、时而倒退,时而拉长延伸,时而停滞不前,呈现无序、破碎、混乱的状态。作家通过对某些片段时间进行凸显或者淡化,解构故事情节和人物行动的连贯,取消连贯时间的永恒性。在《红高粱家族》中,作者放弃常用的时序规则,让"红高粱"家族的故事穿梭在过去与现在之间并不断来回切换,让家族历史在多种时间的并置或转换中形成错落有致又相互勾连的全面呈现。叙事视角的不断切换是莫言实现故事时间自由转换的主要手段。小说以 14 岁的"我父亲"的叙述视角开始,讲述他跟随余司令伏击日本兵的故事。在这个过程中还是孩子的"我父亲"浮想联翩,漂浮不定的思绪不时从"现在"遁入"过去",现在的某件事情经常触发他对"过去"的回忆,引出有关过去的一系列故事。这种现在"一石"击起过去"千层浪"的叙事手法引起叙述时间的凝固。后来"我父亲"并没有继续叙述伏击战的过程,而是将叙事的接力棒传给几十年后的"我"。"我"的叙述主要聚焦于寻访和调查这段历史。此后,故事的叙述时间闪烁不定,经常在各种事件之间跳跃切换,一会儿是"我奶奶"回忆与"我爷爷"在 1923 年的首次见面,一会儿又是"我爷爷"为"我"死去的"奶奶"合上眼皮,合上眼皮的事情又引发 1976 年"我母亲"为死去的"我爷爷"合上眼皮的故事。在断断续续的时间片段分割和转换中,"我们"家族的历史显得凌乱破碎,吸引人们用想象填充时间片段的留白。

在《在细雨中呼喊》中,余华运用时间错置的叙事角度,展示"我"这个孩子强烈的孤独感和被遗弃感,并以"我"的人生体验反映"我们"家族的生活经历。小说以第一人称"我"的全知叙事视角,描述孙光林成年后对其童年时代家庭生活的追忆。作品的结构按照"记忆的逻辑"安排,第一章为南门、婚礼、死亡、出生;第二章为友情、战栗、苏宇之死、年幼的朋友;第三章是遥远、祖父、风烛残年、消失;第四章是威胁、抛弃、诬陷、回到南门。其实故事的时序应该是出生南门→寄居孙荡→返回南门。但小说中三个时段通过空间并存的形式把时间分割成碎片,叙事者通过控制自己的回忆,依据主观需求对过去的记忆进行重新排列。1965 年是小说叙事时间的开始,那时的孙光林还是一个 6 岁的孩子；"我"的出生在小说第一章的最后一节中出现；第三章追叙"我"祖父祖母年轻时的遥远时代，讲述他们的爱情故事和传奇经历。这样，余华向读者展现"我"生活在与父兄的对抗中，这种对抗同样也存在于曾祖父、祖父以及父亲孙广才两代人中。时间的错置饱含叙述者对现实的否定和放弃，充满对家族和生活的悲观、失望与怀疑。

《活着》使用两套叙事时间讲述采风人"我"、福贵、老牛组成的故事和福贵一家人组成的故事。在采风人讲述的故事中，关于福贵故事的叙事时序采用倒叙技巧从结局开始，进入福贵的故事后，小说沿着时间顺序开始福贵一生的回忆历程，依次叙述七个亲人的死亡故事，但是，每次讲到死亡或者苦难处时，便中断第二个故事的叙述时间，把第一组叙事时间添加进来。比如在小说的开头，第一组叙事时间在"我比现在年轻十岁的时候，获得了一个游手好闲的职业，去乡间收集民间歌谣"构成的回忆中进入倒叙状态，在好奇追问一个扶犁耕地的老人为什么对一头叫作"福贵"的老牛吆喝"二喜，有庆不要偷懒；家珍，凤霞耕得好；苦根也行啊"的情景中开始第二组故事的叙述："在那个充满阳光的下午，他向我讲述了自己。"在第二组叙事时间——讲述福贵输完家产、气死亲爹、妻子家珍无奈之下留下女儿凤霞怀着儿子有庆乘坐轿子回娘家的故事时，第一组时间在"福贵说到这里看着我嘿嘿笑了"中被打断，这"一笑"将读者的目光从 40 年前拉回到现在，将这个 40 年前的浪子与眼前饱经沧桑、风烛残年、"胸前的皮肤皱成一条一条，汗水在那里起伏着流下来"的老年福贵联系在一起，体味人生和活着的意义。

《白鹿原》通过倒叙、预叙以及时序交错的叙事手法，将过去、现在、未来错综复杂地交织在一起。例如，在小说的第十四章中，鹿兆鹏因为从事革命工作险些被捕，此时国共合作已经发生质变。重新得势的国民党白鹿仓总乡约田福贤丧心病狂地在白鹿村上演反扑倒算的血腥屠杀。此处通过鹿子霖的倒叙视角，讲述在此之前身处共产党阵营的儿子鹿兆鹏把田福贤和自己等十几个乡约推上白鹿村大戏楼批斗的情景，他听到大家议论这是儿子斗老子时的内心感受:"就是在那一瞬间,他忽然想起了岳维山和兆鹏握在一起举向空中的拳头;就是在那一瞬间,他在心里迸出一句话来:我现在才明白啥叫共产党了!"。在这一来一往的叙事话语之间,故事的时间已经跨越一个巨大的界限,历史已经发生翻天覆地的变化。

《古船》的时序构思非常精巧别致。事件发展变化的时间次序在小说中被完全打乱,叙事呈现曲线式时序。小说的第一、二、三章,粗线条勾勒洼狸镇隋、赵、李三个家族的纠葛,以隋家粉丝厂的发展变化以及易主经营展现洼狸镇的发展历程。第七、八、十一、十四、十五、二十一、二十二、二十四至二十七章与前三章一起,是当下故事的叙事线索,讲述赵多多与隋抱朴、隋见素兄弟的恩怨情仇、隋氏兄弟在粉丝厂的归属和承包权问题上产生的分歧,并围绕当下交代三个家族后代不同的生存状况和命运遭遇。在剩余的十五章中,小说跟随叙述者的意识流动、个人感受以及联想回忆,通过追述或者倒述的叙事方式,对三个家族父辈的种种经历和家族变故展开叙述。

苏童在"枫杨树"系列小说中突破传统叙事的时间连续性,追求回流脱节、无头无序的意识流时间艺术。叙述者在小说中享有极大的自由度,打破时间的连贯性,主观操纵时间片段,随意打乱、切割、重组文本时间。《一九三四年的逃亡》《飞越我的枫杨树故乡》的讲述者是处于现时的"我",但经常以遥想和回忆的方式,呈现数十年前家族先辈们经历的往事。因此,叙述不断在现在与过去两个时间维度之间切换和摇摆,时间和故事不再按照先后顺序发展,不同年代的人物与故事在小说的叙述中不时勾连纠结。在"枫杨树"故事中,过去经常充斥文本,具有象征意义的时间符号出现在虚构的家族故事中,不断提醒读者:这是回忆。在"飞跃"和"逃离"故乡之后,苏童通过地域上的距离和时间上的遥远试图构筑另一个"故乡"。过去、现在和未来在某个特定时间里完全处于同一平面,在叙事时间彼此并置、重叠、镶嵌、穿插的"混沌"状态下,故乡的流年往事、人物遭际得到最大限度的展示。过去遥远的记忆、现在发生的故事、未来不可捉摸的命运,都在人们的思绪和时间的随意拼贴中,描绘一幅让人不堪回首又流连忘返的"枫杨树"故乡图景。

《一九三四年的逃亡》是一部以"我"这样一个 19 岁离家、26 岁写诗的后代子孙讲述的陈氏家族故事。小说以时间为题目,时间艺术是小说主题展现的重要载体。小说选择一个与家族和故乡拉开距离的后辈视角,构建处于故事情节之外且保持遥远距离的叙事时间,将"1934 年"在历史中独立出来,特意拉长和扩展这一年的文本时间,使其近乎定格和终止,在这段凝固的历史中,通过时间的不断跳跃、穿插、交错,已经逝去的那些"我祖父"和"我祖母"的生活铺满全部小说,随着他们不同时间的活动轨迹开辟不同空间,达到时间空间化的叙事效果。祖父陈宝年离开"枫杨树"乡村的妻儿去城市谋生开竹器店,首先构成城乡两大空间的对峙;在"枫杨树"乡村的空间内,地主陈文治的"黑砖楼"和农活一把手的祖母蒋氏住的"祖屋"两个私人空间遥遥相对。故事空间被赋予潜在的所指和象征意味,竹器店、黑砖楼和祖屋三个空间各自承载城市和乡村的不同意义和生命状态。

小结：家族小说叙事视角的
交融互渗与个性化

福克纳十分重视叙事视角传达叙事内容、表达意识形态、呈现价值观念、凸显主题思想的重要性,独创性地运用"多重复合叙事视角"、"特殊身份叙事视角"和"时序错乱的叙事视角",从令人耳目一新的叙事视角,对美国南方的家族故事和社会历史变迁展开书写。福克纳对于叙事视角的大胆实验和革新,对中国新时期的家族小说创作产生极大影响,启发了中国新时期家族小说作家的创作思路,随着对福克纳作品的深入了解,新时期家族小说作家认识到,"怎样写"甚至比"写什么"更为重要,他们的视野不再局限于"写什么",而是转向"怎样写",开创崭新的文学创作天地。

福克纳放弃南方传统家族小说或者庄园叙事的第三人称全知全能叙事视

角,借助注重个人情感和心理感受的第一人称内倾式叙事视角以及长篇幅的"意识流"表现手法,以其他人称叙事视角为辅助,结合多重叙事视角的"叠错重复"或者"复调对位"叙述方式,深度发掘人物的心理活动和情感体验,反复"咏叹"南方家族的覆灭和旧南方的消亡。多重叙事视角的综合使用或者不同叙事视角之间的自由转换增加作品的层次感和逼真性,极大地拓展小说的故事容量和叙述空间。而且,福克纳作品中痴傻儿、自杀者、偏执狂、虐待狂以及被南方白人社会推入边缘的非裔黑人等特殊人物的独特叙事视角,把南方的庄园主贵族家族以及种族制度背后那些"常人"思维或者寻常逻辑之外的隐秘历史、社会现实呈现在读者面前,让阅读者积极参与叙述者讲述的故事,从异于常人的视角去认识、阐释和理解各色人物以及发生在家族中的重大事件,寻访南方家族和历史中鲜为人知的一面。这样的叙事视角消解常态叙事话语的控制权和权威性,贴近事实和历史真相,接近人物的内心和思想,反映社会现实和本质。

福克纳"时序倒错"的时间艺术打乱现在和过去、历史和未来之间的区别,使历史与现在密切关联。时序错乱的叙事视角斩断时间的自然流程,人为地拉长或者缩短人物对于某些事件的心理感受时间,或者通过人物的联觉、通感,把不同时空的时间并置勾连,为读者进入旧南方的家族故事打开多重空间,透过作品深入历史思考的维度,加强作品反思和审视美国现代化的力度。这种叙事视角使小说超越南方一个个独立的家庭悲剧,进入南方集体的历史和文化创伤层面,思考南方庄园经济解体后价值体系和道德信仰的重建问题,将个体家族的历史与人类普遍的生存状况联系起来,重新理解庄园主家族的灭亡与美国现代化之间的复杂关系。福克纳"时序倒错"的艺术手法反映作者对于时间独特而精妙的理解,成为世界文学在叙事技巧方面争相效仿的热点。

福克纳运用独特的叙事视角,淡化官方历史或者南方传统家族小说一味美化或者粉饰南方种植园贵族家族的浪漫神话,解构工业文明和资本主义进步的"大写"、"单数"历史,把"旧"南方的家族历史和个人生活的"小写"、"复数"历史展现在世人面前,把旧南方的家族荣耀、贵族气质、淑女观念、白人精英文化与南方的家族腐败、种族歧视、亲情冷漠、道德沦丧置于不同人物的视角中进行重新剖析思考。因此,福克纳家族小说的多重聚焦式叙事视角、多视角结合或者不同视角转换的聚焦方式、特殊人称和打乱时序的叙事视角,不但使小说在主题内容上具有多重指涉性,营造极具张力又富含悖论的诗学效果,而且质疑和解构美国政府宣讲的内战胜利和现代化城市文化先进的"宏大历史",建构和书写南方昔日的农耕文明和家族生活的"小微历史"。

在中国新时期家族小说创作中,作家们有意识地对传统家族小说的全知叙事视角实施反叛,转向福克纳等西方现代派作家的叙事艺术,不约而同地把福克纳看作自己文学创作上的导师,不断从他的作品中汲取叙事技巧和精神养分。纵观众多现代和"十七年"期间的家族小说,中国的现代派作家在叙写家族的兴衰演进时通常采用全知视角,通过叙述者之口表达作者的立场和价值倾向;而新时期家族小说作家为了打破传统叙事模式对于读者阅读模式和意识形态的禁锢,在叙事视角方面锐意探索,选择突出"我"这一叙述者的第一人称视角,结合客观性较强的第三人称和多重视角的叙述方式,对具有中国乡土特色的家族故事展开书写。作家也有意放弃成人视角或者正常人物的叙事视角,转向儿童化、弱智人物的叙事视角,挖掘"非常态"视角之下的"细微"与"真实"。

新时期家族小说作家使用与福克纳家族小说写作相似的第一人称或者以第一人称为主的多元叙述视角,以关注个体心理感受的第一人称叙事视角代替全知视角的操控,最大限度地开拓叙事自由度,在此基础上演绎那些已经消亡的中国农村地主或者富农家族、民族资本家家族或者封建宗族家族的故事。第一人称和多角度叙事技巧引导读者跟随作品中的不同人物,追随人物的心理动态和隐秘想法,探寻中国大地上这些家族的覆灭历史。虽然小说中的每个角色讲述的家族故事都不可避免地反映个人的主观感受和情感色彩,存在残缺不全或者有意歪曲的个性化表达,但是,读者在阅读过程中积极参与,在不断的疑问和悬念中加入自己的思考和判断,根据自己的认知阐释曾经的家族历史和个人生活。

当然,中国作家对于福克纳多重叙述视角进行借鉴的同时继承中国传统家族小说的叙事策略。与福克纳沉浸于自我、不能自拔的第一人称视角以及高高在上、洞察一切的第三人称全知视角不同,新时期家族小说作家们经常在第一人称限知或全知视角、第三人称限知或全知视角以及二者的不断转换中叙写中国特定时代的家族故事和革命历史。而且,在新时期家族小说中,因为对于全知全能叙事视角的反叛,第三人称限知视角受到作家的青睐并得到广泛应用。小说以个人化的叙事视角呈现中国现当代的革命运动历史和家族的兴盛衰亡故事,在个体感受中消解家族史和革命史的严肃性与神圣感,在多重视角的转换中突出历史的多面性和偶然性。

阿来、莫言、苏童、余华等新时期家族小说作家,在福克纳的痴傻儿、偏执狂、少数族裔等特殊人物叙事视角的基础上,大力开拓和创新特殊人物叙事视角。福克纳的"痴傻者"叙事视角在新时期的家族小说叙事中以傻子、"圣愚"、儿童叙事视角的变体形式出现,充当特殊的限知视角,反映作家对于中国广大农村地区家族历史和革命运动不同寻常的描写,强调个体生命的主观心理体验,具有独特的艺术价值和审美意义。新时期家族小说作家刻意凸显这些非常态人物的"敏感"与"睿智",在他们看似痴傻愚钝实则聪敏智慧、看似童言戏语实则真实自然的视角之下,更加锐利地直击家族故事和革命运动的核心与本质,使那些处于正常人或者成人视角之外的隐性家族故事或者革命历史以显性的形式呈现出来,在表面的非理性、非逻辑中反映出乎人们意料的家族或者革命的秘史。尽管新时期家族小说作家"借用"福克纳式的"傻子"人物视角展开家族叙述,但与福克纳单部作品中的"傻子"人物叙事不同,新时期家族小说作家笔下的"傻子"人物极为普遍,每个"傻子"都各有各的"傻样儿"。这些"傻子"人物叙事,不仅是新时期家族小说作家叙事个性化和独创性的产物，更是语境化、地方化、本土化的体现，烙上了新时期作家对于家族历史、革命运动、个体生命展开个性化思考的印记。这些丰富多彩、千姿百态的"傻子"人物群像，与福克纳笔下的傻子形象一起，共同成就了世界文学百花苑中"傻子"视角的丰富性和多样性。

与福克纳一样，新时期家族小说作家经常在叙事过程中放弃单维度、直线性的时间序列，有意打乱家族故事的叙事框架与事件顺序，对于家族故事或者历史事件进行重新安排和规划，使它们以并置、嵌套、重叠等多维度、循环状的形态出现，消解以往积极阐释家族神话、政治话语和革命运动的欲望，加强历史反观、文化寻根和家族追寻的意识，将家族故事和革命历史的发展规律拆解为偶然性事件和对于自然人性的张扬，使得革命运动和家族历史失去严肃性和真实性，更多地带有演义性和虚构性，小说人物也摆脱阶级"符号"，成为具有复杂人性和丰富传统文化底蕴的"个体生命"。

结　语

　　本书是一个涉及中外家族叙事"互动"关系的比较文学与文化研究课题。美国文学巨匠福克纳以家族/历史/地域三位一体的叙事模式,创作美国南方的家族史诗"约克纳帕塔法"神话世系小说,重点反映现代化、血缘伦理和种族矛盾撞击下的美国南方家族问题,再现美国南方200多年的家族盛衰荣辱史和社会历史变迁史。"约克纳帕塔法"家族神话世系的家园情结、文学地理空间的建构意识、怀旧伤感的历史观念、价值指向明确的血亲伦理思想以及富于创造性的叙事艺术,不仅在英语国家产生巨大反响,并且从内容到形式深刻而广泛地影响中国新时期的家族小说创作,呈现福克纳家族小说"在"中国的独特形态和异样景观。而且,福克纳家族叙事的挽歌基调、人文精神和贵族气质也在新时期家族小说作家群中引发强烈共鸣。家族文学是中国传统文化的核心内容之一,充当中国文学的艺术丰碑和时代风标。新时期随着福克纳家族小说的译介而注入新鲜血液的中国家族小说,以其辉煌成就代表当代小说艺术的较高水准,家族叙事几乎囊括中国新时期所有文化运动和文学思潮。

　　福克纳能够普遍而深远地影响新时期家族小说作家并非偶然现象,因为"约克纳帕塔法"神话世系的跨国传播与新时期中国的本土文化语境和作家的创作诉求高度契合,"乡土回归"、"家族演绎"、"文化寻根"和"历史追索"

是当时家族小说作家小说创作的主旨。在福克纳家族小说、故乡神话、历史观念、叙事技巧和地理空间建构的启发下,新时期作家纷纷以家族故事为依托,通过对故乡的过去展开回忆、追溯和对故乡的现在进行描述、刻画,试图折射中国现当代家族的兴盛衰亡、历史的风云变幻和民族文化的演进发展,反映作家对于时代变迁的感受与体悟,寄托作家对于故乡和家族的情感体认。

美国南方与中国具有相似的农业社会体制和农耕文明传统,生活在这种社会体制和文化中的人们习惯性地把自己归属于庞大复杂而又井然有序的血缘家族体系之中。建立在血缘关系之上的家族构成拥有强大生命力的社会细胞,成为所有社会组织和个人活动的主体,不但代表人们的生活处所和身份认同,还寄托人们的精神追求和情感感受,家族成员把家族的荣辱看得比身家性命还要重要。中国与美国南方因为长期的农业社会形制、封闭的生活环境、聚族而居的生活习惯以及互相依赖的生存模式,生活在这两片土地上的人们更加倚重建立在家族基础之上的生存共同体,家族观念在他们的意识中根深蒂固。家族和家族文化历来占据美国南方和中国的历史、文化核心,家族的兴盛衰败成为社会政治变化和历史文化变迁的一面镜子,映射两个国家的民族精神和文化内涵。基于此,福克纳与新时期家族小说之间的趋同性与差异性的对勘比较,是研究两国的家族史、地方史、民族史和现代史的有效触媒。

就目前国内对两者的比较研究现状而言,开展全面系统的福克纳与新时期家族小说作品比较研究具有现实需求和研究价值。国内在这个研究领域取得了一系列富有建树的成果,为进一步探讨问题奠定了基础,但是存在零敲碎打、未成体系的缺陷与不足。福克纳与新时期家族小说之间的比较研究依然是亟待清理的"奥吉厄斯的牛厩",两者之间的"潜对话"关联仍然是不断衍生撒播新问题的"潘多拉的盒子"。鉴于此,本研究对福克纳与新时期家族小说作家群在母题形态、血亲伦理、历史意识、时空观念和叙事视角五个方面展开深入系统的整合比较研究,考察福克纳家族叙事与中国新时期家族小说之间的相似性与差异性,期待对现有研究有所补充和推进。福克纳与新时期家族小说创作中"两圆相交"的部分是本专著研究的重点,同时强调把一方作为另一方的镜子和参照系,更加客观、公正和准确地反映两者各自的文学价值和艺术成就,在研究二者之异同的基础上,进一步探讨中美家族体制的社会变迁历史,揭示基督教和儒教家族文化的内涵。

"潜对话"关系是对比研究福克纳与新时期家族小说的切入口和着力点,也是决定两者之间对比研究是否具有可行性与有效性的基础。两者之间的"对话"与"交流"关系表现在福克纳"约克纳帕塔法"家族神话世系在中国的译介、传播、研究以及彼此在对方国度的流通与接受方面。福克纳怀着对南方故乡的强烈感情,在家乡的地理空间上不懈耕耘,用自己的灵魂幻化出一方南方热土"约克纳帕塔法",并以生活其中的一个个家族的兴盛衰亡展现美国南方社会的"喧哗"与"骚动",反映旧南方历史的"弥留之际",折射美国甚至整个人类的现代生活境况和精神危机。基于相似的农业社会形制以及处于相似的社会转型时期,新时期中国的家族小说作家因为对传统家族文学的革新与反叛以及对于家园的怀旧情愫与执着追寻,与福克纳之间自然而然地形成某种"心有灵犀一点通"的潜在"对话"关系。莫言、余华、阿来、苏童、张炜等作家明确表示自己的家族小说创作不同程度地受到福克纳的影响。当然,福克纳与中国新时期家族小说作家之间的"对话"关系更像一种"独白",主要表现在后者对前者的借鉴、吸纳、重塑与创新方面。因此,两者的家族小说创作之间的关系实际上属于单向度的"潜对话"关联。

"潜对话"可以在人与人、人与自身、人与文化、文化与文化之间广泛展开。文学作为特定的"精神交流"形式,能够通过它所建构的文学主题、历史意识、地域情结、叙事视角以及人物形象等各种载体,以"潜对话"的形式展开,这是一种通过文本进而通过心灵进行交流的对话形式。① 福克纳的家族叙事借着新时期作家对中国传统家族小说的反叛之风以及"文化寻根"热潮,

---

① 崔道怡主编:《"冰山"理论:对话与潜对话》,工人出版社 1987 年版,第 1 页。

在新时期家族小说作家群中引发普遍共鸣,两者从叙事内容到艺术风格甚至到精神气质诸多层面构成"潜对话"关联。而且,福克纳的家族小说经过儒教文化和中国作家的选择、过滤和改造之后,融入新时期家族小说作家对我国现代化进程、家族文化演进和个体生命状态的个性化思考,彰显中国的地域特色和文化神韵。

本研究在福克纳与新时期家族小说的"潜对话"关联基础之上,从如下五个方面展开对勘比较研究:

(一)"母题形态比较"。叙事母题不但是分辨家族小说思想内容和艺术特征的重要参照系,而且还具有题材上的优先权。福克纳家族小说对美国南方传统的家族叙事母题进行重新切分和再次聚合,缘此形成一个清晰可辨而又充满矛盾的母题谱系,主要包括"家族神话"与"失乐园"母题、"审父"与"崇父"母题、"女性崇拜"与"厌女"母题。福克纳正是在这些母题的叙写中描述美国南方以"沙多里斯"和"斯诺普斯"两大阵营为主的六大家族的盛衰变迁史和社会发展史,使家族小说获得外延上的广阔性、表现上的丰富性以及文化上的独特性。中国新时期家族小说作家放弃建国以来长期处于主导和优势地位的"国家—革命"类型的创作母题系列,毅然将笔触伸向"家园迷失"与"家园追寻"、"父权至上"与"审父"、"母神"与"荡妇"家族叙事母题中,对家族历史和个体生命展开集中书写。而且,作家对"家园追寻"母题投入创造性的激情,建构丰富多彩的"家园"系列,诸如莫言的隐喻家园"高密东北乡"、张炜的精神家园"芦清河"、苏童的想象家园"枫杨树乡村"、余华的苦难冥想家园"海盐"、阿来的神秘魔幻家园"阿坝藏区"、陈忠实的雄奇史诗家园"白鹿原"。总之,福克纳与新时期作家们在大致相似的母题类型之下,书写各自的"伊甸园"和"桃花源"。

(二)"空间诗学比较"。"家族"不仅是时间单元也是社会空间的特殊切分,而具有强大社会生产性的空间及其规划是家族小说叙事时间和空间的重要调节器。福克纳家族小说的空间诗学主要表现在两方面,一是作者对全部家族小说、故事内容、家族分布进行整体空间规划,具体安置在虚构文学地理王国"约克纳帕塔法"县中,作者亲自为各个家族的分布位置、规模大小、家庭关系绘制详细的手绘地图;二是作者对于庄园主家族生活的南方庄园建筑以及室内设计进行微观布局,通过居住者或者庄园拥有者对于空间的不同占有和挪用传递空间生产的深刻含义。福克纳采用神圣空间与世俗空间相对照以及文本时间空间化的叙事策略,实现空间叙事的诗学功能。在新时期家族小说中,福克纳的空间诗学以两种变体出现:一是与"约克纳帕塔法"世界相对应的诸如"高密东北乡"、"芦清河"、"枫杨树乡村"、"阿坝藏区"、"白鹿原"等地域特色鲜明的文学地理名片;二是与福克纳的时间空间化策略相似的历史事件与文本时间并置、神性空间与文本空间对照、现实故乡与文学场域融合三种呈现"共时化"倾向的空间叙事艺术。

(三)"历史意识比较"。历史是福克纳的家族/历史/地域三位一体叙事主题的重要组成部分。南方战败的屈辱、强烈的历史围困感以及福克纳南方土生子的身份激发作者言说历史的强烈欲望与自觉性,"旧"南方从未消逝、"沙多里斯"精神永存,浓厚的"向后看"的历史意识弥漫在福克纳的作品中。但是,历史发展的必然律注定福克纳历史意识的矛盾性。在"机械"时间与"心理"时间的较量、"沙多里斯"与"斯诺普斯"世界的冲突、家族"挽歌"与种族罪恶的矛盾中,"纪念碑式"与"批判性"历史意识辩证统一、共生并存。福克纳回望历史的自觉意识及其批判与怀恋并举的矛盾历史观念在中国新时期的家族小说作家群中引发热切关注,中国作家通过描写中国乡村大地上地主富农家族或者封建宗族家族的日常生活世俗史或者色彩斑斓的民间史,书写历史的偶然性、复杂性、多元性和荒诞性,寻访家族文化和民族精神。两国作家一反支配传统家族小说叙事的线性进步论时间观念,以家族覆灭的挽歌式书写为依托,打破在"过去—现在—未来"线性系列上的"新/旧=进步/落后=好/坏"的基本时间序列及叙事模式,强调"新"的不一定文明,"旧"的不一定落后,向循环论的时间观念靠拢。但是二者历史观的最大不同表现

在,福克纳的历史观念更多地朝向"过去"而新时期作家的历史观念主要面向
"未来"。

　　(四)"血亲伦理观念比较"。血缘关系是家族小说主题思想得以生发的
根本,是家族叙事的杠杆与主轴。福克纳与新时期家族小说作家正是利用血
缘关系的疏密变化书写家族故事、社会历史和生命本色。在福克纳的作品中,
"(过分)亲密的"血缘关系代表美国南方的家族荣耀或者贵族精神,而"(过
分)疏远的"血缘关系是现代资本主义价值观念或者亲情淡漠的写照。福克
纳通过对血缘关系"疏密"的详细叙述以及赋予它们不同的情感取向,传达基
督教人道主义思想和反种族主义理想,进而对美国南方的家族蜕变与现代性
历程展开深刻反思。在中国新时期的家族小说作品中,血缘关系的"亲疏"也
受到作家的青睐,福克纳笔下"(过分)亲密"与"(过分)疏远"的血缘关系以
相似的亲属乱伦和血缘复仇形式呈现在作品中。但是,与福克纳笔下未成事
实的"精神乱伦"与建立在种族歧视基础之上的践踏血缘关系不同,中国作家
对于亲属乱伦和血缘复仇的描写基于儒家宗族伦理和忠孝思想的文化传统,
是对现代以来家族血缘背后的封建宗法思想、宗族问题和性爱伦理的审视与
思考。

　　(五)"叙事视角比较"。叙事视角不可避免地表达意识形态和价值观念。
福克纳通过运用第一人称多重内聚焦式叙事为主其他人称外聚焦叙事为辅、
多元视角相结合或者不同视角之间自由转换的聚焦方式以及痴傻/偏执狂等
特殊人物视角,在美国的现代化、资本主义工业和城市文化的时代背景下,凸
显"旧"南方的贵族家族、农耕文明和个人生活的"小微历史"。福克纳借助打
乱故事时序、截流故事进程的叙事视角,吸引人们驻足思考南方庄园经济解体
之后道德信仰和价值体系的重建问题,重新理解家族灭亡与美国现代化之间
的复杂关系。新时期家族小说作家反叛传统的第三人称全知叙事视角,借鉴
福克纳的第一人称"叠错重复"的叙事艺术,创造性地采用第一人称全知、限
知等多元叙述视角或者痴傻/"圣愚"、儿童等"非常态"人物叙事视角,书写中

国农村大地上业已消亡的各种地主、富农、民族资本家以及藏族土司家族的"隐秘"历史。作家有意打乱家族故事的叙事流程或者斩断事件的发展顺序，结合多角度叙事或者特殊人物视角，削弱以往积极阐释主流话语的欲望，加强历史反观和家族文化寻根的意识，将家族故事、革命运动或者社会历史的发展规律拆解为人性本能或者偶然事件，家族历史失去"堂皇历史"的严肃性和真实性，更多地带有"小微历史"的演义性和虚构性，从而使小说的人物摆脱固化的阶级"符号"的束缚，成为具有更加复杂的人性内涵和生命体验的鲜活个体。

基于以上五个方面的综合比较研究，本论著强调福克纳家族叙述在新时期家族小说中拥有一个清晰可辨的中国之"在"，但这个中国之"在"绝不是福克纳家族叙述的影子或注脚，而是中国新时期家族小说作家的创造性借鉴和诗意化熔铸。中国新时期家族小说作品对于福克纳家族叙述的借鉴，注重吸收与创新相结合，通过母题形态的语境化、空间诗学的地方化、历史意识的本土化、血亲伦理观念的民族化、叙事视角的个性化方面的"重铸"，呈现具有鲜明中国特色的艺术存在，成为中国家族叙事的审美表达。

总之，福克纳的家族小说从叙事内容到叙事形式再到潜在的精神气质呈现出新时期中国之"在"的形态。当然，新时期家族小说作家对于福克纳作品的移植或者借鉴并非简单照搬或者随便挪用，因为彼此负载不同的历史、文化和社会现实，新时期家族小说在移植或者借鉴过程中强调创新与突破。因此，福克纳"约克纳帕塔法"世系小说对于新时期家族小说作家的影响"绝不会是借鉴对象惟肖惟妙的翻版"。① 中国作家在吸收借鉴福克纳家族小说叙事的同时，积极、自觉地开创能够代表作家个人特性的创作道路，他们对福克纳的吸纳与接受在体现二者的趋同性的同时强调差异性，突出中国作家的重塑与创新，形成作家富于个性创作特征和具有鲜明本土文化特色的创作主题与叙

---

① 吴亮、章平、宗仁发编：《新时期流派小说精选丛书·魔幻现实主义小说》，时代文艺出版社 1988 年版，第 1 页。

事风格。正如莫言所言："真正的借鉴是不留痕迹的。"①因此,准确把握福克纳家族叙事与新时期家族小说作品在语际会通、语境化、地方化、本土化、民族化方面的"参照互鉴"与"交融互渗"是研究的重点和难点。

---

① 杨守森、贺立华主编:《莫言研究三十年》,山东大学出版社 2013 年版,第 316 页。

主要参考文献

主要中文参考文献

[法]安德烈·比尔基埃等主编:《家庭史:现代化的冲击》,袁树仁等译,生活·读书·新知三联书店 2003 年版。

阿来:《尘埃落定》,人民文学出版社 2000 年版。

阿来:《尘埃飞扬》,四川文艺出版社 2005 年版。

[美]埃默里·埃利奥特主编:《哥伦比亚美国文学史》,朱通伯等译,四川辞书出版社 1994 年版。

[俄]巴赫金:《小说理论》,白春仁、晓河译,河北教育出版社 1998 年版。

崔道怡主编:《"冰山"理论:对话与潜对话》,工人出版社 1987 年版。

陈平原:《中国小说叙事模式的转变》,北京大学出版社 2010 年版。

陈思和:《中国当代文学关键词十讲》,复旦大学出版社 2002 年版。

曹书文:《家族文化与中国现代文学》,中国社会科学出版社 2002 年版。

曹文轩:《20 世纪末中国文学现象研究》,北京大学出版社 2002 年版。

楚云:《乱伦与禁忌》,上海文艺出版社 2002 年版。

陈忠实:《陈忠实文集》(第 5 卷),广州出版社 2004 年版。

陈忠实:《寻找属于自己的句子》,上海文艺出版社 2009 年版。

陈忠实:《白鹿原》,长江文艺出版社 2014 年版。

[美]达维德·敏特:《圣殿中的情网:威廉·福克纳传》,赵扬译,生活·读书·新知三联书店 1991 年版。

[美]戴维·明特：《骚动的一生——福克纳传》，顾连理译，知识出版社 1994 年版。

丁帆、许志英主编：《中国新时期小说主潮》（下卷），人民文学出版社 2002 年版。

董衡巽：《美国现代小说家论》，中国社会科学出版社 1987 年版。

贺仲明：《中国心像：20 世纪末作家文化心态考察》，中央编译出版社 2002 年版。

贺立华、杨守森编：《莫言研究资料》，山东大学出版社 1992 年版。

[美]华莱士·马丁：《当代叙事学》，伍晓明译，北京大学出版社 2005 年版。

韩少功：《夜行者梦语——韩少功随笔》，东方出版中心 1994 年版。

黄虚峰：《美国南方转型时期社会生活研究（1877—1920）》，上海人民出版社 2007 年版。

林建法主编：《说莫言》，辽宁人民出版社 2013 年版。

[以色列]里蒙—凯南：《叙事虚构作品》，姚锦清等译，生活·读书·新知三联书店 1989 年版。

李锐、王尧：《李锐王尧对话录》，苏州大学出版社 2003 年版。

李文俊编选：《福克纳评论集》，中国社会科学出版社 1980 年版。

李文俊：《福克纳评传》，浙江文艺出版社 1999 年版。

李文俊：《福克纳传》，新世界出版社 2003 年版。

廖星桥主编：《外国现代派文学艺术辞典》，湖南教育出版社 1991 年版。

李扬：《美国南方文学后现代时期的嬗变》，山东大学出版社 2006 年版。

[英]迈克·克朗：《文化地理学》，杨淑华、宋慧敏译，南京大学出版社 2005 年版。

[法]米歇尔·福柯：《疯癫与文明》，刘北成、杨远婴译，生活·读书·新知三联书店 2012 年版。

孟悦、戴锦华：《浮出历史地表》，河南人民出版社 1989 年版。

孟悦：《历史与叙述》，陕西人民教育出版社 1991 年版。

莫言：《红高粱家族》，南海出版公司 2000 年版。

莫言：《丰乳肥臀》，作家出版社 1996 年版。

莫言：《檀香刑》，作家出版社 2001 年版。

莫言：《什么气味最美好》，南海出版公司 2002 年版。

莫言：《小说的气味》，春风文艺出版社 2003 年版。

莫言：《四十一炮》，春风文艺出版社 2003 年版。

莫言：《会唱歌的墙》，作家出版社 2005 年版。

莫言：《食草家族》，作家出版社 2012 年版。

莫言研究会编：《莫言与高密》，中国青年出版社 2011 年版。

毛信德等译:《20 世纪诺贝尔文学奖颁奖演说词全编》,百花洲文艺出版社 2001年版。

[德]尼采:《历史对于人生的利弊》,姚可昆译,商务印书馆 1998 年版。

[法]热拉尔·热奈特:《叙事话语 新叙事话语》,王文融译,中国社会科学出版社 1990 年版。

人民文学出版社编辑部编:《白鹿原评论集》,人民文学出版社 2000 年版。

申丹:《叙述学与小说文体学研究》,北京大学出版社 1998 年版。

[美]斯蒂·汤普森:《世界民间故事分类学》,郑海等译,上海文艺出版社 1991年版。

[英]斯蒂夫·芬顿:《族性》,劳焕强等译,中央民族大学出版社 2009 年版。

苏童:《苏童文集·世界两侧》,江苏文艺出版社 1993 年版。

苏童:《枕边的辉煌》,新世界出版社 1999 年版。

苏童:《罂粟之家》,上海文艺出版社 2004 年版。

苏童:《碧奴》,重庆出版社 2006 年版。

苏童:《一九三四年的逃亡》,中国文联出版社 2009 年版。

苏童:《米》,作家出版社 2013 年版。

王立:《中国古代复仇文学主题》,东北师范大学版社 1998 年版。

吴亮、章平、宗仁发编:《新时期流派小说精选丛书·魔幻现实主义小说》,时代文艺出版社 1988 年版。

[美]威廉·福克纳:《福克纳中短篇小说选》,[美]H.R.斯通贝克选编,中国文联出版公司 1985 年版。

[美]威廉·福克纳:《押沙龙,押沙龙!》,李文俊译,上海译文出版社 2000 年版。

[美]威廉·福克纳:《我弥留之际》,李文俊译,上海译文出版社 2004 年版。

[美]威廉·福克纳:《喧哗与骚动》,李文俊译,上海译文出版社 2004 年版。

[美]威廉·福克纳:《去吧,摩西》,李文俊译,上海译文出版社 2010 年版。

[美]威廉·福克纳著、J.M.梅里韦瑟编:《福克纳随笔》,李文俊译,上海译文出版社 2008 年版。

吴晓东:《20 世纪外国文学专题》,北京大学出版社 2002 年版。

王岳川:《后殖民主义与新历史主义文论》,山东教育出版社 2001 年版。

吴义勤主编:《余华研究资料》,山东文艺出版社 2006 年版。

肖涤:《诺贝尔文学奖要介》,黑龙江人民出版社 1992 年版。

[以色列]西蒙·巴埃弗拉特:《圣经的叙事艺术》,李锋译,华东师范大学出版社

2006 年版。

肖明翰:《大家族的没落——福克纳和巴金家庭小说比较研究》,广西师范大学出版社 1994 年版。

肖明翰:《威廉·福克纳研究》,外语教学与研究出版社 1999 年版。

许志英、丁帆主编:《中国新时期小说主潮》(上卷),人民文学出版社 2002 年版。

杨守森、贺立华主编:《莫言研究三十年 上、中、下》,山东大学出版社 2013 年版。

余华:《没有一条道路是重复的》,上海文艺出版社 2004 年版。

余华:《活着》,作家出版社 2012 年版。

杨经建:《家族文化与 20 世纪中国家族文学的母题形态》,岳麓书社 2005 年版。

叶舒宪:《神话—原型批评》,陕西师范大学出版社 1987 年版。

叶舒宪:《高唐神女与维纳斯》,中国社会科学出版社 1997 年版。

杨扬:《莫言研究资料》,天津人民出版社 2005 年版。

杨义:《中国叙事学》,人民出版社 1997 年版。

张炜:《古船》,人民文学出版社 1987 年版。

张炜:《家族》,上海文艺出版社 1995 年版。

张炜:《野地与行吟》,中国社会出版社 2007 年版。

张炜:《书院的思与在》,广西师范大学出版社 2004 年版。

张学军:《中国当代小说流派史》,山东大学出版社 2000 年版。

朱振武:《福克纳的创作流变及其在中国的接受与影响》,人民文学出版社 2015 年版。

主要外文参考文献

Albert Guerart, *The Triumph of the Novel*, New York: Oxford University Press, 1976.

Allen Tate, *A Southern Mode of the Imagination*, Chicago: The Swallow Press, 1959.

Allen Tate, *Essays of Four Decades*, Chicago: The Swallow Press, 1968.

Andre Bleikasten, *Faulkner's As I Lay Dying*, Bloomington: Indiana University Press, 1973.

Andre Bleikasten, *The Most Splendid Failure: Faulkner's The Sound and the Fury*, Bloomington: Indiana University Press, 1976.

Andrew Lytle, *The Hero with the Private Parts*, Baton Rouge: Louisiana State University

Press, 1966.

Arnold L.Weinstein, *Recovering Your Story: Proust, Joyce, Woolf, Faulkner, Morrison*, New York: Random House, 2006.

Arthur F.Kinney (ed), *Critical Essays on William Faulkner: The Sutpen Family*, New York: Prentice Hall International, 1996.

C.H.Hall, *Incest in Faulkner: A Metaphor for the Fall*, Ann Arbor: UMI Research Press, 1986.

Carl E.Rollyson Jr., *Uses of the Past in the Novels of William Faulkner*, Ann Arbor: UMI Research Press, 1984.

Charles Wilson, William France, *An Encyclopedia of Southern Literature: Women's Life*, Columbia: The University of South Carolina Press, 1990.

Cleanth Brooks, *On the Prejudices, Predilections, and Firm Beliefs of William Faulkner*, Baton Rouge and London: Louisiana State University Press, 1987.

Cleanth Brooks, *William Faulkner: Toward Yoknapatawpha and Beyond*, New Haven: Yale University Press, 1978.

David Williams, *Faulkner's Women: The Myth and the Muse*, Montreal: McGill-Queen's University Press, 1977.

Donald M.Kartiganer, Ann J.Abadie (eds), *Faulkner in Cultural Context: Faulkner and Yoknapatawpha* 1995, Jackson: University Press of Mississippi, 1997.

Doreen Fowler, Ann J Abadie (eds), *Faulkner and the Southern Renaissance: Faulkner and Yoknapatawpha*, Jackson: University Press of Mississippi, 1982.

Doreen Fowler, Ann J Abadie (eds), *Fifty Years of Yoknapatawpha: Faulkner and Yoknapatawpha, 1979*, Jackson: University Press of Mississippi, 1980.

Doreen Fowler, *Faulkner and Women*, Jackson: University Press of Mississippi, 1986.

Edmond L.Volpe, *A Readers' Guide to William Faulkner*, New York: Syracuse University Press, 1981.

Elisabeth Muhlenfeld (ed), *William Faulkner's Absalom.Absalom!: A Critical Casebook*, New York & London: Galand Publishing, 1984.

Elizerbeth M.Kerr, *Yoknapatawpha: Faulkner's Little Postage Stamp of Native Soil.* New York: Fordaham University Press, 1976.

Estella Schoenberg, *Old Tales and Talking: Quentin Compson In William Faulkner's "Absalom, Absalom!" and Related Works*, Jackson: University Press of Mississippi, 1977.

Evans Harrington, Ann J. Abadie(eds), *The South and Faulkner's Yoknapatawpha: The Actual and the Apocryphal*, Jackson: University Press of Mississippi, 1977.

Frederick JohnHoffman, Olga Vickery(eds), *William Faulkner: Three Decades of Criticism*, Ann Arbor: Michigan State University Press, 1960.

Frederick L.Gwynn, Joseph L.Blotner(eds), *Faulkner in the University: Class Conferences at the University of Virginia, 1957–1958*, Charlottesville, Virginia: The University of Virginia Press, 1959.

Frederick R.Karl, *William Faulkner: American Writer*, New York: Ballantine Books, 1990.

Gary W.Gallagher, Alan T.Nolan, *The Myth of the Lost Cause and Civil War History*, Bloomington: Indiana University Press, 2000.

Hosam Aboul-Ela, *Other South: Faulkner, Coloniality, and the Mariategui Tradition*, Pittsburgh: University of Pittsburgh Press, 2007.

Howard W.Odum, *The Way of the South*, New York: The Macmillan Company, 1947.

Hugh M.Ruppersburg, *Voice and Eye in Faulkner's Fiction*, Athens: The University of Georgia Press, 1933.

J.Hillis Miller, *Fiction and Repetition: Seven English Novels*, Cambridge: Harvard University Press, 1982.

James B.Meriwether, Michael Millgate(ed), *Lion in the Garden: Interviews with William Faulkner, 1926–1962*, Lincoln: University of Nebraska Press, 1980.

James L.Roberts, *Cliffs Notes on Go Down, Moses*. Lincoln: University of Nebraska, 1985.

Jay B. Hubbell, *Southern Life in Fiction*, Anthens: Georgia, University of Georgia Press, 1960.

Joel Williamson, *William Faulkner and Southern History*, New York: Oxford University Press, 1993.

John Dennis Anderson, *Student Companion to William Faulkner*, Westport: Greenwood Press, 2007.

John T.Matthews, *William Faulkner: Seeing through the South*, Wiley-Blackwell: A John Wiley & Sons, Ltd. , 2009.

Joseph Blotner(ed.) *Selected Letters of William Faulkner*, New York: Random House, 1978.

Joseph Blotner, *Faulkner: A Biography*, New York: Random House, 1984.

Joseph R.Urgo, Ann J.Abadie(eds), *Faulkner and Material Culture: Faulkner and Yok-*

napatawpha, Jackson: University Press of Mississippi, 2007.

Joseph R. Urgo, Ann J. Abadie (eds), *Faulkner's Inheritance: Faulkner and Yoknapatawpha*, Jackson: University Press of Mississippi, 2007.

Judith Lockyer, *Ordered by Words: Language and Narration in the Novels of William Faulkner*, Carbondale and Edwardsville: Southern Illinois University Press, 1991.

Kathryn Lee Seidel, *The Southern Belle in the American Novel*, Tampa: University of South Florida Press, 1985.

Kevin Railey, *Natural Aristocracy: History, Ideology, and the Production of William Faulkner*, Tuscaloosa: The University of Alabama Press, 1999.

Lawrence H. Schwartz, *Creating Faulkner's Reputation: the Politics of Modern Literary Criticism*, Knoxville: The University of Tennessee Press, 1990.

Lothar Honnighausen, *Faulkner's Discourse: An International Symposium.* Max Niemeyer Verlag Tubingen, 1989.

Louis Rubin Jr., Robert D. Jacobs (eds), *Southern Renascence: The Literature of the Modern South*, Baltimore: Johns Hopkins University Press, 1993.

Louis Rubin Jr., *The History of Southern Literature*, Baton Rouge: Louisiana State University Press, 1985.

Malcolm Cowley (ed), *Faulkner-Cowley File: Letters and Memories (1944–1963)*, New York: Viking Press, 1966.

Matthew Guinn. *After Southern Modernism: Fiction of the Contemporary South*, Jackson: University Press of Mississippi, 2000.

Michael Milligate, *Faulkner's Place*, Athens: The University of Georgia Press, 1997.

Michael Milligate, *The Achievement of William Faulkner*, Athens: The University of Georgia Press, 1989.

Michael Wayne, *The Reshaping of Plantation Society: the Natchez District, 1860–1880*, Baton Rouge and London: Louisiana State University Press, 1983.

New Testament: King James Version, Lake Wylie: Christian Heritage Publishing Co, 1988.

Norberg-Schulz. *Existence, Space and Architecture*, New York: Praeger, 1971.

Peter Swiggar, *The Art of Faulkner's Novels*, Austin: The University of Texas Press, 1962.

Philip M. Weinstein, *The Cambridge Companion to William Faulkner*, Cambridge: Cambridge University Press, 1995.

Richard Godden, *William Faulkner: An Economy of Complex Words*, Princeton: Princeton

University Press, 2007.

Richard Gray, Owen Robison(eds), *A Companion to the Literature and Culture of the American South*, Oxford: Blackwell Publishing Ltd., 2004.

Richard Gray, *The Life of William Faulkner: A Critical Biography*, Cambridge, MA, and Oxford: Blackwell Publishers, 1994.

Richard H. King, *A Southern Renaissance: The Cultural Awakening of the American South 1930-1955*, New York: Oxford University Press, 1980.

Robert Penn Warren (ed.), *Faulkner: A Collection of Critical Essays*. New Jersey: Prentice-Hall, Inc., 1966.

Robert W. Hamblin, Ann J. Abadie(eds), *Faulkner in the Twenty-First Century: Faulkner and Yoknapatawpha*, 2000, Jackson: University Press of Mississippi, 2003.

Sally Wolff, *Ledgers of History: William Faulkner, an Almost Forgotten Friendship, and an Antebellum Plantation Diary*, Baton Rouge: Louisiana State University Press, 2010.

Stephen M. Ross, *Fiction's Inexhaustible Voice: Speech and Writing in Faulkner*, Athens: University of Georgia Press, 1989: 234.

Taylor Hagood, *Faulkner's Imperialism: Space, Place, and the Materiality of Myth*, Baton Rouge: Louisiana State University Press, 2008.

The Old Testament, Tokushima: Shikoku Women's University, 1988.

Thomas Daniel Young, *The Past in the Present: A Thematic Study of Modern Southern Fiction*, Baton Rouge: Louisiana State University Press, 1981.

Thomas S. Hines, *William Faulkner and the Tangible Past: the Architecture of Yoknapatawpha*, California: University of California Press, 1996.

Vann C. Woodword, *The Burden of Southern History*, Baton Rough: Louisiana State University, 2008.

W. J. Cash, *The Mind of the South*, New York: Vintage Books, 1941.

Waldo W. Braden, *The Oral Tradition in the South*, Baton Rouge: Louisiana State University Press, 1983.

Walter J. Ong, *Orality and Literacy: The Technologizing of the Word*, London: Routledge, 2002.

Warwick Wadlington, *As I Lay Dying: Stories out of Stories*. New York: Twayne Publishers, 1992.

William E. Cain, Owen Robinson(eds), *Creating Yoknapatawpha: Readers and Writers in*

Faulkner's Fiction, New York: Taylor & Francis Group, 2006.

William Faulkner, *Sartoris*, New York: Random House, 1929.

William Faulkner, *Go Down, Moses*, New York: Random House, 1942.

William Faulkner, *Intruder in the Dust*, New York: Random House, 1948.

William Faulkner, *Absalom, Absalom!*, New York: Random House, 1951.

William Faulkner, *The Hamlet*, New York: Random House, 1964.

William Faulkner, *The Unvanquished*, New York: Random House, 1966.

William Faulkner, *Flags in the Dust*, New York: Random House, 1973.

William Faulkner, *The Sound and the Fury*, New York: Penguin Books, 1985.

William Faulkner, *Requiem for a Nun*, New York: Library of America, 1994.

William J. Cooper Jr., Thomas E. Terrill, *The American South: A History*, New York: Alfred A. Knopf Inc. 1991.

William L. Andrews, *The Literature of the American South: A Norton Anthology*, New York: W. W. Norton & Company, Inc., 1998.

William R. Taylor, *Cavalier and Yankee: The Old South and American National Character*, New York: Harper Torchbooks, 1969.

William T. Ruzicka, *Faulkner's Fictive Architecture: The Meaning of Place in the Yoknapatawpha Novels*, Ann Arbor: Michigan, UMI Research Press, 1987.

后 记

  我与福克纳及其作品的真正结缘开始于 1996 年。当时我面临硕士学位论文的选题,在美国作家中犹豫徘徊了一段时间之后,我选择了福克纳。在美国现代派作家中,无论从作品的数量、质量以及影响力方面来看,福克纳都是最佳选择。我犹豫的原因是,他的作品长期以来被学界公认为"神品妙构",同时也以深奥难懂著称。我担心读不懂,唯恐自己对其作品的理解失之毫厘、谬以千里。当我把这样的困惑告诉导师张儒林教授时,他极为严肃地教导我:"越难啃的骨头啃起来越香!"导师的话给我极大的鼓励和信心。在张老师的悉心指导下,我顺利完成了硕士学位论文《福克纳〈喧哗与骚动〉的象征体系研究》,得到评审专家和答辩委员的肯定和好评。

  现在看来,当时的研究内容和方法都显得陈旧过时,但硕士学位论文开启了我阅读和研究福克纳的第一步。每当我翻阅那时用一个月生活费买到的英文原版《喧哗与骚动》,看到当时三岁的女儿在多处留下稚嫩的涂鸦,我情不自禁,泪眼朦胧。女儿小时候乖巧听话,和我很亲,有时黏着我,我就把她放在我写论文的桌子上让她自个儿玩,她在我使用频率最高的词典和这部小说上创作了只有她自己看得懂的图案。长大成人之后女儿开玩笑说她在文学巨匠的著作上留下了墨宝。我不觉得这是对世界文学巨擘的不敬,倒觉得这是我至亲的女儿和我热爱的作品以这种温暖而特殊的方式伴我砥砺前行。

　　我时时关注福克纳研究方面的新成果和新动向,孜孜不倦地阅读他的作品,徜徉在"约克纳帕塔法"文学神话王国之中,心怀崇敬。在本书出版之前,我发表了二十多篇福克纳专题研究的文章,出版了两部相关的学术著作。我心中一直有个情结,感觉福克纳的文学"共和国"中的各色人等似乎就是生活在中国某个遥远时代的末代贵族、乡绅地主、姑婆姨婶、穷苦农民、仆从佣人。福克纳的家族叙事与中国新时期家族小说之间,在家族神话、历史追索、地域意识、血缘伦理和叙事艺术等方面存在着某种"潜对话"关联,前者从叙事内容、叙事形式到精神气质都对新时期中国的家族小说创作产生了深远影响。当然,中国作家对福克纳的家族叙事进行了创造性的转换、借鉴和重塑。基于这种认识,我申报并主持完成了国家社科基金项目"福克纳家族叙述与新时期中国家族小说比较研究"(项目编号:12BWW009),结项鉴定等级为"良好"。在结项成果的基础上,我又做了大量的修改、加工和完善工作,历时多年完成了书稿。本书也是国家社科基金重大项目"丝路审美文化中外互通问题研究"(项目编号:17ZDA272)的阶段性成果。

　　在书稿付梓之际,我衷心感谢国家社科基金匿名评审专家给予结项成果的建设性意见;感谢学校和学院在项目研究过程中提供的帮助和支持;感谢广东外语外贸大学"人文学术新视野"丛书出版计划的大力资助。最后,我想感谢家人几十年如一日的理解、鼓励和支持!

　　书中肯定还存在错误、疏漏和悖谬之处,敬祈各位专家同人不吝批评指正!

高红霞
2021 年 4 月 23 日

责任编辑：贺　畅
版式设计：胡欣欣

图书在版编目（CIP）数据

福克纳家族叙事与新时期中国家族小说比较研究/高红霞 著. —北京：
　人民出版社,2021.6
ISBN 978－7－01－022542－5

Ⅰ.①福…　Ⅱ.①高…　Ⅲ.①福克纳(Faulkner,William 1897－1962)－
小说研究②小说研究-中国-当代　Ⅳ.①I712.074②I207.42

中国版本图书馆 CIP 数据核字(2020)第 192256 号

福克纳家族叙事与新时期中国家族小说比较研究
FUKENA JIAZU XUSHI YU XINSHIQI ZHONGGUO JIAZU XIAOSHUO BIJIAO YANJIU

高红霞　著

人 民 出 版 社 出版发行
（100706　北京市东城区隆福寺街 99 号）

北京建宏印刷有限公司印刷　新华书店经销

2021 年 6 月第 1 版　2021 年 6 月北京第 1 次印刷
开本:710 毫米×1000 毫米 1/16　印张:25.5
字数:360 千字

ISBN 978－7－01－022542－5　定价:83.00 元

邮购地址 100706　北京市东城区隆福寺街 99 号
人民东方图书销售中心　电话 (010)65250042　65289539